SI VOUS AIMEZ STAR TREK

SI VOUS SOUHAITEZ DÉCOUVRIR LES AUTRES ROMANS
PUBLIÉS AUX ÉTATS-UNIS

VOUS POUVEZ NOUS AIDER

Parlez de ce livre autour de vous

Offrez-le à vos amis

Incitez votre libraire à nous en commander plusieurs exemplaires

La longue vie et la prospérité de la future collection consacrée à Star Trek dépendent de vous !

POUR TOUTES COMMANDES, CONTACTER :

éditions ARENA
29, rue de Leningrad
75008 Paris
Tél. 46-82-31-83

STAR TREK®

ENTREPRISE
LA PREMIÈRE MISSION

VONDA N. McINTYRE

*Traduit de l'américain
par Nicole Mallé*

ArenA

Une publication des Editions ARENA
ARENA 29, rue de Leningrad 75008 Paris

Titre original : Enterprise, the First Adventure
Traduction française Copyright © Editions ARENA 1989
Texte intégral

A Linda M., Katya, Rosie, Dottie, Mary, Liz, et
Beth,
A Ann, Anne, et Vera,
A Susan & Danny, pour tous ces mercredis;
et à Pat et Staarla.

Prologue

Le sang coule en d'étranges dessins en pesanteur
zéro...

Jim Kirk poussa un cri et se jeta en avant, les bras
tendus...

— Gary, non...

Comme Gary Mitchell s'écroulait, Jim lutta pour
avancer, pour y voir, pour rester conscient malgré le
choc, pour se mouvoir malgré la douleur de son genou
broyé et de ses côtes cassées, pour respirer en dépit du
sang dans ses poumons. S'il perdait la bataille, son
meilleur ami mourrait.

Un réseau écarlate dériva sur l'image en face de lui, et
il crut qu'il était aveugle.

Jim se réveilla en sursaut, haletant. Il venait de rêver.
A nouveau. « Carol... ? » Il souhaita la prendre dans
ses bras, s'assurer qu'il était bien à côté d'elle, et pas
retourné au désastre de Ghioghe.

Puis il se souvint, presque comme s'il s'éveillait d'un
second rêve, qu'il ne vivait plus dans la maison de Carol
Marcus, qu'il ne dormait plus dans son lit. Il était seul.

Les capteurs de l'ordinateur de sa chambre, détectant
son éveil, éclairèrent les ténèbres autour de lui. Il essuya
une sueur froide sur son visage, et toucha la cicatrice sur
son front. A Ghioghe, avant que la pesanteur ne soit

7

coupée, du sang provenant de la coupure avait coulé dans ses yeux et obscurci sa vue.

Il souhaita pouvoir se rendormir, et pouvoir dormir sans rêver. Mais il savait qu'il ne le pourrait pas. De plus, la lutte contre le cauchemar récurrent avait laissé les draps froissés, froids et humides de sueur. Il les rejeta, et se leva.

Jim Kirk, le plus récent capitaine de Starfleet, le plus jeune officier à avoir jamais atteint le grade de capitaine, le héros d'Axanar, et, plus récemment, de Ghioghe, le prochain commandant du vaisseau de Classe Constellation *Entreprise* avait passé les deux dernières semaines dans un compartiment pour voyageur loué, un parmi une centaine de compartiments identiques, dans un bâtiment ressemblant à une centaine d'autres bâtiments-dortoirs rassemblés autour du spatioport.

Dans son actuel et bizarre état émotionnel, fait d'excitation au sujet de son prochain commandement, de souci pour Gary Mitchell, et de confusion et de peine pour la façon dont son aventure avec Carol Marcus s'était terminée, Jim avait vécu là sans remarquer l'environnement minable. Non que ses propres meubles, qu'il avait laissés en dépôt pendant cette visite à la Terre, aient eu grand-chose de plus que les meubles plastiques intégrés du dortoir. Jim ne s'était jamais donné la peine de remplacer le bric-à-brac fatigué qui était un souvenir de ses trouvailles d'étudiant. Il possédait tout de même quelques morceaux de vieux et lourd chêne provenant de la ferme de l'Iowa, et un tapis de Perse qu'il avait acheté sur un coup de tête, avant même de se rendre compte à quel point il lui plaisait, et aussi avant de comprendre ce que lui coûterait une telle passion, s'il la laissait se développer.

Il pouvait à peine tenir debout dans le dortoir ; il pouvait tout juste s'allonger sur la couchette, s'il évitait de s'étirer. Il regarda autour de lui. S'il avait prétendu connaître intimement ces lieux, ç'aurait été une imposture. Lui en aurait-on demandé une description, il aurait été incapable de donner le moindre détail. Son indifférence se transforma subitement en répulsion.

Il tira une petite valise de la minuscule étagère de rangement, l'ouvrit, et y jeta ses quelques possessions : deux ou trois livres, dont celui qui avait appartenu à son père ; une mince liasse de photos de famille ; une lettre de Carol. Il fut incapable de décider si jeter la lettre serait le premier pas vers la guérison de ses blessures, ou au contraire les aggraverait.

— Ordinateur.
— Prêt.
— Arrête mon compte ici.
— C'est fait.

Jim claqua la valise et s'enfuit du dortoir sans un regard en arrière.

Dehors, dans la pénombre précédant l'aube, Jim eut la sensation que son cauchemar était toujours en train de rôder non loin de ses perceptions éveillées. Il faisait toujours le même rêve, jamais au sujet de la rupture des communications qui amena au combat, jamais au sujet du combat lui-même, ni même au sujet des actions qu'il avait menées, et qui avaient sauvé la plus grande partie de son équipage, mais qui avaient transformé son vaisseau, le *Lydia Sutherland*, en une coque brisée et délabrée, dérivant sans vie dans l'espace. À la place, le rêve reprenait toujours ces quelques interminables minutes dans le module de secours, quand Gary Mitchell avait failli mourir.

Jim grimpa l'escalier menant à l'entrée de l'hôpital d'enseignement de Starfleet, en faisant attention à son genou droit. Jusqu'à ce moment, ce matin-là, il ne lui avait pas posé de problèmes. Il se dirigea vers le Service de Régénération. Personne ne l'arrêta. Il avait demandé, ordonné, s'était servi de son grade et de ses relations pour obtenir la permission officielle d'être là en dehors des heures de visite. Pour finir, il avait simplement ignoré les règles, et tout le monde s'était habitué à le voir.

Comme tous les jours depuis qu'il était sorti de régen lui-même, Jim entra dans la chambre d'hôpital de Gary. Gary Mitchell reposait dans un bassin de régénération, drogué, endormi, et immergé jusqu'au cou dans un gel de régénération d'un vert translucide.

Gary détestait être malade. C'était pénible de le voir ainsi. Les spécialistes se félicitaient de ses progrès, mais Jim le trouvait amaigri et fragile, comme si le gel, au lieu de réparer son organisme, était en train de le vider de sa jeunesse. Le trentième anniversaire de Gary avait eu lieu juste après qu'il était entré en régénération. Jim était d'un an et demi plus jeune, il venait juste d'avoir vingt-neuf ans, et il était exaspéré par les séquelles de ses propres blessures, en même temps qu'impatient de voir son ami aller bien.

Il s'assit auprès de Gary, et lui parla comme s'il pouvait l'entendre.

— Ils me disent tout le temps que tu vas te réveiller bientôt », dit-il. « J'espère que c'est vrai. Tu as été ici trop longtemps, et ce n'est pas juste. Tu te serais sorti de Ghioghe sans une égratignure si tu n'étais pas revenu me chercher. » Il étira sa jambe droite, testant son genou. Il commençait à faire confiance à la nouvelle articulation ; la physiothérapie l'avait renforcée de sorte qu'elle ne s'effondrait plus à des moments bizarres. Il avait toujours des exercices qu'il était censé effectuer tous les jours.

— Ils prétendent aussi que tu ne peux pas m'entendre à cause des sédatifs. Mais ils se trompent. Ça m'est égal s'ils me croient cinglé parce que je te parle. » Jim se souvint des quelques derniers jours passés en régénération, une période crépusculaire de demi-sommeil, de confusion et de rêves. « J'ai vu que tout tournait mal à Ghioghe. Je n'arrive toujours pas à croire que Sieren ait pu faire une telle erreur. J'ai vu — ça a l'air étrange, Gary, je le sais — mais j'ai vu le schéma de ce qui était en train de se passer. J'ai *su* que si tout le monde parvenait à se calmer pour trente secondes, si tous les commandants se retenaient d'ouvrir le feu pendant une minute encore, la crise se terminerait. Mais ça ne s'est pas passé comme ça. Seigneur, j'admirais Sieren. » Jim ne parvenait pas à croire que Sieren ait commis cette erreur, et qu'il soit mort, ainsi que tant d'autres. Il inspira profondément. « J'ai vu le schéma, j'ai vu comment tout arranger, mais il n'y avait rien que je puisse faire, et tout est allé de travers. Est-ce que c'est ce qui s'est passé pour Sieren ? Est-ce que c'est ce qui se serait passé pour moi, si j'avais été au commandement à Ghioghe ? Axanar aurait pu tourner tout aussi mal, mais ça n'a pas été le cas. Nous nous en sommes sortis couverts de gloire et brandissant un traité de paix. Peut-être que c'était seulement de la chance ?

Il pensa voir battre les paupières de Gary. Mais ce n'était qu'un mouvement réflexe, l'effet de son imagination.

— C'est bien », dit-il. « Dors, guéris. Je dois rejoindre l'*Entreprise* bientôt, mais si le vaisseau doit se passer d'un officier en second pour quelques mois, il y survivra. Je t'ai désigné pour le poste, mon ami, dès que tu seras prêt.

— Bonjour, Capitaine.

Les épais cheveux noirs de Gary avaient glissé sur son front. Jim les repoussa en arrière.

— Capitaine ?

Jim leva les yeux. Christine Chapel, un membre de l'équipe de l'unité de soins intensifs, se tenait là. Il l'avait entendue, mais n'avait pas compris qu'elle lui parlait. Il n'était pas encore habitué à son nouveau grade. Il avait été promu alors qu'il se trouvait encore en régen. Quand il s'était endormi, il était un Commander dont le croiseur spatial venait d'être réduit en miettes ; quand il s'éveilla, il était un capitaine avec une médaille toute neuve et le prochain commandement d'un vaisseau de Classe Constellation.

— Veuillez m'excuser, Miss Chapel. Bonjour.

— La biotélémétrie du Commander Mitchell est très encourageante. J'ai pensé que vous aimeriez le savoir. » C'était une jeune femme d'une beauté saisissante, qui portait ses cheveux blonds en halo autour du visage.

— Dans ce cas, pourquoi est-ce qu'il ne s'éveille pas ? » demanda Jim.

— Il va le faire, dit Chapel. Il va le faire, dès qu'il sera prêt.

Elle lui tendit un compte-rendu imprimé. Après avoir passé tant de temps en ces lieux, il avait appris à les interpréter. Il examina le compte-rendu. Effectivement, il avait bonne allure. Le troublant enchevêtrement de neurones dans la moelle épinière en cours de régénération de Gary s'était démêlé, et les vertèbres étaient passées de leur stade antérieur fantomatique, où elles n'étaient encore que du cartilage, à un stade solide. Autant qu'il le sût, les organes internes lacérés de Gary étaient complètement guéris. Il restitua le compte-rendu.

— Je vois qu'il a le cœur d'un garçon de dix-huit ans », dit-il. Elle sourit. La blague éculée de l'unité de régénération avait bien une douzaine de chutes. La plus courante était : « Oui — dans un bocal sur son étagère. »

— Est-ce que le Docteur McCoy a appelé pour s'informer de ses progrès ? » demanda Jim.

— Non.

— Bizarre. Nous devons nous rendre au Spatioport plus tard. J'avais espéré que Gary serait avec nous...

— Peut-être le Docteur McCoy a-t-il décidé de prolonger ses vacances.

— C'est possible. » Jim eut un rire triste. « J'ai fait un meilleur travail que je ne pensais quand je l'ai forcé à prendre quelque repos. Je ne sais même pas où il est allé.

— Est-ce que je peux vous demander quelque chose ?

— Bien sûr.

— Pourquoi le Docteur McCoy appelle-t-il le Commander Mitchell " Mitch ", alors que vous l'appelez " Gary " ?

— Tout le monde appelle Gary " Mitch " sauf moi. C'est un surnom qu'il a reçu lors de notre première sortie d'entraînement, quand nous étions aspirants. Mais je le connaissais depuis déjà un an, et il semble que je ne sois jamais parvenu à m'y habituer.

— Comment est-ce qu'il vous appelle, lui ?

Jim se sentit rougir. Il se demanda s'il pourrait s'en tirer en lui disant que Gary l'appelait Jim, comme tout le monde. Dès que Gary s'éveillerait, cependant, il ferait voler cette illusion aux quatre vents.

— Il m'appelle " gamin " », dit Jim. « Je suis un peu plus jeune que lui, et il ne me le laisse jamais oublier. Il n'ajouta pas qu'il avait toujours été le plus jeune de sa classe, de plus d'un an. Il savait qu'elle dirait : " Vous étiez précoce, n'est-ce pas ? " C'était déjà assez dur d'être traité de précoce à quinze ou vingt ans. A vingt-neuf ans, ç'aurait été ridicule.

— Vous connaissez le Commander Mitchell depuis longtemps, n'est-ce pas ?

— Dix ans. Non, onze.

Jim avait perdu trois mois dans le lit de régénération. Il s'était embarqué pour Ghioghe au printemps, quand les collines à l'est de la ville étaient vertes des pluies d'hiver ; quand il s'était éveillé, seulement deux semaines plus tard en temps subjectif, les collines étaient sèches comme de l'amadou et dorées par l'été. Maintenant, l'automne approchait, et Gary était toujours là.

— Il se remettra, capitaine. je peux vous l'assurer.

— Merci, Miss Chapel. Miss Chapel…

— Oui, capitaine ?

— Est-ce que vous feriez quelque chose pour moi ?

— Si je le peux.

Il s'interrompit, ne sachant pas s'il devrait lui demander de faire quelque chose que tous les experts s'accordaient à trouver inutile. « Je sais que ce n'est pas censé faire une différence, mais je ne cesse de me rappeler l'époque juste avant que je ne m'éveille. Je pouvais entendre des choses — ou je pensais que je pouvais entendre — mais je ne pouvais pas ouvrir les yeux, et je ne savais pas où j'étais, ni ce qui m'était arrivé. Tant que Gary est toujours endormi, voudriez-vous... lui parler ? Lui dire ce qui se passe, qu'il va guérir...

— Bien sûr, je le ferai », dit-elle.

— Merci. » Il se leva avec réticence. « Je dois me présenter aux Docks spatiaux bientôt. J'aimerais laisser un mot...

— Vous pouvez utiliser le bureau derrière.

Le mot fut difficile à écrire, mais il parvint finalement à coucher sur le papier des propos qui, il l'espérait, seraient rassurants.

A la porte du bureau, il s'arrêta. Le dos tourné, Carol Marcus était debout à côté du lit de Gary, en compagnie du Docteur Eng, une des spécialistes de la régen. Ils examinèrent les signes vitaux de Gary, les comparant aux projections de Carol. A l'inverse de la spécialiste, Carol n'était pas médecin. Elle était généticienne ; elle avait établi le protocole de traitement pour Gary et pour Jim.

Jim se souvint de la première fois qu'il l'avait vue, de la première chose qu'elle lui avait dite. Quand il avait commencé la rééducation, il avait tenu à peu près cinq minutes lors de la première séance. Tremblant d'épuisement, en sueur et endolori, se sentant ridicule d'être aussi faible, il l'avait aperçue en train de le regarder, et avait regretté qu'une étrangère l'ait vu ainsi. C'était déjà bien assez d'avoir McCoy sur le dos, tel une mère poule encourageant ses poussins !

14

Mais Carol ne tint pas compte de l'épuisement de Jim, de la cicatrice sur son front, de ses cheveux collés par la sueur. Elle dit : « Je voulais rencontrer la personne qui appartient à ce génôme. »

Elle était sérieuse et élégante, amusante et de caractère facile. Elle appartenait à la race de ces rares scientifiques capables de faire les bonds intellectuels menant aux inventions révolutionnaires. Elle était extraordinairement belle, avec sa soyeuse chevelure blonde et ses profonds yeux bleus. Jim ressentit une attirance immédiate vers elle, et, bien que son travail ne lui demandât point de rendre visite à l'unité de soins intensifs, encore moins à la rééducation, elle s'arrêtait souvent pour le voir.

La première fois qu'il quitta l'hôpital, ils firent une promenade ensemble dans un parc proche. Au moment où l'hôpital le laissa sortir, Jim et Carol étaient tombés amoureux l'un de l'autre, et elle l'invita à emménager chez elle.

Trois mois plus tard, il déménageait. Cela faisait deux semaines qu'il ne l'avait pas vue. Il ressentit le besoin irrationnel de retourner dans le bureau et de rester là jusqu'à ce qu'elle soit partie.

Ne sois pas ridicule, pensa-t-il. Vous êtes adultes tous les deux ; vous pouvez agir de manière civilisée à ce sujet. Il s'avança vers elle.

Le Docteur Eng repoussa ses courts cheveux noirs derrière son oreille, écrivit une note sur le compte-rendu, et regarda Carol avec un froncement de sourcil soucieux.

— Qu'est-ce que vous allez faire ?

— Faire ? Je vais faire tout ce qu'on est supposé faire en tel cas », répliqua Carol. « Vous ne supposez pas que c'était un accident, n'est-ce pas ?

— Non, bien sûr que non, c'est seulement... Hé bien, Capitaine Kirk ! Comme c'est agréable de vous voir avec une si bonne mine !

15

Carol se retourna, troublée d'une manière qui ne lui était pas habituelle.

— Jim !

— Hello, Carol. » Il s'arrêta. Il avait envie de tout lui dire, ou bien de ne rien lui dire. Il avait envie de faire l'amour avec elle, ou bien de ne plus jamais la voir.

— Je vous verrai plus tard », dit le Docteur Eng, en faisant une sortie diplomatique.

— Comment te sens-tu, Jim ?

Il ignora la question. Son cœur battait la chamade. « C'est merveilleux de te voir. Je dois partir bientôt. Est-ce qu'on peut... j'aimerais te parler. Tu veux venir boire quelque chose avec moi ?

— Je n'ai pas envie de boire », dit-elle. « Mais je viendrais bien faire une promenade avec toi.

Jim s'arrêta auprès de Gary, espérant toujours qu'il allait s'éveiller, mais il ne le fit pas. « Guéris, mon ami », dit Jim, et il laissa à Miss Chapel le mot à lui remettre quand il reprendrait conscience.

Ils n'eurent pas besoin de se demander où aller. Jim et Carol se dirigèrent vers leur parc.

Sans le faire réellement exprès, Jim ne cessait de frôler Carol. Son épaule toucha la sienne ; ses doigts touchèrent le dos de sa main. Tout d'abord, elle se recula.

— Oh... » dit Carol impatiemment la troisième fois que Jim la toucha. Elle prit sa main et la garda. « Nous sommes toujours amis, j'espère.

— Je l'espère, aussi », dit Jim. Il essaya de croire que l'étincelle électrique d'attirance physique n'existait plus entre eux, mais il se rendit compte qu'il lui était impossible de s'abuser lui-même à ce point. Etre près de Carol lui donnait l'impression d'être enfermé avec elle dans les rêts d'un puissant courant ayant le pouvoir d'échanger et d'intensifier les passions entre eux.

— Est-ce que tu dors mieux ? » dit Carol.

Jim hésita entre la vérité et un mensonge. « Je dors bien », dit-il.

Carol lui lança un regard perplexe, et il comprit qu'il avait hésité trop longtemps. Elle l'avait trop souvent tenu dans ses bras, lorsque les cauchemars l'éveillaient brutalement dans les heures les plus sombres du matin.

— Si tu as envie d'en parler... » dit-elle.

— Non. Je ne veux pas en parler », dit-il d'un ton pincé, exaspéré. En parler ne servirait qu'à lui fournir une excuse pour se vautrer dans la peine et le regret. C'était bien la dernière chose dont il avait besoin, et la dernière chose que Carol avait besoin d'entendre. De plus, s'il racontait maintenant à Carol qu'il continuait de s'éveiller en sursaut avec un cri de pure fureur, entortillé dans des draps mouillés de sueur froide, cerné par des lambeaux de rêves, prenant l'obscurité pour la cécité... S'il lui racontait ses efforts pour essayer de se rendormir dans l'étroit et minable compartiment pour voyageur... S'il lui disait comment il restait éveillé et épuisé dans la nuit, souhaitant désespérément sa présence, alors il aurait l'air de lui demander de le reprendre par pitié, et non par amour.

— Non », répéta-t-il, plus doucement, « je ne veux pas en parler.

Se tenant toujours les mains, ils atteignirent le petit parc et prirent le sentier qui faisait le tour du lac. Des canards nageaient à côté d'eux, criant pour obtenir une friandise.

— Nous avons toujours oublié de leur apporter quelque chose », dit Carol. « Combien de fois nous sommes-nous promenés ici ! Nous avons toujours eu l'intention de leur apporter du pain, mais nous ne l'avons jamais fait.

— Nous avions... autre chose en tête.

— Oui.

— Carol, il doit bien y avoir un moyen...

Il s'arrêta quand il sentit qu'elle se raidissait.

— Comme ? » dit-elle.

17

— Nous pourrions... nous marier !

Elle le regarda ; pendant un instant, il crut qu'elle allait lui éclater de rire au nez.

— Quoi ? » dit-elle.

— Marions-nous. Nous pouvons nous rendre aux Docks Spatiaux, l'Amiral Noguchi pourrait célébrer la cérémonie.

— Au nom du ciel, pourquoi le mariage ?

— C'est de cette façon qu'on s'y prend, dans ma famille », dit Jim avec raideur.

— Hé bien, pas dans la mienne », dit Carol. « Et de toute façon, ça ne marcherait pas.

— Ça a marché pour un certain nombre de générations », dit Jim, bien que dans le cas de ses parents, ce soit pousser un peu loin que prétendre que ça " marchait ". « Carol, je t'aime. Tu m'aimes. Tu es la personne avec qui je souhaiterais être si j'étais échoué sur une planète déserte. Nous nous sommes bien amusés ensemble — souviens-toi quand nous sommes allés aux docks et que nous nous sommes glissés à bord de l'*Entreprise* pour notre visite privée... » En voyant son expression, il s'arrêta. « C'est vrai.

— Oui », dit-elle. « C'est vrai. Et tu m'as manqué. La maison est épouvantablement calme sans toi.

— Alors, tu veux bien le faire ?

— Non. Nous avons trop souvent discuté de ça. Peu importe ce que nous ferions, cela ne changerait rien. Je ne peux pas aller avec toi, et tu ne peux pas rester avec moi.

— Mais je pourrais. Je pourrais demander un transfert aux Quartiers Généraux...

— Jim... » Elle se tourna vers lui. Elle lui prit les deux mains et le regarda dans les yeux. « Je me souviens de ce que tu as ressenti quand tu as su que tu obtenais le commandement de l'*Entreprise*. Est-ce que tu penses que quelqu'un qui t'aime voudrait te retirer ça ? Penses-tu que tu pourrais aimer quelqu'un qui essaierait ?

18

— Je t'aime », dit-il. « Je ne veux pas te perdre.

— Je ne veux pas te perdre, non plus. Mais je t'avais perdu avant même de t'avoir trouvé. Je peux m'habituer au calme. Mais je ne peux pas m'habituer à l'idée de t'avoir pour quelques semaines à la fois, et de te perdre à nouveau à chaque fois.

Il continua de chercher une solution différente, mais c'était un cercle vicieux. Il n'y avait pas moyen d'en sortir.

— Je sais que tu as raison », dit-il, malheureux. « Je voulais juste… »

Des larmes brillèrent dans les yeux bleu foncé de Carol.

Ils s'embrassèrent, une dernière fois. Elle le tint contre elle. Détournant le visage, il posa la tête sur son épaule, les larmes aux yeux lui aussi.

— Je t'aime aussi, Jim », dit-elle. « Mais nous ne vivons pas sur une planète déserte. »

Du côté de la baie marécageuse de l'île, à l'endroit de la ligne de rencontre du rivage et de l'eau salée, tiède et peu profonde, des palétuviers poussaient sur les noires étendues boueuses. La marée se retira, laissant derrière elle une odeur forte et riche. La nuit tomba, et la pleine lune terrestre se leva, donnant une couleur argentée à l'eau sombre et à la boue noire.

Le Commander Spock de Starfleet, officier scientifique du vaisseau stellaire *Entreprise,* citoyen de la planète Vulcain, était occupé à regarder, sentir, et écouter le marais. La partie non exploitée de l'île était dénuée de toute présence, humaine ou d'une autre espèce intelligente. La richesse de l'écosystème le fascinait. Les bourdonnements des moustiques, dont la fréquence sonore augmentait lorsqu'ils s'approchaient de lui, et diminuait lorsqu'ils s'éloignaient, servaient de fond aux hululements des chouettes et au sonar aigu des chauves-souris. Il pouvait repérer leur vol aux murmures de leurs ailes. Le vol des chouettes était fait de descentes en piqué, dans un bruit de plumes, alors que les chauves-souris procédaient par une série de changements abrupts de direction. Un serpent ondula du rivage jusqu'à l'eau, le son léger produit par son long glissement changeant à peine au moment de la transition. Sur le marécage dégagé par la marée, de petits crabes dansaient. Les griffes d'un raton-laveur égratignèrent l'écorce d'un palétuvier, et il avança à pas feutrés sur la boue. Il y eut des craquements. Au matin, rien ne resterait du crabe capturé qu'une petite pile de carapace réduite en miettes.

Les habitants de l'île prétendaient que des couguars vivaient encore ici, mais Spock les soupçonnait de le faire pour le seul bénéfice des touristes.

Vers l'aube, un héron bleu surgit du ciel et atterrit bruyamment dans les eaux profondes. Il parcourut l'eau, les pattes et le bec en équilibre, prêt. Spock se demanda ce qu'il chassait. Il ôta ses bottes, roula le bas de son pantalon, et pataugea dans l'eau limoneuse. Il sentait les vibrations de créatures vivantes à travers la plante de ses pieds, semblables à un courant électrique constant, de basse fréquence. Son orteil rencontra quelque chose de dur, qu'il ramassa et fit aller et venir dans l'eau afin d'enlever le plus gros de la boue.

Le mollusque était long comme la moitié de son pouce, un univalve, à la coquille délicatement dessinée en noir et blanc. Elle s'effilait en pointe, son apex spiralé se terminant en une série de petites pointes aiguës. La créature s'était retirée à l'intérieur de la coquille, refermant étroitement son opercule corné. Spock se tint immobile jusqu'à ce que le gastéropode finisse par sortir ses antennes, puis sa tête et son corps, et se mettre à ramper sur sa main.

Spock remit le mollusque dans la baie, et partit vers le centre de conférence, prenant le plus long chemin, celui qui contournait l'extrémité de l'île. Le marais fit place au côté océanique : du sable blanc, des dunes herbeuses, des palmiers. Comme le soleil atteignait l'horizon, il parvint à une plage retirée. Il se livra à une longue et difficile nage, se mesurant contre les courants.

Spock n'avait pas appris à nager dans son enfance. Vulcain, sa planète natale, était une boule brûlante et desséchée tournant autour d'un vieux soleil écarlate. Les larges étendues d'eau libre étaient rares sur Vulcain, car la planète possédait juste assez d'eau pour alimenter son écosystème. Très tôt le premier matin de la conférence, avant que personne d'autre ne soit levé, il s'était éloigné seul, et, avec précaution, il s'était essayé à nager. Son corps élancé et maigre ne flottait pas naturellement, mais après quelques faux départs maladroits, il parvint à rester à flot. Une fois qu'il eut compris comment progresser, son habileté augmenta rapidement.

Il s'arrêta à quelques kilomètres du rivage, et se mit à nager en chien. L'extrémité de l'île était une fine ligne blanche pour la plage, et verte pour la végétation. Les yeux ouverts, il se laissa couler dans l'eau. A un mètre sous la surface, un barracuda le regarda d'un œil glacé, son corps puissant, en forme de torpille argentée, était immobile, à part, de temps en temps, le mouvement d'une nageoire. Spock savait que l'animal était un dangereux prédateur. Il fouilla son esprit, cherchant la peur, et ne trouva rien. Les Vulcains s'entraînaient à maintenir un état d'équanimité dépourvu de toute émotion, en toutes circonstances. Spock contrôlait sans cesse son adéquation à cet idéal. Il résistait à la peur et à la douleur ; avec une égale détermination, il résistait à l'orgueil et au désespoir, à la joie et à la peine, et à l'amour.

A un certain moment le barracuda était en train de le regarder, et le moment d'après, il avait disparu. Sa forme aérodynamique se propulsa à travers l'océan presque sans bouger, et Spock se retrouva seul. Le barracuda n'était peut-être pas intéressé par le sang vert à base de cuivre de l'étranger, à moins qu'il ne fût tout simplement pas affamé. Spock nagea vers le rivage, se sécha et, après avoir lissé ses courts cheveux noirs, se rhabilla avant de traverser la plage. Le sable blanc laissait place à des dunes herbeuses, et les dunes herbeuses à des arbres et de l'ombre. Il y avait déjà quelques humains étendus sur le sable, s'exposant au soleil. La race humaine avait évolué à la lumière de cette étoile jaune. Contrairement à la race vulcaine, elle possédait une protection naturelle contre les radiations ultraviolettes. Spock n'en pensait pas moins qu'ils prenaient un risque inutile. Certains portaient des costumes de bains, ce qu'il trouva ridicule : d'un côté, une protection inadéquate contre le soleil, et de l'autre une gêne pour la nage. Il ne voyait aucun intérêt au port des vêtements en tant que décoration.

Bien qu'il fît grand jour quand il atteignit le centre de conférence, le hall était désert. Une partie des participants avait quitté le centre après la présentation des derniers documents la veille, et une autre partie avait fait la fête tard dans la nuit et était encore en train de dormir. Les Deltans, en particulier, montraient une considérable aptitude à s'engager dans des discussions intellectuelles toute la journée et à faire ribote la plus grande partie de la nuit. Cependant, ils effectuaient leurs célébrations en privé, prétendant qu'ils ne pouvaient pas risquer de provoquer des dommages à d'autres êtres dotés de capacités émotionnelles plus faibles. Les autres êtres, y compris les humains, décidèrent apparemment de relever le défi. Le tapage subséquent décida Spock à éviter les parties indomptées du centre de conférence, et, plutôt, à passer ses nuits à explorer les parties indomptées de l'île.

— Excusez-moi, Commander Spock ? Vous avez un paquet.

Spock alla vers le comptoir. Quelqu'un s'était donné beaucoup de peine et n'avait pas regardé à la dépense afin de l'expédier au lieu de le faire synthétiser sur place : l'emballage était recouvert de timbres. Spock prit le paquet. L'adresse était écrite de la main de sa mère.

Il l'emmena dans ses quartiers et le regarda avec curiosité avant de l'ouvrir. Bien qu'il ait été sur Terre, ou bien aux Docks Spatiaux en orbite terrestre haute, depuis quelques mois, et bien que la résidence actuelle de ses parents soit sur terre, il ne leur avait pas rendu visite, et ne les avait pas appelés. Sarek, son père, Ambassadeur de Vulcain, désapprouvait la décision de Spock de s'engager dans Starfleet. La cassure existait depuis quelques années, et, ne voyant aucun moyen de la réparer, Spock l'acceptait. Egalement, il était rare qu'il communiquât avec sa mère. Contrairement à son père, elle était capable d'accepter qu'il prenne les décisions concernant sa propre vie. Elle n'avait jamais essayé de le rallier à la façon de voir de Sarek. Mais le désaccord entre son mari et son fils la mettait dans une inconfortable position intermédiaire. Bien que Spock se refusât à admettre la moindre peine au sujet de leur éloignement, il ne restait pas indifférent aux sentiments de sa mère.

Pour un observateur extérieur, Spock était un homme de haute taille, mince, d'une force physique parfaitement contrôlée. Son teint tirant sur le vert, ses sourcils noirs relevés et ses yeux sombres, profondément enfoncés, ses lisses cheveux noirs coupés à la chien avec une frange droite, ses oreilles effilées en pointe, en faisaient indéniablement un Vulcain. C'est ainsi que la plupart des gens le voyait. Cependant, son sang n'était pas complètement étranger aux océans de ce monde, car sa mère, Amanda Grayson, était de race humaine. Elle possédait toutes les sensations et les émotions des humains. Spock, bien qu'il souhaitât qu'il fût possible à sa mère d'échapper à ses sentiments, savait que la tension entre lui-même et Sarek la blessait profondément. La seule solution qu'il eût trouvée, aussi insatisfaisante fût-elle, était de rester au loin. Il ouvrit le paquet. Il en sortit un court billet, où on lui souhaitait d'aller bien, sans mentionner son silence, et où transparaissait en filigrane l'émotion intense qui s'y dissimulait. Seule, la signature rompait avec le ton détaché : « Avec mon amour, Amanda. »

Le paquet contenait une chemise de velours de soie marron, brodée d'or au col et aux manches, Spock observa le vêtement, se demandant ce qui avait poussé sa mère à le lui envoyer. C'était le type de vêtement que l'on pouvait porter à une soirée, et Amanda n'ignorait sûrement pas qu'il assistait seulement aux soirées qu'il lui était impossible d'éviter, auquel cas il était obligé de porter la tenue de cérémonie de Starfleet. Etant humaine, sa mère était plus subtile et moins directement logique qu'un Vulcain, ce qui ne rendait pas nécessairement ses actions moins significatives ou moins compréhensibles. Spock comprit, au bout d'un moment, qu'elle espérait qu'il trouverait dans sa vie d'autres satisfactions que son travail. Elle lui souhaitait de trouver le bonheur. Il essaya la chemise. Elle lui allait, bien entendu. Il dut reconnaître qu'il trouvait la texture du tissu esthétiquement satisfaisante. Il replia le cadeau dans son paquet et le rangea avec ses autres possessions, parmi les modules de mémoire et une copie reliée du dossier qu'il avait présenté.

Ses vacances terminées, il était temps de retourner à bord de l'*Entreprise*.

L'Elève Officier Hikaru Sulu esquiva, puis se fendit dans un mouvement soudain, et battit en retraite avant que le sabre de son adversaire ait pu marquer la touche gagnante. Il porta une botte, à deux reprises, et le tableau de marque s'illumina pour la dernière touche du dernier match du Championnat d'escrime de toutes les Planètes Intérieures.

L'arbitre concéda le point, l'assaut de sabre, et le Championnat à l'Elève Officier Hikaru Sulu.

Presque oublieux des réactions du public, haletant, le cœur cognant après l'intense et longue compétition, Hikaru releva son masque et salua son adversaire. Il s'était battu contre elle dans les championnats intercontinentaux, après être devenu le premier escrimeur de l'Académie de Starfleet à obtenir une place dans l'équipe pan-terrienne en dix ans. Son école à elle avait pris la plupart des autres places, et elle était capitaine de l'équipe. Il ne l'avait jamais battue auparavant.

Elle resta tête baissée, son sabre pendant à ses côtés. Elle avait gagné ce titre deux ans d'affilée. Il était *à elle*, de droit, par tradition, et par son entraînement. Elle appartenait à l'une des familles les plus puissantes de la Fédération, une aristocratie ancienne basée sur l'argent et la réussite. L'escrime était leur sport. Comment un escrimeur de l'Académie de Starfleet, un provincial, pratiquement un colon, osait-il s'immiscer là-dedans et penser qu'il pouvait arrêter son irrésistible progression ?

Lorsqu'elle releva son masque, elle avait l'air tellement en colère, tellement stupéfaite, qu'il craignit qu'elle ne quittât la piste sans observer les conventions de politesse.

Il avança sa main dégantée vers son adversaire. Elle avait habituellement une façon de bouger gracieuse, athlétique, mais là elle se força visiblement pour lui serrer la main avec raideur. Sur la ligne de touche, Hikaru essaya de penser à quelque chose à lui dire, mais elle jeta violemment à terre son masque, son sabre et ses gants et rejeta les consolations de l'entraîneur.

Elle jeta un coup d'œil à Hikaru. « Espèce de paysan

illettré ! » lança-t-elle d'un ton hargneux. Suivie par ses coéquipiers, ses admirateurs, et l'entraîneur, elle partit vers les vestiaires.

— " Paysan illettré ? " Hikaru était tenté de citer quelques lignes de poésie. Si les parents de son adversaire, dont les familles n'avaient rien fait, dans cette génération, que protéger leurs positions, avaient des prétentions littéraires, ils possédaient probablement dans leur bibliothèque un exemplaire de l'un des livres du père d'Hikaru. *Feu Glacé,* peut-être, ou bien *Neuf Soleils.*

Probablement, pensa Hikaru avec maussaderie, un exemplaire jamais lu.

Un membre de l'équipe traîna derrière. « Vous êtes fier de vous ?

— Oui », dit Hikaru. « Je suis fier de moi. » Bien que son adversaire manquât complètement d'élégance dans la défaite, elle était la meilleure escrimeuse au sabre qu'il eût jamais rencontré. Il n'avait pas espéré la vaincre.

— Elle aurait été la première escrimeuse à remporter le championnat de sabre trois ans d'affilée.

En colère, Hikaru demanda : « Qu'est-ce que vous attendez de moi ? Que je manifeste mon remords en me transperçant avec mon épée ?

Son coéquipier lui jeta un regard mauvais et s'éloigna rapidement.

Hikaru avait cru que, s'il était assez bon, il serait accepté, qu'ils oublieraient son absence de situation sociale, sa pauvreté, et le respecteraient pour ses talents. Il avait été idiot de croire ça. Il n'avait jamais eu aucune chance d'être accepté. Même si ses parents avaient eu des carrières lucratives, ce qui n'était pas le cas, seuls comptaient l'argent, les situations et les relations de longue date.

Malgré lui, Hikaru se mit à rire. Finalement, leur affectation était allée trop loin pour qu'il s'en souciât.

En fin de compte, il ne put que trouver ses coéquipiers comiques, et, d'étrange manière, pitoyables.

Directement après la cérémonie de remise des médailles, il remit ses armes dans leur étui et retourna étudier au dortoir de l'Académie.

Etant donné que sa mère travaillait comme agronome consultant, sa famille avait déménagé de monde en monde pendant toute son enfance. Son éducation avait été plus que complète pour certaines matières, et quasi nulle pour d'autres. Les cours à l'Académie étaient une lutte constante pour se tenir à niveau, avec de temps en temps une matière qu'il aurait pu enseigner mieux que le professeur lui-même.

Starfleet lui avait accordé l'affectation qu'il avait demandée, à condition qu'il obtienne son brevet d'officier, et celui-ci dépendait des notes finales du dernier trimestre. Il devait faire mieux que passer simplement de justesse.

Sa médaille de champion dans une main, son étui d'armes pesant dans l'autre, ses coéquipiers partis déplorer la défaite de leur championne au lieu de célébrer sa victoire, il se demanda à nouveau s'il n'aurait pas dû quitter l'équipe des mois auparavant. Il aurait alors eu davantage de temps pour l'étude. Mais, à la vérité, il adorait l'escrime, et l'entraînement lui donnait l'énergie dont il avait besoin pour étudier. Et peut-être l'escrime lui permettait-elle de garder son équilibre mental. Beaucoup plus tôt, lorsqu'il avait compris qu'il s'engageait dans le sport d'élection d'un groupe social totalement différent du sien, il prenait déjà trop de plaisir à l'escrime pour arrêter.

Et maintenant, une semaine après le Championnat, l'aube approchant, Hikaru se promenait le long d'une plage, repoussant les souvenirs du championnat de la même manière qu'il repoussait du pied le sable humide. A la limite de la mer, une nappe d'eau claire passa sur un éparpillement de graviers polis par le temps. La mer, le sable, le vent, et les petits cailloux polis à la limite de l'eau faisaient penser à l'automne avec leur scintillement froid.

Il avait remporté le championnat, et il avait obtenu les notes voulues à l'Académie ; il avait son brevet, et son affectation. Il en avait terminé avec l'escrime, et avec l'Académie.

Il retourna à son campement sur la plage, où la fumée de son feu contrecarrait l'éclatante odeur saline de l'air. Des étincelles jaillirent lorsqu'il jeta dans le feu un autre morceau de bois flotté.

Il s'assit et s'adossa contre un énorme morceau de bois flotté poli par les intempéries, un cèdre déraciné devenu d'un gris argenté. Le soleil apparut à l'horizon, se levant dans un ciel trop clair, un air trop pur pour produire un lever de soleil rayonnant. A l'est, le ciel s'éclaircit. Au-dessus, il était d'un bleu indigo intense. A l'ouest, des étoiles scintillaient toujours dans la nuit.

Il ne lui restait que quelques heures de sa permission, quelques heures encore de paix et de solitude pour se familiariser avec sa planète natale. Il était né sur la terre, mais avait été élevé sur une douzaine de mondes étrangers. Il avait passé les trois dernières années ici, mais l'étude et l'entraînement avaient pris tout son temps jusque-là.

Il avait décidé de passer sa permission près de l'océan, non par préférence, mais parce qu'il n'avait ni le temps, ni l'argent de quitter la terre. Arrivé à l'âge de vingt ans, il avait vu des montagnes plus haute que l'Himalaya, des déserts plus grands, plus arides et plus cruels que le Sahara, toutes sortes de merveilles planétaires et stellaires. Les récits des splendeurs de la terre ne l'avaient jamais impressionné.

Mais, après quelques jours seul au bord de la mer, la tranquille beauté de son monde natal, jusque-là inconnu, l'avait pris dans ses rêts.

Je me croyais capable de me sentir chez moi

n'importe où, pensa-t-il, mais je sais que je ne me suis jamais senti chez moi nulle part, en fait, à côté de ce que je ressens, assis au bord du plus grand océan de la Terre.

Mais bientôt il lui faudrait partir ; bientôt il serait en route pour la frontière, pour servir sur l'*Aerfen,* avec le Capitaine Hunter.

Se dorant à la chaleur du feu, il sombra dans le sommeil.

Koronin traversa à grands pas le terrain d'atterrissage obscur, ignorant les vaisseaux minables qui semblaient accroupis dans la poussière. Les vaisseaux qui visitaient le système d'Arcturus avaient laissé leurs meilleures années bien loin derrière eux, qu'ils soient originaires de la Fédération, de l'empire Klingon, ou qu'ils soient quelque improbable hybride de parties orphelines et de rétro-installations maladroitement assemblées.

Cependant, l'un des vaisseaux sur le terrain était différent.

Le vent froid et piquant de la nuit soulevait de la poussière autour des bottes de Koronin et pressait son manteau autour d'elle. Il renvoyait en arrière ses longs cheveux cuivrés, dégageant son front haut et sa crête frontale saillante. Il faisait voler par-dessus son épaule son voile dégrafé.

Elle s'arrêta à quelques pas du nouveau vaisseau aux lignes pures. Ses flancs lisses reflétaient la lueur des étoiles. Personne — à coup sûr, personne dans le système d'Arcturus — n'avait vu son pareil auparavant. Le corps principal pourvu de larges ailes, la section centrale élancée, et la proue sphérique prouvaient à l'évidence que le destin du vaisseau provenait du modèle favori de l'armée klingonne. Mais ce dessin avait évolué en sorte de produire un vaisseau unique.

Et maintenant, il appartenait à Koronin, qui était une hors-la-loi et une fugitive.

Elle toucha la clé de l'écoutille d'accès. La clé et le vaisseau échangeaient des informations électroniques complexes. Sachant que l'un ou l'autre pouvait avoir été réglé pour la détruire, Koronin maintenait tant bien que mal sa philosophie fataliste. Mais la possibilité que le bâtiment s'ouvrît pour elle la remplissait d'excitation.

L'écoutille s'ouvrit, et elle pénétra à l'intérieur.

Le centre de commandement pouvait attendre. L'écoutille fermée du centre de travail en contrebas s'ouvrit à l'approche de Koronin.

— Mon Seigneur... » Le sergent s'arrêta à la vue de Koronin. Sa crête frontale se contracta, et ses sourcils touffus se hérissèrent.

Koronin comprit sa confusion, et ne fit rien pour la soulager, mais la laissa au contraire augmenter, restant silencieuse devant lui.

— Ma Dame », dit-il rapidement. « Ceci est le centre de travail, ce n'est pas un endroit pour une citoyenne de... de votre rang. Avec votre permission, je vais vous montrer le chemin pour le centre de commandement, où vous pourrez attendre confortablement l'arrivée de mon Seigneur. »

Koronin sourit. Cela l'amusait d'être prise pour la maîtresse du précédent propriétaire du vaisseau. Elle apprécia la vitesse à laquelle le sergent se remettait de sa surprise — ou, à tout le moins, la dissimulait. Elle vit en lui un assistant de valeur, s'il pouvait être gagné à ses intérêts. Elle lui montra une fine chaîne en or. Au bout se balançait un disque-identité, dont les couleurs s'effaçaient déjà pour prendre la transparence indiquant la mort.

— Votre Seigneur ne reviendra pas », dit-elle. « Ce vaisseau m'appartient. »

Les autres membres de l'équipage lui avaient à peine jeté un coup d'œil de curiosité blasée, pensant qu'elle était la dernière favorite de leur maître. Maintenant qu'elle affirmait être en fait leur maître, ils la regardèrent fixement, certains ébahis, d'autres terrifiés. Quelques-uns montrèrent de la joie et du soulagement, avant de se rendre compte combien faibles étaient les chances de Koronin de garder le vaisseau. Ils prirent instantanément une expression de neutralité.

Bouche bée, pétrifié, le sergent essaya de comprendre ce qui se passait. « Vous avez tué mon Seigneur — vous l'avez volé... ? » Il s'arrêta. Il n'était pas possible de voler la clé électronique et de l'utiliser pour monter à bord. Elle contenait des sécurités contre une telle éventualité.

— Votre Seigneur m'a transféré les droits de propriété. Il a perdu dans un jeu de hasard. Un jeu loyal. Puis il a cru bon de remettre en cause son pari.

Elle balança la chaîne de telle façon que le disque-identité sauta dans sa main, qu'elle referma sur lui, comme oublieuse de ses bords coupants. Puis, comme elle attachait le disque à la longue frange de sa ceinture, elle tourna délibérément le dos au sergent.

Lorsqu'il attaqua, elle vira sur elle-même et bloqua le coup. La force de l'assaut la fit chanceler, mais sa résistance le déséquilibra. Il attrapa le désintégrateur à sa ceinture. Koronin ne daigna pas utiliser une arme à feu contre lui. Elle tira son épée de duel, et ouvrit le bras du sergent. Il hurla de douleur. Le désintégrateur s'envola de sa main. Koronin le rattrapa et l'empocha.

Le sergent se pelotonna sur le sol, essayant d'étancher le flot de sang de son avant-bras. Il saignait abondamment, mais, en fin de compte, de manière superficielle. Koronin avait soigneusement évité les vaisseaux sanguins majeurs du bras. Elle dédaignait les tueries inutiles.

— Lève-toi. » Elle mit la pointe de sa lame sur sa gorge.

Il gémit en signe de protestation. Il était terrifié. Sa crête frontale pâlit et se ratatina, car il était proche du choc mental. Il se leva, peu assuré sur ses pieds. Son regard ne quittait pas la lame. Comme il regardait, l'arme à l'aspect vitreux absorba le sang qui brillait à sa surface. La couleur de l'épée-de-sang s'intensifia.

— Le vaisseau m'appartient », répéta Koronin. « L'équipage est à moi, et tu es à moi. Je te permets de décider de ton propre destin. Tu peux me jurer allégeance, ou bien tu mourras. »

Le maître du sergent s'était déshonoré. Le sergent avait le choix : accepter le déshonneur, ou bien le refuser, et accepter Koronin.

Il fit le choix honorable.

— Je te jure allégeance, en mon nom et en celui de l'équipage que je commande. » Il eut une hésitation.

— Je m'appelle Koronin.

— Je te jure allégeance, Koronin.

Elle retira sa lame et la remit au fourreau. Une seule goutte de sang apparut à la gorge du sergent. « Mes affaires vont arriver bientôt. Une fois que tu te seras occupé de les faire apporter en toute sécurité au centre de commandement, et que tu auras préparé le vaisseau pour le décollage, alors tu pourras faire soigner tes blessures. »

Il reconnut son droit à exiger que les tâches à remplir pour elle aient la préséance sur sa douleur.

— Merci, Ma Dame.

— Je m'appelle Koronin ! » dit-elle avec colère, sa main se renfermant sur le pommeau de son épée.

Il hésita. Il lui avait donné le titre par courtoisie, et elle l'avait refusé. Il ignorait pourquoi. Au milieu de la douleur, du choc et de la peur, il chercha la raison pour laquelle il l'avait offensée.

— Je n'utilise aucun titre », dit Koronin, d'un ton cassant, mais sans colère, cette fois. « Exécute tes ordres. »

Lentement, il tomba à genoux devant elle. « Oui, Koronin. »

Elle lui tourna le dos, ainsi qu'à l'équipage. Personne

ne fit un mouvement contre elle. Elle ferma le centre de travail, rivant les membres de l'équipage à leurs postes, mais laissant le sergent libre, et se hâta vers le centre de commandement afin de se familiariser avec les contrôles. Elle voulait être loin du Système d'Arcturus quand les dirigeants de l'Empire Klingon se rendraient compte de ce qu'ils avaient perdu.

Elle allait prendre leur vaisseau le plus récent, et voir quels torts elle pourrait bien causer à la Fédération des Planètes.

Chapitre I

Le Commander Spock marqua une pause devant la cabine du Capitaine du vaisseau *Entreprise*. Bien qu'il eût travaillé plus intimement avec Christopher Pike qu'avec aucun autre humain, il n'était, en onze ans, jamais entré dans sa cabine. Pike était un homme très secret. M. Spock approuvait la réserve du capitaine.

Le Vulcain frappa à la porte de la cabine, sans attendre de réponse.

— Entrez. » La porte s'ouvrit en glissant de côté.

Spock resta sur le pas de la porte. Il n'avait pas pensé à ce qu'il pourrait dire.

Les coudes de Pike reposaient sur son bureau, et il avait le menton appuyé sur ses deux poings fermés. Il observait les cristaux qui recouvraient le dessus du bureau. De différentes tailles et couleurs, quelques-uns avaient retenu des images statiques, alors que d'autres avaient capturé des scènes en mouvement. L'excellente vue de Spock lui permit de reconnaître des scènes et des paysages familiers. Il n'avait jamais su que le Capitaine Pike enregistrait sur cristaux-souvenirs les mondes que son vaisseau visitait.

Pike leva les yeux. Son attitude pensive disparut. Il passa la main au-dessus des cristaux, et les images s'évanouirent. Les cristaux s'assombrirent, puis s'éclaircirent jusqu'à devenir complètement transparents.

— Bonjour, M. Spock.

— Commodore Pike.

— Pas commodore ! Pas encore. Je suis toujours capitaine, jusqu'à ce soir. Pike ramassa les cristaux et les mit dans un sac fermé par un lacet. Ils s'entrechoquèrent et cliquetèrent.

— Très bien, Capitaine Pike », dit Spock.

— Quelque chose qui concerne le vaisseau ?

— Non, monsieur. L'*Entreprise* est prête pour la passation de commandement.

— C'est bien. » Il ferma le sac en tirant le lacet, et le jeta dans une valise presque vide.

— Pas grand-chose à montrer pour onze ans de ma vie, n'est-ce pas ?

— Capitaine ?

— Ne faites pas attention. Je sens mon âge, c'est tout.

Spock réfléchit. Le Capitaine Pike n'avait pas encore cinquante années terrestres. Sur Vulcain, il serait encore tenu pour un jeune homme. Sans doute, il attendait avec impatience l'approche de sa maturité.

— Oui, capitaine. Félicitations, monsieur.

— Félicitations ?

— Oui, monsieur, pour votre promotion. Pour vos nouvelles responsabilités.

— Oh, c'est vrai. » Il eut un sourire réservé qui ne semblait pas contenir beaucoup d'humour.

Spock ne comprit pas ce sourire.

— Vouliez-vous me parler de quelque chose en particulier, M. Spock ? » demanda Pike.

— La passation de commandement offre peu d'occasions de converser, capitaine. Je suis venu pour vous parler maintenant... simplement pour vous souhaiter bonne chance.

— Simplement ?

36

— Oui », dit Spock. « Les vœux de bonne chance ne sont sans doute pas logiques, basés ainsi qu'ils le sont sur des superstitions, des souhaits de bonne fortune, mais... » Il ne savait pas quoi rajouter. « J'ai beaucoup appris de vous, capitaine.

— C'est un très grand compliment, M. Spock », dit le Capitaine Pike. « Je vous en remercie.

— Peut-être aurons-nous, un jour, l'occasion de travailler ensemble de nouveau.

— Est-ce que cela vous ennuie, M. Spock ?

— Quoi, capitaine ?

— Je ne vous ai jamais demandé si vous vouliez être promu hors de l'Entreprise en même temps que moi. J'aurais pu le recommander. Si je l'avais fait, vous seriez sur le point d'être mon officier en second sur une base stellaire.

— Je suis au courant que cela se fait souvent », dit Spock. « Le Capitaine Kirk a recommandé deux de ses officiers supérieurs pour des postes à bord de l'*Entreprise*. C'est son privilège, comme c'est le vôtre de choisir votre propre état-major.

— J'aurais sans doute dû vous en parler », dit le Capitaine Pike. Il arrangea de nouveau les objets dans sa valise, et la referma. « Mais j'ai choisi à votre place, parce que je craignais que, si je vous faisais cette proposition, vous ne vous sentiez obligé de l'accepter. Obligé de quitter l'*Entreprise*. Est-ce que je me suis trompé ?

— Monsieur ? » dit Spock, troublé.

— Vous avez un sens des responsabilités hautement développé, M. Spock. Vous ne choisissez pas nécessairement la voie qui est la meilleure pour vous. » Spock perçut le commentaire de Pike comme une critique, mais il n'en comprit pas le but. « " Le meilleur " est un terme hautement subjectif, capitaine », dit-il. « Les Vulcains essaient d'éliminer les termes subjectifs de leurs décisions. Le but d'un Vulcain nanti de l'éducation et de l'entraînement que j'ai reçus est d'accroître la somme des connaissances dont disposent les êtres pensants.

— Peut-être que je ne me suis pas trompé, après tout. » Le Capitaine Pike hésita. « Lorsque des gens nantis de l'éducation et de l'entraînement que j'ai reçus se disent au revoir, ils se serrent la main. Mais les Vulcains…

— Je vous serrerai la main, Capitaine Pike, si vous le souhaitez », dit Spock.

Le capitaine et l'officier scientifique se serrèrent la main pour la première et dernière fois.

Uhura se téléporta à bord de l'*Entreprise,* contente et reposée, ravie d'être de retour, et en même temps souhaitant que le festival ait duré une semaine de plus. Elle rangea ses affaires dans sa cabine et régla son unité de communication afin d'être prévenue sur la passerelle si son paquet arrivait pendant que l'*Entreprise* était encore au port. Ce n'était pas probable, mais, bon, tout peut arriver ! Puis elle ôta son costume de festival, une longue robe rouge ornée de broderies celtes au col et aux poignets, et remit son uniforme. Uhura, musicienne, citoyenne de la Nation Bantoue de l'Afrique Unie, redevint le Lieutenant Uhura, officier des communications du vaisseau stellaire *Entreprise.*

L'activité prenant place sur la passerelle aurait pu ressembler à un chaos incontrôlé pour un étranger. Uhura avait vu cet apparent chaos à de nombreuses reprises. Elle comprenait son fonctionnement, ses flux et ses reflux. Il changeait, évoluait ; il évoluerait encore plus pendant ce voyage qu'il ne l'avait fait depuis qu'Uhura était montée à bord pour la première fois.

Le Capitaine Pike avait reçu une promotion. Ce soir, il serait remplacé. A travers le vaisseau tout entier, l'anticipation, la curiosité et l'appréhension au sujet du nouveau capitaine se mêlaient au regret causé par le départ de leur actuel commandant, que chacun respectait et aimait. Le niveau sonore sur la passerelle baissa abruptement.

Le Commander Spock était arrivé. Tout le monde se tut, non par peur, par désir de ne pas être entendu, ou à cause d'un manque de sympathie pour M. Spock, mais parce que sa seule présence inspirait une attitude plus sérieuse.

Il jeta un regard circulaire sur la passerelle, puis prit place à son poste, le poste scientifique, comme inconscient de l'effet qu'il avait produit. Cependant, Uhura doutait que M. Spock ne notât point tout ce qui concernait l'*Entreprise*.

— Bonjour, M. Spock », dit-elle.

— Lieutenant Uhura.

— Est-ce que vos vacances ont été plaisantes ?

— Ce fut une période intellectuellement stimulante », dit-il. Elle ne l'avait pas vu depuis environ un mois ; il avait l'air encore plus intense et contrôlé que d'habitude.

— J'ai acheté une harpe irlandaise », dit Uhura.

— Je vous demande pardon ?

— Je suis allée au Festival de Harpe Irlandaise à Mandela, et j'y ai commandé une harpe. Peut-être Siobhan la finira-t-elle avant notre départ, mais il est plus probable que je devrai attendre jusqu'à notre prochain arrêt ici.

— Pourquoi y avait-il un festival de harpe irlandaise à Mandela ? Mandela ne se trouve pas en Irlande.

— On fait des festivals de harpe dans le monde entier, M. Spock. On pense même en faire un hors de la Terre, bientôt. Il y a plus de joueurs de harpe hors d'Irlande qu'en Irlande. Il n'est même pas nécessaire d'avoir les cheveux roux. » Elle eut un sourire. « En fait, Siobhan a les cheveux roux, mais sa peau est plus noire que la mienne. Elle fabrique les plus belles harpes que j'aie jamais vues.

— Cela m'intéresse de voir comment l'on en joue.

— Moi aussi — j'espère qu'elle arrivera avant notre départ. Une idée sur l'endroit où nous allons, et pour combien de temps ?

— Bien entendu, les consignes seront d'abord données au nouveau capitaine », dit M. Spock. « Mais... »

A la connaissance d'Uhura, M. Spock ne participait jamais aux commérages ; pourtant il était toujours au courant, d'une façon ou d'une autre, des plus récents changements dans les règles et la politique de Starfleet.

— Quoi, M. Spock ?

— Le vaisseau n'a ni la préparation, ni le carburant pour un long voyage, et l'équipe scientifique n'a pas été affectée au complet. On peut en déduire un voyage de durée limitée.

— Je vois. » Uhura était déçue. Des rumeurs avaient couru au sujet du plan d'exploration de la Fédération, et tout le monde à bord de l'*Entreprise* avait espéré et attendu de prendre part à cette mission.

Les portes de l'ascenseur s'ouvrirent, et l'Ingénieur en Chef Montgomery Scott déboula sur la passerelle.

— Je suis oncle ! » s'exclama-t-il. « Un cigare, Lieutenant Uhura ? M. Spock, un cigare pour fêter ça !

Comme Scott parcourait la passerelle, tendant un cigare à tout un chacun, Uhura se demanda quoi faire avec le cylindre de tabac roulé.

— Félicitations, M. Scott », dit-elle quand, son circuit terminé, il les regarda, Spock et elle, tout rayonnant de fierté. « Et merci. Je ne crois pas que je puisse le fumer sur la passerelle, en tout cas.

— Quelle est la fonction de cet objet ? » demanda Spock.

— C'est un cigare, M. Spoek. Il est de tradition de distribuer des cigares à la naissance d'un bébé. Ma petite nièce a deux jours. Dannan Stuart, elle s'appelle.

40

Un nom héroïque ! C'est la première fois que je suis oncle. Pourtant », dit-il, l'air de révéler un secret, « le bébé est très... très *petit*.

Uhura sourit. « Ça lui passera, M. Scott.

— Je ne comprends toujours pas cet objet. Ce cigare. » Spock fit rouler le cigare entre ses doigts à l'élégance puissante. Le tabac produisit un bruissement.

— Faites attention, M. Spock. Vous êtes censé l'allumer, pas l'écraser. Vous allez faire souffrir le tabac !

— Mais cette chose semble faite de feuilles séchées », dit Spock. « Comment pourrait-on faire souffrir des... » Il renifla le cigare, et l'éloigna rapidement de son nez. « Ceci est du tabac, M. Scott, et contient des produits chimiques nocifs.

— Oui, c'est vrai », reconnut Scott. « Mais c'est la *tradition*, vous comprenez ?

Spock continua de regarder le cigare. « Je crois que j'ai compris », dit-il. « Dans des temps de surpopulation critique, la naissance d'un enfant devait exiger qu'un adulte meure. Les adultes utilisaient une sorte de loterie pour décider qui devait laisser la place. Vos coutumes... Fascinantes ! Pas efficaces, mais fascinantes.

— Ce n'était pas du tout comme ça, M. Spock...

Spock lui rendit le cigare.

— Je suis sûr que votre intention était bonne, mais je préférerais ne pas participer à votre loterie.

Jim se rendit aux Docks Spatiaux. Pourquoi est-ce que j'ai dit ça à Carol ? pensa-t-il. Je savais ce qu'elle allait dire. Elle l'avait déjà dit avant. Je l'avais déjà dit avant. Je sais ce que c'est de faire partie de la famille d'un officier de Starfleet. Qu'est-il advenu de ma décision irrévocable de ne pas faire subir cela à quiconque ?

— Jaime ? Jaime Kirk !

41

Jim se retourna au son de la voix familière. « Agovanli ! »

L'imposante personne en face de lui attrapa ses chevilles avec ses pinces de genoux et tourna sur son pied central. Jim s'accrocha à sa crinière. Agovanli le reposa, soufflant bruyamment sa respiration chaude, parfumée, dans une version toute personnelle d'une accolade.

— Félicitaations », dit Vanli. Il avait une voix qui pouvait faire s'entrechoquer les décorations murales. « Félicitaations pour avoir reçu l'*Entreprise* ! Je suis bouillant d'anticipaation de voir ce que vous ferez aavec elle maintenant que vous l'aavez !

— Je prends ça pour un compliment », dit Jim, « du moins, je crois.

— Je vous offre un repas et un verre, pour célébrer ça.

En ce moment précis, cela sembla une excellente idée à Jim.

Vanli emmena Jim dans son restaurant favori, dont le décor était pour les trois quarts une île tropicale la nuit, et pour un quart une station spatiale. Ils s'assirent dans une zone qui était à la mode aux Docks Spatiaux : une bulle-paysage suspendue sur le côté de la station, avec une vue sur les étoiles à 180 degrés sur le plan horizontal et à 90 degrés sur le plan vertical. Un énorme rhododendron d'un orange fluorescent se balançait au-dessus de l'épaule gauche de Jim.

— Jaime, j'ai découvert quelque chose d'aabsolument fantastique àa mon dernier poste de travail. Certains humains — le saavez-vous ? Vos cultures sont si diversifiées — certains humains mélangent des entités alcooliques différentes dans le but de créer de nouvelles sensations.

— J'en ai entendu parler », dit Jim.

— Oh, excellent, nous allons en essayer quelques-uns. » Il étudia le menu inséré dans le dessus de la table, clignant ses grands yeux oranges. « Aah, ceci aa l'aair intéressant. » Il enroula ensemble plusieurs des tentacules de ses mains et poussa le bouton pour les commandes. Le couvercle de la table glissa de côté pour laisser place à une plate-forme de la taille d'un plateau, portant deux boissons dans des verres hauts.

Incrédule, Jim regarda les boissons choisies par Vanli. Les verres étaient remplis de couches de liqueurs de différents tons d'ambre et d'or. Une paille et un fruit quelconque dépassaient du sommet.

— Un " zaambi tropical ". Est-ce que ma prononciation est correcte ?

— Pas trop mauvaise. " Zombi ".

— Un très joli nom. Mélodieux. Connaissez-vous ce langage ? Sauriez-vous ce que cela signifie ?

— Je ne sais pas de quelle langue il vient. Mais je sais ce qu'il signifie. C'est un mort qui continue de se promener et qui pense qu'il est toujours vivant.

— Comme c'est pittoresque. Vos coutumes ne manquent jamais de me ravir. Mais alors, que serait le " tropical " ?

— Ça doit se référer au fruit.

— Bien entendu. Même un zaambi doit manger.

Jim leva son verre avec précaution.

— Non, non, non ! » rugit Vanli. « Servez-vous de la paille ! Vous insultez le constructeur si vous perturbez les couches.

— Vanli, personne ne fabrique ces boissons. La table les a synthétisées pour nous.

— Le principe demeure. Ils arrivent en couches, ils doivent être bus en couches.

— D'accord, si ça peut vous rendre heureux !

Jim aspira avec précaution un peu de la couche la plus foncée de la boisson. La liqueur d'un ambre profond explosa sur sa langue et se fraya un chemin dans sa gorge. Le fourbi faisait au moins 180 degrés ! Il haleta et étouffa sa toux, ce qui força les vapeurs de la liqueur

43

qu'il venait de boire à remonter à travers ses conduits nasaux et à rencontrer explosivement les vapeurs provenant de la couche supérieure du zombi, lesquelles se ruaient dans ses narines.

— Comme c'est agréable », dit Vanli, ignorant la réaction de Jim. « Ma tolérance à l'aalcool est celle d'un amaateur, comme vous le saavez, mais ceci est très plaisant. Qu'est-ce que vous en pensez ?

— " Plaisant " n'est pas exactement le mot qui convient.

Vanli prit une autre gorgée. « " Plaisant " est *vraiment* un terme insuffisant.

— Excusez-moi », dit Jim, laissant tomber son fruit par terre. « J'ai fait tomber mon fruit. » Il se pencha et versa les neuf dixièmes du zombi dans le rhododendron en pot. Celui-ci se pencha plus près, comme s'il souhaitait ardemment un autre verre.

Vanli vida complètement son verre.

— C'était excellent », dit-il. « Mais c'était une expérience si aagréaable... que je pense que je vais expérimenter à nouveau. Désirez-vous choisir quelque chose, Jaime ?

— Pourquoi pas une " Vierge Marie " ?

C'était peut-être l'heure des cocktails aux Docks Spatiaux, mais pour Jim, c'était encore le matin.

Vanli examina la suggestion de Jim.

— Vous êtes en train de me taquiner.

— Les zombis sont drôlement puissants », dit Jim. « Ça ne fait pas de mal de les alterner avec de l'eau de Seltz. Ou du jus de tomate. » Il sentait le rhum dans son estomac, semblable à un petit charbon ardent. Il avait sauté le petit déjeuner, et, bien que Vanli l'eût invité à déjeuner, ils n'avaient encore rien mangé. Les boissons alcooliques contenaient désormais des enzymes destinés à éliminer le danger de dommages à long terme. Mais rien n'avait été fait pour altérer les effets à court terme, et Jim commençait à en faire l'expérience.

— Jaime, Jaime, vous saavez bien que je ne fais que goûter à mes boissons. Celui-ci à l'air délicieux. Un " Saamouraï noir ".

— Non », dit Jim. « Le saké et la sauce de soja, c'est trop pour moi. On est obligé de conserver ce breuvage dans les mêmes flacons que ceux qu'on utilise pour les positrons. »

Vanli fit la moue. « En voici un aappelé " punch aux fruits ". Que peut-il y aavoir de plus inoffensif ? »

Il appuya sur le bouton avant que Jim ait pu émettre la moindre objection. Cette fois-ci, apparurent deux ananas, tout au moins deux choses ayant une certaine ressemblance plastifiée avec des ananas. Des pailles sortaient des côtés. Le synthétiseur fabriquait la boisson avec l'enveloppe en forme d'ananas autour, au lieu de synthétiser un découpage à l'extérieur et des marques à l'intérieur, où la pulpe était supposée avoir été enlevée. Jim se demanda comment verser sa boisson dans le rhododendron, puis se rendit compte que Vanli ne pourrait pas savoir si le niveau de liqueur avait baissé, à moins de secouer l'ananas, de jongler avec, ou de faire une passe avec. Malheureusement, il était très capable de faire l'une ou l'autre de ces choses.

L'ananas de Vanli émit des bruits étouffés d'aspiration. « Ça vous plaît ? » Dans le but d'expérimenter, Jim goûta la boisson. Il essaya de répondre, mais bien que sa bouche bougeât, sa langue et ses cordes vocales étaient paralysées par le feu. Il commanda la première chose qui semblait rafraîchissante et relativement inoffensive. Elle jaillit du centre de la table. Il l'empoigna et la but. Submergée par un puissant goût de menthe, la brûlure se calma un peu.

Vanli consulta le menu. « Qu'est-ce que vous buvez ? Un " printemps gracieux " ? Je crois que je vais aussi en prendre un. Quels noms pleins d'imagination ! » Vanli émit une série de bourdonnements appréciateurs. Jim regarda de plus près le menu. Un " printemps gracieux " consistait en de la vodka mélangée à de la menthe. Le " punch au fruit " contenait plusieurs jus de fruits fermentés et distillés, dont aucun n'était de l'ananas ni ne provenait de la Terre, ainsi qu'une forte proportion de gingembre. Lorsque le goût de menthe commença à s'effacer, sa langue lui donnait toujours l'impression d'être en cendres. Pas étonnant !

Et sa tête lui semblait remplie de coton.

Jim tripota un des objets sur la table, le laissa tomber sans le faire exprès, et, à l'occasion du ramassage de la chose, en profita pour verser le reste de son printemps gracieux dans le rhododendron. Il espérait que la plante avait une tolérance élevée à l'alcool. Une branche se penchait par-dessus son épaule, comme si elle avait besoin d'aide, ou peut-être de quelqu'un pour la ramener à la maison.

Plutôt un rhododendron que moi, pensa-t-il. De plus, je ne dois pas être le premier à avoir donné à la végétation de ces lieux un engrais à haute teneur d'octane. Je me demande s'il existe une Société Protectrice des Rhododendrons ? Si c'est le cas, je pourrais avoir de gros ennuis. Pensant à ce qu'il venait juste de penser, il se dit qu'il pourrait avoir de gros ennuis de toute façon.

Le froid éveilla Hikaru d'un sommeil profond. Son feu s'était éteint. Son souffle produisait de la vapeur dans la froideur de l'aube. Le soleil levant barrait de pourpre l'horizon. Hiraku répandit du sable humide sur les cendres grises et grimpa la berge herbeuse au-dessus de la plage. Il entendit son communicateur biper avant même d'ouvrir la porte de la minuscule cabine. Il se hâta d'entrer et de fouiller dans son sac, trouvant l'objet tout au fond.

— Ici Sulu.

46

— Ici les Docks Spatiaux. Il y a des heures que nous essayons de vous joindre.

— Je suis en permission.

— Vous avez de nouvelles instructions. Préparez-vous à être téléporté.

— Laissez-moi quelques minutes — je ne suis pas habillé et je n'ai pas fait mes bagages.

— Cinq minutes, lieutenant, pas plus.

Il se hâta d'enfiler son uniforme, fourra ses autres vêtements dans le sac, et accrocha à son épaule le fourreau de son sabre ancien. Tout excité, il pensa : Starfleet doit avoir trouvé un transport en route pour la frontière. Ils m'envoient déjà me présenter au Capitaine Hunter sur l'*Aerfen* !

— Etes-vous prêt, lieutenant ?

— Je suis prêt. » Si je ne le suis pas, pensa-t-il, je ne le serai jamais.

— Vous êtes en route pour votre nouveau vaisseau, lieutenant. Contrôles transférés à l'*Entreprise*.

— L'*Entreprise* ? Attendez, il y a une erreur...

Le picotement froid du rayon téléporteur l'enveloppa, le fit se dissoudre hors de l'existence...

... et le reconstitua sur la plate-forme de téléportation d'un vaisseau stellaire.

— Bienvenue à bord de l'*Entreprise*. Alors, vous êtes le nouvel officier navigateur. Je suis Kyle. » Le technicien de téléportation lui serra la main. Il était grand, avec des cheveux brun clair coiffés en arrière. Des rides de sourire, lui donnant un air amical, se plissaient au coin de ses yeux.

— Qui est le responsable ? » La bonne humeur de Sulu s'était évanouie.

Kyle réfléchit.

— Etant donné que le Commodore Pike n'est pas à bord, que le Capitaine Kirk n'est pas arrivé, et que la passation de commandement n'aura lieu que ce soir », dit-il d'un air pensif, « il ne reste que M. Spock.

— Où est-il ?

— partout et nulle part », dit Kyle, délibérément ambigu. « Mais vous pouvez essayer la passerelle.

Hikaru laissa tomber son sac marin et sortit d'un pas vif.

— Hé, une minute », dit Kyle. « Vous avez oublié votre bazar !

— Non, je ne l'ai pas oublié », dit Hikaru. Dès qu'il aurait remis les choses en ordre, il partirait en emportant ses affaires.

Hikaru n'avait jamais mis les pieds sur un vaisseau de classe Constellation. Pour les voyages d'entraînement, il s'était toujours débrouillé pour faire l'impasse et se retrouver sur les vaisseaux plus petits et plus agiles sur lesquels il espérait voler plus tard. Etant sorti en trombe sans avoir demandé la direction à Kyle, il s'obstina à marcher le long du couloir sans avoir la moindre idée d'où il allait. Il se retrouva dans un cul-de-sac. Il était tout retourné, et sans avoir fait le moindre tour ! Ce qui n'arrangea pas son humeur. Il revint sur ses pas, déchiffrant les codes à chaque intersection, et finit par arriver à un turbo-ascenseur.

— Destination ? » demanda l'ascenseur.

— La passerelle.

Un instant plus tard, les portes se rouvrirent, et il sortit. La passerelle était pleine de techniciens, d'enseignes, et de divers autres membres d'équipage. Tout le monde avait l'air d'être en train de faire au moins deux choses en même temps. Une jeune femme de l'équipage faillit se cogner contre lui en se dirigeant vers l'ascenseur, car elle était en train de lire une liste sur son écritoire électronique, tout en cochant des articles sur la liste qui défilait dans une des fenêtres de l'écran.

— Excusez-moi... » Elle essaya de le dépasser.

Il se planta devant elle. Elle le regarda en clignant des yeux.

« — Qui est M. Spock ? » demanda-t-il.

Elle montra le poste scientifique, où une haute silhouette en bleu était assise devant une console d'ordinateur, si absorbée que son dos semblait former une barrière contre le monde extérieur.

« — M. Spock ? » Hikaru attendit. « M. Spock !

Spock se retourna et se leva, on aurait dit qu'il se déroulait. Il regarda vers le bas. Si cette interruption l'ennuyait, il ne le montrait pas. C'était un Vulcain.

— Qu'est-ce que c'est ?

— Je m'appelle Sulu...

— Le nouvel officier navigateur. Voici votre poste. » Le Commander Spock lui tourna le dos.

Hiraku toucha sa manche. Spock se raidit. Sans manifester ouvertement son déplaisir, il manœuvra de manière à faire de nouveau face à Hikaru, de telle sorte que celui-ci ne le touchait plus.

— Il y a autre chose ?

— Il y a une erreur. Je ne suis pas censé être sur l'*Entreprise*.

— Vous êtes affecté à l'*Entreprise*.

— Comment le savez-vous ? Vous n'avez même pas regardé les affectations ! Vous n'avez même pas vérifié !

Avec une patience résignée, Spock fit courir ses doigts sur les touches de son ordinateur. Le nom d'Hikaru apparut en lettres dorées sur l'écran. Hikaru Sulu. Officier Navigateur. Vaisseau stellaire *Entreprise*.

— Je ne comprends pas », dit Hikaru. « J'avais mes consignes, je devais être en route pour la frontière. Pour rejoindre l'escadrille du Capitaine Hunter.

— Dans ce cas, vous avez eu de la chance que vos consignes aient été modifiées », dit Spock.

— Je ne veux pas que mes consignes soient modifiées ! J'aimais bien les consignes que j'avais ! J'avais demandé expressément ces consignes !

— Vraiment ? » dit Spock. « Fascinant.

— Starfleet m'avait promis...

Spock leva un sourcil. « Starfleet ne fait aucune promesse sur des sujets comme celui-ci.

— Mais…

— Starfleet assigne son personnel là où il est le plus utile. La demande d'un officier supérieur a la préséance sur une simple préférence personnelle. Le Capitaine James Kirk a demandé que vous soyez affecté à l'*Entreprise*.

— Pourquoi ? » demanda Hikaru, mystifié.

— Je suis sûr », dit Spock, « que je n'en sais rien.

— Je n'ai aucune expérience de la navigation à bord d'un vaisseau stellaire. Il m'a pris pour quelqu'un d'autre, ou il s'est simplement trompé — c'est ridicule !

— Si vous souhaitez informer votre commandant que vous le tenez pour un imbécile, c'est votre affaire », dit Spock. « Cependant, mes observations concernant la nature humaine me laissent à penser que cette déclaration ne serait pas reçue favorablement.

— Je dois absolument être réaffecté à l'*Aerfen !*

— Vous choisiriez de servir dans la patrouille de frontière plutôt que sur l'*Entreprise,* qui a la capacité de reculer les frontières de l'exploration ?

—Oui », dit Hikaru. « C'est ce que je choisirais.

— Je ne comprends pas pourquoi.

— C'est que vous n'avez jamais vécu sur Ganjitsu. » Hikaru souhaita n'avoir jamais dit ça. Il était en colère et bouleversé, et il n'avait pas envie de parler de Ganjitsu, de l'*Aerfen* ou du Capitaine Hunter. Maintenant, l'officier scientifique allait le fixer de son regard intense et insister pour avoir une explication.

A la surprise de Sulu, Spock ne fit rien de tel.

— Ganjitsu », dit-il d'un ton pensif. « Cela explique beaucoup de choses. De toute façon, rien ne peut être fait pour l'instant. L'*Entreprise* part demain. Ce serait impossible de vous remplacer dans ce délai. Vous devez demander un transfert.

— Et après ?

— Et après, attendre.

Frustré, Hikaru soupira.

— En attendant », dit Spock, « l'ordinateur a dirigé sur votre poste une liste des tâches que vous devez effectuer.

Hikaru considéra sa défaite comme un contretemps provisoire.

— Vous êtes au courant », dit Spock, « que le capitaine doit approuver votre demande avant que vous ne la déposiez.

— Non », dit Hikaru, « je n'étais pas au courant. » Mais j'aurais pu le deviner, pensa-t-il. Il dépassa le siège vacant du capitaine et s'arrêta au poste de navigation.

Sa liste de tâches comprenait une partie de la préparation au départ du vaisseau, l'affectation de sa cabine, des informations sur la cérémonie de passation de commandement, et l'ordre de prendre rendez-vous avec le médecin de bord pour un examen médical complet. Il grimaça : il avait horreur des examens médicaux. Il se demanda s'il pourrait s'arranger pour ne pas être reconnu apte, mais abandonna cette idée. S'il n'était pas en assez bonne santé pour rester à bord de l'*Entreprise,* qui bénéficiait d'une technologie médicale de pointe, on ne l'enverrait sûrement pas sur la frontière, où on se débrouillait avec simplement des médecins et de la chirurgie sommaire.

Le fourreau de son sabre cogna contre sa chaise alors qu'il prenait place à son poste d'officier navigateur. Il ôta la courroie de son épaule et rangea le sabre sous sa console.

En réalité, il n'avait jamais manié un vaisseau de classe Constellation. Mais il s'était suffisamment entraîné sur des simulateurs pour savoir comment ils étaient : sans nervosité, lourds et lents.

Il lui vint à l'esprit qu'il pourrait simuler une totale incompétence — et la prouver — dans le but d'être affecté hors du vaisseau. Mais ça ne serait pas mieux que d'être reconnu inapte physiquement. Feindre l'incompétence nuirait à sa réputation, sans compter que cela mettrait le vaisseau en danger. D'autre part, il pourrait peut-être obtenir son transfert s'il permettait à son successeur de le remplacer sans trouble ni traumatisme.

Ça signifiait qu'il devrait faire de son mieux. Le temps passa rapidement pendant qu'il s'immergeait dans les procédures du vaisseau.

Koronin s'étira dans les soieries de contrebande. Elle appréciait le glissement des épaisseurs de satin, la douceur des épaisseurs de peaux et de fourrures. Ils avaient rencontré un transport de l'oligarchie, et elle l'avait pris par surprise. Maintenant, le centre de commandement du vaisseau de combat contenait les plus belles prises de la cargaison, et peu importait le prix qu'elle aurait pu en tirer si elle les avait vendues à l'intérieur des frontières de l'Empire Klingon. Koronin aimait le profit, mais préférait le luxe.

Le centre de commandement du vaisseau surplombait le centre de travail sur toute sa longueur. Des hublots de sol, des panneaux inclinés faits de miroirs sans tain, et des senseurs armés permettaient d'espionner les postes. Le maître du vaisseau pouvait observer tous ses subordonnés sans aucune vulnérabilité. Koronin dédaignait les garde-fous. Le sergent du centre de travail lui avait juré fidélité, et aucun des membres de l'équipage ne regrettait beaucoup la disparition de l'officier gouvernemental à qui elle avait pris le vaisseau.

Il ne faisait aucun doute qu'il avait traité son équipage avec aussi peu de considération qu'il avait montré pour les membres de sa famille. Il avait hypothéqué l'avenir de sa famille lorsqu'il avait perdu contre Koronin, car le gouvernement le ruinerait — et tous les membres de sa lignée, si nécessaire — afin de compenser ses pertes. Il aurait dû savoir qu'il ne pouvait se permettre de parier des enjeux qu'il n'avait pas les moyens de perdre. Bien entendu, cela n'était plus son problème.

Quundar, le nouveau nom qu'elle avait donné au vaisseau, possédait vitesse et puissance de tir à en revendre ; et Koronin était un excellent pilote. Avant que le gouvernement puisse lui reprendre le vaisseau et l'équipage, il devrait d'abord l'attraper.

S'il lui était possible de rester libre assez longtemps pour accomplir avec succès deux ou trois raids audacieux contre la Fédération des Planètes, l'oligarchie ajouterait son nom à la liste, triée sur le volet, des indépendants qu'elle supervisait. De fragiles accords et une neutralité tacite empêchaient les forces officielles de l'oligarchie de harceler les vaisseaux de la Fédération. Les indépendants avaient plus de liberté. Koronin eut un rire de mépris. Elle allait s'amuser, augmenter son importance, emplir son centre de commandement d'un luxe approchant la décadence, vivre en hors-la-loi, et recevoir de la gratitude pour tout ça ! Les oligarches ne pouvaient pas l'arrêter. Que pouvaient-ils bien lui faire ? La tuer ? Avant même d'avoir décidé de faire ce qu'elle faisait actuellement, elle avait accepté l'idée que quelqu'un puisse la tuer un jour. Cette perspective ne l'effrayait pas. Et, pour ce qui concernait leurs menaces de confiscation et de ruine, Koronin ne possédait rien hors le vaisseau que le gouvernement puisse saisir, et aucune famille qu'il puisse torturer. Non, aucune famille : la Fédération s'était occupée de ça, et son propre gouvernement n'avait pas répondu à l'outrage. Seule Koronin avait survécu, à peine sortie de l'enfance, sans amis ni protecteurs pour plaider sa cause. Maintenant, elle était adulte, et elle avait des comptes à régler avec l'oligarchie et avec la Fédération.

La carte stellaire se forma à son commandement. L'espace contrôlé par la Fédération brillait en rouge, une grande masse se répandant, une gigantesque corruption, une projection, longue et étroite, vulnérable, qui s'infiltrait dans le territoire klingon : la Phalange de la Fédération. Son existence était une insulte pour elle ; son nom lui-même l'offensait. Et, dans le système d'Arcturus, où les exilés de chacune des deux sociétés se rencontraient sur une base de neutralité indifférente, ceux de la Fédération prenaient grand plaisir à colporter à tout venant leurs répugnantes plaisanteries. Les Kumburanyas n'avaient pas assez de morale pour trouver injurieux de tels sarcasmes, mais Koronin, une Rumaiy, les trouvait presque intolérables.

Elle n'attendait rien de mieux des Kumburanyas. Ils formaient le groupe majoritaire dans l'Empire Klingon. Les nobles Kumburans composaient l'oligarchie, contrôlaient les ressources et l'expansion, et se laissaient aller à la discrimination envers la minorité Rumaiy à laquelle Koronin appartenait.

Elle laissa retomber les soieries. Ce vaisseau pourrait fonctionner pour toujours sans son attention ; les habitants du centre de travail n'avaient aucun moyen de savoir quand elle les observait et quand elle se reposait, ou quand elle était susceptible de détecter et de punir un moment d'inattention. Son pouvoir sur eux était total, car l'oligarchie, en les recrutant, faisait d'eux la propriété légale du vaisseau et de quiconque le contrôlait. Elle avait même la possibilité de programmer l'ordinateur afin qu'il punisse leurs erreurs à sa place, à quelque niveau de cruauté qu'elle choisît. Cependant, là se trouvait la vraie décadence : non le simple plaisir du luxe matériel, mais le relâchement du corps et de l'esprit qui pouvait amener sa chute aussi sûrement qu'il avait amené celle de l'officier à qui elle avait gagné le *Quundar*.

Elle peigna sa longue chevelure cuivrée, ébouriffa ses épais sourcils, et se vêtit d'épaisseurs de soie et de cuir. Elle attacha sa ceinture autour de ses hanches, constatant avec plaisir la longueur de sa frange de trophées, qui atteignait ses genoux. Elle enroula une longueur de souple ruban d'or à son front, pour retenir le bord de son voile. Le voile lui-même tombait librement de l'attache de tête sur son épaule. En tant qu'exilée, elle se refusait à couvrir son visage. Sa famille avait occupé un rang suffisant pour que tous ses membres se voilent en public, mais la famille n'existait plus, à moins que Koronin ne la réhabilite.

— Ici le Commander Spock. Je demande l'attention des officiers de l'*Entreprise*.

Sulu sursauta comme l'annonce brisait sa concentration.

— La cérémonie de passation de commandement aura lieu sur le pont de récréation, exactement dans vingt minutes. Tenue de cérémonie. Votre présence est attendue.

Sulu se demanda dans quel registre " Votre présence est attendue " se situait au juste entre " Votre présence serait souhaitée " et " Vous avez l'ordre d'être présent ". Comme chacun sur la passerelle commença immédiatement à déconnecter son poste, il supposa qu'il s'agissait davantage d'un ordre direct que d'une suggestion amicale. Mais il restait beaucoup de travail à accomplir à la navigation. De plus, il n'avait pas été membre de l'équipage à l'époque du précédent capitaine, et il ne s'était pas encore présenté à son (bientôt) ex-commandant. Une passation de commandement entre deux officiers qu'il n'avait rencontré ni l'un ni l'autre n'avait rien à voir avec lui et sa position plutôt nébuleuse. Il appela l'avant-dernier ensemble de spécifications, et commença à travailler sur elles.

— M. Sulu.

Il leva les yeux. Spock se tenait juste derrière lui.

— Oui, Monsieur ?

— Votre concentration est admirable. Apparemment, vous n'avez pas entendu l'annonce.

— Je ne pensais pas que cela s'appliquait à moi, commander.

— Vraiment. Vous avez une vision... intéressante... au sujet des ordres. Peut-être devrions-nous en discuter — à quelque date future où la nécessité de se presser ne sera pas aussi forte.

— Je n'ai pas servi sous le Commodore Pike, et je... » La voix de Sulu s'éteignit. Ses explications ne servaient à rien auprès de M. Spock.

— Si vous quittez immédiatement la passerelle, vous serez en mesure de vous préparer et de vous présenter à temps à la cérémonie », dit Spock, comme si Sulu n'avait absolument rien dit.

— Oui, Monsieur. » Il suspendit le fourreau du sabre à son épaule.

— M. Sulu.

— *Oui,* Monsieur.

— La tenue de cérémonie de Starfleet ne comporte pas de sabre.

Sulu rougit. « Je le sais, Monsieur. »

Il quitta son poste, ayant conscience du regard énigmatique de M. Spock fixé sur un point vulnérable entre ses omoplates, jusqu'à ce que les portes de l'ascenseur se ferment.

Les systèmes opérationnels du vaisseau avaient déjà pris ses mesures. Lorsqu'il eut trouvé sa cabine, la porte l'identifia, et s'ouvrit à son approche. Il entra et laissa glisser la courroie du sabre de son épaule. La première chose qu'il remarqua fut que quelqu'un avait apporté ses affaires dans sa cabine. La seconde, c'est que cette cabine était immense, comparée à un dortoir de l'Académie. Elle contenait une couchette, un bureau et sa chaise, un terminal de communication, un synthétiseur, et une armoire de rangement si grande que cela frisait la décadence. Sur la frontière, on emmenait un minimum de possessions, et on revenait de même. Les vaisseaux de combat n'avaient pas de place pour autre chose que le nécessaire, et pas de carburant supplémentaire pour balader des masses excédentaires.

Une série de crochets était suspendue au mur, au-dessus du bureau. Ce serait l'endroit idéal pour le sabre...

Attends un peu, pensa-t-il. Tu ne resteras pas assez longtemps pour te sentir chez toi.

Il alla en hâte au synthétiseur et effleura les contrôles. Avant d'avoir eu le temps de commander quoi que ce soit, il reçut de l'appareil un uniforme de cérémonie.

— Instructions de M. Spock », dit l'ordinateur.

Tout était juste un peu trop efficace ici, au goût d'Hikaru.

Il sauta dans la douche, y resta une minute, et en ressortit aussi vite, puis il passa son uniforme et ses bottes. Il n'avait même pas eu le temps d'enlever complètement le sel marin de ses cheveux. Exaspéré, il quitta sa cabine et se mit à la recherche du pont de récréation.

Bien que Jim eût cessé même de goûter les boissons que Vanli commandait, il ne se sentait pas plus sobre pour autant. Vanli, pour sa part, devenait de plus en plus joyeux, de plus en plus insistant, et de plus en plus ivre.

— Un toast au Caapitaine Kirk ! J'aai toujours dit que vous seriez aamiraal, ou emprisonné, aavant d'avoir trente ans.

— J'ai vingt-neuf ans, Vanli. J'ai du pain sur la planche pour arriver à l'un ou l'autre dans les temps !

— Aah, mais vous êtes caapitaine, et je suis un simple lieutenant-commander. Vous aavez voyaagé vite et loin.

Comme une dépression naissante, due à trop peu de nourriture et trop d'alcool, se glissait en lui, Jim en vint à la conclusion que ses réussites étaient dues à un mélange de chance, d'intuition et d'opportunités saisies, et non à l'application délibérée de sa force intellectuelle, physique ou morale. L'allégresse du succès pouvait lui faire croire, brièvement, que tout était à sa portée, mais son arrogance s'effritait vite, et le laissait face à la vérité toute nue.

— Est-ce que c'est pour ça que vous essayez de me saouler, Vanli ?

— Quoi ? Non ! Vous méritez ce que vous aavez gaagné, comme je mérite ce que j'ai. Et qui n'est pas maal du tout, si on y pense, sauf peut-être compaaré àa vous. Non, non... Je me suis simplement souvenu, en vous voyant, comme Robbie était drôle, le jour où il aa obtenu son brevet... » Vanli s'écroula en travers de la table, ses tentacules s'entortillant au-dessus de ses yeux, son souffle alternativement chaud et froid alors qu'il pouffait de rire.

Jim rougit. A l'époque, enivrer Robbie avait semblé une bonne plaisanterie. Il avait été décidément vert à la cérémonie de remise des brevets. Etant donné que le vert n'était pas sa couleur naturelle, son commandant avait remarqué sa détresse. Fort heureusement, il l'imputa à la nervosité. Rétrospectivement, la plaisanterie semblait juvénile et cruelle.

— Vanli ? » La respiration de son ami était devenue régulière : il dormait. « Venez, Vanli, c'est l'heure de partir.

Lorsque Vanli dormait, tout son corps prenait la même consistance que ses tentacules.

Jim regarda l'heure. Il sursauta sous le choc. A moins de se hâter, il allait être en retard pour la passation de commandement.

— Vanli ! » Il lui secoua le bras. Vanli émit un grognement étouffé. Il coinça son épaule sous l'un des bras de Vanli et le souleva. Comme son ami pesait plusieurs tonnes, Jim ne pouvait rien faire d'autre que diriger ses pas dans une direction où il voulait bien aller. Vanli se leva, heureux, léthargique et vacillant.

— Est-ce que nous aallons àa une autre fête ?

— Nous retournons à votre vaisseau », dit Jim.

Vanli essaya de se rasseoir. Jim chancela, et son genou droit commença à l'élancer en guise d'avertissement.

— Peut-être y-aa-t-il une autre fête. » Même si Jim n'était pas au courant, il pouvait y en avoir une.

— Bon, d'aaccord. » D'intolérable, le poids sur l'épaule de Jim devint simplement douloureux. « Une autre fête ?

Jim chercha à tâtons l'enregistreur de crédits et frémit lorsqu'il vit l'addition. Il paya avec une main, tout en soutenant Vanli avec l'autre.

— Allons-y.

— D'accord, Jaime. » Vanli fit un bruit entre le ronronnement et le bourdonnement, sa version d'un fredonnement ravi. Bien qu'il lui fût possible de se mouvoir plus vite qu'un humain s'il le décidait, il avança avec une indolence frustrante.

— Venez donc, Vanli. Si vous ne vous dépêchez pas, je vais être en retard. Au diable votre prétendu sens de l'humour !

Vanli rit sous cape. « Vous me remercierez, Jaime.

— Vous remerciez ? Pour avoir essayé de m'enivrer avant la passation de commandement ?

— Il est plus facile de supporter certaines cérémonies aavec une aide extérieure », dit Vanli.

— C'est ce dont j'aurais besoin... pour marcher, si je dois vous ramener au vaisseau comme ça. Vous ne pouvez pas avancer tout seul ?

Il se dégagea de l'amas de bras et de tentacules appartenant à Vanli et se frotta l'épaule.

— Avancer tout seul ? Naaturellemennnt.

Tel un grand arbre abattu, Vanli bascula lentement,

avec grâce et avec une immense dignité. Jim empoigna son ami et poussa de toutes ses forces afin de le maintenir debout.

— Vous voyez ? » dit Vanli. « Je suis tout àa fait capable de me déplaacer tout seul. Vous pouvez y aaller tout seul.

— C'est tout à fait impossible », dit Jim. « Qu'est-ce que je ferais sans vous ? »

Ils parvinrent à la baie où le vaisseau de Vanli et l'*Entreprise* étaient au mouillage.

Profitant d'un moment d'inattention de Vanli, Jim le conduisit en dehors du passage principal, à travers des salles de conférences inoccupées et des réserves. S'il emmenait Vanli à travers les cuisines, qui seraient normalement désertes, ils arriveraient assez loin dans la baie de mouillage pour être au niveau du vaisseau de Vanli. De là, Jim pourrait l'emmener à sa cabine avec un minimum de tapage.

Des sons émanaient des cuisines. Une équipe devait être en train de nettoyer, après quelque réunion de VIP considérés trop importants pour être nourris de repas tirés du synthétiseur. Jim se demanda quelles festivités avaient eu lieu, quand, et s'il avait été invité mais ne l'avait pas remarqué au milieu de ses préoccupations concernant Carol et Gary, ou bien s'il n'avait pas été invité, et dans ce cas, pour quelles raisons.

Il ouvrit la porte de la cuisine.

De la vapeur s'en échappa, mêlée à l'odeur de plats raffinés provenant de plusieurs mondes. Il s'arrêta, éberlué.

Qu'est-ce qui se passe ? pensa-t-il. Qui peuvent être les VIP actuellement présents aux Docks Spatiaux, sans que j'en aie même tendu parler ? Je me tiens généralement au courant des affaires de Starfleet — au moins par la rumeur publique, en tout cas quand je suis près du port natal.

Décidant que ce serait finalement plus facile de

conduire Vanli à travers les cuisines que de renégocier le chemin en sens inverse, Jim le guida à travers la porte.

— Mmmm, le dîner », dit Vanli, regardant autour de lui et clignant de ses immenses yeux ambres. Il rafla une pâtisserie sur un plateau arrangé avec soin.

— Bas les pattes, Vanli !

— C'était beaucoup trop symétrique. » Vanli mâchait d'un air ravi. « C'est paas mauvais.

Un être de haute taille, à la peau argentée, portant la traditionnelle toque blanche du chef, et tenant un long fouet métallique dégoulinant de pâte à gâteau dans une main pourvue de sept doigts, les affronta.

— Vous n'avez pas le droit d'entrer ici.

— On s'est perdus », dit Jim. « On va juste ressortir par là, d'accord ? » Il montra la porte à l'autre bout et essaya de dépasser le chef tout en guidant Vanli. Celui-ci lança un tentacule vers le fouet, et le ramena avec une goutte de pâte. Momentanément sans voix sous l'outrage, le chef regardait alternativement Vanli et le fouet d'un œil mauvais.

Jim essaya de forcer Vanli à se dépêcher, mais celui-ci s'arrêta pour lécher la pâte sur son tentacule.

— Mmmm », dit-il. « Mes compliments au chef. Du chocolat. Mon préféré. La seule contribution d'importance que la Terre ait faite à la galaxie.

— Sortez d'ici ! » Le chef agita le fouet dans leur direction, éclaboussant de gouttelettes de pâte à gâteau au chocolat la cuisine, ainsi que Vanli et Jim. Le chef les força à se rabattre sur la sortie la plus proche. Jim essaya d'aider Vanli à avancer tout en enlevant le chocolat de sa chemise. Le chef les fit sortir en hâte de sa cuisine, dans le couloir. La porte se referma derrière eux, et se verrouilla avec un gémissement.

Jim s'arrêta court. Ils se trouvaient immédiatement en face de la baie de mouillage de l'*Entreprise*. Les gens avaient déjà commencé à se rassembler. Le dos tourné à Jim, ils regardaient l'*Entreprise* au port et toute l'activité dans les Docks Spatiaux. Personne n'avait encore remarqué Jim et Vanli. Jim entendit un autre groupe approcher dans le couloir, au-delà de l'endroit où celui-ci tournait, et il aurait juré reconnaître la voix de l'Amiral Noguchi, félicitant Christopher Pike pour sa promotion au rang de commodore.

Les chefs, sous-chefs et toute l'équipe n'avaient pas été en train de préparer une cérémonie dont il n'était pas informé, loin de là ! Ils travaillaient à la création d'une célébration pour l'officier qu'il allait remplacer. Etant donné la réputation de Chris Pike, Jim aurait dû se rendre compte que la cérémonie de passation de commandement serait autre chose qu'un banal transfert.

— Vanli, il faut absolument qu'on sorte de là », murmura-t-il, se dissimulant entre Vanli et le mur.

— Je viens, je viens. » Sa voix gronda dans le couloir.

Jim baissa la tête, espérant que les gens de Starfleet remarqueraient seulement Vanli, qui flânait d'un pas tranquille le long de la courbe suivante du couloir, en dépit des efforts de Jim pour le faire se dépêcher. Jim eut un soupir de soulagement. L'écoutille menant au vaisseau de Vanli se trouvait juste devant eux.

L'officier de jour fit semblant de ne pas se rendre compte de l'état d'ébriété de Vanli, et elle ne leva même pas un sourcil à la vue de la pâte à gâteau au chocolat.

— Permission de monter à bord, lieutenant.

— Permission accordée.

Jim poussa Vanli dans le turbo-ascenseur le plus proche. Comme les portes se fermaient, il lui sembla entendre l'officier de jour pouffer de rire, mais il n'en était pas sûr.

L'ascenseur les emmena aux quartiers des officiers. Jim trouva la cabine de Vanli, et, soulagé, le laissa se rouler en boule sur sa couchette.

— Il y a aa une bouteille de brandy de Sauriaa dans mon placard », dit Vanli. « Portons un toast àa votre nouvelle mission.

— Aucun de nous n'a besoin de brandy, de Sauria ou d'ailleurs », répondit Jim. Il enfonça les touches du synthétiseur. Il enleva rapidement ses vêtements civils, et se précipita dans la douche de Vanli. Le temps que la douche sonique eût terminé d'ôter la pâte à gâteau de ses cheveux, son uniforme avait été livré par le synthétiseur, et Vanli s'était rendormi. Jim mit son uniforme à grand peine — au diable, la ceinture fantaisie ! — remit ses bottes et se coiffa rapidement avec les doigts.

Il jeta un dernier regard à Vanli, de la porte.

— Dors bien, Vanli.

Jim se précipita vers le turbo-ascenseur.

Il courut vers la baie de mouillage, et repassa devant l'officier de jour.

— Bonne route, capitaine », dit-elle comme il passait.

Chapitre II

Jim courait bruyamment à travers les couloirs des Docks Spatiaux, en direction de l'*Entreprise*. Il fit une glissade pour s'arrêter, et entendit le murmure bas d'une foule. Haletant, il redressa sa tunique de cérémonie. Etourdi, toujours pantelant, il se força à respirer régulièrement, à avoir l'air maître de lui.

Il négocia une courbe. Il y avait des VIP partout dans le tunnel d'accès. Des officiers de Starfleet, des dignitaires civils, et des journalistes provenant de tous les médias de la Fédération, avaient tous leur attention fixée sur l'autre bout du couloir.

— Excusez-moi », dit Jim à quelqu'un à l'arrière de la foule. « Je suis censé être devant. » Comme il avançait à travers la foule, il prit intensément conscience des yeux — des paires d'yeux, des cercles d'yeux, des yeux composés — qui tous se tournaient vers lui. Tout le monde était venu pour féliciter Christopher Pike de sa promotion, mais à ce moment précis, la plupart des gens le regardaient fixement.

Le Capitaine James T. Kirk, extérieurement calme, prétendant remarquer à peine que la moitié des huiles de Starfleet était rassemblée là, s'avança vers l'Amiral Noguchi et le Commodore Pike.

Au milieu du bleu, du rouge et de l'or des uniformes

de Starfleet, des lainages foncés ou des soieries brillantes des tenues de soirée civiles, deux personnes plus simplement vêtues attirèrent son attention. Il s'arrêta court, son calme s'évanouissant.

— Maman ! Sam ! » Il se hâta vers eux, serra sa mère dans ses bras, et serra les mains de son frère aîné. « Qu'est-ce que vous faites ici ? Vous êtes arrivés depuis quand ? Combien de temps pouvez-vous rester ? »

Sa mère lui sourit. « Nous sommes venus te voir recevoir le commandement de l'*Entreprise,* bien sûr », dit-elle.

— Mais si tu ne te dépêches pas », ajouta Sam, « ils vont la vendre aux enchères, au plus offrant ! »

Jim jeta un coup d'œil à Noguchi et Pike, Noguchi avait l'air patient et amusé, et pas du tout prêt à chercher quelqu'un pour prendre la place de Jim. Tous ceux qui passaient du temps dans l'espace comprenaient que la joie de revoir sa famille ou ses amis après une longue séparation était plus forte que le simple protocole.

Dans ce cas, pourquoi est-ce que Chris Pike était en train de le fixer d'un air si sévèrement réprobateur ?

Jim embrassa de nouveau sa mère, donna une tape sur l'épaule de Sam, et rejoignit Noguchi et Pike, prenant place à la gauche de celui-ci.

Ensemble, ils avancèrent dans le tunnel d'accès de l'*Entreprise,* les spectateurs à leur suite.

Pour la première fois — officiellement — Jim s'approcha de l'*Entreprise.* Il devait se comporter comme s'il ne l'avait jamais vue, comme s'il n'avait pas passé des heures, au petit matin, à marcher à travers les couloirs déserts, la passerelle, la salle des machines et l'infirmerie, les laboratoires et la section des ordinateurs, et même l'arboretum et le pont de récréation.

Un Vulcain de haute taille, d'une maigreur ascétique, se dressait devant l'écoutille principale de l'*Entreprise.* Il portait un uniforme de cérémonie bleu, la couleur de la section scientifique.

Ça devait être le Commander Spock, l'officier scientifique de l'*Entreprise*. Jim connaissait sa réputation, mais rien sur sa personnalité.

Jim n'avait que faire des officiers scientifiques. Ils avaient tendance à donner bien plus d'informations superflues, à n'importe quel moment et pour n'importe quel problème, que ce qu'il estimait nécessaire. Chaque fois qu'il avait commis l'erreur de poser effectivement une question à un officier scientifique, il avait eu l'impression de revenir aux jours de l'Académie, dans un amphithéâtre.

Jim n'aurait probablement que peu d'interaction avec le Commander Spock. Avec un peu de chance, le Vulcain se trouverait être l'un de ces intellectuels introvertis préférant s'isoler quelque part dans les entrailles du vaisseau avec une expérience en cours.

— Permission de monter à bord, Commander Spock.

— Permission accordée ». La voix du Vulcain était totalement dénuée d'inflexion. Il fit place au Commodore Pike.

— Le vaisseau est à vous, Monsieur.

Sans répondre, Pike monta à bord de l'*Entreprise*.

Comme Jim dépassait le Commander Spock, le Vulcain lui jeta un coup d'œil froid, comme s'il le remarquait à peine.

M. Spock jaugea James Kirk, tandis que celui-ci suivait le Commodore Pike sur l'*Entreprise*. L'officier scientifique avait fait son affaire de se renseigner sur le Capitaine Kirk. Starfleet remettait le vaisseau à un héros.

Et le Commander Spock n'avait que faire d'un héros. Quel que soit l'esprit de sacrifice requis pour l'héroïsme, aussi louables ou admirables que soient les actes accomplis, il était impossible de devenir un héros sans un environnement de chaos et de destruction. De l'avis du Commander Spock, la prévoyance et la rationalité devraient prévenir l'évolution d'un tel environnement.

Il se demanda si James Kirk, face à une crise, choisirait la rationalité, ou tomberait dans le piège de l'héroïsme.

Le pont de récréation avait été transformé en hall de réception. Tous les officiers du vaisseau étaient rassemblés là. A un bout, il y avait une scène avec un podium et un lutrin ; le long d'un des murs, des tables portaient des plateaux de mets raffinés, des rangées de bouteilles de champagne et de verres étincelants.

Le Commodore Pike conduisit l'Amiral Noguchi et James Kirk vers la scène. Noguchi invita les spectateurs à s'asseoir, marqua une pause le temps de les laisser s'installer, et se lança dans un discours.

Bien qu'il fût loin d'être ivre, Jim avait suffisamment bu pour se sentir légèrement déconnecté de lui-même et de son environnement. Son attention ne cessait de s'égarer. Il chercha du regard sa famille, se demandant combien de temps ils pourraient rester et combien de temps il pourrait passer avec eux. Etonné et ravi de leur présence, il eût cependant préféré qu'ils soient venus pour une autre occasion, ou pour aucune occasion du tout, à un moment où il aurait pu prendre une permission et leur consacrer toute son attention.

Maman a l'air d'aller bien, pensa-t-il. Beaucoup mieux que lorsqu'elle a décidé d'aller à Deneva rendre visite à Sam et Aurelan. La mort de papa nous a donné un choc à tous, mais c'est elle qui a été le plus durement touchée.

Sa vue se brouilla. Les applaudissements commencèrent. L'Amiral Noguchi avait fini son discours. Clignant violemment des yeux, Jim applaudit avec politesse, espérant que personne ne remarquerait qu'il était en train de refouler des larmes. Il n'avait pas la moindre idée de ce que Noguchi avait dit. Pour ce qu'il en savait, Jim était peut-être en train d'applaudir à un compliment destiné au plus jeune capitaine de Starfleet ! Noguchi abandonna le lutrin, Pike s'avança, fit une pause, et parla très posément.

Jim le connaissait peu. Il ne l'avait pas même croisé, les quelques dernières années. Mais l'apparence du Commodore le choqua. Pike n'avait que quinze ans de plus que lui. Pourtant il avait l'air si vieux ! Ses cheveux noirs étaient semés de gris, et deux sillons verticaux parcouraient ses joues. Ses yeux étaient creusés par la douleur, l'affliction ou l'épuisement.

— ... Et je sais », dit Pike, « que le Capitaine Kirk trouvera l'*Entreprise* et son équipage aussi fidèles que je les ai trouvés ».

Les yeux de Pike se remplirent aussi de larmes. Jim s'imagina à sa place : un officier honoré ; un commodore qui, bientôt, commanderait bien plus qu'un vaisseau stellaire.

Bien plus, et bien moins. Sans son propre vaisseau, il serait sédentaire, forcé de rester à terre, responsable d'une bureaucratie et non plus d'une quête pour l'exploration et la connaissance. Jim n'aurait échangé sa place avec lui pour rien au monde, en dépit du rang et des honneurs que la sienne apportait à Pike.

— Capitaine », dit Pike. « Le vaisseau *Entreprise* est à vous. » Il serra la main de Jim.

Après avoir applaudi poliment, l'auditoire devint silencieux. Ils regardèrent Jim. Sa mère et son frère le regardèrent. Pike le regarda. Nogura le regarda. Jim s'était demandé avec inquiétude pendant des jours ce qu'il pourrait bien dire, et n'avait finalement rien pu préparer. Il sentit ses mains se couvrir d'une sueur froide.

Il espéra que son hésitation passerait pour de la dignité, ou pour une séante modestie, et non pour la terreur aveugle qu'elle était en fait. Il détestait parler en public. Le père de Jim Kirk avait été un maître dans l'art de la discussion ; Jim avait recherché l'activité périscolaire qui était le plus directement en opposition avec la discussion, puis s'y était inscrit : le cours de Judo de l'Académie. Il avait le choix entre se faire projeter sur un tatami plusieurs centaines de fois tous les soirs, ou se lever et parler devant plusieurs centaines de personnes, plusieurs fois par mois. Il avait préféré la première solution alors, et il la préférait toujours. Mais il ne se dégagerait pas de ses obligations avec une démonstration d'arts martiaux.

Il ferma les mains sur les côtés du lutrin. Les bords en bois dur lui entraient dans les paumes. Jim imagina que tout l'équipage de l'*Entreprise* le regardait avec scepticisme et le comparait à Chris Pike, à son propre désavantage ; il imagina que les huiles de Starfleet se demandaient ce qui pouvait bien expliquer la réputation de crack de ce proto-commandant de vaisseau, transpirant et sans voix. Il se demanda la même chose, et pas pour la première fois.

Au moment le plus important de sa carrière, il était à court de mots. Se montrer digne de ce que ses supérieurs, ses pairs, sa famille, et lui-même, attendaient de lui, demanderait chaque parcelle de force et de discipline qu'il possédait... et peut-être plus. C'était cela qui l'effrayait.

Et c'était bien la dernière chose qu'il pouvait dire tout haut.

— Je... » Il s'arrêta, cherchant désespérément l'inspiration. Son regard tomba sur Sam. Celui-ci prit une expression de profonde attention, et Jim détourna le regard. « Je ferai de mon mieux afin de suivre la tradition que le Commodore Pike a instaurée, pour le vaisseau *Entreprise,* pour ses officiers et son équipage », jeta-t-il. S'il regardait Sam, il allait s'écrouler de rire. Il avait envie de gémir d'embarras. Qu'avait-il dit ? Qu'est-ce que ça pouvait bien vouloir dire ? Il aurait dû être capable de dire autre chose que ce que même un Louveteau ingénu n'aurait pas daigné proférer.

Pourtant l'assistance l'applaudit aussi poliment qu'elle avait applaudi Noguchi, sinon avec le respect et l'admiration qu'elle avait montrés pour Pike. Jim se souvint de la seule règle d'un discours public qu'il connût : plus c'est court, mieux ça vaut !

Il essuya furtivement ses paumes gluantes sur les côtés de son pantalon, juste au moment où l'Amiral Noguchi lui tendait la main.

Jim espérait que Noguchi allait retourner vers le lutrin et annoncerait la prochaine mission de l'*Entreprise*. Et il espérait qu'il savait ce que serait cette mission. La Fédération était au bord d'une expansion sans précédent des frontières de l'espace exploré. Jim voulait être à l'avant-garde de la découverte de mondes nouveaux, du contact avec d'autres peuples, de la recherche du savoir. Il savait que la Fédération prévoyait une expédition vers le cœur de la galaxie, vers une région à haute densité d'étoiles de type G. Autour de tels soleils, la vie basée sur le carbone, « la vie telle que nous la connaissons », avait le plus de chance d'apparaître et d'évoluer.

Jim voulait cette mission. Il la voulait si fort qu'il lui semblait pouvoir la toucher s'il tendait la main. Il avait quelque espoir de l'obtenir, et quelques indications qu'elle pourrait lui être donnée. Et Starfleet lui devait bien ça.

Un seul facteur pouvait être retenu contre lui : il n'avait jamais quitté l'espace de la Fédération, jamais encore participé à un premier contact. Mais Christopher Pike avait le plus d'expérience des premiers contacts parmi tous les officiers de Starfleet, et on ne lui donnait pas la mission.

De toute évidence, pensa Jim, ils devraient me la donner.

Mais Noguchi ne dit rien de ses plans pour son plus récent capitaine. Une sonnette attira l'attention vers les rafraîchissements. Des serveurs firent sauter les bouchons des bouteilles. En l'espace d'un instant, l'atmosphère cérémonieuse se change en une ambiance de fête.

— Félicitations, capitaine. » Noguchi eut un sourire malicieux. « J'ai une surprise pour vous. Non, ne me pressez pas de questions. C'est presque prêt, soyez patient. »

Jim eut l'impression que Noguchi venait en quelque sorte de lui donner sa prochaine affectation : le voyage d'exploration. Son excitation, sa joie à cette attente lui donnaient la même impression que les bulles dans le champagne.

— Hé, Jim...

Sam lui passa un bras sur les épaules. Jim se tourna vers son frère. Celui-ci sourit, et Jim n'essaya pas plus longtemps de retenir son rire.

— Superbe discours », dit Sam.

— Tout à fait d'accord », dit leur mère, souriante.

— Merci, merci. » Jim salua pour rire aux quatre points cardinaux.

— Winona », dit l'Amiral Noguchi à la mère de Jim. « C'est un plaisir de vous revoir. Particulièrement en ce moment.

— Ça fait longtemps, Kimitake, n'est-ce pas ?

— Oui, longtemps. Depuis avant... » Il s'arrêta. « Hé bien, George aurait été très fier, je crois.

— Oui, il le serait.

Noguchi offrit son bras à la mère de Jim. « Nous ne devons pas offenser les chefs en ignorant le résultat de leur travail d'aujourd'hui », dit-il. « Je sais qu'ils ont créé un véritable festin pour nous.

— C'est parfaitement exact », dit Jim, puis, rapidement, « je veux dire... J'ai entendu la même chose. »

Noguchi le regarda droit dans les yeux. « On m'a dit que le gâteau au chocolat est particulièrement délectable. Winona ?

— Merci, Kimi.

Ils partirent au bras l'un de l'autre, laissant Jim sans voix.

— Jim, sérieusement, félicitations.

Jim attrapa son frère par les épaules. « Seigneur, je suis content de te voir. Tu es arrivé quand ? Où est

Aurelan ? Comment va mon neveu ? Pourquoi ne pas m'avoir dit que vous veniez ?

— Nous venons juste d'arriver. Il y a une conférence de xénobiologie, ce qui fait que nous avons eu nos voyages payés. Nous n'étions pas sûrs d'arriver à temps pour la cérémonie. Nous nous sommes dit que nous te ferions la surprise, si nous arrivions à temps. Peter va bien — il apprend la géométrie. Aurelan... » Il sourit affectueusement. « Elle t'envoie son affection. Mais elle est en plein dans une expérience et n'a pas pu la quitter.

— Tu as un air fantastique, Sam. Tout va bien ?

— Ça va on ne peut mieux.

Son frère aîné était légèrement plus grand que Jim, et légèrement plus large d'épaule. La vie sur un monde-frontière lui avait hâlé la peau et lui avait dessiné des lignes autour des yeux et de la bouche, les marques du rire et du temps passé à scruter l'horizon sur une planète nouvelle. Il avait les yeux noisette, comme Jim, comme leur père. Le soleil de Deneva avait mis des mèches d'or clair dans sa chevelure blond foncé.

Au buffet, Sam lui tendit un verre de champagne, en prit un pour lui, et porta un toast.

— A mon petit frère et à son vaisseau. » Il but.

Jim accepta le toast, mais n'avait absolument pas envie d'un verre de vin. Il l'échangea contre un verre de cidre pétillant.

— Comment va Mitch ? » demanda Sam. « Et où est Len McCoy ?

— Gary est en train de guérir. C'est ce qu'ils prétendent. Quant à McCoy, du diable si je le sais ! Je m'attendais à ce qu'il soit ici. Ecoute un peu, Sam, Starfleet ne m'a pas encore remis mes ordres concernant l'*Entreprise*. Si c'est ce que je pense — ce que j'espère — ça va nous prendre un bout de temps pour être prêts. J'aurai un peu de temps libre à passer avec toi et Maman.

— Ça serait formidable. Mais tu attends ce vaisseau

depuis que tu as quatorze ans. Nous ne sommes pas venus pour te retenir loin de lui. Ne t'inquiètes pas. Si nous n'avons pas le temps de nous rattraper maintenant, nous le ferons plus tard.

— C'est vrai... mais il y a si longtemps que je ne vous ai pas vus.

— Maman revient s'installer sur Terre », dit Sam. « Deneva lui a fait du bien. Et elle adore être grand-mère. Elle n'aime rien tant que gâter Peter ! Jim, tu devrais... » A l'expression de Jim, il s'arrêta.

Ce que je devrais faire, pensa Jim, c'est dire à Sam que je me suis comporté comme un imbécile avec Carol, cet après-midi.

— Tu devrais nous rendre visite et voir si tu aimes le fait d'être oncle », dit Sam. « De toute façon, Maman, Aurelan et moi, nous avons écrit un article — il sortira dans *Jox*. Elle veut continuer là-dessus sur Terre. En Iowa, de retour à la propriété.

— C'est une bonne nouvelle », dit Jim. Si leur mère était de nouveau capable de travailler dans le domaine qu'elle aimait tant, elle avait certainement échappé à la dépression dans laquelle la mort de leur père l'avait plongée, et, en dépit de la manière désinvolte dont Sam avait jeté ça, avoir un article publié dans le *Journal de Xénobiologie* était quelque chose de très prestigieux.

Sam grignota le coin d'une tranche de gâteau. « Jim, j'espère que tu vas t'amuser pendant cette soirée en ton honneur. Kimitake avait raison : le gâteau au chocolat est fantastique.

— Capitaine Kirk.

Jim se retourna. « Commodore Pike », dit-il. « Félici-tations, monsieur. Voici mon frère, Sam Kirk.

— Professeur Kirk. » Pike fit un bref signe de tête. « Excusez-nous.

— Certainement », dit Sam gentiment, comme si Pike ne lui avait pas donné congé plutôt abruptement. « Je te verrai plus tard, Jim. »

Pike partit à grandes enjambées, ne laissant pas d'autre choix à Jim que celui de le suivre.

— C'est un bon vaisseau », dit Pike. « Et un bon équipage. » Pike aurait pu diminuer la tension en proposant qu'ils s'appellent par leurs prénoms, mais il choisit une approche plus formaliste. « Ils prendront soin de vous, capitaine. Rendez-leur la pareille.

— Je ferai de mon mieux, commodore.

— Très bien. Vous voulez sans doute rencontrer vos autres officiers. L'ancien officier en second de l'*Entreprise* a reçu son propre commandement. Votre officier scientifique remplira ce poste.

Jim fut trop secoué pour agir avec diplomatie. « Commodore, je suis désolé si cela entre en conflit avec les plans du Commander Spock, mais j'ai désigné Gary Mitchell pour le poste d'officier en second... » Comme il parlait, il se fit soudain un de ces silences qui se produisent parfois pendant les réunions. Jim se tut. Au même moment, un véhément accent écossais se fit entendre dans le silence.

— Je n'arrive pas à comprendre pourquoi Starfleet s'obstine à donner ses meilleurs vaisseaux à des débutants inexpérimentés... » Entendant sa propre voix, il s'arrêta.

Pike avait conduit Jim vers un groupe de trois officiers. Ils se retournèrent, se demandant s'il les avait entendus, alors que Jim lui-même se demandait s'ils avaient entendu sa remarque peu délicate.

— Capitaine Kirk », dit Pike, « Commander Spock.

— Commander Spock », dit Jim. Il s'abstint de tendre la main au Vulcain, non par ressentiment, mais parce qu'il savait que les Vulcains n'aimaient pas être touchés.

— Capitaine Kirk. » Le Commander Spock le salua d'une inclinaison de tête. Il ne montra aucun signe d'avoir entendu sa conversation avec Pike.

— L'ingénieur en chef, Montgomery Scott.

— M. Scott.

— Comment allez-vous, monsieur », dit l'ingénieur avec raideur.

L'ingénieur, un homme râblé et compact, fit maladroitement passer son verre de champagne de sa main droite à sa main gauche avant de pouvoir serrer la main de Kirk. Il portait sa tunique d'uniforme avec un kilt et un sporran. « Vous devrez être à la hauteur du meilleur vaisseau de Starfleet, capitaine.

— Je le sais, M. Scott. » Jim essaya de ne pas montrer plus qu'un Vulcain qu'il savait ce que Scott pensait de lui, et il choisit de ne pas faire attention au défi qu'il lui avait lancé.

— Et le Lieutenant Uhura, votre officier des communications.

— Capitaine Kirk », dit-elle d'une voix basse et musicale.

La main longue et délicate d'Uhura se referma doucement sur la sienne. Il s'attendait à de la fragilité, mais il ressentit à la place de la force, et la fermeté de l'intelligence. Il oublia son sentiment de malaise, la belligérence de Scott, l'expression indéchiffrable de Spock.

Dès son premier commandement, Jim s'était entraîné à ne pas s'investir personnellement avec toute personne à qui il pouvait être amené à donner un ordre. Les interactions entre le commandant et ses subordonnés devaient rester impersonnelles. Quelque chose de plus qu'une stricte courtoisie pouvait ruiner le moral plus vite et plus complètement que n'importe quelle force extérieure. Aussi, Jim avait appris à ne pas réagir à la beauté, tout au moins lorsqu'il était à bord. Il s'était obligé à être pratiquement imperméable au charme, et il s'était empêché de nouer des liens trop amicaux avec quiconque, homme ou femme, qui était sous son commandement.

Le fait de rencontrer le Lieutenant Uhura lui fit

souhaiter d'être encore second lieutenant, libre de toutes les responsabilités d'un capitaine, et de pouvoir s'asseoir à ses pieds, la regarder dans ses profonds yeux bruns et écouter sa voix semblable à un chant.

Elle retira sa main. Jim se rendit compte qu'il l'avait regardée bouche bée comme un écolier stupide.

— Euh, oui, Lieutenant Uhura. Enchanté de faire votre connaissance.

Les trois officiers avaient eu des années de travail en commun pour mettre au point la formule de leur interaction. James Kirk introduisait une variable nouvelle dans l'équation. Ils l'évaluèrent, prirent sa mesure, et se demandèrent s'il lui était possible de venir se placer au centre de leurs orbites, ou si, tel une étoile filante, il pénétrerait dans leur système suivant une courbe hyperbolique, perturberait leur chemin, et laisserait le chaos derrière lui.

Pike commença à dire quelque chose, puis s'arrêta court.

— J'ai un rendez-vous », dit-il. « Je dois prendre congé de vous maintenant. Uhura, Scotty...

— Au revoir, monsieur.

— Portez-vous bien, monsieur.

— Et M. Spock...

— Longue vie et prospérité, Commodore Pike.

— Merci.

Il se retourna et partit, raide et tendu.

De l'autre côté du pont de récréation, Hikaru Sulu était seul, tenant un verre de champagne qu'il avait pris à un serveur afin d'avoir quelque chose dans les mains. S'il buvait maintenant, ça lui donnerait envie de dormir. A part quelques heures de sieste sur la plage, il n'avait pas dormi depuis deux jours.

Comparée aux réceptions dans les dortoirs de l'Académie, celle-ci était horriblement collet-monté. Il supposa qu'il en serait de même pour toutes les affaires officielles de Starfleet. Hikaru ne connaissait personne ;

tous les autres invités se tenaient en groupes serrés, ne lui offrant que peu d'occasions de se mêler à eux.

Il compara cette expérience à celle qu'il avait eue, cinq ans plus tôt, sur Ganjitsu, quand il s'était glissé à bord de l'*Aerfen* afin de jeter un coup d'œil. Bien sûr, il s'était fait attraper, mais l'officier en second, loin d'expulser le colon de quinze ans, lui avait fait visiter le vaisseau. Il s'était senté accepté. A bord de l'*Entreprise*, il se sentait étranger.

Peu importait ; avec un peu de chance, il serait parti avant d'avoir fait connaissance avec qui que ce soit.

Il ne put s'empêcher d'entendre les conversations autour de lui. Elles lui permirent de comprendre l'humeur morose. Les officiers de l'*Entreprise* regrettaient le départ de Christopher Pike. Ils ne savaient pas trop qu'attendre du nouveau capitaine. Ils avaient entendu les rapports officiels, plutôt confus, au sujet de Ghioghe : James Kirk avait perdu son vaisseau dans ce désastre, mais ce faisant, il avait sauvé la vie de nombreuses personnes, et avait presque perdu la sienne. Il s'en était sorti avec une médaille, une promotion... et l'*Entreprise*. Ils connaissaient sa réputation : le plus jeune aspirant à être jamais entré à l'Académie, le plus jeune capitaine de Starfleet. Mais personne ne savait si Kirk était un pilote de l'espace sans scrupule qui traitait les membres d'équipage comme des machines et se réservait toute la gloire, ou s'il considérait ses gens comme des partenaires méritant leur part des honneurs aussi bien que des risques.

— Hikaru ?

Etonné de s'entendre appeler par son prénom, Sulu se retourna.

— Professeur Kirk ! » s'exclama-t-il.

— Je pensais bien que c'était vous », dit Sam Kirk. « Comment ça va ? Mon Dieu, vous n'étiez qu'un gosse, la dernière fois que je vous ai vu. » Il sourit, puis secoua la tête tristement. « Pourquoi est-ce que les gens disent toujours ça aux enfants de leurs amis ?

— Je n'en sais rien, Professeur », dit Sulu.

— Je m'appelle Sam. Lorsque vous aviez douze ans, d'accord, j'étais " le Professeur Kirk ". Mais vous voilà, à Starfleet — à l'Académie ?

— Je viens juste de réussir mes examens.

— Félicitations. Comment vont vos parents ?

— Bien. Je suppose. Ce n'est pas toujours facile à savoir d'après les lettres. Je les appelle quand je peux.

— Quand les avez-vous vus en dernier ?

— Je ne suis pas allé chez moi depuis que je suis entré à l'Académie. C'est trop loin et trop cher. J'avais espéré pouvoir y retourner bientôt, mais... » Il s'arrêta. Il ne lui était pas difficile de se rappeler le mal du pays qu'il avait ressenti pendant toute sa première année à l'Académie, ou de se laisser envahir par le chagrin de ses espérances déçues. « Mais ça ne va pas être possible. » Il changea de sujet. « Est-ce que vous êtes de la famille du Capitaine Kirk ?

— Jim est mon petit frère. Il suit la tradition familiale. » Sam montra le vaisseau autour de lui, signifiant par là Starfleet en général. « J'ai été déçu de voir que votre mère n'assiste pas à la conférence de xénologie.

— Elle n'a pas pu. Elle est loin, près de la frontière d'Orion. C'est un voyage de dix jours sur un vaisseau de ligne. Elle ne pouvait pas se permettre de partir pendant toute la saison de croissance.

— Et votre père ? Je viens juste d'acheter son nouveau recueil. Il sait vraiment rendre l'impression de vivre et de travailler sur un monde nouveau. » Sam eut un léger rire. « La première fois que j'ai lu un de ses poèmes, j'ai pensé, ma foi, ça a l'air facile, n'importe qui peut devenir poète. Alors j'ai essayé. Ce n'est pas facile. En fait, je n'y arrive pas du tout.

— Peu de gens y arrivent », dit Hikaru. Lorsqu'il était petit, il se demandait parfois ce que son père faisait, en fait. Parfois, il semblait bien qu'il ne faisait rien du tout. Quelques années plus tard, lorsque Hikaru s'essaya à la poésie, il se rendit compte de la quantité de travail nécessaire à la création poétique. Même le temps passé à " ne rien faire " était en fait un travail, et difficile.

— Ecrit-il quelque chose de nouveau ?

— Il vient juste de terminer *Neuf Soleils* », répondit-il doucement. « Pour le moment, il se repose. » Les gens lui posaient tout le temps cette question.

— Oui, bien sûr, je comprends », dit Sam Kirk, désinvolte. « Que pensez-vous de l'*Entreprise* ?

— Je ne sais pas.

— Allons ! Je ne vais pas aller rapporter à mon petit frère des histoires de mécontentement...

— Sincèrement — je ne sais pas. Je ne suis ici que depuis cet après-midi. Je n'ai jamais rencontré le Commodore Pike. Je n'ai pas encore rencontré le Capitaine Kirk. Je n'ai pratiquement rencontré personne. J'étais censé avoir un poste à la frontière.

— Je pense que vous vous plairez ici. C'est vrai, Jim peut être d'une obstination... » Il s'arrêta et sourit d'un air penaud. « Mais au fond, c'est une personne correcte.

— C'est bon à savoir », dit Hikaru, d'une voix volontairement neutre.

Sam jeta un coup d'œil à travers la pièce. « On dirait que Pike en a fini avec lui. Venez, je vais vous présenter. »

Hikaru le suivit, se demandant avec nervosité comment amener au mieux le sujet de son transfert avec le capitaine.

Jim buvait son jus de fruit à petites gorgées, se demandant comment rompre le silence inconfortable que Pike avait laissé derrière lui.

— Les affaires officielles sont terminées? » Sam lança son bras sur les épaules de Jim.

Celui-ci sursauta. Il n'avait pas entendu Sam approcher.

Sam regarda Pike partir par l'entrée principale, sans parler à personne, sans un regard en arrière.

— Qu'est-ce que Pike te voulait? » demanda Sam sèchement. « Te donner une leçon de bonnes manières?

Jim lui donna un coup de coude dans les côtes. Trop de choses avaient été dites directement, ou entendues indirectement, pour une seule soirée. (Peut-être l'attitude abrupte de Pike avait-elle de bonnes raisons, ou peut-être pas.) Quoi qu'il en soit, il valait mieux qu'ils parlent de lui hors de portée d'oreille de ses anciens collègues.

Entendant le commentaire de Sam, le Commander Spock devint encore plus distant.

— Comme le Commodore Pike », dit-il tranquillement, « j'ai, moi aussi, des... responsabilités dont je dois m'occuper. Si vous voulez bien m'excuser.

— Je viens avec vous », dit Scott rapidement. « Les... les moteurs ont besoin d'être vérifiés.

— Très bien », dit Jim.

Ils quittèrent la pièce.

Uhura avait entendu la remarque de Kirk au Commodore Pike; elle se rendait compte que, si elle l'avait entendue, M. Spock ne pouvait pas l'avoir ratée. Et elle savait parfaitement bien que James Kirk avait entendu le commentaire de Scott. Elle se demanda un instant s'il serait mieux de prétendre que rien n'avait été dit.

— Capitaine », dit-elle, choisissant ses mots avec soin, « nous avons tous été avec le Capitaine Pike pendant longtemps. Les gens ont besoin de temps pour s'habituer au changement.

— C'est ce que je vois », dit-il. « Et certains ont besoin de plus de temps que d'autres.

N'étant pas au courant des incidents, ni de la tension, Sam jeta : « Jim, je voudrais te présenter Hikaru Sulu. Ses parents sont de vieux amis à moi et Aurelan. Sa mère est une collègue.

— Monsieur », dit Hikaru.

— Monsieur Sulu, évidemment. » James Kirk lui donna une solide poignée de main. « Avez-vous rencontré le Lieutenant Uhura ?

— Très brièvement, Monsieur.

— J'apprécie le fait que vous ayez raccourci votre permission afin de vous joindre à nous », dit Kirk.

— Oui, Capitaine, j'aimerais discuter...

— Comment s'est passé votre tournoi d'escrime ?

— Euh... J'ai gagné, Monsieur », dit Hikaru, surpris que Kirk soit au courant.

— Quelle division ? Epée ? Sabre ?

— Sabre, et l'International, Monsieur.

— L'International ! Félicitations. J'ai fait un peu d'escrime à l'école — nous pourrions organiser un match un jour ou l'autre.

— Oui, Monsieur », dit Hikaru. Peut-être pourrait-il obtenir son transfert avant d'être contraint de battre son commandant dans un assaut d'escrime.

— Mais, Monsieur...

— Sam, allons chercher Maman et je vais vous faire faire une visite.

— Capitaine... » dit à nouveau Hikaru.

— Bien sûr », dit Sam. « Dans une minute. Hikaru, l'autre jour j'étais au laboratoire. J'avais besoin d'un échantillon de sang humain normal...

— Quoi ? » dit Hikaru, déconcerté. Les paumes de ses mains étaient froides et moites, et l'adrénaline faisait battre son cœur rapidement ; il était en train d'essayer de dire à un capitaine de Starfleet que ledit capitaine avait fait une erreur, et ça n'avait rien de facile.

— Pour servir de témoin », dit Sam. « Aussi, j'ai désigné comme " volontaire " un de mes étudiants diplômés. Tout ce que je voulais, c'était quelques cc de sang. Mais il s'est éloigné de mon inoffensive hypo à peu près à la moitié de la vitesse de la lumière, et il a dit, « non, non, vous ne pouvez pas me prendre du sang — je suis un hémophile facultatif ! »

Sam attendit, plein d'espoir.

Hikaru le regarda fixement, puis éclata brusquement de rire.

James Kirk les regarda tous les deux en pensant qu'ils avaient perdu l'esprit.

— Elle est excellente », dit Hikaru, « mais je parie qu'il n'y a pas grand monde à qui vous pouvez la raconter.

— Je pensais que je pourrais l'utiliser à la conférence, mais je voulais d'abord l'essayer sur quelqu'un.

— Est-ce que tu as pensé qu'il te faudrait distribuer des translateurs universels en même temps ? » demanda sèchement Jim.

Cela fit rire Sam. « Excusez-nous, Hikaru, Lieutenant Uhura. Viens, Jim, allons visiter ton vaisseau, et je t'expliquerai tout !

Ils se dirigèrent vers la partie moins dense de la foule. Ils rejoignirent leur mère et l'Amiral Noguchi, qui parlaient du bon vieux temps et de George Samuel Kirk Senior. Noguchi et le père de Jim avaient servi ensemble, et là, entendant l'amiral se souvenir et décrire des événements dont Jim n'avait même jamais entendu parler, le jeune capitaine fut envahi d'un soudain ressentiment. Noguchi avait probablement passé plus de temps avec George Kirk que Winona, Sam et Jim réunis. C'était la vie que choisissait un officier de Starfleet, et dont Winona était informée lorsqu'elle le choisit, lui.

Mais cette vie, et la vie qu'ils choisissaient pour leurs enfants, avait garanti que George n'aurait jamais beaucoup d'influence sur Jim et Sam. Ils avaient à peine connu leur père. S'il avait vécu, peut-être auraient-ils finalement appris à mieux le connaître. Pour sa part, Jim doutait qu'un parent et son enfant puissent devenir amis lorsque l'enfant devenait adulte, s'ils avaient été des étrangers l'un pour l'autre jusque-là. Leur père n'avait jamais accepté le fait que Sam ait rejeté la place à l'Académie de Starfleet, la place réservée à sa naissance pour George Samuel Kirk Junior. Ç'avait été Jim qui avait suivi la voie, et qui était entré à Starfleet. Pourtant, se dit Jim, il changerait le style de vie de son père aussi profondément que Sam l'avait changé. Il était content que Carol l'ait refusé. Jamais il ne laisserait quelqu'un en arrière, une étrangère qui attendrait qu'il vienne en visite.

Jim sentit qu'il avait récupéré de son après-midi avec Vanli. Il s'éloigna le temps de se procurer un verre de champagne. Quand il se retourna, Winona et Sam étaient en train de saluer une vieille connaissance de Starfleet, et Jim se retrouva seul avec Noguchi.

Celui-ci sourit malicieusement. « Je vais faire une annonce bientôt, Jim », dit-il. « Je pense qu'elle va vous intéresser.

— Amiral, le Commodore Pike m'a appris que le poste d'officier en second a été donné à M. Spock.

— C'est exact. J'ai moi-même approuvé sa promotion.

— J'avais eu l'impression que j'aurais mon mot à dire en ce qui concerne les officiers supérieurs.

— Vous n'étiez pas en état de participer au moment où le choix a dû être fait. Pourquoi ? Vous n'avez certainement aucune objection contre M. Spock ?

— Cela n'a rien à voir avec Spock, amiral. J'avais désigné Gary Mitchell pour ce poste. Je n'étais pas au courant d'une quelconque objection contre lui, non plus.

Noguchi secoua la tête. « Non, Jim, c'est impossible.

— Amiral, j'avais espéré que vous me soutiendriez à ce sujet.

— J'aurais pu le faire, mais non. L'une des forces de Starfleet, c'est sa diversité. Vous êtes tout simplement trop semblables, vous et Mitch. Votre officier en second doit compenser vos faiblesses, et tempérer votre force. Je veux que vous travailliez avec quelqu'un qui pourra créer une synergie.

— Je ne me rendais pas compte », dit Jim avec raideur, « que vous pensiez que j'avais des faiblesses qu'il fallait compenser.

— Ne vous cassez pas la tête, Jim », dit Noguchi. « Ceci est supposé être une fête.

— Dans ce cas, j'aimerais discuter de ce sujet dans un endroit plus approprié.

— Mais c'est que ce n'est pas un sujet ouvert à la discussion », dit l'amiral. Afin de souligner ce qu'il avait dit, il s'en fut à la recherche d'une autre conversation, laissant Jim bouillant de rage.

J'ai deux mois, au moins, avant que Gary ne soit prêt, pensa Jim. Peut-être aurais-je pu convaincre l'Amiral d'ici là... Il repoussa son irritation, convaincu qu'il parviendrait probablement à faire changer Noguchi d'avis.

— Prêt pour cette visite ? » dit Sam avec entrain.

— Bien sûr. » Même l'ingérence des huiles de Starfleet ne pouvait gâcher la joie de Jim à revoir sa mère et son frère. « Venez, sortons d'ici.

Ils entrèrent dans les couloirs tranquilles du vaisseau, laissant derrière eux la bruyante réception.

— Jim », dit Winona, « est-ce que tu vas réellement bien ?

— Bien sûr, Maman. Ils disent que je suis comme neuf ! J'aimerais que tu ne te fasses pas de souci à mon sujet.

— Toutes les mères s'en font.

— Tu ne nous dis jamais rien, bon sang ! » dit Sam.
« Qu'est-ce que tu crois que ça nous a fait, quand nous
avons découvert que tu avais été à l'hôpital et que tu ne
nous l'avais même pas dit ?

— Qu'est-ce que vous auriez pu faire ? Revenir sur
terre ? Le temps que vous arriviez, j'aurais été remis, ou
bien ça aurait été trop tard.

— Dans quel cas est-ce que ta famille est prévenue ? » demanda Winona. « Si tu meurs ?

— C'est à peu près ça, Maman. Je comprends ce que
tu ressens, mais c'est la seule chose sensée à faire.
Je suis sûr que Papa avait laissé les mêmes instructions.

— Oui », dit Winona. « C'est ce qu'il avait fait. Mais
j'avais espéré que les tiennes seraient différentes.

Jim se retint de répondre quelque chose qu'il regrette-
rait plus tard. Il ne voulait pas se disputer avec sa mère,
même s'il avait le sentiment qu'elle lui avait donné un
coup bas.

— Dis-moi, Jim. » L'entrain de Sam semblait forcé.
« Parmi les biologistes, une rumeur a couru avec
insistance ces derniers temps.

— Oh ? A quel sujet ?

— Tu ne le sais pas ?

— Pourquoi devrais-je le savoir ?

— La rumeur chez les biologistes ne concerne pas
exclusivement des sujets de biologie théorique...

— En d'autres termes, Carol Marcus et moi, nous
sommes le point de mire de la rumeur.

— C'est tout à fait ça, petit frère. Raconte, que se
passe-t-il ?

— Il ne se passe rien du tout », dit Jim, « et en
parlant de point de mire, la rumeur aurait intérêt à
chercher une autre cible.

— Oh », dit Sam. « Nom d'un chien, j'avais espéré...
Carol Marcus est une fille bien, Jim.

— Nous sommes sur un terrain dangereux... » Jim

changea abruptement de sujet. « Est-ce que vous avez envie de cette visite ? Il y a un tas de choses à voir. La passerelle est incroyable. » Comme il décrivait le vaisseau, l'inquiétude au sujet de Gary et la déception au sujet de Carol lui laissèrent un bref répit. Il n'aurait pas pu contenir son enthousiasme, même s'il avait essayé. « Maman, Sam, pourquoi ne feriez-vous pas une demande pour un travail de recherche dans l'espace ? Vous n'allez pas en revenir, quand vous verrez les laboratoires sur ce vaisseau. Mais d'abord je veux vous montrer le pont d'observation...

Il les emmena plus loin vers le cœur de l'*Entreprise,* et dans un salon à l'air ordinaire, à l'arrière de la partie en forme de soucoupe.

— Regardez un peu ! » Dit-il. « Ouverture ! »

Un écran s'ouvrit pour révéler un mur cristallin, offrant une vue à 180 degrés sur le volume intérieur des Docks Spatiaux. Un mécanicien en tenue pressurisée vogua devant eux.

— Il faut absolument que vous veniez avec nous un jour ou l'autre, pour contempler l'espace interstellaire vu d'ici !

— Ça me plairait », dit Winona. « Jim...

— Oui, Maman ?

— Je rentre à la maison. Les bâtiments n'ont pas été ouverts en cinq ans, et... » Elle s'arrêta. « Jim, si tu peux — si tu as envie — de venir me voir... Si tu as envie de venir à la maison...

— Je... » Il avait du mal à s'imaginer retournant à la ferme de l'Iowa. Il n'y était plus allé depuis la cérémonie pour son père. La ferme renfermait des souvenirs, bons et mauvais, qu'il ne pourrait plus tenir à l'écart s'il y retournait. Le simple fait de penser à un retour lui fit imaginer qu'il sentait l'odeur du foin en train de sécher au soleil. Il secoua la tête, essayant de trouver amusante la force du souvenir, mais tout de même pertubé par celui-ci.

— Je me demande si la cabane dans l'arbre a survécu aux cinq derniers hivers », dit Sam.

— J'essaierai de venir, Maman. » Jim espéra que c'était la vérité. « Je ne sais pas quand. Ça dépendra de mes ordres. »

Il referma l'écran, cachant à la vue le mur cristallin, ainsi que les lumières et l'activité des Docks Spatiaux. Il eut le désir que l'*Entreprise* soit en train de naviguer parmi les étoiles, sans frontières et sans limite. Là-bas, les décisions difficiles semblaient plus faciles à prendre, et les complications de la vie n'étaient pas sans cesse exacerbées.

— Venez », dit-il. « Il faut absolument que vous voyiez les laboratoires. »

Sam le regarda d'un œil critique. « Je croyais que tu n'étais jamais monté à bord de ce vaisseau avant. »

Jim rougit. « C'est-à-dire — oh, au diable ! Je me suis faufilé à bord... Carol et moi, nous nous sommes faufilés à bord il y a quelques semaines. Juste pour jeter un coup d'œil. Je n'ai pas pu résister. Mais n'en parlez pas — ça ne se fait pas. » Il quitta le pont d'observation, et les conduisit au turbo-ascenseur.

« Un jour, Jim », dit Winona, plus inquiète que mécontente, « tu dépasseras les bornes et quelqu'un s'en apercevra.

— Il faudrait vraiment que je tombe sur un hyper-conformiste pour avoir des ennuis à cause de ma visite.

— Les hyper-conformistes ne manquent pas à Starfleet.

— C'est impossible d'arriver à quelque chose dans Starfleet à moins de passer un peu les bornes. Sinon, on termine momifié derrière un bureau.

— Et si on les passe trop, les bornes », dit Sam, « on termine momifié derrière un bureau. Comme Chris Pike.

— De quoi es-tu donc en train de parler ?

— C'est le bruit qui court — Pike a passé trop peu de temps à s'occuper de la politique de Starfleet, trop de temps à embêter ceux qu'il ne fallait pas, et a décidé tout seul une ou deux fois de trop.

— Et comme punition, il est promu au rang de commodore ?

— Oui. Et tu le prends en pitié à cause de ça. » L'ascenseur ralentit, puis s'arrêta.

— C'est ridicule.

— Ne rejette pas l'opinion de ton frère si cavalièrement, Jim », dit Winona. « C'est loin d'être aussi ridicule que... » Les portes de l'ascenseur s'ouvrirent, et elle s'interrompit. « Je n'avais pas souvenir que les vaiseaux de Starfleet aient jamais senti l'écurie !

L'odeur évocatrice du foin séché se répandait dans tout le pont inférieur. Jim fronça les sourcils. « Ils ne sentent pas l'écurie, normalement. »

Troublé, il avança en tête. Dans un vaisseau stellaire, tout ce qui était étrange ou inconnu pouvait être dangereux.

L'odeur d'écurie s'intensifia. A moins que le système de ventilation ne soit en panne, la seule origine possible était le pont des navettes, au bout le plus éloigné du couloir.

Les doubles portes s'ouvrirent en glissant. Les yeux plissés dans la faible lumière, Jim avança sur l'étroit chemin de ronde au-dessus du pont. Les navettes avait été poussées sur le côté, les unes contre les autres, et isolées par un mur de séparation fait de cloisons portables, afin de laisser libre la majeure partie du pont.

Au centre du pont, il y avait un enclos de fortune. Le sol en était couvert de paille, et, à l'intérieur, une forme sombre y était accroupie.

— Au nom du ciel...! » Winona le rejoignit sur le chemin de ronde.

— Eclairage. » Le pont s'illumina progressivement.

La créature iridescente s'ébroua et bondit sur ses pieds, les pattes écartées, dans une pose de défi, sa petite tête relevée, les oreilles dressées, les narines frémissantes. Sa robe était une harmonie de noir, de pourpre et de vert.

— Au nom du *Diable* me semblerait plus approprié », dit Sam.

La créature les vit. Elle s'ébroua de nouveau, piétina le pont, ses sabots sonnant sur les plaques métalliques. Elle poussa un cri, ressemblant plus à celui d'un aigle qu'au hennissement d'un cheval.

Puis elle arqua le cou et se cabra, les pattes battant l'air.

Avec un bruit semblable à celui d'un vent de tempête soufflant dans les arbres, elle étendit ses grandes ailes noires.

Chapitre III

Jim, Winona et Sam avaient les yeux écarquillés d'étonnement.

— Est-ce que je suis le seul à rêver, ou est-ce que vous êtes aussi en train de rêver, tous les deux ?

— C'est fantastique », dit Sam. « Je n'avais pas idée que l'on ait pu aller aussi loin avec la restructuration des recombinants ! Ce n'est pas une espèce extra-terrestre, n'est-ce pas, c'est bien terrien ?

— Qu'est-ce que j'en sais ? » dit Jim, irrité. Tout ce qu'il souhaitait savoir, c'était comment et pourquoi la créature était là, sur son vaisseau.

— J'ai bien peur que cette bête ne soit sur le point de se faire mal », dit Winona, « je vais essayer de la calmer.

La créature battit des ailes et cria de nouveau.

— Maman... cette chose est dangereuse !

— Qu'est-ce que vous vous croyez en train de faire ?

Jim eut à peine le temps de se tourner dans la direction de la nouvelle voix. Une petite silhouette vêtue de noir dépassa Winona en courant et descendit l'escalier quatre à quatre, touchant à peine les barreaux. Sa noire chevelure iridescente flottait derrière elle. Elle traversa le pont en courant toujours, en direction du cheval — cheval ? — affolé. Lâchant les bottes qu'elle transportait, elle se glissa sous la balustrade du corral. Craignant qu'elle ne se fasse piétiner, ou que la créature ne l'attaque à coups de sabots, Jim se précipita à sa suite.

Le cheval s'ébroua et se calma. Ses ailes étendues battaient toujours, comme s'il était un aigle se tenant en équilibre sur la main gantée d'un fauconnier. Ses épaules luisaient d'une sueur nerveuse. Il baissa la tête et enfouit son nez sous le bras de la nouvelle venue.

Elle parla à voix basse à la créature, lui gratta les oreilles en berçant sa tête, et lui souffla dans les narines. Elle soupira en réponse, doucement et tranquillement. Elle lui caressa le cou et entortilla ses doigts dans sa crinière. La paille craqua comme la créature se déplaçait pour se glisser encore plus près d'elle. Elle plaça ses sabots à une largeur de paume de ses pieds nus.

— Au nom de Dieu, faites attention », dit Jim.

— Restez tranquille », dit-elle d'une voix basse et apaisante, sans se tourner vers lui.

— Vous allez vous faire marcher dessus !

— Mais non, ne vous inquiétez pas. De toute façon, elle n'est même pas ferrée — et elle a le pied léger. » Elle sourit de son bon mot, puis redevint sérieuse en voyant l'expression de Jim. « Qu'avez-vous fait ? Vous l'avez effrayée à mort !

— J'ai allumé la lumière », dit Jim, son irritation grandissante. « Je voulais savoir qui avait modifié mon hangar des navettes.

— Vous êtes l'officier de ce pont ? L'Amiral Noguchi a dit que vous étiez en permission jusqu'à ce soir, et qu'ensuite vous seriez occupé — il m'a dit qu'elle serait en sécurité ici, que personne ne la dérangerait.

— L'Amiral Noguchi... ?

— C'est le seul endroit où elle puisse rester pour un long voyage.

— Quel long voyage ?! » dit Jim.

Elle donna un morceau de carotte à la créature, bien

que Jim eût juré que ses mains avaient été vides. « Elle ne fera pas de mal à votre pont, surtout si vous ne lui faites plus peur.

— Je ne suis pas l'officier du pont.

— Oh. Pourquoi tant d'histoires, alors ?

— Je suis le capitaine », dit-il. Il monta l'escalier quatre à quatre et se dirigea vers le turbo-ascenseur. Comme il arrivait, les portes s'ouvrirent. L'Amiral Noguchi sortit en hâte, si concentré sur la feuille de transmission qu'il tenait à la main que Jim dut reculer rapidement pour éviter d'être bousculé.

— Monsieur ! Amiral Noguchi !

— Jim ! » Il avait l'air déçu. « Que faites-vous ici ? Vous avez trouvé ma surprise, je suppose — avez-vous rencontré Mme Lukarian ? Nous pourrons faire l'annonce ensemble.

— Mais je pensais... Qui est Mme Lukarian ? Vous voulez dire cette... cette amazone qui essaie d'empêcher son cheval volant de tout casser, en bas sur mon pont d'atterrissage ?

— Jim, reprenez-vous ! Vous êtes pratiquement hystérique. Qu'est-ce qui se passe ? Vous avez trop bu ?

— Non, Monsieur. Du moins, je ne croyais pas. Amiral, il y a une créature bouchant mon pont des navettes.

— Calmez-vous, Jim. Vous n'allez pas à un endroit où vous aurez besoin de navettes. Pas pour cette mission.

— Quelle est, exactement », dit Jim, se doutant qu'il ne souhaitait plus entendre la réponse à sa question, « la nature de cette mission ? »

Noguchi lui tendit la feuille de transmission. « Une solution élégante au problème du commis-voyageur, n'est-ce pas ?

Jim le regarda. Quel commis-voyageur ? Noguchi avait établi les ordres de l'*Entreprise* pour les trois mois à venir. La feuille de route prévoyait un arrêt d'une journée sur trente bases stellaires, en commençant par la base 13.

— La Phalange ? » dit Jim. « La base stellaire 13 ? La base stellaire 13 est un gaspillage de temps et de ressources, elle devrait être fermée !

— La base stellaire 13 a une considérable importance stratégique. J'ai bien peur d'avoir causé quelques problèmes aux mathématiciens quand j'ai insisté pour que votre trajet commence là. » Noguchi rit tout bas. Il expliqua la difficulté qu'il y avait à déterminer le trajet le plus rationnel entre différents points. Les mathématiciens avaient résolu le problème du commis-voyageur en deux dimensions, mais trois dimensions ajoutaient plusieurs niveaux de complexité.

— Je... Je ne comprends pas », dit Jim. « Quelle est la mission ?

— J'avais trois facteurs principaux à considérer », dit Noguchi. « Premièrement, vous donner une chance de regagner vos forces... »

— Il n'y a rien qui cloche chez moi ! » dit Jim d'un ton brusque. « Je suis en parfaite santé.

— Deuxièmement », dit Noguchi, ignorant la protestation de Jim, « vous donner le temps de faire connaissance avec le vaisseau et avec l'équipage.

— C'est pourquoi j'attendais une mission stimulante, Monsieur...

— Et troisièmement, régler la question des résultats de l'étude sur les bases stellaires. Vous les avez vus, n'est-ce pas ?

« Non, Monsieur, je ne les ai pas vus. J'étais hors course — je suis parfaitement remis maintenant ! — mais j'ai été hors course pendant quelques mois.

— Les résultats ont été un choc, Jim. Sur chaque base stellaire que nous avons étudiée, le moral est terrible. Particulièrement », dit-il, « sur la base stellaire 13. Nous prenons des gens et nous les envoyons aux quatre coins de l'univers, loin de leur foyer et de leur famille, et nous ignorons complètement leurs besoins. Je vais changer ça, et je vous ai choisi pour m'y aider.

Ils arrivèrent au chemin de ronde, et Noguchi descendit l'escalier, Jim à sa suite. Sam et Winona restèrent au corral, où Mme Lukarian essuyait la sueur sur les épaules de la créature. Winona grattait la créature derrière les oreilles, tandis que Sam examinait la complexe jointure entre l'aile et le corps.

— Mme Lukarian », dit l'Amiral Noguchi.

Elle se retourna en souriant. « Amiral », dit-elle, puis, avec circonspection, « capitaine ».

— Jim, je vous présente Amelinda Lukarian, directeur général de la Compagnie Classique de Cirque Hyperluminique. Madame Lukarian, le Capitaine James T. Kirk.

— Bonjour, capitaine.

Ses doigts se refermèrent sur ceux de la jeune femme, les cachant presque, mais elle avait la main dure et forte, avec des traces de cal.

— Cirque ? Qu'est-ce que c'est ? » Jim essaya, sans y parvenir, de replacer le mot dans le domaine de la physique de haute énergie, comme le terme " hyperluminique " semblait l'indiquer, ou dans celui des applications commerciales du voyage à vitesse supraluminique, comme la " compagnie " pouvait le faire supposer. Et quel rapport avec le cheval volant ? Une marque de fabrique ? Une trouvaille publicitaire ? Si c'était le cas, comment Starfleet s'était-il retrouvé impliqué là-dedans ?

— Le Cirque, c'est un spectacle », dit Lukarian.

— Vous serez à la disposition de la Compagnie pendant sa tournée.

Rendu muet par le choc, Jim regarda fixement Noguchi.

— Cet animal est incroyable, Jim », dit Sam. « Le problème anatomique posé par les ailes...

— Amiral, vous ne voulez pas dire que Starfleet a assigné l'*Entreprise*...

— Chut, Athene, doucement », dit Winona, essayant de calmer la créature, qui avait sursauté comme Jim élevait la voix. « Jim...

— ... que Starfleet a assigné un vaisseau de Classe Constellation, avec un équipage de quatre cent trente personnes pour transporter un... un cheval mutant et son entraîneur ? » Jim eut l'impression que même sa mère avait pris parti contre lui.

— Ne criez pas », dit Lukarian. « Elle est de sang arabe, en grande partie — elle est très nerveuse. Vous allez encore lui faire peur.

— Je veux dire », énonça calmement l'amiral, « que JE vous ai donné la mission de transporter le Cirque hyperluminique aux bases stellaires afin qu'il joue pour le personnel de Starfleet, et ceci en sécurité, et en accord avec le planning — et sans récrimination. Je vous ai aussi donné le commandement de ce vaisseau. Aucun de ces deux ordres n'est gravé dans le marbre. Est-ce que c'est bien compris ?

Avec ces derniers mots, sa voix avait pris un ton coupant. Jim rencontra son regard. Comme il fixait les durs yeux bruns de son aîné, il commença à croire que la légende concernant le caractère de l'amiral était vraie : lent à s'énerver, mais d'une intensité volcanique.

— D'autres questions, *Capitaine* Kirk ?

Jim hésita peut-être une seconde, presque une seconde de trop. « Non, Monsieur », dit-il avant que l'Amiral Noguchi ne parlât de nouveau.

L'amiral tourna le dos à Jim. « Madame Lukarian, vos gens sont-ils installés confortablement ? Avez-vous besoin de quoi que ce soit ?

— Certains d'entre eux sont un peu secoués », dit-elle. « La plupart d'entre nous n'avait jamais utilisé un téléporteur auparavant. Athene et moi, nous sommes venues dans un vaisseau courrier, et elle est un peu nerveuse. Nous avons l'habitude de voyager en train.

— Je suis sûr qu'une fois que vous aurez acquis " le pied marin ", vous trouverez que c'est tout à fait supportable. L'espace est extraordinairement beau ! » Il sourit. « Et vous verrez que vous aurez bien plus d'espace pour vous promener que vous n'en auriez dans un train. » Noguchi serra la petite main de Lukarian. « Je vous suis reconnaissant de votre disponibilité pour assister Starfleet à si brève échéance. Et j'ai hâte de faire l'annonce. Etes-vous prête ?

— Aussitôt que l'un des monteurs sera là pour rester avec Athene. Vous êtes sûr que vous ne voulez pas que nous donnions une représentation ?

— C'est une offre très généreuse », dit l'Amiral Noguchi. « Mais j'ai prévu que vous seriez nos invités ce soir. Je ne pense pas que les invités aient à chanter pour gagner leur dîner.

— D'accord. J'amènerai la troupe en haut dans une minute.

— Très bien. N'hésitez pas à faire appel à moi à n'importe quel moment. Mon bureau saura toujours comment me toucher. »

L'Amiral Noguchi grimpa l'escalier jusqu'au chemin de ronde et disparut, laissant Jim et Lukarian face à face.

— C'est impossible », dit Jim. « Tout simplement impossible.

— Je ne peux pas me permettre de perdre cette commande », dit Lukarian. « Nous ne partirons pas — il n'y a pas moyen de nous y obliger.

— Vous êtes prête à parier ?

— Laisse tomber, Jim », dit Sam.

— Vous pariez combien ? » dit Lukarian. « Si je perds, ça ne pourra pas être pire.

— Ne me défiez pas sur mon propre vaisseau, madame Lukarian », dit Jim. « C'est une chose vraiment stupide à faire.

— Tout à fait comme de s'opposer au projet-fétiche d'un amiral », dit Winona, pas à Lukarian mais à Jim.

— Je n'abandonnerai pas cette commande. » La voix de Lukarian se durcit. Derrière elle, le cheval ailé sentit la colère entre les humains. Il s'ébroua et piétina nerveusement, caracolant d'un côté à l'autre du petit corral.

— Vous lui faites peur », dit Lukarian. « Partez, voulez-vous ?

— Jim », dit Winona comme Jim allait répliquer. Son ton de voix était à la fois coléreux et déçu.

— *Quoi*, Mère ?

— Rends-toi de bonne grâce.

Jim se sentait le droit d'être furieux — en fait, il pensait qu'il avait remarquablement bien gardé son calme, étant donné les circonstances. De plus, il avait à se plaindre surtout de l'Amiral Noguchi, pas d'Amelinda Lukarian.

Athene donna un petit coup de museau à Lukarian. Celle-ci lui mit les bras autour du cou, lui parla doucement, et posa sa joue contre son front.

— Allez-vous-en », dit-elle.

Winona toucha le bras de Jim et fit un geste vers la sortie.

— Essayez de garder cette bête sous contrôle, madame Lukarian », dit Jim.

Jim, sa mère, et son frère firent le chemin de retour vers le pont de récréation dans un silence inconfortable. Lorsqu'ils entendirent le fracas et le bourdonnement de la fête, Winona s'arrêta.

— Il faut que j'aille dormir un peu », dit-elle. « C'était une longue journée.

— Veux-tu que je te raccompagne à l'hôtel ? » demanda Sam.

— Ne soit pas nigaud. Profite de la fête, Sam. Jim, je veux te parler.

— Je devrais...

— Ça ne prendra pas longtemps. » Elle marcha le long du couloir, en direction du passage vers les Docks Spatiaux.

Sam haussa les épaules, compréhensif. Ils savaient tous les deux qu'il valait mieux ne rien dire quand elle utilisait ce ton de voix.

Bras croisés, tête baissée, Winona regardait pensivement le pont.

— Qu'est-ce qu'il y a, Maman ? » demanda Jim.

— Tu as une manière intéressante de jongler avec la politique de Starfleet, Jim. Pas très efficace, mais intéressante.

— Mais je pensais... L'amiral m'avait laissé croire...

— Kimi ne fait jamais rien sans une bonne raison. Ce n'est pas la question. Nous ne discutons pas de son comportement, mais du tien. Il t'a donné un ordre, et tu l'as discuté — parce qu'il ne correspondait pas à ton caprice !

— Il aurait pu...

— *Ce n'est pas de lui qu'il s'agit !* » dit-elle avec colère. « Tu ne te souviens pas de ce que ton père t'a dit ? Tu ne te souviens pas des erreurs qu'il a commises ? Tu ne peux pas naviguer à travers la politique de Starfleet par la seule vertu de ton arrogance ! Un jour, tu auras besoin — tu seras forcé — de désobéir à l'ordre d'un officier supérieur. Tu auras à défendre tes actions. Si tu t'es fait la réputation d'un crétin entêté, tu te feras démolir. Et ta carrière avec toi.

— Je pense que mes actions parlent toutes seules.

— Tu crois ça ? Qu'est-ce qu'elles disent, exactement ! Prenons un exemple. Tu as été incroyablement impoli avec cette enfant...

— Enfant ? C'est un être pensant adulte — qui a un monstre hurlant sur mon pont des navettes !

— Elle n'a pas plus de vingt ans, et elle est responsable de toute une troupe, sans parler du " monstre hurlant ". Tu ne vois pas qu'elle s'accroche de toutes ses forces à ce boulot ?

— Non, et je ne sais pas comment tu aurais pu voir ça, non plus.

— C'était évident. Pour moi, ça avait bien l'air d'être la dernière chance de survie de sa troupe.

— Peut-être que s'ils vivent si près du bord du gouffre, ils *devraient* quitter le métier.

Elle le regarda un moment, sans comprendre, puis secoua la tête. « C'est bien dommage, Capitaine Kirk, que tout le monde ne puisse pas être aussi parfait ni avoir autant de succès que vous.

Elle se retourna sans un mot de plus et s'éloigna de lui, hors de l'*Entreprise* et dans les Docks Spatiaux. Il commença à la suivre, puis s'arrêta. Il ne savait trop quoi lui dire, et elle était tellement en colère — il était lui aussi tellement en colère — que s'il la suivait, ils allaient encore se disputer. Winona avait cependant irréfutablement raison sur un point. Il avait été d'une impolitesse inexcusable avec Amelinda Lukarian.

Il se dirigea vers le pont de récréation, tout en souhaitant pouvoir aller n'importe où sauf à la réception.

Sam attendait là où Jim l'avait laissé, négligemment appuyé contre la cloison, un genou levé et la semelle de sa botte posée contre le mur.

— Fin d'alerte ?

Jim haussa les épaules.

— Elle t'as tancé vertement, non ? » dit Sam.

— Elle n'est pas ravie à mon sujet », dit Jim. « Mais, nom de nom, Sam — je voulais... j'attendais... une affectation décente de la part de Noguchi. Je l'ai gagnée — je mérite quelque chose...

— Quelque chose où tu puisses te couvrir d'encore plus de gloire ?

— De gloire ? » Furieux, il se tourna vers son frère. « Tu crois que c'est pour ça que je suis dans Starfleet ?

Tu penses que se faire anéantir dans les plus brefs délais, c'est la gloire ?

— Moi, non. Mais je commence à me demander si toi, tu ne le penses pas.

— Non. Tu peux me croire. Les six derniers mois n'ont pas été très drôles.

— Dans ce cas, pourquoi est-ce que tu ne lâches pas un peu de lest ? Si tu ne peux pas, laisse Kimi le faire à ta place.

— Je ne veux pas de lest — spécialement pas de mon commandant !

— Il n'avait pas l'intention de t'insulter. Ecoute, il connaît notre famille depuis longtemps...

— C'est fantastique », dit Jim. « C'est juste de ça dont j'ai besoin, un amiral qui me traite comme si j'avais encore quinze ans.

Sam sourit. « Non, c'est moi qu'il traite comme si j'avais quinze ans. Toi, il te traite comme si tu en avais huit.

— Personne ne t'a jamais dit à quel point tu es efficace pour rassurer les gens ?

— On me le dit tout le temps. Les gens se déplacent spécialement pour se faire rassurer par moi. Et je t'assure que Kimitake Noguchi te fait un cadeau. Accepte-le dans le même esprit qu'il t'est fait.

— Quand il fera cette annonce, je serai la risée de tout le monde ! C'est un travail qu'on donnerait plutôt à quelqu'un qui ne peut rien faire d'autre, quelqu'un en qui on n'aurait plus confiance, quelqu'un d'épuisé, de lessivé... » Il retint son souffle, tout à coup effrayé que la douleur ne revienne, la douleur et le néant.

— Jim ! » Sam l'agrippa par les épaules.

Jim se dégagea, embarrassé.

— C'est de ça que tu as peur ?

— Je n'ai pas peur...

— Arrête ça ! Ne te cache pas de moi ! Tu peux peut-être te cacher de tout le monde, mais pas de moi !

— Comment puis-je savoir », dit-il tout bas, « lorsque j'aurai une mission comme la dernière, comment puis-je savoir de quelle manière je réagirais, avant d'y être confronté ? Il faut que je sois sûr, Sam, je dois savoir si...

— Si tes nerfs sont toujours solides ?

Jim fut incapable de répondre.

— Tu n'es pas brisé, Jim. Bon sang, tu ne crois pas que je le sentirais, que je le saurais, si c'était le cas ?

— Je n'en sais rien moi-même !

— Je pense que Kimi a eu raison de te donner du temps », dit Sam. « Je pense que tu en as besoin.

— Je n'en ai pas besoin — et je ne crois pas non plus que j'ai besoin d'autres sermons de la part de ma propre famille !

Il partit vers la réception et se cacha dans la foule.

Bientôt la troupe de cirque arriva. Jim tenta d'écouter tandis que l'Amiral Noguchi les présentait, mais il dut mettre la plus grande part de son attention à faire semblant d'apprécier l'idée de passer les trois prochains mois à traîner dans la Phalange, avec une troupe d'artistes de variétés.

Koronin chercha son animal favori. « Viens, Starfleet ! »

Le minuscule primate rose fit un petit bruit en réponse, depuis le nid qu'il se fabriquait toutes les nuits à ses pieds. Il s'extirpa de la couverture de fourrure qu'il avait adoptée, bondit à travers le lit, et sauta sur son épaule.

— Là », dit-elle, « tu as faim ? Sois une gentille bête. Mets ton costume, et je te donnerai peut-être ton petit déjeuner.

Starfleet comprenait peut-être un mot sur cent, mais " faim ", " costume " et " petit déjeuner " formaient la majeure partie de son vocabulaire. Son animal favori descendit le long de la jambe de Koronin et trottina sur le lit, cherchant ses vêtements : de petits pantalons noirs et une tunique de velours doré.

Cela amusait fort Koronin que la créature ressemblât autant à un être humain, car, de toutes les espèces de la Fédération, les humains avaient le plus mérité son rire. Cela l'amusait de revêtir son animal de l'uniforme et de l'insigne d'un officier de Starfleet. Par contre, cela ne l'amusait pas que la créature se rebelle contre les mignonnes petites bottes. Koronin pouvait forcer Starfleet à les porter, mais le primate titubait lorsqu'il essayait de marcher, glissait et tombait quand il essayait de grimper, s'accroupissait sur le sol et mâchait le cuir autour de ses orteils lorsqu'il devenait trop frustré, pour finir par se recroqueviller en un misérable petit tas, gémissant jusqu'à ce que Koronin le libérât des chaussures. Le voir tituber et glisser et mâcher faisait rire Koronin pendant des heures, mais le voir s'accroupir et gémir l'agaçait. Même une bonne tape ne faisait pas bouger la créature lorsqu'elle arrivait à ce stade. Aussi la laissait-elle aller pieds nus pour l'instant. Mais elle avait bien l'intention de parvenir à l'habituer aux bottes.

Tandis que Starfleet farfouillait pour trouver ses vêtements, tel un enfant demeuré, Koronin vérifia les surfaces de contrôle du vaisseau. Des incrustations d'or traçaient des dessins en filigrane sur des panneaux de jade rose translucide. L'officier gouvernemental avait investi de fortes sommes dans la décoration de son centre de commandement. Koronin supposait que l'officier apaisait la culpabilité qu'il devait ressentir pour de telles dépenses par la froideur de son espace personnel. Cela lui convenait : l'officier avait dépensé de l'argent et du temps pour des choses dont Koronin ne se serait pas souciée, lui laissant le plaisir de démantibuler ses quartiers inhospitaliers, et de les refaire au gré de ses fantaisies. Elle se demanda combien de loyaux sujets de l'empire savaient à quoi l'oligarchie employait ses dîmes. Elle se demanda combien de loyaux sujets savaient quoi que ce soit au sujet de l'oligarchie, pour commencer, Koronin avait été élevée dans le respect de l'Impératrice, mais parmi les classes les plus élevées ce n'était un secret pour personne que les oligarches contrôlaient une souveraine sans pouvoir, sans dents, et sans héritier. Les bannis connaissaient le secret, et croyaient dur comme fer à une rumeur désobligeante : Koronin avait entendu, de plusieurs sources différentes, que l'oligarchie avait délibérément permis au cerveau de l'Impératrice de se détériorer jusqu'à l'état végétatif, puis avait maintenu le corps en vie à l'aide de machines et de thérapeutique de remplacement. Lorsque Koronin était plus jeune, elle ne l'aurait peut-être pas cru ; mais elle le croyait maintenant.

— Starfleet !

L'animal glapit de peur, trottina jusqu'à elle, et rampa à ses pieds.

— Ainsi », dit-elle. « Tu as mis ta tunique correctement aujourd'hui. Tu peux avoir ton petit déjeuner, dans ce cas. »

L'animal gémit et se tortilla de plaisir. Elle lui tendit un morceau de fruit, juste hors d'atteinte, et rit de le voir sauter après sa main.

— Reste tranquille !

Starfleet s'accroupit, frémissant, suivant la nourriture d'un regard attentif et désolé.

— Bien », dit-elle, en lui donnant le fruit.

Il engloutit le fruit et en chercha d'autres du regard.

Koronin se désintéressa de l'animal. Elle étudia la carte stellaire suspendue, afin de décider de la meilleure façon de harceler les vaisseaux de la Phalange. Trop près du corps principal de l'espace de la Fédération, et une patrouille risquait de se mettre à sa poursuite ; trop près de la pointe extrême de l'intrusion, et le *Quundar* risquait de rencontrer les défenses d'une base stellaire de la Fédération. Restait le centre : celui-ci semblait tout à fait vulnérable.

— Sergent.

— Oui, Koronin.

Il répondit avec une louable déférence, en utilisant la formule correcte, et non pas en l'appelant " ma Dame ". Dans la bouche d'un membre d'équipage d'un vaisseau-bandit, le titre était une insulte.

Elle prenait le titre terriblement au sérieux ; elle ne l'utiliserait pas avant de l'avoir regagné aux yeux de la couche supérieure de sa société. Mais elle le regagnerait.

— Prépare un trajet pour la Phalange de la Fédération.

Les serveurs de Starfleet ne laissaient jamais s'entasser les détritus d'une réception ; les verres à demi vides et les assiettes sales, les plateaux encombrés et les bouteilles ouvertes s'évanouissaient aussi vite qu'ils apparaissaient. Lorsque tout le monde à part quelques invités se fût éloigné en direction de son lit, il resta sur une seule table quelques bouteilles de champagne en train de rafraîchir, une rangée de flûtes à champagne disposées en éventail, et un plateau de hors-d'œuvre, comme si tout cela était la préparation d'une autre réception, beaucoup plus petite.

Jim était assis près d'un hublot d'observation, regardant de temps à autre vers la baie des Docks Spatiaux. Il était trop fatigué et trop tendu pour même ressentir le sommeil. Il avait envie d'essayer d'expliquer à sa mère pourquoi il avait ressentit autant de colère ; il avait envie de parler avec Sam et de s'excuser pour avoir sauté au plafond à cause de son inquiétude à son sujet. Mais Winona devait être en train de dormir, et Sam, toujours en forme, s'était approprié une guitare lorsque les musiciens eurent terminés. Il jouait doucement, accompagnant le Lieutenant Uhura qui grattait sur une petite harpe et chantait un chant irlandais cadencé. Quelques-uns des membres de la troupe de cirque étaient restés, mais Amelinda Lukarian avait disparu.

S'il avait été de meilleure humeur, Jim aurait été heureux de se joindre au groupe des chanteurs et d'écouter le Lieutenant Uhura toute la nuit. A la place, il se leva et quitta le hall, s'arrêtant à la table de service pour prendre deux verres et une bouteille de champagne pleine.

— Jim, attends !

Sam le rejoignit au turbo-ascenseur. Il avait un troisième verre à la main, et une petite boîte en plastique.

— Je me demandais combien de temps ça te prendrait pour te décider à faire ça », dit Sam.

— J'ai peut-être seulement l'intention d'aller me saouler. En privé.

Sam jeta un coup d'œil aux verres. « Mon frère, l'homme qui boit des deux mains. »

Jim sourit d'un air penaud, et fit entrer Sam dans l'ascenseur.

— J'apprécie à sa juste valeur ton support moral.

Sam jeta la boîte en l'air et la rattrapa. Des légumes sculptés firent du bruit à l'intérieur du plastique translucide. « Je viens juste avec toi pour gagner l'amitié du cheval.

Ils s'arrêtèrent en haut du chemin de ronde. Lukarian avait mis un lit de camp à côté du corral, de manière à pouvoir dormir avec une main étendue à travers les barreaux. Le cheval ailé sommeillait auprès d'elle, debout, son nez effleurant les doigts de Lukarian. La robe noire lustrée de la créature se fondait en pourpre profond et bleu paon à la pointe de ses oreilles et ses jambes, et en larges pommelures sur son arrière-train et ses flancs. Sa crinière et sa queue retombaient en une cascade mélangée de mèches noires, bleu intense, et

105

vert iridescent. Elle avait replié ses larges ailes contre ses flancs, la couleur des plumes se fondant à celles de sa robe.

— Nous ferions mieux de revenir plus tard », dit Jim.

Au son de sa voix, Athene leva la tête en s'ébrouant. Lukarian s'assit, clignant des yeux pour se réveiller.

— Qu'est-ce que vous voulez ? » Elle rejeta sa couverture d'un coup de pied. Elle s'était changée, troquant son costume noir contre des pantalons de jogging et une chemise ample.

Jim descendit l'escalier, la bouteille et les verres dans une main.

— Je suis venu pour m'excuser », dit-il.

— Nous avons apporté une offrande de paix. » Sam ouvrit la boîte et en sortit une poignée de légumes sculptés. « Est-ce qu'Athene aime les carottes en forme de roses ?

— Oui. Les carottes, en tout cas. Elle n'a jamais rien mangé d'aussi élégant qu'une carotte en forme de rose.

Tandis que Jim ouvrait le champagne, Sam offrit une carotte à Athene. Elle s'approcha prudemment de lui, battant des ailes. Malgré sa férocité apparente, ses yeux gris étaient doux et calmes. Elle tendit le cou vers lui, telle un vieux poney rusé soupçonnant qu'une bride pourrait bien être cachée quelque part, par exemple dans le dos de Sam. Elle attrapa le morceau dans sa main avec les lèvres.

— C'est l'amiral qui vous a donné l'ordre de venir ici ? » dit Lukarian. Peu importe que vous fassiez des excuses — je ne me retirerai pas, quoi qu'il arrive. J'aurais préféré que la troupe soit engagée là où elle est bienvenue, mais elle ne peut pas se permettre le luxe d'être difficile.

— Ce n'est pas lui qui m'a obligé à faire des excuses », dit Jim, « et vous n'avez pas besoin de refuser la commande ». Il eut un rire sans humour, mais plein d'ironie. « Ça ne changerait rien, de toute façon.

L'amiral a pris sa décision. Si vous abandonniez, il trouverait simplement quelqu'un d'autre.

— Et si vous abandonnez ? » dit Lukarian.

— Je ne suis pas autorisé à abandonner », dit Jim. Il fit sortir le bouchon du goulot de la bouteille, en faisant attention à ne pas le faire sauter, pour éviter d'effrayer à nouveau le cheval ailé.

Lukarian mordilla pensivement l'ongle de son pouce. « Ce n'est pas tout à fait ce que vous attendiez, n'est-ce pas ? » dit-elle.

— C'est... le moins qu'on puisse dire !

— Pax ? » demanda Lukarian.

— Pax.

Ils se serrèrent les mains, plus poliment cette fois-ci.

Le cheval ailé termina de mâcher la carotte en forme de rose donnée par Sam, puis passa sa tête par-dessus les barreaux du corral, et donna des petits coups à Lukarian, qui tendit la main afin de permettre à la créature de donner un petit coup de dent à quelque chose dans sa paume. Le cheval mâcha bruyamment un morceau de carotte, tandis que Jim essayait de se souvenir à quel moment Sam avait donné à Lukarian une partie de ce qu'il avait apporté, ou bien à quel moment elle avait mis la main dans ses poches. Sa main avait été vide un moment auparavant. Il haussa les épaules, et servit le champagne pour elle, pour Sam, et pour lui.

— A... A la paix », dit-il.

Leurs verres se touchèrent avec un tintement aigu.

— Comment est-ce que vous êtes arrivé à être capitaine ? » Lukarian grattait la créature derrière les oreilles, d'un air absent.

La peau claire de Jim se colora. « J'ai eu de la chance, je suppose.

Lukarian rougit aussi. « Ce n'est pas ce que je voulais dire. Je voulais dire, n'êtes-vous pas bien jeune pour être capitaine ?

— J'ai vingt-neuf ans », dit-il. « Je ne suis plus en culottes courtes depuis longtemps. Est-ce que *vous* n'êtes pas bien jeune pour diriger une... une troupe de cirque ?

— C'est différent », dit-elle. « En quelque sorte, j'ai hérité ce boulot de mon papa.

— Tout à fait comme Jim », dit Sam avec un sourire.

— Je ne savais pas que Starfleet marchait comme ça », dit-elle.

— Il ne marche pas comme ça », dit Jim. « Quand vous connaîtrez mon frère, vous verrez qu'il a un sens de l'humour inhabituel.

— Oh. » Elle leur jeta un regard perplexe.

— Quelle est l'utilité de ce corral ? » dit Jim. « Est-ce qu'elle ne peut pas tout simplement voler par-dessus ?

— Jim, regarde l'envergure des ailes », dit Sam. « Il lui serait totalement impossible de décoller en gravité un.

— Elle ne peut pas voler par-dessus », dit Lukarian, « mais elle est très capable de sauter par-dessus si elle est assez effrayée.

— J'aimerais autant ne pas l'avoir en liberté sur le pont des navettes », dit Jim.

— Il y a toujours quelqu'un avec elle. Ce soir, j'étais seulement partie une minute. Je voulais me changer et tout organiser avec tout le monde, et — ç'a été un manque de chance que vous arriviez juste à ce moment-là.

— Pourquoi avez-vous un cheval volant, s'il ne peut pas voler ?

— Mon père l'a eue lorsqu'elle n'était qu'une pouliche. Je n'étais pas d'avis que nous l'achetions. Le Cirque doit inclure une exhibition d'animaux, mais Athene — je savais, j'étais sûre, que si nous montrions un cheval ailé sans le faire voler, l'audience deviendrait grincheuse. J'avais raison. De plus, les équirapaces finissent tous par devenir dingues. Mais bien entendu, dès que nous l'avons eue, je suis tombée follement amoureuse d'elle. J'avais juste l'âge qu'il fallait.

— Equirapace ? » dit Jim. « Pas pégase ?

— Non. Pégase est un animal mythique. Athene est réelle. De plus, " équirapace " est une meilleure définition. Elle a quelques gènes d'oiseaux de proie — elle peut manger de la viande. Je ne pense pas que vous ayez apporté des crevettes, n'est-ce pas ? Elle adore les crevettes.

— J'apporterai des crevettes la prochaine fois.

— Combien de spécimens existe-t-il ? » demanda Sam. « Qui a fait le travail de recombinaison ? Comment se fait-il que je n'en aie jamais entendu parler ?

— Il y a un type là-haut — en bas — dans le nord-ouest. Il en a tout un troupeau — une horde ? Il ne fait jamais de publicité, il se fait sans arrêt éreinter par les généticiens puristes. » Elle grimaça de dégoût. « Ils sont tout à fait d'accord pour acheter des steaks en protéines de soja. Ça rend leurs notes de nourriture plus légères, et peu importe si l'on mélange des formes bien plus étrangères l'une à l'autre que les oiseaux et les mammifères. Mais si vous dites, écoutez, les gars, créons une chimère, créons un cheval volant, ils commencent à crier " sorcellerie païenne ! " Sam sourit, reconnaissant le style de personne. « Vous avez dit que les chevaux ailés — les équirapaces — deviennent fous. Parce qu'ils ne peuvent pas voler ?

— Ce n'est pas parce qu'ils ne peuvent pas voler, mais parce qu'ils sont persuadés qu'ils devraient être capables de voler. Si vous voyez la différence.

— Sous quelle gravité pourraient-ils voler ? » demanda Sam.

— En théorie, autour d'un dixième de G. Personne n'a jamais essayé. Ça coûte beaucoup trop cher de neutraliser le champ gravitationnel dans une zone aussi grande que celle dont on aurait besoin.

— Ça ne devrait pas coûter si cher que ça », dit Jim,

parcourant du regard le pont des navettes, désappointé, malgré lui, de constater que les quinze mètres du plafond seraient à peine suffisant pour donner au cheval ailé un peu d'espace pour voler.

— Ça coûte trop cher si vous devez le faire sur le budget d'une troupe de cirque, dit Lukarian, « mais ce serait un sacré spectacle, pas vrai ?

— En effet, c'en serait un », dit Jim.

— Mes amis m'appellent Lindy », dit-elle.

— Ses amis l'appellent Jim », dit Sam.

— C'est exact », dit Jim. « Mes amis m'appellent Jim. »

Chapitre IV

Sur la passerelle de l'*Entreprise,* Jim Kirk se forçait à ne pas pianoter sur les bras de son fauteuil de capitaine. Laisser tout le monde comprendre à quel point il se sentait nerveux, exaspéré et troublé, était bien la dernière chose qu'il souhaitait.

Le matin même, il avait fait des adieux interminables à sa mère et à son frère, à tel point que lorsqu'ils partirent enfin, ce fut avec soulagement. Il ne pouvait pas leur en vouloir. Il était trop inquiet pour tenir une conversation intelligente, ou même pour échanger des potins familiaux, et il n'existe après tout qu'un nombre limité de manières de se dire au revoir.

Il avait fait une complète inspection du vaisseau, il s'était entretenu avec le Lieutenant Uhura au sujet du réseau de communications, et avec le Commander Spock au sujet des systèmes d'analyse de l'information. M. Spock avait répondu à toutes ses questions de manière froide, en détail, et dans des termes que Jim n'avait pour la plupart jamais entendus, et encore moins compris. En dépit de son apparence stoïque, M. Spock semblait se douter que Jim testait ses compétences, qu'il cherchait une excuse pour l'évincer de son poste d'officier en second.

Jim alla même jusqu'à demander à Amelinda Lukarian si sa compagnie avait besoin d'équipement ou d'approvisionnements supplémentaires. « Jim, tout ce dont j'ai besoin, c'est d'un bon jongleur », dit-elle. « Je ne pense pas que vous sachiez jongler, non ? »

Il se trouvait qu'il savait jongler, d'une certaine manière, mais il n'avait pas l'intention de l'admettre et de se retrouver sur scène à la prochaine base stellaire, agrippant deux quilles tout en essayant de maintenir la troisième en l'air. Il n'y aurait eu pour lui qu'une façon d'avoir les trois quilles dans les airs en même temps, et c'était de les laisser tomber !

Amelinda était trop tendue à cause de la commande de Starfleet, trop excitée à l'idée d'aller dans l'espace interstellaire pour la première fois, pour avoir compris à demi-mots ce qu'il voulait, c'est-à-dire une excuse pour rester au port un jour de plus.

A la réflexion, il lui était difficile de l'en blâmer. Il aurait peut-être été possible de la persuader de conspirer afin de retarder l'*Entreprise*, mais elle ne le ferait pas volontiers, opposant l'hypothèse — injustifiée, espérait-il — que refuser d'aider Jim mettrait à mal leur fragile trêve, à l'hypothèse — qu'il pensait entièrement justifiée — qu'insister pour un délai ne ferait pas grimper la compagnie dans l'estime de l'Amiral Noguchi.

L'Amiral avait déjà convoqué Jim une fois, lui demandant avec une nonchalance étudiée quand, exactement, il avait l'intention de partir.

En bref, Jim avait maintenu l'*Entreprise* aux Docks aussi longtemps qu'il l'avait pu, et bien plus longtemps qu'il ne l'aurait souhaité. Il ne pouvait plus guère tarder.

Cependant, il ne voulait pas partir sans le Dr Leonard McCoy, et le Dr McCoy restait introuvable !

Les quelques derniers mois avaient été durs pour McCoy. Bien qu'il eût maintenu en vie Jim, Gary, et les autres survivants de Ghioghe, le docteur avait été pratiquement exclu de leur traitement une fois de retour sur terre. C'était un travail de spécialistes, lui avaient dit les spécialistes.

Aussi, dès que Jim eût suffisamment récupéré des drogues de régénération pour remarquer l'exaspération de McCoy, il l'avait encouragé à prendre quelques vacances. Je l'y ai forcé, pensa Jim, je peux aussi bien l'admettre. Mais où a-t-il bien pu aller ?

McCoy n'avait pas laissé son itinéraire ; et s'il avait son communicateur, il n'en tenait pas compte.

L'*Entreprise* ne pouvait pas fonctionner sans un officier médical en chef. Quitter les Docks Spatiaux sans docteur serait incorrect, à la fois pour le vaisseau et pour l'équipage ; ce serait dangereux. Si McCoy ne se montrait pas bientôt, Jim devrait demander un autre médecin. Et peut-être ferait-il bien de demander un détachement de recherche en même temps.

— Capitaine Kirk », dit le Lieutenant Uhura, Le Contrôle des Docks Spatiaux vous envoie ses salutations, et demande si vous souhaitez réserver un horaire de départ.

Jim détecta la patte de l'Amiral Noguchi.

— Envoyez mes salutations au Contrôle — rectification, adressez mes salutations à l'Amiral Noguchi au Contrôle des Docks Spatiaux, et demandez une autorisation de départ pour… seize heures.

— Oui, capitaine.

Uhura envoya le message. Jim souhaita de toutes ses forces que l'horaire de départ soit trop pris. Seize heures, c'était ce qui ressemblait le plus aux heures de pointe, aux Docks Spatiaux. S'il était éjecté de l'horaire demandé, cela lui donnerait une excuse pour gagner encore un peu de temps. Jim répéta des réponses possibles : « Très bien, si les Docks Spatiaux ne sont pas en mesure d'organiser le trafic en sorte que nous puissions partir à une heure civilisée, l'*Entreprise* quittera le port à 2 heures. » Il se demanda s'il serait capable

113

de faire passer le froid mépris que cette tirade impliquait.

— Le Contrôle nous informe qu'ils ont enregistré le départ de l'*Entreprise* pour seize heures », dit Uhura.

Zut ! pensa Jim.

— Très bien, Lieutenant Uhura », dit-il. « Merci. » Il se leva. « Je serai dans mes quartiers. »

Il quitta le pont, furieux contre lui-même de s'être fait prendre à son propre piège. Il aurait pu demander 18 heures, voire 20 heures, et ça aurait marché, mais il avait fait un pari et il avait perdu. Maintenant, à moins de retrouver trace de McCoy en moins d'une heure, il serait obligé de le porter disparu et il devrait demander un autre médecin ; et il devrait s'expliquer auprès de l'Amiral Noguchi.

Dans sa cabine, il ouvrit une ligne privée de communication. Jim ne reçut aucune réponse lorsqu'il appela l'appartement de McCoy à Macon, en Géorgie. Il n'y eut pas même une réponse d'un concierge, car le docteur se refusait à utiliser les services d'un robot ou d'un contrôle d'ordinateur dans son espace vital. Il allait jusqu'à laver sa vaisselle, les rares fois où il restait chez lui au lieu de sortir. Son club non plus n'avait aucune idée de l'endroit où il était.

Jim réfléchit un moment, puis appela un vieil ami de McCoy, un conseiller de l'école de médecine.

Le Dr Chhay, bien qu'ayant trente ans de plus que McCoy, ne partageait aucune de ses objections surannées contre les serviteurs-robots. La voix électronique caractéristique d'une marque connue de concierge répondit à l'appel de Jim.

— Un moment, je vous prie. Je vais voir si le Dr Chhay est libre.

L'image du médecin apparut. Jim n'avait rencontré qu'une seule fois le mentor de McCoy, mais il aurait difficilement pu oublier le mélange exceptionnel de types physiques qui la caractérisait ; des yeux asiatiques,

114

dorés, des cheveux blonds foncé, semblant venus d'Europe de l'Est, et un teint café au lait, où le café dominait. Elle avait dû être belle à briser le cœur dans sa jeunesse, et la maturité lui avait donné une élégance et une présence qui avaient tout d'abord coupé le souffle de Jim, et qui, un peu plus tard, l'avait rendu étrangement muet, comme s'il avait été en présence d'une présence royale authentique, non pas les faux semblants qui étaient passés pour tels au cours des deux derniers siècles.

— Hello », dit-elle. « Vous êtes — le Commander Kirk, n'est-ce pas ? L'ami de Leonard ?

— Oui, Madame », dit-il. « Capitaine, maintenant.

— Félicitations.

— Merci. » Il rougit furieusement. Pourquoi me suis-je vanté d'être devenu capitaine ? se demanda-t-il. Embarrassé, il s'éclaircit la gorge. « Je suis désolé de vous déranger. Je me demandais si vous l'aviez vu récemment.

— Non. La dernière fois que je l'ai vu, c'était quand nous avons mangé tous ensemble. Est-ce possible que cela fasse déjà plus d'un an ?

Les seuls souvenirs agréables que Jim gardait de ce repas, étaient ceux concernant le Dr Chhay. La politesse crispée de Leonard et de sa femme avait été pire qu'un conflit déclaré. Quelques semaines plus tard, ils s'étaient finalement décidés à une séparation permanente.

— Oui, Madame, pas loin de deux ans maintenant.

— Est-ce qu'il va bien ?

— Oui, Madame, j'en suis sûr. Simplement, il... n'est pas où il faudrait, pour l'instant.

Son regard était dubitatif et légèrement amusé. « Jocelyn doit certainement savoir où il est.

— Je ne pense pas — je veux dire », ajouta-t-il rapidement, « que je ne l'ai pas encore jointe ». McCoy n'avait peut-être rien dit au Dr Chhay de son divorce. Je devrais peut-être lui dire, pensa Jim ; puis : Ce n'est vraiment pas à moi de donner aux amis du Dr McCoy des détails sur sa vie privée ; et enfin : De toute façon, maintenant c'est trop tard.

— Donnez-lui mes salutations quand vous le verrez, capitaine », dit le Dr Chhay. « Il faudra que nous nous réunissions tous ensemble à nouveau un jour prochain.

— Oui », dit Jim. « Je le lui dirai. C'est une bonne idée. Merci.

— Au revoir, capitaine », dit-elle.

— Au revoir, Dr... » Il ne termina pas, car son image s'était effacée de l'écran.

Pourquoi me suis-je comporté comme un imbécile ? se demanda-t-il. En soupirant, il se consola avec l'idée qu'il ne pouvait pas être le premier homme à se transformer en un idiot bredouillant en essayant de parler avec le Dr Chhay.

Jim réfléchit un moment. Le Dr Boyce, l'officier médical en chef de l'*Entreprise* durant presque tout le commandement de Pike, était maintenant à la tête des services médicaux de la base stellaire 32. Il était beaucoup trop loin pour pouvoir lui être d'une aide quelconque. Mais son remplaçant, Mark Piper, avait pris sa retraite sur terre. Jim l'appela. Piper pourrait peut-être être persuadé de reprendre du service actif jusqu'à ce que McCoy revienne.

L'image du Dr Piper apparut à l'écran. Merci, Dr Piper, pensa Jim, ravi d'avoir appelé quelqu'un qui répondait en personne aux appels.

— Mark Piper à l'appareil », dit l'image. Jim commença de répondre, mais l'image continua : « Si vous laissez votre nom, je vous rappellerai peut-être. Et peut-être pas.

Jim jura à voix basse comme l'enregistrement l'informait que le Dr Piper avait l'intention bien arrêtée de consacrer son temps à rester chez lui. Le plan de Jim s'effondra.

Ça n'aurait probablement pas marché, de toute façon, pensa Jim. Piper n'a pas du tout l'air d'être prêt à revenir prendre du service actif.

Jim laissa tout de même son nom. McCoy avait prévu de rencontrer Piper pour discuter du vaisseau et de l'équipage. Peut-être avait-il mentionné quelque part dans la conversation à quel endroit il avait eu l'intention de passer ses vacances. Mais à moins que Piper ne rappelât presque immédiatement, l'information arriverait trop tard.

Jim commença à admettre à quel point il était inquiet. Avec réticence, il passa un dernier appel.

L'écran lui présenta un thème audio-visuel d'attente. Des interférences électroniques faisaient penser que l'appel était transféré à travers de nombreux numéros. De New-York à... ? Jocelyn pouvait être n'importe où sur terre, où hors de la terre.

L'écran s'éclaircit.

— Oh », dit Jocelyn. « Jim. Hello.

Elle avait toujours la même allure que la dernière fois qu'il l'avait vue : c'était une femme maigre, à l'air intense, qui portait ses cheveux noirs en un chignon élégant. Elle ressemblait à McCoy dans son mépris de certaines facilités modernes. Elle ne se souciait pas de cacher les mèches grises dans ses cheveux.

— Hello, Jocelyn. Ça fait longtemps, et tout ça.

— Est-ce que vous appelez pour Leonard ? » Elle était assise à une table de travail, dans l'un de ses bureaux ; derrière elle se trouvait la ligne d'horizon de Singapour. Même au temps où elle et McCoy étaient ensemble, elle ne passait jamais beaucoup de temps à Macon. Quand Jim pensait à elle, il la voyait à New York, où à Londres.

— Oui », dit-il. Si elle savait où était McCoy, s'il était avec elle, cela voulait peut-être dire qu'ils avaient changé d'avis. Ils devaient être en train de se remettre ensemble. Ceci le surprit, mais de toute façon, McCoy avait l'habitude de surprendre Jim depuis un certain nombre d'années.

— Dites-lui que ça ne sert à rien », dit Jocelyn. « Jim, je vous en prie, je ne veux plus lui faire de mal, et je n'ai plus envie qu'il m'en fasse, non plus.

— Euh... » Il l'avait mal comprise ; elle ne lui avait pas demandé s'il voulait parler à McCoy, mais s'il appelait pour le compte de McCoy. « Je sais, Jocelyn, et je suis sûr qu'il pense de même ». Il se demanda comment terminer la conversation sans la blesser, sans la forcer à se faire du souci au sujet de quelqu'un qu'il ne lui était plus possible d'aimer.

— Mais alors qu'est-ce qu'il veut ?

— Quoi ? Oh — rien. J'appelais seulement... J'étais sur terre, mais je pars bientôt, je voulais juste vous saluer en souvenir du bon vieux temps.

— Dans ce cas, pourquoi avoir dit que vous appeliez pour Leonard ?

— Je n'ai pas dit ça — c'est-à-dire, je suis désolé, je vous ai entendue de travers quand vous m'avez demandé ça. Il y avait des parasites sur la ligne.

— Je comprends », dit-elle. Elle attendit, mais Jim fut incapable de trouver autre chose à dire.

— Hé bien, ça m'a fait plaisir de vous parler », dit-il avec une jovialité forcée. « Prenez soin de vous.

— Au revoir, Jim », dit Jocelyn. Son image disparut de l'écran.

Jim s'effondra dans sa chaise, vaincu. Il ne savait plus où appeler, qui contacter au sujet de McCoy, ou quoi faire d'autre. De plus, son heure s'était terminée dix minutes auparavant.

Le radeau d'eau vive accosta avec un grincement. Leonard McCoy descendit du bateau en caoutchouc gonflé, poussant un cri de surprise et soufflant bruyamment en se retrouvant jusqu'aux genoux dans les eaux glaciales du fleuve Colorado. Ses pieds y avaient été plongés si longtemps qu'ils en étaient devenus insensibles, lui faisant oublier à quel point le fleuve était glacial. L'eau se glissa à travers les interstices de sa combinaison imperméable. Le froid le choqua tout d'abord, mais bientôt sa chaleur corporelle réchauffa l'eau.

McCoy et les autres agrippèrent les lignes, tirèrent le radeau sur la plage, et ôtèrent leurs gilets de sauvetage.

Puis ils tombèrent dans les bras les uns des autres, riant et pleurant, à la fois pleins d'énergie et épuisés, soulagés d'avoir réussi, et d'avoir atteint la fin du voyage.

Ils enlevèrent leurs combinaisons imperméables. Le chaud sable caillouteux fit disparaître le froid de leurs pieds. Ils fouillèrent dans les réserves du bateau, cherchant leurs espadrilles, usées jusqu'à la corde en deux semaines à peine.

Les fermetures archaïques de la combinaison imperméable de McCoy avaient semblé bizarres au début du voyage. Au bout d'un jour ou deux, elles étaient aussi familières que la fermeture automatique de ses vêtements de tous les jours.

Mais en ce moment, il tripotait maladroitement les pressions parce que des larmes brouillaient sa vue. Ces quelques derniers jours lui avaient donné plus de plaisir que quoi que ce soit d'autre depuis des années. Même quand il fut évident qu'il serait en retard, il continua à y trouver plaisir. Il avait retrouvé sa capacité à ne pas se faire de souci au sujet des choses sur lesquelles il n'avait aucun contrôle. Il enleva la combinaison imperméable comme si elle était une peau qu'il abandonnait à regret, en souriant de l'aspect métaphorique de ce qu'il faisait. En dessous, il portait une chemise fine et des bermudas froissés et déchirés. Les vêtements avaient été neufs quand il était parti. Il n'était plus possible de porter l'un ou l'autre, à part ici.

— Jean-Paul », dit-il.

Le guide lui donna l'accolade. « Pas de problème », dit-il. « Va rejoindre ton vaisseau. Mais ne crois pas t'en tirer si facilement la prochaine fois ! La prochaine fois, tu resteras et tu apprendras à plier le bateau. » Il sourit. « Je ferai un guide de toi un jour ou l'autre. »

McCoy hésita un instant, fit un signe d'adieu à tous, et, se retournant, partit à la course vers le bureau.

Le directeur le regarda comme il entrait. « Ah », dit-il « Vous êtes un peu en retard. Tout le monde est revenu ?

— Parfaitement en forme. » Si le directeur pouvait avoir l'air aussi blasé au sujet de la possibilité de perdre un bateau entier, McCoy ne serait pas en reste. « J' peux utiliser votre communicateur ? »

Le directeur fit un signe de la tête vers l'unité déglinguée qui se trouvait sur son bureau.

McCoy appela l'*Entreprise*. Le délai pour obtenir une communication air-espace le rendit furieux. Pourquoi n'avait-il pas emporté son communicateur ?

Puis il pensa : tu as fait exprès de ne pas emporter ton communicateur. D'une part, c'est contraire aux règles. D'autre part, si tu l'avais entendu biper, tu n'aurais pas pu t'empêcher d'y répondre. Ne laisse pas l'univers te ramener de force vers ce moderne état d'hyperactivité.

Il sourit dans sa barbe et attendit.

— Ici l'*Entreprise,* Lieutenant Uhura.

— Ici Leonard McCoy, médecin-chef. Quel est le planning ?

— Dr McCoy ! Quelles sont vos coordonnées pour la téléportation ?

— Je n'en ai aucune idée », dit-il.

Le directeur récita une série de nombres.

— Tenez-vous prêt pour la téléportation », dit le Lieutenant Uhura.

Le fourmillement froid de la dissociation se saisit de lui et l'emporta.

Le turbo-ascenseur emmena Jim Kirk jusqu'à la passerelle. Peut-être l'ascenseur tomberait-il en panne, le laissant en rade dans les entrailles du vaisseau. Il n'avait aucun mal à s'imaginer restant là pour le reste de l'après-midi, à l'abri de l'indésirable devoir de porter disparu un ami, de la mission qu'il ne voulait pas, des civils rôdant dans son vaisseau, de la surveillance de l'animal, à l'affût d'un signe de faiblesse ou de nervosité.

L'ascenseur s'arrêta. Jim redressa ses épaules et entra sur la passerelle, trop tendu pour des civilités. « Lieutenant Uhura, donnez-moi une ligne pour Starfleet Command.

— Oui, capitaine », dit-elle. « Monsieur, le Dr McCoy est de retour. Il devrait être dans la salle de téléportation en ce moment-même. »

Avant que Jim ait eu le temps de profiter de son soulagement, la colère et l'indignation se saisirent de lui. Dans la mesure où, apparemment, McCoy n'avait pas été assommé et abandonné, amnésique, dans une allée sombre, pourquoi avait-il négligé de se présenter à temps ? Son style sudiste relaxé avait-il fini par submerger ses bonnes manières sudistes au point que la courtoisie la plus élémentaire était devenue trop pour lui ?

Jim se pencha en arrière et posa ses mains sur les accoudoirs du fauteuil du capitaine. « Ordre annulé », dit-il d'un air désinvolte, forçant sa voix au calme. « Je verrai le Dr McCoy sur la passerelle.

— Oui, capitaine. » Elle envoya le message. « Il dit qu'il sera là aussitôt après qu'il se sera arrêté dans sa cabine, Monsieur.

— Dites au Dr McCoy », dit Jim, « que je veux le voir sur la passerelle *immédiatement.* »

Ce qu'il entendit de la conversation, du côté d'Uhura,

indiquait que McCoy avait des objections à cet ordre, mais Jim ne pouvait plus l'annuler, même s'il l'avait voulu. Il avait vraiment besoin de ça, faire penser aux membres de son nouvel équipage qu'il dirigeait le vaisseau avec favoritisme ! Il fixa d'un œil froid l'écran éteint devant lui.

Lorsque les portes de l'ascenseur glissèrent de côté, Jim entendit l'exclamation de surprise à demi-étouffée d'Uhura. Sulu jeta un coup d'œil en arrière, essaya de supprimer un sourire, et se remit en position.

Jim se retourna.

Vêtu de haillons humides et d'une paire de vieilles chaussures non lacées, le visage, le cou et les bras brûlés par le soleil, les jambes nues pâles à l'exception de sa cuisse gauche, où la peau était de toutes les couleurs autour d'une vilaine écorchure, décoiffé, les cheveux trop longs, avec une barbe de deux jours, Leonard McCoy déclara, l'innocence personnifiée : « Vous vouliez me voir, capitaine ? »

Jim sauta en l'air. « Mon Dieu, Bones ! »

Jim s'arrêta, prenant conscience du silence sidéré qui s'était abattu sur la passerelle. Il détecta une lueur d'amusement dans les yeux de McCoy.

— Suivez-moi, s'il vous plaît, Dr McCoy. Nous avons à discuter des affaires du vaisseau. M. Spock, prenez les commandes. Préparez tout pour le départ à seize heures. »

Jim dépassa McCoy à grands pas, s'attendant à tout moment à ce que tout le monde sur le pont éclate de rire. C'est peut-être bien ce qu'ils feraient, aussitôt que les portes de l'ascenseur se seraient refermées derrière lui. Mais il pensa que, s'il était possible qu'il lui rient au nez, ils ne le feraient pas en présence du Commander Spock.

Le commander Spock observa avec un intérêt détaché comment le nouveau capitaine faisait sortir en hâte l'officier débraillé de la passerelle.

« — C'était le Dr McCoy ? » dit le Lieutenant Uhura tandis que les portes de l'ascenseur se fermaient.

« — C'était le Dr McCoy », dit Spock, « le nouveau médecin-chef ». Toute la matinée, Spock avait été au courant des efforts subreptices du Capitaine Kirk afin de localiser le médecin. Il avait pensé offrir son assistance, qu'il savait être considérable, mais s'en était abstenu, précisément à cause de l'apparent désir de Kirk que personne ne s'aperçoive de ce qu'il était en train de faire. Peut-être le capitaine souhaitait-il agir en privé parce qu'il s'attendait à trouver le Dr McCoy exactement dans l'état lamentable où il était. Mais dans ce cas, pourquoi avoir insisté pour qu'il se présente sur la passerelle ? Spock se demanda si un jour il commence-rait à comprendre les motivations des êtres humains.

« — J'espère qu'il va bien », dit Uhura. « Il avait l'air d'avoir eu un accident. »

Un accident qui est arrivé il y a quelque temps, d'après l'aspect de sa blessure, pensa Spock.

« — On peut aussi espérer », dit le Vulcain, « qu'il prend plus de soin de ses patients que de lui-même. »

Dans le turbo-ascenseur, Jim jeta à McCoy un regard à la fois soulagé et furieux.

— Bones, que vous est-il arrivé ?

« — Rien du tout. » Bones se regarda de haut en bas comme s'il s'apercevait pour la première fois de la façon dont il était vêtu. « Pourquoi ? Vous n'aimez pas la dernière mode ?

— Ce n'est... » Jim l'examina de bas en haut. « Pas du tout — comment dire — adéquat pour un vaisseau stellaire.

— Vous ne m'avez pas laissé la moindre chance de me changer. J'ai pourtant essayé, savez-vous ! » Il se pencha et ôta l'une de ses chaussures en lambeaux. Une poignée de sable en glissa et s'éparpilla sur le sol. Il enleva son autre chaussure et épousseta le reste du sable de ses pieds nus. « Comment va Mitch ?

— Il est... toujours en régen. Il paraît que son état s'améliore.

— Et Carol ?

— Je suppose qu'elle va bien.

— Vous *supposez* ?

— Ça n'a pas marché ! » dit Jim, en colère. « Oublions ça.

— Mais...

— Je ne veux pas parler de Carol Marcus ! »

McCoy fronça les sourcils. « Est-ce que vous allez bien ?

— *Oui,* je vais bien ! Pourquoi est-ce qu'on n'arrête pas de me demander ça ? Bones, où diable avez-vous été ? Qu'est-ce que vous avez fait à votre jambe ? J'étais sur le point d'envoyer la troupe. Vous deviez être de retour il y a deux jours !

— Je sais. Et j'ai raté votre réception. » Il passa les doigts dans sa chevelure emmêlée, la ramenant en arrière. Le soleil avait éclairci ses cheveux, leur donnant des reflets cuivrés, et avait tracé autour de ses yeux un réseau de fines lignes blanches ressortant sur le hâle foncé.

— Où étiez-vous ? J'ai presque été obligé de vous porter manquant !

— Détendez-vous, Jim, je suis là, non ? J'étais en vacances. Sur votre insistance, si je me souviens bien.

— Je le sais.

— J'ai fait un voyage sur un fleuve. Une fois que nous avons atteint la frontière, je suis revenu si vite que je n'ai même pas aidé à plier le bateau.

— *Plier* le *bateau ?*

— Bien sûr. Il est en caoutchouc ; il faut le rincer, le dégonfler et le plier quand c'est terminé.

— Vous avez descendu un fleuve dans un bateau en caoutchouc ?

— C'est exactement ça.

— Le soleil a dû vous taper sur la tête.

— Je suis allé au Grand Canyon », dit McCoy. Son enthousiasme déborda, oblitérant la joute verbale. « Du canotage en eau vive. Avez-vous jamais essayé ça ?

— Non.

— C'est incroyable. C'est splendide. Nous allons nous balader dans les coins les plus éloignés de l'univers, alors qu'il y a des endroits extraordinaires sur notre propre planète que nous n'avons jamais vus. Jim, il faudra absolument que vous essayiez un jour !

— C'est aussi ce que vous m'aviez dit pour les whiskies glacés à la menthe », dit Jim. « Qu'est-ce que vous vous êtes fait à la jambe ? Et rien de tout ça ne m'explique pourquoi vous ne m'avez pas fait savoir que vous seriez en retard. Vous auriez pu m'épargner d'avoir à faire tout un tas de réponses évasives.

— Le canyon est une zone historique protégée. Les unités de communication sont interdites, même aussi primitives que la radio ou les téléphones de poignet.

— C'est barbare », dit Jim. « Et vous avez *payé* pour ça ?

— Et cher ! » dit McCoy. « Vous ne pouvez pas vous embarquer comme ça pour un voyage de ce genre. Vous devez prendre une assurance supplémentaire, et jurer sur la bicyclette de votre grand-mère que vous ne ferez pas de procès à la compagnie de canot si vous tombez à l'eau et que vous vous noyez.

— Je ne vois pas l'attrait que ça a », dit Jim.

— C'était pratiquement la chose la plus chouette que j'aie faite de ma vie. Jim, vous êtes trop dépendant de tout ce fourbi technologique.

— Nous aurions de gros problèmes sans ce fourbi technologique. Votre jambe ne ressemblerait pas à ça si vous aviez eu le fourbi technologique à votre disposition. » Jim avait mal au genou rien qu'à regarder la contusion. McCoy haussa les épaules avec bonne humeur. « Le bateau s'est renversé. Je me suis trouvé sur le chemin d'un rocher. Nous avons perdu une partie de l'équipement — et une partie des gens, pensions-nous, mais nous les avons retrouvés. C'est pour ça que j'étais en retard. » Il eut un sourire ravi en se souvenant. « Et une partie de la nourriture a été gâchée, ce qui fait que nous avons dû nous rationner les deux derniers jours.

— Pourquoi n'avez-vous pas fait téléporter quelque chose... » Jim s'arrêta. McCoy lui avait dit que le canyon était une zone historique protégée, et il savait qu'il était interdit d'utiliser le téléporteur dans les parcs de cette catégorie. Cependant les rayons téléporteurs faisaient tellement partie de sa vie de tous les jours qu'il lui était difficile d'imaginer de ne pas pouvoir en faire descendre un du ciel à la demande. Le téléporteur était moins susceptible de ne pas être là quand il en avait besoin que, mettons, les réserves d'air.

L'ascenseur s'arrêta dans le secteur des officiers. McCoy en sortit.

— C'était des vacances formidables, Jim.

— Ça ne m'a pas l'air formidable, à moi. J'ai l'impression qu'il vous faudrait des vacances pour vous remettre de vos vacances. J'aurais aimé que vous laissiez une indication... » Les portes de l'ascenseur tentèrent de se fermer. Jim mit sa main sur le trajet du senseur.

— Je ne voulais pas que l'on puisse me retrouver ! » dit McCoy, d'un ton coupant. Son hâle foncé rendait profonds et intenses ses yeux habituellement amicaux. Les fines lignes blanches autour de ses yeux disparurent lorsqu'il étrécit son regard. « Je ne voulais pas avoir la possibilité d'appeler à l'aide, et d'en recevoir. Je voulais voir si j'étais capable de faire quelque chose par moi-même, sans filet de sécurité. Pouvez-vous comprendre ça, Jim ?

Décontenancé, Jim hésita. « Oui », dit-il. « Oui, je peux comprendre ça. Je suis désolé de vous avoir sauté dessus comme ça. J'étais inquiet. Ça m'a rendu furieux.

— Excuses acceptées. Ai-je le temps de prendre un

bain et de me changer avant de devoir me mettre à travailler ?

— Non, mais je crois que vous devriez le faire de toute façon. Et faites quelque chose au sujet de cette barbe.

— J'avais l'intention de la laisser pousser.

McCoy était en train de le faire marcher. Il sourit. « Il n'y a aucune règle contre la bêtise, même à Starfleet.

— Veuillez utiliser le turbo-ascenseur de manière polie », dit l'ordinateur. « Veuillez libérer les portes de l'ascenseur.

— J'aimerais qu'il y ait une règle contre les ascenseurs parlants.

— A tout à l'heure.

Alors qu'il était déjà en train de s'éloigner dans le couloir, McCoy lui fit un signe de la main, puis se retourna tout à coup.

— Jim...

Jim mit de nouveau la main entre les portes de l'ascenseur. Elles se rouvrirent. Un signal sonore commença de faire entendre des bourdonnements étouffés. Sa prochaine manifestation serait un hurlement à casser les oreilles.

— Jusqu'où exactement êtes-vous allé pour essayer de me retrouver ?

Jim enleva sa main du trajet du senseur, juste comme l'alarme commençait à se déclencher.

— Vous n'avez pas envie de le savoir », dit-il, laissant les portes de l'ascenseur se refermer entre eux.

Sulu fléchit nerveusement les doigts. Il imagina tout ce qui pouvait aller de travers lors de son premier essai de pilotage d'un vaisseau de Classe Constellation. Faire s'échouer l'*Entreprise* dans les portes des Docks Spatiaux lui apporterait sans doute un transfert, mais pas celui qu'il désirait. Il se retrouverait plus probablement à bord d'un chaland transportant du minerai, lequel serait employé à fabriquer des alliages qui à leur tour serviraient à réparer les dégâts qu'il aurait fait aux Docks et au vaisseau.

Même s'il commettait une faute beaucoup plus mineure, il lui était encore possible de passer pour un imbécile. D'un autre côté, étant donné certaines des choses qu'il avait déjà eu l'occasion de voir sur ce vaisseau, Sulu pensait qu'il devrait faire une sérieuse bêtise avant que quiconque arrivât seulement à s'en apercevoir. Il sourit, se rappelant la réaction du capitaine à la vue du médecin-chef.

Je souhaiterais presque que James Kirk ait été à bord quand je suis arrivé avec mon sabre, pensa Sulu. J'aurais probablement obtenu mon transfert sans même avoir à le demander.

Le bruit ambiant existant sur la passerelle roulait autour de lui, comme une marée tranquille. Le capitaine donna l'ordre de larguer les amarres. Sulu sentit un changement dans la position du vaisseau. Il *savait* que l'*Entreprise* flottait librement, et cela par aucun des cinq sens qu'il connaissait. Cela le surprit que l'on pût sentir qu'un vaisseau de cette taille flottait librement, car il était certain qu'il se comporterait comme une barrique propulsée à l'anti-matière, une énorme masse ballottante avec de gigantesques moteurs pour l'arracher d'un endroit à l'autre.

Il était temps de le prendre en main. Il toucha les contrôles.

Avec un frémissement, le vaisseau plongea à tribord comme un oiseau blessé.

— M. Sulu ! » cria le capitaine.

Sulu ramena de force l'*Entreprise* à bâbord, surcompensa, et empêcha de vive force le vaisseau de se mettre en vrille. Celui-ci frissonna sous ses mains, aussi délicat qu'un navire à voile à énergie solaire. Il avala convulsivement.

L'intercom déborda d'activité, car tous les départements du vaisseau exigèrent de savoir ce qui s'était passé.

— M. Spock! Prenez la barre.

— Mon attention est entièrement requise ailleurs, Monsieur », dit Spock.

— Je suis capable de nous faire sortir des Docks Spatiaux, capitaine! » dit Sulu. Son visage était rouge d'humiliation.

— J'en suis sûr, M. Sulu. Ce dont je ne suis pas sûr, c'est s'il restera quelque chose des Docks après que vous l'aurez fait!

Sulu émit une protestation, mais la salle des machines, en demandant avec la plus grande insistance ce qui était arrivé, détourna l'attention du Capitaine Kirk. M. Scott s'opposait à la violence faite à ses moteurs directionnels, de manière tout aussi inflexible que si lui-même eût été blessé. Kirk avait bien du mal à essayer de placer une question ou une parole rassurante.

Sulu avait toujours le contrôle du vaisseau, qui à ce moment-là était plus ou moins en train de dériver dans la direction des fenêtres d'observation des Docks Spatiaux. Doucement — tout doucement — il ramena l'*Entreprise* vers un chemin plus sûr.

— M. Scott! » dit Kirk pour la troisième fois.

Scott s'arrêta. « Oui, capitaine?

— Compte-rendu des dégâts, M. Scott.

— Les moteurs, les boîtiers — ils ne sont pas faits pour un tel usage...

Sulu fit appel aux moteurs de poussée. Ils donnèrent une faible impulsion au vaisseau, juste assez d'accélération pour le pousser vers les portes des Docks Spatiaux.

— Quels sont les dégâts, M. Scott? » répéta Kirk.

— Hé bien, Monsieur, il n'y a pas de *dégâts,* pour ainsi dire...

— Dans ce cas, pourquoi appelez-vous la passerelle? Vous n'avez rien de constructif à faire?

Après un instant de silence, Scott répondit : « Je vais faire de mon mieux afin de trouver quelque chose, capitaine.

— Très bien, M. Scott. Continuez.

L'*Entreprise* quitta les docks. L'espace extérieur s'ouvrait devant elle. Un léger vertige fit tourner la tête de Sulu. Il libéra son souffle, se demandant à quel moment il avait commencé à le retenir.

— M. Sulu », dit le Capitaine Kirk.

Sulu fit semblant d'être trop occupé pour se retourner. Il n'avait pas du tout envie de voir l'expression que Kirk devait avoir.

— Oui, Capitaine.

— Il semble que les Docks Spatiaux soient toujours là.

— Oui, monsieur.

— Aucun dégât.

— Non, monsieur.

— Et aucun mal, je suis soulagé de le dire.

— Moi aussi, capitaine », dit Sulu. " Soulagé " était peu dire.

— Navigateur, mettez le cap sur la Base Stellaire 13...

Sulu appliqua une poussée inverse à l'*Entreprise* et l'amena presque au point mort par rapport aux Docks Spatiaux.

Kirk s'arrêta abruptement, son silence se communiquant à tout le monde. Des alarmes de collision se déclenchèrent. Sulu les prit en compte, puis les coupa. « Un navire à voile, capitaine. » Sulu augmenta l'agrandissement sur les écrans. Par bâbord devant, un navire à énergie solaire traversa leur route à toute vitesse. La voile, des centaines de fois plus grande que la capsule, montrait sa surface noire presqu'invisible à l'*Entreprise*. Il louvoya. Le côté brillant de la voile apparaissait sous forme d'un croissant de lumière sur les senseurs de l'*Entreprise*.

L'écran atténuait l'intensité de la lumière.

— Je le vois, M. Sulu », dit le Capitaine Kirk. « C'est du beau travail. Le capitaine a plus de sang-froid que de bon sens.

— Et, dans les secteurs contrôlés par les humains, tels que celui-ci », dit M. Spock, « il a aussi la priorité.

— C'est une tradition, Commander Spock », dit Kirk. « Je croyais que les Vulcains respectaient la tradition.

— Nous la respectons, monsieur. Toutefois, les traditions vulcaines sont logiques.

Kirk eut l'air sceptique, mais la tension s'évanouit de la passerelle. Le navire à voile passa tout près d'eux, à l'avant. Après qu'il eût libéré la voie, Sulu remit l'*Entreprise* en route.

— Cap mis sur la Base Stellaire 13, capitaine », dit le navigateur.

— L'*Entreprise* s'est écartée du trafic, et elle est prête pour la vitesse de distorsion, capitaine », dit Sulu.

— Facteur de distorsion un, M. Sulu.

— Facteur de distorsion un, monsieur.

L'*Entreprise* partit majestueusement vers les étoiles.

C'est dommage que je demande à être transféré, pensa Sulu. J'aurais pu réussir à aimer ce vaisseau.

Lorsque le directeur du comité de surveillance de l'Empire Klingon — c'est-à-dire le chef de la police secrète de l'oligarchie — essaya de contacter le commandant du plus récent vaisseau de combat de la flotte, un prototype d'essai au sujet duquel chacun nourrissait les plus grands espoirs, il ne reçut aucune réponse. Ses tentatives de contact augmentèrent d'intensité, mais le vaisseau restait introuvable.

Ceci provoqua chez le directeur une consternation considérable. Si l'officier commandant le nouveau vaisseau l'avait perdu — que ce soit par mutinerie, accident, ou pour avoir folâtré trop près de la Fédération — il n'avait aucune excuse. Et s'il avait été assez bête pour le laisser capturer au lieu de le détruire, si le vaisseau se trouvait effectivement entre les mains de Starfleet — pour la première fois, le directeur fut satisfait que la Fédération eût de tels scrupules et rendît les prisonniers vivants et en bonne santé. Dans l'improbable éventualité où l'officier était prisonnier, donc toujours vivant, le directeur se chargerait personnellement de le punir.

Le directeur était beaucoup trop en colère pour ressentir du chagrin. Lorsqu'une autre émotion se fit jour à travers sa colère, ce ne fut toujours pas le chagrin, mais la peur. Si le gouvernement trouvait une faute, s'il décidait que l'officier avait agi avec incompétence ou malveillance, la famille de cet officier serait tenue pour responsable de l'énorme valeur du vaisseau.

Le directeur du comité de surveillance avait travaillé dur pour obtenir ce vaisseau-là pour cet officier-là. Et il avait travaillé dur pour amasser un grand pouvoir et de grandes ressources durant son propre mandat. Maintenant, il semblait que tout, pouvoir, travail, et ressources, allaient s'évanouir à cause des demandes de l'oligarchie et des fautes de l'officier.

Il mit tous ses agents à la recherche du nouveau vaisseau, le vaisseau commandé par son fils.

Jim avait invité la troupe de Lindy à dîner à la table du capitaine ce soir-là ; il jeta un coup d'œil à la paperasserie en train de s'empiler, et décida de la laisser pour plus tard ; il continua son exploration de l'*Entreprise*.

La plus grande partie de la section scientifique était déserte. L'équipe serait affectée après ce voyage, car Starfleet ne voyait pas l'intérêt de maintenir une centaine de scientifiques sur un vaisseau qui allait là où rien d'intéressant à explorer ne se trouvait. Jim se demanda comment il ferait pour arriver à la fin des trois prochains mois.

Il s'arrêta devant la salle des machines.

Entre donc, se dit-il. Ton ingénieur en chef te prend sans doute pour un bleu, mais il ne va certainement pas te le dire en face.

Il entra.

— Bonjour, M. Scott.

— Euh… Capitaine Kirk.

— Je me suis dit que j'allais me familiariser avec le vaisseau.

— Très bien, capitaine. » Il resta où il était, n'offrant pas à Jim de lui faire visiter la salle, mais ne retournant pas pour autant à son travail. Jim passa derrière lui.

Les lieux étaient plus que soignés, ils étincelaient. Il n'était pas étonnant que l'*Entreprise* et M. Scott eussent une si haute réputation à Starfleet. Jim avait commencé à se poser des questions sur l'ingénieur et ses manières bourrues, mais il s'aperçut que le respect était mérité.

— Je suis très impressionné, M. Scott.

— Alors — peut-être désirerez-vous faire des essais de vitesse, capitaine ? » dit Scott, plein d'espoir.

Jim eut la tentation d'accepter mais s'arrêta suffisamment pour réfléchir. Si le vaisseau voyageait à pleine vitesse vers la Base Stellaire 13, non seulement il devrait y rester pour plusieurs jours supplémentaires — et il n'y avait pas moyen de savoir comment les oligarches Klingons réagiraient, sans parler du fait que cet arrêt serait ennuyeux à périr — mais, de plus, le vaisseau devrait tirer sur ses réserves de carburant pour faire tout le chemin jusqu'au bout de la Phalange et en revenir. Il ne voulait pas refaire le plein de carburant à la base 13, parce que tout à la base 13 était importé.

— Pas pour le moment, M. Scott. Peut-être plus tard, au cours du voyage.

— Mais, capitaine…

Jim savait que, s'il laissait Scott le persuader, la

tentation risquait d'être irrésistible. « Plus tard, M. Scott », dit-il abruptement.

Scott se réfugia dans le silence. Jim quitta la salle des machines, exaspéré contre lui-même d'avoir été si près de laisser ses propres préférences avoir le pas sur les intérêts du vaisseau et de l'équipage. Il décida de revenir à sa cabine et de s'occuper de son travail de paperasserie, après tout.

Durant le très bref temps d'arrêt qu'il marqua, Spock passa d'un sentiment de surprise vite réprimé à la vue de la scène dans le mess, à l'impulsion, vite réprimée aussi, de se retirer dans sa cabine, et enfin à la détermination de ne pas laisser les changements influencer ses habitudes. L'*Entreprise* transportait rarement des civils, rarement autant de civils, en tout cas. Certains de leurs vêtements ressemblaient à des déguisements, plutôt qu'à la mode actuelle ou à des costumes folkloriques, et se remarquaient au milieu des uniformes de Starfleet. Les civils parlaient et riaient sans aucune inhibition, probablement parce qu'ils n'avaient pas à rendre compte à un officier supérieur, mais seulement à une directrice. La directrice était assise à une table, avec les membres de sa troupe, et avec un officier de Starfleet — le nouveau médecin du vaisseau, se rendit compte Spock. Les cheveux coupés, rasé de près, et vêtu correctement, le Dr McCoy s'était rendu présentable. Plus tôt dans l'après-midi, Spock n'aurait pas été prêt à jurer qu'un tel exploit fût possible.

La chaise en bout de table était inoccupée.

La directrice donna l'accolade à l'un des membres de la troupe. Spock doutait fort qu'un tel comportement renforçât la discipline.

Deux humains vêtus de costumes amples à carreaux noirs et blancs se levèrent. D'abord l'un, puis l'autre, se mirent à effectuer d'étranges mouvements des pieds accompagnés bruyamment par ce que Spock identifia comme le bruit de semelles en métal heurtant le sol du pont. Leurs compatriotes les incitaient à continuer avec des cris et des hurlements. Spock se demanda si c'était une altercation, et s'il devrait intervenir pour l'arrêter. Mais non, ils étaient en train de se livrer à une compétition informelle, chacun augmentant la complexité d'une série de pas de base jusqu'à ce que l'autre soit incapable de les reproduire. A la troisième série de variations, ils avaient attiré l'attention de tous les êtres présents dans le mess. Les encouragements et les acclamations approchaient de la cacophonie.

Spock obtint sa salade habituelle au synthétiseur, et il se dirigea vers sa table habituelle.

Plusieurs des nouveaux officiers — Sulu, le Commander Cheung, navigateur, et Hazarstennaj, un lieutenant de la salle des machines — étaient assis là, observant la représentation, parlant avec animation, riant et plaisantant les uns avec les autres. Spock hésita, mais plusieurs chaises restaient libres à sa table, et il ne lui vint à l'esprit aucune raison logique de ne pas en prendre une.

Les deux artistes terminèrent la représentation par une série de révérences exagérées vers leur audience impromptue, et l'un vers l'autre. La salle éclata en applaudissements. Spock posa son plateau sur la table. Les trois plus jeunes officiers cessèrent d'applaudir, de crier des encouragements, et devinrent silencieux. Spock leur fit un signe de tête. Ils le regardèrent fixement. Il s'assit.

— Euh, M. Spock », dit le navigateur.

— Oui, commander ?

— Rien. Je voulais dire, bonjour, Monsieur.

Alors que Spock portait une bouchée de salade à sa bouche, son odeur l'assaillit. Il posa sa fourchette et observa son repas. Bien que Spock préférât que sa nourriture végétale ait un distinct goût de chlorophylle, sans aucune addition d'hémoglobine ou de myoglobine ou d'une quelconque protéine animale ayant précédé le végétal dans le synthétiseur, il lui était possible de subsister avec une nourriture médiocrement préparée. Toutefois, il avait depuis longtemps remarqué que le moral d'un équipage de vaisseau stellaire dépendait énormément de la qualité de la nourriture. Il était — pour l'instant — officier en second ; il devait donc prêter attention à des facteurs auxquels, personnellement, il était indifférent.

La salade avait la même odeur que si l'ersatz de viande était incorporé dans sa substance, et n'était pas un ajout accidentel. En fait, elle avait l'odeur d'un plat dont le Capitaine Pike avait été extrêmement friand : du bœuf bourguignon, une répugnante concoction de protéines animales et de pulpe de fruit fermentée. Spock respectait Pike comme il respectait peu d'êtres humains, mais celui-ci avait tout de même des défauts humains. Manger du bœuf bourguignon était l'un de ces défauts.

Il regarda les plats de ses voisins. Sulu avait choisi du poisson grillé, le navigateur une version extra-terrestre de volaille glacée, et le lieutenant de la salle des machines, un steack. Le steack était cru, car le lieutenant appartenait à une espèce félinoïde carnivore. Lorsqu'il s'en aperçut, Spock regretta de ne pas avoir choisi une autre table. Bizarrement, l'odeur de la viande lui avait échappé.

Aucun d'entre eux n'avait beaucoup mangé.

— Vos plats sont-ils synthétisés de manière satisfaisante ? » demanda-t-il.

Ils se regardèrent. Le navigateur fut pris d'un fou rire.

— Une synthétisation erronée est un problème sérieux », dit Spock. « Je n'avais pas l'intention de plaisanter.

— Je sais, monsieur Spock », dit Cheung. « Mais nous étions justement en train de parler de la nourriture. Elle n'a cessé d'empirer au cours de la journée.

— Est-ce que la nourriture à bord des vaisseaux

stellaires a toujours aussi mauvais goût ? » demanda Sulu.

— Le synthétiseur doit être reprogrammé. Je crains que les équipes de réparation des Docks Spatiaux ne l'aient " réglé ".

— Rien ne peut se comparer à du saumon frais », dit Sulu. « Mais ceci a un goût de... poulet.

— Je savais bien que j'allais poser une collé au synthétiseur », dit Cheung. « Alors je suppose que j'ai mérité ce qu'il m'a donné. »

Spock essaya de s'y retrouver dans sa syntaxe, sans y parvenir. « Je vous demande pardon, commander, voulez-vous dire que vous avez eu le plat que vous aviez demandé, ou que vous n'avez pas eu le plat que vous aviez demandé ? »

Cheung sourit. « Ni l'un ni l'autre. Les deux. J'avais demandé du canard lu-se-te. C'est une variation du canard à l'orange, mais le lu-se vient de mon monde natal, et il est vert. Je ne m'attendais pas à ce que le synthétiseur sache ce que je demandais. Il n'a pas rejeté ma commande... mais il ne l'a pas exactement remplie, non plus. Ceci a un goût de... déchet de pâte à papier arrosé de sirop. »

La nourriture avait l'air exécrable, mais une bonne partie de la nourriture que les humains consommaient avait l'air exécrable pour Spock. « Ai-je raison de supposer que ce n'est pas le goût que vous souhaitiez que votre nourriture ait ?

— Vous avez raison », dit-elle.

— De la pâte à papier arrosée de sirop, ce serait encore meilleur que ça ! » grogna Harzarstennaj en fourrant sous le nez de Spock un lambeau de viande sanguinolente. « Goûtez-moi ça ! »

Spock eut du mal à s'empêcher de reculer. « Votre assurance que c'est inacceptable me suffit tout à fait.

— Non, il faut la goûter pour se faire vraiment une opinion », s'exclama Hazarstennaj. « Ça a un goût... »

137

Elle grogna. Ses longs crocs couleur rubis scintillèrent sur sa fourrure rayée noire et argent. « Ça a un goût de *légumes*. »

Spock leva un sourcil. Il prit le morceau des longs doigts minces de Hazarstennaj, le sentit, puis le mit dans sa bouche avec précaution et le mâcha.

Si l'on ne tenait pas compte du stimulus visuel, c'était tout à fait acceptable. Cela avait l'aspect de la viande, mais le goût de l'avocat, un fruit terrestre pour lequel Spock réfrenait son penchant, par souci de discipline. Spock plaça un morceau de salade sur sa fourchette et l'offrit à Hazarstennaj. « Vous trouverez peut-être ceci à votre goût. »

Hazarstennaj gronda. « Vous voulez que je mange des... feuilles ?

— Hazard ne s'en remettra jamais, si elle mange une salade, monsieur Spock », dit le Commander Cheung.

— Il se peut qu'elle n'ait pas le choix, si elle souhaite des protéines animales dans son repas.

Grondant doucement, Hazard ôta la feuille de la fourchette de Spock. Avec inquiétude, elle mit le morceau de salade dans sa bouche, prête à la recracher au plus petit prétexte. Elle ferma les yeux et l'avala. « Elle est *cuite* », dit-elle.

— C'est exact », répondit Spock.

Elle cligna des yeux, regarda son steack et la salade de Spock, et échangea la position des assiettes. « C'est mieux que rien », dit-elle. « J'échange avec vous.

— Très bien. » Spock disséqua l'avocat déguisé en steack. « Commander Cheung, Lieutenant Sulu, en voulez-vous un peu ? Je suppose que son goût est plus acceptable que celui de pâte à papier ou de sirop. » De plus, il y en avait un bon kilo sur l'assiette devant lui, et ce serait un manque de dignité — et de mesure ! — de tout manger.

— Merci.

Spock, Cheung et Sulu se partagèrent le repas d'Hazarstennaj ; celle-ci, qui mangeait une seule fois par jour, avala la salade et en commanda une autre. Elle en dévora la plus grande partie avec enthousiasme, puis enroula sa queue autour de ses pieds et picora délicatement les restes tandis que ses compagnons terminaient leur repas.

Un être appartenant à la même espèce qu'Hazarstennaj approcha de la table. Spock et Hazarstennaj le remarquèrent en même temps. Il ne s'agissait pas de l'autre félinoïde, un officier de la sécurité, qui travaillait à bord de l'*Entreprise,* mais de quelqu'un d'inconnu. Sa fourrure luisante, noire aux extrémités argentées, ondulait sur sa musculature tendue quand il bougeait.

— Ils n'ont même pas besoin de déguiser leurs légumes pour t'obliger à en manger », dit-il à Hazarstennaj, dans un grondement méprisant. « Est-ce qu'ils t'ont aussi ôté les griffes ? »

Hazarstennaj se leva d'un mouvement alangui, et fit face à l'autre être. Ses oreilles s'aplatirent contre son crâne, ses omoplates se haussèrent, son attitude passant de l'aisance à la menace.

— L'ignorance ne convient pas à ceux de notre race », dit-elle.

— Pas plus que les légumes !

Avec un cri violent, Hazarstennaj se lança sur l'autre créature. Sulu se leva d'un bond, prêt à essayer de les séparer, tandis que tous deux roulaient l'un sur l'autre, grondant et poussant des cris perçants.

— Asseyez-vous, M. Sulu », dit Spock.

Le jeune officier ne l'entendit pas. A contrecœur, Spock lui attrapa le bras.

— M. Sulu, asseyez-vous.

— Mais, Monsieur... Ils vont se faire du mal !

— Asseyez-vous », dit Spock une troisième fois. Il baissa le bras, essayant de ne pas meurtrir le bras de Sulu ; celui-ci ne put faire autrement qu'obéir.

— Ils vont s'entretuer !

— Faites ce que je vous dis.

Spock pensa que Sulu pourrait essayer de lui résister, une idée encore plus idiote que celle d'essayer de séparer Hazarstennaj et sa nouvelle connaissance. Les cris diminuèrent, devinrent des grondements bas, puis un ronronnement. Les deux êtres se relevèrent indemnes, chacun frottant l'autre sous le menton en signe de bienvenue. Sulu se rassit, éberlué.

— Quel est ton nom ? Ton odeur est familière.

— Je m'appelle Hazarstennaj.

— Je m'appelle Tzesnahstennaj !

Ils se remirent à leur propre langue, de laquelle Spock comprenait quelques mots. La similarité de leurs noms indiquait que dans le passé, un passé si lointain que leur espèce n'en avait presque plus souvenir, leurs ancêtres provenaient de la même bande. En tout cas, c'est ce qu'ils croyaient, ce que prétendaient les mythes de leur peuple.

Sulu les observait, perplexe.

— Ils étaient en train de se saluer », dit Spock, expliquant les insultes rituelles et le simulacre de bataille.

— Oh.

Hazarstennaj prit une feuille de salade sur son assiette et l'offrit à Tzesnashstennaj. Les moustaches de celui-ci se ratatinèrent de dégoût, mais comme il eût été d'une impolitesse inexcusable de refuser, il la prit et la mangea. Ses moustaches se remirent en place.

— Vous avez de bizarres animaux à bord de ce vaisseau », dit-il.

Hazarstennaj cligna doucement des yeux de satisfaction. « Viens, assieds-toi », dit-elle.

Tzesnashstennaj se glissa près d'elle, sur le siège. Ils se mirent à manger les restes de la salade.

— Est-ce que tu joues ? » dit Tzesnanshstennaj.

— Pas depuis de nombreuses années. C'est trop difficile de réunir suffisamment de gens.

— Joue avec nous », dit Tzesnashstennaj.

— Je suis d'accord. Il y en a encore un de notre espèce à bord.

— Excellent. Notre troupe est petite, vous serez les bienvenus. Viens rencontrer les autres.

L'ingénieur en chef Scott s'arrêta à côté de leur table. « Lieutenant Hazarstennaj !

— " Hazarstennaj " », dit le lieutenant. Spock détecta la différence, mais il se demanda si des oreilles humaines le pouvaient.

— Lieutenant, j'ai besoin de vous dans la salle des machines. Notre capitaine n'a aucune envie d'aller vite, alors nous devons veiller de près à ce que les nouvelles plaques de transmission soient bien astiquées... » Il s'arrêta, et regarda la salade. « Vous vous êtes mise à manger de la verdure ? »

Les oreilles de Tzesnashstennaj pivotèrent avec irritation.

— Je ne prends pas bien les insultes de la part de... d'étrangers », dit Hazarstennaj. « Même de la part d'étrangers qui sont officiers supérieurs. » Spock savait que le mot « étrangers », dans la langue d'Hazarstennaj, se traduisait plutôt en Standard par " non-être ". Son espèce en avait adouci la signification, dans l'esprit de la coopération entre espèces.

Lorsque Scott vit les restes éparpillés du steack de Spock, son expression passa de la surprise au choc.

— Est-ce que ça va, monsieur Scott ? » demanda Cheung.

— Oui, très bien, mais... » Il secoua la tête. « Monsieur Spock, que se passe-t-il ?

— Rien du tout, Commander Scott.

— Oui, mais... » Il s'arrêta et secoua la tête de nouveau. Il commença à dire quelque chose, puis ses yeux tombèrent sur Sulu, qui avait espéré échapper à son attention. « Sulu ! Vous êtes bien Sulu, n'est-ce pas ?

141

— Oui, Monsieur.

— Je ne supporterai pas d'autre démonstration comme celle de ce matin ! » dit Scott d'un ton brusque. « C'est une véritable honte, l'envergure des diplômés qu'ils laissent sortir de l'Académie ! »

Sulu avait les joues brûlantes d'humiliation et de colère. Il ne répondit pas, sachant que Scott considérerait toute explication comme une bien faible excuse, et il aurait raison.

— Monsieur Scott », dit Spock.

— C'était pas si facile de mon temps.

— Le capitaine considère que c'est une question réglée. Je pense que ce serait simple courtoisie que vous et moi fassions de même.

Scott grogna quelque chose au sujet de l'envergure des nouveaux officiers de Starfleet, mais il le dit à voix si basse que Spock décida de l'ignorer.

— Lieutenant. » Scott s'adressa de nouveau à Hazard. « J'ai besoin de vous dans la salle des machines. » Il jeta un coup d'œil significatif à Sulu. « Les moteurs seront peut-être mis à plus rude épreuve que nous n'avions prévu.

— Merci pour l'excellent repas, M. Spock », dit Hazarstennaj.

Sous les yeux incrédules de Scott, elle termina la dernière feuille de salade. Accompagnée de Tzesnashstennaj, elle se leva et apporta son plateau à l'unité de recyclage. Scott quitta le mess. Hazarstennah et Tzesnashstennaj bondirent à sa suite, épaule contre épaule.

Essayant vainement de lutter contre un accès de fou rire, le Commander Cheung ramassa son assiette et son plateau.

— Je dois me dépêcher, ou je serais en retard pour ma réunion.

Cheung sortit en hâte du mess. Spock ramassa aussi son assiette et son plateau. Il se leva, mais Sulu resta assis.

— Commander Spock... » dit Sulu.

— Oui, M. Sulu ?

— Pourquoi avez-vous fait ça ?

— Parce que mon organisme a besoin d'aliment pour fonctionner, M. Sulu. Il n'est pas toujours possible de tenir compte de la forme.

— Ce n'est pas ce que je voulais dire.

— Veuillez m'expliquer ce que vous vouliez dire, dans ce cas.

— Pourquoi m'avez-vous défendu devant M. Scott ? Pourquoi m'avez-vous donné une deuxième chance sur la passerelle ?

— Ainsi que je l'ai dit au Capitaine Kirk, d'autres sujets occupaient mon attention.

— Vous auriez pu piloter l'*Entreprise* hors des Docks Spatiaux les yeux fermés et une main dans le dos. J'en ai assez entendu à votre sujet pour savoir ça.

— L'*Entreprise* est unique. Il est courant que les nouveaux pilotes — même les pilotes habitués à cette classe de vaisseaux, pas simplement au simulateur...

Sulu rougit de nouveau. Spock avait regardé son dossier et deviné la signification de ses anomalies.

— ... aient besoin de quelque temps pour s'habituer à son maniement. J'aurais dû discuter le sujet avec vous, mais comme mon attention était vraiment occupée ailleurs, l'occasion ne s'en est pas présentée.

— Merci », dit Sulu.

Spock le regarda avec un calme absolu. « Je trouve extrêmement étrange d'être remercié pour avoir négligé une partie de mes obligations.

— Néanmoins, je vous suis redevable », dit Sulu.

— Les Vulcains ne tiennent pas ce genre de compte », dit Spock.

Il ramassa son plateau et partit, laissant Sulu se poser des questions au sujet de quelqu'un qui refusait la gratitude, même les remerciements, pour avoir sauvé la carrière d'un parfait étranger.

Il devait être encore plus difficile d'avoir affaire aux Vulcains que la rumeur le prétendait.

A la table du capitaine, Leonard McCoy commençait à en avoir assez de trouver des excuses à l'absence de Jim. Après tout, c'était l'idée de Jim d'inviter la troupe à sa table ce soir-là.

— Veuillez m'excuser », dit-il. « Je reviens dans un instant.

Une minute plus tard, l'ascenseur le déposait dans le secteur des officiers. Il se dirigea vers la cabine de Jim. Il ne lui était pas arrivé depuis des années de se sentir dans une telle forme physique. Même la douleur dans le muscle profondément meurtri de sa cuisse lui rappelait un moment de pure allégresse.

Il frappa à la porte de la cabine de Jim.

— Entrez. » La voix ressemblait à peine à celle de Jim : fatiguée, exaspérée, impatiente. Par le passé, l'humeur de Jim revenait toujours au beau fixe dès qu'il retournait dans l'espace.

— Vos invités attendent », dit McCoy.

Jim leva des yeux voilés de l'écran de sa console. Des imprimés de transmission, une tablette de yeoman, ainsi que plusieurs gobelets en plastique tachés de café et froissés, encombraient son bureau.

— Mes invités ?

— Vos invités. La troupe. Le dîner. »

— Oh, seigneur ! » Il se leva d'un bond. « J'ai perdu le fil. Je n'arrive pas à y croire. Je suis déjà en retard dans ma paperasserie.

— Qu'est-ce que c'est que tout ça ?

— C'est... vous savez bien... » Il fit un geste de la main. « De la paperasserie.

— Pourquoi est-ce que vous la faites ?

— Elle doit être faite », dit-il, puis, sur la défensive, « Je la fais toujours. Mais je n'en ai jamais eu autant à faire avant.

— Où est donc votre yeoman ?

— Je n'en ai pas.

— Vous n'en avez pas ? » dit McCoy, incrédule.

— Je n'ai jamais eu de yeoman, avant.

— Vous n'avez jamais été capitaine de l'*Entreprise*, avant.

— Je ne veux pas de yeoman. Je n'ai pas besoin de quelqu'un qui soit aux petits soins pour moi, qui me fourre sous le nez des choses à signer, et qui s'assure que le synthétiseur a bien mis les galons qu'il fallait sur ma tunique.

McCoy attrapa une chaise et la chevaucha. « Jim, permettez à votre bon vieil oncle Bones de vous donner un conseil d'ami. Vous commandez deux fois plus de gens qu'avant. La paperasserie, à Starfleet, augmente en proportion géométrique — peut-être même logarithmique — de la taille de l'équipage.

— Tout ira bien aussitôt que j'aurais rattrapé le retard.

— Vous ne rattraperez jamais le retard ! De plus, vous le savez parfaitement ! Ce n'est plus à vous de faire ça.

— Je suppose que vous avez une solution magique.

— Vous pourriez shangaïer quelqu'un... » Au changement d'expression de Jim, McCoy s'arrêta. Il ferait mieux de cesser de taquiner Jim s'il voulait que celui-ci suive son conseil. Autrement, Jim ne ferait rien, en dépit du bon sens de sa suggestion. « Jim, allez voir l'intendant, choisissez quelqu'un qui puisse faire un employé de bureau, et donnez-lui une promotion.

— Ça me prendra plus de temps de former quelqu'un à faire ce travail que de le faire moi-même.

— Non, pas à long terme. Pas si vous choisissez quelqu'un qui ait quelque chose entre les oreilles.

— Depuis que je suis arrivé à bord de ce vaisseau, tout le monde ne cesse de me dire de me rendre de bonne grâce.

— Quoi ? » dit McCoy.

Jim soupira. « J'ai dit… je vais essayer. Temporairement.

— Bien. Venez, maintenant. Si vous pensez qu'une faible excuse comme le travail vous permettra d'échapper à ce que, plaisamment, le synthétiseur a baptisé « dîner », alors pensez à autre chose !

Jim accompagna McCoy au mess.

— Lindy, je suis terriblement désolé », dit-il. « Les affaires du vaisseau… J'espère que vous et votre troupe voudrez bien me pardonner mon inexcusable manque de ponctualité…

Un homme plus âgé, mince, aux cheveux noirs et portant un costume immaculé à la coupe sévère, s'interposa avant que Lindy puisse répondre. « Si votre manque de ponctualité est inexcusable, comment pouvez-vous vous attendre à ce que nous le pardonnions ? » Sa moustache noire se retroussait en une double pointe à chaque extrémité.

— Bien entendu, vous êtes pardonné, Jim, ne soyez pas bête. » Lindy lança un regard furieux à l'homme. « M. Cockspur ne faisait que plaisanter.

— Vous autres jeunes gens traitez le langage trop cavalièrement », dit M. Cockspur. « Nous devrions tous essayer de parler avec précision.

— Laissez-moi faire les présentations, Jim », dit Lindy. « Quelques personnes ont dû s'absenter. Vous connaissez M. Cockspur, notre acteur néo-shakespearien.

La froideur existant entre Lindy et M. Cockspur allait au-delà de plaisanteries mal à propos. Jim espéra que les acteurs pourraient rester en paix les uns avec les autres pendant la tournée.

Lindy présenta Philomela Thetis, une femme élégante, grande et lourdement bâtie, la chanteuse de la troupe ; les danseurs de claquettes Greg et Maris, qui étaient venus dîner en costumes assortis, d'un tissu pied-de-poule noir et blanc ; Marcellin, le mime, un homme

146

basané, mince et souple, qui bougeait avec une assurance aisée.

Jim eut l'impression que c'était là un bien petit, un bien pitoyable groupe, qui se lançait ainsi à l'assaut de trente bases stellaires. Tout le monde le salua de façon amicale. Il alla chercher quelque chose à manger, mais trouva le synthétiseur fermé, un clignotant annonçant : " En réparation. "

— Remerciez le ciel », dit McCoy. « Vous n'auriez pas aimé ça, quoi que ça ait été ! Dans le cas où vous auriez pu savoir ce que c'était...

Jim s'assit pour tenir compagnie aux autres — à Lindy en particulier. « Au fait, Lindy », dit-il, « nous avons le bonjour de... » Il s'arrêta devant l'expression indignée de M. Cockspur.

— J'étais en train de raconter mon séjour à Lisbonne », dit celui-ci.

— Continuez, je vous en prie », dit Jim, essayant d'être poli.

— Ainsi que j'étais en train de le dire, la représentation fut un triomphe...

Et il continua, effectivement ! Jim n'eut pas la moindre occasion de parler avec Lindy ce soir-là.

Chapitre V

Le vaisseau trembla autour de lui, et il avait les mains couvertes de sang...

Jim s'assit d'un bond. Sa cabine s'illumina, dissipant les ténèbres. Sa cabine sur l'*Entreprise*.

Quelqu'un frappait à sa porte.

— Quoi ?... Un moment.

Les yeux voilés, Jim Kirk se força à quitter sa couchette, et attrapa son peignoir. Il l'enfila maladroitement, tortillant de telle façon l'épais tissu de soie qu'il se retrouva un bras passé dans une manche à l'envers.

— Entrez.

La porte s'ouvrit. Une jeune femme de l'équipage se tenait sur le seuil, les yeux écarquillés.

— Hello », dit-il.

— Hello. » Elle regardait partout, sauf dans sa direction.

— De quoi s'agit-il ?

— Euh, rien, monsieur. Je... je suis désolée, monsieur, l'intendant m'a dit de venir ici ce matin, mais j'ai dû mal comprendre...

Jim se frotta les yeux et bâilla. Puis il vit le chronomètre.

— Grand dieu, savez-vous quelle heure il est ?

— Oui, monsieur. C'est le matin, monsieur.

— Ce n'est pas le matin, c'est le point du jour !

— Je reviendrai plus tard, monsieur...

— Non, non, c'est bon, entrez. J'ai juste besoin d'une tasse de café. » Ce matin le synthétiseur semblait fonctionner. « Ce truc réveillerait n'importe qui en sursaut.

— Je suis ici pour vous aider avec vos dossiers ? » Incertaine, sa voix avait monté d'un ton.

— C'est là. » Il montra d'un geste la console de communication. Son café arriva. Il en but une gorgée et fit un bruit dégoûté. « Ce truc a mauvais goût même quand le synthétiseur marche. Celui qui a programmé le gabarit a tiré son idée du goût que cela doit avoir d'une copie de troisième génération d'un fond de cafetière dans un carré. »

Elle se déplaça à la périphérie de la pièce, restant aussi loin de lui que possible, les yeux fixés sur le sol.

Son premier jour de travail, pensa Jim. Ça énerve tout le monde.

— Oh », dit-elle dès qu'elle jeta les yeux sur la console de communication, « Ça ne va pas du tout ! »

Il avait passé la moitié du jour précédent à faire en sorte que le fichu truc veuille dire quelque chose. Tout ce qu'il avait obtenu, c'était un écran avec seize blocs de messages empiétant les uns sur les autres, connectés par des lignes et des flèches dont il avait déjà oublié la signification ; et maintenant, il se faisait critiquer par un membre d'équipage inexpérimenté.

— Très bien, débrouillez-vous pour que ça veuille dire quelque chose !

Elle le regarda fixement, les yeux écarquillés. « Je... » murmura-t-elle. « Je... »

C'est trop tôt pour tout ça, pensa-t-il, s'enfuyant dans la salle de bains. La douche sonique et le café, qui avait non seulement un goût atroce mais était aussi beaucoup trop fort, commencèrent à le réveiller.

Est-ce que j'ai été brusque avec elle ? se demanda-t-il.

Il essaya de se convaincre du contraire, sans y parvenir. Embarrassé, il s'habilla et retourna dans sa cabine.

Elle était assise à la console de communication, le dos tourné, courbée comme si elle essayait de se faire encore plus petite qu'elle n'était déjà. Il tenta de se souvenir de quoi elle avait l'air, mais ne put se rappeler que deux grands yeux bleus et des cheveux blonds tondus de près. Il s'éclaircit la gorge.

Elle se leva d'un bond et lui fit face, le regardant fixement.

— Repos », lui dit-il. « Je ne voulais pas vous effrayer. » Il montra la console. « Ça semble déjà mieux, Yeoman, est-ce que je vous ai rembarrée, tout à l'heure ?

— Oh, non, monsieur.

— Je crois bien que si. » Il sourit. « Je m'en excuse. Je ne suis pas à mon avantage avant d'être réveillé. Recommençons. Bonjour. Je m'appelle Jim Kirk.

— Rand, monsieur », chuchota-t-elle.

— Est-ce que vous pouvez me sortir d'affaire, ou serez-vous obligée de tout recommencer ?

Elle tripota les commandes. Il se demanda ce qui n'allait pas, elle avait pourtant l'air de faire ce qu'il fallait. Elle s'arrêta, posa les mains sur ses genoux et serra les poings.

— C'est aussi grave que ça, yeoman ? » Chaque fois qu'il s'adressait à elle, elle sursautait. Il espéra qu'elle cesserait.

— Je suis désolée, monsieur, ça prendra un peu de temps de... » Elle s'interrompit, recommença de nouveau. « Je suis désolée, monsieur, je... je n'ai pas tellement d'expérience... » Sa voix mourut.

Il se rendit compte qu'elle était en train de se demander comment elle pourrait bien dire à son officier supérieur qu'il avait fait une pagaille épouvantable. Il avait envie de lui dire qu'elle pouvait y aller, mais étant donné sa réaction à la première chose qu'elle ait dite,

150

elle n'avait aucune raison de penser qu'il prenait bien les critiques. Et souvent, en fait, il les prenait mal. La meilleure solution était probablement de s'en aller, de la laisser se calmer, et de revenir plus tard.

— Je suis sûr que vous vous débrouillerez très bien, yeoman », dit-il. « Le Lieutenant Uhura, sur la passe-relle, saura où me joindre si vous avez des questions.

— Oui, monsieur », dit-elle, soulagée. « Merci, monsieur. »

Lorsque l'ordinateur du vaisseau l'appela à l'Infirmerie, et estropia son prénom, cela réconforta un peu Hikaru Sulu. Il se sentait encore embarrassé d'avoir saboté la sortie de l'*Entreprise* des Docks Spatiaux, et il fut heureux de savoir qu'il n'était pas la seule entité à bord capable de commettre une erreur.

— Monsieur Sulu, comment allez-vous ? Je suis le Dr McCoy. » Ils se serrèrent la main, et McCoy jeta un coup d'œil au dossier de Sulu. « Hikaru », dit McCoy, estropiant le nom ainsi que l'ordinateur l'avait fait. « Hum. Je ne crois pas avoir rencontré quelqu'un prénommé Hikaru auparavant.

— Moi non plus », dit Sulu. « Mais, docteur, il faut le prononcer avec l'accent sur la seconde syllabe, pas sur la première. Le r est très doux.

Il prononça son nom pour McCoy.

McCoy le répéta, mieux. Pratiquement personne n'arrivait à le prononcer tout à fait bien.

— Qu'est-ce que ça signifie ? » demanda le Dr McCoy.

— Pourquoi les gens pensent-ils toujours qu'un nom dans une langue qui ne leur est pas familière doit forcément signifier quelque chose ? » dit Sulu, en rougissant. Il savait parfaitement ce que son nom voulait dire : " Celui qui Illumine ", et il avait déjà entendu assez de plaisanteries à ce sujet pour toute une vie. Pour esquiver la question de McCoy, il demanda aimablement. « Après tout… est-ce que vous savez ce que votre prénom signifie ?

— Ça veut dire " cœur de lion ", ou quelque chose comme ça », dit le docteur. « Mais je vois ce que vous voulez dire. » Il sourit. « Revenons à nos moutons. Vous êtes en exceptionnelle bonne forme, lieutenant, même pour quelqu'un de votre âge.

— Merci, monsieur.

— Ne laissez pas la vie sédentaire à bord de ce vaisseau vous en détourner.

— J'essaierai. En fait, je ne crois pas pouvoir faire autrement : je suis trop agité si je ne prends pas d'exercice.

Le Dr McCoy regarda les senseurs en train de clignoter et de biper au-dessus du lit de Sulu. « Vous avez un pouls phénoménalement lent — avez-vous vécu dans un environnement à haute gravité ?

— Oui, monsieur, presque un an.

Le Dr McCoy hocha la tête. « Je pensais que ça pouvait bien être l'explication. Les senseurs montrent aussi des cicatrices sur votre dos et vos jambes. Ça vous ennuie si je jette un coup d'œil ?

— On peut à peine les voir, maintenant. » Sulu ôta la partie supérieure de la combinaison d'examen. Il était impressionné par le fait que McCoy ait fait la connexion. Il y avait peu d'humains aux normes terrestres vivant sur des planètes à haute gravité. Aucun autre médecin exerçant sur Terre, même ceux de l'Académie, ne lui avait jamais posé de questions sur les cicatrices ou sur la lenteur de son pouls.

Le Dr McCoy toucha les vieilles cicatrices, presque effacées, au-dessous des omoplates de Sulu.

— Ma mère a eu un emploi de consultante sur Hafjian », dit Sulu. « Nous avions un générateur d'anti-gravité assez important pour nos quartiers, mais lorsque nous sortions nous utilisions des exosquelettes de Leiber. » Le nom seul lui rappela ce que ça faisait de porter le harnais des heures et parfois des jours durant. La structure en alliage léger aidait à soutenir le corps humain, et à le propulser sous une haute gravité à laquelle il n'était pas adapté. L'exosquelette était efficace, mais aux endroits de plus grande pression, il provoquait toujours des abrasions. Et bien entendu il n'empêchait pas la gravité d'affecter le système circulatoire.

— Quel âge aviez-vous ? Treize, quatorze ans ?

— Exactement », dit Sulu. « Nous sommes partis juste avant mon quatorzième anniversaire. Comment avez-vous deviné ?

— Vous avez porté l'exosquelette pendant votre principale crise de croissance », dit le docteur avec désinvolture. « Les cicatrices ont une forme caractéristique. » Il défit le bas de la combinaison, et examina les cicatrices sur les jambes de Sulu, juste au-dessus et au-dessous des genoux. « Elles ont très bien guéri », dit-il. « Est-ce qu'elles vous gênent parfois ?

— Non, monsieur. J'ai même du mal à me souvenir de leur existence.

— Pour commencer, elles auraient dû être traitées par des fibro-injections », dit le Dr McCoy. « De la peau neuve, au lieu de cicatrices.

— La technnologie n'était pas disponible. Pas sur Hafjian. Pas pour quelque chose d'aussi banal.

— Humph. Nous avons de la technologie à revendre, ici. Est-ce que vous voulez vous en débarrasser ?

— Non, monsieur, je ne pense pas que ça soit nécessaire », dit Sulu, étonné par sa propre répugnance à effacer les anciennes cicatrices. Il supposa qu'elles faisaient partie de son histoire.

— Très bien. Autre chose, toutefois. » McCoy regarda de nouveau les senseurs. « Il semble que vous n'ayiez subi aucun dommage dû au stress de la gravité. Mais il arrive que les effets soient latents. Dans quelques années, ils pourraient se faire sentir. Ce n'est pas quelque chose qui doive vous inquiéter, et ce n'est même pas très probable. Toutefois, c'est quelque chose dont il faut être averti.

— Quelle sorte d'effets ? » dit Sulu, alarmé. Aucun autre docteur n'avait jamais mentionné ceci. « Et quelques années, ça veut dire combien de temps ?

— Des problèmes cardiaques, pour la plupart. Vous devez faire en sorte de ne pas laisser passer plus de trois ans entre les examens après soixante-dix ans environ.

— J'essaierai de m'en souvenir, Dr McCoy », dit Sulu, en réfléchissant, *quelques* années ?

Un demi-siècle lui semblait être une période démesurément longue.

Pour le Commander Spock, quelques minutes commençaient à sembler être une période démesurément longue. Il était arrivé à l'Infirmerie précisément à l'heure indiquée pour son examen médical. Le nouveau Médecin-chef du vaisseau déployait un mépris complet de la ponctualité. Il n'avait pas encore terminé avec M. Sulu, bien que celui eût dû être sur la passerelle cinq minutes auparavant.

— Si vous voulez bien me redonner un rendez-vous, Dr McCoy », dit Spock sans préambule, « je reviendrai à un moment plus adéquat.

— Quoi ? Oh, Commander Spock — non, ne vous en faites pas. » Il lança à Spock une combinaison d'examen médical, opaque à la vue, mais transparente aux senseurs de diagnostic. Il lui indiqua l'une des cabines. « Je suis à vous dans une minute. » Il ferma le rideau.

Spock se changea, revêtant la combinaison. Si la cabine avait contenu un terminal, Spock aurait pu travailler tout en attendant. Cependant, elle n'en contenait pas.

Faire un examen médical de quelqu'un ayant le

contrôle des processus biologiques et la conscience de son corps que les Vulcains possédaient était un pur exercice. Mais Starfleet exigeait que les médecins des vaisseaux fassent un examen de base de tout le personnel. L'examen avait bien peu à voir avec Spock lui-même, et beaucoup à voir avec l'occasion pour le médecin de se familiariser avec les êtres qu'il pourrait être amené à soigner. Quel que soit l'entraînement dont le docteur puisse avoir besoin, toute la procédure n'était que perte de temps pour Spock, le manque de ponctualité du médecin ne faisant qu'aggraver cette perte.

Finalement, le Dr McCoy entra nonchalamment dans la cabine qu'occupait Spock. « Commander Spock, bienvenue à l'Infirmerie. Je crois bien que vous êtes la première personne qui passe son examen médical à temps.

— Ce n'est pas à temps », dit Spock. « Nous avons dépassé " à temps " de onze minutes.

— Je voulais dire… Laissez tomber, et commençons.

Spock s'étendit sur la table de diagnostic. L'affichage sonore et lumineux des senseurs refléta exactement la structure que le Vulcain attendait.

— Comme vous pouvez le voir, Docteur, ma santé…

— Ne bougez pas d'ici », dit sèchement McCoy. « Hé bien, monsieur Spock, je ne crois pas avoir jamais rencontré des résultats semblables aux vôtres.

— Ils se situent tous dans la norme vulcaine.

— Certains, à peine. » Il examina les senseurs. « J'aurais cru que quelques-unes de vos caractéristiques humaines ressortiraient dans la combinaison.

— Le génome vulcain est dominant.

— Des gènes supérieurs, hein ? Détecterais-je un soupçon de chauvinisme vulcain ? » dit McCoy, en souriant. Spock savait que parfois les humains souriaient lorsqu'ils insultaient les gens, et que parfois ils souriaient lorsqu'ils disaient des choses insultantes qu'ils n'avaient pas l'intention que leur interlocuteur prenne pour des insultes. Malheureusement, la distinction entre les deux sens possibles pouvait être extrêmement difficile.

— Aucunement », dit Spock. « C'est un fait expérimental. Si nous étions en train de parler le vulcain, les mots " dominant " et " récessif " n'impliqueraient ni supériorité, ni infériorité. Il serait possible de percevoir du chauvinisme humain dans votre conviction que les traits de votre espèce devraient prédominer, malgré l'évidence expérimentale du contraire. Avez-vous terminé, Docteur ?

— Non, pas pour un bon moment, ne bougez pas. Je n'ai pas souvent eu l'occasion de pratiquer sur les Vulcains. » Il sourit. « Ça ne vous intéresse pas de contribuer à mon éducation ?

— J'ai rempli mes obligations vis-à-vis des règlements en me soumettant à cet examen. Je ne vois pas l'utilité de rester pour que vous puissiez satisfaire votre banale curiosité.

— Vous n'aurez pas rempli vos obligations tant que je ne dirai pas que l'examen est terminé. Vous serez heureux d'apprendre que vous êtes en excellente santé physique.

— J'étais déjà informé de ce fait.

— Et en ce qui concerne votre santé psychologique ? Votre état émotionnel ? Avez-vous de quelconques difficultés dont vous voudriez parler ?

— Les Vulcains n'ont pas d'état émotionnel.

— Même l'équanimité est un état émotionnel ! » dit McCoy. « De plus, il se peut que vos caractéristiques physiques soient déterminées principalement par vos gènes, mais ce n'est sûrement pas le cas pour vos caractéristiques psychologiques. Votre milieu vous a exposé à de complexes interactions culturelles, à des philosophes antagonistes...

— Nous sommes tous des produits de notre environnement », dit Spock. « Autrement, nous ne serions pas des êtres doués de raison, capables de croissance. Cependant, nous ne sommes pas des produits inconscients : nous pouvons choisir et contrôler les influences que nous recevons. Je ne suis pas en conflit avec mon milieu. La philosophie vulcaine me permet de conduire ma vie sans émotivité.

— Il y a beaucoup à dire en faveur de l'émotivité.

— Vraiment ? Suivant mes observations, elle n'apporte que du mécontentement.

— Vraiment ? Par exemple ?

— Par exemple, le Capitaine Kirk.

— Qu'est-ce qui vous fait dire que Jim Kirk est mécontent ?

— Il n'a pas fait mystère de ses sentiments lorsque son choix concernant son officier en second a été rejeté.

— En votre faveur.

— Cela n'a rien à voir avec notre discussion.

— Non ? Recevoir une promotion ne vous donne aucun sentiment de fierté ?

— De fierté ? La fierté m'est inconnue.

— Et je suppose que vous prétendrez aussi qu'il vous aurait été égal que Mitch soit promu à votre place ?

— Tout à fait. Le Commander Mitchell a la réputation d'être un officier compétent. Ce n'est pas mon état émotionnel qui doit vous inquiéter, mais celui du Capitaine Kirk.

— Et pendant ce temps, vous n'avez aucun sentiment, aucun désir...

— Les Vulcains ne possèdent pas de désirs, Dr McCoy. Cependant, si j'avais des sentiments humains... ça ne vous regarderait pas.

— Tout ce qui concerne le vaisseau me regarde. Par exemple, vous avez longtemps servi sous les ordres du Capitaine Pike. Le voir remplacé ne suscite aucune réaction en vous ?

Si Spock avait ressenti du regret au sujet du départ de Pike, il avait refoulé cette réaction. Il ne voyait aucune raison de confier sa défaillance à un étranger.

— Vous ne ressentez aucun désappointement ? » demanda McCoy. « Aucune réaction humaine ne se montre au milieu de l'équanimité vulcaine ? »

Spock en eut assez de la joute verbale. « Croyez-vous, Dr McCoy, que vous êtes le premier à remarquer les contradictions inhérentes aux circonstances de mon existence ?

— Que voulez-vous dire, commander ?

— Bien que je n'aie aucune obligation de vous expliquer mes choix philosophiques, je l'ai fait. Pourtant vous refusez d'accepter ces choix ; en fait, vous réfutez mon droit à les faire. Je ne me suis pas immiscé dans votre vie en vous suggérant comment vous pourriez devenir plus rationnel — bien qu'il serait possible de faire une telle suggestion.

— Ma foi, M. Spock, je crois bien que vous êtes en colère.

— Non, docteur, je ne suis pas en colère. Mais je ne vois pas l'utilité de perdre mon temps en discussions stériles.

— Très bien, M. Spock, si c'est comme ça que vous ressentez les choses.

— C'est de cette façon que je *pense* aux choses », dit Spock. « Il y a une différence, même si vous choisissez de ne pas la percevoir. »

McCoy ramassa une hypo. « Je vais vous laisser emporter vos pensées hors d'ici, dès que j'aurais pris un échantillon de sang.

— Un échantillon de sang est superflu. Les senseurs ont enregistré tous les facteurs nécessaires à un examen de base.

— Je sais, mais je veux faire quelques tests supplémentaires...

Spock se leva. A de rares intervalles, les émotions

qu'il réprimait à force de volonté se manifestaient, dévoilant que le contrôle qu'il en avait était rien moins que parfait, mais il les écrasait sans pitié. McCoy ne saurait jamais à quel point son commentaire désinvolte avait blessé le Vulcain.

— Humain ou Vulcain, je ne suis pas un animal de laboratoire.

— Attendez, Spock, au nom du ciel ! Je ne voulais pas dire...

Spock sortit à grands pas de l'Infirmerie, toujours vêtu de la combinaison. Il préférait retourner s'habiller dans sa cabine. Il ne voyait aucune raison logique pour laquelle il devrait être forcé d'endurer les piques bien trop humaines du docteur, au sens littéral ou figuré.

Mais, une fois hors de l'Infirmerie, Spock s'arrêta. Il obligea ses émotions à se soumettre de nouveau à son contrôle, écrasant la colère. Le Dr McCoy l'avait forcé à éprouver des émotions. La considérant comme de l'apitoiement sur lui-même, il rejeta l'humiliation qu'il éprouvait à avoir commencé par succomber à la colère.

Il considéra la demande du docteur, puis se retourna et revint sans hésitation dans l'Infirmerie.

Le Dr McCoy s'était mis à travailler sur des dossiers. Il leva les yeux.

— Oui, M. Spock ? » dit-il avec raideur. « Qu'y a-t-il encore ?

— Si vous pensez qu'il est de votre devoir de prendre un échantillon de sang, il est du mien d'accéder à votre requête », dit Spock.

L'expression du Dr McCoy resta dure. « N'est-ce pas ? Merci de votre condescendance, Commander Spock. Je vous donnerai un rendez-vous, une autre fois. Comme vous pouvez le voir, je suis occupé. »

Spock le regarda, un sourcil levé, et s'il avait des questions, elles restèrent potentielles.

— Très bien, docteur », dit Spock, d'un ton calme. « A votre disposition. » Il partit.

McCoy regarda l'officier scientifique quitter l'Infirmerie. Le Vulcain ne montrait plus aucun signe de sa brève perte de contrôle ; il n'y avait aucune indication matérielle que son renvoi par McCoy l'ait irrité. Il marchait comme d'habitude, d'un pas contrôlé, les talons de ses bottes ne faisant aucun bruit sur le sol.

McCoy jeta un regard renfrogné au dossier qu'il n'avait pas lu.

Au diable ton tempérament irlandais, se reprocha-t-il. Ce n'était pas la reconnaissance de ton autorité, mais une offre de paix. Que tu lui a renvoyée en pleine figure.

Un instant, McCoy pensa à suivre Spock. Mais il décida qu'il ferait mieux de se calmer d'abord. Les accusations du Commander Spock concernant les tests médicaux inutiles avait piqué McCoy, peut-être parce qu'elles contenaient une part de vérité. Une petite part. Des individus uniques ont besoin de soins médicaux uniques, et la motivation principale de McCoy était d'être prêt en cas d'urgence. Même s'il ne pensait pas que des urgences se présenteraient lors de ce voyage.

Mais il ne pouvait pas nier le fait que le chercheur en lui mourrait d'envie d'examiner de près la structure cellulaire d'un être mi-humain et mi-vulcain.

McCoy sourit. Commander Spock, pensa-t-il, vous avez de la chance que je n'ai pas demandé une biopsie de tissus. Je me demande comment vous auriez réagi ?

McCoy se prépara pour son prochain rendez-vous. Quand l'occasion s'en présenterait, il ferait la paix avec le Commander Spock. Le docteur ne doutait pas un instant qu'il pourrait flatter le Vulcain et l'amener à une meilleure humeur aussi facilement qu'il avait provoqué son accès de colère offensée si peu caractéristique.

Il faudra faire appel à son côté humain, pensa McCoy. Ça devrait marcher.

Lindy posa les coudes sur les rembardes de l'escalier, et se laissa ainsi glisser du chemin de ronde jusqu'au pont.

— Lindy, vous allez finir par vous casser une jambe en faisant ça.

Marcellin, le mime, se leva de sa chaise près du corral d'Athene. Même sans maquillage, et quand il se donnait la peine de parler, il bougeait comme s'il était sur scène. Lindy adorait le regarder.

— Non, je ne risque rien, mais c'est gentil de vous en soucier. Comment va-t-elle ?

— Agitée, bien sûr. Je ne pense pas qu'ils aient une piste de course sur ce rafiot, n'est-ce pas ?

— J'ai bien peur que non.

— Ils devraient. C'est bien assez grand.

— Merci de l'avoir surveillée. Je vous verrai à la répétition.

— D'accord.

Elle le regarda s'éloigner nonchalamment, admirant sa démarche gracieuse et sa minceur basanée.

Athene s'ébroua et tendit le cou par-dessus la barrière du corral, quémandant une friandise. Lindy lui donna une boulette de protéine et la gratta derrière les oreilles, sous le menton, et sur son large front.

— Tu es persuadée que ces bonnes choses seront toujours disponibles, non ? Qu'est-ce que tu ferais si je perdais la main, hein ? » Elle produisit, comme par magie, un autre délicat morceau. Athene ébouriffa ses ailes et caracola sur place. Elle avait besoin de se dégourdir les jambes et les ailes. Le pont des navettes était assez grand, mais Athene ne pouvait pas courir sur le revêtement métallique. Elle risquait de glisser, ou d'endommager ses sabots ou ses jambes.

— Je sais que c'est difficile de rester tranquille aussi longtemps, mais prends patience, et peut-être arriverons-nous à mettre quelque chose au point, d'accord ? » Athene essaya de fourrer son nez dans une de ses poches. « Non, tu n'as plus besoin de manger. »

Tout en nettoyant le corral d'Athene, elle rêvait tout éveillée au futur de la troupe. Elle était ambitieuse. Elle se vit acheter un croiseur stellaire et donnant des représentations dans toute la Fédération. Elle imagina un échange culturel avec l'Empire Klingon qui créerait une entente non seulement entre les gens, mais aussi entre les gouvernements.

Mais d'abord, il faudrait qu'elle se sorte bien de cette commande-ci. Elle se demanda avec inquiétude si une relique culturelle terrienne faisait bien de se produire pour des audiences extra-terrestres. Pourtant, les numéros étaient divertissants. Certains considéraient qu'ils avaient trois cents ans de retard. Elle préférait y penser comme à des numéros ayant, pour certains d'entre eux, un passé historique de mille ans.

Elle aurait aimé avoir davantage d'informations sur le cirque. Des bribes et des rêves avaient constitué le fondement de la troupe. Les enregistrements laser et digitaux de cirque réel n'existaient pas, les films étaient rares, les informations enregistrées parcimonieuses, et les quelques livres difficiles à trouver. Elle visitait les bibliothèques de toutes les villes où ils s'arrêtaient, à la recherche d'informations qui n'auraient jamais été confiées à la mémoire des ordinateurs. Elle avait découvert de vieux livres moisis, des brochures, des programmes, des microfilms abîmés de publicité dans les journaux, que personne n'avait regardés depuis des siècles. Après avoir pris la suite de son père, elle avait apporté quelques changements. Il n'avait pas toujours interprété correctement.

Lindy ajoutait parfois des numéros anachroniques, comme la représentation de chasse, mais elle savait quand elle le faisait. Elle irait même jusqu'à l'admettre, si on l'y obligeait.

Parfois, pensa-t-elle, il est nécessaire de sacrifier un

peu d'authenticité au bénéfice du divertissement. Si le vrai cirque avait pu avoir une représentation de chasse, il l'aurait mise au programme, lui aussi.

Lorsqu'elle eut terminé, elle étrilla à fond l'équira-pace. La brosse glissait facilement sur la robe luisante d'Athene. Lindy se servit de ses mains pour la toilette des ailes. Comme nombre de créatures résultant de manipulations génétiques, y compris celles qui avaient été développées par l'élevage sélectif, avant l'invention de l'aboutage des gènes, Athene avait besoin que l'aide humaine vînt suppléer certaines capacités, alors qu'une créature résultant de l'évolution les auraient acquises au cours du temps. Le maïs n'avait pas pu se reproduire indépendamment pendant des millénaires ; Athene pouvait, dans une certaine mesure, effectuer une toilette grossière avec ses dents de devant, mais elle n'avait ni bec ni serres. Les mains de Lindy étaient plus efficaces pour ébouriffer les plumes, répartir le lubrifiant naturel, et les lisser de nouveau.

Enfin elle nettoya les sabots d'Athene. Elle pouvait sentir la faible odeur de moisi caractéristique d'un début d'infection mycosique du sabot.

Elle jura à voix basse.

Elle se redressa, et tapota l'épaule d'Athene. « Ne t'inquiète pas, ma douce. Je vais faire quelque chose au sujet du pont. Je ne sais pas encore quoi, mais je vais le faire. »

Athene fourra son nez contre son flanc, essayant de découvrir dans quelle poche secrète elle avait mis les carottes cette fois-ci.

Lindy cessa d'ajourner le travail qu'elle devait réaliser. Elle passa l'heure suivante à esquisser le dessin de l'affiche de la tournée.

Les portes du turbo-ascenseur battirent en essayant de se refermer alors qu'il y avait une obstruction.

Uhura leva les yeux. Une jeune femme de l'équipage — Uhura l'avait vue à une ou deux reprises — en sortit craintivement, comme si la seule chose qui la forçait à venir sur la passerelle eût été la certitude que l'ordinateur la punirait si elle restait là où elle était.

Uhura pensa, comme les fois précédentes, que la jeune femme serait terriblement jolie si seulement elle n'avait pas toujours l'air si terrifié — et si elle n'avait pas les cheveux si courts et si mal coupés. Ils seraient très bien si elle les laissait pousser, ou si elle les rasait complètement, mais cette coupe négligée entre les deux ne l'avantageait pas.

Tout à coup, comme si la lumière des étoiles dissolvait sa peur, la jeune femme regarda fixement l'écran, émerveillée. Les hublots et les écrans de petite taille dans les quartiers de l'équipage donnaient seulement une idée de l'impressionnante beauté de l'espace en vitesse de distorsion. Le voir maintenant sur l'écran avait paralysé d'étonnement la jeune femme. Son regard incita Uhura à voir avec des yeux neufs la constante lueur des étoiles, parée de toutes les couleurs de l'univers.

Uhura traversa la passerelle. « Vous êtes perdue ? »

La jeune femme sursauta. La jolie petite fille perdue dans ses rêves disparut, remplacée par la jeune femme terrorisée.

— Je ne mords pas, » dit Uhura, souriante. « Vous êtes perdue ?

— Je... Je suis la yeoman. Je suis censée retrouver le capitaine... ?

— Bienvenue sur la passerelle. Je suis le Lieutenant Uhura.

Elle attendit que la yeoman se présente.

La yeoman baissa les yeux. Le couvercle du

gobelet fit un bruit de castagnettes — les mains de la gamine tremblaient !

— Je veux dire... Je ne suis pas encore vraiment yeoman, mais on m'a dit... » Sa voix mourut.

— Quel est votre nom ? » demanda doucement Uhura.

— Janice Rand.

— Venez avec moi, Janice, je vais vous présenter.

— Je ne veux déranger personne...

— Ce n'est pas un dérangement. Tout le monde sera ravi de pouvoir cesser un moment d'avoir l'air occupé. » Uhura montra le gobelet. « Vous ne voulez pas poser ça ?

— C'est... C'est au capitaine.

— Il va revenir dans une minute. Sa place est là.

Uhura posa le gobelet sur le bras du siège du capitaine, et prit Janice par la main. Les cals durs sur la main de la petite l'étonnèrent. Elle la conduisit d'abord vers M. Spock.

— M. Spock, voici la yeoman du Capitaine Kirk, Janice Rand. Janice, voici le Commander Spock. C'est l'officier scientifique, et le commandant en second de l'*Entreprise*.

Janice se comportait comme si Spock la terrifiait encore plus que tout le reste.

— Comment allez-vous, yeoman. » Il se remit à son travail.

Uhura conduisit Janice vers le niveau inférieur de la passerelle. « M. Spock est très secret », murmura-t-elle. « Ne prenez pas ça pour vous.

— Est-ce vrai... qu'il peut lire les pensées ?

— Oui, d'une certaine manière », dit doucement Uhura, qui ajouta rapidement, en voyant la réaction de Janice, « mais il lui faut être en contact physique, et c'est difficile, et je ne crois pas qu'il aime faire ça. Il ne le ferait certainement pas sans votre permission. Il ne l'a fait qu'une fois, et c'était une question de vie ou de mort. » Le Capitaine Pike n'avait pas relaté l'incident dans le rapport officiel, ni dans le livre de bord du capitaine, en raison de la réticence de M. Spock. Mais tous ceux qui avaient été à bord à l'époque savaient ce qui s'était passé et ce que Spock pouvait faire.

Uhura se rendit compte qu'elle n'avait pas aidé à diminuer la peur que Janice éprouvait.

Celle-ci se sentit plus à l'aise au contact de Hikaru Sulu, l'officier de barre, et de Marietta Cheung, le navigateur. Ils lui montrèrent les écrans sur leurs consoles complexes, et ils étaient plus près de son âge. Mais quel âge avait-elle, au fait, se demanda Uhura. Elle n'avait même pas l'air d'avoir dix-huit ans.

— Bien sûr, il ne se passe rien d'intéressant en ce moment », dit le Commander Cheung. « C'est plutôt ennuyeux, d'aller d'une base stellaire à l'autre. »

Janice jeta un coup d'œil à l'écran. « Mais c'est si beau », dit-elle. « Et vous pouvez le voir tout le temps. » La beauté du champ d'étoiles la captivait totalement.

Ainsi qu'Uhura un peu plus tôt, Sulu et Cheung suivirent son regard.

Prenant tout à coup conscience de son manque de politesse, Janice détourna à grand-peine son regard de l'écran. « Je... je suis désolée, je... » Son teint clair se colora.

— Mais vous avez raison, Janice », dit Uhura. « C'est réellement beau. Nous nous y sommes tellement habitués que nous oublions de le regarder avec les mêmes yeux que vous. C'est bien que vous nous le rappeliez. » Elle pressa la main de Janice.

— Ah, Yeoman Rand, vous êtes là.

Saisie, Janice retira brusquement sa main de celle d'Uhura. Le Capitaine Kirk avança à grands pas sur la passerelle.

166

— Le Lieutenant Uhura a fait les présentations ? Merci, Lieutenant. Yeoman, je vais vous montrer ce que vous devrez faire.

Janice regarda Uhura avec les yeux d'un chrétien sur le point d'être jeté aux lions.

— Ne vous en faites pas. Vous vous en tirerez très bien !

Uhura retourna à sa place. Elle n'enviait pas son travail à Janice : mettre en ordre le travail de bureau de la direction, s'occuper du planning du capitaine, lui rappeler les rendez-vous et les changements, et régler les problèmes, ou les renvoyer au département approprié, sauf si l'autorité du Capitaine Kirk était indispensable. La liste des tâches faisait paraître l'emploi sans importance. Mais Uhura avait servi sur un vaisseau dont le yeoman était désorganisé. Le capitaine avait vécu dans le chaos et tout le monde considérait que son subordonné était incompétent. Un yeoman qui était à la hauteur de ses responsabilités en retirait bien peu : aucune attention, et de rares compliments.

Jim montra à la Yeoman Rand la console ouverte sur la partie babord de la passerelle. « Il est de tradition pour la yeoman d'utiliser le poste des systèmes environnementaux », dit-il.

Elle inspecta les décourageants panneaux d'affichage.

— Ne vous inquiétez pas pour leur complexité », dit Jim rapidement, dans l'espoir de soulager le doute et la peur qu'il voyait dans son expression. « C'est l'ordinateur qui contrôle tous les systèmes environnementaux. Mais vous pouvez vous servir de cette console comme de votre poste de travail sur la passerelle.

— Oui, monsieur.

— Dès que vous le pourrez, préparez-moi un planning de rendez-vous. Je veux passer au moins une demi-heure avec chaque personne à bord. Etalez les rendez-vous sur le temps de transit entre les bases stellaires. Ne les accumulez pas tous sur une ou deux semaines.

Tâchez de faire en sorte que personne ne soit amené à me rencontrer au milieu de son cycle de sommeil — ou du mien. Assurez-vous qu'ils ne soient pas incompatibles avec des réunions d'équipe ou des inspections. Expliquez bien que c'est informel, un simple bavardage, mais n'acceptez pas de refus. C'est bien compris ?

— Oui, capitaine.

Il hocha la tête. « Familiarisez-vous avec votre poste. J'aurai besoin de vous dans un moment. L'une de vos tâches est d'enregistrer le journal et de me donner le sceau à signer. Mais », dit-il, déjà ennuyé à l'idée d'enregistrer le livre de bord pour un voyage où rien ne se passerait, « ça ne sera pas long à enregistrer. »

Au lieu de se diriger vers son siège, Jim regarda l'écran. Il essaya de penser à ce qu'il allait mettre dans son libre de bord. « Il est une heure, tout va bien » ? Ce serait exact — mais il doutait que Starfleet l'apprécie. Il crut sentir une odeur de café — et du bon, avec ça ! Il se demanda d'où venait l'odeur.

Les portes de l'ascenseur s'ouvrirent et Lindy entra. Elle avait un rouleau de papier à la main et un classeur sous le bras. Elle portait un ensemble de cuir blanc souple. Ses cheveux noirs iridescents, dénoués, flottaient librement derrière elle.

— Jim, vous avez une minute ?

Il se rendit compte qu'il était en train de lui sourire d'un air niais. Il se reprit. « Je suis à votre disposition.

— J'aurais bien besoin d'un peu d'aide, pour mon affiche ! » Elle lui montra ce à quoi elle travaillait.

Il n'avait ni expérience graphique, ni don pour le dessin, et il lui fut impossible de concocter une excuse pour être celui qui l'aiderait. Il décida de donner cette tâche à Rand, pour voir si elle pouvait se débrouiller avec un travail indépendant.

— Yeoman Rand », dit-il.

Elle sursauta en entendant son nom. « Oui, Capitaine ? »

Exaspéré par la terreur de Rand, Jim laissa l'affiche de Lindy s'enrouler de nouveau dans ses mains. « Lindy, la Yeoman Rand vous aidera pour tout ce dont vous pouvez avoir besoin. Yeoman, vous avez mon autorisation pour utiliser les ressources du vaisseau, dans des limites raisonnables, pour réaliser les souhaits de Mme Lukarian. Pour commencer, il vous faudra trouver une console de communication à orientation graphique. C'est bien compris ?

— Oui, monsieur », chuchota-t-elle.

— Merci, Jim », dit Lindy.

Lindy et Rand partirent à la recherche d'un terminal graphique. Jim les regarda s'en aller, se demandant ce qu'il avait bien pu faire pour effrayer Rand à ce point. Il ne comprenait pas sa terreur. Il souhaita savoir comment la calmer. Il souhaita trouver une bonne raison pour passer un peu de temps avec Lindy. Il souhaita parvenir à comprendre d'où venait l'odeur de café.

En s'asseyant à sa place, il remarqua le gobelet. Une vapeur odoriférante s'échappait du trou dans le couvercle.

— Qu'est-ce que c'est ?

— La Yeoman Rand a dit que c'était pour vous.

Jim souleva le couvercle et l'odeur de café se répandit. Il en prit une gorgée. Le gobelet couvert l'avait gardé chaud, et, à son grand étonnement, il avait un goût excellent ; il était même aussi bon que son odeur, ce qui n'était pas peu dire !

Il regarda avec stupéfaction dans la direction où Janice Rand était partie.

Janice trouva la salle de conception. L'immense écran graphique s'alluma.

— S'il vous plaît, montrez-moi ce que vous avez à l'esprit, madame Lukarian.

— Ce que je veux, madame, c'est quelque chose qui attire l'attention.

— Vous ne devriez pas m'appeler " madame ", je ne suis qu'un officier subalterne, et ça n'est même pas encore enregistré.

— Comment devrais-je vous appeler ?

— Hé bien... Yeoman, si vous voulez. Ou Rand.

— Et si je vous appelais Janice, et que vous m'appeliez simplement Lindy ?

— Si cela vous fait plaisir.

— Ce serait plus facile, vous ne croyez pas ?

— D'accord... Simplement – Lindy.

Lindy gloussa.

— Nous ferions mieux de préparer votre affiche », dit Janice, redevenue sérieuse.

Lindy ouvrit son classeur. Cela lui plaisait de montrer les flamboyants dessins. Celui qui les avait peints aimait vraiment son travail.

— Ce sont des programmes — des reproductions, je veux dire — de troupes de cirque traditionnel. » Elle déroula sa nouvelle affiche, lissant les bords enroulés du papier. « Je ne suis pas satisfaite du dessin... » Il y avait deux ans qu'elle dessinait les affiches, et elle n'avait jamais aimé aucune d'elles. « Il faudra que ça fasse l'affaire, c'est le mieux dont je sois capable. Mon père avait l'habitude d'en dessiner une nouvelle pour chaque ville. Elles étaient toutes différentes, mais on voyait à des centaines de mètres qu'elles venaient de notre troupe. Malheureusement », dit-elle, « c'est un talent dont je n'ai pas hérité ». Elle regarda le papier en fronçant les sourcils de nouveau. « Peut-être l'ordinateur pourra-t-il l'arranger un peu ? »

Janice dirigea le scanner sur le dessin de Lindy.

Lindy gémit lorsque l'affiche apparut à l'écran, plus grande que nature.

— Je voulais qu'elle ait l'air classique et moderne en même temps, mais le seul air qu'elle ait, c'est l'air affreux !

— Elle n'est pas si mal », dit Janice. Elle effleura l'écran sensitif. Les lettres se redressèrent et se reformèrent dans une espèce de style néodéco.

— Elle ne ressemble jamais à ce que j'imagine.

— Nous pourrions adapter quelque chose. L'une des affiches de votre père, par exemple ?

— Non ! » Sa propre véhémence embarrassa Lindy. « Je veux dire, elle doit absolument être différente. Nous avons des numéros différents. »

Janice regarda de nouveau l'une des reproductions de Lindy. « Je suis sûre qu'elle est bien, comme elle est », dit-elle, « Mais si on fait passer ça de là à là, et qu'on glisse ceci vers ce bord... » Elle recomposa l'affiche. « Et si on fait en sorte que le fond ait l'air d'être peint à coups de pinceau, et qu'on affine un peu cette ligne... »

Lindy regarda silencieusement le nouveau dessin.

— Je suis désolée. » Janice avait l'air effrayé. « Je vais la remettre comme elle était. » Elle s'apprêta à effacer les changements.

— Non, attendez ! » dit Lindy. « Janice, c'est très bien ! Comment avez-vous fait ça ?

— Vous aviez déjà tous les éléments. Il y a autre chose... mais je ne veux pas vous donner l'impression de me mêler de ce qui ne me regarde pas.

— Au contraire, continuez.

— Les différents êtres voient des sortes différentes de lumière. Donc, si vous élargissez la gamme de couleur... » Elle procéda aux changements. « Ça semble affreusement foncé », dit Lindy, guère convaincue.

— Ça ne semblerait pas foncé si vous pouviez voir l'ultraviolet ou l'infrarouge. Mais on peut accentuer les couleurs intermédiaires. » Elle le fit. « Avant, pour un Corellien, par exemple, elle aurait été comme ça. » L'ordinateur effectua la transposition, et l'affiche s'assombrit jusqu'à être presque noire. « Maintenant, elle serait comme ça. » Elle s'éclaircit, mais d'une façon différente de l'original.

— Je n'y aurais même pas pensé », dit Lindy. « Comment avez-vous trouvé tout ça ?

— J'ai vécu dans beaucoup d'endroits différents. Je n'ai rien fait de particulier pour apprendre tout ça.

— Vous voulez un emploi ? » dit Lindy.

— Comment ?

— J'ai besoin d'un dessinateur. Vous pourriez vous joindre à la troupe. Je ne pense pas que vous sachiez jongler, non ?

Janice hésita si longtemps que Lindy pensa qu'elle allait réellement accepter.

— Je pensais que c'était vous, la dessinatrice. » Janice avait la voix tremblante.

— Non, je suis, entre autres, le directeur. Qu'est-ce que vous en dites ? Vous voulez ce travail ?

Janice baissa les yeux. « Je ne sais pas jongler.

— C'est parfait ! Je veux dire que ça, c'était une plaisanterie. Allez-vous vous joindre à la troupe ?

— Non. » Son ton avait totalement changé, elle se comportait de manière renfermée, effrayée. « Je me suis engagée dans Starfleet pour deux ans.

— Oh », dit Lindy, déçue. « L'offre tient toujours, si vous changez d'avis. »

Elle admira l'affiche de Janice. « Au fait, vous avez déjeuné ? Vous voulez prendre quelque chose ?

— Non… Je veux dire, je suis désolée, je ne peux pas, j'ai laissé des papiers partout sur le bureau du Capitaine Kirk, je suis désolée, je dois partir.

— D'accord », dit Lindy comme Janice partait en hâte. Je croyais connaître Jim mieux que ça, pensa Lindy. Je n'aurais jamais deviné qu'il serait fou de rage si elle prenait le temps de déjeuner.

Janice Rand retourna aux quartiers du capitaine. Elle soupira. Elle s'était mise affreusement en retard en aidant Mme Lukarian pour son affiche. Elle devait reconnaître que ce travail lui avait plu, jusqu'à ce qu'elle se soit rendu compte qu'elle était en train de parler au directeur presque comme si elles avaient été des égales. Lukarian n'avait pas semblé vexée, mais il arrivait que les gens dissimulent leur colère un certain temps, puis vous la déversent dessus d'un seul coup.

Janice enviait sa liberté à Lukarian — liberté de choisir ce qu'elle ferait, comment elle s'habillerait et l'air qu'elle aurait, sans être entravée par des règlements, des lois, des proscriptions et des règles. Janice s'accorda un moment pour se demander si elle ne pourrait pas se laisser pousser un peu les cheveux, maintenant qu'elle était dans Starfleet, loin du monde dont elle s'était enfuie. Puis sa propre frivolité lui fit hausser les épaules.

Elle se remit au travail sur les dossiers administratifs. Le Capitaine Kirk avait vraiment fait un beau gâchis ! Elle se demanda pourquoi il avait essayé de faire tout le travail lui-même, mais, avec l'aide de l'ordinateur, elle parvint à en refaire des documents compréhensibles et compatibles, plutôt que des " pièces uniques " pour le moins maladroites.

Elle avait accès, par la console du capitaine, à une bien plus grande capacité de l'ordinateur qu'elle n'en avait jamais eu avec l'intendant. Elle pouvait librement concevoir son propre travail, et converser directement avec l'ordinateur. L'intendant ne permettait à ses subordonnés qu'une étroite marge d'action, qu'il décidait lui-même. Il détestait que l'on essayât de suggérer une méthode plus rapide ou plus efficace.

Elle n'explora pas le système de manière trop active, craignant de tomber éventuellement sur quelque chose qu'elle n'était pas censée voir ou connaître, et de déclencher ainsi une alarme.

Elle s'arrêta pour s'étirer et se frotter les yeux.

— Yeoman, ça va bien ?

Janice fit un bond, alarmée par la voix inattendue.

— Yeoman ! Ce n'est que moi. » Le Capitaine Kirk la regardait, la stupéfaction inscrite sur son visage.

— Je suis désolée, vous m'avez fait peur, je ne vous ai pas entendu... » Elle agrippa les bords du bureau. « Je suis désolée, monsieur, je... » Elle avait été en train de bâiller aux corneilles, elle n'avait aucune excuse. « Je suis désolée.

— Vous travaillez tard. Les dossiers devaient être dans un drôle d'état.

— Oh, non, monsieur. » Elle n'allait certainement pas lui dire la vérité. Elle était contente de savoir déjà à quel point il détestait les critiques. Les plus dangereux étaient ceux qui vous encourageaient à dire ce qui n'allait pas, puis vous punissaient pour avoir été honnête.

— Vous en avez assez fait pour aujourd'hui. Filez. Et revenez demain.

— Je... Je suis désolée de ne pas avoir fini, Monsieur, je n'en ai que pour une minute ou deux, Monsieur. » Elle se remit au travail, espérant qu'il ne regarderait pas par-dessus son épaule. Il ne tarda pas à s'éloigner. Elle entendit les craquements d'une chaise de cuir lorsqu'il s'assit, et le bruissement des pages tournées, comme il recherchait dans son livre l'endroit où il s'était arrêté.

— Yeoman, je ne me souviens pas avoir appelé le steward — est-ce que c'est vous qui avez remis en ordre ici ?

Elle le regarda, se sentant pâlir d'appréhension, puis rougir d'embarras. Son teint clair communiquait aisément au monde ses émotions, et elle détestait ça.

C'est ce que je craignais, pensa-t-elle. Il n'aime pas que les gens touchent à ses affaires... ou bien il y aura quelque chose qu'il ne va pas trouver, et il va penser que je l'ai volé. Je savais que j'aurais dû tout remettre là où je l'avais trouvé.

Malheureusement, elle n'avait pas mémorisé l'empla-

174

cement exact de chaque chose. S'il avait remarqué une différence, il aurait pensé qu'elle avait fureté dans ses affaires. « Je suis désolée, Monsieur, je n'ai pas pensé…

— Yeoman, cessez de vous excuser à tout propos !

— Je suis désolée, Monsieur, je veux dire, oui, Monsieur.

Il fronça les sourcils. « Ce n'était pas une critique. Ça n'était pas nécessaire que vous nettoyiez ma cabine, c'est le travail du steward, mais en tout cas, merci.

— Oui, Monsieur. Merci, Monsieur.

Elle essaya de travailler, mais elle l'entendait bouger dans sa chaise, s'éclaircir la gorge, feuilleter son livre. Son impatience agissait sur ses nerfs à elle. Si seulement il pouvait la laisser seule…

— Yeoman…

— J'ai presque fini, Monsieur, vraiment !

— Ce n'est pas un travail urgent. Il n'est pas nécessaire que vous le terminiez ce soir.

— Ce… n'est pas nécessaire ? » dit-elle, ébahie. « Monsieur ?

— Non, ce n'est pas nécessaire. Je croyais vous l'avoir déjà dit. Eteignez tout et aller dîner tôt. Reposez-vous les yeux. Nagez ou allez faire une partie de pelote basque, ou quoi que ce soit que vous aimez faire le soir. Et terminez ceci demain.

— Oh. Très bien, Monsieur, si c'est ce que vous souhaitez. » Il avait probablement l'intention de vérifier son travail, de façon à pouvoir demander quelqu'un d'autre si elle avait tout mis sens dessus dessous. Elle espéra qu'il ne s'apercevrait pas qu'elle avait à peine commencé avec son planning de rendez-vous.

Elle éteignit le système ; mais elle aurait préféré travailler. Elle ne savait pas nager. Sa compagne de chambre jouait à la pelote basque dans la ligue du vaisseau, mais ce jeu dangereux terrifiait Janice. Les gens prenaient toujours des cours à bord des vaisseaux, mais si elle se joignait à l'un de ces cours, tout le monde souhaiterait qu'elle s'en aille. Et pour ce qui était de dîner tôt, elle préférait manger tard, lorsqu'il n'y avait plus personne autour. Elle espérait avoir enfin maîtrisé les bonnes manières en ce domaine, mais il lui était possible de commettre encore une erreur. Et tout le monde se moquerait d'elle à nouveau.

Et puis, dîner tôt signifiait passer une longue soirée solitaire dans sa cabine. Si sa compagne de chambre était là avec des amis, personne ne lui parlerait. Elle éludait les questions, et ils pensaient donc qu'elle était bêcheuse et plutôt bizarre. Elle avait compris trop tard que la bonne manière de détourner l'attention d'elle-même était de demander aux autres de parler d'eux.

— Yeoman, quel âge avez-vous ? » dit le Capitaine Kirk.

— Comment ? Monsieur ? » Ses genoux tremblaient. Elle s'effondra à la console, faisant semblant d'avoir un dernier travail à faire sur les papiers. Frénétiquement, elle se demanda si ce n'était pas lui, et non l'officier scientifique, qui avait le pouvoir de lire dans les esprits. Si c'était vrai, il connaissait ses secrets. Elle ferait mieux de s'effondrer et de tout avouer. Mais en ce cas, ils seraient peut-être cléments à son égard, et la renverrait d'où elle venait. Elle préféreraient un camp de réhabilitation, ou même la prison. On vous autorisait à gagner de l'argent en réhab, non ? Un peu ? Elle serait obligée de faire semblant d'être endurcie et vicieuse, et sans remords, afin qu'on pense qu'il n'était pas possible de la renvoyer.

— Quel âge avez-vous ?

— J'ai... presque vingt ans, Monsieur, j'ai oublié l'âge exact, je suis obligée de convertir en années-standards terrestres.

— Vous n'avez pas l'air d'avoir vingt ans », dit-il.

Elle n'avait pas confiance en son sourire. Elle essaya de rire, mais son rire sonna faux. « C'est ce que tout le monde dit, Monsieur.

— Vous avez décidé jeune de partir dans l'espace, non ? Tout comme moi. Une tradition familiale ? Ou bien un choix personnel ?

Les détails qu'elle avait soigneusement inventés s'évanouirent sous l'effet de la peur. « J'ai décidé par moi-même, Monsieur », dit-elle, espérant qu'elle n'avait jamais dit le contraire à quelqu'un d'autre. Avant qu'il ait le temps de lui poser une autre question, elle se lança.

— Et vous, Monsieur ?

Il parla de sa formation, de son passé, de ses parents et de son frère, et de son meilleur ami, très malade à l'hôpital. Tout d'abord, sa propre peur la rendit comme sourde. Mais, sa ruse ayant marché, elle se calma un peu et écouta ce qu'il disait. Il avait fait des choses fascinantes et vu des lieux fascinants, et il en parlait avec esprit et avec charme.

Les gens charmants étaient encore plus dangereux que les gens irréfléchis ou cruels.

Il s'arrêta. « Je n'avais pas l'intention de bavarder comme ça, Yeoman. Allez, filez. Je vous verrai demain.

Janice s'enfuit.

Aussitôt que la porte se fût refermée derrière son étrange et ombrageuse Yeoman, Jim demanda une ligne subespace privée pour la Terre.

Bientôt, il deviendrait plus difficile de communiquer. La Phalange pouvait se comparer à un tentacule d'espace fédératif, immensément long, s'étirant jusqu'à la base stellaire 13, à son extrémité la plus éloignée. Il y avait peu de stations de relais pour le subespace, et les patrouilles klingonnes passant par là essayeraient invariablement de brouiller tout signal qui aurait filtré tout de même. C'était probablement la dernière occasion que Jim aurait de recevoir une réponse compréhensible de la Terre, jusqu'à ce qu'il atteigne la base elle-même et ses puissants amplificateurs.

Jim n'aimait pas l'idée de la Phalange, et l'idée de son

existence même le dérangeait autant que l'idée d'y amener son vaisseau et son équipage. La base stellaire 13 protégeait un territoire fédératif de peu de valeur et de faible population : c'était un manque de chance que ce système planétaire ait rejoint la Fédération. Il supposait que déplacer les gens vers une planète plus hospitalière et fermer la base 13 coûterait moins cher qu'une seule année d'entretien du personnel, de fournitures et de protection.

Il attendit impatiemment que son appel atteigne son but.

Pire que tout, la Phalange rendait particulièrement paranoïde l'oligarchie de l'Empire Klingon. Et Jim pouvait difficilement les blâmer de leur réaction. Il n'aimerait pas ça du tout, s'ils étendaient une étroite bande territoriale longue de plusieurs années-lumière dans l'espace de la Fédération.

Il lui faudrait faire très attention à demeurer à l'intérieur de la Phalange. La violation des frontières de l'Empire Klingon lui coûterait un conseil de guerre et sa carrière. Dans le cas où son vaisseau survivrait aux Gardiens de l'Empire.

L'écran de communication s'éclaira. Le dessin géométrique indiquant une réception commerciale apparut.

— Hôpital d'Enseignement de Starfleet. Est-ce une urgence ?

— Non, mais c'est le Capitaine...

— Veuillez ne pas quitter.

L'image se fondit en des couleurs pastels, une musique pastel.

Jim était bien au courant des arguments contre l'abandon de la base stellaire 13 et la réinstallation des gens appartenant à son système stellaire. Ce serait perçu comme une retraite. Mais Jim pensait que l'unification serait bien moins provocante que le fait de continuer de frotter le nez de l'Empire dans l'évidence de l'existence de la Phalange, particulièrement si les Klingons étaient au courant des plaisanteries liées à ce nom, ou si leurs coutumes se prêtaient aussi au même humour grossier.

— Merci d'avoir patienté », dit la réception de l'hôpital. « Quel est votre nom, je vous prie ?

— Capitaine James T. Kirk, vaisseau stellaire *Entreprise*.

— Que puis-je faire pour vous ?

— Je voudrais parler au Lieutenant-Commander Gary Mitchell.

— Quel lien avez-vous avec le Commander Mitchell ?

— Je suis son commandant. » Jim doutait que " son meilleur ami " l'amenât très loin auprès de la bureaucratie hospitalière.

Une salle d'hôpital apparut sur l'écran.

— Gary ?

Gary Mitchell était toujours immergé dans le gel de régénération. Il avait les yeux fermés, et ses cheveux foncés lui tombaient sur le front. S'il avait été réveillé, et conscient, il les aurait ramenés en arrière en secouant la tête ; il aurait dit qu'il avait bien besoin de les faire couper, puis il se serait mis à rire et ses cheveux aurait glissé de nouveau sur son front.

Gary avait l'air frêle et malade. Son visage était émacié, ses yeux enfoncés et cernés. Jim cligna des yeux — et se retrouva à Ghioghe, retrouva la douleur de ses côtes cassées et de son genou éclaté, retrouva la brume écarlate qui avait enveloppé l'univers lorsqu'une profonde coupure sur son front avait empli ses yeux de sang. D'autres êtres avaient saigné ce jour-là : Jim se souvenait bien du sang. Il avait rendu la passerelle glissante, il avait flotté en petites perles comme des bulles de savon à la dérive, partout où la gravité avait disparu. Le sang rouge et le sang jaune s'étaient mélangés en une intense couleur orange brûlé ; le sang bleu, dense et immiscible, coulait en ruisselets séparés à côté des taches de sang humain, scintillant et se répandant sur les bords d'une mare écarlate.

179

Jim reprit son souffle, forçant les souvenirs à le quitter. Il avait pensé en avoir fini avec tout ça.

Les paupières de Gary frémirent.

— Gary ?

Gary s'agitait, et se réveilla d'un seul coup, haletant et sursautant. Jim se rappela ce qu'il avait ressenti lorsqu'il s'était retrouvé plongé dans le lit de régen, doucement mais irrévocablement entravé. Durant ces quelques derniers jours, tandis que l'effet des drogues commençait à s'estomper, il avait essayé de bouger, de se retourner ou de changer de place dans son sommeil, de lutter contre la sensation d'emprisonnement. Cela l'avait épuisé et enragé de sentir sa liberté ainsi hors d'atteinte.

— Jim… ? » La voix de Gary était aussi frêle que son corps. « Hé, Gamin… On s'en est finalement sortis ?

— Pour sûr, Gary. Grâce à toi.

— Pourvu qu'on ne règle plus jamais les choses de cette façon », dit Gary, « et qu'on trouve une autre manière !

— Ça me conviendrait », dit Jim. « Gary, je voulais simplement voir comment tu allais. » Il n'avait pas le cœur de dire à Gary que son choix concernant son officier en second avait été rejeté. Gary désirait cette promotion autant que Jim désirait avoir pour adjoint quelqu'un qu'il connaissait et en qui il avait confiance. Cette mauvaise nouvelle pourrait attendre que Gary ait retrouvé ses forces. « C'est bon de te retrouver, mon ami », dit Jim. « Rendors-toi, maintenant. Je sais ce que c'est. Rendors-toi.

— Est-ce qu'on peut dormir », dit Gary, « lorsqu'on est recouvert de limon verdâtre ? » Il essaya de rire.

— Tu peux. » Jim se raccrocha aux sentiments d'angoisse et de soulagement qu'il ressentait.

Les paupières de Gary se fermèrent, mais il se réveilla en sursaut à nouveau. « Ne t'avise pas de partir sans moi, Gamin. Si tu quittes l'espace de la Fédération sans

moi, tu te retrouveras dans des tas d'ennuis. » Bien qu'il
luttât contre le sommeil, celui-ci l'emporta.

— Ne t'inquiète pas, mon ami », dit Jim. « Quand tu
seras prêt, nous le serons aussi ! »

Il libéra la ligne.

Jim se jeta sur une chaise dans le bureau du
Dr McCoy et mit ses pieds sur le bureau, prenant un
plaisir non dissimulé à faire sonner les talons de ses
bottes sur le bois.

— Mais entrez donc », dit McCoy. « Asseyez-vous.
Mettez-vous à l'aise.

— La bonne nouvelle, c'est que Gary est réveillé.

— Vraiment ! C'est réellement une bonne nouvelle,
Jim !

— Je viens juste de l'avoir en ligne. Il est encore pas
mal dans le cirage, mais il va se remettre, Bones.

— Je n'en ai jamais douté un instant », dit McCoy.
« Quelles sont les mauvaises nouvelles ?

— Les mauvaises nouvelles, c'est que j'ai suivi votre
conseil...

— Et vous êtes venu à votre visite médicale sans que
j'ai besoin d'envoyer la meute ! Halléluiah, mes
frères ! » Il se leva. « Hop, dans la combinaison d'examen.

— Non, non, je n'ai pas le temps pour l'examen. Je
voulais dire que j'ai suivi votre conseil au sujet de la
yeoman.

— Et... ?

— Et chaque fois que je lui adresse la parole, je la
terrorise. C'est vraiment un cas. Elle s'excuse continuement.

— Continuellement », dit McCoy.

— Non, bon sang, *continuement*. Chaque fois qu'elle
dit quelque chose, elle démarre par " Je suis désolée ".

— Effectivement, ça me paraît assez névrotique.

— Si c'est le cas, comment a-t-elle pu se retrouver dans Starfleet ?

Cela fit rire McCoy. « Jim, vous plaisantez ? Si Starfleet refusait des gens à cause d'une névrose majeure ici où là, il lui resterait assez de personnel pour, disons... peut-être un croiseur spatial. Un *petit* croiseur.

— Mais...

— Nous avons tous nos névroses. J'en ai, vous en avez. Tout le monde en a.

— A l'exception, j'en suis sûr, de notre M. Spock.

— Spock ! Spock est le pire de tous ! Il réprime totalement une moitié de son héritage et la plus grande partie de l'autre moitié. La pire névrose des Vulcains, c'est qu'ils sont vraiment persuadés qu'ils sont sains d'esprit !

— Qu'est-ce que vous voulez dire, une moitié de son héritage ?

— Sa moitié humaine, bien sûr. Du côté de sa mère, je crois.

— Je pensais qu'il était Vulcain.

— Lui aussi », dit sèchement McCoy.

— Qu'est-ce que vous savez d'autre à son sujet ?

— Il n'est pas très enclin au bavardage. J'ai entendu parler de lui, bien sûr. Et puis il y a le fourbi habituel dans le dossier médical. Ce type a eu une éducation incroyable, et il a su profiter des occasions qui se sont présentées. Il a travaillé avec des gens que la plupart d'entre nous n'aurait même pas la possibilité de rencontrer.

— Qu'est-ce que vous voulez dire, Bones ? Que sa famille a des relations, ou qu'il est intelligent ?

— Intelligent ? C'est bien peu dire ! Il est brillant, Jim. Pour le reste... sa famille a des relations, si on compte seulement les diplomates de haut vol et les chercheurs de haut niveau. » McCoy sourit largement. « A la vérité, je n'ai jamais entendu parler d'un Vulcain dont la famille n'ait pas des relations.

Jim ne se sentait pas d'humeur à être amusé. « C'est pour ça qu'il a reçu une promotion par-dessus la tête de Gary ?

— Parce que sa famille a des relations et pas celle de Mitch ? Je n'en sais rien. Pourquoi ne lui demandez-vous pas ?

— Je vois ça de là : " Dites voir, Commander Spock, votre réussite est-elle due au népotisme ? " » Jim secoua la tête. « Je ne suis pas juste. Je le sais. Je ne lui ai pas laissé sa chance. C'est seulement... » Il changea de sujet. « Qu'est-ce que je vais bien pouvoir faire de la Yeoman Rand ?

— Est-ce qu'elle travaille mal ?

— Au contraire ! Elle fait tout un foin de son manque d'expérience, puis elle pousse deux boutons et les dossiers se remettent en ordre.

— Vous ne cherchez pas une façon élégante de la rétrograder et de la renvoyer à l'intendant ?

— Non, je veux simplement qu'elle arrête de sursauter à chaque fois que je lui parle ! Et j'espère aussi qu'il ne lui arrivera plus de se pointer dans ma cabine, en pleine forme, deux heures avant le petit déjeuner. Tout cet enthousiasme est difficile à supporter à l'aube !

— Hum », dit McCoy.

— Elle doit utiliser la console », dit Jim, sur la défensive.

— Pourquoi doit-elle utiliser votre console ?

— Il faut bien qu'elle travaille quelque part — elle ne peut pas étaler mes papiers partout sur la passerelle.

— Est-ce que la console de la yeoman est hors service ?

— Quelle console de la yeoman ?

McCoy soupira et jeta un œil suppliant vers le plafond. « Jim, vous raisonnez comme si vous étiez toujours à bord d'un croiseur, et vous avez bien besoin d'une visite guidée de votre propre vaisseau. Incluant la cabine de la yeoman, qui se trouve un peu plus loin que la vôtre, dans le même couloir. » Sa voix devint traînante. « Jim, vous ne l'avez pas promue à l'ancienneté, puis laissée dans les quartiers de l'équipage ?

— C'est elle que l'intendant a envoyé, et c'est elle que j'ai promue. Quant au reste, je n'y ai pas pensé.

— C'est dur pour le moral. Faites-la déménager. Ça réglera l'un de vos problèmes. Peut-être les deux. Peut-être bien qu'elle sursaute parce que cette promotion lui a valu d'être quelque peu bizutée.

— J'en doute. Elle sursaute depuis le début.

— Alors, sa nervosité prendra peut-être plus longtemps à disparaître. Je lui parlerai pendant son examen, et je verrai si je peux trouver ce qui ne va pas.

— Ecoutez, si elle est sérieusement perturbée...

— Jim ! Les trois quarts du temps, ce sont nos névroses qui nous permettent de fonctionner aussi bien que nous le faisons dans le cadre que nous avons choisi. Je pourrais citer des exemples, y compris sur les personnes ici présentes, mais je n'ai pas le temps de vous psychanalyser aujourd'hui. Cependant, j'aurais eu le temps de vous examiner, si j'avais commencé lorsque vous êtes arrivé !

Jim sourit. « Vous l'auriez eu.

— Mais je ne l'ai plus. J'ai un autre rendez-vous dans dix minutes, alors, fichez-moi le camp !

— Fichez-moi le camp ? Est-ce une façon de parler à votre commandant ?

— Fichez-moi le camp, *Monsieur*.

Dans un recoin isolé du salon des officiers, M. Spock relevait le défi d'un problème d'échecs tridimensionnels.

Habituellement, Spock était capable de se concentrer avec une telle intensité qu'il cessait de percevoir les voix et les sons. Mais ce soir-là, un étrange bourdonnement monotone s'insinuait dans sa paisible solitude.

A une table proche, il y avait plusieurs des plus jeunes officiers, le Dr McCoy, et l'ingénieur en chef Scott. M. Scott semblait avoir trouvé une âme sœur en McCoy. Spock avait du respect pour les capacités de Scott, mais il pensait que son goût pour les boissons fermentées et distillées était, à tout le moins, infortuné. Spock ajouta l'apparente bonne relation que Scott entretenait avec le Dr McCoy à la courte liste des qualités les moins marquantes de l'ingénieur.

Scott passait souvent son temps libre dans le salon, déroulant d'invraisemblables histoires pour le bénéfice des officiers subalternes, qui l'écoutaient invariablement sans une ombre d'incrédulité. Spock avait entendu chaque histoire une douzaine de fois. Que Spock y croit ou non, il avait rarement du mal à les laisser couler autour de lui sans y faire attention, comme une rivière coulerait autour d'un rocher immuable.

Mais un nouvel individu s'était joint au cercle entourant M. Scott. M. Cockspur, un membre de la troupe de cirque, était un homme d'âge mûr, dont les cheveux artificiellement noirs et épais étaient de longueur moyenne, méticuleusement coiffés. Sa moustache se retournait en double pointe de chaque côté.

M. Cockspur avait remplacé Scott en tant que conteur. Alors que Spock ne trouvait aucune valeur de distraction quelle qu'elle soit dans les récits de Scott — " légendes " seraient peut-être un meilleur terme, puisqu'ils impliquaient une notion de fantastique — il était capable d'apprécier le côté esthétique de sa performance. La voix de M. Cockspur n'avait, elle, aucune des cadences de celle de Scott. Elle n'avait aucune cadence du tout. La voix monotone, et sonore, emplissait la pièce ; Spock trouvait peu d'éléments intéressants dans l'histoire. Tous les autres écoutaient, de toute évidence captivés.

Spock ne se faisait aucune illusion concernant la compréhension qu'il avait des êtres humains. Il avait passé la plus grande partie de son enfance sur Vulcain. Le temps qu'il avait passé sur la Terre avait été voué à l'étude des sciences, pas à celle des humains et de leur étonnante nature. Malgré son hérédité, il trouvait les humains tout à fait inexplicables, et cela aux moments les plus inattendus.

Comme en ce moment.

Cet incompréhensible divertissement typiquement humain était le suivant : M. Cockspur récitait la liste de tous les théâtres dans lesquels il avait fait une apparition, et de toutes les pièces dans lesquelles il avait joué. Une analogie vint à l'esprit de Spock. Les lecteurs modernes du poète antique terrien Homère trouvaient mortellement ennuyeux le tableau de service des vaisseaux dans l'Illiade, mais il semblait que les anciens Grecs avaient payé aux rhapsodes, aux récitants, d'énormes sommes d'argent pour répéter le tableau de service des vaisseaux aux cérémonies. Les citoyens des cités-états grecques obtenaient leur position sociale en retraçant leur ascendance jusqu'à tel capitaine de tel vaisseau Achéen. Peut-être l'audience de M. Cockspur avait-elle entendu parler des pièces qu'il avait jouées, des théâtres où il avait fait une apparition ; peut-être lui était-il agréable de reconnaître au passage un nom dans la liste qu'il débitait. Cela semblait une façon bizarre de passer la soirée, mais les humains passaient souvent le temps d'une façon que Spock trouvait bizarre. Spock se força à se concentrer sur son problème d'échec, et retourna son attention à ses pièces.

— Vous avez besoin d'un adversaire ?

— Non, capitaine », dit Spock sans lever les yeux. Il avait entendu les pas approcher, et les avait reconnus, en dépit de leur manque de familiarité. Le Capitaine Kirk regardait les courbes gracieuses de l'échiquier 3-D par-dessus l'épaule de Spock.

— Pourquoi jouez-vous tout seul ?

— Parce que, capitaine, personne à bord ne joue à mon niveau.

— Modeste, n'est-ce pas ? » dit le capitaine.

— Je ne suis ni modeste ni immodeste ; ce sont des traits de caractère que les Vulcains ont dépassés depuis longtemps. J'énonce un fait. » Il regretta la perte de sa paix et de son isolement, puis se morigéna sévèrement sur le fait que le regret n'avait pas sa place dans la psychologie d'un Vulcain.

— Jouez-vous les blancs ou les noirs ?

— Les deux, évidemment, capitaine », dit Spock.

— Mais le trait est aux noirs ? » dit le capitaine. « Evidemment ? »

La voix du capitaine était-elle sarcastique ou sardonique ? Ou aurait-elle été mieux décrite par le terme " belligérente " ?

Spock émit un son indéterminé. Si le Capitaine Kirk était capable de déterminer, à partir de l'inhabituelle position, que le trait était aux noirs, il se pourrait qu'il fût un adversaire adéquat... Mais il avait aussi cinquante chance sur cent de deviner la bonne couleur, et c'était la plus vraisemblable des deux possibilités.

Spock se concentra sur l'échiquier. Dame au pion de la dame en D-4 pour menacer le roi blanc ? Il joua le coup et retira pensivement la main.

— Les blancs matent en trois coups », dit le capitaine.

Incrédule, Spock leva les yeux. Le Capitaine Kirk se retourna, examina toute la pièce sans se presser, puis s'éloigna nonchalamment.

Jim vit McCoy à une table voisine et se dirigea vers lui. Puis, trop tard, il remarqua que M. Cockspur tenait sa cour.

— Et un an après, lors de mon retour, hé bien, soyez assurés qu'ils n'essayèrent même pas de me loger dans moins que la catégorie...

— Hello, Jim. » McCoy interrompit la déclamation

de M. Cockspur avant que Jim ait le temps de prétendre qu'il avait eu l'intention d'aller à un tout autre endroit. Les officiers se levèrent.

— Repos.

McCoy tira une chaise de plus dans le cercle. « Pourquoi ne pas vous joindre à nous ? » Il dissimula vivement son sourire.

Tout le monde autour de la table sauf Cockspur lança à Jim des regards suppliants.

— Jim », répéta McCoy. « Asseyez-vous donc.

— Oui », dit Cockspur. « Asseyez-vous, tandis que je poursuis...

— Merci. » Jim tenta d'avoir l'air sincère. « Mais prendre votre histoire en plein milieu ne lui rendrait pas justice...

— Non, vous n'en recevrez pas le plein impact », dit McCoy. « Mais ce n'est pas une raison pour vous en priver. »

McCoy dissimula de son mieux un accès de fou-rire. Jim se souvint de ce que Winona lui avait dit — était-ce seulement deux jours auparavant ? — qui pouvait s'appliquer au moment présent : rends-toi de bonne grâce. Il jeta un regard mauvais à McCoy, et se joignit au groupe.

Cockspur recommença son récit. « J'étais en train de raconter à votre équipage ma performance à Campbell City. » Sa voix tonnait, comme s'il se souciait peu de la moduler à une autre force que celle nécessitée pour les représentations. Il se mit en devoir de décrire par le menu la pièce qu'il avait jouée sur la Lune. Il affirmait l'avoir écrite. Jim la trouvait vaguement familière, mais il était sûr qu'il aurait reconnu Cockspur, s'il l'avait jamais vu jouer. A moins qu'il ne se fût endormi, comme c'était presque le cas en ce moment. Il se secoua pour se réveiller.

— Ma petite pièce a été jouée six semaines sur la face obscure de la Lune. Un succès énorme. Comme vous voyez, je ne suis pas tout à fait novice en matière de voyages à bord de vaisseaux spatiaux.

Jim se demanda comment M. Cockspur avait pu passer plus de deux semaines — la durée de la nuit lunaire — sur la face éloignée de la Lune et continuer de l'appeler " la face obscure " ; il se demanda si ses officiers appréciaient d'être traités d' " équipage ". Jim lui-même appréciait assez peu que l'on appelât l'*Entreprise* un " vaisseau spatial ".

— L'*Entreprise* est un vaisseau stellaire, M. Cockspur », dit Jim doucement.

— Précisément », dit M. Cockspur.

— Ce que je veux dire, c'est...

— Et un vaisseau spatial plutôt grand et coûteux, avec ça, pour transporter », il s'éclaircit la gorge, « une troupe de cirque — ou même quelque authentique forme d'art — aux confins de l'univers.

Bien que Jim ait pensé de même, il sentit bizarrement que, dans ce cas, il préférait ne pas être d'accord !

— Notre voyage sera bien loin de nous emmener aux confins de l'univers », dit-il.

— Néanmoins, votre temps et votre vaisseau seraient mieux employés à lutter contre les ennemis de la Fédération.

Jim tenta de garder son calme en face de ce cornichon planétaire qui pensait que la seule occupation des vaisseaux de Starfleet était de pulvériser des planètes et des populations entières.

— Nous ne sommes en guerre avec personne, M. Cockspur.

— Ah, mais il y a tous ces mondes à conquérir...

— Avez-vous jamais participé à une guerre ?

— Je n'ai pas eu cet honneur.

— Un honneur ! J'aurais cru, » dit Jim, « qu'à ce jour et à cette époque, les êtres civilisés auraient dépassé le stade de la colonisation forcée — le stade de l'encouragement au génocide.

— Capitaine, vous prenez ceci très personnellement.

— En effet. A cause de ce que j'ai vu par moi-
même, et parce que ma mère est en partie Sioux.
L'histoire de sa famille...

— Capitaine, capitaine! Vous parlez de choses qui
se sont passées il y a des centaines d'années! Quel
rapport cela peut-il avoir avec nous, ici et maintenant?

— Tous les rapports du monde. » Comment s'était-
il fourré dans cette discussion? Jim se demanda s'il
pouvait prétendre des obligations professionnelles et
s'enfuir sans être encore plus impoli que ce qu'il était
déjà. Il avait mis tout le monde mal à l'aise, sauf
M. Cockspur. Celui-ci entreprit de faire la morale à
Jim au sujet de la colonisation. Une ombre se projeta
sur la table, et Jim leva la tête. Le Commander Spock
était là, silencieux, les mains derrière le dos.

Même Cockspur s'aperçut de la présence du Vulcain. Il s'arrêta et le regarda comme si celui-ci avait
été un garnement ayant interrompu la plus belle
représentation de toute l'Histoire.

— Le capitaine me ferait-il la grâce », dit Spock,
« de répondre à une question ?

— Certainement, M. Spock. Pardonnez-moi », dit-il
à Cockspur, dissimulant son soulagement. « Le devoir
m'appelle.

— Pardonnez-moi, Capitaine », dit Spock. « Peut-
être ai-je choisi un mauvais moment...

— Non, non, pas du tout », dit Jim. « Il n'est pas
question que je fasse passer mes loisirs avant une
consultation avec mon officier en second.

Il faillit agripper le coude du Commander Spock
pour l'éloigner en toute hâte et l'empêcher ainsi de
démolir son alibi. Mais il se retint de poser les mains
sur un Vulcain. Spock et lui s'éloignèrent de l'audience captive de Cockspur.

— Je n'avais besoin que d'un instant », dit Spock. « Je n'avais pas l'intention de vous priver de votre... plaisir.

— Mon plaisir, M. Spock ? » Il rit. « J'ai entendu dire que les Vulcains ont une étrange conception du plaisir !

— Concernant le mat par les blancs en trois coups...

— Je m'excuse de m'être mêlé de votre problème.

Spock souleva un sourcil. « Alors... Les blancs ne peuvent pas faire mat en trois coups ?

— Si. Avez-vous pensé que c'était une plaisanterie ?

— On ne peut jamais savoir », dit Spock, « quand un Humain est en train de faire une plaisanterie.

— Habituellement, nous rions », dit Jim.

— Mais pas toujours.

— Non, pas toujours. De toute façon, ce n'était pas une plaisanterie.

— Si le capitaine veut bien me permettre... votre commentaire a piqué ma curiosité.

— Dans ce cas, nous jouerons ensemble ce problème. » Dans l'alcôve, les pièces d'échec étaient restées dans la même position. « Commander Spock, je pensais que les Vulcains ne ressentaient aucune émotion. Pourtant, vous avouez ressentir de la curiosité.

— La curiosité n'est pas une émotion, capitaine », dit Spock tandis qu'il s'asseyaient, « mais l'impulsion déclenchant la quête de la connaissance chez les êtres pensants. Le trait est à vous, capitaine.

Jim déplaça le cavalier de la dame.

Spock examina l'échiquier. Il leva un de ses sourcils noirs. Il observa la position comme s'il venait de passer en mode ordinateur, comme s'il était en train de calculer les conséquences de chacun des coups possibles pour chacune des pièces de l'échiquier. Jim avait vu l'ouverture dans un éclair intuitif. Tout à coup saisi de doute, il scruta l'échiquier pour voir s'il n'avait pas omis de voir un coup, ou commis une erreur de débutant.

Spock tendit la main. Jim se força à rester aussi impassible qu'un Vulcain en attendant que M. Spock joue un coup que l'intuition de Jim n'avait pas pris en compte.

Spock renversa son roi, et le laissa se redresser sur sa base.

— J'abandonne », dit Spock.

Jim pensa voir le Vulcain froncer les sourcils, il pensa percevoir quelque confusion dans son expression.

— Votre coup », dit Spock, « a mis en danger votre dame et vos cavaliers. C'était... illogique.

— Mais efficace », dit Jim.

— Effectivement », dit Spock doucement. « Quelle méthode utilisez-vous ? Sinhawk, peut-être ? Ou une méthode de votre cru ?

— Une méthode de mon cru, pour ainsi dire. Je n'ai pas calculé, Spock. J'ai vu le coup. Appelez-ça de l'intuition, si vous voulez. Ou de la chance.

— Je ne crois pas à la chance », dit Spock. « Et je n'ai aucune expérience de... l'intuition.

— C'est pourtant ma méthode de calcul.

Spock ôta les pièces de l'échiquier.

— Seriez-vous intéressé », demanda-t-il, « par une partie complète ? »

192

Chapitre VI

Lorsque Jim arriva sur la passerelle le matin suivant, il se sentait en pleine forme. Il avait dormi d'un trait, sans récurrence du rêve persistant concernant Ghioghe. Gary Mitchell était en bonne voie de rétablissement, l'*Entreprise* ronronnait sans anicroche, et il avait gagné la partie d'échec de la soirée précédente, du coup brisant presque la carapace d'impassibilité du Commander Spock.

Jim était content de lui. Il avait sommeil, également. Il se demanda où Rand avait trouvé l'incroyable café qu'elle lui avait apporté la veille. Il se demanda s'il y en avait encore quelque part.

Ce matin-là, ce n'était pas à cause de la Yeoman Rand qu'il avait trop peu dormi. Les conseils de McCoy semblaient avoir fait leur effet. Jim ne l'avait pas du tout vue ce matin.

Non, c'était sa propre faute s'il avait sommeil, et il s'en fichait. Il avait échangé la moitié de sa nuit de sommeil contre la difficile partie d'échec avec le Commander Spock. Il avait gagné grâce à une série de coups flamboyants, que d'aucuns auraient pu appeler téméraires. M. Spock avait eu l'avantage jusqu'au passionnant échange final.

M. Spock, déjà à son poste d'officier scientifique, ne montrait aucune trace de sa nuit écourtée.

— Bonjour, Commander Spock.

— Bonjour, capitaine.

— Notre partie d'hier soir m'a beaucoup plu.

— Ça a été… » Spock hésita. « Très instructif. »

Jim supposa que c'était, pour un Vulcain, la manière la plus directe de dire qu'il s'était bien amusé.

Jim essaya de se souvenir d'un moment où il avait été présent sur la passerelle alors que Spock n'y était pas. L'officier scientifique arrivait tôt et restait tard. Peut-être souhaitait-il ainsi démontrer l'importance qu'il attachait à son poste d'officier scientifique et d'officier en second, pour prouver que l'Amiral Noguchi avait pris la bonne décision.

Ou peut-être, pensa Jim, les deux postes sont trop pour une seule personne. Peut-être Noguchi aurait-il dû me laisser faire mes propres choix. Et peut-être le Commander Spock ferait-il aussi bien de ne pas insister sur le fait que je n'en ai pas eu le droit.

Jim reçut les rapports des différents postes de la passerelle, qui étaient, en substance, " rien à signaler ". Les moteurs et les systèmes fonctionnaient normalement. Le vaisseau suivait sa route, comme planifié. Pas de communications urgentes de la part de Starfleet. Pas de crises.

A de tels moments, les voyages spatiaux pouvaient devenir ennuyeux. Il souhaita que quelque chose se passât.

Il se demanda si Rand avait commencé à mettre au point son planning de rendez-vous. Et où était-elle passée ? Elle devait venir au rapport ici même tous les matins, mais il avait omis de le lui dire.

Il essaya de la joindre à la cabine de la yeoman. Bien qu'il lui ait laissé des ordres lui indiquant d'y emménager immédiatement, l'ordinateur indiquait que la cabine n'avait pas d'occupant.

Il vérifia son planning. L'ordinateur indiqua un rendez-vous pour le jour même et rien d'autre. Il soupira, se demandant s'il s'était débrouillé de se trouver une yeoman qui faisait tout dans un tourbillon hystérique, à la dernière minute.

Puis il se rendit compte du nom de la personne avec qui il avait rendez-vous : il s'agissait de Leonard McCoy.

Le turbo-ascenseur s'ouvrit. La Yeoman Rand se glissa vers la console des systèmes environnementaux, et se mit à travailler.

— Yeoman Rand », dit sèchement Jim.

— Oui, capitaine ? » chuchota-t-elle.

— Au sujet de mon planning.

— Oui, monsieur, il est ici, monsieur.

— Mais vous m'avez pris rendez-vous avec Leonard McCoy », dit-il. « Le Dr McCoy et moi servons ensemble depuis des années. N'avez-vous pas remarqué que nous venons tous deux du même vaisseau ?

— Non, monsieur. Il n'a pas dit — je suis désolée, monsieur.

Bon sang, elle recommençait à sursauter et à s'excuser ! Il commençait à dire quelque chose pour la calmer, lorsqu'il se rendit compte tout à coup de son apparence.

L'uniforme trop grand d'au moins deux tailles, les cheveux ébouriffés — bien qu'il ne comprît pas comment des cheveux aussi courts pouvaient bien se débrouiller pour s'ébouriffer — et les yeux chassieux, elle était blottie dans le siège comme si elle voulait disparaître.

— Yeoman Rand, vous allez bien ?

— Oui, capitaine », dit-elle d'une petite voix.

— Avez-vous une excuse pour votre tenue négligée ?

— Aucune, monsieur.

— Avez-vous eu mon message concernant la cabine de la yeoman ?

— Oui, monsieur, il y a quelques heures.

— Pourquoi n'y avez-vous pas emménagé ?

— Je suis désolée, monsieur, je... je ne l'ai pas fait, c'est tout. » Sa voix était presque imperceptible.

— Faites-le maintenant. Et ne vous montrez plus jamais — je répète, plus jamais — sur ma passerelle dans un état s'approchant de votre actuel état de délabrement.

Choquée, elle le regarda, luttant contre les larmes. Elle se leva d'un bond et se précipita dans l'ascenseur.

Uhura regarda dans la direction du Capitaine Kirk. Elle avait du mal à croire que quiconque, en quelque circonstance que ce soit, puisse s'adresser à une gamine comme Janice Rand d'un ton aussi dur. Elle mit sa console sur attente.

— Excusez-moi », dit-elle froidement, « c'est l'heure de ma pause. » Elle partit sans attendre l'autorisation de Kirk. L'ascenseur se referma. « Emmenez-moi là où vous avez emmené votre dernier passager », dit Uhura.

L'ascenseur la conduisit jusqu'à un couloir désert, loin des quartiers de l'équipage comme du secteur des officiers. Uhura se demanda ce que Janice avait prévu de faire. Peut-être que, dans son présent état émotionnel, elle n'avait rien prévu du tout. Elle avait peut-être simplement voulu aller quelque part, n'importe où, loin de la passerelle.

Dans la seconde salle de conférence où elle regarda, Uhura trouva Janice, la tête posée sur ses bras, et pleurant incoherciblement.

— Janice, ne pleurez pas. Là, là, ça va aller. » Uhura s'assit à côté d'elle et lui passa un bras autour des épaules.

Janice se recula, se ratatinant sur elle-même, tentant de cesser de pleurer, et ne parvenant qu'à continuer de plus belle.

— Là, ça ira, tout ira bien. » Uhura lui tapota l'épaule et caressa la courte chevelure irrégulière.

— Je n'y pouvais rien ! » murmura Janice, la voix brisée et tremblante. « Je comprends pourquoi Roswind me déteste maintenant, mais elle me détestait déjà avant, et elle n'avait aucune raison pour, et ce n'est pas de ma faute.

— Bien sûr que non », dit Uhura. Elle n'avait pas la moindre idée de ce dont Janice parlait, mais elle continua de la rassurer jusqu'à ce que la petite se calme.

Au bout d'environ dix minutes, Janice cessa de pleurer. Elle avait le visage rouge et les yeux gonflés par les larmes, et elle reniflait de temps en temps. Avec ses cheveux mal taillés et son uniforme trop grand, elle était dans un état épouvantable. Uhura alla chercher une serviette au poste du steward et la lui donna.

— Ça va mieux ? » dit Uhura. « Séchez-vous les yeux, et mouchez-vous. Là. Respirez un grand coup. Bien. Maintenant, dites-moi ce qui s'est passé. »

Elle se retrouva en train de parler sans pouvoir s'arrêter. Janice n'avait aucune idée de ce qu'était le bizutage. A un certain moment de sa vie, elle avait décidé, ou on lui avait démontré, qu'il était plus dangereux de défendre ses droits que de supporter les humiliations. Ceci inquiéta Uhura ; elle se demanda si le moral de Janice n'avait pas été brisé au-delà de tout espoir.

— Et puis ce matin », dit Janice, « je suis retournée à la cabine pour prendre mes affaires et déménager, et je me suis allongée pour une seconde, mais j'étais si fatiguée que je me suis endormie et quand je me suis réveillée j'étais en retard, et j'ai mis mon uniforme mais ce n'était pas le bon, je sais que j'avais commandé le bon, et il était là quand je me suis allongée, mais il n'était plus là, et je ne savais pas si je devais en commander un autre et attendre, ou mettre celui-là et aller travailler, et Roswind a ri jusqu'à ce que je ne puisse même plus réfléchir. » Ses lèvres frémirent, elle était de nouveau au bord des larmes. « Elle est si belle, et je l'ai tant admirée au début, mais elle n'a jamais rien fait d'autre que se moquer de moi et rire.

— Pourquoi n'avez-vous pas ri, vous aussi?

Janice la regarda sans comprendre. « Il fallait que j'aille travailler.

— Elle vous taquinait, Janice. Elle est peut-être allée un peu trop loin — j'espère que c'est ça — ou bien elle fait partie de ces gens qui aiment voir jusqu'où ils peuvent pousser. Avec ce genre de personne, il suffit en général de leur renvoyer la balle.

Janice ne dit rien. Elle ne bougeait pas, ne donnant aucun signe d'accord ou de désaccord, mais visiblement écoutant ce qu'Uhura disait. Pourtant ses yeux avaient une expression perdue, distante, désespérée.

— D'où êtes-vous, Janice?

— Quoi? Je suis désolée, je veux dire...

— Quel est votre monde d'origine?

— Oh », dit-elle, sa voix prenant un ton faussement jovial, « Je suis de partout et nulle part, nous avons pas mal déménagé.

— Nous? Votre famille, votre communauté? Où êtes-vous allés?

— Pourquoi est-ce que vous me posez toutes ces questions? » cria Janice. « Pourquoi vous souciez-vous de moi, pourquoi avez-vous besoin de savoir?

— Je me soucie de vous parce que ça me fait mal de voir quelqu'un aussi effrayé que vous l'êtes. Je me soucie de vous parce que nous devons travailler ensemble, et que ce sera impossible si vous vous comportez comme une gamine de seize ans terrorisée.

Janice gémit et sa peau claire pâlit encore. Uhura craignit qu'elle ne s'évanouisse. La gamine se jeta à genoux aux pieds d'Uhura.

— Comment avez-vous deviné? Je vous en prie, je vous en prie, ne le dites pas, ne le dites à personne...

— Janice!

— S'il vous plaît, je ferai n'importe quoi! Mais ne dites rien!

— Janice, levez-vous! » Embarrassée, horrifiée,

Uhura releva Janice de force. « Arrêtez, arrêtez tout de suite ! »

Janice s'éloigna brusquement d'Uhura. « *Comment avez-vous deviné ?* » cria-t-elle.

Uhura comprit tout à coup ce que pensait Janice. " Comme une gamine de seize ans terrorisée ", avait dit Uhura. Sans le vouloir, celle-ci avait découvert le secret de Janice.

— Ça n'a pas d'importance », dit Uhura.

— Si vous le dites, je me tuerai ! Je vous tuerai, je...

Uhura ne put s'empêcher de sourire. Elle passa les bras autour de la gamine terrifiée. « Personne ne va tuer personne. Ne soyez pas bête. »

Les sanglots de Janice se calmèrent au bout d'un moment. Elle se blottit contre Uhura comme si elle avait soif de réconfort.

— Comment avez-vous bien pu entrer à Starfleet à seize ans ? Ils sont plutôt stricts à ce sujet. » Starfleet affectait les plus jeunes cadets et les candidats officiers à des croisières d'entraînement étroitement encadrées, mais les règlements interdisaient à tout humain de moins de dix-sept ans d'être affecté à l'équipage. Des sécurités et des doubles vérifications existaient pour empêcher les enfants de toute espèce intelligente de faire une fugue et de s'engager à Starfleet pour rigoler. Quelles qu'aient été les motivations de Janice Rand, elle n'avait sûrement pas fait une fugue juste pour s'amuser.

— Quand j'étais petite, ma famille a déménagé », chuchota Janice. « Les moteurs de distorsion ont explosé, et nous avons été obligés de voyager dans l'espace normal. Nous avons pu atteindre presque la vitesse de la lumière, et ça ne nous a pris que quelques semaines en temps subjectif, mais un temps objectif, ça faisait trois ans.

— Et personne n'a jamais corrigé les dossiers ?

Janice secoua la tête.

— Je ne vois pas comment vous vous en êtes tirée. »

Janice n'avait pas du tout l'air d'avoir vingt ans, pour Uhura. Elle avait l'air d'avoir seize ans. Mais personne ne pensait jamais à elle, ne lui demandait jamais rien.

— J'ai menti », dit Janice. « Ça me faisait peur, parce que lorsque les gens s'en rendent compte, ils... ils n'aiment pas ça. Mais j'étais obligée. Les gens vous croient, si le mensonge est assez gros. Ils pensent que vous n'oseriez jamais dire ça si ça n'était pas vrai.

Uhura se mit à rire, puis redevint sérieuse. « Qu'est-ce que nous allons bien pouvoir faire de vous ? »

Les yeux de Janice s'agrandirent. « Vous allez le dire ! »

Epouvantée par l'idée que Janice allait de nouveau tomber à genoux, Uhura tenta de la rassurer. Mais elle ne voulait pas lui promettre de ne pas la renvoyer chez elle. « Ne soyez pas si effrayée. Nous devons en parler. Est-ce que ce serait si terrible, de rentrer chez vous ? Vous n'êtes qu'une gosse, Janice. Vous devriez être à l'école, avec votre famille...

— Non ! Je n'y retournerai jamais ! Vous ne pouvez pas m'y obliger !

— Vous ne pensez pas qu'ils se font du souci à votre sujet ? Vous ne croyez pas qu'ils aimeraient savoir que vous êtes en sécurité, peu importe ce qui s'est passé, ce que vous avez fait ?

— Je n'ai rien fait du tout ! » dit Janice. « Mais je ferai quelque chose — je vous obligerai à me mettre en prison, plutôt que de retourner à Saweoure !

— Je n'ai jamais mis personne en prison, Janice, et je n'ai jamais entendu parler de Saweoure.

— C'est là que nous nous sommes retrouvés après que le vaisseau a perdu la propulsion par distorsion. Nous n'avions pas assez d'argent pour la faire réparer. Nous avons été obligés de vendre le vaisseau et de rester là. Mais vous ne pouvez pas rester là si vous n'avez pas d'argent. Il vous faut être sous la " protection " de quelqu'un. » Très calmement, Janice lui raconta le reste de l'histoire.

Lorsqu'elle eut terminé, Uhura se sentait au bord des larmes.

— Janice... » Elle respira profondément. « Ce que vous décrivez est ni plus ni moins que de l'esclavage ! Comment cela peut-il être permis ? Personne n'a jamais essayé d'arrêter ça ?

La voix de Janice se fit amère. « Comment le saurais-je ? C'est peut-être plus facile pour la Fédération de penser que tout va bien. Ça convient peut-être à tout le monde, et c'est pour ça qu'ils le cachent. »

Uhura apprécia l'amertume et la colère de Janice, car elles prouvaient que son moral n'était pas brisé, après tout. « Comment êtes-vous partie ?

— Mes frères et moi, nous nous sommes glissés à bord d'une navette de marchandises. Nous étions trop ignorants pour savoir que c'était impossible. Nous sommes restés cachés après que la navette a rejoint son vaisseau-mère. Ça n'a pas été trop dur. Nous nous sommes cachés dans une caisse de fournitures de secours, et quand nous avons atterri, nous nous sommes faufilés dans le camp de réfugiés de Faience...

— Vous vous êtes faufilés *dans* Faience ? » Le camp était une véritable histoire d'horreur à base de mauvaise gestion et de malveillance, au beau milieu d'un désastre à l'échelle du système, et beaucoup de gens étaient morts inutilement.

Janice haussa les épaules. Uhura était impressionnée par la froideur avec laquelle Janice affrontait son passé, sinon son présent.

— C'était mieux que là où nous étions avant », dit Janice. « Puis Starfleet est venu pour nous reloger, et c'est là que j'ai découvert que j'ai, légalement, trois ans de plus. Je n'ai aucun dossier à part mon certificat de naissance.

— Et vos frères ?

— Ils n'avaient même pas de certificat de naissance. Les officiels de Faience nous ont tapoté la tête et ont dit " Oh les pauvres petits ", et ils ont enregistré Ben et Sirri. Comme j'avais l'âge, j'ai obtenu leur garde. Je leur ai trouvé une bonne école, et je me suis engagée à Starfleet pour pouvoir la payer.

Stupéfaite que quelqu'un puisse supporter tout ça et survivre, Uhura essaya de trouver quelques mots d'encouragement.

Pendant ces quelques secondes de silence, la fermeté de la jeune yeoman s'évanouit alors que, de nouveau, elle attendait que quelqu'un ayant tout pouvoir sur elle décide de son sort.

— J'ai presque dix-sept ans », murmura-t-elle. « Je veux dire que j'ai presque vraiment dix-sept ans, je crois, pour autant que je puisse dire. Je fais mon travail, Uhura. » Elle eut une hésitation. « Bien qu'on ne puisse pas s'en douter, si l'on en juge par aujourd'hui.

— Je crois que vous devriez en parler », dit Uhura.

— Non !

— Je crois que vous devriez témoigner devant la Commission des Droits de la Fédération des Planètes. Je crois que vous devriez essayer de mettre un terme à ce qui se passe.

— Je ne peux pas.

— Janice...

— Uhura, vous ne comprenez pas ! J'ai commis un crime en me glissant à bord de ce vaisseau de marchandises.

— Il est illégal d'empêcher la libre circulation des citoyens...

— Mais ce n'est pas illégal de demander un tas d'argent pour les emmener d'un endroit à l'autre, et je n'ai pas payé de billet. Etre un passager clandestin, sur Saweoure, c'est pareil que le détournement. Si je témoignais, les officiels me traiteraient de criminelle et de menteuse et de voleuse. Et ils pourraient le prouver, puisque j'ai fait toutes ces choses. Je vous en prie, ne dites rien. Je vous en prie.

— *Vous* pourriez en parlez. Vous pourriez dire aux autorités ce que vous m'avez dit.

— Les autorités ? » dit Janice rageusement. « Qui, par exemple ? Le Capitaine Kirk ? Il ne m'écouterait pas. Il penserait que j'ai tout inventé.

Uhura hésita. Si elle avait découvert tout ça lorsque le Capitaine Pike était encore aux commandes de l'*Entreprise,* elle n'aurait pas hésité à pousser Janice à se confier à lui. Mais elle ne connaissait pas assez Kirk pour savoir comment il réagirait au récit de Janice. Janice avait certainement peu de raison de croire à sa sympathie, après ce qui venait juste de se passer.

— Je vous en prie, Uhura », répéta Janice. « Je vous en prie, ne dites rien, Uhura répondit, à contrecœur. « D'accord, je promets. Ma parole a de la valeur pour moi, je la tiens.

— Merci, Uhura.

— Je continue de croire... Au moins, pensez à parler éventuellement à la Commission des Droits », dit Uhura. Puis elle changea le sujet avant que Janice puisse de nouveau réagir par la peur. « Maintenant, arrangez-vous un peu, et retournez sur la passerelle. Le plus tôt vous oublierez les événements de ce matin, et mieux ce sera.

— Il faut que... que je retourne à ma cabine. Mes affaires sont restées sur ma couchette. Roswind sera là, je suppose.

— Ne pensez plus à votre camarade de chambre. Vous emménagez dans la cabine de la yeoman. Lavez-vous la figure. Mettez un uniforme propre. Je vais m'occuper de ramener vos affaires.

— Oh, Uhura, vous feriez ça ?

— Je m'en occupe », dit Uhura.

Sur la passerelle, Jim était assis, raide et en colère, les bras croisés. Au diable Rand, elle avait fichu en l'air sa bonne humeur. Tout le monde faisait semblant de ne s'être aperçu ni de l'embarras de Rand, ni de la colère d'Uhura. Il ne faisait aucun doute qu'ils pensaient tous qu'il avait été trop dur avec Rand.

Ils pouvaient bien penser ce qu'ils voulaient. Il pouvait être aussi facile à vivre que quiconque, mais si les gens en profitaient, les choses devraient changer. Il détestait que l'on essayât de jouer sur sa sympathie, particulièrement par le biais des larmes.

L'ascenseur revint. Lindy en sortit vivement. Jim se demanda pourquoi Janice Rand ne prenait pas modèle sur elle, ou sur Uhura ; et comment diable avait-elle pu persuader le synthétiseur de lui donner un uniforme qui n'était pas à sa taille ? Cela demandait un vrai talent !

— Salut, Jim, j'ai apporté...

Un fracas invraisemblable noya la voix de Lindy. Une horde de minuscules animaux la dépassa en courant, jappant et gémissant et aboyant, se dévalant les uns autour des autres, envahissant la passerelle et fourrant leur nez dans tous les coins et recoins. Jim crut tout d'abord que c'étaient des créatures extra-terrestres, puis il eut un moment l'horrible impression que l'*Entreprise* avait été envahie par les rats, avant de s'apercevoir finalement que c'étaient des chiens. Vingt ou trente chiens miniatures, de couleur pastel, à la fourrure ébouriffée, vêtus de pulls et attifés de rubans.

Des chiens, oui, si l'on étendait la définition du mot pour y inclure les caniches.

— Fifi ! Toto ! Cece ! Ici ! Assis ! Sage !

Une énorme personne se tenait juste à l'extérieur de l'ascenseur, lançant des ordres d'une grosse voix de basse.

L'ignorant totalement, une marée de caniches commença de se répandre aux pieds de Jim. Les minuscules créatures grondaient férocement, jappaient et donnaient des coups de dents aux bottes de Jim. L'une d'entre elles enfonça les dents dans la jambe droite de son pantalon, puis secoua la tête et tira sur le tissu en grondant.

— Laisse ça — allez, va-t'en — Aïe ! Bon sang ! » Il retira vivement sa main.

Le petit monstre avait essayé de le mordre ! Son doigt le brûlait tout autour des marques rouges de morsure.

— Ne faites pas attention, il ne vous en veut pas. » Le compagnon de Lindy ramassa l'animal. « Fifi, vilain chiot ! Tu sais que tu ne dois pas mordre ! » Jim se leva.

— Sortez... ces... animaux... » — Jim se refusait à les honorer du nom de " chiens " — « de ma passerelle !

— Ne vous inquiétez pas, capitaine, ils ne vont rien abîmer. Ils n'ont jamais encore été à bord d'un vaisseau stellaire. Ils sont simplement surexcités. » Fifi, un caniche nain de couleur rose, portant un pull bleu pailleté, disparaissait presque dans la large main.

— Jim », dit Lindy. « Je vous présente mon ami, Newland Yaganimachi Rift. Vous avez failli le rencontrer au dîner, hier soir. »

Les caniches s'agglutinèrent autour de Jim, Lindy et Rift, aboyant et gémissant et sautant, et mettant des poils de chien et des paillettes sur le pantalon d'uniforme de Jim. Il était entouré d'un tourbillon de fourrures pastels, de paillettes, de petites dents blanches et pointues, d'yeux marron en boutons de bottine. Il avait envie de les piétiner jusqu'à ce qu'ils soient transformés en carpette, mais ce serait une carpette plutôt minable ! La seule autre possibilité, c'était de prétendre qu'ils n'existaient pas.

— Comment allez-vous, capitaine », dit Rift.

Jim regarda Lindy, qui essayait de ne pas rire.

— Et que faites-vous dans le cirque, M. Rift ? » demanda Jim. C'était difficile de parler en serrant les dents. « Vous chantez ?

— Hé bien, non, capitaine. Philomena est la chanteuse de la famille. Je travaille avec mes chiots. Ils ne cessent pas de m'émerveiller — j'espère que vous aurez l'occasion de nous voir donner une représentation. » Il posa Fifi sur le pont. « Fifi, assis ! Sage ! »

Fifi trottina entre Sulu et Cheung et disparut sous la console de navigation.

Sulu plongea sous la console. « Hé, sors de là.

— Ils sont surexcités par le changement d'environnement », dit gentiment Rift. « Sur scène, on ne dirait pas les mêmes chiens.

— Est-ce que ces... choses connaissent les bonnes manières ? » demanda Jim.

— Bien sûr, capitaine.

Rift était un étonnant spécimen d'humanité. Sans parler du fait qu'il faisait deux mètres de haut et un mètre de large, il avait des yeux bleus brillants et un pli épicanthique au-dessus des paupières, la peau de plusieurs tons plus dorée que celle de Sulu, et une chevelure bouclée rouge écarlate. Pourquoi sa coiffure, une sorte de chignon complexe noué sur le sommet du crâne, avait-elle l'air à la fois si étrange et si familière ? Jim reconnut finalement la manière traditionnelle dont les lutteurs de Sumo attachaient leurs cheveux, et qui n'avait jamais été prévue pour retenir des cheveux ayant la texture de ceux de Rift.

Le sport traditionnel était toujours prospère au Japon, comme il l'avait été depuis un millénaire. Jim se demanda quel rapport Rift avait avec ce sport. Peut-être était-il réellement un lutteur de Sumo. Que Jim n'ait jamais entendu parler d'un lutteur de Sumo aux cheveux rouges ne voulait pas dire qu'il n'en existait pas.

— Excusez-moi un instant, capitaine.

Rift alla aider Sulu et Cheung à extraire Fifi des entrailles de la console.

— Il reste à savoir, toutefois », dit Lindy de sorte que seul Jim entendit, « si les chiots connaissent les bonnes manières *interstellaires* ». Elle se retint difficilement de rire lorsqu'elle vit l'expression de Jim.

Newland Rift revint, berçant le Fifi voyageur dans ses énormes mains.

— Méchant chiot », dit-il. « Veux-tu bien t'excuser. » Il fourra le caniche rose sous le nez de Jim. L'animal gronda, montrant des dents facilement grosses comme un grain de riz. « Fifi !

— Monsieur Rift », dit Jim, « emmenez ces animaux hors de la passerelle. »

Rift eut l'air à la fois blessé et choqué. « D'accord, capitaine, si c'est ce que vous voulez. » Il siffla et appela les caniches, qui répondirent par un nouveau paroxysme de trottinements et d'aboiements. Mais comme Rift quittait la passerelle, ils se regroupèrent en un essaim bondissant et poilu, et le suivirent, la dernière petite queue poilue disparaissant juste comme l'ascenseur se refermait.

Lindy cessa d'essayer de rester sérieuse.

Jim entendit des fous rires étouffés tout autour de lui. « Est-ce que personne n'a rien à faire ? » dit-il sèchement.

Spock leva les yeux. « Oui, capitaine. Mais s'il faut s'occuper de quelque chose… ?

— Ne faites pas attention, Commander Spock. Avez-vous quelque chose à faire sur la passerelle, madame Lukarian ? » dit Jim froidement tandis qu'elle riait.

— Je suis venue pour vous présenter Newland.

— Et vous y avez réussi.

— Et je suis venue donner à Janice la première affiche que nous avons tirée.

Elle étouffa ses gloussements et déroula le papier. « Elle a fait un boulot extraordinaire. Vous avez là une vraie perle, Jim. Même si elle ne sait pas jongler. Vous croyez que Starfleet me poursuivrait si je shanghaïais l'un de ses employés ?

Jim se retint de lui dire qu'elle pouvait bien avoir la

Yeoman Janice Rand sur-le-champ. Il regarda l'affiche. « Elle attire le regard », admit-il.

— Janice l'a dessiné à partir de pratiquement rien », dit Lindy. « Je vous en ai apporté une aussi, mais la première est pour elle. Où est-elle ?

— Elle... euh... elle avait du travail sur un autre pont. Elle va revenir. » Il en était moins sûr que ses paroles ne le laissait penser.

— D'accord, je vais attendre. Et j'ai une autre petite faveur à demander. C'est au sujet d'Athene, Jim. Le pont est trop dur...

Qu'est-ce que je suis, se demanda Jim, le capitaine d'une arche interstellaire ? Si je dois m'occuper d'une seule autre bestiole...

La Yeoman Rand revint. Elle avait changé d'uniforme et s'était coiffée ; elle avait l'air fragile et malheureux, mais elle n'était plus au bord des larmes. Sans un mot, elle reprit son poste.

— Voyez avec ma yeoman pour les problèmes que vous avez avec votre troupe, madame Lukarian », dit Jim. « Ou avec vos animaux familiers. Maintenant, j'ai du travail — même si personne d'autre n'en a. »

Lindy lui sourit, et grimpa d'un bond tous les escaliers d'un coup pour rejoindre la Yeoman Rand. Jim se demanda s'il lui arrivait de simplement marcher. Et il se demanda ce qu'il pourrait bien faire pour l'inciter à lui sourire de nouveau.

— Capitaine, excusez-moi. » La Yeoman Rand parlait à voix presque trop basse pour qu'il l'entendît.

— Si Mme Lukarian a besoin de quoi que ce soit, dans des limites raisonnables, occupez-vous-en, je vous prie.

— Oui, monsieur. Mais vous m'avez aussi demandé de mettre au point votre planning. Il est dans l'ordinateur, si vous voulez bien le vérifier et me donner les changements éventuels. » Elle hésita. « Je suis désolée pour le malentendu au sujet du Dr McCoy. Il vous attend dans dix minutes. Dois-je l'appeler pour annuler ?

— Non, yeoman, ne vous en faites pas.

Faisant semblant d'être occupé, il appela le planning sur son bloc-notes électronique et le parcourut.

Au moins, Rand avait fait ce qu'il lui avait demandé, cette fois. Les rendez-vous s'étalaient sur les trois prochains mois. Il trouvait important de rencontrer au moins une fois chaque personne à bord.

Il se leva. « Je serai à l'Infirmerie pour la prochaine demi-heure », dit-il à la cantonnade.

Il semblait que le chaos ayant envahi la passerelle était passé pour le moment, mais M. Spock sentait que l'expérience qu'il venait juste de subir ne serait pas unique. Lorsque le Capitaine Pike commandait l'*Entreprise,* un tel chaos ne se serait jamais produit.

Il ouvrit un fichier dans l'ordinateur et commença de composer sa demande de transfert pour un autre vaisseau. N'importe quel autre vaisseau.

Lorsque Uhura arriva à l'ancienne cabine de Janice, la jeune femme qui lui ouvrit la regarda avec un total désintérêt, puis remarqua les galons d'officier d'Uhura et se leva d'un bond.

— Lieutenant ! » dit-elle. « Hum... » Elle était très grande, et extrêmement belle, et Uhura comprit pourquoi Janice se sentait dépassée.

— Vous êtes... ? » dit Uhura, décidant de la laisser un peu mariner.

— Euh, Roswind, madame.

— Roswind, je crois que la Yeoman Rand a laissé certaines de ses affaires ici lorsqu'elle a déménagé.

— Euh, oui, madame, elles sont là-bas.

— Merci. » Elle ramassa les affaires, tout en pensant, hé bien Roswind, vous n'êtes pas si hardie devant quelqu'un d'un grade supérieur, n'est-ce pas ?

— Comment Janice s'en sort-elle, madame ?

— Le Capitaine Kirk est visiblement très impressionné », dit Uhura, se disant que, d'une certaine manière, cette affirmation correspondait à la réalité. « Oh, au fait, Roswind, souffrez-vous d'une allergie quelconque ? Le rhume des foins, en particulier ?

— Non, madame, pas que je sache. Pas le rhume des foins.

— Excellent. » Prenant tout son temps, elle arrangea les possessions de Janice et les noua dans un foulard. Elle regarda le paquet d'un œil critique, le ramassa et se dirigea vers la porte.

— Euh, madame ?

— Oui, Roswind ?

— Pourquoi, madame ?

— Pourquoi quoi ?

— Pourquoi vouliez-vous savoir si j'ai des allergies, madame ?

— A cause de votre nouvelle compagne de chambre.

— Je ne comprends pas, madame.

— Certains êtres humains ont une réaction négative à son espèce, mais cette réaction est en corrélation presque complète avec le rhume des foins. Vous n'avez donc pas à vous en faire.

— A quelle espèce appartient-elle ?

— Pourquoi ? Vous n'êtes pas... » Uhura baissa le ton. « Vous n'êtes pas xénophobe, non ?

La xénophobie étant, pour Starfleet, une raison de renvoi à la vie civile pour manquement à l'honneur, Roswind réagit de façon tout à fait satisfaisante.

— Non, madame, bien sûr que non ! Je m'entends avec tout le monde ! J'étais simplement... curieuse.

— Je vois. Je suis sûre que vous vous entendrez bien avec elle, aussi. Sa race est intelligente, aux manières douces. Ah, il y a une chose, cependant.

— Laquelle, madame ?

— Sa planète effectue une rotation toute les soixante

heures, et leur rythme nycthéméral est donc différent du nôtre. Elle sera éveillée plus longtemps que vous, et elle dormira aussi plus longtemps. Sa race à la réputation de mal réagir s'ils sont réveillés en sursaut, et vous aurez donc à être prudente.

— Qu'est-ce que vous entendez par " mal réagir ", madame ? Qu'elle peut me sauter dessus et me frapper ?

— Non, non, elle ne vous ferait pas le moindre mal. Sa race est extrêmement timide. Mais le choc pourrait la mettre en hibernation. Si cela arrive, elle dormira pendant des semaines. Ça ne ferait aucun bien à sa carrière.

— Oh », dit Roswind. « Je vois. Je suis sûre que nous n'aurons aucun problème, madame.

— Parfait. Hé bien, Roswind, merci pour votre aide. » Elle se dirigea de nouveau vers la sortie.

— Lieutenant ?

— Qu'y a-t-il, Roswind ?

— A quoi ressemble ma nouvelle compagne de chambre, madame ? Pour que je puisse la reconnaître, n'est-ce pas ?

— Vous la reconnaîtrez sans problème », dit Uhura. « Elle est verte. »

Jim entra à grand pas dans le bureau de McCoy.

— Comment allez-vous, Dr McCoy. Je suis James T. Kirk, votre capitaine. Je suis ravi de vous rencontrer, et quelle surprise. Avez-vous des difficultés quelconques ? Vos fournitures sont-elles en ordre ? Que pensez-vous du vaisseau ?

— Comment allez-vous, capitaine ? » dit McCoy. « Tout est parfait, parfait ! » McCoy lui lança une combinaison.

— Qu'est-ce que c'est que ça ?

— Une combinaison d'examen.

— Je le sais bien !

— Transparente pour les signaux de diagnostic...

— Je sais ça, aussi...

— Et vous avez une demi-heure de libre...

Jim fronça les sourcils. « C'est un coup monté, n'est-ce pas ? Entre vous et la Yeoman Rand ?

— C'est un coup monté, mais elle n'a rien à y voir. Elle a dit que vous souhaitiez bavarder avec tout le monde à bord de l'*Entreprise*...

— Et vous avez oublié de lui signaler que vous me connaissiez depuis que je suis lieutenant.

— Si vous ne vouliez pas de rendez-vous pour faire connaissance avec moi, vous auriez dû le lui dire.

— Elle aurait pu remarquer que nous avons travaillé ensemble sur le même vaisseau auparavant.

— Oh, je vois », approuva McCoy d'un air sérieux. « En plus d'apprendre un nouveau travail, et de remettre en ordre la pagaille de votre bureau, et de passer la semaine qui vient à mettre au point vos rendez-vous, elle est censée mémoriser les dossiers de service de tout le personnel de l'*Entreprise*. En une nuit.

— Non, bien sûr que non. Ç'aurait été pratique qu'elle s'en aperçoive, cependant. » Puis, quelque chose que McCoy venait de dire éveilla une idée dans son esprit. Il fit tourner vers lui la console de McCoy.

— Faites comme chez vous », dit sèchement McCoy.

Jim sursauta lorsqu'il vit l'écran, car McCoy avait été en train de remplir un bon de commande pour une matrice de démarrage de gel de régénération.

Jim fit semblant de ne pas avoir remarqué l'objet du bon de commande. Il appela son planning à l'écran. Il le parcourut, remarquant sa progression régulière, jour après jour. Dans les dernières vingt-quatre heures, à peu près, Rand lui avait pris plusieurs centaines de rendez-vous ; elle les avait réparties également, quelques-uns par jour, et s'était débrouillée pour lui laisser libres les débuts de matinée, bien que de nombreux membres de l'équipage travaillent dans les équipes de l'après-midi ou de la nuit, dorment à des heures bizarres, et que certaines personnes travaillent à des rythmes n'ayant rien à voir avec le rythme circadien de la majorité humaine de l'*Entreprise*.

— Ça ne lui a pas pris une semaine », dit-il.

— De quoi parlez-vous ?

— Je ne me suis pas demandé combien de temps ça prendrait pour mettre au point un planning si compliqué, jusqu'à ce que vous en parliez. D'une manière ou d'une autre, elle a presque terminé. Elle a dû retourner sur la passerelle et travailler toute la soirée. Peut-être toute la nuit.

McCoy regarda par-dessus son épaule. « Vous savez, Jim, vous n'êtes pas supposé faire travailler la yeoman si dur qu'elle n'a pas le temps de dormir. Je crois que ça doit être contraire aux règlements.

— J'ai été vraiment dur avec elle ce matin. » Jim balança la combinaison d'examen sur le bureau de McCoy. « Je vous verrai plus tard. » Il se dirigea vers la porte.

— Jim, attendez. Vous devez vous faire examiner. » McCoy le suivit dans le couloir. « Si vous vous en débarrassez maintenant, vous n'aurez plus besoin de vous faire de souci à ce sujet.

— Qui parle de se faire du souci ? » jeta Jim sans ralentir, bien décidé à empêcher McCoy de jeter un coup d'œil à son genou aussi longtemps qu'il le pourrait.

— Pourquoi est-ce que les gens détestent les examens médicaux ? » gémit McCoy comme les portes de l'ascenseur se refermaient entre eux.

Secouant la tête, le Dr McCoy replia la combinaison d'examen, et la rangea sur une étagère. Jim Kirk pouvait être exaspérant, mais il n'était jamais ennuyeux. McCoy se souvint du temps, quelques années auparavant, où il n'était que lieutenant. Il était impétueux, arrogant et impatient avec quiconque était moins capable que lui. Ceci comprenait la plupart de ses supérieurs. McCoy avait su, du jour où il avait rencontré le jeune officier, que celui-ci se transformerait en un brillant commandant, ou terminerait en prison pour insubordination. Plus d'une fois, il n'avait tenu qu'à un cheveu que ce soit la seconde plutôt que la première de ces alternatives qui ne se réalisât.

En tant que lieutenant, James Kirk avait été semblable à un poulain tenu en bride trop serrée. Sa promotion au commandement du *Lydia Sutherland* lui avait apporté à la fois de la douceur et de la force. Les responsabilité du commandement avaient tempéré son arrogance et son impatience.

McCoy ne pouvait s'empêcher de ressentir une fierté avunculaire aux succès de Jim Kirk.

Maintenant, s'il arrivait seulement à le persuader de subir son examen médical...

Uhura parvint à se retenir de rire au nez de Roswind, mais dès qu'elle fut assurée que les portes de l'ascenseur s'étaient refermées derrière elle, elle fut prise d'un fou-rire.

A mi-chemin du secteur des officiers, l'ascenseur s'arrêta, et le Capitaine Kirk la rejoignit.

— J'aurais bien besoin de rire aussi, lieutenant », dit-il. « Vous ne me voudriez pas me dire de quoi il s'agit, par hasard ?

— Non, monsieur », dit-elle froidement, toujours en colère à cause de la façon dont il avait traité Janice. « Capitaine, les gens sont parfois soumis à des tensions dont vous n'avez pas idée. »

Il leva les bras comme pour se protéger d'un coup. Pendant un instant affreux, Uhura craignit que, lui aussi, ne tombe à genoux devant elle.

— J'avoue ! Mea culpa ! » La voix et les actes du Capitaine Kirk semblaient en partie une plaisanterie, et pourtant en partie sérieux. Il baissa les bras. « Le

Dr McCoy m'a vertement tancé au sujet de la Yeoman Rand, et je ne peux pas dire que je vous blâmerais si vous faites de même. Si je promets de m'excuser, m'épargnerez-vous ?

— Je pense que vous devriez vous excuser publiquement », dit Uhura.

Cela le prit de court. Il fit une pause, réfléchit, puis acquiesça. « Vous avez raison », dit-il. « Je lui ai beuglé après publiquement, ce n'est donc que justice. Maintenant, vous me pardonnez ?

— Oui, monsieur », dit-elle. « Avec plaisir.

— Et maintenant, vous allez me dire ce qu'était la plaisanterie ? » Il avait l'air d'un petit garçon se rendant compte pour la première fois que ses taquineries avaient provoqué du chagrin et de la peine. Il avait l'air d'avoir besoin d'être rassuré. Eût-il été n'importe qui d'autre que le capitaine du vaisseau, elle l'aurait mis au courant de ses plans au sujet de Roswind.

— Non, monsieur », dit-elle. « Je ne peux pas. C'est personnel. »

Le Lieutenant Uhura sortit de l'ascenseur dans le secteur des officiers. Jim retourna seul sur la passerelle. La Yeoman Rand, en conversation avec Lindy, leva les yeux, puis détourna la tête, effrayée de rencontrer son regard.

— Lindy, voulez-vous nous excuser ? » dit Jim. Il parlait assez haut pour que chacun sur la passerelle l'entendît. « Yeoman Rand, je vous ai parlé de façon impardonnable ce matin. Je vous ai critiquée alors que j'aurais dû vous féliciter de votre dévouement. Je m'excuse. »

Elle le regarda fixement, en silence.

— Venez avec moi, voulez-vous ? » Il n'avait aucune destination particulière à l'esprit ; il trouva simplement un couloir où ils pourraient marcher. « Yeoman, quand avez-vous dormi pour la dernière fois ?

— Je... Je... » Elle aspira profondément. « Je suis

215

désolée, monsieur, je ne me suis pas réveillée, c'est pour cela que j'étais en retard.

— Peut-être la question que je dois poser est-elle : combien de temps avez-vous travaillé ? » Elle resta muette. « Toute la nuit ?

— Je suis désolée, monsieur, j'ai essayé de terminer...

— Yeoman, j'apprécie votre enthousiasme, mais vous n'êtes pas très utile si vous êtes trop fatiguée pour — pour obtenir du synthétiseur un uniforme de la bonne taille.

— Mais je n'ai pas...

Il sentit la colère dans sa voix, mais elle s'arrêta abruptement.

— Vous n'avez pas, quoi, yeoman ?

— Rien, monsieur.

Il soupira. Elle continuait de sursauter. « C'est une chose d'être consciencieux, mais pas trop. Ça ne sert à rien de s'épuiser complètement avant même d'avoir commencé.

— Je suis désolée... » dit-elle.

Ça lui donnait envie de rentrer sous terre lui-même. Il n'arrivait pas à imaginer comment il devait lui parler. « Vous n'avez pas besoin de vous excuser d'être consciencieuse. Je ne crois pas être un tyran — je n'essaie pas, en tout cas. Mais il vous arrivera d'avoir à travailler deux quarts de suite, peut-être même de faire le tour du cadran. Je ne m'excuserai pas quand je vous demanderai ça. Je vous demanderai de régler certains problèmes dont je m'attendrai à ne plus jamais entendre parler, et il est probable que j'oublierai de vous en savoir gré, parce que j'aurai oublié que je vous ai donné ces problèmes à régler. C'est bien compris ?

— Oui, monsieur », dit-elle d'une voix douce.

— A certains moments, vous serez obligée de travailler plus dur que vous n'avez jamais travaillé. » Il remarqua son sourire ironique, vite réprimé. « Mais en dehors de ces moments, vous devrez utiliser votre bon sens.

— Mais j'ai utilisé mon bon sens ! » dit-elle, énervée.

— Votre bon sens vous a dicté de rester debout toute la nuit pour effectuer une tâche que vous aviez trois mois pour terminer ?

— Vous avez dit " aussitôt que possible, mettez au point un planning de rendez-vous ". Mon bon sens m'a dit que j'ai des comptes à vous rendre. Si vos demandes... je veux dire, je ne suis pas habituée à ce que vous attendez.

— Je vois. » Ils arrivèrent au pont d'observation. Jim ouvrit nonchalamment le bouclier de protection, et les étoiles apparurent.

Janice eut un sursaut.

— C'est vraiment quelque chose, non ? » dit Jim. « Asseyez-vous, nous allons discuter quelques minutes. » Il lui montra une chaise d'où elle pourrait voir l'extérieur.

— Mais votre planning...

— Il me reste quinze bonnes minutes sur mon rendez-vous avec le Dr McCoy. Je n'aurais pas dû vous crier dessus comme ça, à ce sujet, non plus. » Il sourit. « Il croyait avoir trouvé un bon moyen de me faire tomber dans ses griffes assez longtemps pour m'obliger à passer mon examen médical. Asseyez-vous. »

Elle obéit.

— J'ai été irréfléchi hier », dit Jim, « et j'ai été... sévère sans nécessité ce matin. Je m'en excuse, et j'espère que vous me pardonnerez.

— Il n'y a rien à pardonner, capitaine.

— Je pense que si. Et je pense que vous devriez vous convaincre que vous avez le droit d'être traitée comme un être sensible. Ce que vous ressentez a aussi de l'importance.

— J'essaierai, Monsieur. » Elle répondit rapidement, fermement : il se douta qu'elle disait ce qu'elle supposait qu'il voulait entendre.

— Avez-vous pris un rendez-vous avec moi, pour vous ?

Elle rougit. « Non, Monsieur. J'ai… oublié.

— Parlez-moi un peu de vous. »

Elle le regarda franchement, délibérément. Puis elle détourna le regard et dit rapidement. « Il n'y a rien à raconter, Monsieur. Je suis sortie de l'école, je me suis engagée à Starfleet.

— Votre famille ?

— Ce sont des gens ordinaires, avec des emplois ordinaires.

— Des sœurs ? Des frères ?

Elle ne dit rien.

— Des poissons rouges ?

Elle faillit sourire.

— C'est mieux. Hé bien, yeoman, vous êtes une énigme. Dommage que la Légion Etrangère ait été dissoute.

— Je ne comprends pas ce que cela veut dire », chuchota-t-elle.

— C'était une organisation militaire, il y a plusieurs siècles. Les gens qui s'y engageaient… ne désiraient pas qu'on leur pose des questions. »

Elle détourna le regard, en partie pour éviter le sien, en partie pour voir les étoiles. L'orientation de l'*Entreprise* faisait de la galaxie une immense balafre diagonale, à l'air inquiétant sur le fond d'obscurité.

— Ne vous inquiétez pas, yeoman. Vous êtes une adulte, vous avez droit à votre vie privée. Mais si jamais vous sentez le besoin de parler à quelqu'un… » Elle ne répondit pas. Jim se leva. « Nous ferions mieux de retourner sur la passerelle. »

Elle le suivit, s'arrêtant pour regarder une dernière fois. L'écran se referma sur le hublot.

— Au fait », dit Jim, « Lindy a parlé dans les plus

hauts termes de votre travail. Où avez-vous appris à dessiner ?

— Ici et là. Au sujet de Mme Lukarian, Monsieur...

— Qu'est-ce qu'elle veut, cette fois ?

— De la terre, capitaine.

— De la terre ?

— La passerelle appelle le Capitaine Kirk.

Jim alla en hâte vers le plus proche intercommunicateur. « Ici Kirk.

— Monsieur, une communication subspatiale...

— Starfleet ? » Son niveau d'adrénaline grimpa. Une urgence... Qu'allait-il faire des civils ? Ou c'était peut-être un message au sujet de Gary.

— Ce n'est pas Starfleet, Monsieur. C'est un bâtiment privé. Il dit... qu'il est jongleur, Monsieur.

Jim regarda fixement l'inter. « Jongleur ? » Il se mit à rire. « Mme Lukarian est-elle toujours sur la passerelle ?

— Oui, Monsieur.

— Je pense qu'on ne se trompera pas en supposant que la communication lui est destinée. Passez-la lui. Je serai là dans une minute. » Riant toujours, il entra dans le plus proche ascenseur, Rand sur ses talons.

— Vous disiez, yeoman ? De la *terre ?*

— Oui, Monsieur. Le pont est trop dur pour les sabots du cheval, et le corral n'est pas assez grand pour qu'Athene puisse y prendre de l'exercice. Elle aimerait mettre une couche de terre sur le pont des navettes...

— Nous n'avons pas de terre ! » s'exclama Jim. « Que veut-elle que je fasse, que j'épuise les réserves moléculaires pour synthétiser... de la terre ? Non, c'est hors de question. Une couche de terre — sur le pont des navettes ? C'est ridicule !

— J'en ai parlé à M. Sulu, M. Spock et le Lieutenant Uhura. Nous pourrions le faire. » Elle lui donna les grandes lignes de la proposition comme ils retournaient vers la passerelle.

— Non », dit Jim. « Je veux rester en propulsion de distorsion.

— Mais Athene...

— Athene devra attendre. D'abord, un vaisseau stellaire n'est pas un endroit pour une troupe d'animaux ! » Les portes de l'ascenseur étaient ouvertes, et sa voix avait porté jusqu'à la passerelle.

Lindy, assise à la place du capitaine, se retourna pour le regarder.

— Oh, salut, Lindy », dit-il. « Euh...

— Jim, je nous ai trouvé un jongleur. »

Sur l'écran, cinq torches allumées dansaient frénétiquement, masquant le jongleur qui se trouvait derrière elles.

Il en attrapa une, deux, trois, quatre, envoya la quatrième en l'air, loin en dehors de l'écran, puis la rattrapa comme elle redescendait. Il étreignit les flammes. Il tourna la tête et dénoua le ruban bleu sur sa nuque, secouant ses cheveux dorés pour les libérer tandis qu'il saluait.

— Vous êtes engagé ! » dit Lindy.

Les longues lignes ascétiques de son visage s'éclairèrent d'un sourire éblouissant. Il posa les torches. Il avait des cheveux bouclés lui tombant dans le cou. Il portait une seule boucle d'oreille, un rubis. Le bleu de ses yeux était si pâle qu'il était presque gris.

— Pouvez-vous nous rejoindre à la base 13 ? » demanda Lindy.

Il fronça les sourcils. « C'est un voyage drôlement long pour mon vaisseau. Pourquoi ne vous arrêteriez-vous pas pour que je puisse voyager à votre bord ? »

Lindy jeta un coup d'œil en arrière. « Jim ?

— Je connais ce genre de personnes », dit Jim, ennuyé. « Il ne veut pas payer pour son carburant, c'est tout. »

Le jonfleur sourit, ne se sentant pas offensé. « Je ne veux pas payer de rançon aux Klingons, non plus, s'ils s'égarent dans la Phalange lorsque j'y passe. Je pourrais peut-être m'en sortir, mais je ne reverrais jamais mon vaisseau. » Il leva un sourcil pâle, qui s'étira vers le haut, comme celui d'un Vulcain. « N'est-ce pas une partie de votre travail, nous protéger, nous autres civils ? »

Jim avait toujours peu envie de s'arrêter, mais le jongleur avait un argument valable. S'aventurer dans la Phalange sans arme et sans escorte pouvait être dangereux.

— Très bien », dit Jim. « Donnez vos coordonnées à mon navigateur.

— Merci », dit-il. « Vous êtes...

— James Kirk, Capitaine.

— Vous pouvez m'appeler Stephen. » Il secoua sa chevelure, la lumière se réfléchit sur le rubis de la boucle d'oreille, et Jim vit très clairement ses oreilles.

Stephen était un Vulcain.

Impulsivement, Jim regarda dans la direction du Commander Spock.

L'officier scientifique regardait fixement l'écran. Son expression était dure, non sous l'effet de l'imperturbabilité, mais du choc et d'une colère violemment réprimée.

Chapitre VII

Spock se reprit après sa malencontreuse manifestation émotionnelle. Kirk détourna le regard, mais Spock savait que le capitaine avait vu sa réaction.

Spock avait l'impression que ce qui se disait sur la passerelle ne le concernait pas. Lukarian et Rand conféraient avec le Capitaine Kirk au sujet de la terre. En dépit de son intérêt intellectuel pour le projet, Spock restait concentré sur son débat avec lui-même.

Le capitaine se méfiait de façon appropriée, peut-être même de façon adéquate, de la nouvelle recrue de la troupe de cirque. Peut-être Spock n'avait-il besoin de rien dire. Peu d'êtres humains étaient en mesure de comprendre le fonctionnement de la politique et de la société de son monde natal ; tout essai d'explication ne faisait que les embrouiller davantage.

Spock essaya de se convaincre de l'exactitude de son analyse, mais ne put se débarrasser de l'impression qu'il était en train de laisser son désir de préserver sa vie privée interférer avec ses responsabilités.

Il éteignit sa console, se leva, et quitta la passerelle.

Lorsqu'il pénétra dans sa cabine, la porte, en se refermant, l'isola de l'environnement humide et froid, à la lumière jaune, que préférait la plupart des humains. Spock s'étendit sur sa pierre de méditation, dans

222

l'environnement chaud et sec, à la lumière écarlate, qui lui faisait penser à Vulcain. Il détendit ses muscles suivant une séquence préétablie, et se laissa dériver vers les couches profondes de son esprit.

Lorsque M. Spock quitta la passerelle sans un mot d'explication, Jim ne dit rien. Mais il commença d'être exaspéré lorsque l'officier scientifique, au bout de quelques minutes, ne fut toujours pas de retour.

D'abord le Lieutenant Uhura, et maintenant le Commander Spock, pensa Jim. Etait-ce la procédure normale, au temps de Pike, de quitter la passerelle à chaque fois que vous n'étiez pas d'accord avec quelque chose ? Dans ce cas, ça va cesser !

La yeoman Rand acheva de lui expliquer les grandes lignes du plan. Ça marcherait — rien que la technologie traditionnelle ne pût maîtriser aisément. Mais le projet ne lui plaisait pas. Pour lui, ce n'était tout simplement pas une bonne idée de remplir le pont des navettes de terre. Il aurait trouvé une satisfaction certaine à enterrer ce projet ! Une satisfaction mesquine ; il le savait, et il savait aussi qu'il ressentait cela parce que tout le reste avait marché de travers, toute la journée.

— Monsieur Sulu, faites le changement de cap pour le rendez-vous. Utilisez le minimum de carburant. Lorsque nous reviendrons dans l'espace normal, je déciderai s'il est possible de mettre à exécution ce plan invraisemblable.

Il quitta la passerelle.

Il arriva à la cabine du Commander Sock, frappa, et attendit impatiemment.

La porte s'ouvrit. Jim cligna des yeux, tentant de focaliser son regard sur la haute et mince silhouette dans la pièce faiblement éclairée.

— Puis-je entrer, Commander Spock ?

— La plupart des êtres humains trouvent mes quartiers inconfortables », dit Spock.

— Je pense que je peux le supporter », dit Jim.

— La gravité...

Jim entra avant de se rendre compte de ce que Spock voulait dire. Il trébucha sur le sol, qui lui donna l'impression de comporter une marche vers le haut alors qu'il était de niveau. Le gradient de gravité passait de la norme terrestre à quelque chose de beaucoup plus élevé. Le choc fut brutal, et il se tordit le genou, mais il parvint à garder son équilibre. Il jeta un regard mauvais au sol incriminé, avant de faire de nouveau face à Spock.

Un long bloc de granit gris poli se trouvait le long d'un des murs de la cabine austère et faiblement éclairée. Jim se demanda si l'esthétique vulcaine incluait le fait de dormir sur de la pierre.

Spock le regardait, impassible.

— Voulez-vous m'expliquer votre conduite sur la passerelle, tout à l'heure ?

— Non, capitaine.

Pris de court, Jim se rendit compte que Spock se réfugiait dans le refus en prenant sa question au pied de la lettre. Il choisit donc une attaque plus directe.

— Le nouveau jongleur de Lindy — vous le connaissez ?

Spock hésita devant cette question.

— Oui, capitaine.

— Parlez-moi de lui.

— Il y a peu à en dire, à part ce qui est évident. C'est un Vulcain.

— Ce qui n'est pas si évident, à voir son comportement. Un Vulcain, jongleur ?

— Jongler est une excellente méthode d'amélioration de la coordination, Capitaine Kirk », dit Spock.

Jim aurait presque pu jurer qu'il avait détecté une note de dépit dans la voix de Spock.

— Cela réclame une intense concentration, de la patience, et de la pratique.

— Vous avez l'air d'un expert », dit Jim.

— Je suis loin d'être le seul Vulcain à avoir développé cette aptitude », dit Spock.

— Peut-être n'avons-nous pas besoin de ce type, après tout. Pourquoi n'aideriez-vous pas Lindy à sa place ?

— Elle ne me l'a pas demandé, capitaine.

Jim avait été détourné de son sujet, délibérément ou non, mais efficacement ! Il souhaita que la cabine ne fût pas aussi chaude. « Parlez-moi de votre ami vulcain.

— Ce n'est pas », dit Spock, « mon ami. » Il regarda au-delà de Jim pendant un instant, les yeux fixés sur quelque chose d'invisible dans le faible éclairage, quelque chose que personne d'autre ne pouvait voir. « Il vient d'une famille acceptable. Il a eu une excellente éducation et de nombreux avantages. Il n'a guère mis à profit ces avantages, et n'a pas accompli grand-chose. Il a peu d'inhibitions et encore moins de discipline. Il... n'en fait qu'à sa tête. »

Jim fronça les sourcils. « Je ne vois pas où est le problème, commander. Vous avez réagi comme s'il était un criminel endurci. Mais il semble... " acceptable ". » Il fit passer le poids de son corps sur sa jambe gauche. La gravité élevée et la chaleur ne faisait rien pour améliorer son humeur.

— Il est connu pour s'être parfois trouvé là où il ne fallait pas ; et l'on peut aussi craindre qu'il n'attire ce genre de situations. Il... profite. Vous avez de toute façon déterminé cela en le rencontrant ; je ne vois aucune raison de vous répéter ce que vous savez déjà.

— Alors, dites-moi ce qu'il y a le concernant que vous ne me dites pas.

Une goutte de sueur chatouillait le visage de Jim ; il s'essuya le front sur sa manche.

— Il... » Spock hésita. « Il recherche les expériences émotionnelles. »

Jim aurait pu jurer que le Commander Spock était embarrassé, si on ne lui avait si souvent répété que les

225

Vulcains étaient incapables d'une telle réaction. Il attendit que Spock continue, mais celui-ci ne dit rien.

— Il n'y a que ça ?

— Oui, capitaine.

— Grands Dieux ! Vous vous comportez comme si vous aviez vu un meurtrier à la hache !

Spock réfléchit. « L'analogie est raisonnable. C'est... un pervers. »

Jim ne put s'empêcher de rire. « Merci de l'avertissement, Commander Spock. Je le garderai en mémoire lorsque j'aurais affaire à la nouvelle recrue de Lindy. » Le genou droit de Jim avait commencé à le faire souffrir — et vlan pour l'affirmation qu'il est comme neuf ! — et le faible éclairage lui avait donné un début de migraine. « Nous ferez-vous l'honneur de votre présence sur la passerelle ? Bientôt ?

— Oui, capitaine.

En sortant, Jim dut se forcer pour marcher sans boiter.

L'*Entreprise* sortit graduellement de la vitesse de distorsion, et continua sur la vitesse d'impulsion à travers l'espace normal. Sulu chercha le vaisseau de Stephen sur les senseurs, et Uhura projeta son image sur l'écran.

En inspectant le *Dionysos,* Jim comprit pourquoi Stephen préférait être pris en charge par l'*Entreprise* plutôt que d'entreprendre le long voyage à travers la Phalange à bord de son vaisseau. L'ancien yacht amiral avait connu des jours meilleurs.

— *Entreprise* à *Dionysos.*

— Je vous reçois.

— Nous préparons le module de mise à quai du côté bâbord du hangar des navettes », dit Jim. « Nous pouvons utiliser un rayon tracteur...

— Inutile.

226

— Je vais aller l'accueillir », dit Lindy.

— Je viens avec vous. » Jim avait hâte de rencontrer ce Vulcain atypique.

La désapprobation du Commander Spock ajoutait encore à l'intérêt qu'il ressentait. A la porte de l'ascenseur, il jeta un œil en arrière et dit : « Commander Spock — souhaiteriez-vous être présent afin de saluer votre vieille connaissance ?

— Je préférerais », répliqua M. Spock, « renoncer à ce privilège. »

Jim rejoignit Lindy et ils se dirigèrent vers l'arrière.

— Jim, j'apprécie votre aide pour tout ça.

— Mon aide ? » dit-il. « Ce n'est pas moi qui ai mis au point l'incroyable coïncidence que ses coordonnées soient juste à l'intérieur du nuage du système Dort.

Lindy sourit. « Nous devions récupérer Stephen à un endroit ou à un autre, et il a proposé de venir à la lisière de ce système stellaire. »

L'ascenseur stoppa, et Jim sortit. Une douleur fulgurante, descendant vers sa cheville d'une part, et remontant vers sa hanche d'autre part, prit naissance dans son genou, et celui-ci s'effondra sous lui.

— Jim ! Jim, qu'est-ce qui...

Il gisait sur le pont, les deux mains crispées sur son genou. Il serra les dents, vaguement conscient de la sueur sur son front, de la froide dureté du métal en dessous de lui, de Lindy à ses côtés. Ce dont il était le plus conscient, cependant, c'était de la douleur.

— Je vais appeler de l'aide.

Il la retint par la manche avant qu'elle puisse se lever. « Non, ça va. » Il se frotta le genou, et la douleur diminua.

— Ça n'a pas l'air d'aller.

— Je me suis tordu le genou, c'est tout. » Il se remit péniblement sur pied. « M. Spock a un environnement vulcain dans sa cabine. J'ai heurté une plateforme gravitationnelle dont j'ignorais l'existence. » C'était la

227

vérité. Incomplète, mais la vérité. Il fit passer son poids sur sa jambe droite, avec précaution. Le genou tint le coup ; c'était maintenant une douleur sourde, moins intense.

— D'accord », dit-elle. « Vous êtes un grand garçon, votre santé est votre affaire. »

Jim fit de son mieux pour ne pas boiter en traversant le chemin de ronde et en descendant l'escalier. Dans son corral, Athene bougeait nerveusement, se balançant d'avant en arrière. Deux félinoïdes, l'un appartenant à la troupe et l'autre étant un ingénieur de l'*Entreprise*, étaient assis sur le pont, non loin de là.

— Salut, Gnash, salut, Hazard », dit Lindy. L'équirapace se calma tandis que Lindy le cajolait.

— Athene sera contente de la terre », dit Tzesnashstennaj. « Ce n'est pas l'endroit idéal pour elle. » Il fourra sa tête sous le menton d'Hazarstennaj, qui ronronna.

— Je sais », dit Lindy. « Bientôt. »

Jim traversa le pont, jusqu'au module de mise à quai, et ouvrit les hublots d'observation.

Lindy le rejoint. « Qu'est-ce qu'une plateforme gravitationnelle ? » demanda-t-elle.

— C'est la discontinuité entre deux champs gravitationnels qui ne sont pas reliés par un gradient », dit Jim. « Lorsque vous passez, par exemple de un G à deux G, ça vous donne l'impression de monter une marche. Sauf que le sol est toujours plat. »

Le vaisseau de Stephen n'était pas encore en vue. Il faudrait probablement une demi-journée au vieux vaisseau pour venir à quai. J'aurais dû utiliser tout de suite un rayon tracteur sur le *Dionysos*, pensa Jim, et le tirer de force à l'intérieur.

— Pouvez-vous changer la gravité à volonté ?

— Nous la créons, autrement nous serions en chute libre, ou nous serions écrasés par l'accélération. Nous pouvons la changer. C'est plutôt compliqué, de parvenir à tout équilibrer. » Jim appela la passerelle.

— Lieutenant Uhura, où est notre invité ?

— Il dit qu'il est en route, Monsieur.

Jim regarda de nouveau, mais le hublot donnait un champ visuel trop limité pour qu'il pût y voir le *Dionysos*.

— De toute façon », dit Jim, poursuivant son explication, « l'*Entreprise* comporte plusieurs champs gravitationnels indépendants, en interaction. Presque tous les vaisseaux stellaires ont un ou deux nœuds de gravité zéro. Je suppose que c'est vrai de l'*Entreprise*. » A l'Académie, pensa-t-il, lorsque nous allions dans l'espace, les points de gravité nulle étaient la première chose que nous cherchions.

— Hum.

Ses pensées s'éloignant des points de gravité nulle qui pouvaient exister à bord de l'*Entreprise*, Jim regarda Lindy.

Elle regardait fixement l'espace, le regard perdu dans quelque chose de bien plus lointain que les étoiles, dans un rêve ou un autre. Ses cheveux iridescents balayèrent son visage, dissimulant ses traits.

Jim se sentit tout à coup tomber dans un piège de convoitise : il enviait l'ombre qui touchait la joue de Lindy, il enviait le cheval volant qui pouvait se blottir dans la courbe de ses épaules et de son cou, il enviait les membres de sa troupe, qui pouvaient la serrer dans leurs bras sans la moindre gêne. Il se demanda si l'un d'entre eux était spécial pour elle, ou bien si elle avait décidé, comme lui lorsqu'il avait accepté son premier commandement, qu'elle ne devrait jamais considérer comme spécial quelqu'un qui dépendait de son autorité.

— Capitaine !

L'exclamation d'Uhura fit sursauter Lindy. Elle leva la tête, et, durant une fraction de seconde, ses yeux accrochèrent ceux de Jim.

Puis Jim se rendit compte de l'urgence dans la voix d'Uhura. Un mouvement hors du vaisseau attira l'attention de Lindy.

— Regardez ! » Elle s'approcha du hublot et mit ses mains de chaque côté de son visage pour supprimer les reflets dans la vitre.

Etrangement silencieux dans le vide de l'espace, le *Dionysos* se dirigeait droit sur l'*Entreprise*.

Jim jura tout haut. Furieux, il serra les poings contre la vitre froide. Les boucliers avaient déjà commencé à se former, mais trop tard — ça s'était passé comme ça à Ghioghe : un plongeon soudain, un écrasement...

Les rétro-fusées du *Dionysos* entrèrent en action, et celui-ci décéléra avec force. Bien que les hublots se fussent obscurcis pour protéger l'intérieur du vaisseau de la décharge d'énergie et de lumière, l'éblouissante flamme aveugla à demi Jim.

Mais les hublots s'éclaircirent, les boucliers s'évanouirent, et le *Dionysos* planait à côté de l'*Entreprise*. La lumière des étoiles se réfléchissait sur les traînées de plasma directionnel en train de se disperser dans l'espace. Le *Dionysos* se mit à quai avec à peine un soupçon de vibration, sans presque faire aucun bruit.

— Ouah ! », dit Lindy. « Je croyais que vous aviez dit qu'il ne voulait pas utiliser son propre carburant. »

Sa fureur à peine atténuée par une réticente admiration pour le panache et le style du pilote, Jim ouvrit le sas aussitôt que les senseurs eurent indiqué que la jonction entre le *Dionysos* et l'*Entreprise* était étanche. Le pilote du *Dionysos* monta à bord de l'*Entreprise*.

— Qu'est-ce que c'est que cette façon incroyable d'aborder mon vaisseau ? » hurla Jim.

— Je croyais que vous étiez pressé. » Stephen lui sourit. Un grand chat tigré était perché sur son épaule. « Je suis heureux de vous rencontrer, Capitaine Kirk ». Stephen tendit la main.

Jim tendit automatiquement la main pour le saluer,

les conventions sociales si bien ancrées qu'elles l'empêchèrent de faire ce qu'il souhaitait vraiment, c'est-à-dire lui flanquer son poing dans la gueule. Le chat lui sauta dessus et monta le long de son bras, en utilisant ses griffes. Jim glapit de surprise.

— Comment allez-vous, madame Lukarian », dit Stephen.

— Appelez-moi Lindy, je vous en prie.

Comme ils se saluaient mutuellement, négligeant Jim, celui-ci se retrouva dans sa seconde altercation animale de la journée. La vicieuse bête souffla, montra les crocs, enfonça ses griffes dans son bras et dans son épaule, et se prépara à lui arracher les yeux. Jim attrapa le monstre avec sa main libre et essaya de se débarrasser de lui.

— Ilya ! » dit Stephen. « Ça suffit, viens ici. »

La créature enfonça ses griffes dans le bras de Jim, et sauta sur Stephen, déchirant ainsi la manche de la tunique de velours de Jim. Le chat atterrit sur l'épaule de Stephen et enroula son corps souple derrière son cou. Sa queue anormalement longue s'enroula autour du bras de Stephen.

Jim serra le poing, de colère, en partie, et en partie pour vérifier si sa main fonctionnait toujours. Les profondes égratignures sur son avant-bras et sur le dos de sa main le brûlaient.

— Il vous apprécie, capitaine », dit Stephen. « Je ne pense pas l'avoir jamais vu se familiariser si vite avec qui que ce soit.

— Il m'apprécie ! Et qu'est-ce qu'il fait aux gens qu'il n'aime pas ?

Stephen secoua la tête. « Il y a des choses que les êtres humains ne doivent pas connaître.

— Est-il réellement ce que je crois qu'il est ? » demanda Lindy.

Pour autant que Jim pût en juger, ce n'était jamais qu'un chat. Il se sentit embarrassé d'avoir été vaincu dans la confrontation. Il le regarda de plus près. Il était une demi-fois plus gros que le plus gros chat qu'il eût jamais vu. Il avait gonflé sa fourrure noire rayée couleur cannelle pour avoir l'air encore plus gros, et il regardait Jim avec ses yeux verts brillants. Ses oreilles ornées de touffes de fourrure se relevèrent vers l'avant, puis se rabattirent à nouveau contre son crâne. Ses pattes, énormes par rapport à sa taille, comportaient des touffes de poil entre les orteils. Sa queue semblait une fois et demie plus longue que son corps, et elle était préhensile.

— Juste un petit chat tigré ordinaire. » Stephen sourit. « Non, vous avez raison. C'est un chat sauvage de Sibérie.

— Je n'en ai jamais vu. Sait-il faire quoi que ce soit ? » Elle approcha sa main avec précaution du grand chat, qui renifla le bout de ses doigts et frotta son front contre sa paume.

— Jongler, par exemple ?

Lindy se mit à rire. « Vous êtes une équipe, tous les deux ? »

Stephen secoua la tête. « Il peut faire des tas de choses. Mais seulement quand il en a envie. A ce sujet, c'est vraiment un chat tigré ordinaire.

— C'est dommage. » Lindy contempla pensivement le chat, comme si elle cherchait un moyen de l'inclure dans la représentation, même s'il se refusait à jouer.

Des différences aisées à repérer séparaient Ilya des chats ordinaires, mais des différences infiniment plus subtiles séparaient Stephen des Vulcains ordinaires. Plus grand que Spock de quelques centimètres, il avait le même physique élancé. Les Vulcains blonds aux yeux bleus, même s'ils n'étaient pas courants, faisaient partie de la gamme normale de types physiques.

Mais les Vulcains exerçaient toujours sur leurs corps le même contrôle rigide que celui qu'ils exerçaient sur leurs émotions. Stephen bougeait avec aisance et liberté, et ses expressions étaient révélatrices d'une manière totalement étrangère aux autres Vulcains.

Et aucun autre Vulcain que Jim eût jamais vu n'aurait laissé ses cheveux devenir aussi longs et hirsutes que ceux de Stephen.

— Merci de votre hospitalité, capitaine », dit Stephen. « Je ne suis pas sûr que le vieux *Dionysos* aurait pu faire tout le chemin jusqu'à la Phalange et retour par ses propres moyens.

— Il ne manquait pas de moyens à l'instant », dit Jim, en colère. « Votre mise à quai était dangereuse et téméraire — ne vous avisez plus jamais de voler comme ça autour de l'*Entreprise*.

— Allons, Jim », dit Lindy. « C'était un atterrissage magnifique !

— Il n'a pas atterri, il a mis à quai », grogna Jim, exaspéré par le fait que Lindy lui dît quelque chose qu'il savait déjà, mais que ses responsabilités par rapport à son vaisseau lui interdisait de reconnaître ou d'apprécier ; et plus encore exaspéré qu'un rampant lui fît cette remarque, en se trompant de terminologie.

— Vous aviez pourtant dit que vous étiez pressé », dit Stephen plaintivement.

— Je n'étais pas pressé au point de vouloir que mon vaisseau se fasse éperonner.

— Je n'avais pas l'intention de vous effrayer », dit Stephen. « Mais ne vous inquiétez pas, je ne le ferai plus.

La colère de Jim monta, et il ne la tint en bride que difficilement. « Vous y avez intérêt », dit-il.

Stephen observa le jeune capitaine partir à grands pas. Les êtres humains savaient comment réagir lorsqu'ils étaient insultés. Ils faisaient ça avec style.

— Bienvenue dans la troupe », dit Amelinda Lukarian. « J'ai été impressionnée par votre numéro —

233

j'espère que vous déciderez de vous joindre à nous de façon permanente.

— Je l'espère, aussi. » L'allégresse momentanée provoquée par la dangereuse manœuvre de mise à quai s'effaça et disparut totalement, laissant Stephen vide de toute sensation.

— Je veux vous présenter à tout le monde.

Stephen suivit Lindy jusqu'au corral. Il avait déjà remarqué Athene, son esprit bien entraîné jugeant de la complexité de sa conception, des difficultés inhérentes à sa création. Il y avait plusieurs choses qu'il aurait faites différemment. Ce ne fut que lorsque Lindy lui caressa le cou en l'appelant « ma jolie » que Stephen remarqua qu'elle était, effectivement, belle. Et Lindy aussi.

— Tzesnashstennaj, Hazarstennaj », dit Lindy, « voici Stephen. Il est jongleur. »

Les deux félinoïdes se levèrent et firent suspicieusement le tour de Stephen. Ilya se hérissa ; assis sur l'épaule de Stephen, il les regardait, tel une chouette.

— Et qui est-ce ? » dit Tzesnashstennaj.

— C'est Ilya.

— Quelle est sa relation avec vous ?

— C'est mon animal favori », dit Stephen.

— Vous gardez une autre créature en servitude ?

— Je n'appelerais pas ça " servitude " », dit Stephen. « Bien que je sois forcé d'admettre qu'il m'a très bien dressé. »

Les deux félinoïdes se regardèrent. « Humour anthropoïde », dit Hazarstennaj.

— Les carnivores ont besoin de liberté », dit Tzesnashstennaj.

— Il a la même liberté que moi. Sans les responsabilités.

— Typique. Tous les anthropoïdes pensent que les autres espèces existent pour leur seul amusement. Viens ici, petit frère.

Ilya souffla et cracha.

Tzesnashstennaj gronda doucement. « Il ne comprend même plus son besoin de liberté.

— Attendez un instant », dit Stephen. « Ilya est très intelligent pour un animal, mais ce n'est pas un être pensant. Qu'est-ce qui vous trouble à ce point ?

— Tzesnashstennaj », dit Lindy, « vous êtes toujours en colère contre cet ignorant péquenaud de Boise qui a appelé la représentation de chasse une " exhibition d'animaux ", n'est-ce pas ? Se sentir offensé, ça n'est pas bon pour la santé. Pourquoi ne pas laisser tomber ?

— Ce " péquenaud " m'a donné une leçon sur la fragilité des contacts inter-espèces », dit Tzesnashstennaj. « Avoir des animaux familiers, c'est... de la provocation.

— Vous pouvez toujours essayer de convaincre Ilya de votre point de vue », dit Stephen. « Mais je ne crois pas qu'il sera très intéressé.

— Je vous en prie, n'entamez pas une discussion à ce sujet », dit Lindy. « Vous savez ce que cela voudrait dire. »

Tzesnashstennaj renifla de dégoût.

— Non », dit Stephen. « Qu'est-ce que cela voudrait dire ?

— Un meeting de la troupe », dit Lindy, son ton impliquant les menaces les plus terribles.

— Des heures d'ennui », dit Tzesnashstennaj. « Se faire faire la leçon par M. Cockspur.

— Vous feriez sans doute mieux de déclarer l'armistice », dit Stephen.

Tzesnashstennaj gronda.

Jim retourna à la passerelle. Sur le seuil de l'ascenseur, il prit note, de manière quasi-subconsciente, de la situation sur la passerelle : le Commander Spock communiquant intensément avec son ordinateur, Uhura et Rand terminant les enregistrements et les accords, Sulu planifiant la stratégie de l'armement, Cheung établissant une trajectoire. McCoy était appuyé nonchalamment contre le siège du capitaine.

— J'ai entendu dire qu'il va y avoir un peu d'agitation », dit McCoy.

— C'est ce que j'ai entendu, moi aussi », dit Jim. Il se laissa glisser dans son siège.

Quelques minutes plus tard, Lindy et Stephen arrivèrent, bavardant et riant. Ils n'ont pas mis longtemps à s'entendre, pensa Jim.

Spock leva la tête.

Cette fois-ci, il ne se permit aucune réaction à part regarder froidement Stephen. Il lui aurait bien tourné le dos, mais Stephen s'avança vers lui.

— Comment allez-vous...

Spock se leva, son expression se durcissant. Stephen ravala ce qu'il avait été sur le point de dire, quoi que cela eût été.

— Comment allez-vous... Spock ?

— Je vais bien.

Chacun sur la passerelle fit semblant de ne pas remarquer cet échange, à part McCoy. Le docteur regardait avec curiosité.

— Je ne peux pas vous parler », dit Spock. « J'ai des tâches à accomplir. »

Cette fois-ci, il lui tourna bel et bien le dos.

— Voyons ce à quoi nous travaillons », dit Jim.

Uhura chercha à l'écran et agrandit l'image d'un gros bloc de glace, sale et de forme irrégulière, qui passait en tournoyant.

— Il nous dépassera dans quatre-vingt-neuf secondes à partir de... maintenant », dit le Commander Spock. « Si l'habileté de M. Sulu avec les torpilles à photons est suffisante, il devrait pouvoir en transformer une partie en vapeur d'eau et particules rocheuses.

— Compris, M. Spock. » Sulu sourit. « Deux cents tonnes de terre, à votre service ! »

A l'aide des senseurs à faible distance, Sulu rechercha

l'unique parcelle de matière présente. L'*Entreprise* se trouvait à l'intérieur du nuage du système Oort, la ceinture de débris résultant de la formation de l'étoile et de ses planètes. Les débris orbitaient bien au-delà du monde le plus extérieur ; de temps en temps, quelque morceau errant de détritus primaire suivait une longue orbite elliptique qui l'amenait assez près de l'étoile pour que celle-ci le transforme en comète.

La concentration de matière était, de façon mesurable, plus grande ici que dans l'espace entre les planètes du système, mais " de façon mesurable " et " visible à l'œil nu " sont deux choses très différentes. Le nuage contenait une grande quantité de débris, mais il contenait encore bien plus de vide !

Le senseur repéra le bloc de glace et de roche. Sulu attendit. Le roc tourbillonna, et il étudia ses mouvements. Il chercha un endroit qui serait facile à détacher, puis attendit que l'orientation fût propice. Il tira.

Les photons fusèrent contre une saillie irrégulière, la faisant exploser. La glace se transforma en un grand nuage de vapeur, qui gela instantanément, produisant une quantité de cristaux de glace qui scintillèrent, s'étalèrent et se dispersèrent. La proto-comète tourbillonna sur son orbite. Des morceaux et des fragments provenant du cratère se mirent à tournoyer à vive allure.

Un nuage de débris rocheux roula et se répandit lentement.

Lindy poussa un cri de joie et, se précipitant entre Sulu et Cheung, les embrassa tous les deux sur les joues.

— Hikaru, Marietta, merci ! » Elle serra Jim dans ses bras. « Jim, Athene va être si contente ! » Elle remonta les escaliers en courant, les cheveux au vent, et prit la main d'Uhura, et celle de Janice. « Janice, c'était une si bonne idée ! Il faudra que vous veniez la voir courir — il faudra que vous veniez tous. Elle est si belle ! » Elle s'arrêta devant Spock. « M. Spock, merci.

— Les remerciements ne sont pas nécessaires », dit

Spock. « Vous avez posé un problème intellectuel, et j'ai aidé à le résoudre.

— Vous devriez emmener Athene dans le hangar de réparation », dit Jim. « Il nous faudra évacuer le quai avant de pouvoir y faire entrer la terre, et ce sera bruyant. Le pont transmettra les vibrations — ne serait-il pas mieux de lui donner un tranquillisant afin qu'elle ne panique pas ?

— Non », dit Lindy. « Mais je resterai avec elle tant que dureront les travaux. » Elle ouvrit les bras, comme si elle embrassait toute la passerelle. « Tout le monde — Merci ! »

Elle disparut dans l'ascenseur. Stephen, remarqua Jim, était parti avec elle.

Jim avait l'impression d'avoir été au centre d'un tourbillon, petit, mais puissant. La passerelle, malgré les bruits ambiants qui revenaient à la normale, semblait terriblement tranquille.

— Envoyez un rayon tracteur, M. Sulu », dit Jim. « Vous avez fait du bon travail.

— Merci, capitaine.

C'était étrange, pensa Jim, de complimenter l'un de mes officiers pour avoir effectué une tâche que j'aurais préféré ne pas effectuer du tout. A l'Académie, Gary et lui rêvaient de ce qu'ils feraient dans dix ans, des vaisseaux sur lesquels ils voleraient, des missions qu'ils commanderaient. La pire et la plus ennuyeuse des affectations qu'ils pouvaient imaginer était de s'occuper d'un transporteur de minerai, de hâler du minerai grossièrement fondu de la mine à la raffinerie.

Et ce que je suis en train d'amener à bord n'est même pas du minerai, pensa Jim. J'espère que tout ça va finir par devenir drôle à un moment ou à un autre, parce que pour le moment je ne trouve pas ça très drôle.

Il se frotta le bras distraitement ; celui-ci le cuisait à cause des griffes d'Ilya.

— Que vous est-il arrivé ? » dit McCoy.

— Quoi ?

McCoy montra les égratignures sur la main de Jim. Jim se rendit compte tout à coup qu'Ilya avait mis en lambeau la manche de sa tunique, que Fifi avait déchiré l'ourlet de la jambe gauche de son pantalon, et qu'il avait des paillettes roses partout.

— C'est une longue histoire.

— Vous voulez me la raconter ici ? Ou à l'Infirmerie, où je pourrai soigner ces coupures ?

Après ce qui venait tout juste d'arriver à son genou, Jim n'était pas du tout décidé à laisser McCoy l'emmener à l'Infirmerie.

— Bones, pour vous dire la vérité, je n'ai pas envie de vous la raconter du tout.

Il quitta la passerelle.

Jim parcourait le vaisseau, agité et irritable.

Quand ai-je perdu le contrôle de la situation ? pensat-il. Lorsque Stephen est monté à bord ? Lorsque les " chiots " de Newland Rift m'ont sauté dessus ?

La première fois que ce Pégase incapable de voler s'est cabré et a henni, et qu'Amelinda Lukarian m'a dépassé en courant, les cheveux au vent ? Ou avant même que je monte à bord, lorsque l'Amiral Noguchi a décidé de me faire l'honneur de me confier son projet-fétiche ?

A sa surprise, il se retrouva en train de se diriger vers le hangar des navettes. L'opération consistant à faire entrer les débris de comète dans le vaisseau était encore plus bruyante que ce qu'il avait supposé. Les rayons tracteurs produisaient un bourdonnement presque subsonique, les ventilateurs munis de filtres épais gémissaient, la bouillie de roche s'écrasait sur le pont, et tout cela se transmettait par les plaques du pont.

Lorsque Jim atteignit la fenêtre d'observation, les rayons tracteurs avaient entraîné à l'intérieur une couche de terre de cinquante centimètres d'épaisseur. Bien entendu, ce n'était pas réellement de la " terre ". Elle ne contenait ni humus, ni matières organiques à part peut-être quelques microgrammes égarés d'acide aminés. Elle était stérile et morte. Jim se demanda combien de temps cela prendrait, de transformer des détritus stérilisés par le vide et les photons en terre arable, fertile et vivante.

Il finit par se demander si les labos biologiques de l'*Entreprise* possédaient des vers de terre.

Se débarrassant de ces idées fantasques, il descendit l'escalier menant aux hangars de réparation.

— Lindy ?

— Nous sommes là — au numéro six. » Des sons étranges se réverbéraient le long des murs et sur les plaques du pont.

Lindy tapotait le cou d'Athene et murmurait dans son oreille pour la calmer. De la sueur luisait sur les épaules et les flancs de la créature, tandis qu'elle bougeait nerveusement.

Jim se pencha sur la balustrade qui séparait le hangar de réparation numéro six du tunnel d'accès. Il se demanda où Stephen était allé, mais décida de ne pas poser la question.

— Est-ce que tout va bien ?

— Le problème », dit Lindy, « c'est que lorsqu'un cheval a peur, son instinct est de courir. Là, elle ne peut pas. Et alors elle a de plus en plus peur.

— Le sol est déjà recouvert », dit Jim. « Le bruit ne devrait pas tarder à cesser. »

Comme s'il avait ordonné au bruit de cesser, comme s'il avait effectué quelque passe magique de ses mains, le vrombissement des rayons tracteurs s'atténua puis mourut. Athene s'ébroua et battit des ailes au moment du changement, mais après cela elle sembla se calmer.

— Merci », dit Lindy à Jim.

— Ce n'était rien du tout », dit-il, et il sourit.

— Dites, Jim... » dit Lindy avec hésitation. « Au sujet de tout à l'heure. Stephen est, hé bien, flamboyant. Beaucoup d'artistes le sont. Nous aimons nous mettre en valeur. Je suis désolée qu'il vous ait fait peur.

— Il ne s'agit pas d'avoir peur ! » dit Jim, piqué. « Mais ça... » Il montra le vaisseau d'un geste circulaire. « C'est une énorme responsabilité. »

Il eut l'impression que le regard de Lindy avait le pouvoir de percer à jour ses sentiments les plus secrets, jusqu'à ses souvenirs et ses peurs.

— Oui », dit-elle. « Je sais. » Athene fourra son nez dans le flanc de Lindy. Elle donna à l'équirapace une pilule de protéine.

— Où avez-vous donc pris ça ? » demanda Jim, content de l'interruption. « J'ai toujours l'impression que vous avez les mains vides — et tout à coup vous faites apparaître des carottes et du sucre à partir du vide.

Lindy leva la tête, lui montra sa paume vide, fit un geste, et cueillit une pomme entière sur... rien.

— C'est exactement ce que je fais », dit-elle. Elle donna la pomme à manger à Athene. Elle craqua sous sa dent, solide et réelle. « Je l'ai sortie de rien. C'est de la magie.

— C'est un bon tour », dit Jim. « Vous pouvez en faire d'autres ?

— Bien entendu. Je serais plutôt minable si tout ce que je pouvais faire, c'était de faire apparaître une pomme. » Elle le regarda d'un air narquois. « Vous savez ce que font tous les autres de la troupe, mais vous ne m'avez jamais demandé ce que je faisais. Le magicien, c'est moi.

— Si je me fie à votre démonstration », dit Jim, « et si je peux obtenir un billet pour la représentation à la base stellaire 13, je serai au premier rang !

— La troupe serait d'accord pour faire une repré-

sentaiton pour l'*Entreprise,* si quelqu'un le demandait »,
dit Lindy.

Jim se mit au garde-à-vous. « James T. Kirk, capitaine du vaisseau stellaire *Entreprise,* prie Amelinda
Lukarian et la Compagnie Classique de Cirque Hyperluminique de bien vouloir distraire son équipage. » Il
abandonna son affectation de formalisme, « Si vous êtes
sûre que ce n'est pas abuser de votre gentillesse ? »

Elle se mit à rire. « Nous étions tous en train
d'attendre que vous nous le demandiez ! Jim, nous
avons l'habitude de donner deux spectacles par jour.
Nous avons l'habitude de faire la représentation en
soirée, de tout démonter, de voyager en train toute la
nuit, et de tout remonter le lendemain à temps pour la
représentation en matinée. Ici, nous avons eu plus de
temps de loisir que nous n'en avions eu depuis des
années ; ça commençait à rendre tout le monde nerveux.

— Faites-moi simplement savoir de quoi vous avez
besoin.

Elle finit de panser l'équirapace et lui donna une tape
sur le flanc. Les sabots d'Athene firent crisser la paille ;
elle battit en retraite vers un coin, et son filet de pilules
de protéines.

Lindy se hissa sur la balustrade.

— Nous aurons besoin d'une scène, avec des coulisses... » En quelques minutes, elle avait indiqué les
éléments nécessaires à la mise en œuvre d'un spectacle
de cirque.

— Ça demande beaucoup d'organisation, non ? » dit
Jim. « Vous vous en sortez bien.

— Il y a longtemps que je fais ça.

— Est-ce que vous aidiez votre père ?

— On pourrait dire ça de cette façon... » Elle était
assise en amazone sur la balustrade. « Mon papa était
l'un des fondateurs. Il s'y est donné à fond dans les
débuts — il a même fait campagne pour être directeur.
Mais une fois que ça a démarré, ça ne l'a plus vraiment

intéressé. Il était comme ça. Et la troupe n'a pas marché de la façon qu'il pensait, ce qui n'a pas ajouté à son enthousiasme. Il fallait bien que quelqu'un fasse ce qu'il y avait à faire.

— Et ce quelqu'un, c'était vous.

Elle haussa les épaules.

— Il a fait campagne ?

— Oui. La troupe est une coopérative. Je suis membre de la coop, pas le propriétaire.

— Qu'est-il arrivé à votre père ?

— Oh... Il est parti vers de plus verts pâturages. » Elle parlait d'un ton détaché. Elle réussit presque à communiquer l'impression que cela lui était égal.

— Ça a dû être dur, de prendre toutes ces responsabilités.

— Non, à vrai dire, c'est plus facile maintenant. Au moins, j'ai l'autorité correspondant aux responsabilités. Et son départ n'a pas été une telle surprise. De plus, il a attendu que j'aie dix-huit ans avant de disparaître. Ça a sûrement été difficile pour lui, toutes ces années où il a été ainsi ligoté.

Elle cachait bien sa peine. Ou peut-être ne ressentait-elle réellement pas de peine à avoir été abandonnée par son père. Peut-être Jim laissait-il ses propres sentiments colorer la perception qu'il avait de ceux de Lindy.

— Les choses n'ont pas tellement changé » dit Lindy. « Et tout le monde s'est enfin habitué à ne plus me considérer comme une gamine.

— Il aurait pu vous dire quelque chose avant de partir.

— Peut-être ne voulait-il pas m'obliger à choisir entre lui et la troupe. Peut-être savait-il ce que je choisirais. » Elle s'appuya au coin du mur du hangar de réparation et, remontant les genoux, elle appuya ses deux pieds sur la balustrade, ne semblant pas se soucier de la précarité de sa position. « J'aime la troupe, Jim. J'aime tous les gens qui la composent. Les artistes sont différents de

243

tous les autres gens. Ils peuvent faire des choses que personne d'autre ne peut faire. Lorsque nous donnons une représentation, nous rendons les gens heureux. Et je pense — je sais ! — que si nous pouvons continuer assez longtemps pour être connus, nous pouvons faire un réel succès de notre troupe.

— Je n'aimerais pas être à votre place », dit Jim. « Ça serait bizarre de donner un ordre et de voir l'équipage se réunir sur la passerelle pour décider s'ils l'approuvent. »

Lindy sourit. « Ça peut arriver. Mais généralement, ça n'arrive pas. Les artistes sont contents d'avoir quelqu'un qui s'occupe de l'organisation. Ils n'aiment pas qu'on leur disent ce qu'ils doivent faire, mais en fait ils aiment bien avoir le sentiment que quelqu'un s'occupe d'eux.

— Comment avez-vous décidé de devenir magicien ?

— Comme j'ai décidé de devenir directeur — à cause de mon papa. Jim, il est si doué ! Je voudrais que vous le voyiez. Il peut réaliser des tours incroyables. » Elle rit. « Bien sûr, les spectateurs le croient, mais les gens qui connaissent quoi que ce soit à la magie sur scène n'arrivent pas à croire que c'est possible. Même après l'avoir vu. Je ne suis pas encore assez bonne pour faire la moitié de ses tours.

— Il a l'air d'un homme extraordinaire », dit Jim.

— Il l'est. J'aimerais que vous puissiez le rencontrer... » Elle s'interrompit et appuya son menton sur ses genoux. « Non, je retire ça. Je ne suis pas du tout sûre de souhaiter réellement que vous puissiez le rencontrer. Je ne sais pas du tout si vous vous entendriez, tous les deux.

— Pourquoi dites-vous ça ?

— Hé bien, il peut être... difficile.

— Et moi ?

Elle sourit. « Vous pouvez être difficile, aussi.

— Je suppose que c'est vrai », dit Jim. « Mais ça fait partie du travail.

Athene, en ayant assez des pilules de protéines, revint vers Lindy, quémandant des carottes. Lindy en fit apparaître une.

— Comment la troupe a-t-elle donc démarré ? » dit Jim. « Ressusciter une forme de divertissement vieille de trois cents ans n'est pas une idée très ordinaire.

— La chose amusante, c'est que des tas de gens ont ce style. Certains d'entre nous ont commencé par un hobby. Certains numéros se sont adaptés à l'époque moderne — Marcellin enseignait le mime dans le département d'art dramatique de l'université de Monash, en Australie. Et il existe des clubs de magie, et des clubs de claquettes. Et des tas de gens jonglent.

— C'est ce que j'ai découvert », dit Jim.

— Personne, depuis longtemps, n'avait pensé à réunir un groupe de passionnés et à créer une troupe. Lorsque Papa, Marcellin et Newland en ont eu l'idée...

— Newland ? Vous voulez dire M. Rift-aux-chiots ?

— Oui.

— Je ne pensais pas qu'il avait beaucoup de... » Jim hésita. Il avait parlé sans réfléchir. « Il ne m'a pas frappé comme ayant l'esprit d'entreprise », termina-t-il maladroitement.

— Pas un seul d'entre nous ne l'avait vraiment », dit Lindy. « Pas même mon père. C'est un de nos problèmes. Mais Newland... c'est le plus solide, le plus stable, et le plus raisonnable des membres de la troupe. Il n'y a qu'avec ses chiots qu'il soit gâteux — il l'admet lui-même ! Il est très facile de se tromper sur son compte...

— C'est ce que je vois », dit Jim.

— ... mais nous ne serions jamais arrivés jusque-là sans lui. Il m'a encouragée à me présenter comme directeur. Il aurait pu obtenir ce poste s'il l'avait voulu. Il a dit qu'entre ses enfants, à Philomena et lui, et ses chiots, il n'en aurait pas eu le temps. Mais je pense qu'il n'a pas voulu s'opposer à moi, parce qu'il savait qu'il aurait gagné.

— Philomena », dit Jim. « Je l'ai rencontrée au dîner l'autre soir, n'est-ce pas ?

— Oui. Notre chanteuse, vous vous souvenez ? Newland est son mari.

— Pourtant je n'ai pas l'habitude de juger les autres espèces pensantes à leur apparence », dit Jim. « J'ai peut-être quelques leçons à recevoir quand il s'agit de ma propre espèce.

— Il est frappant, n'est-ce pas ? Je pense que ça l'amuse, l'impression qu'il fait ! Et c'est super pour la publicité !

— Est-il réellement ce qu'il a l'air d'être ?

— Ma foi, oui. Sa famille est mi-canadienne, mi-japonaise. Les traditionnalistes se demandaient quoi faire d'un lutteur de Sumo aux cheveux roux, mais après quelques années de compétition, il a gagné leur approbation aussi. Il ne fait plus de compétition, mais il continue de méditer. C'est une personne à la spiritualité élevée.

— Jim secoua la tête. « Vous avez une sacrée troupe.

— Les gens qui choisissent une profession que personne autour d'eux ne comprend sont des gens... hors du commun. Ils sont passionnés — parfois même trop concentrés, trop résolus. Et ils sont uniques. C'est pour ça que je suis restée avec la troupe, Jim, même lorsque j'ai compris que mon père était sur le point de partir. J'aime la troupe, et j'aime tous les gens de la troupe. Enfin, presque tous.

— Presque tous ?

Elle rougit. « Je n'aurais pas dû dire ça.

— Je peux deviner ? » dit-il, taquin.

— Je ne crois pas que ça soit utile », dit-elle. « J'ai vu que vous aviez eu une discussion politique avec lui hier soir.

— Une simple curiosité morbide : où diable avez-vous pêché M. Cockspur ?

— C'est Papa qui l'a trouvé.

— S'il est doué, cependant... on peut pardonner beaucoup à quelqu'un qui connaît son travail.

— Doué ! » Lindy se mit à rire. « " Doué " et " néo-shakespearien " sont des termes s'excluant mutuellement.

— Qu'est-ce qu'un néo-shakespearien ?

— Quelqu'un qui " interprète " Shakespeare pour une audience contemporaine. M. Cockspur fait lui-même ses adaptations.

— Est-ce qu'il est si mauvais que ça ? » demanda Jim.

— Attendez de le voir », dit-elle d'un ton sinistre.

D'une façon ou d'une autre, deux heures passèrent sans que Jim s'en aperçût. Il trouva incroyablement aisé de parler à Lindy, et de l'écouter. Il faillit lui parler de Carol Marcus, puis changea d'idée sans bien savoir pourquoi. Ses sentiments étaient embrouillés. Il était puissamment attiré par Lindy, il pensait qu'elle l'aimait bien, et cependant il restait en retrait.

Il lui parla encore de Sam et Winona, de son père, de Gary. Et tout à coup il se retrouva en train de lui parler de Ghioghe.

— Je savais que tous les autres avaient réussi à sortir, mais je savais aussi que j'avais perdu mon vaisseau. J'étais en colère contre moi-même d'être trop mal en point pour pouvoir marcher. Je n'y voyais plus rien à cause du sang dans mes yeux. Je hurlais — j'ai cru que je hurlais, mais c'était impossible, parce que je pouvais à peine respirer — après le vaisseau, après la misérable pagaille dehors — " Bon sang, si tout ça pouvait être terminé ! " Puis Gary est arrivé. Et il m'a engueulé d'être trop mal en point pour pouvoir marcher. Je me souviens qu'il m'a dit être revenu pour me demander mon aide, et que j'étais un sale type sans éducation de le laisser faire tout le boulot. » Jim tenta de sourire. Il essaya de continuer à affecter d'être le vétéran grisonnant racontant des histoires fascinantes à une innocente. Mais Ghioghe était encore trop proche, son souvenir trop douloureux, et il y avait perdu bien trop de choses. Ghioghe n'avait rien eu de fascinant. Ç'avait été un désastre épouvantable, terrifiant. Et inutile.

— Gary m'a tiré hors de la salle des commandes », dit Jim doucement. « Nous étions les derniers à bord... les derniers à être en vie. Le vaisseau — le *Lydia Sutherland*, un extraordinaire petit croiseur — commençait à se désintégrer autour de nous. Gary m'a fourré dans le canot de sauvetage et s'est tassé derrière moi et nous a largués. Il a arrêté le saignement... » Jim toucha d'un air absent la cicatrice sur son front. « J'ai cru qu'il allait bien. Il avait une balafre juste en dessous des côtes. Ça n'avait pas l'air d'être grand-chose. Et puis... » Il respira profondément, embarrassé d'être à ce point secoué par des souvenirs. Il aurait voulu s'arrêter, mais il n'y parvient pas. « Il avait été atteint par un fureteur. C'est une arme de terroriste. Ça a l'air... insignifiant. Ça fait un petit trou dans la peau, ça s'enfouit, puis ça cherche votre cœur, ou votre moelle épinière, ou votre cerveau. Et ça explose. » Il se souvenait parfaitement de la paisible petite explosion. Gary avait eu l'air légèrement étonné en s'effondrant.

— Il saignait... J'ai déchiré sa tunique. C'était vraiment bizarre. Le fureteur l'avait blessé si gravement, et il n'avait même pas déchiré sa tunique. Jim se rappelait la tiédeur du sang de Gary. « Le sang coule de manière si étrange en pesanteur nulle, Lindy. Il ne s'accumule pas. Il ne cache rien. Je pouvais voir le cœur de Gary », murmura Jim. « A chaque battement, du sang sortait par une déchirure sur le côté de son cœur. Je ne savais pas quoi faire — je savais seulement que ça n'aurait pas dû avoir cet air-là. J'ai... j'ai maintenu son cœur en un seul morceau avec les mains.

— C'est fini », dit Lindy. Elle lui effleura le bras,

dans un geste destiné à le réconforter. « Jim, c'est vraiment fini.

— Je sais. » De nouveau, il effleura de ses doigts la cicatrice sur son front. « Bones me promet que ceci disparaîtra. » De nouveau il essaya de sourire. « Gary a eu de la chance, vous savez ! Si le fureteur avait été chargé de radiations, les spécialistes n'auraient pas pu induire la régénération. Si c'était arrivé... »

Il aurait voulu que Lindy le touche de nouveau. Il aimait être touché par elle. Il aimait la couleur de ses yeux, et leur profondeur ; il aimait la façon dont ses cheveux encadraient son visage de mèches iridescentes, noires mais presque imperceptiblement rehaussées de pourpre, d'or et de vert foncés. Puis il s'aperçut qu'elle avait les yeux pleins de larmes, à cause de lui, des larmes d'horreur et d'incrédulité — non, pas d'incrédulité, mais de désir de ne pas y croire.

— Je suis désolée que tout ça vous soit arrivé », dit-elle. « A vous, à votre ami...

— Lindy — Je n'aurais jamais dû vous parler de Ghioghe. Je suis désolé, vous n'aviez pas besoin d'entendre ça...

— Mais vous aviez besoin d'en parler », dit-elle simplement.

A l'autre bout du couloir, la porte s'ouvrit et se ferma de nouveau.

— Lindy, hello ! » dit Stephen.

— Par ici ». L'expression de Lindy s'éclaira au son de la voix de Stephen. Jim se sentit simultanément déçu et soulagé. Il était lui-même surpris de la force de son attirance pour Lindy, et pourtant il ne pensait pas qu'il pourrait supporter qu'il se passât la même chose qu'avec Carol. De plus, il eut l'impression que Lindy était soulagée par l'arrivée de Stephen.

Je n'aurais pas dû lui parler de Ghioghe, pensa Jim. Non, je n'aurais pas dû. Quel imbécile je suis.

Stephen se dirigea vers eux, Ilya en équilibre sur son

épaule droite, se tenant ferme malgré la précarité de sa position.

— On dirait que tout est pratiquement prêt », dit Stephen.

Lindy lui sourit et lui prit la main.

Jim appela la passerelle. Uhura répondit que le pont était repressurisé, et que la température était proche de la normale.

— Je peux la laisser sortir ? » dit Lindy.

— Quand vous voulez.

Lindy se laissa glisser de la balustrade dans le box d'Athene.

L'équirapace sentit sa joie et son excitation. Tous ses muscles tendus, elle se mit à trembler, ses ailes frissonnant sur ses flancs. Lindy lui mit une main sur le nez et l'autre sur le sommet du cou.

— Très bien », dit-elle. « Ouvrez la porte. »

Lindy libéra Athene dans le hangar des navettes recouvert de terre. Celle-ci avança avec précaution, plaçant ses pas légèrement, les ailes étendues ; elle marchait comme un danseur de corde. Ses sabots crissaient sur les débris de comète finement écrasés. Elle s'ébroua.

— C'est mieux, n'est-ce pas, ma douce ? » dit Lindy. Une main entortillée dans sa crinière, elle poussa Athene à prendre le trot. Elle la ramena sur ses propres traces, vérifiant ainsi que l'équirapace ne traversait pas de ses sabots toute la couche de terre jusqu'au pont.

— Maintenant ou jamais. » Elle lâcha la crinière d'Athene et se recula. Athene resta immobile un instant, la tête haute, les oreilles dressées. Ses ailes ne cessaient de s'ouvrir et de se fermer ; Jim entendait le battement des grandes ailes primaires. Puis elle rabattit ses ailes contre ses flancs et bondit en avant.

Elle galopait si vite que Jim craignit qu'elle ne s'écrasât contre la cloison du fond. Mais au dernier moment elle freina des quatre fers en faisant voler la poussière, déployant ses ailes comme si elle était en train d'atterrir. Puis elle poussa un cri aigu, se retourna et galopa dans l'autre sens, droit sur Lindy.

Avant que Jim ait pu bouger ou crier un avertissement, Athene débula. Lindy attrapa sa crinière, sauta sur son dos et la chevaucha. Elle glissa les jambes sous les ailes d'Athene et la fit galoper sur le pont, en riant, les bras largement écartés.

Athene s'arrêta, leva brusquement la tête et s'ébroua. Elle avait les épaules et les flancs couverts de sueur, et l'intérieur écarlate de ses narines se dilatait à chaque respiration.

Lindy lui caressa le cou, puis la poussa à continuer. La queue et la crinière au vent, les ailes ouvertes, Athene trotta vers le centre du pont, hésitant une fraction de seconde avant de poser ses sabots, ce qui donnait l'impression qu'elle flottait entre chaque pas, presque comme si elle eût réellement volé.

Lindy leva les yeux. Les tunnels d'observation et la passerelle au-dessus du pont étaient bourrés de membres de l'équipage de l'*Entreprise*. Athene fit le tour du pont de son trot aérien, et Lindy fit des signes de la main à chacun en passant. Jim vit McCoy et Sulu, Uhura et Cheung, la Yeoman Rand, et même, là, dans le coin, M. Spock. La passerelle devait être presque entièrement désertée, mais pour ce seul et bref moment, Jim ne pouvait pas leur en vouloir.

— Elle est vraiment fantastique, non ? » dit Stephen, que Jim n'avait pas entendu arriver derrière lui.

— Oui », dit Jim, « elle est vraiment fantastique. »

Chapitre VIII

Tard ce soir-là, le Commander Spock quitta la passerelle et retourna dans sa cabine. Bien qu'il lui fût possible de travailler sans aucun repos des jours d'affilée, pour conserver une efficacité intellectuelle optimale il avait besoin de quelques heures de sommeil et de méditation toutes les nuits. Depuis plusieurs jours, il n'avait pas pris ce temps de repos, et la méditation passée à se demander quoi faire au sujet Stephen, si toutefois il y avait quelque chose à faire, pouvait difficilement être qualifiée de repos. Il voulait être alerte lorsque l'*Entreprise* arriverait dans la Phalange.

Montant la plateforme gravitationnelle, il entra dans sa cabine. Et s'arrêta.

Avant même que la lumière rouge ne dissipe les ténèbres, il ressentit une différence. Quelqu'un était entré en son absence.

Le chat des forêts sibériennes sauta de la couchette sur laquelle Stephen était endormi. Les larges pattes couvertes de fourrure du chat firent un bruit sourd sur le pont à cause de la pesanteur vulcaine. Le chat s'assit et se lécha l'épaule de deux rapides coups de langue.

Stephen s'était entortillé dans la literie, en sorte que rien de lui n'était visible à part des boucles de ses cheveux blonds.

Spock prononça le nom de Stephen — son vrai nom, pas le nom terrien qu'il avait adopté pour accentuer sa perversité.

Stephen continua de dormir.

— Réveillez-vous.

Ilya se frotta contre les jambes de Spock. Il miaulait à fendre l'âme, se plaignant de la solitude, de la faim, ou de l'univers en général. Spock le ramassa.

— Tu devrais choisir tes compagnons de route plus soigneusement », dit-il au chat. « En particulier s'ils te font mener une vie de cambrioleur à la petite semaine.

— Qu'est-ce que vous essayez de faire, Spock ? » dit Stephen la voix étouffée par les couvertures. « Inciter mon équipage à la mutinerie ?

— Si je croyais que cela pût avoir le moindre effet, c'est bien ce que je ferais. » Le chat frotta son front contre la main de Spock, pétrit ses bras de ses longues griffes recourbées, et étira le cou pour lui permettre de le gratter sous le menton. Ses crocs pointus dépassaient de sa mâchoire inférieure. « Je vois que vous avez toujours une préférence pour les animaux favoris dangereux.

— C'est un commentaire intéressant, de la part de quelqu'un qui avait un sehlat adulte. » Stephen repoussa les couvertures. « Lindy m'a dit que vous aviez un environnement vulcain. Je suis entré pour avoir chaud. Et la pesanteur terrestre me donne le vertige. »

Spock avait perçu les effets que Stephen décrivait, mais il s'interdisait de s'en plaindre, et même de les reconnaître.

— J'aurais pensé », dit Spock, « que les années que vous avez passé sur Terre, et votre préférence pour les Humains, vous auraient habitué aux conditions terrestres moyennes. »

Stephen s'assit et se frotta les yeux comme un enfant ensommeillé. Beaucoup de ses réactions ressemblaient à celles d'un enfant, mais les enfants grandissent et apprennent et leur discipline augmente. Ils n'essaient pas à tout prix de s'en débarrasser.

— On perd la tolérance au bout d'un moment », dit Stephen. « C'est gentil à vous de m'avoir laissé votre cabine ouverte.

— Ça n'a rien à voir avec vous. Je ne ferme jamais ma porte.

— Oui, c'est bien ce que je pensais. Vous êtes l'être le plus entêté que j'aie jamais rencontré, quand il s'agit de respecter des coutumes qui ne conviennent pas aux circonstances.

— Comment Mme Lukarian sait-elle que j'ai un environnement vulcain dans ma cabine ? » dit Spock.

— J'allais vous le demander ! » Stephen mit ses mains derrière sa tête et s'appuya contre le mur.

— Je n'en ai aucune idée », dit Spock.

— Il y a quelques années, j'aurais pu obtenir de vous une réaction... intéressante avec cette insinuation. Vous vous êtes entraîné. » Il haussa les épaules. « En tout cas, ça fait du bien de voir que vous me parlez de nouveau.

— Il me serait difficile de vous demander de partir sans vous parler.

— De votre cabine ou de votre vaisseau ?

— La première solution suffira. La seconde serait préférable.

— Vous êtes fou de rage contre moi, à cause de cet après-midi, non ? Vous avez cru que j'allais leur dire votre prénom.

— Premièrement, je ne me mets pas en colère », dit Spock. « Deuxièmement, rien de ce que vous faites ne peut me surprendre. Troisièmement, peu d'êtres à bord de ce vaisseau comprendraient la signification de mon prénom, dans l'éventualité improbable où ils puissent s'en souvenir, et dans l'éventualité encore plus improbable où ils puissent le prononcer. Stephen ricana. « Vous êtes vraiment en colère.

— J'ai mieux à faire », dit Spock, « que d'écouter vos divagations. Si vous ne partez pas, je pars. »

Stephen rejeta les couvertures en grommelant. « Ça ne vous ferait aucun mal de me laisser faire la sieste. » Il se leva, l'air maussade, et montra la pierre de méditation. « Vous n'allez même pas vous servir de votre couchette. Vous allez vous prouver à vous-même à quel point vous êtes fort en dormant sur ce fichu truc. » Il alla à grands pas vers la porte. « Ilya, viens, chaton. »

Le chat des forêts ronronnait dans les bras de Spock, pétrissant sa manche de ses longues griffes pointues, et il ne fit pas le moindre effort pour bouger. Pendant toute leur conversation, Spock avait caressé la créature. Spock détacha Ilya du velours. « Pourquoi persistez-vous dans cette imposture ? » dit-il à Stephen en lui rendant le chat. « Ça ne vous va pas. » L'expression de Stephen se durcit tout à coup, jusqu'à l'impassibilité. Son regard bleu se fit glacial. Mais en un instant, il rejeta le calme vulcain.

— Je ne suis pas le seul imposteur dans cette pièce », dit-il avec un sourire dégagé.

Spock laissa l'accusation glisser sur lui. Son manque de réaction suffirait à prouver que l'accusation de Stephen était fausse.

Stephen rit, puis le laissa tranquille. Spock s'allongea sur la pierre de méditation. Pour la première fois depuis très longtemps, il éprouva des difficultés à se relaxer jusqu'à la transe profonde.

Sa couchette resta comme Stephen l'avait laissée, froissée et inoccupée.

Le directeur du comité de surveillance disposait d'espions efficaces. L'un de ses meilleurs agents, un Rumaiy voilé dont le directeur avait choisi de respecter l'anonymat, traîna à l'intérieur une créature d'une totale inélégance. Le Rumaiy s'inclina, avec raideur et le minimum de politesse. Il jeta son captif sur le sol en mosaïque d'os et écrasa sa botte contre le cou du captif lorsque celui-ci essaya de se lever.

— Salue tes supérieurs », dit-il. Sa voix, étouffée par trois couches de gaze iridescente, n'en avait pas moins des accents dangereux. Le captif pressa son visage contre le sol poli.

— Qu'il se relève », dit le directeur.

Le Rumaiy obéit. Le directeur se félicita d'avoir sa loyauté — ou, à tout le moins, ses services.

En tremblant, le jeune captif se redressa sur les genoux. Il était vêtu à la manière d'un marchand de position sociale inférieure.

— Il n'y a aucun plaisir à écouter son histoire », dit le Rumaiy. « Ni pour vous, ni pour moi.

— Néanmoins, j'écouterai l'histoire.

La crête frontale du captif se contracta de peur, et il leva ses mains attachées d'un air suppliant.

— Monsieur, si je vous dis la vérité, vous me tuerez, bien qu'il y ait d'autres témoins et que vous ne puissiez pas espérer les retrouver tous. Mais si je vous dis un mensonge, vous trouverez l'un ou l'autre des témoins et vous découvrirez que je vous ai menti, et vous me tuerez. Ainsi, je n'ai qu'un choix, celui de décider quelle histoire m'apportera la mort la plus rapide. Peut-être ferais-je aussi bien de tenir ma langue. Le directeur, d'un geste, indiqua abruptement à l'espion de ne pas utiliser sa botte sur les côtes du jeune marchand.

— Le silence est le pire des choix possibles, je te l'assure », dit le directeur. « Dis la vérité. Si mes agents confirment ton histoire et qu'il me soit nécessaire de te tuer, je te promets une mort sans douleur. » Les épaules du captif s'affaissèrent comme s'évanouissait son espoir de sauver sa vie avec sa démonstration de bravade. Et pourtant, le directeur avait pour lui une admiration réticente, car le courage physique n'était pas stimulé au sein des classes marchandes.

— Raconte ton histoire », dit le directeur.

L'histoire était bien la pire qu'il redoutât : le sordide récit de la débauche de son fils.

— … et alors, monsieur, quand il a compris qu'il avait perdu son vaisseau, monsieur, il l'a attaquée par derrière. Elle s'est défendue. Et alors, au lieu de le tuer, elle lui a proposé un duel. Elle a dit qu'elle voulait s'approprier son disque de vie honnêtement. Elle a choisi les dagues de sang. La sienne est foncée. La couleur a effrayé l'officier. Et alors, au lieu de se battre quand le signal a été donné, il a lancé sa lame. Il a mis la main dans sa tunique — il avait une fronde-laser. Mais elle a évité la lame, et puis elle a fait si vite qu'il n'a même pas eu le temps de lancer une seule pointe avant de mourir. Monsieur, je suis désolé, monsieur.

— Qu'est-il arrivé ensuite à la duelliste ?

— Elle a pris son disque et l'a montré à l'équipage de son vaisseau. Ils lui ont juré allégeance.

— *Où est-elle allée ?*

— Monsieur, je ne sais pas, mais… » Il aspira à fond, secoué. « Avant la partie, avant le duel, nous avons parlé ensemble. Elle m'a trouvé… distrayant. Elle m'a donné des conseils. Elle m'a dit qu'un bon butin et peu d'interférences étaient possibles près de la Phalange de la Fédération. Elle a dit qu'aussi bien Starfleet que l'Empire ignorent ce qui se passe là, de manière à ne pas avoir à entrer en conflit au sujet d'un territoire disputé…

— Silence », murmura le directeur. « Une intelligente observatrice, votre rénégate. » Il étudia l'information pendant un moment. « Ce duel — il a eu des témoins ?

— Oui, monsieur, beaucoup, monsieur.

— Alors comment se fait-il que tu sois ici, et pas un des autres ?

— Je ne savais pas ce que je devais faire », dit le jeune homme, démoralisé.

— Explique-toi.

— C'était ma première visite à Arcturus. Je pensais faire une transaction rapide, un profit rapide. Je pensais que je ne pouvais pas me permettre de partir sans quelque… commerce. Les autres se sont enfuis. Et maintenant, mes os vont décorer votre sol. » Il tenta d'avoir une expression de résignation amusée, sans y parvenir.

— Bien. » Le directeur se retourna, marcha vers un mur, et regarda fixement et longuement une sombre peinture. « Mes espions sont partout. Ta présence ici le prouve. » Le directeur fit de nouveau face au marchand. « Est-ce que tu comprends bien ça ? »

Le jeune homme fit un signe d'abjecte acceptation.

— Lève-toi. »

Il obéit, tremblant violemment.

Le directeur fit le code d'ouverture des menottes. « Je m'assurerai », dit-il, « d'avoir toujours un espion quelque part, près de toi. Si tu parles jamais de cet incident, je le saurai. Je te donnerai le temps de le regretter avant de mourir. »

Le jeune homme le regardait, n'osant le croire.

— La miséricorde est passée de mode », dit le directeur. « Je ne suis pas un homme à la mode. Je t'épargnerai.

— Monsieur ?

— Je dis que je n'ajouterai pas d'os à mon sol aujourd'hui ! » Il attendit jusqu'à ce que le sursis qui lui était donné pénétrât l'esprit abruti par la peur du jeune homme. « Mais il se peut qu'un jour, je vienne te voir pour te demander le paiement pour ta vie. Est-ce que tu comprends ?

— Oui, monsieur, oui. » La voix du jeune homme lui manqua.

— Sors de là, et rentre chez toi. Tu n'étais pas fait pour être contrebandier.

Le jeune homme sortit de la pièce, ses sandales

grattant contre les carreaux. Aussitôt qu'il eût passé le seuil, il s'enfuit. On entendit le bruit de ses pas résonner puis disparaître.

Le directeur regarda son espion. Le voile à plusieurs couches ne révélait rien. « Et pourquoi cette histoire vous procure-t-elle si peu de plaisir ? » dit le directeur.

Un homme moins honorable, ou un homme ayant plus de tact, aurait offert de fausses condoléances pour le déshonneur et la mort du fils du directeur.

— La renégate », dit l'espion du directeur, « s'appelle Koronin. Elle montre son visage au monde. Elle est Rumaiy. »

Jim se retourna nerveusement dans sa couchette. Il s'assit dans l'obscurité et plissa ses yeux pour lire l'heure. Encore trente minutes. Il pensa qu'il devrait se recoucher et dormir — ou au moins faire semblant de dormir — plutôt que de s'agiter simplement parce que son vaisseau approchait de la Phalange. Aucun bâtiment officiel de l'oligarchie klingonne n'avait attaqué un vaisseau de Starfleet dans la Phalange depuis que la base 13 avait été installée. Il était peu probable qu'ils commencent maintenant. Même les pillards se contentaient d'attaques furtives contre les vaisseaux marchands sans défense. Au pire, un des pillards pouvait leur fondre dessus. Même si quelque imbécile attaquait réellement un vaisseau stellaire de Classe Constellation, Jim serait amplement averti par les senseurs, et il aurait tout le temps de se lever, de s'habiller sans se presser, et de rejoindre la passerelle.

Pour toutes ces raisons, il avait décidé de ne pas modifier la routine de l'*Entreprise*.

Maintenant, il avait cependant changé d'avis. A supposer que les bandits — aussi invraisemblable que cela paraisse — forment une alliance contre tout ce qui circulait dans la Phalange ? A supposer — une chance

259

sur un million — que l'oligarchie décide de tenter une attaque surprise ?

Il renonça à essayer de dormir, rejeta les couvertures, s'habilla, et se dirigea vers la passerelle.

En général, à moins que des conditions d'urgence ne soient établies, l'*Entreprise* fonctionnait sur un rythme diurne régulier. Jim avait choisi de le maintenir pour l'entrée dans la Phalange. La plus grande partie de l'équipage était de quart pendant les heures pleines ; une équipe réduite travaillait pendant les heures creuses de la nuit.

Jim arriva sur la passerelle, peu éclairée et tranquille. Une lumière étrange provenait des écrans allumés ; la pulsation murmurante des machines était le seul son que l'on entendît.

Un enseigne solitaire était de quart nocturne, prêt à rappeler l'équipe complète au moindre événement inhabituel. L'enseigne regarda vers l'arrière lorsque Jim sortit de l'ascenseur.

— Capitaine ! » L'enseigne libéra le siège du capitaine.

— Bonjour, Enseigne... ?

— Chekov, monsieur, Pavel Andrei'ich Chekov.

Jim avait le sentiment qu'il devait expliquer sa présence ; d'un autre côté, c'était lui le capitaine. Il ne lui était pas demandé d'expliquer ses actions à ses subordonnés. Il s'installa à sa place, tandis que l'enseigne prenait la place du navigateur.

Jim examina les affichages tactiques sur l'écran. L'*Entreprise* se dirigeait droit au centre des cercles concentriques qui dessinaient en perspective la Phalange.

— Quel est notre horaire prévu d'arrivée dans la Phalange, Enseigne Chekov ?

— Cela dépend, capitaine. Affichage peut induire en erreur, monsieur. Starfleet Command,

Topographie Fédération, Empire Klingon — chacun choisit frontière différente.

— Celles de Starfleet feront notre affaire.

— Oui, monsieur. Frontières Starfleet et frontières Empire se chevauchent ; territoire est contesté. Horaire prévu d'arrivée : 0619. Dans dix minutes.

— Merci, monsieur Chekov.

Les portes de la passerelle s'ouvrirent. Le Commander Spock s'arrêta.

— Bonjour, monsieur Spock.

— Bonjour, Capitaine.

Il alla à sa place. Des écrans s'allumèrent autour de lui.

— Sur quoi travaillez-vous, monsieur Spock ?

— Rien de spécifique, capitaine.

— Vous êtes prêt à relever le gant ?

— Il est peu probable que nous soyons en proie à un harcèlement, capitaine ; les bandits locaux préfèrent des cibles plus faciles.

Ainsi, le Commander Spock, pas plus que moi, n'est prêt à admettre que l'idée d'entrer là-dedans le rend nerveux, pensa Jim. Même s'il pense que j'aurais dû nous mettre en état d'alerte, il ne va pas le dire — il est peut-être dépourvu de tact, et indifférent aux sentiments des autres, mais il n'est ni stupide ni indifférent à ses propres intérêts. Dire à son capitaine qu'il le considère comme un imbécile ne serait pas... logique.

— Cinq minutes, capitaine », dit Chekov.

Jim s'affaira dans son siège de capitaine. Il regarda rapidement son planning pour la journée — ce qui était heureux, car il avait oublié ses classes du matin. Le directeur des divertissements avait noté les aptitudes athlétiques de chacun à bord, y compris le capitaine, et il avait suggéré que Jim se chargeât de l'enseignement d'un cours de judo. Il avait accepté, et il avait laissé un mot un peu embarrassé pour Rand, lui demandant de caser le cours dans sa journée. D'une façon quelconque, elle y était parvenue.

Jim jeta un coup d'œil aux rapports de fonctionnement du vaisseau, ouvrit un fichier sur le livre de bord, et le referma, vide, quand il s'aperçut qu'il n'avait à y noter que le fait que l'*Entreprise* approchait de la Phalange, que les senseurs ne détectaient aucun autre vaisseau dans leur rayon d'action, et que le capitaine s'ennuyait.

Si je m'ennuie tant que ça, pensa-t-il, pourquoi mon pouls bat-il si vite ?

— Nous entrons dans la Phalange, monsieur.

Même Spock détourna son attention de sa console.

Mais il ne se passa strictement rien.

L'*Entreprise* continua, aussi paisiblement que si elle voyageait au cœur même de la Fédération, et pas dans ses franges les plus lointaines.

Jim se moqua de lui-même, amusé par le soulagement qu'il ressentait : la Phalange devenait de plus en plus dangereuse à mesure qu'on avançait, pas moins ! Si Jim devait préparer une embuscade, il attaquerait à mi-chemin, loin de toute possibilité de renfort par la Fédération. Son état actuel de nervosité avait plus à voir avec l'aspect psychologique du fait de quitter le corps principal de l'espace de la Fédération, qu'avec un quelconque danger réel.

Comme il grimpait un par un les escaliers menant au niveau supérieur de la passerelle, il sentit un faible élancement au genou. Il était sûr que tout irait bien si seulement il faisait un peu plus attention. S'il pouvait tenir McCoy à distance pour encore un jour ou deux, il lui serait possible d'éviter une autre série de traitements, ou, pire, une autre séance de régen.

Spock était retourné à son ordinateur. Jim s'appuya contre la console derrière lui, délibérément nonchalant.

— Monsieur Spock.

— Oui, capitaine.

— Tous les vaisseaux sur lesquels j'ai servi avaient des zones d'anomalie de pesanteur », dit-il sans avoir l'air d'y penser. « Est-ce que c'est vrai aussi sur l'*Entreprise* ?

— Bien sûr, monsieur. C'est inévitable.

— Où sont-elles ?

Spock amena à l'écran un diagramme qui ressemblait à cinq amibes en train de se faire des choses les unes aux autres. La pornographie chez les unicellulaires, pensa Jim, réprimant un sourire.

— Là où les champs se coupent, des nœuds apparaissent. » Spock toucha l'écran à plusieurs endroits.

— Oui, monsieur Spock. Mais où sont exactement ces nœuds ?

— Ici, ici, et, de façon symétrique — voulez-vous dire par rapport au plan général du vaisseau ?

— Oui, monsieur Spock. Je voudrais... m'assurer qu'ils sont placés correctement. Pour la sécurité.

Spock fit apparaître un plan de l'*Entreprise*. « L'anomalie zéro g majeure est congruente au laboratoire en pesanteur nulle, comme prévu. Un autre nœud apparaît à la base de la soucoupe. La paire symétrique se trouve de chaque côté de la coque principale, deux ponts en dessous de la jonction physique des supports. Le nœud bâbord est dans une cabine occupée par un être pour qui les champs gravitationnels sont extrêmement inconfortables.

— Je vois. Et où se trouve le nœud tribord ? »

Spock consulta la carte. « Dans l'arboretum, monsieur.

— L'arboretum.

— Oui, monsieur.

— Merci, commander.

Les portes de l'ascenseur s'ouvrirent, et Stephen entra, bâillant, son chat sur l'épaule. Jim aurait voulu que Stephen ait fait sa manœuvre de mise à quai de façon moins flamboyante, et moins dangereuse. Après

263

les commentaires de Spock, il avait été prêt à apprécier ce Vulcain inhabituel, mais Stephen lui avait rendu la tâche difficile ! Jim s'appuya nonchalamment contre la console, un mouvement qui l'éloignait fort à propos des griffes d'Ilya. Se balançant au rythme de la marche de Stephen, le chat fit pivoter sa tête pour garder Jim sous la surveillance de son suspicieux regard vert.

Stephen leva un sourcil en direction de Spock. « Bien dormi ? » demanda-t-il, d'une voix légèrement sarcastique.

— Je n'avais aucunement l'intention de dormir ; j'avais besoin de paix et de solitude pour méditer.

— Ça ne vous ennuie jamais, d'être si parfait tout le temps ?

Spock ignora le commentaire.

— Cherchez-vous quelque chose de particulier ? » demanda Jim à Stephen. « C'est un peu tard pour être en train d'errer sur un vaisseau que vous ne connaissez pas.

— Il est tard ? » Stephen bâilla de nouveau. « Je n'avais pas remarqué.

— *Pazhalsta,* monsieur », dit Chekov. Est-il chat des forêts sibériennes ? »

— Oui. » Stephen rejoignit Chekov près de la console de navigation. « Il s'appelle Ilya. »

Chekov tendit la main avec précaution. Le grand chat le renifla, l'approuva, et daigna se laisser gratter.

— J'ai seulement vu chat des forêts sibériennes en Russie », dit Chekov. « Ma cousine Pavi en a un comme animal domestique.

— C'est vrai ? Ils ne sont pas communs.

— Non, mais Pavi a fait thèse étudiante à Institut Génétique de Vladivostok où chats sont élevés. Elle est remarquable étudiante, suivant dans pas de Lysenko !

Les sourcils de Spock se soulevèrent d'incrédulité. « Enseigne Chekov, est-ce que vous détestez votre cousine ?

— Oh, non, monsieur. Elle est petite peste parfois, je taquine, mais elle est bonne petite.

— Alors, pourquoi donc souhaitez-vous qu'elle marche sur les traces de Lysenko ?

— Vous ne connaissez pas Lysenko, monsieur ? Hé bien, il a inventé étude génétique sur Terre.

— J'étais resté sur l'impression que Gregor Mendel avait eu cet honneur.

— Oh non, monsieur, je demande pardon. Lysenko a découvert hérédité gènes dominants/récessifs, structure de acide déoxyribonucléïque, et méthode pour recombinaison DNA.

Spock regarda Chekov, puis retourna à son travail sans répondre. Jim eut l'impression que ce n'était pas la première fois que Spock avait ce genre de conversation avec Chekov.

— Lysenko a dû vivre très longtemps », dit Stephen.

— Hé bien, je ne sais pas, monsieur. » Chekov caressa le chat sous le menton, et les ronronnements satisfaits d'Ilya se réverbérèrent sur toute la passerelle.

L'éclairage augmenta progressivement, suivant la programmation diurne. C'est presque le quart de jour, pensa Jim. C'est vraiment le matin.

Grâce à l'information que lui avait apportée son espion, le directeur du Comité de Surveillance mobilisa la flotte de Sécurité avant que l'oligarchie ait de bonnes raisons de se rendre compte que le vaisseau-prototype avait été perdu.

Il y avait bien des années que le directeur n'avait pas commandé personnellement de mission. Il grimpa sur la passerelle de commande, oublieux de l'espace et des étoiles, concentré seulement sur la poursuite de Koronin, la rénégate qui pouvait exposer l'indignité de son fils à la face du monde.

La route qu'il ordonna dirigea sa flotte vers la Phalange de la Fédération.

Encore à moitié endormie, Roswind laissa tomber son peignoir sur le sol de la salle de bains. C'était super d'avoir la cabine pour elle toute seule, pour un temps. La partager avec cette poule mouillée de Janice Rand avait presque été plus qu'elle ne pouvait en supporter. Roswind sourit, se souvenant de l'air qu'avait eu Janice dans l'uniforme trop grand. Ça lui apprendrait à être promue par-dessus la tête de gens qui avaient plus d'ancienneté et plus de talent qu'elle ! Roswind se demanda quand sa nouvelle compagne de cabine emménagerait. Elle se demanda ce que sa nouvelle compagne était. Si elle était verte... peut-être une Vulcaine ? Cela pourrait être intéressant. Mais, est-ce que les Vulcains hibernaient ? En tout cas, ils n'étaient sûrement pas timides.

Roswind grimpa dans la douche et marcha sur quelque chose de tiède et de glissant. Elle poussa un cri aigu et sauta en arrière, tout à fait réveillée par le choc.

Une vaste créature verte, d'aspect bosselé, était nichée, endormie, dans la douche sonique. La marque des pieds de Roswind faisait une tache sur sa peau translucide, qui luisait et pulsait faiblement. Roswind les voyait bien — ses organes internes — en train de palpiter et de fonctionner.

— Qu'est-ce que vous faites dans la douche ? » dit Roswind, indifférente à la possibilité d'expédier sa nouvelle compagne dans une hibernation déclenchée par la peur. L'être — Roswind n'avait pas demandé quel était le nom de sa nouvelle compagne, ni même si elle avait un nom — était tranquille et silencieux. « Vous êtes pire que Rand ! Elle ne savait pas ce que c'était qu'une douche sonique, mais vous, vous croyez que c'est un lit ! »

266

Jim se dirigea en hâte vers le pont de récréation. Dans les vestiaires, il revêtit son *keigo gi,* la veste et le pantalon de toile blanche qui étaient l'uniforme de nombreux arts martiaux. Tout en nouant sa ceinture noire autour de ses hanches, il salua M. Sulu, qui était en train de s'habiller pour une leçon d'escrime.

— Et alors, ce match ? » demanda Jim.

— Oh.. oui, bien sûr, capitaine. » Sulu avait l'air dubitatif. « Un jour où nous serons tous deux vêtus en conséquence ?

— Je peux me changer après mon cours », dit Jim. Il se demanda si Sulu cherchait une façon diplomatique de s'esquiver. « A moins que vous ne soyez fatigué après votre leçon ?

— Fatigué ? » dit Sulu d'un air ironique. « Non, monsieur, je ne serai pas fatigué.

— Alors, c'est d'accord.

— Très bien, capitaine.

Jim alla sur le tatami retrouver sa classe de débutants.

Tout d'abord, il lui fallait leur apprendre à tomber sans se tuer ! Ils commencèrent par des roulades avant, puis progressèrent (ou fallait-il dire « régressèrent », pensa Jim, amusé) juusqu'aux roulades arrière. Quelques-uns des étudiants essayèrent même de sauter par-dessus un tapis roulé et d'atterrir en roulade avant.

A la fin de l'heure, les étudiants le saluèrent, et se saluèrent les uns les autres. « C'était bien pour une première leçon », dit Jim. « La prochaine fois, nous essaierons de battre le record de sauts par-dessus le tapis. Et nous apprendrons quelques projections. »

La classe se dispersa.

Enseigner à des débutants ne représentait pas un bien grand effort ; Jim, échauffé durant la classe, était prêt pour un véritable exercice. Il se changea, revêtant une tenue d'escrime, et traversa la salle de gym, passant à côté d'un groupe pratiquant la gymnastique suédoise.

Comme la classe de Jim, celle de Sulu était composée de débutants, qui n'en étaient même pas encore au stade de savoir confortablement tenir leur épée. Sulu, par contre, avait l'air de s'entraîner pour jouer d'Artagnan. Jim le regarda, impressionné par la technique du lieutenant. Même ses démonstrations à vitesse réduite étaient claires et nettes, et montraient sa puissance.

La classe se termina. Sulu releva son masque et salua Jim depuis la piste d'escrime.

— Prêt, monsieur ?

— Bien sûr », dit Jim, pensant, je l'ai bien cherché.

Les autres personnes se trouvant dans la salle s'aperçurent que quelque chose d'intéressant était sur le point de se passer, et, bien entendu, tout le monde se rassembla pour regarder.

Jim et Sulu se saluèrent avec leurs épées, mirent leurs masques, et se mirent en garde.

Pendant la moitié du match, Jim parvint presque à faire face. Il eut une touche, contre deux pour Sulu. Il était trempé de sueur, haletant et enthousiasmé, et prenant un plaisir total à la compétition. Il allait probablement perdre, mais Sulu ne l'avait pas encore battu !

Il se tordit le genou, mais parvint à rester sur pied. Une sueur froide provoquée par la douleur remplaça la sueur de l'exercice. Tentant de ne pas boiter, il battit en retraite, porta une botte, rata Sulu d'une largeur de paume, et se jeta involontairement sur l'épée de Sulu.

— Touché », dit Jim.

— Ça va, capitaine ?

— Oui. En garde. » Se retirer avec l'excuse d'une blessure était une façon ridicule d'éviter de perdre. La douleur s'atténua. Ce n'était probablement qu'une crampe musculaire, de toute façon.

Parade — parade — botte — retraite. Sulu le força à

sortir de la piste d'escrime, ce qui compta comme la quatrième touche que marquait celui-ci. Ce gamin était extraordinaire, Jim devait bien l'admettre. La qualité des compétitions s'était élevée depuis son époque à l'Académie. Jim secoua la sueur de ses yeux et revint précautionneusement sur la piste. Il avait l'impression que son genou était foulé.

— En garde.

Il porta une botte aveuglément. Son épée se courba contre la jaquette de Sulu, en même temps que l'épée de Sulu touchait carrément le cœur de Jim.

— Double touche.

Cinq touches pour Sulu : la victoire. Jim en avait deux, bien que la seconde ait été un pur coup de veine. Il espérait que Sulu ne s'était pas retenu, mais il ne le saurait jamais, car le lieutenant était doué à ce point-là.

Jim salua Sulu et secoua la tête.

— Merci, lieutenant. Je suis content d'avoir eu l'occasion de faire de l'escrime avec un véritable champion.

— Le... euh, le plaisir était pour moi, Monsieur.

— Il faudra que nous recommencions quelque jour », dit Jim, bien que la chose qu'il désirât le plus au monde, en ce moment, fût un coussin de glace.

— J'ai besoin de vous parler quelques instants, capitaine. C'est, en quelque sorte, en relation avec ce que vous venez de dire.

— Est-ce que la Yeoman Rand a pris un rendez-vous pour vous ?

— Oui, Monsieur, mais c'est seulement dans trois semaines.

— Demandez-lui de l'avancer. Dites-lui que je suis d'accord. Je crains de ne pas avoir le temps de vous parler maintenant — le planning d'aujourd'hui est trop serré.

— Ça ne prendrait qu'une minute...

— Je suis désolé, lieutenant. Pas maintenant.

Une fois seul dans le couloir. Jim s'appùya contre la paroi et se frotta le genou. Il essuya la sueur de son visage. Sa peau était humide et froide. Il retourna à sa cabine et passa l'heure suivante avec un coussin de glace sur le genou. Puis il annula l'examen médical qu'il aurait dû passer l'après-midi.

De retour au gymnase, Hikaru se prit à regretter d'avoir essayé de pousser le Capitaine Kirk à lui accorder quelques minutes de plus. Visiblement, il avait dépassé les bornes. Néanmoins, Hikaru était impressionné par la grâce avec laquelle le capitaine avait perdu. Particulièrement après ce qui s'était passé au championnat.

Hikaru avait compris dès le début du match qu'il lui était impossible de perdre contre le capitaine même s'il en avait envie. S'il perdait délibérément, Hikaru aurait l'air d'un flatteur de la plus basse espèce, et le Capitaine Kirk aurait l'air d'un imbécile. De sorte qu'Hikaru ne s'était pas retenu — enfin, pas beaucoup. Il était stupéfait que cela se fût si bien terminé.

— Lieutenant Sulu ?

Hikaru faillit gémir tout haut. Il était trop tard pour fuir M. Cockspur et ses interminables histoires.

— M. Cokspur, je suis de service ce matin. Je dois me dépêcher ou je serai en retard.

— Ceci ne prendra qu'un moment, mon garçon. J'ai regardé votre match. Bien, très bien, bien qu'il vous reste à considérer la différence entre la discrétion et la valeur. Ne faites pas attention. Connaissez-vous Shakespeare ?

— Hé bien... oui, Monsieur.

— Très bien ! J'ai l'intention de changer ma scène, de la rendre un peu plus martiale pour cette tournée. Qu'en pensez-vous ? Je fais habituellement un soliloque... mais peut-être que la scène de la mort d'Hamlet, le duel à l'épée à la fin de la pièce, serait plus approprié.

— Ça me semble bien, Monsieur », dit Hikaru, se

demandant pourquoi diable Cockspur lui demandait cela à lui.

— J'espérais que vous diriez ça. Je n'ai pas de doublure — personne qui puisse jouer le rôle de Laerte. Qu'en pensez-vous ?

— De quoi, Monsieur ?

— De jouer Laerte.

— Oh », Hikaru faillit refuser tout de go, puis s'arrêta et reconsidéra la situation. Il doutait fort être capable d'éviter la compagnie de M. Cockspur pendant la tournée, à moins d'éviter aussi le pont de récréation. L'acteur passait toutes ses soirées dans le salon. Pourquoi ne pas mettre ce temps à profit ? Hikaru aurait préféré jouer Hamlet, bien sûr — en plus, il avait l'âge du rôle. Mais ce serait amusant d'être Laerte.

— D'accord », dit-il. « Ça me plairait. Merci de me l'avoir proposé.

— Excellent, mon garçon. Pouvez-vous apprendre le texte à temps pour la répétition de deux heures ?

— Ça, c'est un problème », dit Sulu, déçu. Je suis en service jusqu'à 16 heures. Je connais la scène, cependant. Je pourrais probablement l'apprendre d'ici à la représentation.

— Non, ça n'ira pas du tout. Nous devons répéter, et vous devez apprendre mon adaptation...

— Votre adaptation ? De *Shakespeare ?*

— ... et je vais donc parler au capitaine.

D'humeur maussade et pas mal fatiguée, Roswind se rendit aux vestiaires du pont de récréation pour prendre une douche. Les lieux étaient bondés de gens se préparant à retourner au travail. A chaque fois qu'un vaisseau stellaire partait pour un voyage de longue durée, pratiquement tout le monde à bord s'inscrivait à un cours d'exercice physique quelconque : Tai Chi, Yoga, arts martiaux de plusieurs mondes différents, escrime pour débutant (c'était un nouveau cours), et même une obscure pratique ésotérique dont le nom pouvait se traduire par « respiration profonde », mais qui, pour Roswind, semblait n'être rien d'autre qu'un prétexte pour hurler à pleins poumons pendant une heure.

En quelques semaines, la moitié des gens aurait abandonné les cours, et serait revenue à son habituelle vie sédentaire, mais pour l'instant les vestiaires étaient transformés en un vaste embouteillage.

Pendant combien de temps vais-je avoir quelqu'un en train de dormir dans ma douche ? se demanda Roswind. Si elle fait ça tout le temps, est-ce que je pourrais m'en tirer en déposant une réclamation ?

Le service du Personnel voyait d'un mauvais œil les objections frivoles — ou racistes — contre un compagnon de cabine d'une espèce différente. Si le compagnon émettait du méthane ou quelque autre gaz dangereux, si deux compagnons de cabines avaient besoin de températures extrêmement différentes, ou si l'un était allergique à l'autre — Roswind regretta d'avoir assuré au Lieutenant Uhura qu'elle ne souffrait pas d'allergies — alors le service du Personnel autorisait un transfert. Mais une réclamation indiquant qu'une nouvelle recrue avait pris la douche pour un lit ne lui apporterait rien d'autre qu'une réprimande et un sermon sur la tolérance. Et donc Roswind, de fort mauvaise humeur, pris sa douche dans les vestiaires, et répliqua vertement à tous ceux qui lui adressèrent la parole ce jour-là.

A midi, le Capitaine Kirk libéra Hikaru pour le reste de la journée.

M. Cockspur remit le texte de la scène à l'acteur novice. Il le lut… et réalisa dans quoi il venait de se laisser embarquer.

Après la répétition de deux heures, se sentant raison-

272

nablement content, M. Cockpsur envoya le lieutenant réviser son texte, et se mit à la recherche d'Amelinda Lukarian, qui était, bien sûr, et comme d'habitude, en compagnie de sa maudite bête.

Il traversa précautionneusement le hangar des navettes. On ne savait jamais ce qui pouvait se cacher dans l'herbe en train de pousser.

— Madame Lukarian.

Insolemment, elle continua à brosser la robe de la créature. Puis elle finit par lui répondre. « Oui, M. Cockspur ?

— J'ai changé ma scène.

— Je l'ai vu. Hikaru est charmant dans le rôle.

— Oui, il promet. Et je lui ai expliqué que l'original est incompréhensible pour une audience moderne. Il saura le texte par cœur ce soir. Ainsi, la seule question qui reste est celle-ci : à quel moment devra se placer la scène ?

— Comme d'habitude, l'avant-dernière, juste avant Newland.

— Mais, ma chère enfant, la scène de la mort est la dernière scène d'Hamlet. Elle devrait aussi être la dernière de la représentation.

— Nous avons déjà parlé de ça. Etablir l'ordre des numéros est l'affaire du directeur. Et dans tout programme que j'établis, le numéro de Newland Rift passe en final.

— Des chiots », dit Cockspur avant de réfléchir à l'effet que ferait son imitation sur Lukarian.

— Et je ne terminerai pas la représentation par une tragédie, non plus.

Elle se tourna vers le cheval, alors que la bête mal élevée la mordait.

— Dans ce cas, je suis obligé de protester.

— C'est votre privilège.

— Si je vous déplais tant, Madame Lukarian, pourquoi ne me rachetez-vous pas mes parts dans la coop ?

— Je n'en ai pas les moyens. Pourquoi ne les abandonnez-vous pas ?

— Financièrement, ce serait une bêtise, vous ne croyez pas ?

— Alors présentez-vous en tant que directeur. Si vous gagnez, vous pourrez décider qui passe en premier et en dernier.

— Me présenter comme directeur ? Ma jeune dame, je suis un artiste.

Elle lui fit face de nouveau. « M. Cockpsur, j'ai essayé de rester polie, parce que vous étiez un ami de mon père. Mais je ne déplacerai pas Newland afin que vous ayiez une meilleure place à l'affiche !

— Dans ce cas, je suis en grève.

— En *grève ?* Vous ne pouvez pas vous mettre en grève ! Vous êtes à l'affiche ! Vous avez signé un contrat !

— J'ai le droit de protester contre des conditions de travail insupportables. » Cockspur s'éloigna à grands pas.

Les informations du vaisseau annoncèrent la représentation spéciale donnée par la Compagnie Classique de Cirque Hyperluminique. Bientôt toutes les places assises pour les deux spectacles de la soirée furent réservées, et les places debout se vendaient à tour de bras.

Jim se dirigea vers le hangar des navettes, le long de la passerelle, et jusqu'à l'escalier. Eberlué, il regarda le pont.

Un tendre voile émeraude recouvrait le paysage ; de l'herbe nouvelle poussait sur ce qui, la veille encore, faisait partie d'un corps céleste stérile. Trois pins noueux s'entortillaient les uns aux autres dans un des coins, et une grosse pierre, brisée et hérissée d'arêtes aiguës d'un côté, et portant des mini-cratères de météore de l'autre, se dressait au milieu de leurs racines. Les navettes avaient été alignées côte à côte le long d'une des cloisons, et séparées du pâturage afin qu'Athene ne se retrouve pas coincée entre elles. Sulu avait bien étudié l'arrangement. Les navettes se trouvaient au-dessus de la terre, et pouvaient décoller si on avait besoin d'elles. L'herbe nouvelle chatoyait contre leurs traîneaux. Il régnait une odeur de printemps.

Lindy traversa le champ en courant. Athene piqua un sprint après elle, lançant des ruades, lui mordillant les talons, joueuse. Elle s'arrêta, les ailes à demi ouvertes. Lindy la caressa et lui murmura des petits sons calmants. Athene se mit à trotter en cercle autour d'elle, contrôlée par sa voix. Lindy murmura, et Athene se mit au petit galop, élargissant le cercle. Lorsqu'elle étendit les ailes, elle avait l'air de pouvoir, à tout instant, quitter le sol et s'envoler.

Lindy vit Jim. Elle lui fit signe et il la rejoignit.

— Salut, Jim. Que pensez-vous de tout ça ?

— Je suis impressionné », dit Jim. « J'avais oublié que nous avions à bord de la semence de HAD. Ça a été une bonne idée de planter de l'herbe accélérée désertique.

— Je n'en avais jamais entendu parler. Hikaru m'a dit qu'elle descendait de plantes désertiques qui poussent après les pluies d'orage.

— Oui. Elles sont irremplaçables pour contrôler l'érosion.

— Nous en avons planté quelques kilos, et voilà ! Vous en avez une tonne — pourquoi est-ce qu'un vaisseau stellaire transporte de la semence d'herbe ?

— Nous en avons à peu près cinquante tonnes, si mes souvenirs sont bons. Il arrive que les planètes terraformées en aient besoin — après une inondation, par exemple, ou une éruption volcanique. Ce n'est pas souvent qu'on vous en demande, mais quand c'est le cas, il faut en beaucoup, et il le faut rapidement.

— Nous avons amené le gros rocher à l'intérieur en même temps que la terre, et nous avons emprunté les arbres à la section botanique. » Lindy sourit. Athene adore tout ça. Mais... elle ne peut toujours pas voler. Jim, changeriez-vous la pesanteur ?

— Est-ce que le plafond n'est pas trop bas ?

— Le pont n'est pas parfait. Evidemment, je préférerais un environnement terrestre à quatre-vingt-dix-neuf pour cent, avec une pesanteur de un dixième de G. Jim, quoi que nous fassions, elle ne pourra probablement pas quitter le sol. Il est plus probable qu'elle sera seulement capable de flotter pendant quelques pas. Mais ça pourrait lui faire croire qu'elle est vraiment en train de voler. Ça pourrait lui suffire.

— Nous allons vérifier avec l'ingénieur en chef. » Il contacta la salle des machines et posa la question à M. Scott.

— Un dixième de G, seulement sur le pont des navettes ? Je ne sais pas, Capitaine Kirk, ce serait complexe. La tension structurelle...

— M. Scott, la structure de l'*Entreprise* devrait être capable de supporter la tension structurelle — à moins que la maintenance du vaisseau ait été négligée. Est-ce que c'est ce que vous essayez de me dire ?

— Négligée ! Je vous en prie, capitaine !

— Oui ou non, M. Scott ?

— Non, capitaine, la maintenance n'a pas été négligée. Et oui, capitaine, c'est possible de changer la pesanteur.

— Quand ?

— Dans quelques heures, capitaine.

— Très bien. Tenez Mme Lukarian informée, de façon à ce qu'elle puisse être présente lorsque vous effectuerez le changement.

— Oui, capitaine.

Jim coupa la communication.

— Jim, merci », dit Lindy. « Je crains que ceci ne rende pas M. Scott très heureux… »

Jim haussa les épaules. « Ce n'est pas votre problème. C'est juste qu'il n'a pas encore l'habitude d'avoir pour capitaine un… " bleu sans expérience ". Au fait, pour les représentations de ce soir, il ne reste plus que des places debout.

— Des places debout seulement ? Déjà ? » Avec un cri de triomphe, elle leva les bras, les poings serrés, et tourna sur elle-même.

— Les revendeurs de billets vont entrer en action d'un instant à l'autre.

Jim sourit. « Pourquoi ne pas les devancer en ajoutant quelques représentations ?

— Il vous faut un plus grand théâtre. » Elle se mit à rire. « Vous plaisantez ? Bien sûr que nous allons rajouter des représentations ! Comme je vous l'ai dit, nous avons l'habitude d'en faire deux par jour. Et il n'y a rien qu'un artiste aime autant qu'être redemandé.

— Très bien. Je vais mettre ça dans les informations du vaisseau.

Lindy siffla et Athene vint près d'elle en trottant.

— Jim, savez-vous monter à cheval ?

— Bien sûr. Je suis né dans une ferme, en Iowa, vous savez.

— Vous aimeriez monter Athene ?

Jim n'était pas monté à cheval depuis le dernier été qu'il avait passé à la ferme. Winona avait une petite harde de chevaux Shire de gros trait, qui faisait partie d'un projet de préservation des espèces domestiques en voie d'extinction. Jim et Sam avaient eu coutume de parcourir la campagne sur le dos d'Orage et de Tsunami, de nager dans le lac, et même de pêcher dans la rivière. Le large dos d'un cheval de trait Shire était un endroit confortable pour se reposer par les paresseuses après-midi brûlantes. Les chevaux gris pommelé, enfoncés jusqu'au poitrail dans l'eau mouchetée de soleil, somnolaient, faisant jaillir des gouttelettes en balançant lentement leurs queues.

Jim fléchit les mains, où les griffures de chat à demi-cicatrisées le piquaient. Je n'ai pas eu tellement de chance avec les animaux à bord de ce vaisseau, pour l'instant, pensa-t-il.

— Oui », dit-il. « J'aimerais monter Athene.

— Venez ici, je vais vous aider à monter. Glisser simplement vos genoux sous ses ailes. » Elle entrelaça ses doigts, mit ses mains à l'endroit où se serait trouvé l'étrier si Athene avait été sellée, et fit aisément grimper Jim sur le dos d'Athene.

Il sentit les muscles de l'équirapace se contracter sous lui ; un moment, il pensa qu'elle allait tenter de le déloger, mais Lindy, une main posée sur le cou d'Athene, la fit avancer au pas.

Athene avait une démarche pleine de vie, déhanchée et bondissante. Orage, le Shire de Jim, avait un pas puissant et pondéré. Il avait dû avoir à peu près trois fois la masse d'Athene et avoir été plus haut qu'elle de quatre paumes ; il faisait plus de deux mètres au garrot.

Les ailes d'Athene, bien loin de gêner, se comportaient un peu comme les genouillères d'une selle de saut. Jim était content d'avoir un point d'appui, car l'équilibre d'Athene était totalement différent de celui de n'importe quel autre cheval qu'il ait jamais monté.

L'équirapace trotta concentriquement autour de Lindy. Jim se retint avec les genoux, et toucha son flanc du talon. Elle se mit au petit galop, le délogeant presque, et il agrippa sa crinière. Elle s'arrêta en glissant, et il manqua basculer par-dessus sa tête.

— C'est parfait, essayez encore. Subtilement, souvenez-vous.

Jim pressa les flancs de l'animal de ses jambes, doucement : marche, trot, petit galop. Se sentant de plus en plus à l'aise, il se détendit au rythme de sa démarche.

— Vous avez l'air formidable ! » dit Lindy. « On dirait que vous êtes né sur une selle. »

Son genou l'élança, mais il s'amusait bien trop pour abandonner. Dans ce cas, pensa-t-il pourquoi ne pas donner un peu de repos à ce genou ?

Jim posa une main de chaque côté du garrot d'Athene. Puis il hésita, se disant, je suis peut-être sur le point de passer pour le plus grand imbécile de tout l'univers...

— Tout doux, Athene », dit-il, plus pour se rassurer lui-même que dans l'espoir qu'elle comprenne.

Il se hissa vers le haut, jusqu'à être à genoux sur son dos. Il s'arrêta de nouveau, s'accoutumant à garder son équilibre malgré le galop bondissant. Il voyait distinctement la bordure blanche de ses yeux gris, et elle agitait nerveusement les oreilles. Jim se pencha en avant, cala son épaule contre le cou de l'animal, et projeta ses pieds en l'air.

Il se tint ainsi en équilibre précaire sur une épaule, la tête en bas, des plumes lui chatouillant le visage, tandis qu'Athene galopait en cercles réguliers.

Jim se laissa retomber au sol. Athene ralentit, passant du trot à la marche, pour finir par s'arrêter.

— C'était absolument fantastique ! Comment faites-vous ça ?

Jim se frotta l'épaule. « Je n'étais pas sûr de savoir encore le faire. Ça fait un bon bout de temps que je ne l'ai pas fait.

— Vous m'apprendrez ?

— Si vous voulez. » Il se lança. « Lindy, puis-je vous montrer quelque chose ? Sur l'*Entreprise*.

— Bien sûr.

L'ascenseur les emmena du hangar des navettes jusqu'au corps principal du vaisseau. La porte de l'arboretum s'ouvrit, et ils entrèrent dans la chaleur dense, humide.

Lindy fit un petit bruit de surprise.

Il était visible qu'un considérable sens esthétique avait présidé à l'arrangement de la zone, car, bien que les plantes qui poussaient côte à côte provinssent de plusieurs mondes différents, leur combinaison était harmonieuse. La forme familière d'un petit pommier accentuait la masse bizarre d'un cactus des pierres deltan ; une plante rampante vulcaine, dont la croissance était accélérée par l'abondance de l'irrigation, était recouverte de grandes fleurs bleues. Sur Vulcain, elle fleurissait peut-être une fois tous les cent ans.

— Tout ceci est incroyable », dit Lindy.

— Ce n'est pas facile, de faire pousser ensemble toutes ces espèces différentes », dit Jim. Il avait entendu parler de quelques-uns des problèmes à cause du travail de Sam et de Winona sur les espèces extra-terrestres. « Il faut sans cesse jongler avec les micro-environnements. D'une certaine façon, c'est encore plus difficile que de faire s'entendre des gens provenant de cultures différentes — de mondes différents.

— Au moins, avec les gens, vous pouvez les amener à parler les uns aux autres », dit Lindy.

— Certains d'entre eux. Et pas tout le temps.

Ils marchèrent le long du sentier, passèrent sous des fougères géantes dont les feuilles s'inclinaient, puis sous un conifère aux épaisses branches largement écartées. Des plantes rampantes à l'aspect délicat recouvraient le sol d'un tapis élastique. L'air, lourd et humide, rendait tout moite. Jim pensa un instant à marcher main dans la main avec Lindy, mais il n'était pas du tout prêt à aller ainsi vers elle, et à prendre le risque d'être rejeté... ou accepté.

La piste s'étrécit et tourna. Jim conduisit Lindy dans

une direction différente, complètement en dehors du sentier. Il écoutait et regardait autour de lui avec attention afin de s'apercevoir si d'autres avaient récemment emprunté le même chemin. Il n'avait pas envie d'effrayer les gens en arrivant brusquement sur eux. Il n'entendit aucune voix sauf celle de Lindy et la sienne. Ils étaient seuls.

— Quelle est la taille de ce lieu ?

— Il est plus petit qu'il n'en a l'air. Plus petit que le hangar des navettes. Mais on n'en voit pas les côtés à cause de tous ces arbres, c'est ce qui lui donne l'air plus grand qu'il n'est.

— Où allons-nous ?

— C'est une surprise.

Il aperçut l'endroit juste en face d'eux. A l'intérieur, même les arbres terrestres avaient un air étrange, car leurs branches poussaient dans des directions bizarres et inattendues. Jim amena Lindy au bord de la clairière. Des branches d'arbres encerclaient presque complètement un espace sphérique de cinq ou six mètres de diamètre.

Jim se lança dans l'espace dégagé. Il glissa à travers le point de pesanteur nulle, cueillit une branche de lilas pourpre tout en faisant un saut périlleux à l'extrémité la plus éloignée, et revint vers Lindy en se propulsant d'un coup de pied. Il estima parfaitement la distance, et vint s'arrêter à portée de Lindy, toujours flottant en pesanteur zéro. Il lui offrit le lilas.

— Jim... merci ! » En pesanteur nulle, l'inflorescence du lilas avait pris une forme sphérique, au lieu de l'habituelle forme en ombelle. Lindy respira le parfum profond de la fleur.

— C'est l'une des anomalies gravitationnelles dont je vous ai parlé. Vous avez envie d'essayer ? Ne bougez pas trop vite au début — ça prend un petit moment pour s'habituer à la sensation. » Il craignit tout à coup d'avoir peut-être fait une terrible erreur, car beaucoup de gens ne trouvaient pas leurs premières minutes en chute libre stimulantes, mais au contraire avaient la nausée. Et certaines personnes ne parvenaient jamais à s'y habituer.

Lindy entra dans la zone de pesanteur nulle, et poussa en tournant, la tête rentrée et les genoux remontés ; elle tourna, telle un plongeur, puis s'étira pour ralentir le mouvement. Après trois tours, le frottement de l'air la fit s'arrêter.

— C'est comme faire du trapèze, en mieux ! » dit-elle. Elle dériva vers le côté opposé de la sphère, toucha une branche, puis revint vers Jim.

Il alla vers elle, prit ses mains, et ensemble ils tournèrent autour de leur centre de gravité commun. Elle plongea, glissant autour de lui comme s'ils étaient en train de nager, et s'arrêta en attrapant une branche à l'autre bout de la clairière. Elle se mit à rire. La regardant, Jim se laissa flotter librement.

— Dites-moi, Jim… ? » dit Lindy, timidement.

— Oui ? » Il avait entendu l'interrogation dans sa voix, et son cœur battit plus vite.

— Qu'est-ce que vous faites si… » elle hésita. « Si vous vous sentez proche de quelqu'un avec qui vous travaillez ? Je veux dire, si vous avez envie de vous rapprocher, mais… » Elle poussa un petit soupir de frustration. « Vous voyez ce que je veux dire. »

Il l'espérait, mais il n'en était pas sûr.

— Ça dépend », dit-il. « En général, je pense que c'est une mauvaise idée de s'impliquer affectivement avec un subordonné…

— Mais il n'y a pas de subordonnés dans la troupe.

— … mais s'il s'agit de quelqu'un qui se trouve en dehors de votre propre hiérarchie… » Il s'arrêta lorsqu'il prit conscience de ce qu'elle venait de dire. « Dans la troupe ? » dit-il maladroitement.

— Ouais. » Lindy haussa les épaules d'un air penaud. « Ça ne m'était jamais arrivé. Bien sûr, quand j'étais gosse, je me suis parfois rendue ridicule avec les habituelles toquades adolescentes, et plus tard, lorsque nous restions assez longtemps au même endroit, il m'est arrivé de rencontrer quelqu'un. » Elle sourit. « Et de temps en temps, il me prend l'envie de m'attaquer à Marcellin, mais il est insaisissable, il ne laisse jamais personne s'approcher trop près de lui.

— Lindy », dit Jim, troublé, « il faudrait que vous soyez un peu plus claire au sujet de ce que vous demandez, exactement.

— Je crois », dit-elle, « que je suis en train de tomber amoureuse de Stephen.

— Stephen ! » Jim ressentit un éclair de jalousie, une jalousie qu'il savait bien n'avoir pas le droit d'éprouver, puis de l'envie, et enfin de l'incrédulité, « Stephen ! Lindy, peu importe que Marcellin soit insaisissable, à côté d'un Vulcain, il aurait l'air démonstratif.

— Pas Stephen », dit-elle. « Il est différent.

— Peut-être, et peut-être pas. Mais M. Spock m'a dit qu'il recherchait les expériences émotionnelles. Peut-être êtes-vous... juste une expérience de plus pour lui.

— Ce n'est pas juste ! » dit-elle. « J'ai dit que, moi, j'étais en train de tomber amoureuse de lui — je ne sais pas s'il... Je suis en train de me demander si je dois lui en parler.

Jim se sentit rejeté, sans même le réconfort d'avoir au moins eu une chance d'être accepté. Il faillit parler à Lindy de ses sentiments, mais sa fierté l'arrêta. Il essaya de trouver autre chose à dire, et revint à l'éthique.

— Ça peut devenir difficile », dit-il. « Vous êtes le directeur, après tout, avec des responsabilités et une autorité que les autres n'ont pas. Si Stephen vous retourne vos sentiments, vous devrez vous assurer de ne pas montrer de favoritisme. S'il ne les retourne pas, vous devrez faire attention de ne pas utiliser votre position contre lui...

— Je ne ferais jamais ça ! » dit-elle, choquée et blessée.

— ... et si vous êtes ensemble, puis que vous cassez, c'est le plus compliqué de tout. » Il aurait aimé qu'elle l'accuse d'essayer de détourner ses sentiments pour Stephen, par jalousie. Elle aurait ainsi au moins reconnu qu'il avait des sentiments pour elle. Elle s'en serait au moins aperçu.

Lindy hocha la tête d'un air pensif. « Je vois ce que vous voulez dire. »

Et moi aussi, pensa Jim tristement. Maintenant que j'ai fait un sermon à Lindy sur la façon de se comporter si on vous refuse, je vais bien voir si je suis capable de suivre mes propres conseils.

Lindy le regarda et sourit. « Merci, Jim. Je vous suis reconnaissante de vos conseils, Je me sens beaucoup mieux. »

Jim, lui, se sentait beaucoup plus déprimé.

Chapitre IX

Le petit théâtre du pont de récréation était presque plein, Jim tenta d'accepter sa place réservée au premier rang comme un signe de courtoisie, mais il se sentait en représentation.

Les murmures de conversation devenaient de plus en plus forts, et Jim en entendit des morceaux déconnectés : attente, rires, curiosité.

Le Commander Spock entra dans l'auditorium. La pénombre accentuait les plans anguleux de son visage.

Il prit la place à côté de Jim, qui était celle qui avait été réservée pour lui. Il était assis droit et raide, les mains posées sur les cuisses, une expression de neutralité étudiée sur le visage. Jim le regarda d'un air curieux.

— Commander Spock.

— Capitaine.

— Je ne savais pas que les Vulcains appréciaient les amusements frivoles. Spock leva un sourcil. « J'avais eu l'impression, capitaine », dit-il, « que vous aviez donné l'ordre d'assister à la représentation.

— Quoi ? Certainement pas. Comment avez-vous eu cette idée ?

— Par l'annonce que vous avez faite, capitaine.

Jim pensa à la façon dont il avait formulé l'annonce. Il n'avait ordonné à personne d'assister au spectacle, mais il n'avait pas pensé non plus à spécifier que l'assistance était optionnelle. Il lui faudrait se rappeler que les officiers et l'équipage avaient besoin de temps pour se familiariser avec lui. Ils risquaient de croire tous, comme l'avait fait Janice Rand, qu'il était un de ces tyranneaux qui attendaient que chacun traitât comme des ordres inflexibles ses plus subtiles allusions et ses caprices les plus désinvoltes.

— Commander Spock, lorsque je donne un ordre direct, je fais en sorte qu'il soit clair que c'est un ordre direct.

— Très bien, capitaine.

Spock resta assis.

— Cela signifie que vous n'êtes pas obligé de rester », dit Jim.

— Est-ce un ordre direct, Monsieur ?

— Non, ce n'est pas un ordre direct.

— Dans ce cas, je vais rester. Je suis extrêmement curieux au sujet de la profession de Mme Lukarian. Peut-être me suis-je trompé sur son caractère. Je souhaite observer sa représentation.

— Mais certainement, dans ce cas, observez !

— Merci, capitaine. » M. Spock regarda autour de lui. « Cependant, j'aurais préféré que l'on me donne une place au fond. Ainsi, j'aurais pu observer à la fois les acteurs et l'audience.

— Pourquoi ne pas vous détendre, M. Spock ? » dit Jim. « Vous pourrez observer l'audience pendant la seconde représentation. »

Si Spock avait compris que Jim venait de plaisanter, il ne le montra pas. « Une excellente suggestion », dit-il. « Les humains ont des croyances si bizarres et contradictoires. Il est intéressant de les observer dans des conditions inhabituelles. Etiez-vous au courant, capitaine, que des branches de la Société de la Terre Plate se sont développées sur plusieurs mondes colonisés par les humains ?

— Non, je n'étais pas au courant de ça. » Jim se demanda si Spock était en train de se payer sa tête, mais ça ne semblait pas correspondre au personnage. « Mais je ne vois pas comment vous pouvez comparer un spectacle de cirque avec la croyance que la Terre est plate.

— Pas le spectacle lui-même. La magie. La magie a été utilisée pour tromper, pour engendrer une croyance au surnaturel...

— M. Spock », dit Jim avec un peu de rudesse, « c'est un divertissement, pas une conspiration. Est-ce que vous vous attendez à ce que la troupe de Lindy fasse une séance de spiritisme ? Peut-être pour vous aider — contre une somme rondelette, bien sûr — à contacter l'esprit de votre grand-tante Matilda ?

L'éclairage de la salle changea d'intensité, et les murmures de conversation s'éteignirent. Spock regardait Jim avec — presque — un froncement des sourcils.

— Comment saviez-vous, capitaine, que la défunte tante de ma mère s'appelait Matilda ?

— Je... » Jim commença à dire que la moitié des autres humains qu'il connaissait, y compris lui-même, avait une grand-tante appelée Matilda ; cela avait été un prénom très populaire deux générations plus tôt. Au lieu de cela, il sourit. « Je dois avoir des dons métapsychiques. »

L'éclairage de la salle changea de nouveau. L'audience se fit attentive. Tandis que les lumières de la salle s'éteignaient progressivement, et que Jim attendait que Lindy entrât sur scène, il explora ses sentiments pour elle. Il lui avait fait un sermon sur l'éthique, et maintenant il lui restait à découvrir s'il était capable de suivre ses propres règles.

Depuis qu'il lui avait montré le nœud de pesanteur nulle, il avait été occupé, et elle aussi. Il l'avait à peine vue : elle lui avait fait un signe de la main, à midi, à travers la salle du mess. Il avait ressenti du regret que son sourire ne veuille rien dire de plus que « Bonjour, ami. », et un éclair de jalousie, instantément contrôlé, lorsqu'il vit Stephen effleurer sa main.

Une fois de plus, Jim souhaita ne jamais lui avoir parlé de Ghioghe, de ces horribles minutes dans le canot de sauvetage. Il avait l'impression que s'il ne lui avait rien dit, ses sentiments pour lui auraient été différents.

Elle n'a pas besoin de quelqu'un de plus pour qui se faire du souci, pensa-t-il. Elle a besoin de quelqu'un de solide, quelqu'un sur qui elle sache qu'elle pourrait s'appuyer. Même si elle ne le fait jamais, simplement de savoir qu'elle pourrait...

Et même si je ne le fais jamais, simplement de savoir que je pourrais... Mais il savait que pour lui, il n'y avait personne sur qui il pût s'appuyer.

C'est aussi bien, décida Jim. Je suis content de ne pas lui avoir dit ce que je ressentais. Même si je lui avais dit, et qu'elle m'ait retourné mes sentiments, ça se serait terminé de la même façon qu'entre moi et Carol. Je suis content que Lindy ne se soit pas rendu compte de ce que j'essayais de lui dire.

Ou peut-être, pensa-t-il, s'en est-elle rendu compte. Peut-être a-t-elle parfaitement compris, mais ne voulait-elle pas aimer quelqu'un qui, de nouveau, resterait pour un temps puis s'en irait.

Un projecteur bleu s'alluma au centre de la scène.

Amelinda Lukarian — et non plus Lindy — regardait les spectateurs, silencieuse, solitaire, sombre. Elle portait un costume argent rehaussé de couleurs chatoyantes. Jim aurait juré que la scène était vide, même lorsque les lumières de la salle baissèrent. Amelinda était tout simplement apparue — comme par magie. Il se demanda comment elle créait cette illusion.

Tu commences à penser comme un Vulcain, se dit Jim. Ecoute tes propres conseils : installe-toi et profite du spectacle.

— Honorables membres de l'équipage du vaisseau

Entreprise. » Sur scène, la voix de la magicienne prenait un timbre bas et puissant qui fit courir un frisson de plus le long de l'épine dorsale de Jim. « Bienvenue à la première représentation interstellaire de la Compagnie Classique de Cirque Hyperluminique. Je m'appelle Amelinda, et je suis une magicienne. Je vais vous montrer des illusions — ou une réalité plus profonde, c'est à vous de décider. »

Elle sembla cueillir dans l'air un objet scintillant. L'audience murmura de surprise. Le disque bleu transparent accrocha la lumière, la concentra, et la renvoya à nouveau.

— Les gens de Tau Ceti II ont une grande connaissance des minéraux. Ils fabriquent leur monnaie par cristallisation à partir du saphir pur », dit Amelinda. « Les pierres précieuses ont fasciné l'imagination des êtres pensants depuis avant le début de l'ère historique. Mais certains diraient que les pierres précieuses ont des pouvoirs qui leurs sont propres, des pouvoirs qui transcendent même l'imagination. »

Elle montra la pièce en saphir, l'attrapa avec son autre main — et elle disparut.

— Mon père me disait, un imbécile ne garde jamais longtemps son argent », dit Amelinda. « Mais vous savez comme les enfants peuvent être exaspérants. Je répondais toujours... » Elle leva la main et fit apparaître une autre pièce du néant.

Jim se retrouva en train d'applaudir avec tout le reste de l'audience, à l'exception, remarqua-t-il, du Commander Spock.

Celui-ci était penché en avant, son attention concentrée sur la scène. Deux sillons parallèles creusaient son front. Puis, comme s'il se fût rendu compte que Jim l'observait, son front se lissa de nouveau et son expression retrouva son impassibilité.

Les applaudissements s'arrêtèrent, et l'audience attendit impatiemment la suite.

— Il s'agit, bien sûr », dit Spock d'un ton de voix normal, « de la même pièce. »

Jim jeta un coup d'œil de côté au commander. Amelinda hésita si brièvement que Jim ne fut pas certain qu'elle ait entendu.

— C'était très pratique, mon " argent magique ", comme mon père l'appelait », dit Amelinda, « quand j'étais petite, il y avait une petite brute à l'école qui volait l'argent de tous ceux qui étaient plus petits que lui. A chaque fois qu'il essayait de voler le mien, je le faisais disparaître. »

Elle attrapa la seconde pièce, et, comme la première, elle disparut de sa main.

— La pièce est toujours dans sa main », dit Spock.

— Commander Spock ! » chuchota Jim.

— Oui, capitaine ? Il n'y a aucune trace de dématérialisation par désintégrateur ou par téléporteur. Donc, la pièce doit toujours se trouver dans sa main. A moins », dit Spock d'un air pensif, « que ce n'ait été une illusion holographique.

— Taisez-vous, commander. C'est un...

— Lumières dans la salle », dit Amelinda.

Jim leva les yeux. Amelinda se tenait au bord de la scène, regardant vers eux, les yeux flamboyants de colère. Ses épais cheveux iridescents brillaient, à la longueur des épaules autour de son visage, et à l'arrière tombant plus bas que ses hanches.

— Lumières ! » dit-elle à nouveau. La puissance de sa voix ne venait que d'elle-même, sans aucune amplification.

Les lumières de la salle se rallumèrent.

— Commander Spock », dit Amelinda avec le plus grand calme, « voudriez-vous bien répéter votre commentaire, de façon à ce que le reste de l'auditoire puisse l'entendre ?

— J'ai dit que la pièce était une illusion holographique, ou bien qu'elle se trouvait toujours dans votre main », dit Spock.

— Une illusion holographique ? Ce serait de la tri-cherie. » Elle montra sa main ouverte. « Et la pièce n'est pas dans ma main.

— Votre autre main », dit Spock.

— La pièce n'est pas dans ma main — ni dans ma main. » Amelinda montra son autre main, ouverte et vide.

Spock leva un sourcil.

— Nous avons de la chance, non ? » dit Amelinda. « Si ma planète natale était Tau Ceti II, et que je sois l'un de ses habitants, qui sont octomanuels : « Elle n'est pas dans ma main, ni dans ma main, ni dans ma main... » Ma foi, nous en aurions pour toute la nuit ! »

L'auditoire rit avec elle.

Elle tendit sa main vide vers M. Spock.

— Habituellement, je demande un volontaire plus tard dans la représentation, mais puisque vous êtes si intéressé, M. Spock, vous pouvez m'aider main-tenant.

Spock se leva et sauta sur la scène.

Amelinda regarda Spock en souriant, l'acceptant comme un adversaire de valeur. « Vous prétendez que je n'ai qu'une seule pièce.

— J'ai dit que vous avez fait apparaître deux fois la même pièce de rien », dit Spock.

— Et je ne vous donne pas tort de penser cela. Le *rien* est très stérile ! Je me demande ce que nous pourrions faire apparaître de sols plus fertiles ? Tendez les mains.

Spock obéit. Amelinda leva la main vers l'oreille gauche de Spock, et en fit apparaître une pièce qu'elle laissa tomber, scintillante, dans les mains tendues de Spock.

L'auditoire adora le tour. Jim rit, impressionné par l'audace d'Amelinda à inviter un Vulcain à regarder ses illusions de tout près. Amelinda cueillit une pièce dans l'oreille droite de Spock. L'une après l'autre, elle fit sortir des pièces des oreilles de Spock et les laissa tomber dans ses mains, jusqu'à ce qu'il n'y ait plus le moindre doute sur la possibilité qu'elles soient des projections holographiques. Chaque cristal résonnait contre le précédent, avec une note haute et perçante. Spock regardait, dérouté.

— Au moins, je ne partais pas de *rien* pour travailler ! » dit Amelinda. Puis elle rougit. « Désolée », dit-elle, laissant un instant de côté son personnage scénique, « c'était une mauvaise plaisanterie. »

Spock essaya de tenir toutes les pièces, mais l'une d'elle glissa de ses mains. Elle tourbillonna sur scène et se perdit dans l'ombre. N'y prêtant pas attention, Amelinda ramassa les pièces dans les mains de Spock, et les jeta dans la salle, jusqu'à ce que Spock se retrouve de nouveau les mains vides.

— Maintenant, elles ont disparu pour de bon », dit Amelinda, « et même moi, je suis incapable de les faire revenir. »

L'auditoire éclata en applaudissements. Amelinda fit la révérence, sa chevelure tombant devant elle, touchant presque le sol. Lorsqu'elle se redressa, elle la rejeta en arrière telle une cape noire iridescente.

Spock commença à se diriger vers sa place.

La magicienne l'arrêta de la voix. « Pas si vite », dit-elle. « J'ai encore du travail pour mon volontaire. »

Tzesnashstennaj et un autre félinoïde poussèrent sur scène une grande boîte. Les quatre côtés étaient faits de verre transparent à claire-voie formant un dessin en filigrane. Les assistants firent tourner la boîte et s'arrêtèrent au centre de la scène.

Amelinda l'ouvrit et tapota l'intérieur plein avec sa baguette magique.

Jim se demanda d'où était venue la baguette.

— C'est une boîte vide. » Amelinda passa la baguette sous la boîte. « Elle se trouva bien au-dessus du niveau du sol, elle n'a aucune sortie cachée, pas de dispositif électronique. M. Scott ! »

Amelinda balaya l'espace autour d'elle d'un geste des bras. Les projecteurs éclairèrent une plaque circulaire à treillis, suspendue au-dessus de la scène, et jusque-là cachée à la vue par la pénombre.

— Si vous voulez bien avoir la gentillesse d'expliquer ce qu'est ce dispositif.

— Oui », dit Scott. « C'est un bouclier contre les rayons téléporteurs. Il est impossible à un transporteur de fonctionner près de ce petit appareil.

— Et il est en fonctionnement ?

— Je l'ai installé moi-même », dit Scott.

— Merci. Docteur McCoy !

McCoy rejoignit Scott sur scène.

— Avez-vous votre tricordeur, Dr McCoy ?

— Je l'ai.

— Vérifiez la boîte magique — pour voir s'il y a des dispositifs électroniques, ou quoi que ce soit de louche.

— Avec plaisir. » McCoy tripota le tricordeur, qui émit des bips et des bourdonnements. « Rien », dit-il. « C'est une boîte parfaitement ordinaire.

— Vous croyez ? S'il vous plaît, réglez le tricordeur pour signaler l'utilisation d'un rayon téléporteur, et placez-le en face de la boîte. McCoy fit ce qu'elle demandait, puis se recula pour venir à côté de Scott. Spock, lui, avait l'air d'avoir envie d'être ailleurs.

— Et maintenant, M. Spock, si vous voulez bien entrer dans la boîte…

— Pourquoi est-ce que je voudrais faire une chose pareille ?

— Parce que… » Amelinda, dès le second mot, avait supprimé l'irritation de sa voix. « Parce que, comme tout à l'heure, je n'ai rien dans ma manche. Elle remonta ses manches jusqu'aux coudes. Les muscles de ses avant-bras étaient clairement délimités. Elle tourna les mains pour montrer qu'elles étaient vides.

Elle tendit la main vers Spock, offrant de l'escorter. De nouveau, il fit mine de ne pas remarquer sa main, mais il grimpa effectivement dans la boîte. Il avait un air de stupéfaction sur le visage.

Amelinda ferma la boîte. Spock était debout entre des murs transparents à treillis. Les lumières se déplacèrent et changèrent, se réfléchissant dans le verre, cachant tout sauf la silhouette vague du corps de Spock.

— Maintenant je vais l'enfermer.

Tzesnashstennaj bondit en avant avec un sac plein d'épées. Amelinda en choisit une, en plaça la pointe contre le sol, et s'appuya dessus jusqu'à ce qu'elle se courbe comme un fleuret d'escrime. Elle relâcha la tension et la lame se redressa.

Elle la fit pénétrer par une ouverture dans le filigrane.

L'auditoire haleta.

— Silence, je vous prie », dit Amelinda. « Vous ne devez pas troubler ma concentration. Cela pourrait être... dangereux. »

Au niveau de la poitrine de Spock, la pointe de l'épée ressortit de l'autre côté de la boîte. Les lumières changeantes se reflétaient sur le métal pointu. La magicienne sélectionna une deuxième épée et la glissa dans le treillis. Bientôt une douzaine d'épée avaient pénétré la boîte, et la forme vague de l'officier scientifique.

— Normalement, personne, rien, n'aurait pu s'échapper. On pourrait même dire que personne ne pourrait survivre.

Les assistants firent tourner la boîte une troisième fois. Les lumières changeantes inondèrent leur fourrure et le verre, créant des moucheture semblables à celles de la lumière sur de l'eau.

— Arrêtez !

Amelinda retira les épées de la boîte, et les jeta sur

la scène, où elles firent en tombant un bruit métallique. Elle tendit la main vers le verrou, hésita, laissant la tension monter.

Elle ouvrit la porte d'un grand geste. Au même moment, les lumières se fixèrent, et Jim cligna des yeux, ébloui. Une silhouette était debout dans la boîte. Amelinda la prit par la main.

Leonard McCoy sortit de la boîte magique, dans un silence sidéré. Jim jeta un coup d'œil vers le côté de la scène, où Scott était toujours debout, en train de regarder. Il ne s'était pas rendu compte que McCoy avait bougé. Une marée d'applaudissements et de cris déferla en direction de la scène. Amelinda et McCoy s'inclinèrent tous deux.

Les lumières diminuèrent, et la scène se retrouva vide.

Stephen vint à la rencontre de Spock à sa sortie de la boîte " magique ".

— Les Vulcains n'ont, au mieux, pas le moindre tact, mais vous, vous êtes un cas », dit Stephen.

— Comme d'habitude, je ne comprends pas ce que vous voulez dire », dit Spock.

— Restez-là jusqu'à ce que Lindy vienne vous chercher.

— Je préférerais retourner dans la salle.

— Vous avez déjà failli gâcher un des tours de Lindy ! Restez ici. Ne vous inquiétez pas, vous ne serez pas obligé de subir ma présence. Vous allez manquer mon numéro — mais je suis sûr que vous vous en remettrez. » Stephen sortit en hâte, laissant Spock seul.

Spock examina ce qui l'entourait. La sortie secrète de la boîte " magique " donnait dans une salle de réunion adjacente au théâtre. La pièce était remplie de toutes sortes de matériel inhabituel : des costumes exotiques, des machines fabriquées à la main, des instruments de musique, des boîtes de maquillage, des masques, des harnais.

Spock n'aurait jamais deviné la façon dont on s'échappait de la boîte, mais, l'ayant expérimentée, il admirait sa simplicité. Il se demanda pourquoi le capitaine s'était comporté de façon si perturbée avant que lui, Spock, ne montât sur scène. Les observations de Spock avaient été logiques. De plus, elles lui avaient fourni l'occasion d'observer la représentation de plus près. C'était un bénéfice que Spock n'avait pas escompté, mais l'on devait toujours utiliser les hasards heureux lorsqu'il s'en produisait !

Il continuait de penser que ses observations originelles avaient été justes : la magicienne avait effectivement fait apparaître deux fois la même pièce, et celle-ci avait effectivement été dans une main pendant qu'elle conduisait l'auditoire à regarder l'autre. Mais ce qu'elle avait fait avec la pièce lorsque Spock lui avait lancé son défi, il aurait été bien en peine de le déterminer. Pas plus qu'il ne comprenait par quel mécanisme elle avait fait apparaître une pleine poignée de disques de saphir — que ce soit de ses oreilles ou de l'atmosphère n'avait pas grande importance. Spock ressentait un respect considérable pour la magicienne et sa technique. Il se demanda ce qui se passait sur scène. La magicienne était peut-être en train de perpétrer toutes sortes de tromperies sur les crédules humains ! Peut-être qu'elle avait prévu depuis le début de se débarrasser de Spock afin qu'il ne puisse plus observer.

Spock ramassa un masque et le regarda fixement. Le visage était sculpté de profonds sillons qui lui donnaient un air de fureur réprobatrice. De la gaze noire recouvrait les orifices prévus pour les yeux, afin de cacher les yeux de l'acteur.

La porte s'ouvrit, et Amelinda entra. Elle s'arrêta à cinq pas de lui, les mains sur les hanches.

— Qu'est-ce que c'est que cette façon de faire du chahut pendant mon numéro ? » Sa voix était tendue par la colère qu'elle avait réprimée sur scène.

— Du chahut ? » dit Spock. « J'ai simplement fait remarqué...

— Simplement ? Simplement ! Pourquoi ne vous êtes-vous pas mis à expliquer tout ce que je faisais ? Comme ça, tout le monde aurait pu dire, " Oh, mais c'est si facile ! Tout le monde peut le faire ! " Mais tout le monde ne peut pas le faire — sauf s'ils veulent bien paser deux heures par jour tous les jours à s'entraîner à le faire ! M. Spock, comment avez-vous pu me faire une chose pareille ? Je croyais que vous m'aimiez bien.

— Il n'y a personne que j'aime bien », dit Spock. « Ce n'est pas dans ma nature d'aimer bien, ou de ne pas aimer. Et je n'avais pas l'intention de déprécier votre performance.

— On aurait pourtant pu s'y tromper !

— Je suis bien loin de déprécier vos capacités, car je ne peux expliquer toutes vos illusions. Mais vous avez impliqué que la pièce avait disparu par des moyens surnaturels, et j'ai considéré qu'il était de mon devoir de souligner que rien de tel ne s'était passé.

— Des moyens surnaturels... ! » Elle le regarda avec incrédulité. « Vous ne pensez pas que je m'attendais à ce que quiconque avale ça, non ?

— Je vous demande pardon ?

— Est-ce que vous pensez que j'avais l'intention que quelqu'un croit que ce que je faisais était autre chose qu'un tour ? Est-ce que vous pensez que quelqu'un ait pu croire réellement que j'utilisais » — elle se mit à rire — « des moyens surnaturels ?

— Il est arrivé que des magiciens perpètrent des tromperies. Quant aux croyances qu'un humain donné puisse avoir à un moment donné, je me garderais bien d'essayer de les deviner.

— Pour l'amour du ciel », dit Amelinda, « Bien sûr qu'il y a eu des tromperies. Mais pour chaque illusionniste qui a un jour prétendu être un médium, ou un prophète, ou un télékinésiste, ou Dieu sait quoi, il y en a toujours eu cent qui ont dit : " Nous sommes des acteurs. Nous créons des illusions. Venez et laissez-vous enchanter. " Vous pouvez être sûr que si quelqu'un monte une arnaque, il ne dira certainement pas qu'il est un magicien de théâtre !

— C'est un bon argument », dit Spock, « Je n'y avais pas pensé.

— Tout l'auditoire savait que j'étais en train de faire un tour. C'est ce qu'ils étaient venus voir. Ils n'avaient nulle envie de savoir comment je m'y prenais. Vous auriez pu leur gâcher leur plaisir. Sans parler de moi. Vous n'aviez pas compris ça ?

— Non », dit Spock. « Je n'avais pas compris.

— Les Vulcains et les enfants », dit Amelinda. « Ne jamais jouer pour des Vulcains ou des enfants. C'est ce que disait toujours mon père. Et je crois qu'il avait raison.

— Si vous n'avez pas l'intention que les gens croient que vous utilisez des moyens surnaturels, pourquoi donc prétendez-vous que c'est votre méthode ?

— C'est ça, le truc.

— Veuillez définir le terme.

— Le truc. C'est... c'est difficile à définir.

— Ah. Un terme technique.

Elle gloussa, puis se reprit et hocha la tête. « C'est juste. Un terme technique. C'est ce que vous utilisez pour amener l'auditoire dans votre univers. Pour les persuader de marcher avec vous.

— Suspension volontaire de l'incrédulité », dit Spock.

— Je suppose. C'est une façon bizarre de le dire, mais on peut le décrire comme ça si on veux.

— Je citais un poète terrien. C'est ainsi qu'il décrivait l'art de la poésie. Je croyais que tous les humains étudiaient ses œuvres.

— Probablement, à l'école. Je n'en sais rien, je n'y suis jamais allée.

Se rappelant la représentation, Spock leva un sourcil. « Mais, sur scène, vous avez dit — la petite brute de la récréation —?

— Je l'ai inventé. Ça sonne bien.

— Cela fait partie du... " truc " ?

— Très bien, M. Spock ! Vous savez... vous faites beaucoup d'effet sur scène. Vous avez une présence naturelle. Que diriez-vous d'un " bis " à la seconde représentation ?

— J'avais prévu d'observer l'auditoire.

— Vous pourrez l'observer des coulisses. Après que vous m'aurez chahutée et que je vous ai fait disparaître. C'est le moins que vous puissiez faire, après avoir presque gâché mon numéro.

Spock considéra la proposition. « Mais je n'ai pas gâché votre numéro. Ma remise en question de votre tour vous a permis d'effectuer une démonstration encore plus impressionnante de vos autres techniques. Je vous soupçonne d'avoir prévu le déroulement complet des événements.

— De l'avoir prévu ? » Amelinda se mit de nouveau à rire. « Non, je ne l'avais pas prévu. Je suis douée, mais pas à ce point. Mon père, lui, aurait peut-être pu manipuler ainsi un auditoire, et peut-être qu'un jour j'en serais capable aussi, mais pas cette fois. Pas intentionnellement.

— Dans ce cas, vous improvisez extrêmement bien.

— On essaie d'être préparé », dit Amelinda. « Alors ? Vous allez m'aider ?

— Très bien », dit Spock. Il aurait bien d'autres occasions d'observer des spectateurs, mais c'était là une chance unique d'observer un être humain unique. « Je vous aiderai, dans la mesure où je n'ai pas à promouvoir une croyance au surnaturel.

— C'est formidable », dit Amelinda. « Il ne reste qu'un seul point.

— Lequel ?

— Je serai obligée de vous montrer comment certaines illusions fonctionnent. Ce qui fait de vous mon assistant — l'un de nous. Vous n'avez pas le droit de divulguer les secrets à qui que ce soit.

— Veuillez me donner un exemple.

— D'accord. Par exemple, vous ne pouvez dire à personne comment vous êtes sorti de la boîte magique. Vous ne pouvez dire à personne que j'utilise un décodeur dans mon tour de disparition plus tard dans le spectacle.

Elle produisit comme par magie un instrument miniaturisé destiné à déchiffrer électroniquement les codes de sécurité.

Spock réfléchit. « C'est là un équipement hautement illégal, madame Lukarian.

— Il est illégal simplement parce que des malfaiteurs l'utilisent pour entrer et sortir illégalement de différents endroits. Les magiciens ont toujours en leur possession une quantité d'outils qui les mènerait droit en prison s'ils les utilisaient ailleurs que sur scène. Qu'en dites-vous ? Vous allez promettre, ou vous allez me laissez tomber ?

— Je promets.

— Bien. Venez, allons regarder le spectacle depuis les côtés.

Il la suivit jusqu'à l'arrière de la scène. Sous les feux des projecteurs, Stephen faisait virevolter des torches enflammées, leur faisant dessiner de grands arcs, semblant à peine les toucher lorsqu'il les rattrapait pour les renvoyer à nouveau tourbillonner en l'air. Un ruban de soie bleu retenait ses longs cheveux blonds.

— Au fait, M. Spock », dit Amelinda, « vous n'avez rien d'autre à mettre ? Quelque chose de plus tape-à-l'œil ?

Spock pensa élever une objection, puis il changea d'avis.

300

— Je pense que cela pourrait se faire, madame Lukarian.

Amelinda et Spock retournèrent dans les coulisses. « Vous pouvez voir l'auditoire d'ici, M. Spock », dit Lindy. « Oh, Hikaru ! »

Hikaru Sulu attendait dans les coulisses, portant des collants et un pourpoint, et une épée d'accessoires au côté. Il n'avait pas encore vu M. Cockspur, et il supposait qu'il était dans sa loge.

— Je suis fin prêt », dit-il.

— Il ne vous a rien dit ?

— Qui ne m'a pas dit quoi ?

— M. Cockspur est en grève.

Hikaru fut surpris par l'étendue de sa déception. Puis il se reprit. « Est-ce que je suis sa doublure ? Peut-être pourrais-je y aller à sa place ?

— Vous pourriez faire ça ? Ce serait formidable. Avez-vous déjà été sur scène avant ? Connaissez-vous un monologue ?

— Non, jamais, mais je connais... c'est-à-dire... » Connaître Shakespeare et être capable de monter en scène et de jouer étaient deux choses très différentes. « Je crois que j'ai parlé trop vite », dit-il.

— Pourriez-vous apprendre un monologue pour demain ?

— Bien sûr !

— D'accord. Les auditions sont dures, mais si vous pensez que votre ego peut le supporter, venez demain à la répétition.

— J'y serai !

Dans la salle, Jim était en train de regarder le numéro de Stephen. Le clou du numéro consista en des couteaux tournoyants avec des torches enflammées. C'était tout aussi flamboyant que le personnage lui-même. Au final, Stephen rattrapa les torches et les couteaux, libéra ses cheveux du ruban, et s'inclina.

McCoy se glissa dans l'auditorium et s'assit à la place de M. Spock.

— Bones, je crois que vous avez un avenir dans le cirque », dit doucement Jim.

— Vous allez avoir des ennuis, mon garçon », dit McCoy. « Je vais emprunter la boîte magique de Lindy, le temps de vous emmener à l'Infirmerie pour votre examen.

— Chut ! » dit Jim. Il pouvait presque voir la culture de régen de McCoy en action dans une cuve pleine de solution glucosée, en train de transformer la solution en une boue verte pulsante. « Ne parlez pas pendant le spectacle. »

Après le bruyant numéro de claquettes de Greg et Maris, Marcellin se glissa sur scène. En faisant agir son corps au gré de son imaginaire, il créa à partir de rien un monde invisible autour de lui.

Jim se laissa totalement transporter par le spectacle. L'entracte arriva, puis le spectacle reprit, et il oublia même de se demander ce qui était arrivé à l'officier scientifique.

Philomena chanta, et les spectateurs rirent, puis pleurèrent, puis ils se mirent à rire et à pleurer en même temps.

Tzesnashstennaj et les autres félinoïdes, y compris deux membres de l'équipage de l'*Entreprise,* dansèrent le numéro de la chasse. Jim avait entendu parler de cette danse, qui était une représentation mythique de l'histoire de leur espèce, mais il ne l'avait jamais vue auparavant. C'était étrange, érotique, et troublant.

Le rideau tomba et les lumières baissèrent. Ça devait être le moment du numéro néo-shakespearien de M. Cockspur. Jim était curieux, bien qu'il sût plus ou moins à quoi s'attendre. Il supposa que c'était une curiosité morbide.

Mais M. Cockspur n'arriva jamais. Le rideau se leva, et au lieu de l'acteur, un nuage pastel de caniches touffus se répandit sur scène, trottinant en cercle.

Newland Rift les suivait, imposant dans son hakama blanc et son kimono de soie blanche. Les chiots s'assirent en ligne au bord de la scène, les pattes sous le menton, leurs petites langues roses pendantes, et leurs petites dents blanches étincelantes. Jim souhaita un instant avoir eu une place plus éloignée de la scène !

A son total étonnement, le numéro était aussi distrayant que Lindy le prétendait, et les chiots étaient aussi différents sur scène que Rift l'en avait assuré. Ils sautèrent à travers des cerceaux, aboyèrent en chœur et en harmonie, sautèrent les uns par-dessus les autres, formèrent une pyramide à six étages, en équilibre précaire et délicat sur le dos les uns des autres. A la fin, Jim se retrouva même en train d'applaudir. Rift se promena à travers la scène, suivi par ses chiots en file indienne.

Les artistes revinrent sur scène pour les applaudissements et les rappels. Le Commander Spock était parmi eux. Il s'était changé, et portait une tunique de velours marron et or, et il salua comme un vrai professionnel.

Tous les amis de Roswind étaient allés au spectacle de cirque, mais Roswind était obligée d'attendre la représentation du lendemain, car elle n'avait pu obtenir de place pour aucune des deux représentations du jour même. C'était entièrement la faute de sa nouvelle compagne de chambre ; si Roswind n'avait pas été obligée de prendre sa douche aux vestiaires, elle aurait eu tout le temps nécessaire ce matin pour retenir une place dans le théâtre.

Roswind retourna à sa cabine. Sa nouvelle compagne verte ne donna aucun signe d'être sur le point de sortir de la douche. Roswind se mit en colère, puis elle commença à s'inquiéter. Le lieutenant Uhura l'avait bien prévenue de ne pas effrayer l'être, qui risquait de se mettre en hibernation. Et elle n'avait rien eu de plus pressé que de lui marcher dessus ! Puis elle s'était mise à lui crier après. Roswind tenta de se convaincre qu'elle pouvait toujours prétendre n'avoir pas dérangé l'étrange créature, mais celle-ci portait toujours la marque de ses orteils.

Le supérieur de la créature allait sûrement appeler bientôt pour demander pour quelle raison elle ne s'était pas présentée à son poste. Peut-être que d'ici là l'hématome serait guéri.

Le Commander Spock porta sa tunique de velours marron pour la seconde représentation aussi. Sur scène, il grimpa dans la boîte de verre à claire-voie. Amelinda raconta à l'auditoire ce qu'elle souhaitait qu'il la voit faire. Le verre étouffait sa voix. Il entendit un grattement métallique comme elle brandissait une épée. Elle avait emprunté l'antique sabre de M. Sulu, qui était indéniablement réel.

Spock se prépara à disparaître.

La boîte se mit à tourner de nouveau, le projetant contre l'un des côtés. Une douleur aiguë le transperça, comme si quelque chose était allé de travers avec le tour, et que l'une des épées magiques d'Amelinda ait pénétré dans son corps. Spock tomba...

Dans la salle, Jim sentit le frisson qui secoua l'*Entreprise*. Il bondit de son siège tandis que les sirènes d'alarme résonnaient, et il se mit à courir vers la passerelle.

Il se glissa dans son fauteuil. Sulu, incongrûment vêtu d'un pourpoint de velours et de collants de soie, suivait de près, et prit place à la barre. Les étoiles tourbillonnaient sur l'écran tandis que l'*Entreprise* chutait.

— Quelque chose nous a fait sortir de force de l'espace de distorsion ! » dit le Commander Cheung. « Nous sommes revenus dans l'espace normal. »

La voix de Scott se fraya un chemin au milieu des

craquements et du chaos des lignes audio intérieures du vaisseau. « La propulsion de distorsion n'est plus en service, capitaine. Qu'est-ce qui nous a heurté ?

— J'essaie de stabiliser notre trajectoire, Monsieur ! » dit Sulu. « Moteurs de poussée à demi-puissance seulement ! Impossible d'obtenir plus. »

... et après un instant de vide silencieux, Spock se retrouva à quatre pattes dans la salle de réunion.

— M. Spock ! » Amelinda était agenouillée près de lui.

— Ce n'était pas là, je crois... » Il fut contraint de s'arrêter pour reprendre son souffle. « ... l'un de vos tours les plus réussis. »

Les sirènes sonnaient. Plus loin dans le couloir, les chiots de M. Rift aboyaient hystériquement, et l'on entendait Rift les apaiser de sa voix profonde. Spock se remit sur pied en chancelant, et dut s'appuyer au mur pour rester en équilibre. Il avait encore le vertige, mais il n'avait pas été blessé par les épées magiques.

— Je ne sais pas ce qui s'est passé », dit Lindy. « On aurait dit que quelqu'un a attrapé le vaisseau tout entier et l'a jeté dans un trou. J'ai eu peur que vous ne soyez coincé dans le dispositif...

— Je vais très bien.

Lindy l'accompagna dans le couloir.

— Est-ce que vous pouvez vous débrouiller tout seul pour aller là où vous allez ?

— Certainement », dit-il.

— Je dois m'assurer que tout le monde va bien.

— Ne vous inquiétez pas à mon sujet. » Il entra dans l'ascenseur.

Elle lui fit un signe de tête rapide et partit en hâte.

— Passerelle », dit Spock. L'ascenseur grinça. L'accélération, normalement si régulière qu'elle en était presque imperceptible, fit trembler la cabine. Spock tituba mais parvint à rester debout.

Il atteignit la passerelle alors que l'alarme sonnait

toujours. Il chercha une information dans la masse des rapports affluant sur les fréquences d'intercommunication. Il alla à son poste. Le champ gravitationnel fluctua. Un phénomène pathologique secoua l'*Entreprise*.

Le vaisseau était sorti de la propulsion par distorsion. Habituellement, il percevait ce changement comme une perturbation dans la pesanteur et la qualité de la lumière. Cette fois-ci, cela avait dû se passer pendant qu'il dégringolait à travers l'issue du dispositif de Lindy. Quelle violence malveillante pouvait donc arracher un vaisseau stellaire de l'espace de distorsion et le ramener de force dans l'univers eisteinien ?

Le Capitaine Kirk examinait avidement les écrans.

— Jim, vous voulez bien nous stabiliser un peu ? » La voix traînante de McCoy se fit entendre sur l'inter. « Ou j'aurai à soigner le mal de l'espace, en plus des abrasions et des contusions.

— Aucune source d'onde gravitationnelle dans ce secteur, capitaine », dit Uhura.

— M. Scott ! » dit Jim. « J'ai besoin d'une propulsion stable !

— Je fais de mon mieux.

Un puissant signal apparut. « Capitaine », dit Spock. « Une anomalie, droit devant. »

Les sursauts et les frémissements de l'*Entreprise* cessèrent brusquement. Un calme étrange enveloppa le vaisseau.

Jim desserra les doigts des bras de son fauteuil. « Merci, M. Spock. Grossissement maximum, M. Sulu. »

Une gigantesque surface courbe emplit l'écran, avançant vers eux à toute allure. Jim se recula de surprise.

— Relevez les boucliers ! » dit Jim.

— La chose se trouve à plusieurs centaines de milliers de kilomètres, capitaine », dit Spock.

— Grossissement moindre, M. Sulu. Baissez les boucliers.

— Mon Dieu », dit McCoy. « Qu'est-ce que c'est ? »

Jim n'avait même pas entendu McCoy arriver. « Bones — il y a des blessés ?

— Rien de sérieux, physiquement. Beaucoup d'inquiétude quant à ce qui s'est passé. » McCoy attendit. Personne ne fit mine d'expliquer quoi que ce soit. « Que s'est-il donc passé ?

— Lorsque nous le saurons, vous serez le premier informé !

— Réduction de grossissement en cours, Monsieur. » dit Sulu.

Comme Sulu réduisait le grossissement, la surface courbe iridescente se transforma en une sphère, une perle géante. Elle recula encore plus loin et devint l'une parmi de nombreuses perles. Un réseau arachnéen de fils argentés connectait les sphères entre elles, formant un amas. Le grossissement diminua de nouveau. La structure chatoyait comme si des bulles de savon s'étaient rassemblées pour créer une surface. La plupart des bulles étaient sphériques, mais certaines présentaient de longues projections transparentes, semblables aux piquants de la coque des diatomées.

Jim regardait, émerveillé et passionné. L'image sur l'écran lui donnait un sentiment étrange. Bien que le grossissement fût en train de décroître, l'objet continuait de remplir l'écran d'un bord à l'autre. En conséquence, il donnait l'impression non pas de diminuer de taille, mais d'être en train de s'étendre comme s'il n'avait pas de limites.

Son énormité devint évidente, puis surprenante, et pour finir effrayante. Senseurs et instruments oubliés, chacun sur la passerelle regardait l'immense structure avec une crainte respectueuse.

Finalement, ses limites devinrent visibles. D'une extraordinaire beauté, elle brillait d'une lumière propre.

Un squelette luminescent supportait l'épiderme en bulles de savon. Des étincelles et des rayons lumineux couraient le long de ses branches et formaient une arachnéenne mare lumineuse au-dessus du centre. A ce grossissement, la surface en bulles de savon devenait une peau gris perle lisse et translucide, tendue entre l'ossature brillante.

— Ça a l'air... » dit lentement McCoy, « ... ça a l'air vivant.

— Quelqu'un l'a reconnu ? » dit Jim, qui regretta immédiatement la plaisanterie. Ce n'était pas vraiment le moment de lancer des blagues, surtout pas si elles étaient aussi évidentes ; de plus, le seul rire fut un gloussement nerveux émis par un enseigne derrière lui.

— Cela n'appartient à aucun membre de la Fédération », dit Spock.

— Merci, M. Spock », dit Jim, serrant les mâchoires. La dernière chose à faire était bien de se mettre à rire bêtement comme un enseigne nerveux.

— Son diamètre est de... presque sept mille kilomètres », dit M. Spock.

— C'est la moitié de la taille de la Terre ! » s'exclama Uhura.

— La moitié de son diamètre », dit Spock avec calme. « En terme de masse, bien entendu, cela fait beaucoup moins.

— Capitaine », dit Sulu, « cette structure ne se trouve sur aucune carte. De plus, les senseurs étaient réglés sur la détection à longue portée, et ils n'ont rien détecté du tout. Cette chose n'était pas là il y a quelques minutes. Elle n'était nulle part à portée de senseur il y a quelques minutes.

— Qu'êtes-vous en train de dire, M. Sulu ? Qu'elle est arrivée jusqu'ici par ses propres moyens ?

— Oui, Monsieur.

Jim regarda la structure. Aucune source d'énergie connue par la technologie de la Fédération ne pouvait propulser une chose de cette taille dans l'espace de distorsion. Si l'Empire Klingon avait découvert comment le faire, le garderait-il secret ? Peut-être. Mais Jim pensait qu'il l'annoncerait. Bruyamment.

— M. Sulu a raison, capitaine », dit Spock. « Les senseurs n'ont rien détecté — aucune approche d'un vaisseau inconnu, pas de corps planétaire sur notre route — avant que les perturbations gravitationnelles n'altèrent notre trajectoire.

— Qu'est-ce qu'a donc fait cette chose, Spock ? » demanda McCoy. « Elle est apparue sans crier gare ?

— Bien entendu, docteur. Je ne vois pas comment elle aurait pu crier.

— Je me suis servi », dit McCoy, « d'une expression idiomatique. »

Spock leva un sourcil au mot " idiomatique ".

— Une métaphore », dit McCoy. « Ça ne veut pas réellement dire ce que ça a l'air de dire. »

Comme Jim était sur le point d'interrompre McCoy, pour essayer de lui éviter de s'enfoncer encore plus, le Lieutenant Uhura prit la parole.

— Capitaine, écoutez...

Une cascade de chants aigus et de gémissements bas, de grondements de tonnerre et de crépitements électriques emplit l'air, appelant, s'arrêtant, puis répondant. Jim n'avait jamais rien entendu de pareil. L'échelle impressionnante et l'étrange combinaison de sons l'électrisaient et le troublaient.

— Je n'ai jamais entendu chanter de cette façon », dit-elle. « Et je suis incapable de reconnaître un seul mot. Le translateur universel considère que c'est du bruit au hasard. Les sauvegardes transfèrent la transmission en réserve — le translateur ne trouve aucun moyen d'en faire quelque chose. Ce sont des transmissions ambiantes, Monsieur, des fréquences radio, sur un large spectre. Ça n'est pas — ça ne semble pas être — la diffusion d'un message en direction de l'*Entreprise*.

— Dans ce cas, nous ferions mieux de nous présenter.

— Attendez une minute, Jim », dit McCoy. « Ils ne sont même pas au courant que nous sommes là. Etes-vous bien sûr que vous voulez le leur dire ? Nous ne savons pas qui ils sont, ni quelles sont leurs intentions...

— Avant de décider d'avoir peur d'eux, Dr McCoy », dit Spock, « vous devriez attendre d'avoir la preuve qu'ils existent. Pour réunir de telles preuves, nous devons essayer de communiquer.

— De quel genre de preuves avez-vous besoin, monsieur Spock ? De quoi cette chose a-t-elle l'air à votre avis ? D'un petit planétoïde perdu ? D'un produit de l'érosion ? Je sais ! Ce sont les résultats du magnétisme sur la poussière interstellaire !

— Il n'est pas impossible d'imaginer un processus naturel par lequel une telle structure puisse être créée. Bien entendu, elle serait plutôt instable...

— " Pas impossible " — seulement pour un Vulcain ! Cette chose a de toute évidence été créée par une culture pour laquelle nous pourrions bien n'être que des singes — ou des cancrelats !

— Quelles que soient leurs intentions », dit Spock, « nous devons démontrer notre bonne volonté. »

Bones a un argument valable, pensa Jim. Les habitants de la structure — s'ils existaient — pouvaient très bien ne pas avoir remarqué l'*Entreprise*. Il pouvait encore faire demi-tour, s'enfuir et se cacher, et réparer les moteurs de distorsion et les communications subespaces. Il pourrait alors contacter Starfleet, annoncer la probable découverte d'une espèce pensante jusque-là inconnue...

... et Starfleet enverrait un autre vaisseau, avec un capitaine plus " expérimenté ", pour faire son travail à sa place.

— Fréquence d'identification, lieutenant.

— Fréquence d'identification ouverte, Monsieur.

L'étrange cacophonie diminua jusqu'à n'être plus qu'un bruit de fond. Jim hésita. Il était allé trop loin pour s'arrêter. Mais il n'avait pas la moindre idée de ce qu'il allait dire. Il avait lu tous les rapports concernant des contacts inter-espèces, il avait étudié ceux qui avaient bien tourné, et il avait présents à l'esprit ceux qui avaient mal tourné. Mais rien ne liait entre eux ceux qui avaient réussi, tout comme rien ne liait les désastres.

— Je suis James Kirk, capitaine du vaisseau *Entreprise*. Je représente la Fédération Unie des Planètes, une alliance interstellaire dédiée à la paix; à la connaissance, et à l'amitié entre toutes les espèces pensantes. Salutations, et bienvenue. Veuillez répondre, si vous recevez ma transmission.

Le bruit de fond cessa.

Uhura écouta les différentes fréquences qui, un moment plus tôt, bourdonnaient sous l'effet de l'énergie. « Silence sur tous les canaux, Monsieur.

— Ce silence semblerait indiquer l'intervention de quelque être pensant », dit Spock.

— Jim, au moins, relevez les boucliers de nouveau ! » Dit McCoy.

Jim se mit à rire.

— Dr McCoy », dit Spock, « une entité dotée du pouvoir de déplacer cette structure aurait vite fait bon marché de nos boucliers. Les relever pourrait être considéré comme une provocation.

— Fréquence d'identification, capitaine.

— Je suis James T. Kirk, du vaiseau stellaire *Entreprise*, en mission pacifique. Répondez, s'il vous plaît.

Les haut-parleurs restèrent silencieux.

— Rien, Monsieur », dit Uhura, « silence complet.

— Passez en visuel », dit Jim. « Le protocole le plus simple. Une carte de bits en noir et blanc, un bit par pixel. Donnez-leur les nombres premiers horizontaux et verticaux, pour qu'ils aient une chance de décoder notre transmission avant mardi prochain.

— Oui, Monsieur. Passage en visuel… maintenant.

— Tout le monde prend un air pacifique », dit Jim. Essayant de paraître détendu, il regarda droit dans les senseurs. Ses mains reposaient sur ses genoux, les paumes ouvertes dirigées vers le haut. Tous les autres sur la passerelle se tournèrent vers les senseurs et ouvrirent les mains. Se rendant compte de l'ironie qu'il y avait à démontrer ses intentions pacifiques de la sorte à des êtres qui n'avaient peut-être pas de mains du tout, Jim pensa qu'on fait ce qu'on peut avec ce qu'on a.

— Monsieur, je reçois une transmission !

Ça y était ! C'était un premier contact.

— Regardons-la. » Jim tenta de garder sa voix aussi neutre que celle du Commander Spock, sans y parvenir. Son pouls s'accéléra, et il respira profondément.

Les éléments du dessin formèrent des lignes, qui se combinèrent pour former une surface bi-dimensionnelle.

Jim siffla doucement.

— Par ma barbe », murmura McCoy.

Sur l'image légèrement brouillée de l'écran, il y avait un être en train de regarder Jim.

Il n'avait aucun moyen d'évaluer sa taille, mais il avait une forme humanoïde aux délicates proportions.

Son visage était moins humanoïde, bien qu'il possédât deux yeux, une bouche et un nez. Ou du moins Jim supposa-t-il que les organes étaient analogues. Les mâchoires et le nez de l'être s'allongeaient vers l'avant, et ses larges yeux lumineux brillaient sur son visage sombre. Une structure ressemblant à une moustache entourait les narines et encadrait la bouche, mais ce n'était ni des poils, ni une prolongation de la fourrure courte et lisse de la créature. La structure était faite de chair luisante, à la pigmentation sombre. L'être sortit sa langue et en passa délicatement la pointe sur la structure. Il ne pouvait dire de quelle couleur était

312

l'être, car la transmission, comme celle qu'il avait envoyée, arrivait en noir et blanc.

Extérieurement calme, Jim devait se forcer pour maintenir aussi son contrôle intérieur. Ce qu'il avait envie de faire, c'était de sauter et de hurler de joie.

— Je m'appelle James Kirk », dit-il, articulant chaque mot avec soin. Les translateurs fonctionnaient mieux lorsqu'on articulait soigneusement que lorsqu'on marmonnait. Et peut-être que les êtres étaient capables de traduire le Standard, même si l'*Entreprise* ne pouvait pas encore traduire le langage des nouveaux venus. « Bienvenue dans la Fédération Unie des Planètes. »

Il étendit les mains, les présentant paumes en l'air à l'être qui continuait de le regarder en silence.

L'être fit la même chose.

Puis il se mit à chanter.

La mélodie montait et descendait à des intervalles inhabituels, allant au-delà du registre auditif, puis glissant en-deçà. La voix créait plusieurs tons en même temps et chantait en accord musical.

— Remarquable », dit Spock.

Une idée vint à Jim. « Lieutenant Uhura... Consentiriez-vous à lui chanter quelque chose ? »

Hypnotisée par la voix, elle ne réagit pas tout de suite. Puis elle se leva et se mit à chanter.

Jim reconnut la mélodie, bien qu'il lui fût impossible de comprendre les paroles. Dans la berceuse, Jim entendit la paix et la beauté, des rivières infinies et des montagnes sans âge. Uhura créait une peinture avec sa voix. Avec difficulté, Jim se détourna d'elle et observa l'être sur l'écran.

L'image avait commencé à prendre des couleurs et des détails. L'être était devenu d'un rouge foncé, et le terrain derrière lui, gris-vert. Il était debout devant un haut mur fait d'immenses sphères ressemblant à des perles.

C'est l'intérieur, pensa Jim. Je suis en train de voir la

coque de l'intérieur de... l'engin spatial ? Du vaisseau stellaire ? Du monde étranger ?

La note finale de la chanson d'Uhura laissa place au silence.

— Merci, Lieutenant », dit Jim, qui aurait aimé en dire plus, qui aurait aimé dire " C'était extraordinairement beau ".

Les grandes oreilles pointues de l'être se dressèrent de chaque côté de sa tête. Les touffes hérissées de leurs pointes se raidirent.

— Un cousin à vous, M. Spock ? » dit doucement McCoy.

— Ce n'est vraiment pas le moment pour l'une de vos discutables tentatives de plaisanter », dit Spock, la voix aussi froide que de l'azote liquide.

Pour une fois, Jim était d'accord avec le Commander Spock. « Ce n'est pas le moment idéal pour vous disputer, vous deux », dit-il.

L'être leva les mains et les étendit.

Une nouvelle image apparut sur l'écran, l'emplissant de couleurs intenses et de détails pointus.

Des lignes sombres dont le centre était éclairé dessinaient la forme de la structure étrangère, s'étendant, se courbant dans tous les sens, tel un vase en céramique fantomatique. Une minuscule tache lumineuse, une miniature de verre de l'*Entreprise*, se trouvait au premier plan. Elle se rapprocha de la structure, naviguant de plus en plus près, entrant dans la structure, au milieu des lignes brillantes, puis disparaissant.

— Pouvez-vous me donnez un schéma similaire, M. Spock ?

— Bien sûr, capitaine.

— Lieutenant Uhura, transmettez ceci à nos amis.

Un rectangle se dégagea dans le coin de l'écran. Une image de la structure étrangère apparut, rapetissée par la perspective ; au premier plan se trouvait l'*Entreprise*. L'ordinateur esquissa les contours, qui demeurèrent tandis que le reste s'effaçait.

— Et une figurine humanoïde à l'intérieur de l'*Entreprise*.

Spock leva un sourcil, mais fit ce qu'on lui disait.

— Maintenant, effacez la figurine, faites-en partie des lignes vers le vaisseau étranger, et reformez-là.

— Est-ce que vous avez perdu la tête, Jim ? » dit McCoy.

— Vous n'avez pas envie de venir aussi ?

L'être revint à l'écran. Il toucha de sa langue sa moustache sensorielle. Puis, d'un geste parfaitement compréhensible, il montra du doigt d'abord Jim, puis le sol sous ses propres pieds. Des ongles pointus terminaient ses longues mains fines, pourvues de trois doigts.

Jim toucha sa propre poitrine, puis montra l'être du doigt.

— Alors, Bones ?

— Capitaine Kirk », dit le Commander Spock, « le Dr McCoy n'a pas remis à jour son autorisation de Premier Contact. Elle a expiré ; la mienne est en cours de validité.

— Attendez un peu ! » dit McCoy.

— Bones, nom d'un chien !

Jim montra M. Spock, puis l'être. Celui-ci leur montra ses mains, les paumes ouvertes, les doigts écartés, vides.

— Une invitation, je suppose, Commander Spock.

— Effectivement, capitaine.

— Lieutenant Uhura, prenez le commandement. Et... annoncez ce qui vient de se passer.

— Oui, monsieur.

Il se leva et franchit d'un grand pas les escaliers entre les deux niveaux de la passerelle. Les portes de l'ascenseur s'ouvrirent devant lui. Spock le suivit, McCoy sur ses talons.

— Vous ne pouvez pas aller vous balader dans...

— Je vous avais pourtant dit de remettre à jour votre autorisation ! » Jim était furieux. « Qu'est-ce que vous faites ici dans l'espace, de toute façon, si vous n'êtes pas fichu de tenir vos papiers à jour ? »

McCoy commença à répliquer, puis se dégonfla.

— Vous avez raison », dit-il. « C'est un oubli stupide. »

Dans la salle de téléportation, Jim attacha à sa ceinture une commande de champ protecteur, et la mit en fonctionnement. Le champ protecteur l'enveloppa.

— Prêt, commander ?

— Oui, capitaine.

Spock, lui aussi, était entouré du frémissement presque imperceptible du champ protecteur.

Le champ rendait le son de sa propre voix plus fort pour Jim, et par contre atténuait les sons venant de l'extérieur. Mais il le protègerait contre la contamination, de la même manière qu'il protègerait les êtres contre toute contamination venant de lui. Le champ lui fournirait de l'oxygène si l'atmosphère se révélait hostile, et protègerait même le fragile corps humain contre des températures et des tensions extrêmes pendant le temps nécessaire à un rayon téléporteur pour le ramener en sécurité.

Les senseurs indiquaient que l'environnement de destination était tempéré. Jim espérait découvrir, comme cela était souvent le cas, que les micro-organismes adaptés à l'écosytème d'un monde donné ne pouvaient pas se multiplier dans un autre, et ne présentaient donc aucun danger pour les habitants de la nouvelle planète. Cependant, lui et Spock porteraient les champs protecteurs jusqu'à ce qu'ils aient vérifié cette théorie.

McCoy grommela tandis que Jim grimpait sur la plate-forme de téléportation. Spock l'y rejoignit.

— Energie.

— Energie », dit Kyle.

Jim sentit un froid soudain, une désorientation momentanée. Le téléporteur se verrouilla sur les transmission effectuées par l'être.

Jim et le Commander Spock se matérialisèrent. Ils se tenaient sur un immense plaine ouverte. Jim essaya de tout assimiler d'un coup : le nouvel environnement, la basse pesanteur, les sons, les sensations...

Et le groupe d'êtres étranges qui les regardait quelques pas plus loin. Jim remarqua celui qui avait une fourrure écarlate. Ses oreilles se dressèrent, ses longues pupilles horizontales se dilatèrent jusqu'à devenir ovales. La structure sensorielle au-dessus de sa bouche se hérissa, et l'être la toucha de nouveau de sa langue. Jim supposa qu'il était en train de les sentir, ou de prendre quelque repère qu'il avait du mal à concevoir. Le champ protecteur supprimait totalement les odeurs extérieures.

L'être bougea. Ses muscles se mouvaient librement sous sa courte fourrure. Plus grand que Jim — plus grand même que Spock — il avait des os minces, élégants, et un torse épais dans le sens avant-arrière. Les griffes de ses petits pieds étaient encore plus impressionnantes que celles de ses mains. Sur les côtés de son corps aérodynamique se trouvait une mince crête qui se prolongeait jusqu'à l'arrière des bras et le côté des mains, et qui descendait le long des jambes et des pieds. L'être avait trois doigts et six orteils.

— Ce sera édifiant de découvrir dans quelle base cette espèce pratique l'arithmétique », murmura Spock. Son tricordeur bipait et clignotait. Jim avança vers l'être écarlate.

L'être tendit les mains, paumes ouvertes, vides.

Jim fit de même. L'être soutint son regard, et Jim espéra qu'il ne ferait rien que les créatures pourraient percevoir comme une menace, ou comme une insulte. Peut-être pensaient-ils la même chose ; peut-être chacune des deux espèces avait-elle atteint le niveau de civilisation qui les autorisait à ne pas prendre ombrage d'un geste inoffensif.

— Leur biologie ne ressemble à aucune autre que nous connaissions », dit Spock. « La possibilité que nous les contaminions avec nos micro-organismes, ou vice-versa, est de une contre une quantité négative puissance dix-neuf.

— Qu'est-ce que cela signifie en termes réels, Spock ? » demanda doucement Jim.

— Cela signifie, capitaine, que c'est... » Il hésita avant d'employer un mot aussi vague. « ...impossible.

— Pourquoi ne pas l'avoir dit tout de suite ?

— C'est ce que j'ai fait, capitaine.

L'être chanta, quelques notes à peine. Le translateur universel de Jim examina les sons et produisit ce qu'il pensait être une traduction. Tout comme la fonction traduction de l'ordinateur de bord de l'*Entreprise,* il ne produisit qu'un charabia.

— Je ne vous comprends pas », dit Jim. Il était nécessaire que lui et l'être parlent l'un avec l'autre, même s'ils ne se comprenaient pas, afin que le translateur collecte des données à analyser et le contexte dans lequel les analyser.

L'être répondit. Le translateur émit un sifflement étranglé. Les oreilles de l'être bougeaient d'avant en arrière. Jim s'avança vers lui, la main tendue.

— Capitaine... » dit Spock.

La main de Jim rencontra une barrière invisible, semblable à un matelas de plume qui aurait cédé sous la pression, puis l'aurait renvoyé en arrière. Le champ protecteur et la barrière étrangère produisirent un craquement électronique lorsqu'ils entrèrent en contact.

— Je parie que vous étiez sur le point de me dire qu'ils se protègent d'une manière identique à la nôtre.

— Exactement, capitaine. Mais le problème de la contamination est inexistant. L'air est respirable. La pression partielle d'oxygène est légèrement plus élevée que dans l'atmosphère terrestre, et considérablement plus élevée que dans l'atmosphère vulcaine. La température est dans les zones confortables pour les humains.

— Et pour les Vulcains ?

— Pour les Vulcains, le confort est une donnée qui n'entre pas dans l'équation. Les champs protecteurs ne sont pas nécessaires. » Il désactiva le sien.

Jim effleura les commandes du champ protecteur. Le champ soupira — le son lui rappelait toujours un ballon en train de se dégonfler — et la légère pression s'effaça. Il avala pour faire se déboucher ses oreilles. L'air avait une odeur étrange et sauvage. Une odeur de cannelle et de piment fort.

Jim se pressa contre le champ d'énergie étranger jusqu'à ce que celui-ci l'arrête. L'être le regarda gravement, et Jim attendit.

Le champ de force se dissipa.

L'être écarlate s'avança, et les deux espèces se touchèrent pour la première fois.

Les mains de l'être étaient chaudes et sèches. Sous la peau et la fourrure, la chair de la créature était si dure et tendue qu'elle aurait aussi bien pu être faite de tendons plutôt que de muscles. Et c'était peut-être le cas. Peut-être aussi que les mots " muscle " et « tendon » n'avaient aucun rapport avec la structure de ces êtres.

— Bienvenue dans la Fédération Unie des Planètes », dit Jim. « Merci de nous avoir accueillis à bord de votre vaisseau. »

L'être écarlate avait des yeux d'or ambré. Chacun des êtres avait des fourrures de couleur différente, et des yeux de couleur différente.

Jim se demanda si l'être écarlate était un " il " ou une " elle ", ou quelque chose d'entièrement différent.

Dans l'environnement contrôlé d'un vaisseau stellaire, les vêtements existaient à cause des coutumes, comme ornement ou pour des raisons de pudeur. Aucun de ces êtres ne portait de vêtements, bien que plusieurs eussent des bracelets aux doigts ou aux orteils. Les êtres n'avaient rien, en termes humains, qui puissent nécessiter de la pudeur : rien qui soit immédiatement reconnaissable comme organes reproducteurs ou comme caractères sexuels secondaires. Jim repoussa sa curiosité à ce sujet, et à bien d'autres sujets, jusqu'à ce qu'il lui soit possible de communiquer avec les êtres et de connaître ainsi leurs coutumes et leurs tabous.

Il continua de parler dans le but d'obtenir davantage d'informations pour le translateur. Chaque mot qu'il émettait, chaque geste qu'il faisait, amenait un nouveau chœur vocal. Bien que les êtres chantaient dans un registre inconnu de Jim — ou peut-être dans aucun registre du tout — ils lui rappelaient un orchestre de chambre. Leurs voix flottaient et grimpaient et se mélangeaient, et le translateur, en réponse, continuait d'émettre des crachotements futiles et sans signification.

— Capitaine, puis-je suggérer… ?

— Quoi, Commander Spock ?

— Désactivez la sortie du translateur. Le processeur pourra alors utiliser toute sa puissance à collecter et analyser les données. Le forcer à traduire au-delà de ses capacités pourrait provoquer une panne crypto-schizoïde. De plus, il pourrait sans le vouloir produire des sons… injurieux.

Jim fit ce que Spock suggérait. Son translateur était une machine de qualité. Si elle tombait en panne de cette façon et qu'il était obligé de vider la mémoire et de la reprogrammer, elle ne serait jamais plus la même.

Spock mit en action son tricordeur, son esprit suivant simultanément plusieurs lignes de pensé. En premier lieu, il observa le comportement des êtres. Il lui fut impossible d'en reconnaître un qui prît la tête en parlant à James Kirk, ou en parlant de lui, aucun qui fût visiblement, par les gestes ou l'action, le chef. Ils donnaient plutôt l'impression de discuter à chaque fois ce qu'ils feraient ensuite. Bien que le capitaine concentrât son attention sur l'être écarlate, celui qui répondait à Kirk ou qui faisait le prochain mouvement était choisi au hasard, ou suivait un ordre que Spock n'avait pas encore perçu.

En second lieu, Spock observa l'endroit où ils se trouvaient. L'environnement était beaucoup plus étrange qu'aucun autre qu'il ait jamais rencontré. Dans une des directions, des dunes de petite taille menaient à des collines, les collines à des montagnes, et les montagnes à des sommets de plus en plus élevés, jusqu'à ce que la distance les obscurcît. Dans une autre direction, de hautes flèches de pierre s'élevaient d'un sol torturé, créant un étrange paysage.

La concavité du terrain supprimait les horizons. La distance et l'atmosphère, et non pas la courbe planétaire, atténuaient la vue. Sur 180 degrés, le monde s'étirait sans limite.

Mais sur l'autre moitié du champ visuel, le monde avait bien une limite. La paroi entourant le vaisseau grimpait abruptement, s'évanouissant dans les lointaines hauteurs des motifs lumineux géométriques que formait le ciel. Le mur était fait d'immenses globes de différentes tailles, semblables à des perles, étroitement pressés les uns contre les autres. Au-dessus, un réseau délicat, arachnéen et brillant, donnait une lumière régulière qui entourait chaque objet d'une légère ombre circulaire. De-ci de-là, lorsque les mailles asymétriques du réseau étaient suffisamment éloignées, on voyait briller à travers une étoile.

En troisième lieu, il observa le comportement du capitaine. Le Capitaine Kirk essayait d'obtenir des informations de manière systématique. Il touchait sa propre poitrine, disait son nom, enregistrait la réponse des êtres, montrait l'un d'entre eux avec un regard interrogateur probablement inutile, enregistrait la réponse, allait d'un objet à l'autre. Bien que simple, ce système avait déjà fonctionné correctement.

La difficulté était que chaque enregistrement que faisait Kirk contenait une énorme quantité d'information. Spock doutait fort que les êtres utilisent dans leurs réponses des structures aussi simples que le nom, car ce qu'ils répondaient offraient une complexité telle que cela pouvait être plutôt la description, l'historique, l'évolution, la fabrication, la signification culturelle et l'usage matériel de chaque objet.

Le Capitaine Kirk remit en marche la sortie du translateur. L'instrument émit une série de pépiements sans signification. Il le désactiva de nouveau, les êtres discutèrent entre eux.

Aux yeux de Spock, James Kirk avait le grave défaut d'être impétueux, et il était certainement plus obstiné que Christopher Pike. Bien sûr, il était beaucoup plus jeune que lui, mais même à trente ans, Pike avait montré une gravité que l'on rencontrait rarement chez les êtres humains. Le sérieux avec lequel Pike envisageait la vie avait persuadé Spock qu'il lui serait acceptable de travailler avec lui.

L'humanité exubérante et téméraire de James Kirk ne lui apportait aucune assurance dans ce sens !

Le Capitaine Kirk le rejoignit.

— Pas moyen d'obtenir deux fois de suite la même réponse. Même en choisissant le plus simple des objets, j'obtiens une réponse différente de chacun des êtres, et j'ai même parfois une réponse différente du même être en lui montrant deux fois la même chose. Ou du moins je crois que la réponse est différente. Je n'ai pas tellement l'oreille musicale. Je suis incapable de reproduire un seul de leurs sons. Avez-vous observé quoi que ce soit qui pourrait nous aider à communiquer ?

Spock avait bien un début d'idée, mais il n'avait pas envie d'en parler en l'état actuel des choses. Sa suggestion pourrait très bien résoudre leur problème, ou elle pourrait se transformer en désastre. Il décida de proposer cette solution sans conserver de doute ou d'arrière-pensée, ou bien de ne pas la proposer du tout.

— Il est fort possible, capitaine, que votre perception soit adéquate. De nombreux groupes d'êtres possèdent différents dialectes du même langage. De plus, il est possible que ce vaisseau contienne différents groupes ethniques ayant chacun leur langage.

— Mais si c'était le cas, est-ce qu'ils n'enverraient pas des représentants parlant tous la même langue, de manière à avoir au moins une chance de communiquer avec nous ?

— Ce serait logique », dit Spock, « dans certaines conditions, et de notre point de vue. Mais ces êtres ont un point de vue différent du nôtre. Il opèrent peut-être dans le cadre d'un système de logique entièrement différent du nôtre, aussi. Peut-être ne sont-ils pas préparés à rencontrer d'autres êtres pensants.

— Mais c'est le but principal des voyages stellaires ! » s'exclama Jim. « Découvrir de nouveaux lieux, de nouvelles espèces...

— A nouveau, capitaine, c'est un point majeur pour nous. Leurs raisons peuvent très bien être entièrement différentes.

Le communicateur de Jim bipa.

— Ici Kirk.

— Lieutenant Uhura, Monsieur. Un vaisseau klingon s'approche de l'engin volant étranger.

— Civil ou militaire ?

— Il s'agit d'un croiseur armé, d'un modèle que l'ordinateur ne reconnaît pas, Monsieur. Le propriétaire prétend qu'il s'agit d'un vaisseau qui a été mis au rebut par l'armée.

Jim jeta un coup d'œil à Spock.

— C'est dans le domaine des possibilités, capitaine, si le vaisseau est obsolète. Mais dans ce cas, l'ordinateur aurait dû le reconnaître.

« — A quelle distance est-il ? » demanda Jim au Lieutenant Uhura.

— A peu près un million de kilomètres, Monsieur. Nous sommes largement hors de portée de ses armes, et lui des nôtres.

— Prévenez-le de partir, Lieutenant. Dites-lui que des... malentendus peuvent s'ensuivre s'il reste dans l'espace de la Fédération.

— Mais, Monsieur...

— Oui, lieutenant ?

— Tout le monde n'est pas d'accord sur l'endroit exact où se trouve l'espace de la Fédération.

— C'est vrai, Capitaine Kirk », dit Spock. La Fédération et l'Empire Klingon réclament chacun certains volumes d'espace le long de la Phalange. Dans la mesure où il n'existe rien ayant une grande valeur dans la zone en litige, aucun des deux gouvernements n'a poussé plus loin sa demande. Mais aucun des deux n'a jugé bon de se retirer, non plus.

Jim soupira.

— Très bien, Lieutenant Uhura, suggérez qu'ils sont peut-être en train de déborder les frontières, et voyez quelles réactions vous obtenez. Ayez du tact. S'ils viennent à portée de tir, relevez les boucliers. Dites à M. Kyle de nous téléporter à mon signal.

— Oui, Monsieur.

Jim ferma son communicateur, et indiqua par une série de signes de la main et de mime que lui et Spock étaient obligés de partir, mais qu'ils reviendraient. Les êtres sifflèrent et émirent de hautes notes flûtées.

L'être écarlate leva les mains. Le tricordeur de Spock détecta d'étranges émanations électromagnétiques, et émit tout à coup une cacophonie de puissants signaux. Spock n'avait jamais rien vu de tel. Mais de toute façon, réfléchit-il, il n'avait jamais rien vu de semblable à ce monde à l'intérieur d'un vaisseau, non plus.

— Capitaine Kirk, dit Uhura, nous recevons une

transmission visuelle — est-ce vous qui nous l'envoyez ?

Elle la décrivit : c'était un écho du schéma que l'*Entreprise* avait transmis auparavant à l'étrange vaisseau. Les petites silhouettes sortirent du vaisseau sur un rayon scintillant, puis disparurent à l'intérieur de l'*Entreprise*.

— Merci, lieutenant.

Le Capitaine Kirk toucha sa poitrine, montra du doigt l'extérieur du vaisseau-monde, puis montra le sol.

— C'est bien ça », dit-il. « Nous devons partir maintenant, mais nous reviendrons. Nous reviendrons. »

L'être ferma les mains. Les relevés chaotiques s'effacèrent du tricordeur de Spock. Puis l'être ouvrit les bras, les mains ouvertes et les paumes vers le haut.

Jim répondit par un geste identique. L'humain et l'être se regardèrent. L'être écarlate passa rapidement sa langue sur la structure surmontant ses lèvres. Spock remarqua de nouveau une étrange série de relevés sur le tricordeur. Les habitants du vaisseau-monde n'avaient aucun équipement — en tout cas aucun équipement visible, mécanique — pour effectuer des transmissions visibles. Les senseurs ne détectaient aucune technologie électronique étrangère reconnaissable dans leur champ d'action.

Jim ouvrit son communicateur.

— Kirk à l'*Entreprise*. Remontez-nous, M. Kyle.

La sensation de froide dislocation du rayon téléporteur enveloppa Spock.

Il réapparut aux côtés du Capitaine Kirk sur la plateforme de téléportation de l'*Entreprise*.

— Nous devons absolument trouver un meilleur moyen de communiquer avec eux », dit Jim sur le chemin de retour vers la passerelle. « Si je fais passer les données collectées par mon translateur dans les circuits de l'ordinateur de bord, quelles sont les chances d'obtenir un résultat ?

— Impossible à estimer, capitaine. Le langage est

assez étrange pour que je recommande de la prudence. Forcer l'ordinateur à essayer de le déchiffrer pourrait bien être source de difficultés.

A l'arrivée de Kirk sur la passerelle, le Lieutenant Uhura retourna au poste de communication.

— Qu'est-il arrivé là-bas ? » demanda McCoy.

— C'est incroyable, Bones. Lieutenant Uhura... fréquence intra-vaisseau, je vous prie.

— Fréquence ouverte, Monsieur.

Jim hésita. Comment annonçait-on la rencontre d'une espèce étrangère totalement inconnue ? Et en particulier d'une espèce dotée d'une technologie supérieure à la vôtre ?

— Kirk à tout le personnel. Le champ gravitationnel d'un engin spatial a dévié l'*Entreprise* de sa route mais le vaisseau n'a souffert d'aucun dommage structurel. Nous avons établi un contact pacifique avec les habitants de l'engin spatial, qui sont une espèce intelligente jusque-là inconnue de nous.

Il se demanda s'il devrait dire autre chose, quelque chose au sujet des rencontres historiques, mais cela lui parut bien trop théâtral et en même temps un peu faible par rapport à l'occasion, et il fit signe à Uhura de fermer la fréquence.

— Lieutenant Uhura, où en sommes-nous avec le vaisseau klingon ?

— Son propriétaire préfère ne pas changer de direction, monsieur.

— Oh, vraiment ! Jetons un coup d'œil dessus. L'image qui se forma sur l'écran fit lever un sourcil à Spock. Ce n'était pas du tout une vieille carcasse délabrée ; ce n'était pas un engin militaire au rebut, irréparable, mais bien au contraire le résultat de la technologie la plus avancée de l'Empire, si nouveau que Spock n'avait jamais vu un croiseur semblable à celui-ci.

— Capitaine, il est virtuellement impossible que ce vaisseau appartienne à un civil.

— Je vois ce que vous voulez dire, Commander Spock. Lieutenant Uhura, je vais parler au propriétaire.

L'image du propriétaire apparut sur l'écran. Spock pensa que même si les possibilités sont d'une contre un million, ou d'une contre un milliard, cette possibilité n'en existe pas moins. En effet, bien que le vaisseau fût un vaisseau militaire, la propriétaire était une civile.

Contrairement à n'importe quel militaire Klingon, cette citoyenne de l'Empire était vêtue de flamboyants vêtements de tissu brillant et de cuir orné d'argent. Ses cheveux cuivrés se répandaient sur ses épaules, libres et sauvages sous le serre-tête, et elle avait orné sa crête frontale d'un maquillage d'or scintillant. Elle portait des armes exceptionnelles : un désintégrateur démodé et " gonflé " sur une hanche, une arme blanche — était-ce possible que ce soit une épée de sang ? Spock en avait entendu parler, mais il n'en avait jamais vu — sur l'autre. L'épée et le désintégrateur pendaient à une ceinture incrustée de pierres précieuses qui formaient un dessin complexe. Une frange de petits disques de mica pendait aussi à la ceinture, comme pour ajouter une décoration supplémentaire. Mais Spock reconnut les cercles de cristal comme étant quelque chose de bien plus significatif qu'un simple excès de mauvais goût. Les disques formaient une frange de trophées, révélant à qui était capable de la déchiffrer les exploits de sa propriétaire. Au milieu des disques colorés se trouvaient un nombre effrayant de disques clairs, qui représentaient des vies prises en combat direct. L'un des disques était d'acquisition récente, car ses couleurs n'avaient pas encore totalement disparu.

— Je suis le Capitaine James T. Kirk », dit le capitaine à l'intruse. « Votre vaisseau a dérivé dans l'espace de la Fédération. Starfleet est chargé de faire respecter ces frontières.

— Je suis Koronin, propriétaire du *Quundar*. Il se pourrait que l'Empire ne soit pas d'accord avec vous au sujet de ces frontières. » Elle jeta un coup d'œil de côté et fit claquer ses doigts.

— Starfleet !

Un petit primate rose vêtu d'un uniforme de Starfleet en miniature lui sauta dans les bras. Elle tortilla la laisse attachée à son collier, l'obligeant à lever la tête. Il glapit et geignit.

— Vous voyez », dit Koronin, « à quel point j'aime Starfleet.

— Je crois que l'*Entreprise* se révélera un adversaire plus sérieux pour vous qu'un animal sans défense », dit James Kirk. Et même Spock reconnut dans sa voix une colère intense.

Analysant les vêtements de Koronin, son aspect physique, son accent, Spock l'identifia comme appartenant au groupe Rumaiy, une minorité ethnique et politique du monde d'origine des Klingons. La classe supérieure des Rumaiy se voilait souvent en public, et effectivement Koronin portait un voile. Mais il n'était pas attaché, il se drapait comme un foulard depuis son bandeau de tête, annonçant à tous ceux qui pouvaient le comprendre qu'elle rejetait les coutumes de son peuple. Une renégate, donc. Spock sentit les problèmes approcher.

— Ne me sous-estimez pas, capitaine de la Fédération », dit Koronin. « Et mon vaisseau non plus. Vous feriez une sérieuse erreur. Si je représentais le gouvernement, je vous inviterais à évacuer notre espace, et je vous forcerais à obéir à cette invitation. Mais je ne représente que moi-même. Cela ne m'intéresse pas d'abîmer la jolie peinture neuve de mon vaisseau dans une bataille.

— Personne ne suggère une bataille », dit Jim.

— Excellent. Dans ce cas aucun de nous n'ennuiera l'autre. Nous pouvons chacun explorer l'intéressante structure en face de nous. Elle est certainement bien assez grande pour accueillir deux équipes d'exploration.

Je ne peux croire, pensa Spock, que cette rénégate soit extrêmement intéressée par les progrès de la connaissance scientifique, ou par les occasions offertes par les contacts inter-espèces pacifiques.

— Quelle est votre phrase terrienne, déjà ? » dit Koronin. « Vous êtes bien de la Terre, capitaine, je pense ? Vous êtes un humain ? » Elle caressa plutôt rudement son primate familier sous le menton. « Ah, oui, je vous souhaite " bonne chasse. " » Elle se mit à rire.

Jim se leva, prêt à protester, tandis que l'image de Koronin s'effaçait.

— Bon sang ! Si elle descend là, armée, cherchant Dieu sait quoi... tout peut arriver.

— Tout peut arriver quand nous y descendons, capitaine », dit Spock. « Nous en savons à peine plus qu'elle sur le peuple du vaisseau-monde.

— Comment a-t-elle eu ce vaisseau ? Ce n'est sûrement pas l'Empire qui le lui a donné. Se pourrait-il qu'elle soit en mission secrète ?

— Un agent secret ne se ferait pas remarquer en étant aux commandes d'un vaisseau militaire d'une telle avance technique », dit Spock.

— A moins que ça ne soit précisément ça qu'ils veulent que nous pensions », dit Jim.

— Il est impossible de suivre les méandres labyrinthiques des complots que trament les esprits les plus obscurs de l'oligarchie Klingonne », dit Spock. « C'est le chemin de la folie. Nous devons attendre, et observer, jusqu'à ce que nous possédions plus d'informations.

— Capitaine Kirk...

— Oui, M. Sulu ?

— Ce n'est qu'une possibilité, monsieur... Peut-être que la même chose qui est arrivée à l'*Entreprise* est arrivée au *Quundar*. Il a été attiré hors de sa route, ses moteurs de distorsion ont sauté... Peut-être Koronin est-elle incapable de quitter l'espace de la Fédération même si elle en a envie. Peut-être est-elle en train de nous en mettre plein la vue en attendant de pouvoir réparer son vaisseau.

— Nous en mettre plein la vue ?

Sulu rougit.

— Excusez-moi, Monsieur. C'est une expression que les gens de la troupe de Lindy emploient pour dire qu'ils font patienter le public jusqu'à ce qu'ils soient prêts à commencer.

— Je vois. » Le Capitaine Kirk se renfonça dans son fauteuil.

Sur l'écran, le vaisseau-monde dérivait dans la paix la plus totale. Spock n'était que trop conscient qu'il risquait de devenir un pion, le prétexte à déclencher une guerre. Beaucoup de choses allaient dépendre des actions du jeune capitaine humain de l'*Entreprise*.

L'officier scientifique créa une interface entre son tricordeur et l'ordinateur du vaisseau, et commença d'analyser les données. Le nouveau peuple possédait des aptitudes inhabituelles.

— Fascinant », murmura Spock.

— De quoi s'agit-il, Spock ?

— L'être écarlate a transmis les images que nous voyons sur notre écran. Il a créé la fréquence radio à partir de son propre corps. Contrôle biologique des radiations électromagnétiques. C'est très inhabituel.

— Je ne sais pas », dit McCoy. « Sur Terre, les anguilles électriques font la même chose.

— Dr McCoy », dit Spock, n'en croyant pas ses oreilles, « un tel mépris d'êtres inconnus ne vous va pas du tout.

— M. Spock...

— Leur contrôle est précis. Il est sans précédent. Ils créent des images, ils les transmettent, sans le bénéfice de ce que nous reconnaîtrions comme étant de la technologie.

— Commander Spock !

— Je pense que ce que M. Spock est en train d'essayer de vous dire, Bones, c'est que les anguilles électriques ne projettent pas de films de leur habitat.

— C'était une plaisanterie, M. Spock ! Une plaisanterie ! » dit McCoy. « Vous ne l'avez pas trouvée drôle ?

— Certainement pas », répliqua Spock.

— Hé bien, je ne crois pas que je vous dirai à nouveau une plaisanterie !

Spock le regarda d'un air impassible.

— Je considère que c'est une promesse. Je vous serais reconnaissant de la tenir. » Il tourna le dos à McCoy et se mit en devoir de l'ignorer. Jim leur tourna le dos et les ignora tous deux. Il regarda le vaisseau-monde.

— Incroyable.

Mais le regarder fixement ne lui permettrait pas de mieux le comprendre, ou de communiquer avec ses habitants, ou même de protéger son vaisseau et son équipage du vaisseau klingon intrus.

— M. Spock, dit Jim, quand serez-vous prêt à retourner au vaisseau-monde ? Je veux l'explorer — je veux voir de quoi est faite sa structure extérieure. Le Lieutenant Uhura nous accompagnera en tant que conseiller en communications, et...

Spock l'interrompit.

— Capitaine, vous avez fait de dangereuses suppositions.

— Que voulez-vous exactement dire par là, Spock ? » demanda McCoy.

— Vous parlez de méthodes de recherche comme si nous étions sur le point de visiter une planète moyenne d'une culture pré-industrielle moyenne. Mais ceci n'est pas une planète. Les êtres emploient ou n'emploient pas une technologie mécanique et électronique similaire à la nôtre, mais on ne peut certes pas les qualifier de pré-industriels. Ils ont construit le vaisseau-monde. Nous ne pouvons pas prendre nos instruments d'échantillonnage et faire intrusion dans leur civilisation. Nous n'avons pas été invités.

— D'une certaine façon, si », dit Jim.

— Vous êtes évidemment libre de voir les choses ainsi », dit Spock. « Mais je suggère de nous demander comment nous réagirions si nous invitions les gens du vaisseau-monde à nous rendre visite, et qu'à peine matérialisés sur la passerelle ils se mettent à prendre des échantillons de notre air, de notre sang, et du matériau même de notre vaisseau.

Jim regarda Spock d'un air pensif.

— Vous ressentez cela intensément, n'est-ce pas, Commander Spock ?

— Certainement pas, capitaine », dit Spock, se demandant si Kirk l'insultait délibérément ou par ignorance. « Mais je désire souligner que, si nous pouvons étudier une culture pré-électronique de n'importe quelle manière de notre choix — éthique ou non, prévenante ou non — simplement parce que la culture en question est sans défense contre nous, nous ne pouvons pas nous permettre de traiter cette culture-là de façon cavalière. Etant donné leur engin spatial, nous pouvons conclure en toute sécurité que leur technologie est en avance sur la nôtre. Je suggère que nous fassions attention à nos manières.

— Quelle évidence avons-nous », dit McCoy, « que les gens à qui Jim et vous avez parlé...

— Avec qui nous avons communiqué », dit Spock, « grâce à leurs aptitudes inhérentes, pas grâce aux nôtres.

McCoy le fusilla du regard.

— ... à qui vous et Jim avez parlé sont ceux-là mêmes qui ont bâti le vaisseau-monde ?

Spock en resta coi. McCoy avait vu les données, et il pouvait encore poser une telle question ?

Spock avait vu des situations dans lesquelles une seule remise en question pertinente avait changé complètement et irrévocablement ses perceptions.

Mais ce n'était absolument pas le cas en ce moment.

— Notre brève communication m'a convaincu que les habitants ont construit le vaisseau-monde », dit-il.

— Traduction : vous supposez qu'ils l'ont construit.

— C'est mon opinion.

— Et elle n'est que très légèrement différente de votre précédente opinion que le vaisseau-monde pouvait être d'origine naturelle.

— Et cela aurait pu être le cas », dit Spock. « Ça ne l'est pas. J'ai modifié mon opinion au regard de l'importance des preuves supplémentaires.

— Vous avez parlé d'aptitudes inhérentes. Supposez que bâtir soit inhérent, que ce soit instinctif chez eux ?. Supposez que les êtres aient créé le vaisseau-monde hors de toute pensée consciente ?

— Comme il est impossible que vous soyiez en train de prétendre que le vaisseau-monde soit une gigantesque ruche », dit Spock, « je ne peux que conclure que vous avez rompu votre promesse de ne pas m'accabler de vos plaisanteries. »

Le Capitaine Kirk eut un petit rire et Uhura sourit. Leur amusement ne fit nullement plaisir à Spock.

— Je ne suis pas en train de plaisanter », dit McCoy avec irritation. « Et ça pourrait très bien être une création instinctive. C'est possible.

— Comme l'est votre suggestion que d'autres que les habitants du vaisseau-monde l'aient construit. Quel scénario proposez-vous ? Que des étrangers venus de l'espace l'ont construit à leur place ? Il serait fascinant de connaître votre conception de ces étrangers. Je ne doute pas que pour vous, ce soient des primates.

— Maintenant, attendez un peu, Spock... ! » s'exclama McCoy.

— Commander Spock, Dr McCoy », dit Kirk, « il n'y a aucune raison de vous battre pour des spéculations. Nous n'aurons pas besoin de spéculer, si nous déchiffrons leur langage.

— Je crois que leur langage a son origine en dehors de l'inconscient local », dit Spock.

— Si c'est vrai », dit Uhura, « alors… nous ne serons peut-être jamais capables de traduire leur langage du tout.

— L'inconscient local ! » McCoy se mit à rire. « Vous ne croyez pas — vous ne pouvez pas croire — à une telle envolée de fantaisie théorique !

— Je la trouve esthétiquement satisfaisante », dit Spock. « Comment vous en êtes peut-être conscient, la théorie la plus satisfaisante d'un point de vue esthétique est souvent la plus vraie.

— L'inconscient local est vraiment une théorie étonnante, Dr McCoy », dit Uhura.

— C'est de la bouillie pour les chats !

— Vous avez le droit à vos propres opinions », dit Spock froidement. « Même si elles font preuve de sectarisme intellectuel. »

McCoy en postillonna.

— Ça ne vous dérangerait pas de m'informer sur cette théorie, Spock ? » dit Kirk. « Qu'est-ce que l'inconscient local ?

— C'est une proposition suivant laquelle tous les êtres d'une aire locale sont unis de telle sorte que tous leurs procédés intellectuels sont connectés à un niveau de base. C'est pourquoi — propose cette théorie — les langages provenant de différents systèmes d'évolution peuvent être traduisibles.

— Sur Terre, c'est la théorie de l'inconscient collectif de Jung », dit Kirk, « qu'on y croie ou non, ce n'est guère sujet à controverse.

— L'idée est similaire, monsieur. Mais dans ce cas, le mot " local " englobe bien plus qu'une seule espèce,

334

une seule planète, ou même un seul groupe d'étoiles.

— Ce qu'il est en train de dire », dit McCoy, « c'est qu'il pense que ces êtres viennent d'une autre galaxie.

— Je pense que c'est hautement probable », dit Spock.

— Merveilleux ! » dit McCoy. « Des créatures venant d'un système stellaire hors des limites explorées ne vous suffisent pas ! Il vous faut trouver une espèce venant d'une autre galaxie ! Pourquoi ne pas parcourir le chemin en entier et décider qu'ils viennent d'un autre univers ?

— Je ne possède aucune preuve empirique de l'existence d'autres univers », dit Spock.

— Commander Spock, si cette théorie est vraie et que nous ne puissions pas traduire leur langage, nous ne serons jamais capables de communiquer avec eux du tout.

— Au contraire, Capitaine », dit Spock, « la théorie dit qu'un langage existant en dehors de l'inconscient local ne peut être traduit, mais elle ne dit pas qu'il ne peut pas être appris.

— Je ne sais pas au sujet de l'inconscient local, Commander Spock », dit Kirk, « mais vos remarques au sujet du vaisseau-monde sont notées. Peut-être pourrions-nous amener ses habitants à nous donner la permission d'étudier leur monde. En attendant, nous ferions mieux de revoir notre stratégie en ce qui concerne... les bonnes manières.

— Capitaine Kirk !

— Oui, monsieur Sulu ?

— Monsieur, un vaisseau approche...

— De nouveau Koronin ? Prévenez-là de reculer.

— Ce n'est pas le *Quundar,* monsieur, c'est un très petit vaisseau, une barque... une sorte de navire à voile... venant du vaisseau-monde.

Le minuscule vaisseau, semblable à une perle épineuse attachée à une immense voile soyeuse, venait vers eux rapidement sur l'écran.

Jim jeta un coup d'œil à Spock.

— Je me demande », dit-il, « si nos invités viennent avec du matériel d'échantillonnage ? »

Chapitre X

Les habitants du vaisseau-monde n'apportaient rien avec eux : ni matériel d'échantillonnage ni équipement de communication.

Leur petit navire à voile flotta vers l'*Entreprise,* porté par un rayon d'énergie. A l'approche du vaisseau stellaire, il se tint en équilibre délicat entre le champ d'attraction gravitationnel du vaisseau, et le rayon d'énergie. Les habitants du vaisseau-monde émirent un message visuel détaillé à l'*Entreprise,* indiquant claire-ment leur souhait d'être téléportés à bord.

— Et qu'en est-il maintenant de vos précieux règle-ments, M. Spock ? » dit le Dr McCoy. « Si Jim laisse monter ces types à bord de l'*Entreprise,* nous allons envoyer la prime directive aux quatre vents !

— La prime directive est faite pour protéger des cultures plus jeunes, en voie de développement, du choc de la rencontre avec une technologie avancée », dit Spock. « Mais vous avez peut-être raison pour une fois, Dr McCoy. Peut-être avons-nous besoin d'être protégés du choc de la rencontre avec le peuple du vaisseau-monde, et peut-être devrions-nous invoquer la prime directive pour notre propre défense.

— C'est absurde !

— Vous croyez, docteur ?

Kirk s'interposa pour éviter une autre discussion.

— Je devrais peut-être bien invoquer la prime directive pour vous protéger l'un de l'autre — mais j'ai quantité de preuves que les gens du vaisseau-monde n'ont pas besoin de sa protection.

A bord du *Quundar*, Koronin observa le navire à voile du vaisseau des étrangers nouvellement découverts, tandis qu'il quittait le vaisseau géant et flottait vers le vaisseau de la Fédération *Entreprise*. Elle les maudit. Si la Fédération croyait qu'elle resterait dans son coin et ne ferait rien tandis qu'ils attiraient par la ruse les nouveaux venus dans une alliance, ils étaient encore plus bêtes qu'elle ne le pensait. Elle parcourut à grands pas le centre de commandement, son attention fixée sur les hublots d'observation. L'équipage travaillait fiévreusement sur les moteurs hyperspatiaux. Starfleet trottinait à ses pieds, et geignait pour demander des caresses et de la nourriture.

— Va-t'en ! » hurla-t-elle. « Tais-toi et tiens-toi tranquille, ou je te remets en laisse ! » Le primate alla furtivement vers le lit de Koronin, se blottit sur sa couverture de fourrure et regarda ses moindres mouvements.

— A vos postes !

L'équipage répondit promptement à ses ordres.

— Moteurs d'espace N !

Le *Quundar* se mit en mouvement avec un bruit de tonnerre.

— Capitaine — Le *Quundar* a remis en marche ses moteurs.

Impuissant, Jim regarda le vaisseau de combat rénégat approcher de l'*Entreprise,* et planer d'un air menaçant, se tenant avec provocation à portée du tir. Où donc Koronin pense-t-elle aller avec ce vaisseau et son bizarre primate familier ? se demanda Jim. Il n'y avait rien qu'il pût faire, pas même lever les boucliers, jusqu'à ce que les gens du vaisseau-monde soient arrivés.

— Gardez un œil et tous vos senseurs sur elle, M. Sulu », dit Jim. « C'est tout ce que nous pouvons faire pour le moment. » Il se leva et, en compagnie de McCoy, se dirigea vers la salle de téléportation pour attendre. Le Lieutenant Uhura et le Commander Spock les suivirent.

Le peuple du vaisseau-monde ne semble pas posséder quoi que ce soit de semblable au téléporteur, pensa Spock. Et pourtant ils le traitent comme quelque chose de banal, voire même de primitif.

Spock ne doutait pas un instant qu'ils fussent capables de le dupliquer, s'il le trouvait pratique.

Spock avait commencé à se faire ses propres idées sur le peuple du vaisseau-monde, des idées qu'il savait très bien reposer sur des données insuffisantes. Mais il se prépara à rejeter toute supposition qui se révélerait inadéquate, comme il était inévitable qu'un certain nombre de suppositions se révèlent être au fil du temps. En attendant, il lui fallait certaines bases à partir desquelles travailler.

Il considéra le navire à voile comme étant un instrument de jeu. Les gens du vaisseau-monde auraient tout à fait pu transmettre la demande d'être téléportés directement à bord de l'*Entreprise*. A la place, ils avaient choisi d'arriver sur un petit bâtiment propulsé par la réflection des photons sur une voile. Bien que Spock trouvât ce moyen de transport frivole, et bien qu'il eût préféré rencontrer un peuple aussi fermement dédié à la rationalité que les Vulcains, la capacité de jeu venait à sa rescousse dans la discussion qui l'opposait au Dr McCoy : il doutait que le médecin comparât de nouveau la société du peuple du vaisseau-monde à celle des abeilles. Il se pourrait que McCoy continue d'attribuer leur haut niveau technologique à une influence extérieure, mais ce malentendu serait bientôt corrigé sous l'effet de l'évidence.

Lisse et brillante, nue et les mains vides, la grande créature écarlate commença à se matérialiser sur la plate-forme de téléportation.

Spock se rendit compte de l'erreur qu'il avait commise.

— Attendez! La pesanteur...! » Spock fit un bond en avant et rattrapa l'être alors qu'il se matérialisait à l'intérieur d'un champ gravitationnel plusieurs fois supérieur à celui auquel il était habitué. La fragilité de ses os et la légèreté de son corps ébahirent Spock. Le contact physique le mit en liaison brutale avec l'esprit de l'être, dont la puissance détruisit totalement ses défenses. Seule sa force et des réflexes bien entraînés leur permirent, à lui et à la créature, de rester debout.

— M. Kyle! » hurla Kirk. « Téléportez nos invités sur le pont des navettes. Immédiatement! »

Kyle sursauta. Le risque...! Cependant, comme les autres gens du vaisseau-monde se matérialisaient, la pesanteur les tira vers le bas et ils crièrent, en un chant aigu et funèbre. Kyle réagit.

Le rayon téléporteur emporta Spock et les êtres vers l'environnement à pesanteur de 0,1 g du hangar des navettes.

Spock relâcha l'être écarlate et s'effondra à genoux, assommé par la puissance de son esprit.

Trois autres êtres se rematérialisèrent près d'Athene et d'Amelinda Lukarian. L'un avait une fourrure crème, un autre avait une fourrure rayée d'étroites bandes d'or et de brun, et la fourrure du troisième formait un complexe motif cachemire.

La musique par laquelle ils communiquaient montait autour de lui comme un coursier du vent, l'éthérée créature vulcaine qui ne touchait jamais le sol.

L'équirapace, inquiet, s'ébroua, les ailes battant l'air, tandis qu'Amelinda Lukarian essayait de le calmer.

Les trois créatures étendirent largement les bras. De longs doigts qui reposaient étroitement serrés à l'arrière de leurs bras se déplièrent, la collerette sur leurs flancs s'étira, et ils étendirent leurs larges ailes. Ils prirent leur vol sous le plafond dangereusement bas.

Spock essaya de se lever, mais ses forces avaient disparu. Sur ses genoux, ses mains tremblaient. Il fut à peine capable de lever la tête. Lorsqu'il le fit, il se retrouva en train de regarder droit dans les yeux mordorés de l'être écarlate, qui était agenouillé en face de lui. L'être passa sa langue sur sa moustache sensorielle ; il leva une main vers son visage et se toucha le front d'un doigt griffu. Il fit un bruit que Spock interpréta comme interrogateur.

— D'accord », murmura Spock, la voix si rauque qu'elle en était presque inaudible. Il avait su que cela devait arriver, mais il avait pensé que ce serait sur sa propre initiative ; il avait pensé qu'il aurait plus de temps pour s'y préparer.

Spock mit ses mains sur le visage de l'être écarlate.

Il toucha son esprit.

Dans la salle de téléportation, Jim se rua vers le plus proche ascenseur avant même que le rayon ait fini de dématérialiser Spock et les gens du vaisseau-monde. Il parviendrait plus vite au hangar des navettes à pied que s'il attendait que le rayon se recharge. McCoy parvint tout juste à se glisser entre les portes au moment où elles se refermaient.

— Imbécile ! » hurla Jim. « Imbécile ! Je n'ai même pas été capable de prendre le temps de réfléchir ! Bon Dieu ! » Il tapa sur le mur, de fureur et de dégoût. L'ascenseur se traînait si lentement vers le pont des navettes que Jim se prit à souhaiter avoir attendu le rayon. Les portes s'ouvrirent, et il partit à la course le long du couloir.

Sur le chemin de ronde il s'arrêta, ébahi.

Loin d'avoir été blessés, trois des gens du vaisseau-monde glissaient de-çà de-là, volaient dans l'espace restreint du pont. Ils volaient! Beaux et gracieux, ils rappelèrent à Jim des faucons surveillant leur proie au-dessus de champs estivaux.

Athene, qui n'était pas sûre de ses ailes, trottait à moitié et volait à moitié derrière eux, essayant de les suivre, la tête levée et les oreilles en avant. La musique qui émanait des êtres se réverbérait contre les parois.

— M. Spock! » dit Lindy. « M. Spock, qu'est-ce qu'il y a? »

Lindy s'agenouilla près du Commander Spock et de l'être écarlate. Le Vulcain était couché, raide, sur la tendre herbe nouvelle, les poings serrés, tout le côté gauche de son visage meurtri et noirci de particules de pierre pulvérisée. Le quatrième être, l'être écarlate, se leva sur un coude, étourdi. Jim descendit quatre à quatre l'escalier, se maudissant lui-même. Les êtres volants avaient-ils attaqué en représailles de l'erreur qu'il avait commise au sujet de la pesanteur?

— Lindy, que s'est-il passé? » Jim s'agenouilla près d'elle.

Le Commander Spock avait l'air dans un état épouvantable. Il avait pâli jusqu'à un vert jaunâtre maladif, et de sa joue égratignée suintait un sang d'une teinte émeraude foncée.

— Je n'en suis pas vraiment sûre », dit-elle.

— Donnez-lui un peu d'air. Et laissez-moi le voir. » McCoy prit le pouls de Spock.

— Le pouls est lent pour un Vulcain », dit-il.

— Dangereusement lent?

— Non… je ne crois pas. Il est sorti en trombe de l'infirmerie avant que j'ai vraiment pu me faire une idée de sa version de la normalité. Au diable!

— Ça ne sert pas à grand-chose de vous mettre en colère contre lui en ce moment, Bones.

— C'était contre moi que je me mettais en colère. » McCoy secoua la tête. « C'était de ma faute — c'est moi qui ai commis une erreur. Je vais faire descendre une civière.

— Je m'en occupe. Assurez-vous que notre invité ne soit pas blessé.

— Je suis... je ne suis pas... je ne suis pas physiquement abîmé.

Jim se releva d'un coup. Les mots étaient un chant, et la musique elle-même créait les mots. L'être volant fit glisser ses mains aux longs doigts sur ses bras. Il ouvrit ses trois doigts extérieurs, les doigts étirés qui supportaient ses ailes, et étendit la peau à la courte fourrure. Ses larges ailes écarlates se déployèrent au-dessus de lui. Il les ramena devant lui et les replia en cercle autour de Jim, leurs extrémités se touchant derrière son dos. Sous le rideau des grandes ailes, Jim se sentit pris de frisson. L'être volant replia de nouveau ses ailes. Le réseau ailé se referma avec un frémissement soyeux.

— Est-ce que... vous m'avez parlé ? » dit Jim.

— Je vous parle depuis le début, mais vous ne me compreniez pas. Celle qui chante pourra peut-être nous comprendre, avec le temps. Mais votre langage à vous est si simple...

— Comment l'avez-vous appris si rapidement ?

— Je l'ai appris grâce à... » L'être volant émit plusieurs mots qui ne ressemblaient pas du tout aux sons qu'il avait faits auparavant. « ... grâce à Spock. »

L'être volant s'assit sur ses talons à côté du Vulcain. Le dos de ses mains touchait le sol à ses côtés, comme si l'être se voûtait sous le poids des ailes tombantes. Le corps rigide de Spock avait commencé à se détendre, mais il ne donnait aucun signe d'être sur le point de reprendre connaissance.

— Que s'est-il passé ? » demanda Jim.

— Je voulais échanger des schémas de pensée avec

343

lui. Il a accepté l'échange, mais notre communication est allée bien au-delà.

Jim essaya de dire quelque chose qui aurait une signification.

— Nous ne rencontrons pas souvent des gens avec des capacités comme les vôtres, avec une technologie aussi élevée que la vôtre. C'est une nouvelle expérience pour la plupart d'entre nous... J'ai bien peur qu'il ne soit blessé. Je dois trouver de l'aide.

— La civière arrive, Jim », dit McCoy. Il revint de l'intercom qui se trouvait en bas de l'escalier.

Les autres êtres volants atterrirent et les rejoignirent, curieux.

— Votre aire de vol est très basse », dit l'être volant écarlate. « Comment votre collègue fait-elle pour exercer ses ailes ? Où chasse-t-elle ? »

Il parlait d'Athene.

— Elle est seulement en train d'apprendre à voler. C'est une longue histoire. Vous allez bien, vos amis et vous, n'est-ce pas ? La pesanteur dans la salle de téléportation ne vous a pas fait de mal ?

— Elle aurait pu, si Spock ne m'avait pas arrêté, et si vous ne nous aviez pas transférés ici.

— Je suis désolé. J'ai commis une erreur impardonnable.

Les êtres volants échangèrent sifflements et chants.

— Cela est une chose du passé », dit l'être écarlate.

— Mais qu'est-ce donc que vous lui avez fait ? » demanda Uhura.

— Je pensais lui donner de la joie et des chants », dit l'être volant, « mais mes schémas ont provoqué en lui de la douleur. »

Deux brancardiers arrivèrent, et McCoy emmena Spock. Plusieurs officiers de sécurité se montrèrent sur le chemin de ronde, mais Jim leur fit signe de rester où ils étaient.

L'être écarlate cligna des yeux. « Vous, celle-qui-chantez, vous êtes Uhura, et vous êtes « Cap'tainkirk ».

— Mon nom est James Kirk, et mon grade est capitaine ; je suis responsable du vaisseau. Etes-vous le capitaine du vaisseau-monde — de votre navire ?

L'être volant toucha de sa langue sa moustache sensorielle. Jim commençait à penser que ce geste signifiait qu'il était en train de réfléchir.

— Je suis encore en train d'assimiler les informations que Spock m'a données. Un nom vous est attribué à la naissance, et un grade vous est donné à l'âge adulte. Est-ce que ceci est exact ?

— Ça ira pour l'instant.

— Je ne suis pas, dans ce cas, " capitaine " de notre... » L'être fredonna, produisant deux notes simultanées. « ... " Vaisseau-monde " devra suffire, bien que ce soit une méprise. Mais vous n'avez aucun mot qui conviendrait, et je crains que votre appareil vocal soit incapable de reproduire son véritable nom. En ce qui concerne " capitaine ", je n'ai aucun concept identique.

— Qui donne les ordres ? Comment fonctionne le vaisseau ? Qui s'assure qu'il ne se détériore pas ?

— Je ne donne ni ne reçois d'ordres. Le vaisseau-monde ne peut pas se détériorer. Il... se renouvelle lui-même.

— Voulez-vous dire que c'est un corps astronomique naturel ? Qu'il a évolué ? Que vous ne l'avez pas construit ?

L'être écarlate s'entretint en musique avec ses compagnons. Uhura se rapprocha d'eux, fascinée.

— Le vaisseau-monde est un corps naturel », dit l'être volant. « Comment pourrait-il en être autrement ? Que pourrait être un objet " non naturel " ? Bien entendu, il a évolué, et il continue d'évoluer. Toutes les choses évoluent. Et non, je ne l'ai pas construit. Je suis jeune, alors que le vaisseau-monde est ancien.

Ce qui allait décevoir le Commander Spock, pensa

Jim, et faire plaisir à McCoy, qui ne perdait jamais une occasion de remarquer « Je vous l'avais bien dit ! »

— Maintenant que vous savez qui nous sommes », dit Jim, « peut-être consentiriez-vous à vous présenter ? » Il attendit.

L'être écarlate cligna des yeux, toucha sa moustache sensorielle, cligna de nouveau.

— Je n'ai pas de nom », dit-il.

Il siffla en direction des trois autres êtres volants, qui répondirent. Ils se rapprochèrent, plus grands que les humains de toute la tête et les épaules, menaçants.

— Oh. » Jim se sentit idiot.

— Mais votre langage s'adapterait difficilement à nos schémas. Peut-être devrais-je faire comme Spock, et adopter un nom que votre parler puisse reproduire.

— Ça pourrait simplifier les choses », dit Jim.

— Comment les noms sont-ils choisis dans votre civilisation ?

— En se référant à nos ascendants, ou par des préférences personnelles. Par les dessins que forment les étoiles dans le ciel, ou en référence à des personnages historiques...

De nouveau, il transmit l'information aux autres êtres volants, mais la conversation dura cette fois plusieurs minutes, et Jim eut l'impression que l'être écarlate avait fait quelque chose qui avait déplu aux autres.

— Je n'ai rien de tout ça : ni nom de famille, ni personnages historiques. Les dessins dans mon ciel sont changeants.

— Vous pourriez utiliser des surnoms », dit Uhura. « Ils viennent des caractéristiques physiques, des vocations, de n'importe quoi que vous choisissiez.

— Par exemple », dit Jim, « pour moi vous êtes " Ecarlate ".

— " Ecarlate. " Ecarlate fera l'affaire pour le moment. Nous parlerons encore, mais ce devra être dans le futur.

— Mais...

— La confrérie doit se concerter.

— Nous avons tellement de questions à vous poser...

— Puis-je écouter ? » dit Uhura. « J'aimerais essayer de... d'apprendre vos schémas. »

Ecarlate ne dit rien.

— Lieutenant ! » dit Jim. « Après ce qui est arrivé à Spock...

— Est-ce que M. Spock est entré en fusion mentale avec vous ? » demanda Uhura à Ecarlate. « Je suis incapable de faire ce qu'il a fait. Je suis obligée d'apprendre plus lentement. Ça ira très bien, laissez-moi simplement écouter. Capitaine, je suis persuadée que c'est important ! »

Jim avait du mal à supporter la possibilité de voir Uhura, inconsciente, son élégant visage égratigné lors d'une chute convulsive. Mais son entraînement l'avait préparée à une rencontre de ce genre ; s'il lui ordonnait de ne rien faire, ce serait comme s'il lui disait qu'il n'avait pas confiance en son jugement et sa compétence, et c'était bien la dernière chose qu'il voulait dire à Uhura !

— C'est d'accord, lieutenant, si Ecarlate n'y voit pas d'objection. Mais... soyez prudente.

Sans accepter ni repousser la requête d'Uhura, Ecarlate rejoignit la confrérie, qui attira Uhura dans son cercle. Les voix grimpèrent, se mêlèrent et l'ensorcelèrent de leur musique.

Gardant un œil sur le cercle, Jim recula et contacta la passerelle.

— Le *Quundar* ne fait rien, capitaine », dit Sulu. « Rien du tout, mais il est toujours là.

— Juste installé là ?

— Juste installé là.

— Dans ce cas, nous ferons la même chose », dit Jim. « Pour l'instant. Yeoman Rand, annoncez une modification d'environnement. Dix minutes de délai pour les objections cruciales. »

L'habituel délai entre l'annonce de la modification d'environnement et la mise en œuvre de la modification existait principalement pour prévenir les chercheurs en train de travailler sur des expériences qu'une variable allait bientôt changer, mais comme l'*Entreprise* n'avait toujours pas son équipe de chercheurs, Jim ne reçut aucune objection cruciale.

Il ouvrit un canal radio avec la salle des machines.

— M. Scott », dit Jim, « veuillez je vous prie ramener la pesanteur à un dixième de g sur tout le vaisseau.

— Vous pensez que c'est raisonnable, capitaine ? Vous...

— Nous avons des invités, M. Scott. J'aimerais qu'ils se sentent bienvenus.

— Mais capitaine, vous allez donner à ces gens libre accès à l'*Entreprise* ! Nous ne savons pas...

Jim coupa la liaison. Il regarda la confrérie, et aurait préféré ne pas partir. Mais Scott venait de le contredire une fois de trop.

— Lindy — je reviens dans une minute. Ne vous approchez pas trop d'eux, d'accord ?

Il grimpa l'escalier à grands pas, ordonna aux officiers de sécurité de l'appeler si quelque chose se passait, et se dirigea vers la salle des machines.

A mi-chemin de l'ascenseur, il trébucha sur la plate-forme gravitationnelle de retour à un g, dont il avait oublié qu'elle se trouvait précisément là. Il plongea tête la première vers le pont. Presque par réflexe, il se baissa et parvint à rouler, pour se retrouver finalement à plat dos, plus surpris que blessé.

Jim se remit sur pied, testant précautionneusement son genou. Il ne lui faisait pas plus mal qu'avant sa chute. Maintenant, c'était tout le reste de son corps qui était meurtri.

C'est vraiment extra, pensa Jim. On le mettra dans

ma biographie officielle : lors de son tout premier Premier Contact, il laisse son officier en second aller se faire tuer, il ne peut pas obtenir que son ingénieur en chef suive ses ordres directs... mais il est capable de tomber presque sans se tuer !

Il se sentait consciencieusement, calmement enragé ; en colère contre lui-même, encore plus en colère contre Scott, et furieux contre Spock. L'officier scientifique avait pris une décision déraisonnable lorsqu'il avait décidé de communiquer avec les êtres volants sans considérer les risques. Le Vulcain méritait d'être mis aux arrêts pour raison disciplinaire, étant donné la situation dans laquelle il s'était fourré — en supposant qu'il survive, bien sûr. Et quant à l'ingénieur en chef...

Jim arriva dans la salle des machines, qui avait l'air d'avoir été démontée par quelqu'un qui n'aurait pas lu les instructions. Jim s'arrêta à l'endroit où plusieurs paires de pieds dépassaient de sous une complexe pièce d'équipement.

— M. Scott. » Aucun des pieds ne bougea. « M. Scott !

— Oui, capitaine ?

Jim sursauta. Derrière lui, Scott, tenant un jeu de plans, le regardait d'un air curieux.

— Je veux vous parler de la pesanteur », dit Jim.

— Très bien, capitaine. Je dois laisser le champ tel qu'il est, finalement ?

— Pas du tout. L'annonce a été faite, et je n'ai pas l'intention de l'annuler. Allez-vous faire cette modification — tout de suite — ou serai-je obligé de la faire à votre place ?

Scott lui jeta un regard blessé, mais se déplaça jusqu'à un complexe tableau de commande. Le voyant de modification d'environnement s'alluma un instant plus tard. Trente secondes après, la pesanteur diminua jusqu'à un dixième de g.

— Voilà, capitaine, vous avez l'environnement que vous souhaitez. Mais...

Devant l'expression de Jim, il tomba dans un silence plein d'incertitude.

— M. Scott », dit Jim, si doucement que seul l'ingénieur l'entendit. « Vous avez mis en cause chaque ordre et chaque demande que je vous ai adressés depuis que j'assume le commandement. J'ai toléré ça jusqu'à présent, parce que vous êtes un bon ingénieur. Mais je ne peux pas le tolérer plus longtemps. Je préfère croire que c'est un problème lié à une absence d'harmonie entre nous, plutôt que de l'insubordination délibérée. Je ne vous mettrai donc pas au rapport. Mais l'un de nous doit s'en aller, et ça ne sera pas moi. Je crois qu'il est préférable que vous demandiez un transfert. Avec un peu de chance, Starfleet vous trouvera rapidement un environnement plus agréable. » Il attendit la réponse.

Scott se contentait de le regarder fixement.

— C'est bien compris ?

— Demander un transfert, capitaine ? » dit Scott, frappé. « Hors de l'*Entreprise* ?

— Un transfert. Hors de l'*Entreprise*.

Scott ne dit rien. Jim se retourna et sortit à grands pas, exaspéré, sachant qu'il aurait dû être capable de régler ce problème de manière plus satisfaisante, mais n'ayant pas la moindre idée de ce que pouvait être cette manière.

Dans le hangar des navettes, Lindy caressait l'épaule iridescente et trempée de sueur d'Athene. Elle entortilla une main dans sa crinière et la fit avancer. Les ailes à demi-ouvertes, l'équirapace marchait comme s'il ne supportait pas de toucher le sol. Ses oreilles bougeaient nerveusement, et l'on voyait des cernes blancs autour de ses yeux.

— Tout va bien, ma douce, murmura Lindy. Tout doux, tout doux, ça va aller ! Mais les êtres volants fascinaient et terrifiaient en même temps l'équirapace.

Bien que Lindy essayât de l'éloigner d'eux, elle s'en rapprochait en marchant, et refusait de se laisser détourner. A chaque fois que le ton de la conversation de la confrérie changeait, Athene s'ébrouait, piaffait, et agitait la tête en tous sens, faisant perdre l'équilibre à Lindy. Et rien de ce que Lindy faisait n'y put rien changer.

Lindy aperçut Jim sur le chemin de ronde. Il descendit l'escalier et revint près d'elle. Il était aussi énervé qu'Athene.

— Que s'est-il passé pendant que je n'étais pas là ?

— Rien. Ils ont simplement continué de se parler en chantant.

— Vous allez bien ? Et Athene ?

— Elle ne comprend pas pourquoi ils peuvent voler et elle pas.

Les mains de Lindy lui faisaient mal à force de retenir Athene par sa crinière, et ses bras brûlaient de fatigue à essayer de guider le puissant équirapace et de rester avec l'animal même lorsqu'il ruait.

— Vous voulez que j'aille chercher une corde ?

— Non. Plus on s'oppose à elle, et plus elle est effrayée. Elle a juste besoin de s'habituer aux êtres volants.

Le chant des êtres s'amplifia, Athene s'ébroua et piaffa, secouant Lindy à tel point qu'elle en perdit le souffle. Jim se recula rapidement.

— Mettez-la au moins dans le hangar de réparation.

— Non ! Je n'arrive pas à la tenir tranquille là-dedans. Pas en ce moment, elle se blesserait.

— Lindy, je dois penser à la sécurité de chacun...

— Je ne le ferai pas, bon sang ! En plus, elle a trop chaud, il faut qu'elle continue à marcher ou elle tombera malade. Laissez-nous seules, et elle ira bien. Jim, je ne peux pas vous parler et essayer de la calmer en même temps.

Jim s'éloigna de Lindy sans rien ajouter, le dos raide.

Il avait envie de faire quelque chose, mais il ne savait pas quoi, alors il appela la passerelle. Le *Quundar* de Koronin ne montrait toujours aucun signe d'agression. Jim se força à supprimer son désir que Koronin passe à l'action, sachant que ce n'était qu'un reflet de ses frustrations. Il appela l'infirmerie.

— Bones, combien de temps avant que le Commander Spock soit de retour à son poste ?

— De retour à son poste ! » dit McCoy. « Ne comptez pas sur lui pour l'instant, Jim. Il est toujours inconscient.

— Diable. » Jim tenta, sans beaucoup de succès, de ne pas faire sentir son énervement dans sa voix. « Pour une fois que j'aurais besoin d'un officier scientifique, il se débrouille de se faire expédier au tapis.

— Jim... » dit McCoy.

— Quoi ?

— Que se passe-t-il en bas ?

Le chant monta, mais les êtres volants avaient à peine bougé ; Uhura était parmi eux, silencieuse et attentive.

— Bones, dit Jim, j'en perds complètement mon latin !

Il se souvenait avoir survolé la terre, ramassant le vent sous lui, les os fins et creux, les doigts démesurément allongés, les muscles longilignes puissants et infatigables. Il percevait des stimulis sensoriels qu'il n'aurait jamais pu imaginer auparavant. Sa vue surnaturellement perçante distinguait le moindre brin d'herbe, le moindre mouvement, la plus petite ombre. Une petite créature à fourrure, oublieuse de sa présence, se dressa sur son arrière-train dans une touffe d'herbe et renifla l'air.

Il ressentit une faim soudaine. Il plongea.

Les relevés des senseurs médicaux intriguaient fort McCoy. Le pouls du Commander Spock battait à un rythme suffisant pour le maintenir en vie. Le traitement contre le choc avait fait remonter sa température à son niveau normal de fournaise. McCoy ne trouvait aucun dommage physique permanent. Et pourtant le Vulcain était toujours dans un état d'inconscience profonde, et les tracés de son cerveau étaient déprimés et erratiques.

— Peut-être est-il simplement endormi », grommela McCoy, en colère contre lui-même à cause de leur premier entretien, et pour s'être laissé entraîner dans la dispute qui avait chassé Spock de l'infirmerie. Le dossier médical de celui-ci ne contenait presque rien. Apparemment les demi-Vulcains ne tombaient jamais malades. Le médecin précédent avait fait une note : les Vulcains soignent les Vulcains plus souvent que les médecins ne soignent les Vulcains. C'est généralement une mauvaise idée de réveiller un Vulcain d'une transe de guérison.

Ainsi, supportant mal son incapacité à faire quoi que ce soit d'utile, troublé et mystifié, McCoy monta la garde auprès de Spock et le laissa se reposer. De temps en temps, les tracés électriques de son cerveau faisaient mine de revenir à la normale, mais à chaque fois ils se détérioraient de nouveau.

Jim était assis sur la dernière marche de l'escalier, et regardait les êtres volants et Uhura. L'intense communication continuait. Il se demandait s'il devrait faire sortir Uhura du cercle, mais elle ne montrait pas le moindre signe du choc paralysant qui avait affecté l'officier scientifique, aucune détresse, et pas même de la fatigue.

Il repensa à ce qu'elle avait dit à Ecarlate. « Est-ce que M. Spock est entré en fusion mentale avec vous ? » Il n'avait jamais entendu ce terme, et il se demanda s'il voulait bien dire ce qu'il semblait dire.

Un bruit de pas se fit entendre au-dessus de lui sur le pont, et Stephen descendit l'escalier. Il s'assit sur la marche au-dessus de Jim, et appuya ses coudes sur ses genoux.

— J'espère que vous ne vous attendez pas à ce que je donne une représentation pour vos amis », dit-il, « parce que jongler sous une pesanteur de 0,1 g est la chose la plus ennuyeuse à regarder que je puisse imaginer.

— J'ai demandé des objections critiques », dit Jim.

— Oh, je n'objectais pas, je faisais juste une observation. Les Vulcains font ce genre de choses. Que font-ils, exactement ? » Il fit un signe en direction des êtres volants.

— Je crois qu'ils sont en train de se parler. » Jim fut sur le point de lui dire — de lui demander, puisqu'il était plus ou moins un invité — de retourner aux quartiers de la troupe de cirque. Brusquement, il changea d'idée.

— Stephen, les Vulcains possèdent-ils des facultés de perception extra-sensorielle ?

Pour la première fois depuis que Jim l'avait rencontré, Stephen s'exprima d'une façon entièrement Vulcaine. Il leva un sourcil blond foncé d'un air interrogateur.

— Qu'est-ce qui vous fait penser ça ?

— Le terme " fusion mentale ".

— Que savez-vous de la fusion mentale ?

— Rien », dit Jim, « c'est pour ça que je vous pose la question.

— Où en avez-vous entendu parler ?

— Le Lieutenant Uhura semblait croire que c'était ainsi que Spock avait communiqué avec les êtres volants.

— L'esprit d'un Vulcain peut établir un lien avec l'esprit d'un autre être pensant », admit Stephen. Il prononça la même courte phrase qu'Ecarlate avait utilisée ; ce devait être du vulcain.

— Est-ce que tous les Vulcains peuvent former ce lien ? Le pouvez-vous ?

— La plupart des Vulcains feraient l'impossible pour éviter cette expérience. Elle est de nature... émotionnelle. Quant à moi, et même si ma famille préférerait qu'il en soit autrement, je suis un Vulcain, malgré tout.

La longue conversation symphonique se termina par un complexe échange flûté entre Ecarlate et un être volant à la fourrure formant un dessin cachemire brun et doré. La musique se tut, et le cercle se dispersa.

Uhura émergea de l'enchantement qu'ils tissaient. Toute sa vie elle avait recherché une musique qui l'ensorcelle comme le faisait celle des êtres volants. Elle avait besoin de temps pour la ressentir, y penser et la comprendre. Elle fredonna un air. Ce n'était pas du tout ça. Elle essaya encore. Cette fois, ce n'était pas parfait, mais c'était proche.

Uhura craignait bien ne jamais comprendre cette musique.

Le Capitaine Kirk la rejoignit. « Tout va bien ? »

Uhura acquiesça d'un signe.

— Spock nous est-il revenu ? » demanda Ecarlate.

— Non », répondit le capitaine. « Il est toujours sous l'effet du choc. »

L'être volant à la fourrure cachemire arrondit les épaules et s'étira, dépliant graduellement ses ailes jusqu'à ce qu'elles frémissent au-dessus de sa tête. Tout près, Athene s'ébroua, inquiète, et étendit les ailes, les tenant écartées comme si elle s'en servait pour s'équilibrer, ou pour se défendre.

L'être cachemire regarda Uhura, clignant de ses brillants yeux pourpres.

— Votre langage », dit-il, en prononçant les mots avec soin, « est monotone. Et ses schémas sont extraordinairement simples ».

La densité du langage des êtres volants emplit Uhura

d'admiration : il leur avait permis d'analyser une autre langue, et de l'apprendre en quelques minutes.

Les critiques émises par l'être volant étaient à prendre au sens littéral. Le Standard ne contenait ni tonalité, ni mélodie. Se sentant perdre pied dans son propre univers, elle se raccrocha à l'affirmation de l'être volant. Au moins, elle était capable d'y répondre.

— Certains des langages de la Fédération sont chantés », dit-elle. « Il y a même des langages humains avec des tonalités. » Elle prononça quelques mots de chinois. « Mais un très grand nombre d'espèces différentes d'êtres pensants peuvent parler le Standard — je veux dire qu'ils sont capables physiquement de l'émettre. C'est utile d'avoir un langage commun.

— Comment faites-vous pour apprendre si vite ? » demanda le capitaine. « Pouvez-vous entrer en fusion mentale ?

— Les capacités de Spock sont uniques, dans mon expérience », dit Ecarlate. « Nous avons d'autres moyens pour échanger rapidement des informations. C'est pourquoi j'ai dû cesser de vous parler — pour apporter votre langage à la confrérie. Ils n'étaient pas d'accord que je parle pour eux, et je me sentais malheureux, à prendre une place supérieure à celle des autres.

— Que voulez-vous dire ? » demanda Jim.

— C'est comme si... comme si je m'étais nommé capitaine. Je vous ai dit, James, que nous n'avons pas de telles choses.

— Et maintenant, vous pouvez tous parler le Standard ?

— Cette petite confrérie le peut. En quelques-uns de vos jours, l'information aura fait le tour du vaisseau-monde, jusqu'à ses limites.

Athene et Lindy s'approchèrent, Athene regardait avec nervosité les êtres volants, les ailes toujours à demi-ouvertes et frissonnantes sur ses flancs. Les êtres volants la regardaient avec gravité et curiosité.

— Elle a peur », dit Lindy, « et elle voudrait vous suivre lorsque vous volez.

— Elle s'appelle Athene, et vous êtes Amelinda la magicienne ? » dit Ecarlate.

— Oui. On m'appelle Lindy.

— Un surnom ?

Lindy opina.

Ecarlate tendit vers Athene une main aux longues griffes pointues.

— Athene n'est pas totalement adaptée à son environnement. Elle ne peut pas voler. Elle n'a pas de griffes, et elle ne peut pas chasser. Elle est malheureuse.

— J'ai bien peur que ce ne soit vrai », dit Lindy.

L'équirapace toucha de son nez la main d'Ecarlate. Uhura retint sa respiration. Comme Athene était essentiellement un herbivore transformé en omnivore, l'équirapace risquait de percevoir Ecarlate comme un concurrent, ou comme un dangereux prédateur. Uhura ne voyait pas comment l'une ou l'autre interaction pouvait bien tourner. Mais Athene ne montra ni peur ni agressivité. Maintenant qu'elle s'était habituée à les voir, elle semblait accepter les êtres volants. Peut-être les considérait-elle comme une sorte bizarre d'êtres humains.

— Pauvre petite », dit Ecarlate. Lindy eut l'air frappée par le commentaire apitoyé de l'être volant.

— Cette créature est très intéressante, mais j'aimerais visiter votre vaisseau. » Des rayures brunes et dorées jouaient sur les courbes du corps du troisième être volant en un subtil dessin ombré.

— La pesanteur est convenable pour vous maintenant. Vous pouvez visiter sans risque l'*Entreprise*.

A quelques pas de là, Stephen les regardait, fasciné. Il secoua la tête d'étonnement. « Je ne parviens pas à y croire.

— A quoi ? » dit le capitaine.

Il se mit à rire. Voir un Vulcain rire librement mettait

Uhura mal à l'aise ; de plus le rire de Stephen n'était pas entièrement un rire de plaisir.

— Spock les a tous fait parler exactement comme lui.

Uhura ne put s'empêcher de sourire, car Stephen avait raison.

— Est-ce que les différentes personnes ont des manières différentes de parler ? » demanda Ecarlate.

— Oui », dit Uhura. « M. Spock appartient à un groupe d'êtres qui mettent l'accent sur la rationalité et la précision plutôt que sur l'émotion...

— Qui écrasent en eux-mêmes et chez les autres les facteurs qui rendent l'existence digne d'être vécue », dit Stephen. « La joie, et l'amour...

— Vous êtes Stephen ? » dit Ecarlate.

Celui-ci hésita. Uhura savait ce qu'il pensait : lorsque Ecarlate l'avait appelée par son nom, elle s'était demandée ce que Spock avait dit aux êtres volants à son sujet pendant la fusion mentale.

— Oui », dit Stephen.

— Je trouverai très intéressant de rencontrer les différentes espèces d'êtres dans votre confrérie. » Ecarlate toucha sa moustache sensorielle du bout de sa langue. « Je n'ai jamais rencontré une autre espèce pensante.

— Et je n'ai encore jamais vu un vaisseau de la Fédération », dit l'être brun et or.

— Veuillez me suivre », dit le capitaine.

Ecarlate et l'être cachemire grimpèrent l'escalier avec Uhura et le Capitaine Kirk, leurs griffes grattant les marches, mais l'être rayé d'or et celui à la fourrure crème et aux yeux verts, qui n'avait pas encore parlé en Standard, s'élevèrent dans les airs des dix mètres qui les séparaient du chemin de ronde.

Athene s'ébroua et hennit lorsque les êtres volants partirent. Lindy savait que c'était idiot d'attribuer des sentiments à l'équirapace, dont l'intelligence n'était pas supérieure à celle d'un cheval moyen. Cependant, pour Lindy, Athene avait l'air esseulée et troublée.

— Ils vont peut-être revenir », dit-elle. Mais elle se demanda s'ils le feraient. Ecarlate désapprouvait l'existence d'Athene, parce qu'elle n'était pas correctement adaptée. Lorsqu'elle avait vu les êtres voler, Lindy avait imaginé Athene volant avec eux à l'intérieur du vaisseau-monde. Maintenant elle se demandait si cela arriverait, si Ecarlate l'autoriserait. Elle lâcha la crinière d'Athene et lui tapota le cou.

Près du hublot, Stephen regardait le vaisseau-monde. « On ne peut vraiment rien dire à son sujet. Il est trop incroyable pour qu'on dise quoi que ce soit. »

Athene trotta à travers le pont, rua et fit demi-tour, et se précipita dans l'autre sens. Ses sabots écrasant le fragile gazon nouveau. Elle s'arrêta en glissant comme un poney, tourna et galopa vers le chemin de ronde, vers lequel les êtres volants s'étaient envolés. Elle étendit les ailes, qui battirent l'air, et ses sabots quittèrent le sol.

— Athene ! » cria Lindy.

Lindy savait que l'équirapace continuerait. Athene sauta et se retrouva en train de planer tout près du sol. Quelque part dans son petit cerveau chevalin, elle croyait que si elle pouvait tout simplement suivre les êtres volants, elle aussi serait capable de voler. Mais elle n'avait ni assez de pratique, ni assez de place pour dépasser l'escalier. Au dernier moment elle tenta de tourner, et son épaule s'écrasa contre la balustrade. Elle s'écroula sur le pont en battant violemment des ailes.

Lindy courut près d'elle. L'équirapace était tombé en tas, les jambes écartées, une aile prise sous elle et l'autre frappant son flanc. Elle leva la tête et se mit à crier. Terrorisée, elle fit mine de mordre Lindy de ses dents pointues, mais celui-ci s'en aperçut à peine. Elle attrapa l'avant de la crinière d'Athene d'une main, et mit l'autre juste au-dessus de ses narines, essayant désespérément de l'empêcher de bouger. Si elle s'était cassé une patte ou une aile, et qu'elle se relève, elle risquait de se blesser encore plus gravement.

— Oh là, Athene, ma douce, calme, calme...

Le poids de Lindy, particulièrement en pesanteur de 0,1 g, était négligeable pour Athene, mais sa voix se fraya un chemin à travers la panique et calma l'animal en sorte qu'il ne tentât plus de se redresser. Lindy lui murmura des mots sans signification qui l'apaisèrent. Une main toujours sur le nez de l'équirapace, elle fit courir l'autre avec précaution le long d'une patte de devant, puis de l'autre. Elle ne trouva aucun signe de blessure ou de fracture. Les os canons étaient lisses et solides sous ses doigts. Rassurée sur l'état de ses pattes avant, Lindy toucha l'aile libre, la caressant jusqu'à ce que les battements frénétiques ralentissent puis cessent. Elle tenta d'atteindre les pattes arrières d'Athene, mais cela lui était impossible si elle laissait une main sur sa tête en même temps. Et si elle la lâchait, Athene essaierait de se remettre sur pied et de courir.

Stephen toucha Lindy. Il mit une main sur la crinière d'Athene, l'autre sur la main de Lindy au-dessus du nez d'Athene. Sa peau était chaude, comme s'il avait la fièvre.

— Ça va », dit-il, en partie à Lindy et en partie à Athene, « elle va rester tranquille avec moi, Lindy ».

Lindy sortit ses mains de sous les siennes, reconnaissante pour cette aide. Si Stephen pouvait déjà s'approcher d'Athene quand elle était dans un tel état, il pouvait probablement aussi la persuader de rester immobile. Il lui parla avec d'étranges mots très doux, et son souffle haletant se calma. Lindy passa la main le long du flanc d'Athene, par-dessus sa hanche et son grasset, le long de la jambe et du jarret, et enfin du tibia et du boulet.

— Stephen, laissez-la se relever maintenant, s'il vous plaît. Stephen... ?

Il la regarda d'un air absent. Puis il secoua la tête, et l'expression lointaine disparut. Il aida Athene à se remettre sur pied. Elle se releva maladroitement, non pas à cause d'une blessure, mais parce que les chevaux ont toujours l'air maladroit lorsqu'ils se relèvent. Lindy vérifia l'état de l'autre patte arrière et de l'autre aile, et ne trouva aucune blessure sérieuse.

— Laissez-la marcher — juste quelques pas.

La tête baissée, Athene se laissa guider par Stephen. Elle ébouriffa ses ailes et les replia. Pour autant que Lindy pouvait s'en rendre compte, elle était saine et sauve. Maintenant que la panique et la peur l'avaient abandonnée, Athene avait l'air d'avoir couru une longue et difficile course, et d'avoir le cœur brisé parce qu'elle avait perdu.

La vue de Lindy se brouilla. Elle essaya de regagner son calme, mais ce fut peine perdue, et elle éclata en sanglots.

— Lindy, oh là. » Stephen lui toucha l'épaule. « Elle va bien — elle n'a rien de cassé.

— Elle ne va pas bien ! » Lindy passa sa manche en travers de ses yeux, essuyant les larmes. Elle regarda Stephen avec colère ; pas contre lui, mais contre elle-même, contre l'univers, en colère, quoi !

— J'ai fait tout ce que je pouvais. Mais elle a presque assez de place, elle peut presque voler. C'est la pire chose que j'aurais jamais pu lui faire ! »

Il leva un sourcil. Il ne ressemblait jamais vraiment à un Vulcain, sauf lorsqu'il était pensif et sévère comme en ce moment.

— La logique indique », dit-il, « qu'étant donné qu'elle ne peut pas voler ici, nous devons l'emmener là où elle peut voler.

— Le vaisseau-monde...

Il se débarrassa de son air sérieux. « Vous voulez le faire, ou pas ?

— Bien sûr ! Mais Jim...

— Jim ? Qu'est-ce qu'il a à faire avec ça ? La question est plutôt : voulez-vous prendre le risque d'aller dans un lieu étranger à bord d'un yacht non armé, alors qu'il y a un bandit Klingon dans les parages ?

Cela fit réfléchir Lindy. « Mais... elle n'a aucune raison de nous ennuyer.

— Elle n'a peut-être pas besoin d'avoir une raison.

— Je ne me soucie pas d'elle », dit Lindy, « mais des gens du vaisseau-monde. Peut-être qu'ils ne veulent pas de nous dans leur monde ?

— Ils ont invité Jim Kirk. Ils ont même invité Spock. Et nous sommes beaucoup plus amusant ! Allez, venez.

Lindy fit avancer Athene. L'équirapace la poussa du nez sans enthousiasme. Stephen ouvrit les larges portes doubles du hangar de mise à quai.

Le yacht d'amiral, obsolète et mis hors service, était visiblement abîmé par l'âge et l'usage qui en était fait. La cabine principale avait été dépouillée de tout, jusqu'aux incrustations intérieures de bois. Il ne restait que le siège du pilote et du co-pilote.

— Viens, ma douce », murmura Lindy. Athene hésita sur le seuil, ses oreilles s'agitant d'avant en arrière, puis elle monta délicatement à bord. Ses sabots résonnèrent sur le pont recouvert de parquet.

— Combien est-ce que ça va vous coûter de faire ça ? » demanda Lindy.

— Je vais au vaisseau-monde », dit Stephen. « Avec ou sans vous et Athene, et je n'ai pas besoin de la permission du Capitaine James T. Kirk. Vous venez ?

— Oui.

Les moteurs emplirent l'appareil de fréquences subsoniques. Stephen libéra son vaisseau du module de mise à quai et emmena précautionneusement le *Dionysos* au large de l'*Entreprise*.

Sur la plateforme de commande du *Quundar*, Koronin faisait semblant d'ignorer la consternation qui envahissait le centre de travail. Son équipage ne pouvait pas comprendre pourquoi elle n'avait rien fait, pourquoi elle se contentait d'attendre et de regarder.

Ils n'avaient pas assez de patience, se dit-elle. S'ils avaient pratiqué l'attente pendant quinze ans, comme moi, ils en comprendraient l'utilité. S'ils y avaient survécu.

En ce moment, cependant, ils se demandaient pourquoi elle avait laissé passer le voilier, au lieu de le capturer ; et ils se demandaient pourquoi elle ne mettait pas l'*Entreprise* hors d'état de se défendre. Ils croyaient à la propagande impériale, qui affirmait que le *Quundar* pouvait se rendre maître de n'importe quel vaisseau de la Fédération. Koronin avait assez d'expérience pour savoir que même s'il était vrai que le *Quundar* pouvait détruire un vaisseau de classe Constellation, ledit vaisseau pouvait également détruire le *Quundar*. Une destruction mutuelle n'offrait aucun avantage.

Elle vit un petit vaisseau se détacher du module de mise à quai de l'*Entreprise*. Mais c'était un minable petit vaisseau de la Fédération, pas le voilier. Un sondage rapide fournit des données inhabituelles, mais rien qui indiquât que les créatures étrangères fussent en train d'essayer de dépasser secrètement le *Quundar*. Le voilier continuait de dériver sur le flanc du vaisseau stellaire, entre l'*Entreprise* et le *Quundar*.

Et donc, pour l'instant, amusée par l'inconfort de ses subordonnés, Koronin attendait, et regardait.

Les êtres volants adoptèrent tous un nom : l'être cachemire devint Toucheur-de-Nuages ; l'être silencieux, à la fourrure crème et aux yeux verts, fut Vert ; et l'être rayé prit le nom d'Ombre-Lumière. Jim les emmena sur la passerelle.

— Capitaine Kirk ! » dit Sulu. « Le *Dionysos* est sorti de l'*Entreprise* !

— Quoi ? *Entreprise* à *Dionysos*, Stephen, ici Jim Kirk. Que diable vous croyez-vous en train de faire ?

L'image de Stephen apparut sur l'écran. « Je vais sur le vaisseau-monde », dit-il.

— Mais vous ne pouvez pas !

— Bien sûr que je peux.

— Stephen, ceci est un Premier Contact... » Il s'arrêta, bien trop conscient des êtres volants derrière lui, regardant avec curiosité.

— Et il n'y a que des membres certifiés de Starfleet qui puissent parler à ces gens sans déclencher une guerre intergalactique ? » demanda Stephen. « J'apprécie la confiance que vous me portez !

— Je ne peux pas vous autoriser à y aller.

— Et comment pensez-vous m'arrêter ? En me tirant dessus ? En déclarant la loi martiale ?

Jim hésita. Dans certaines circonstances, les lois de la Fédération sur les premiers contacts, ainsi que les huiles de Starfleet, le couvriraient s'il descendait un vaisseau non autorisé. Mais Jim n'avait aucune intention d'ouvrir le feu sur le *Dionysos*, et Stephen le savait bien. Il savait probablement aussi que le *Dionysos* était hors de portée des rayons tracteurs. Jim pouvait le pourchasser, mais le *Dionysos* avait bien plus de vitesse et d'agilité sur de courtes distances que l'*Entreprise* ; le *Dionysos* disparaîtrait à bord du vaisseau-monde, où l'*Entreprise* ne pouvait pas aller du tout, avant que celle-ci ait pu atteindre la vélocité nécessaire à la poursuite. Et pour ce qui concernait la loi martiale, il était vrai que Jim avait l'autorité de la déclarer, mais il était peu probable que cela poussât Stephen à obéir davantage à ses ordres.

— Savez-vous à quel point la frontière est proche ? Sans parler de notre bandit local, là dehors ? » Jim jeta un coup d'œil à Sulu. Si le *Quundar* attaquait le *Dionysos*, Jim serait forcé de réagir d'une façon ou d'une autre ; il serait forcé de mettre en parallèle ses responsabilités : celle de protéger un civil, d'une part, et celle qu'il avait vis-à-vis du reste de la Fédération, d'autre part.

— Qu'est-ce que la vie si on ne la risque pas un peu ? » dit Stephen.

— Aucune activité du côté du *Quundar,* capitaine », dit Sulu.

— Stephen, vous ne pouvez pas rendre visite au vaisseau-monde tout seul ! » dit Jim.

Ecarlate intervint. « Mais pourquoi pas ? Stephen, vous êtes le bienvenu pour nous rendre visite, ainsi que chacun de votre confrérie.

— Ecarlate, je vous en prie... » Jim se tourna de nouveau vers l'écran. « Stephen, ne faites pas ça ! La Fédération n'est pas tendre avec les gens qui s'immiscent dans un Premier Contact sans autorisation. De plus, ça pourrait être dangereux !

— L'intérieur peut être dangereux », dit Ecarlate. « Il est... sauvage. Mais personne ne vous fera de mal sur le périmètre. James, pourquoi ne voulez-vous pas que Stephen se rende sur le vaisseau-monde ?

— Nous avons des règles — des lois — qui gouvernent notre façon de contacter les peuples que nous n'avons encore jamais rencontrés.

— Comme cela est étrange », dit Ecarlate.

— Vous feriez mieux de vérifier votre liste de contact avant d'envoyer la flotte à mes trousses », dit Stephen.

— Stephen !

L'image du Vulcain s'effaça, et le *Dionysos* cessa de répondre aux signaux de l'*Entreprise*.

C'est bien fait pour moi, je n'aurais pas dû essayer de lui parler rationnellement, pensa Jim. Il avait le sentiment que Stephen s'était bien amusé à le contrer. Fronçant les sourcils, il se leva et alla près de Sulu à la barre. Sulu montra ses senseurs.

— Rien, capitaine, Koronin se contente de regarder.

— Elle attend », dit Jim.

— Que sont toutes ces... choses ? » dit Ecarlate.

— Quelles choses ? » lui répondit Jim, distrait. Et l'expression lointaine d'Uhura le troublait. « Lieutenant, vous êtes sûre que ça va ?

— Oui, capitaine. » Fredonnante, elle retourna à son poste.

— Tous ces artéfacts », dit l'être rayé.

Ombre-Lumière se promena sur le niveau supérieur de la passerelle, regardant les instruments, touchant les commandes.

— Je vous en prie, ne faites pas ça ! » dit Jim.

— Ne pas faire quoi ? Marcher ? Toucher ? Regarder ?

— Toucher, en particulier.

— Pourquoi ?

— Ces " artéfacts " sont les commandes du vaisseau. Il est dangereux que des personnes non entraînées en changent les réglages. » Ils sont comme des enfants curieux, pensa Jim. Toujours en train de vouloir examiner une autre lumière brillante, ou un autre bouton de commande...

Toucheur-de-Nuages dit quelque chose dans le langage des êtres volants, Vert répondit, et tous les quatre parlèrent en même temps.

— Je ne comprends pas », dit Ombre-Lumière. « Qu'est-ce que c'est, des commandes ?

— Des instruments pour diriger l'*Entreprise* — pour choisir sa route. Le vaisseau-monde doit avoir quelque chose de similaire.

— Non.

— Alors comment le dirigez-vous ? Comment le faites-vous s'arrêter et démarrer ? Comment contrôlez-vous l'environnement ?

Les êtres volants discutèrent entre eux.

— Aucun de ces mots ne s'applique au vaisseau-monde », dit Toucheur-de-Nuages.

366

— Maintenant, c'est moi qui ne comprends plus »,
dit Jim.

— Le vaisseau-monde ne se déplace pas », dit Ecarlate. « Il ne démarre pas, il ne s'arrête pas — personne
ne le dirige.

— Mais il se déplace. Il s'est déplacé de là où vous
étiez, et il est venu ici.

— Non, il reste toujours au même endroit. C'est...
difficile à expliquer dans votre langage. Il définit un
endroit. L'univers se déplace autour de lui.

— Mais... » Jim s'arrêta. Il aurait bien aimé que
l'officier scientifique n'ait pas agi de manière aussi
irréfléchie et ne se soit pas rendu indisponible. Peut-être
qu'un Vulcain serait en mesure de discuter de physique
avec les êtres volants, ou du moins de choisir un
ensemble de termes de façon à ce que chacun sache de
quelle théorie physique il était question. Si c'était de la
physique. Ça ressemblait plus à de la religion.

Ombre-Lumière, à côté du poste scientifique, tripotait
les commandes des senseurs avec une curiosité débridée.

— Ombre-Lumière, s'il vous plaît, ne changez pas les
réglages des senseurs », dit Jim, gardant son calme avec
beaucoup de difficulté.

Ombre-Lumière cessa de jouer avec les commandes,
mais resta près du poste scientifique.

— Capitaine », dit Sulu. « Si le vaisseau-monde
continue de dériver sur sa route actuelle, dans une heure
nous serons dans une région sur laquelle même Sarfleet
ne revendique aucun droit.

Jim avait besoin d'étudier le schéma ; mais il fallait
aussi occuper les êtres volants.

— Yeoman Rand », dit-il, « veuillez faire faire à nos
invités une visite complète. »

Rand se joignit timidement aux quatre êtres volants,
et essaya de les empêcher de jouer avec les commandes
tandis qu'ils la bombardaient d'une interminable série
de questions.

Jim commença à penser à Ecarlate comme à un invité qui aurait amené avec lui trois enfants que l'on n'attendait pas, et qui n'aurait pas su partir à temps...

Et voilà, c'est ça le premier contact entre deux cultures hautement développées, pensa Jim, écœuré.

Sulu appela le schéma à l'écran. Trois cercles concentriques représentaient les frontières ; la frontière intérieure avait été marquée par la Topographie de la Fédération — la section exploration de la Fédération, l'Empire Klingon avait tracé celle du milieu, et Starfleet considérait que la frontière extérieure délimitait le territoire de la Fédération. L'apparition du vaisseau-monde avait attiré l'*Entreprise* au-delà de l'anneau central. Une fois qu'ils auraient traversé l'anneau extérieur, l'*Entreprise* serait un vaisseau hors-la-loi, qui aurait envahi des territoires étrangers.

— Merci, M. Sulu », dit Jim.

Au bout d'un instant, Sulu se rendit compte que Jim n'avait aucunement l'intention de lui ordonner un changement de trajectoire. Souriant, l'officier navigateur se retourna vers son poste.

— Ecarlate », dit Jim, « je dois vous parler de quelque chose de très important. Votre vaisseau se déplace...

— Mais je vous l'ai déjà expliqué, il ne se déplace pas.

— D'accord ! Je ne vais pas discuter sémantique. L'univers fait avancer une partie très dangereuse de lui-même, vers le vaisseau-monde. Mon vaisseau n'est pas autorisé à se rendre dans cette partie de l'univers. Je serais obligé d'en sortir. Si le vaisseau-monde reste où il est, vous risquez de vous retrouver encerclés par des êtres hostiles.

— Je n'ai aucune raison d'être hostile à d'autres êtres, ni eux à moi.

— Je le sais. Mais l'Empire Klingon est bien connu pour attaquer d'abord, et poser les questions après.

— Ils ne souhaiteront pas attaquer le vaisseau-monde, mais ils seront les bienvenus pour le visiter, tout comme vous.

— Je vous en prie, ne rejetez pas ce que je vous dis », répondit Jim. « Vous, votre peuple entier, et votre monde, serez en danger, à moins que vous ne persuadiez l'univers de vous garder en un lieu plus sûr.

— Je serais très déçu de déplacer l'univers juste maintenant », dit Ecarlate. « J'ai encore à apprendre sur vous et votre peuple, et sur les êtres qui s'opposent à vous.

— Comprenez-vous le mot " guerre " ?

— C'est un mot que Spock m'a transmis.

— La guerre est terrible, Ecarlate. Si les Klingons se comportent effectivement d'une manière hostile, n'attendez pas d'en faire l'expérience. Déplacez — l'univers — si nécessaire.

— Je me souviendrai de ce que vous m'avez dit, James.

— Capitaine Kirk ! » dit Uhura. « Le Dr McCoy est en train d'appeler la Sécurité… C'est M. Spock ! »

Jim fit la grimace et décida qu'il ferait mieux d'aller voir ce qui se passait. Ecarlate le suivit dans l'ascenseur.

— Je vous en prie, retournez sur la passerelle, Ecarlate », dit Jim. « Je ne sais pas ce qui se passe. Ça pourrait être dangereux.

— Vous avez peur de tant de choses, James », dit Ecarlate.

— Je crains seulement que vous ne soyez mis à mal, dans un environnement étranger ! » dit Jim, froissé.

— James », dit gentiment Ecarlate, « je vole en compagnie de la foudre ».

Dans l'étroit espace de l'ascenseur, l'être volant déploya une de ses larges ailes. Une cicatrice noire traversait la délicate peau à fourrure. Ecarlate replia son aile.

L'ascenseur s'ouvrit. On entendait des cris se répercuter le long du couloir. Jim se dirigea vers l'infirmerie en glissant dans la faible pesanteur.

Deux officiers de sécurité essayaient de maintenir Spock. L'un d'eux voltigea et se retrouva contre le mur le plus éloigné. Assommé, il glissa au sol. Il faisait plus de deux mètres de haut, et il était massif, lourdement musclé. Spock l'avait projeté à travers la pièce d'un revers de bras.

— Commander Spock !

Le Vulcain se débattit, se libérant de la poigne de l'autre officier de sécurité. Il ouvrit les bras et mit ses mains à plat sur les murs derrière lui, adossé à un coin.

— Tenez-le ! » McCoy avait à la main une seringue à hypo-injection.

Les deux gardes regardèrent McCoy, se regardèrent, et s'approchèrent prudemment de Spock.

— Commander Spock ! » Jim espéra que sa voix se fraierait un chemin jusqu'à cette partie de l'officier scientifique qui obéissait encore aux ordres. Je n'ai poutant pas eu beaucoup de succès jusqu'ici, en donnant des ordres aux Vulcains, pensa Jim.

Les épaules de Spock se contractèrent. Jim se prépara à l'impact. Les yeux fous, oubliant Jim, le Vulcain aperçut quelque chose derrière lui. Au lieu de plonger à côté de lui, ou droit sur lui, le Vulcain leva les deux bras, s'aggripant à l'air. Il poussa un cri perçant, son dos s'arqua, puis il s'effondra.

McCoy s'agenouilla, touchant le côté de sa mâchoire, cherchant le pouls. Ecarlate avança dans la pièce.

— Est-ce qu'il vous a parlé ? » demanda Jim.

— Non », dit Ecarlate, « mais il m'a dit... il nous l'a dit à tous, vous n'avez pas entendu ? Sa douleur est immense. Il a cru que j'allais le toucher de nouveau.

Spock étendit les mains sur le pont. « Pas le sol, murmura-t-il, le ciel... cet endroit n'a pas de ciel... »

Il tenta de se lever. La seringue à hypo-injection siffla

comme McCoy lui injectait un sédatif. Spock lutta brièvement contre son effet, puis s'affaissa, inconscient.

— J'ai essayé de ne pas le droguer, mais j'ai peur qu'il ne se blesse », dit McCoy. « Il ne sait pas où il est. Il délire au sujet du vaisseau-monde, au sujet du vol. »

Ecarlate regarda Spock avec tristesse. « Je n'avais pas l'intention de lui faire du mal. Je lui rendrais ce qu'il m'a appris si je pouvais l'échanger contre la douleur que je lui ai apportée.

— Bones, qu'est-ce qui ne va pas chez lui ?

— Je n'en sais rien ! » McCoy jeta la seringue sur une table de laboratoire.

Elle rebondit bruyamment dans la faible pesanteur.

— Vous vous sentez mieux après avoir fait ça ? » demanda sèchement Jim.

— Oui », dit McCoy. « Si je savais ce qui ne va pas chez lui, je pourrais sans doute faire quelque chose. Il ramassa Spock et le coucha sur une des tables d'examen. Le poids d'un adulte devenait chose négligeable en pesanteur de 0,1 g.

— Que s'est-il passé exactement lorsque vous avez échangé des informations ? » demanda Jim à Ecarlate. « Si vous pouvez décrire le processus...

— Mon peuple communique de différentes manières », dit Ecarlate. « Je peux parler avec l'esprit d'un autre, par une simple émission-réception électromagnétique. Spock peut... absorber des informations et en donner en agissant sur les schémas cérébraux.

— Il doit en avoir absorbé trop », dit McCoy. Il fronça les sourcils d'un air pensif. « Il y a peu de référence à la fusion mentale dans la littérature médicale... » Sa voix s'éteignit.

— Il avait compris — bien avant moi — que nous ne pourrions pas commencer à communiquer sans utiliser ses compétences », dit Ecarlate. « Les siennes, pas les miennes.

— Les siennes », dit Jim. « La fusion mentale ?

— Oui », dit Ecarlate, « c'est ce que j'ai dit. » Il répéta l'expression inhabituelle. « C'est ainsi que Spock l'appelle.

— Je ne parle pas le vulcain », dit Jim.

— Oh », dit Ecarlate, « quel dommage. Vous devriez l'apprendre. C'est une construction intellectuellement fascinante...

— Pardonnez-moi », dit Jim. « Si je pouvais apprendre une langue en un quart d'heure comme vous, le vulcain serait l'une des premières que j'apprendrais. Mais — sans vouloir être brusque — j'ai d'autres soucis en tête que la linguistique. »

McCoy étudia les relevés sur les senseurs médicaux. « Je suis inquiet, Jim. Ses signes vitaux s'affaiblissent. Les indications de son dossier médical disent de le laisser dormir s'il est blessé — elles ne disent pas de le laisser tomber dans le coma ! Je n'ai aucun moyen de l'en faire sortir.

— Il a pris ce risque en toute liberté », dit Jim. « Il se peut qu'il doive en payer le prix.

— Mais il est en train de se replier sur lui-même — il s'affaiblit !

— Je comprends bien, Bones. Ce que je ne comprends pas, c'est ce que vous voulez que j'y fasse ?

— Je vais aller parler à Stephen. Peut-être a-t-il la possibilité de sortir Spock de cet état. S'il en possède la compétence — j'ai du mal à penser à lui comme à un Vulcain.

— Vous avez quelque chose en commun avec le Commander Spock, alors », dit Jim. « Mais Stephen ne vous sera pas d'une grande aide. Il est parti pour le vaisseau-monde, et il a coupé toute communication.

— Jim, nous devons le récupérer — le ramener !

Jim étudia la suggestion. « Non, dit-il. Le danger pour l'*Entreprise* est trop grand.

— Mais Spock risque de mourir !

— Et j'en serais désolé, bien sûr. Mais je dois tenir

compte de mon vaisseau, de mon équipage et des frontières de la Fédération.

Newland Rift entra en hésitant dans l'infirmerie. « Dr McCoy ?

— Oui, M. Rift ? » dit McCoy. « Je suis très occupé...

— Avez-vous vu Lindy ?

— Pas depuis un certain temps.

— Je l'ai cherchée partout. Capitaine, l'avez-vous vue ? Vous avez passé tellement de temps ensemble...

— Je suis désolé, je ne sais pas où elle est.

Jim se demanda si l'ancien lutteur ne s'était pas donné le rôle de père de remplacement pour Lindy, et n'était pas venu s'assurer que Jim avait des intentions honorables. Cette pensée le refroidit. Rift ferait mieux de poser la question à Stephen, pensa Jim lugubrement.

— Lindy doit être avec Athene », dit Rift. « Où peuvent-elles être parties ?

— Parties ? Que voulez-vous dire, parties ? Il n'y a que le hangar des navettes et le hangar de réparation qui soient assez grands pour Athene.

— Mais elle n'est à aucun de ces endroits.

Jim eut un horrible soupçon. Lindy passait beaucoup de temps avec Stephen, pensa-t-il. Et Stephen est en route vers le vaisseau-monde.

Sur le vaisseau-monde, Athene pourrait voler.

Chapitre XI

Il n'était pas nécessaire d'être un pisteur hors pair pour deviner ce qui s'était passé dans le hangar des navettes. Les traces des sabots d'Athene et les traces des pas de Lindy et de Stephen traversaient l'herbe et menaient au module où le *Dionysos* avait été amarré.

Jim jura à voix basse.

— Pourquoi êtes-vous si troublé, James ? » demanda Ecarlate. « Ils ne sont pas en danger. Ils seront les bienvenus.

— Lindy est en danger, à cause des autres gens dont je vous ai parlé. » Jim appela la passerelle. « Lieutenant Uhura, il est essentiel que je puisse contacter le *Dionysos*.

— Je suis désolée, Monsieur, j'ai essayé, mais Stephen ne répond pas.

— Capitaine, elle n'a aucune expérience de l'espace », dit Rift, profondément perturbé. « Elle n'a peur de rien, et elle est persuadée que la troupe pourrait un jour aider à créer des liens amicaux avec l'Empire. Elle... »

Jim était désolé pour cet homme puissant, dont la force et le talent et l'affection qu'il portait à Lindy ne pouvait rien pour elle. Jim était soucieux aussi. De plus, il était aussi responsable de sa sécurité. Comme le disait

Rift, elle n'avait aucune expérience de l'espace, aucun moyen de savoir dans quoi Stephen l'avait peut-être embarquée.

— Ne vous inquiétez pas », dit-il à Rift. « Je la retrouverai. »

Jim n'eut aucun problème pour trouver des volontaires pour la mission de sauvetage. Tandis qu'une équipe de maintenance venait dans le hangar retirer les cloisons de séparation, M. Sulu et le Lieutenant Uhura préparèrent la navette *Copernic* au départ. Puis Jim se retrouva confronté à la question de savoir à qui il allait laisser la responsabilité du commandement.

Je suis à court d'officiers supérieurs, pensa Jim. Gary est à des années-lumières d'ici, à l'hôpital, le Commander Spock est dans le coma, et McCoy doit prendre soin de lui. Il ne reste que M. Scott..

Jim se rendit à la cabine de Scott et s'arrêta devant la porte. Il n'avait aucune idée de ce qu'il allait bien pouvoir dire à l'ingénieur.

Il frappa.

— Entrez.

Scott leva les yeux, qu'il avait eu fixés sur un morceau de papier froissé et gribouillé sur son bureau, et le regarda.

— Capitaine Kirk ! » Il se leva.

— Repos.

Scott se rassit.

— Nous avons un problème », dit Jim.

— Pour ça oui, capitaine.

— Nous allons être obligés de mettre notre conflit de côté. Ceci est un cas d'urgence, et j'ai besoin de votre coopération.

— Je ne peux pas reprendre mes actions », dit Scott, « ni mes mots. J'ai estimé que vous aviez été imprudent d'ouvrir le vaisseau à des êtres dont nous ne savons rien. Et c'est toujours ce que je pense. Le

Capitaine Pike n'aurait jamais fait une chose pareille. Son style était... » La voix de Scott s'éteignit.

— Plus circonspect ? » dit Jim.

— Plus prudent, capitaine.

— Vous serez obligé de surmonter vos problèmes au sujet de mon style pour le moment », dit Jim. « J'ai besoin de vous pour assumer le commandement.

— Quoi ?

— Je vais sur le vaisseau-monde.

— Mais, capitaine... !

— Ne discutez plus avec moi, M. Scott ! L'*Entreprise* est en train de dériver vers le territoire de l'Empire. Si je ne reviens pas avant que nous ayons atteint la frontière, vous devrez garder ce vaisseau dans les limites de la juridiction de Starfleet. Si l'Empire envoie des vaisseaux de reconnaissance, vous pouvez relever les boucliers, mais en aucun cas — même si vous vous trouvez confronté à une force hostile — vous ne devrez utiliser d'armes. Les utiliser dans un territoire en litige est considéré comme un fait de guerre. C'est bien compris ?

— J'ai compris, capitaine, mais... » Il avait l'air dubitatif.

— Pouvez-vous exécuter ces ordres ?

— Je ne dois pas utiliser d'armes, capitaine ? Même pas en légitime défense ?

— Pas d'armes, en aucun cas. Si vous êtes attaqué, relevez les boucliers. Si vous risquez de perdre les boucliers, battez en retraite.

— Et si vous n'êtes pas revenu, capitaine ?

— Ceci n'aura aucune influence sur vos actions. Ferez-vous ce que je vous demande ?

Scott réfléchit. « Je ne peux pas le jurer, capitaine. Je dois répondre à mon propre jugement, à ma propre conscience.

Jim n'avait plus de temps à perdre en discussions. Il était d'humeur plutôt morose.

— J'espère que votre conscience n'est pas d'une prudence telle qu'elle déclenchera une guerre.

Stephen amena le *Dionysos* à l'intérieur du vaisseau-monde, où une large plaine desséchée rencontrait des circonvolutions rocheuses érodées par les intempéries. Les moteurs se turent. Athene bougeait avec nervosité.

Lindy regarda à travers le hublot. « C'est très beau ! »

Des colonnes de rochers sédimentaires érodés, portant les traces circulaires des strates, jaillissaient du sol ; au loin, des collines basses se fondaient en des montagnes sans fin.

L'esprit méthodique de Stephen se mit à analyser la scène, spéculant sur les différentes manières dont le paysage pouvait avoir été produit. Il se secoua, se surprenant à comparer intérieurement deux hypothèses : la construction de ce paysage, tel une maquette géante, et l'établissement à l'intérieur du vaisseau-monde de conditions telles qu'elles produisent ce paysage, après des éons géologiques.

Il tenta de se mettre en colère contre lui-même pour être retombé dans le mode de pensée vulcain, qui considérait la beauté et la joie comme étant inférieures à l'analyse et à l'information. La colère s'alluma brièvement, puis disparut, mais il se força à voir au-delà de l'analyse. A ce moment-là seulement il s'aperçut de quelle manière Lindy percevait le vaisseau-monde.

— C'est vraiment beau. » Il équilibra la pression entre l'intérieur et l'extérieur. « Je vais ouvrir l'écoutille.

— D'accord. Je vais essayer de l'empêcher de bondir.

Les doubles portes s'écartèrent. Le vent du monde étranger sentait la sécheresse, la poussière, le sucré. Malgré la brillance de la lumière du vaisseau-monde, l'air était frais à cause de sa faible densité. La haute pression partielle d'oxygène fit tourner la tête de Stephen et le fit se sentir comme ivre.

Lindy conduisit Athene à l'écoutille ouverte. L'équipace tremblait d'excitation et de peur. Lindy mit une main sur son garrot et sauta délicatement, avec aisance, sur son dos. Elle glissa ses jambes sous les ailes d'Athene et la fit avancer avec ses genoux. Athene hésita, les pattes écartées, les oreilles dressées et les narines élargies. Elle aspira l'air étranger.

Tout à coup elle se mit à galoper. Les plumes firent un bruit léger. L'air raréfié atténuait le martèlement de ses sabots. Les ailes d'Athene se dressèrent, retombèrent, commencèrent un battement régulier, rythmique. Ses sabots touchaient de moins en moins le sol. Elle sauta.

Et elle se mit à voler.

Le vent agitait les cheveux de Lindy derrière elle. Elle se courba sur l'encolure d'Athene, ressentant à la fois de la peur, de l'émerveillement et de la joie. Elle sentait la fraîcheur de l'air à travers sa chemise, mais son cœur battait si fort qu'elle fut rapidement trop excitée pour sentir le froid. Athene étendit les ailes et monta en flèche. Elle avait les jambes repliées sous elle comme si elle était en train de sauter un obstacle élevé, le saut de steeplechase le plus grand de tout l'univers !

Athene inclina une aile, la releva, et tourna. Lindy haleta. Le sol venait de s'incliner vers elle. Loin en dessous, Stephen les regardait. Athene fit un piqué au-dessus de lui. Il se tourna pour la suivre, riant, courant, agitant les bras, criant de triomphe. Derrière lui, Ilya trottinait comme un chaton. La sueur dégoulinait le long des épaules et des flancs d'Athene et formait une écume blanche là où les bords de ses ailes touchaient ses flancs en se rabattant. Son souffle commença à se faire difficile. Les battements de ses ailes commencèrent à faiblir, et elle plongea vers le sol, mais à la dernière seconde elle leva la tête et lutta pour remonter dans le ciel. Lindy n'avait pas la moindre idée de quel type de signal lui donner pour la faire atterrir. Elle s'assit plus droite, se renfonçant, lui donnant le signal de dressage lui commandant de ralentir, de se reprendre. Athene réagit. Elle augmenta l'angle de ses ailes. Leur vitesse par rapport au sol ralentit, et elles descendirent. Les ailes d'Athene battaient puissamment, les portant vers le sol. Elle toucha la terre de ses sabots comme un aigle attraperait sa proie, atterrissant dans un galop mi-couru, mi-glissé. Lindy l'aida à se ressaisir, et, la faisant passer au petit galop, la conduisit en un large cercle autour du vaisseau de Stephen.

Le petit galop se ralentit, devint un trot. Athene ébouriffa ses ailes et les replia, recouvrant les jambes de Lindy avec les plumes bleu-noir. Lindy respirait plus bruyamment qu'Athene, et le vent avait mis des larmes dans ses yeux. Athene trotta jusqu'à Stephen, puis s'arrêta.

Lindy glissa de son dos. Ses genoux s'entrechoquaient et elle frissonnait. Elle entoura le cou d'Athene de ses bras, enfonçant son visage dans l'épaisse crinière, riant et pleurant en même temps. Athene fourra son nez contre le flanc de Lindy.

— Tu as aimé ça, n'est-ce pas, ma douce? » dit Lindy. « Moi aussi, j'ai aimé ça, tu sais! »

Stephen posa sa main sur l'épaule de Lindy, sa chaleur contrastant avec la fraîcheur du vent.

— Au début, je n'étais pas sûr que vous pourriez décoller. » Il était, lui aussi, hors d'haleine. « Puis je n'étais pas sûr que vous pourriez atterrir. »

Lindy s'essuya les yeux avec sa manche. « Toutes ces leçons de dressage, dit-elle, et je n'ai jamais appris le signal pour " descend du ciel ". »

Stephen sourit.

— Il faut que je la fasse marcher », dit Lindy « Avez-vous une vieille couverture? »

Il disparut à l'intérieur du *Dionysos*. Lindy commença à faire marcher Athene pour lui éviter des courbatures et des raideurs. Lorsque Stephen revint, il lui tendit une couverture légère qui ressemblait à de la soie blanche.

— Elle va devenir affreusement sale.

— Ça ne fait rien ; ça ne la gênera pas.

Elle pensa qu'il plaisantait, mais la couverture s'enroula autour d'Athene, caressant ses flancs. Curieuse, Lindy la toucha. Elle avait une chaleur propre.

— Qu'est-ce que c'est ?

— Un soyeux.

— C'est vivant ?

— En quelque sorte. C'est juste à la limite. Il « sait » envelopper quelqu'un et lui tenir chaud. Ça semble le rendre heureux, si on peut utiliser ce mot pour quelque chose d'aussi éloigné des êtres pensants. Il peut être malheureux, aussi : si on ne l'utilise pas, il meurt.

Lindy glissa sa main en dessous. Athene était sèche et tiède là où le soyeux la touchait, et non pas en transpiration et trop échauffée.

Lindy la laissa marcher librement. Athene avait dû dépenser une énorme quantité d'énergie pendant son vol, mais à présent elle ne montrait aucun signe de fatigue. Décontractée et pleine d'énergie, elle avançait à grands pas dans la faible pesanteur. De temps en temps, elle relevait la tête et regardait l'étrange ciel ou jouait la lumière. Ses ailes battaient légèrement et faisaient un bruit léger sous le soyeux.

Lindy se retourna et entoura Stephen de ses bras.

Celui-ci mit ses bras autour d'elle et la tint délicatement, précautionneusement, trop conscient de son extraordinaire force physique. Lindy toucha sa joue, passant le bout de ses doigts sur un sourcil relevé. Il percevait son intelligence, sa détermination, et, mais oui, sa beauté. Les Vulcains eux-mêmes ne forçaient pas leurs enfants à oublier tout sens esthétique lors de leur éducation. Et pourtant Stephen ne ressentait rien.

Il mit sa main par-dessus la sienne, là où elle touchait sa joue, et il l'enleva.

— Lindy, ne faites pas ça, je vous en prie.

— Qu'est-ce qui ne va pas ?

Il se détourna. « Je ne peux pas...

— Pourquoi pas ?

— Parce que c'est ainsi que les Vulcains sont faits !

Aucun être humain n'aurait pu le faire bouger de force. Lindy toucha son coude et le retourna pour qu'il soit en face d'elle de nouveau.

— Mais vous êtes différent », dit-elle.

Il s'assit sur un des traîneaux du *Dionysos*, les épaules voûtées.

— J'ai essayé de l'être, dit-il, mais j'ai été élevé en Vulcain, entraîné... » Il mit ses mains en coupe devant lui, créant une sphère imaginaire entre eux. « On vous apprend à enfermer vos sentiments. A les mettre dans une coquille et à épaissir la coquille, couche par couche, jusqu'à ce qu'elle soit si épaisse qu'il devient impossible de la briser. Si vous vous révoltez, si vous posez des questions, on est encore plus patient avec vous, on prend tout son temps...

— C'est ce qu'on vous a fait.

Il acquiesça. « J'essaie d'éroder cette coquille, de la briser, j'espère le faire — mais j'ai peur que, si j'y arrive jamais, je trouve... du vide. »

Il ouvrit les mains et fit un geste semblable à celui d'un magicien faisant apparaître une colombe. Mais aucune colombe n'apparut, il n'y avait rien.

— Je n'ai jamais aimé personne, Lindy. Quelqu'un m'a aimé une fois, et j'ai voulu... j'ai fait semblant... mais elle a su. En fin de compte, elle a su. Je ne veux plus jamais faire de mal à quelqu'un comme je lui ai fait du mal, à elle. Je ne veux pas vous faire de mal.

Au lieu de s'éloigner, elle l'entoura de ses bras, offrant son réconfort, en cherchant pour elle, peut-être. Stephen lui caressa les cheveux, sachant que c'était un geste dépourvu de sens, et souhaitant désespérément avoir une réaction authentique à lui offrir.

Il ouvrit les yeux. Sa vue était étrangement vague, son ouïe atténuée, alors qu'il examinait son environnement inconnu du mieux qu'il le pouvait. L'air dense avait l'air artificiel. Il languissait après les montagnes et les plaines et les vents froids jouant avec son corps.

Il essaya de s'asseoir. Il était attaché par de larges liens autour de la poitrine, des hanches et des cuisses. Furieux, il se redressa d'un coup, arrachant les liens. Il ne connaissait personne de son propre peuple assez cruel et assez fou pour emprisonner une autre personne. Il avait voyagé jusqu'au vaisseau des nouveaux venus, avait fait confiance à leurs offres de paix, et en retour ils avaient essayé de le réduire à l'impuissance.

Il parcourut la pièce angulaire. Il avait l'impression de regarder deux séries d'images en même temps : une bien connue et l'autre totalement étrangère. La partie de son esprit qui identifiait l'image comme étrangère le poussa à s'échapper ; la partie qui la reconnaissait l'aida à trouver la sortie.

Une créature était assise près de l'entrée, étudiant quelque étrange objet. Elle ressemblait à une personne par sa forme, mais elle portait des vêtements protecteurs comme si elle prévoyait d'aller dans l'espace sans voilier. Si la créature le voyait, il serait peut-être obligé de la blesser pour passer, et quoi que ses semblables lui aient fait, il ne condescendrait jamais à agir à leur manière barbare.

Il se glissa silencieusement vers la créature. Mais son propre corps lui semblait étranger. Il trébucha, la créature le vit et bondit sur ses pieds.

— Spock ! » dit-elle.

La créature ne se rendit pas compte qu'il la touchait à la jonction du cou et de l'épaule, ne se rendit pas compte qu'elle sombrait dans l'inconscience, ni qu'elle tombait. Il la rattrapa et la coucha sur le sol.

Prenant soin d'éviter de se faire repérer, il marcha le long des couloirs aux plafonds bas. Il trouva le mécanisme à la fois familier et étrange qu'il cherchait. Tout en modifiant les réglages, il réfléchit sur l'appareil. Il était ingénieux, mais primitif et d'exécution médiocre, avec toutes ces pièces mécaniques et ces circuits électroniques. Lui, il l'aurait conçu pour répondre au contact de l'esprit.

Il grimpa sur la plateforme et attendit le temps nécessaire à ce que le rayon le dissolve.

Il se reforma à l'intérieur du voilier. Au-delà des murs translucides de la chambre sphérique, on voyait la masse de l'*Entreprise* planer tout près, et la forme doucement courbe du vaisseau-monde brillait et étincelait à une grande distance. La voile du vaisseau frémissait en cercles concentriques allant du bord extrême jusqu'au centre et retournant au bord de nouveau, formant des dessins d'interférence lorsqu'ils se croisaient.

Les rayons flexibles, à l'aspect vitreux, qui formaient les haubans de la voile, étaient des excroissances de la surface extérieure de la chambre. A l'intérieur, les bases des rayons formaient des étoiles à huit pointes, translucides aux extrémités, ressemblant à des perles à l'intérieur, avec un point brillant au centre, là où le rayon attrapait la lumière et la concentrait.

Les rayons fléchirent et changèrent, modifiant la position de la voile. Pendant un moment, la voile trembla et se tordit inutilement, et le voilier tomba en direction du vaisseau-monde, pris dans le champ gravitationnel. Il toucha la base des rayons, et ceux-ci se tordirent de nouveau. La voile attrapa le rayon d'énergie, se redressa et se remplit. Elle agit comme un frein, un parachute reposant sur les photons au lieu de l'air, transformant la chute du voilier en une lente descente régulière.

Il rentrait chez lui.

La navette *Copernic* était à mi-chemin du vaisseau-monde. Sulu était aux commandes ; Uhura avait pris le poste du copilote et continuait d'essayer d'obtenir une réponse de Stephen. Jim marchait de long en large dans l'étroite cabine, et rageait contre l'entêtement impulsif du Vulcain.

Toucheur-de-Nuages, s'étant déclaré affamé, s'était téléporté au vaisseau-monde, mais les trois autres êtres volants les avaient accompagnés à bord de la navette, tripotant tout, posant des questions sur les instruments, les plans, les usages de la navette. Ils se comportaient comme si ce voyage était un pique-nique, et peut-être que pour eux, ça l'était !

Jim était heureux que Sulu et Uhura se fussent tous deux portés volontaires pour l'accompagner : empêcher les êtres volants de démanteler la navette par pure curiosité l'employait à temps complet !

— Qui de votre confrérie s'est mis à la navigation à voiles, James ? » dit Ecarlate sans la moindre trace de colère.

Le voilier des êtres volants dépassa le *Copernic*, tombant rapidement vers le vaisseau-monde et disparaissant au loin dans un bruit de fond à la fois visuel et électromagnétique.

— Je ne sais pas », dit Jim.

— L'*Entreprise* appelle, capitaine.

— Ici Scott, capitaine. C'est M. Spock — il s'est enfui de l'infirmerie ! Il s'est servi du transporteur pour...

— ... voler le voilier », dit Jim. « C'est ce que je vois. Et le Dr McCoy ?

— Il n'est pas blessé, capitaine, mais M. Spock lui a laissé un mal de tête géant. C'était la pression neurale...

Jim n'avait pas la moindre idée de ce dont Scott parlait, mais il s'en fichait.

— Le Commander Spock ne peut compter que sur lui-même, tout comme avant. Si nous le voyons, nous le ramènerons, sinon — tant pis pour lui.

— Mais, capitaine…

Jim fit signe à Uhura de couper la communication. Incrédule, elle obéit. Troublée, elle essaya de nouveau de joindre Stephen.

— *Copernic* appelle *Dionysos,* répondez s'il vous plaît. Ceci est une urgence, veuillez répondre. » De nouveau, il n'y eut pour toute réponse que la statique produite par le champ magnétique du vaisseau-monde, et le silence.

Ecarlate plia les doigts qui soutendaient ses ailes, et les ferma. « James, est-il important que vous contactiez Stephen au moyen de vos machines ?

— C'est le seul moyen que… Vous voulez dire que vous, vous pouvez le contacter ?

— J'ai déjà demandé à la confrérie de guetter Spock. Si vous le souhaitez, je peux aussi leur demander de chercher le *Dionysos* et Stephen.

— Ecarlate, je vous en serais reconnaissant. Si quelqu'un voit Lindy, dites-lui de lui dire à quel point il est important qu'elle revienne.

— Ce sera plus difficile. Toucheur-de-Nuages apportera votre langage à ceux qui le désirent, lorsqu'il aura fini de chasser, et Vert et Ombre-Lumière l'apprendront à d'autres lorsque nous serons revenus. Mais jusqu'à ce moment-là, personne d'autre ne parle le Standard sur le vaisseau-monde.

— Ne pouvez-vous pas leur transmettre le langage d'esprit à esprit ?

Ecarlate regarda Jim avec curiosité. « Pourriez-vous apprendre à quelqu'un à écouter en lui donnant des choses à sentir ? Pourriez-vous apprendre à quelqu'un à toucher en lui expliquant les couleurs ?

— Non, bien sûr.

— De la même manière, je ne peux pas transmettre une nouvelle méthode de parole sans parler.

385

— Mais c'est pourtant comme ça que Spock vous l'a apprise !

— Mais je suis différent », dit patiemment Ecarlate. « James, vous m'avez vu, et entendu, donner votre langage à Vert, à Toucheur-de-Nuages et à Ombre-Lumière. Je ne peux pas faire comme Spock, parce que Spock et moi sommes différents.

— Je comprends bien, c'est simplement que... » Jim s'arrêta, se débattant avec ses propres frustrations. « Est-ce que Toucheur-de-Nuages ne pourrait pas chercher le *Dionysos* ?

— Il a faim. Lorsqu'il aura fini de chasser, il décidera peut-être de chercher. Ou peut-être dormira-t-il.

— Si nous ne retrouvons pas Lindy et que nous ne revenions pas rapidement, nos vies sont en danger. Le vaisseau est en danger !

Ecarlate le regarda calmement. « Oui. Les gens vivent, et ils meurent. »

Jim eut l'impression d'avoir foncé tête baissée dans un mur d'incompréhension. « Dans combien de temps avons-nous une chance d'avoir des nouvelles ? »

Ecarlate toucha sa moustache sensorielle. « Je ne sais pas. Je ne peux même pas vous promettre que si quelqu'un voit le vaisseau, il m'en parlera. Il le fera, si cela lui plaît.

— N'y a-t-il personne qui puisse promettre ?

— Parlez-vous de quelqu'un dans le vaisseau-monde qui ait une position analogue à la vôtre ?

— Je vous en prie, ne le prenez pas mal, Ecarlate, mais, oui, j'aimerais parler à quelqu'un qui soit responsable du vaisseau-monde. Je comprends que vos dirigeants puissent souhaiter nous observer avant de se dévoiler, mais vous en avez sûrement assez vu pour savoir que nous sommes pacifiques.

— Je crois que vos intentions sont pacifiques à cause de ce que j'ai appris par Spock, » dit Ecarlate. « Mais ce que j'ai observé, c'est que votre vaisseau transporte des engins de destruction. » Ecarlate écarta d'un geste l'objection de Jim. « Ce n'est pas la question. Il n'y a personne qui commande, le vaisseau-monde n'a ni dirigeants ni dirigés.

— Qu'avez-vous ? L'anarchie ?

— J'ai moi-même. Je vis ma vie comme je l'entends.

— Je ne comprends pas comment marche votre système. Je ne comprends pas votre organisation. Qui dirige le vaisseau-monde ? Qui l'a construit, et pourquoi, et où sont-ils ? Qui décide de ce qui arrive au vaisseau ? Qui vous a mis dessus ? Y a-t-il une autre espèce de gens ?

— Trop de vos concepts n'ont aucune analogie sur le vaisseau-monde. Je suis différent de vous. L'ensemble du peuple volant est différent de l'ensemble du peuple de l'*Entreprise*. Le peuple qui a créé le vaisseau-monde est mort, il y a beaucoup de générations, ou quelques générations. J'espère que ceux qui devront décider du sort du vaisseau-monde ne sont pas encore nés.

Jim soupira de frustration. Plus il interrogeait Ecarlate, et moins il en savait. Son instinct le poussait à lui faire confiance, mais son bon sens le faisait douter de la véracité de ce que Ecarlate lui disait ; il pensait au moins que ce n'était pas complet. Pas de chefs, pas de bâtisseurs, aucune direction pour une construction de la taille et de la complexité du vaisseau-monde : cela lui semblait difficile à accepter, encore moins à concevoir.

Les problèmes philosophiques tels que celui de la vérité devraient attendre.

— Si vous voulez bien demander aux autres gens du vaisseau-monde de chercher le *Dionysos* », dit Jim à Ecarlate, « je vous en serai très reconnaissant. »

L'apparence diaphane de l'enveloppe extérieure du vaisseau-monde se transforma en une surface granuleuse due à la présence de sphères serrées les unes contre les autres. Le voilier toucha une extension d'atterrissage. Les rayons-haubans se contractèrent, ferlant la voile. Les rayons libres s'enroulèrent autour de l'extension. Le voilier glissa vers le bas, doucement, venant s'arrêter contre la surface du vaisseau-monde. Il tira l'opercule de l'ouverture ventrale du voilier. Celui-ci avait présenté son ouverture contre une ouverture circulaire similaire, fermée par un disque translucide similaire, qui s'ouvrait dans une sphère plus grande, aux murs plus épais, qui faisait partie de la paroi du vaisseau-monde. Le réseau soyeux qui reliait les sphères entre elles servait également à sceller la connexion entre le voilier et le vaisseau-monde, gardant l'air à l'intérieur. Il poussa le second opercule et pénétra dans la paroi du vaisseau-monde. L'habituelle lumière grise l'accueillit. Cependant il se retrouva en train de chercher un éclairage plus sombre, plus rouge, et il se sentit troublé et malheureux.

La sphère contre laquelle il avait atterri ne contenait rien qu'un grand bâtisseur, qui rampait le long du plafond en laissant une trace perlée en train de durcir, tandis qu'il cherchait une autre sphère dans laquelle s'établir. Il espéra qu'il n'irait pas dans le voilier. Si c'était le cas, il s'infiltrerait par l'ouverture ventrale et s'installerait à l'intérieur. Pendant le temps où il habiterait là, il ajouterait deux ou trois couches de substance perlée à l'intérieur, épaississant les murs jusqu'à ce que l'intérieur soit trop petit pour lui et qu'il soit obligé de chercher une habitation plus grande.

Lorsqu'une sphère avait accumulé assez de couches pour devenir opaque, elle n'était plus utilisable comme voilier. C'était possible de naviguer sans visibilité, mais cela n'avait pas de sens. La joie de la navigation consistait dans la recherche des délicats vents photoniques de l'espace, et dans la contemplation des étoiles.

Il avait remis en place l'opercule du voilier. Le

bâtisseur croirait peut-être qu'un autre de son espèce vivait déjà à l'intérieur. Peut-être continuerait-il de ramper jusqu'à ce qu'il trouve un endroit plus accueillant pour loger sa large forme léthargique. Se frayant un chemin à travers des couches de sphères interconnectées, il continua de se diriger vers l'intérieur. Comme d'habitude, les chemins à travers la paroi s'étaient modifiés. Un grand bâtisseur, complètement adulte, pouvait se frayer lentement un chemin entre des sphères et sécréter une nouvelle sphère, à la fine coquille, ce faisant modifiant certains trajets et en fermant totalement d'autres. Un bâtisseur plus jeune, de taille moyenne, pouvait s'installer dans une sphère inoccupée et bloquer temporairement le chemin ; et un bâtisseur encore plus petit pouvait laisser des couches intérieures qui réduisait la taille des chambres jusqu'à ce qu'il fût impossible à une personne de passer. Un jour ou l'autre toutes les sphères se refermaient complètement, sauf un minuscule passage entre les ouvertures ventrales et dorsales principales, et même les plus jeunes bâtisseurs ne pouvaient plus vivre à l'intérieur. Alors les tisserands éjectaient la sphère pleine de la paroi et, lorsque l'univers se déplaçait autour du vaisseau-monde, il emportait au loin les énormes perles ainsi détachées, comme une rivière emmenant des bulles de savon vers la mer.

La lumière se fit plus forte, pénétrant même les sphères opalescentes aux murs plus épais. Il atteignit le bord de la paroi, l'intérieur du vaisseau-monde.

Koronin regardait les transmissions finement détaillées qui apparaissaient dans l'aire de communication. Elles la fascinaient, car plus elle tardait à répondre, et plus les transmissions devenaient complexes. Tout d'abord l'image d'un être étranger était apparue, les mains ouvertes dans un geste qu'elle perçut comme une supplication. Puis l'être s'était mis à voler. D'autres s'étaient joints à lui, exécutant une étrange danse aérienne. L'image se transforma en un graphique tri-dimensionnel, qui ne pouvait être produit que par une puissante intelligence artificielle. Les transmissions ne cessaient d'accroître le contrôle qu'elles exerçaient sur ses moyens de communication. Elle enregistra tout. Lorsqu'elle repassa la partie dans laquelle les êtres volants se transformaient en des dessins abstraits, elle se demanda si toutes les scènes qu'elle avait observées n'avaient pas été générées par l'ordinateur, et non filmées sur le vif. Il était possible que les habitants du vaisseau-monde ne lui montrent que ce qu'ils pensaient qu'elle souhaitait voir.

En même temps, elle avait réservé une partie de son aire de communication pour monitorer de ce qui se passait dans le secteur de l'*Entreprise*. Lorsque le voilier retourna au vaisseau-monde, elle pensa à le capturer, puis changea d'idée et le laissa atterrir.

Son sergent, extrêmement flatté d'avoir été autorisé à venir dans le centre de commandement, regardait l'image fixement. « Le *Quundar* peut le suivre. L'écou-tille-crampon nous fixera à la sphère, celle-ci, ici, les senseurs montrent qu'elle est creuse et que les parois en sont minces. Nous passons à travers la paroi, nous suivons...

— Silence.

Le sergent obéit.

— Est-ce que nous allons attaquer, en pleine vue d'un vaisseau de la Fédération ? » dit Koronin. « Imbé-cile. Nous n'avons aucune raison d'entrer en envahis-seurs. Nous pouvons arriver en tant qu'invités. Est-ce qu'on ne vous apprend rien d'autre que la force dans l'armada ? Est-ce qu'il ne vous reste plus aucun bon sens ?

— Pardonne-moi, Koronin.

— Je vais répondre à la transmission des étrangers ;

j'accepterai leur invitation. Nous ne mettrons pas notre bon sens de côté — n'est-ce pas ? Le fait que nous sommes toujours entiers pourrait être la manifestation de la bonne volonté des étrangers. Et peut-être pas. Reste sur tes gardes.

— Oui, Koronin.

— Retourne à ton poste, et fais les préparatifs d'accélération.

Elle envisagea d'emmener le *Quundar* complètement hors de vue du vaisseau de la Fédération, et d'entrer secrètement dans le vaisseau-monde, mais sa fierté l'en empêcha. Si elle dissimulait ses plans, elle reconnaîtrait implicitement que la Fédération avait des droits sur le vaisseau-monde, et elle non.

Une simple supposition, pensa-t-elle, que cette merveille soit le produit d'une civilisation en déclin. Je n'ai vu ni armes, ni défense. Supposons que les habitants puissent être conquis. Si je peux m'approprier cet endroit, cela m'apportera le pouvoir. Et le pouvoir peut être l'outil de la vengeance. Il peut être mieux encore que la vengeance.

Ombre-Lumière ne quittait pas Sulu d'un pas, l'observant tandis que l'officier navigateur manipulait les commandes.

Tout comme un gosse, pensa Jim, qui a reçu un nouveau jouet à Noël.

— Ecarlate, je me sens responsable du vol de votre voilier...

— James, je ne possède rien. Rien ne peut m'être volé.

— Je suis heureux que vous considériez cet incident avec une telle équanimité. Mais je ne m'en sens pas moins responsable.

— C'est votre choix. Je ne peux pas vous le retirer.

« — Puis-je conduire ce vaisseau ? demanda Ombre-Lumière à Sulu.

— Non, Monsieur, je suis désolé. Ça demande beaucoup d'entraînement, ça n'est pas aussi facile que ça en A l'air.

— Mais si. » Il passa son long bras par-dessus l'épaule de Sulu et fit tournoyer la navette dans tous les sens.

Jim cria, et avala sa salive.

La chute spiralée cessa et la navette continua son chemin comme si de rien n'était.

Sulu se jeta sur les commandes. Mais il n'y avait rien à réparer. Sulu était devenu visiblement verdâtre. Ombre-Lumière le regarda en clignant des yeux, calmement, toucha le bord de sa moustache sensorielle avec sa langue, et ne dit rien.

— Ecarlate ! » dit Jim. « Je vous en prie, demandez à vos amis de cesser de mettre mon équipage en danger avec leurs petits jeux !

Après une longue hésitation, Ecarlate répondit. « James, pourquoi criez-vous après moi pour quelque chose qui s'est passé là-bas, alors que je suis ici ?

— Pourquoi ne parlez-vous qu'à Ecarlate ? » C'était la première fois que Vert parlait en Standard. « Vous agissez comme si Toucheur-de-Nuages et Ombre-Lumière et moi n'existions pas, et qu'elle seule existe. Nous avons appris votre langage, nous aussi », dit-il avec irritation.

Troublé, le regard de Jim passa d'un être volant à l'autre. « Elle ? dit-il. Qui est " elle " ?

— Je suis, dans votre langage, elle », dit Ecarlate. « Qu'est-ce que cela a à voir avec la question de Vert ?

— Je ne m'étais pas rendu compte… » dit Jim.

— Quelle importance ? » dit Ecarlate. « Je ne vois aucune raison pour vous de vous soucier de cela.

— Vous n'avez toujours pas répondu à ma question », dit Vert.

392

— Je n'ai pas de réponse adéquate. J'ai commencé à parler avec vous, Ecarlate. J'ai eu l'impression que c'était vous la responsable.

— C'était votre perception, pas la réalité », dit Ecarlate. « Je vous ai dit que nous n'avions pas de chefs.

— Vert, je vous présente mes excuses », dit Jim. « Je n'avais pas l'intention de vous offenser.

Vert passa rapidement sa langue sur le bord de sa moustache. « Vous êtes très jeune », dit-il, en clignant des yeux.

Moi, je suis jeune ? pensa Jim. Et les autres à bord de cette navette, alors ?

— Capitaine ! le *Quundar* entre dans le vaisseau-monde.

Jim rejoignit Sulu, content d'avoir une excuse pour échapper à l'inconfortable situation. Le *Quundar* décrivit un arc de cercle et pénétra la paroi.

— Augmentez la vitesse.

— Oui, Monsieur ». Sulu se retint de mentionner que le *Quundar* était lourdement armé et que le *Copernic* n'avait absolument aucune arme. James Kirk était bien au courant de ça.

Ce voyage devenait intéressant.

Il s'arrêta au bord de l'ouverture ventrale d'une sphère intérieure, admirant la beauté du vaisseau-monde, absorbant le vent, tendant les bras vers la lumière. La terre était loin en dessous de lui, à une distance représentant de nombreuses fois sa hauteur. En volant, il n'était besoin que de quelques instants.

Mais il ne pouvait plus voler. Son voyage l'avait transformé, les êtres du vaisseau stellaire l'avait transformé. Ils lui avaient pris ses ailes, la moitié de sa vue et de son ouie, et presque toutes ses facultés de communication. A nouveau, dans le silence de son esprit, il cria, et ne reçut aucune réponse, pas même un écho.

De son propre gré, il avait passé un certain temps dans le silence. Cela avait été sa façon de réagir au chagrin et au sentiment de perte. Et maintenant, le silence lui était imposé de force. Il ne voyait qu'une seule solution pour son existence.

Il commença la longue descente vers le sol.

Koronin s'était demandée si l'intérieur du vaisseau-monde contiendrait des richesses similaires aux perles géantes de l'extérieur. Mais lorsque le *Quundar* pénétra le réseau léger qui recouvrait le ciel, elle trouva un paysage de plaines et de montagnes, de forêts clairsemées et de cours d'eau. Les transmissions qu'elle suivait provenaient de très haut au-dessus du sol. Une troupe d'êtres jouait dans les courants ascendants et les remous qui tournoyaient le long de la paroi du vaisseau-monde. Les étrangers tournaient autour de son vaisseau, plongeaient, comptaient les points en effleurant de la pointe des ailes le dôme de contrôle en saillie. Ils l'impressionnaient par leur mépris du danger, sinon par leur intelligence. L'un d'eux se tenait en équilibre sur la bulle au-dessus d'elle, ses ailes azurées repliées. Il sauta dans le vide, révélant les dessous couleur de flamme de ses ailes bleues. Il grimpa en flèche pour rejoindre ses compagnons.

Trois des étrangers se posèrent sur le sol. Le *Quundar* toucha terre près d'eux, à la base de la paroi.

Les étrangers observaient et attendaient, à environ cent pas de là. Koronin ne se départit pas de son calme. Au lieu de se ruer dehors comme si elle avait quelque chose à demander, elle prit son temps. Elle enferma l'équipage dans le poste de travail. Elle prit des appareils portables : senseurs, translateur, enregistreur. Elle revêtit une tunique de soie pourpre, et mit ses bottes avec les dessins dorés. Elle attacha le collier de Starfleet autour de son cou, ignorant ses pitoyables tentatives pour mettre ses minuscules mains entre la boucle et la lanière. Elle attacha sa laisse au collier. Au lieu de la suivre avec obéissance, il résista. Elle tira sur la laisse d'un coup sec ; lorsqu'il fut incapable de résister plus longtemps, il avança en trottinant, et s'accroupit de nouveau jusqu'à ce qu'elle le dépasse et tire de nouveau sur la laisse. C'était extrêmement déplaisant ; il était nécessaire de le dresser.

— Suis-moi », dit-elle au sergent.

— Koronin, ne serait-il pas préférable d'emporter davantage d'armes ? Est-ce que je ne devrais pas rester ici et vous couvrir de l'intérieur ?

Cela la fit rire. « Tu n'as pas besoin d'armes lorsque tu es avec moi. Suis-moi. Maintenant. Ou je te mets en laisse, toi aussi. »

Il suivit, sans laisse, mais plus docile que Starfleet.

Les trois habitants du vaisseau-monde regardaient en silence. Koronin approcha, tantôt tirant Starfleet derrière elle, tantôt le retenant lorsqu'il s'enfuyait trop loin devant. La brise délicate soulevait la poussière autour de ses bottes.

— Mon nom est Koronin », dit-elle.

Les trois étrangers chantèrent ensemble pendant un temps démesurément long. Les senseurs et le translateur émirent des sons incohérents et du charabia, jusqu'à ce qu'elle les arrête, exaspérée. Elle n'avait que faire des informations scientifiques, de toute façon. Si les choses se passaient comme elle l'espérait, elle n'aurait pas besoin de comprendre les habitants. C'était eux qui auraient besoin de la comprendre.

Le chant des étrangers passa au-delà de son champ auditif. Elle voyait qu'ils chantaient toujours à cause des mouvements de leurs bouches et de leurs gorges. Finalement, ils s'arrêtèrent.

— Mon nom est Koronin, répéta-t-elle.

— Je ne vous comprends pas », dit l'étranger bleu aux ailes dorées. « Votre langage ne fait pas partie de ceux que Toucheur-de-Nuages m'a donnés. Avez-vous la possibilité de me le transmettre ? »

La créature parlait le Standard de la Fédération.

— Qu'est-ce qui vous fait penser », dit froidement Koronin, « que je parle la langue dégénérée de la Fédération ? »

L'être se mit à parler dans une autre des langues de la Fédération, une langue qu'elle ne comprenait pas, mais qu'elle reconnut être le vulcain.

— Assez ! » dit Koronin. Si la Fédération croyait qu'elle pouvait envahir l'espace de l'Empire, annexer le vaisseau-monde et ses habitants sans combattre, elle se trompait totalement. « Je vous comprends. Je vous donnerai bientôt les moyens d'apprendre mon langage, mais pour l'instant le Standard suffira. »

Un des étrangers, d'un pourpre si sombre qu'il avait l'air noir sous certains angles, se déplaça autour d'elle jusqu'à ce qu'il puisse voir Starfleet. Le primate s'enfuit. Koronin fit passer la laisse d'une main à l'autre pour empêcher son animal familier de lui entortiller les jambes dans la lanière. Ce n'aurait pas été très digne ! Elle tira fortement sur le collier de Starfleet. Geignant, il s'accroupit, jeta un coup d'œil vers le haut, puis se cacha le visage.

— Qu'est-ce que c'est ? » demanda l'étranger pourpre. « De la nourriture ?

— Non. J'ai des ressources. Je nourris mes animaux familiers, je ne les mange pas.

— La nourriture captive n'a pas de goût. » L'étranger pourpre se tourna vers le sergent de Koronin. « Et ceci, c'est aussi un animal familier ? »

Le sergent, qui connaissait trop peu le Standard pour être vexé, regardait l'étranger, bouche bée.

— C'est mon sergent. Mon subordonné.

— J'ai entendu dire que vous aviez ce genre de choses. Des animaux familiers. Des choses ressemblant à des animaux familiers.

— Qui parmi vous est le chef ? » dit Koronin.

Impoliment, les étrangers parlèrent dans leur propre langue. Koronin avait l'impression qu'ils la trouvaient amusante. Elle mit une main sur la poignée de sa lame de duel. Cela la réconforta, bien que dans ces conditions, son désintégrateur serait certainement plus utile. Et plus rapide. Bien que les étrangers ne transportent aucune arme mécanique, leurs dents et leurs griffes seraient dangereux dans un combat au corps-à-corps. Elle se demanda où se trouvaient leur ordinateur et leur émetteur. Peut-être dans leurs bracelets. Peut-être qu'une autre entité possédait l'ordinateur, et possédait aussi les créatures volantes.

— C'est contrariant que vous autres invités demandiez des chefs », dit le troisième étranger. Il avait une fourrure noire tachetée de gris sur le dos, les flancs et les jambes. « Plus la confrérie vous dit que nous n'avons pas de chefs, et plus vous vous obstinez à en demander un.

— Je n'ai jamais... » Elle contrôla sa colère. Les étrangers voulaient dire qu'elle avait posé la même question que les envahisseurs de la Fédération, donc elle allait poser une question qu'aucun membre de la Fédération n'avait encore posée. « J'annexe ce territoire au nom de l'Impératrice. Contestez-vous mon autorité ? »

L'ignorant, l'étranger pourpre caressait Starfleet.

— Je vous ai dit que ce n'était pas de la nourriture ! » hurla Koronin.

— Je sais », dit l'étranger, « mais il est malheureux. » Il défit le collier du cou de l'animal.

Koronin marcha vers la paroi. Sa lame émit un son cristallin lorsqu'elle la tira. Les étrangers ne pouvaient pas savoir que, lorsqu'elle l'avait acquise elle était transparente et incolore. Elle était devenue sombre à cause du sang répandu. Mais il ne faisait aucun doute que les étrangers ne manqueraient pas d'être impressionnés par la façon dont la lumière de leur monde étrange jouait sur le tranchant de la lame. Ils ne manqueraient pas d'être impressionnés par ce qu'elle était sur le point de faire.

Elle s'arrêta à côté du flanc courbé d'une sphère perlée. Elle leva la lame au-dessus de sa tête et la fit descendre violemment contre la paroi.

La lame s'enfonça dans la surface iridescente, creusant une marque profonde, impressionnante, dans le tissu du vaisseau-monde.

Koronin entendit un gémissement lugubre, la combinaison du chant des étrangers et d'une vibration aiguë, douloureuse. Le réseau soyeux autour de la sphère trembla et se contracta. Koronin libéra sa lame d'un seul coup, se retourna, et se mit à courir.

La sphère explosa tout près de son dos.

Il vit la machine volante descendre et se poser sur le sol en dessous ; il entendit l'explosion, mais il avait besoin de toute son attention pour la difficile descente. Les vibrations lui firent presque perdre l'équilibre. Il se jeta dans le réseau qui reliait les sphères, et s'y accrocha de toutes ses forces. Lorsque la paroi cessa de trembler, il continua sa descente obstinée.

A la jonction de la paroi et du sol, la machine volante reposait sur une zone de végétation calcinée. Tout près, un être sans ailes était accroupi auprès d'un autre être qui gisait, immobile. Cet être avait dû essayer d'endommager une sphère de la paroi, et la sphère avait réagi. Que c'était bête ! Avant même de quitter leur aire natale, les êtres de son peuple se gardaient bien de se comporter de la sorte, s'ils étaient assez intelligents pour vivre.

Il sentit l'odeur des êtres de son peuple, mais ils étaient partis. Très haut, au loin, ils se séparèrent pour reprendre chacun son chemin solitaire. Il se demanda si les êtres sans ailes avaient ennuyé la confrérie, ou l'avait simplement dégoûtée.

— Vous, là !

L'être sans ailes agitait une pièce d'équipement.

— Venez ici ! Emmenez ma dame Koronin dans le vaisseau !

Il comprenait mal, mais la signification finit par lui parvenir.

Sulu fit voler le *Copernic* au-dessus de la paroi iridescente du vaisseau-monde, entre les rayons du léger réseau, et passa à travers les nuages pour planer au-dessus des courbes douces de la terre.

Le *Dionysos* continuait d'ignorer toutes les transmissions.

— Je vais partir, maintenant », dit Vert.

— Vert, je sais que je vous ai offensé », dit Jim avec consternation. « Mais ce n'était pas intentionnel. Je vous en prie, acceptez mes excuses. Et restez avec nous.

— Vous êtes très jeune », répéta Vert, d'une voix douce. « Vous ne pouvez pas m'offenser. Je vais partir parce que j'ai faim, et parce que cet endroit clos entrave mes ailes.

— J'aurais aimé que vous en parliez plus tôt — Je suis sûr que nous aurions pu programmer les synthétiseurs de l'*Entreprise* afin de produire quelque chose que vous puissiez manger en toute sécurité.

— J'ai vu votre nourriture », dit Vert. « Elle était morte.

— Beaucoup de gens la trouvent tout à fait à leur goût », dit Jim.

— Mais elle était morte. » Il fit un bruit dégoûté.

— C'est vrai… Mais la plupart d'entre nous préfère que la nourriture soit morte avant de la manger. » Il eut un petit rire, puis s'arrêta. « Mais vous, vous ne l'aimez pas comme ça… n'est-ce pas ?

— La nourriture morte rend malade.

— Je vois. » Jim pensa qu'il comprenait maintenant la réaction de Spock lorsqu'il voyait d'autres gens manger des protéines animales. « Très bien... Nous allons atterrir et vous laisser sortir. Je ne vous garderai pas contre votre gré.

— Il n'est pas nécessaire d'atterrir », dit Vert. Il ouvrit l'écoutille. Le vent, d'un froid mordant, s'engouffra en gémissant. Vert bondit dans le vide. Jim se précipita sur l'écoutille. Dix mètres plus bas, Vert tombait comme au ralenti. Peu à peu, il étendit ses doigts d'ailes, se mettant d'abord en vol plané ; puis il tourna, et finalement, grimpa en flèche, très haut.

— Viens-tu ? » dit Ombre-Lumière. « Chasse avec nous.

— Non », dit Ecarlate. « Je n'ai pas encore faim.

— Au revoir.

Ombre-Lumière sauta à la suite de Vert. Ils grimpèrent dans un duo d'acrobaties aériennes. Ils s'approchèrent si près l'un de l'autre que Jim retint son souffle de peur qu'ils ne se heurtent, mais ils s'effleurèrent simplement du bout des ailes, et se pourchassèrent tout en continuant de grimper de plus en plus haut.

Le Lieutenant Uhura apparut à côté de Jim, observant les êtres volants et fredonnant un air étrange. Elle se pencha sur l'écoutille ouverte, et pendant un instant affreux, Jim crut qu'elle allait plonger dehors, dans le ciel. Il l'agrippa par le bras.

— Lieutenant Uhura ! » Elle ne dit rien. La tirant en arrière, Jim referma l'écoutille. « Qu'est-ce qui ne va pas ? »

Elle leva la tête, le regarda, le visage éclairé par la joie et l'émerveillement.

— Rien, capitaine. Pourquoi me posez-vous cette question ? » Elle se remit à fredonner, un air que Jim ne reconnut pas.

Ecarlate passa un bras long et délicat sur les épaules

d'Uhura. Il — elle, se rémémora Jim — laissa ses doigts d'ailes ouverts, de telle façon que son aile se drapait sur le dos d'Uhura comme une cape écarlate. Elle amena Uhura plus loin à l'intérieur de la navette. Elle fredonna une phrase musicale simple, et Uhura la reproduisit. Ecarlate fredonna la phrase de nouveau ; Uhura la reproduisit avec plus d'assurance.

Jim les laissa en train de fredonner, et rejoignit Sulu aux commandes.

— Y a-t-il un signe du *Dionysos* ? Ou d'Athene ?

— Pas encore, capitaine. Ils pourraient se trouver n'importe où, maintenant. Cependant, le *Quundar*, lui, devrait se trouver quelque part dans le secteur. Jim regarda par le hublot, espérant trouver quelque signe du *Dionysos,* et se demandant s'il préférait avoir Koronin assez près pour pouvoir garder trace de ce qu'elle faisait, ou s'il préférait qu'elle se trouve très très loin. Il scruta les nuages, se demandant si Lindy avait finalement trouvé un endroit où Athene pouvait voler.

Ce serait un sacré spectacle, pensa-t-il. Oui, vraiment.

Koronin reprit conscience lentement et douloureusement. Ainsi, pensa-t-elle, l'oligarchie m'a retrouvée plus vite que je ne croyais... Elle ouvrit les yeux.

Elle s'attendait à une cellule ou à la salle d'interrogation d'un cuirassé. A la place, elle se retrouva dans son propre lit. Elle s'assit. Elle avait mal partout, et son oreille interne la faisait souffrir. Mais elle était vivante, saine et sauve.

Le sergent somnolait sur le sol, non loin d'elle. Pour la surveiller, ce n'était pas une idée très brillante : elle se demanda pourquoi il ne l'avait pas tout simplement enfermée.

Puis elle vit sa lame de duel et son désintégrateur, posés l'un à côté de l'autre au pied du lit. Elle ramassa l'épée. Le tranchant n'était pas exactement émoussé, plutôt fondu. Elle jura.

— Koronin ! » Le sergent se remit sur pied, l'air endormi.

— Pourquoi m'as-tu ramenée ? » dit Koronin. « Pourquoi ne m'as-tu pas tuée pour prendre le vaisseau ?

— Je t'ai donné ma loyauté », dit-il d'un ton blessé.

Elle le fixa jusqu'à ce qu'il baisse les yeux. « Maintenant, dis-moi la vérité.

— Il paraît que l'Impératrice n'a plus de miséricorde à accorder. Si je retourne, qui me pardonnera ? Je suis plus en sécurité si je reste ici. Mais je connais mes faiblesses, Koronin, et je connais ta force. Si tu commandes le *Quundar,* je pourrai rester un renégat libre. Si c'est moi qui le commande, je deviendrai bientôt un renégat emprisonné. Ou mort.

— Est-ce que ces étrangers étaient armés ? Que s'est-il passé ? » Koronin glissa son désintégrateur dans sa ceinture. Elle accepterait ce que le sergent lui disait, jusqu'au jour où il dépasserait éventuellement les bornes et réclamerait sa gratitude.

— Je ne sais pas, Koronin. Il m'a semblé que la surface de la sphère a explosé.

— Elle s'est défendue. » L'inconnu parlait en Standard.

Un Vulcain vêtu de pantalons noirs, de bottes, et d'un maillot de corps noir sans manches — les restes d'un uniforme de Starfleet — était assis sur le pont, de l'autre côté du centre de commandement. Le champ de force qui l'emprisonnait frémissait autour de lui.

— Est-ce que personne dans cet endroit plongé dans les ténèbres de l'ignorance ne parle un langage civilisé ? » hurla Koronin. « Qui êtes-vous ? Et de quoi parlez-vous ?

— Je l'ai pris en otage », dit fièrement le sergent.

— Le vaisseau-monde », dit le Vulcain. « Il se défend. »

— Capitaine, j'ai un relevé bizarre.

La plaine gris-vert s'étalait devant eux, interminable, uniforme — sauf à l'endroit où Sulu avait découvert les étranges marques sur le sol.

— Allons voir.

Sulu fit atterrir la navette.

Les plantes grasses calcinées, et les endroits où la végétation avait été écrasée, délimitaient la forme du croiseur de Koronin. La sphère éclatée dans la paroi du vaisseau-monde s'ajoutait au reste.

— Elle a dû tirer sur quelque chose », dit Jim. Son imagination se mit au travail sur les raisons que Koronin avait pu avoir d'utiliser son désintégrateur. Il n'aimait aucune des conclusions possibles.

— Vous avez dit " tiré ", James » , dit Ecarlate. « Est-ce un terme associé aux armes ?

— Oui. Elle avait probablement un désintégrateur. Regardez, le rayon a fait exploser tout le côté de la sphère.

— Si elle avait dirigé un rayon d'énergie ou un projectile contre la paroi du vaisseau-monde, son vaisseau serait éparpillé en morceaux sur le sol. Et elle aussi.

— Quoi ? Et comment ? Je croyais que vous n'étiez pas armés.

— Elle a obligé la paroi a réagir, et celle-ci a réagi de manière proportionnelle à ses actions. C'est ainsi que la paroi est construite. » Ecarlate passa rapidement sa langue sur sa moustache sensorielle.

— Mais si elle n'a pas tiré, alors qu'est-ce qu'elle a bien pu faire ? A quoi la paroi a-t-elle réagi ? Une bataille ? Est-ce que Spock...

— Je ne sais pas, James.

403

Sulu ramassa l'un des fragments iridescents. La lumière jouait à travers la surface laiteuse. Une poussière nacrée couvrait le sol. Avec précaution, Sulu regarda dans le trou fait par le désintégrateur. La sphère était aussi belle dedans que dehors, légèrement luminescente, fraîche et mystérieuse. Une ouverture dans la courbe inférieure de la sphère conduisait à l'intérieur de la paroi. Curieux, Sulu entra dans la sphère et regarda vers le bas.

Une pâle chose brillante sortit de l'ouverture. Sulu glapit de surprise. Il fit un bond en arrière, mettant la main sur son phaseur par pur réflexe. La prudence l'empêcha de dégaîner et de tirer. Sa botte glissa sur le bord de la paroi brisée, et il tomba en arrière, rebondissant sur le sol. En pesanteur de 0,1 g, il ne tomba même pas assez fort pour que les morceaux brisés sur le sol l'égratignent.

— Sulu ! Que se passe-t-il ?

— Je ne sais pas Capitaine — Il y a quelque chose de vivant là-dedans ! » Il se remit sur pied et s'épousseta. « Elle n'a rien fait du tout — elle m'a juste surpris. » Il était embarrassé. Il retourna vers l'ouverture. Ses bottes écrasèrent les morceaux. Il toucha son phaseur de nouveau, pensant que s'il avait tiré, ce serait lui qui serait, éparpillé sur le sol.

— Qu'est-ce que c'est que cette chose ?

Sulu regarda dans la sphère. La créature ressemblait à l'une de ces limaces géantes qu'il avait vu lors de randonnées sur la côte nord-ouest de l'île où il avait passé ses vacances. Mais la variété terrestre était à peine aussi grande que sa main. Celle-ci avait glissé dans la sphère plusieurs mètres de sa longueur, comme si elle avait l'intention bien arrêtée de la remplir.

Le Capitaine Kirk eut une exclamation de surprise.

— Ce n'est qu'un bâtisseur », dit Ecarlate.

— Un bâtisseur ? » dit Jim.

— Ils aident à maintenir la structure de la paroi.

Celui-ci va sécréter plusieurs couches à l'intérieur de la sphère, jusqu'à ce que la paroi soit entière de nouveau. Il est parfaitement inoffensif.

Jim jeta un coup d'œil à la créature visqueuse et d'aspect totalement répugnant, et se demanda...

Ecarlate étendit les ailes avec un claquement sec, sauta, et se mit à voler presque toute droite vers le haut de la paroi du vaisseau-monde.

— Attendez !

Mais la montée en flèche de l'être volant ne se ralentit pas le moins du monde.

Derrière lui, Uhura se mit à fredonner.

— Lieutenant Uhura ?

Elle resta là où elle était, regardant en direction d'Ecarlate.

— Lieutenant Uhura ! Et le *Dionysos* ?

Elle se comportait comme si elle l'entendait de très loin.

— Stephen ne répond pas », dit-elle. « Il est là. Je le sais. Mais il reste silencieux. »

Jim la laissa seule et s'accroupit sur les talons près de l'ouverture irrégulière dans la paroi. « Est-ce que vous m'entendez ?

— Oui, capitaine », répondit Sulu.

Jim lui fit rapidement signe de se taire.

— Est-ce que vous m'entendez ? Est-ce que vous me comprenez ? » Jim tendit ses mains ouvertes dans le geste de paix qu'il avait utilisé avec les êtres volants. Il essaya d'imaginer comment une créature telle que les bâtisseurs pouvait faire des signes amicaux, mais ne trouva rien de mieux pour le moment.

— Pas de réponse », murmura Sulu. Son tricordeur gargouilla : bruit de fond. « Rien en dehors de notre champ visuel ou auditif, pas de réaction chimique, rien qui ressemble à des phéromones. »

Jim passa par-dessus les restes brisés de la sphère. La créature continuait de s'infiltrer dans la sphère, rampant sur le sol courbe. Jim la toucha, en pensant, nous venons en paix.

Il fut obligé de réprimer son réflexe de répulsion, car la créature était exactement aussi froide et visqueuse au toucher que son apparence le suggérait. Il n'entendit rien et ne sentit aucune réaction, à part que la créature continua de s'étaler. Elle se pressa contre lui jusqu'à ce qu'elle l'ai poussé complètement hors de la paroi du vaisseau-monde.

— James », dit Ecarlate, « que faites-vous ?

— J'essayais de communiquer avec les bâtisseurs du vaisseau-monde », dit-il.

— Pourquoi ?

— Pourquoi ? Parce que vous m'avez dit que vous n'avez pas créé le vaisseau-monde.

— Je ne l'ai pas créé. Comment l'aurais-je pu, ou quiconque d'autre actuellement en vie ?

— Vous avez dit que ceci était un bâtisseur. » Jim montra la limace géante. Ses flancs bruns visqueux remplissaient les morceaux brisés de la sphère. « Peu m'importe de parler aux gens mêmes qui ont bâti le vaisseau-monde. Mais je veux parler à leurs descendants, à ceux qui ont la capacité de le bâtir. » Le dépôt visqueux durcit, prenant son aspect nacré brillant. Jim se frotta les mains. Des flocons de poussière iridescente en tombèrent.

— Notre peuple n'a pas bâti le vaisseau-monde. Ce sont les bâtisseurs qui l'ont fait. Mais le peuple a créé le vaisseau-monde dans son esprit, et il a créé les bâtisseurs pour le rendre réel. Le peuple a créé tout ce que vous voyez. Je suis l'un des descendants de ceux qui ont créé le vaisseau-monde. Vous m'avez parlé.

— Mais vous avez dit... » Jim s'arrêta. La discussion n'avait été qu'une série de malentendus.

« Ce que je voulais dire par ma question, c'était " est-ce que des gens semblables à vous ont créé le vaisseau-monde ? "

— Oh », dit Ecarlate. « Oui. Bien sûr, ils l'ont créé. Mais ce n'est pas ce que vous m'avez demandé.

— C'est ce que je comprends, maintenant. Et vous, savez-vous comment il a été fabriqué ?

— Bien sûr.

— Pourriez-vous en faire un autre ?

— Pas tant que celui-ci existe. Deux entités ne peuvent pas occuper le centre de l'univers en même temps. » Ecarlate chanta, un son aigu qui fit frissonner Jim. Le Lieutenant Uhura répondit.

Jim se demanda quels autres malentendus se cachaient dans les autres suppositions qu'il faisait au sujet d'Ecarlate. Il tenta de trouver un moyen de reformuler sa question, mais le chant d'Uhura et d'Ecarlate l'en empêcha. Il avait l'impression d'être en train d'essayer de résoudre une complexe équation mathématique de tête, tout en étant debout entre le ténor et la soprano pendant un duo passionné dans un grand opéra. Il se couvrit les oreilles de ses mains. « Est-ce que vous ne pourriez pas cesser pendant un instant ? Je ne m'entend même plus penser ! »

Ils s'arrêtèrent. Jim ne pouvait pas lire l'expression d'Ecarlate, mais celle d'Uhura était choquée et blessée.

— J'ai trouvé ceci dans le passage au-dessus. » Ecarlate lui tendit quelque chose. « Mais je n'ai vu aucune trace de Spock, que ce soit là ou sur le sol autour de nous.

Uhura fredonna de nouveau, un son ressemblant à un murmure.

Jim prit la tunique bleue d'uniforme de Spock des mains d'Ecarlate.

Chapitre XII

Le directeur du comité de surveillance était en train de marcher de long en large dans le centre de commandement de son vaisseau amiral, et mit de côté les rapports de ses myriades de sonde-espions. Par le passé, il aurait pu trouver intéressantes leurs informations. Plus tard, il pourrait les examiner et s'en servir pour éliminer ou coopter les voleurs minables, les contrebandiers et les traîtres mineurs que les rapports avaient mis au jour. A ce stade, toutefois, ces informations ne lui apportaient rien sur ce qu'il voulait savoir.

— Monsieur ! » Son adjudant-major le salua en hâte. « Le capitaine demande votre présence.

— D'autres rapports ?

— Nous avons atteint la Phalange, monsieur.

Le capitaine du vaisseau amiral se tenait près des senseurs, abasourdi par ce qu'ils montraient, mais pas du tout prêt à y croire.

— La Fédération a rompu tous les accords, tacites et formels, signés et non signés. Ceci n'est pas un phénomène naturel ! Cela ne peut pas avoir d'autre but que d'être une arène préparée pour la guerre ! » Impressionné, il se tourna vers le directeur. « Monsieur... nos Renseignements n'avaient aucune idée de cela. Comment étiez-vous au courant, vous ? »

La carrière du directeur s'était passée à accepter le crédit de tout ce qui pouvait lui être bénéfique. Et cela signifiait parfois faire passer la chance, les mensonges, ou des informations incertaines, pour une connaissance surnaturelle.

— Je ne dois pas parler des secrets d'état », dit-il.

— Bien entendu, directeur, je comprend. Veuillez me pardonner.

— Qu'en est-il du prototype qui a été capturé ? » dit le directeur, feignant l'indifférence.

— Quoi ? » L'expression du capitaine montra qu'il comprenait enfin. « Le nouveau vaisseau de combat ? Oh, il est ici, directeur. Voici sa signature sur les senseurs. » Il montra un petit amas de points au milieu d'un immense schéma. La couleur de sa crête frontale s'accentua sous l'effet de l'excitation. « Nous punirons bientôt la Fédération de son arrogance. »

Le directeur regarda l'image, se demandant si le capitaine de la flotte pensait réellement que la Fédération était responsable de ce qu'ils avaient trouvé, ou s'il était naïf. Le directeur savait que la Fédération n'avait rien de tel.

L'écran de visualisation s'étendait sur toute la largeur du centre de commandement. Ses bords éthérés s'étiraient tout autour du directeur, du capitaine, et de l'adjudant-major comme un courant marin autour de petites îles, et pourtant il pouvait à peine contenir l'image de l'invraisemblable vaisseau étranger.

Sur la passerelle de l'*Entreprise,* l'ingénieur en chef Scott était fort mal à l'aise, occupant comme il le faisait la position de commandement. Il ne lui restait que très peu de temps avant d'être obligé de prendre une décision sur la question de battre éventuellement en retraite. Ses ordres ne lui laissaient aucune latitude. Il s'inquiétait au sujet de la navette. Il n'avait aucune confiance dans les aptitudes de pilote de Sulu, après sa performance lors de la sortie des docks spatiaux.

Le Dr McCoy sortit de l'ascenseur.

— Dr McCoy », dit Scott, « vous ne devriez pas rester au lit ? Vous avez une mine épouvantable.

— Merci », dit McCoy. « Ça me fait plaisir de savoir que j'ai l'air mieux que je me sens. » Son sourire était plutôt souffreteux. « J'ai tout aussi mal couché que debout, aussi je préfère encore savoir ce qui se passe. » Il se frotta les yeux, les tempes. « M. Spock devra répondre de beaucoup de choses, lorsque Jim le ramènera.

— Si le Capitaine Kirk le ramène.

A la barre, Pavel Chekov essayait de se persuader qu'il n'avait pas envie de bâiller. Habituellement, son quart se situait dans les petites heures tranquilles de la nuit. Aujourd'hui, il avait été sorti d'un profond sommeil pour prendre la place de M. Sulu à la barre de l'*Entreprise*. Et il n'était pas encore tout à fait réveillé.

Il détecta des signaux se dirigeant droit sur l'*Entreprise,* et le flot d'adrénaline balaya toute envie de sommeiller.

— M. Scott, vaisseau non identifié — non, plusieurs — à limite des senseurs. Se dirigeant vers nous, et vers vaisseau-monde, à très haute vitesse de distorsion. Ils proviennent de l'Empire Klingon !

— Merci, M. Chekov », dit le Commander Scott. Il attendit.

— Scotty, vous devez prévenir Jim !

— Non, docteur. Cela alerterait la flotte que le *Copernic* est dans leur domaine. Si nous nous taisons... peut-être ne détecteront-ils pas la navette.

La flotte klingonne passa de la vitesse de distorsion à l'espace normal, et se dirigea vers le vaisseau-monde.

Scott maintint l'*Entreprise* sur l'extrême bord de l'espace de la Fédération. Le vaisseau-monde dériva encore plus loin à l'intérieur du domaine de l'Empire.

Scott savait qu'il serait provoqué, et il savait aussi que James Kirk avait raison : il lui était impossible de répondre par la force.

— Envahisseurs de Starfleet, retournez dans votre propre territoire.

— Certains diraient que nous sommes déjà dans notre propre territoire », répondit Scott. Ce n'était du bluff qu'à quatre-vingt-dix-neuf pour cent. Les frontières ici étaient déterminées sans beaucoup de précision. L'*Entreprise* dérivait le long de cette frontière indéterminée.

— Dans ce cas ce sont des imbéciles. » La personne qui apparut sur l'écran portait des vêtements civils élaborés. Scott se demanda ce que cela signifiait, puisque cette flotte était une flotte militaire.

— Je n'ai pas compris votre nom », dit Scott. « A qui ai-je l'honneur de parler ? Mon nom est...

— Sans intérêt pour moi de toute façon. Le mien », dit-il, « est un secret d'état. Vous pouvez vous adresser à moi en m'appelant " directeur ", où " votre honneur ".

— Nous ne pouvons pas partir ! » dit Scott, laissant tomber le nom. « Nous sommes en mission de sauvetage.

— Ah. Vous avez voyagé jusqu'à cette intéressante structure qui se trouve entre nous, dans l'intention de la sauver ? » Ses mots étaient lourds de sarcasme.

— Je ne savais rien du vaisseau-monde lorsque j'ai répondu à l'appel de détresse. Ne l'avez-vous pas entendu aussi ? Vous n'êtes pas venu pour aider ?

— Les seuls qui aient besoin d'aide, c'est vous. Parce que je vous ai surpris en train de préparer la guerre que la Fédération veut nous livrer.

— Nous sommes venus en mission de sauvetage », répéta Scott.

L'interminable silence du directeur fit transpirer Scott.

411

— Vos fantaisies m'ennuient », dit le directeur lorsqu'il daigna parler de nouveau.

Un puissant champ de brouillage les entoura, coupant l'*Entreprise* de la navette et de son capitaine.

— M. Scott, un des vaisseaux de la flotte change de direction », dit Chekov.

— Je le vois, mon garçon. » L'un des croiseurs de bataille du directeur descendit vers le vaisseau-monde.

— Scott, nous devons l'arrêter ! » dit McCoy. « La navette n'a aucune chance contre un croiseur !

— Je ne peux pas l'arrêter, Dr McCoy », dit Scott. « S'il représentait une menace directe... » et s'il quittait son propre domaine... alors il pourrait justifier une bataille. Mais en l'état des choses, Scott n'avait aucune excuse légitime pour faire ne serait-ce qu'une objection à la présence de la flotte. « Je ne peux pas l'arrêter. Nous ne pouvons qu'espérer qu'ils croient aux missions de sauvetage... ou qu'ils ne prendront pas la peine de s'apercevoir de la présence du *Copernic*. »

Tandis que le *Quundar* passait lentement au-dessus du sol, dans un grondement de tonnerre, et tandis que le terrain s'élevait en d'abrupts rochers escarpés, Koronin pensa à ce que l'otage Vulcain lui avait dit. La chance seule lui avait sauvé la vie lorsqu'elle avait frappé la sphère, car le vaisseau-monde se protégeait des impacts provoqués par les nuages de poussière interstellaire, les astéroïdes, les flamboiements stellaires — ou les coups d'épée — en renvoyant la force à son point d'origine. Il ne possédait aucune capacité d'agression intentionnelle ; en fait, sa réaction la plus extrême était totale, irrévocable, empêchant toute retraite. On pouvait en faire l'instrument d'une terrible vengeance, une seule fois, avant qu'il ne disparaisse. Mais il fallait le garder comme dernier recours.

Si Koronin voulait régner sur le vaisseau-monde, elle

devait commencer par asseoir son autorité sur quelques habitants. Bientôt ils cesseraient de cacher leurs dirigeants, de nier leur existence. Elle espéra qu'elle n'aurait pas besoin de tuer trop d'êtres volants avant qu'ils ne se rendent. Ils l'intriguaient. De plus, elle détestait le gaspillage.

L'otage Vulcain était affalé sur le pont, les mains reposant à ses côtés, les genoux remontés contre la poitrine. Il n'avait pas même essayé de tester les limites du champ de force autour de lui. Il n'avait pas l'air blessé, mais il n'avait pas l'air en forme non plus.

Avec les senseurs, elle chercha à localiser une troupe des êtres volants. Elle avait l'intention de faire une démonstration de ses pouvoirs en tirant sur l'un d'eux en vue de tous les autres.

— Ils sont revenus au sol, les lâches », marmonna-t-elle. « Mais où... ?

— Au centre.

Elle virevolta vers le Vulcain. Il la regardait fixement, la fatigue et la concentration inscrites sur son visage maigre.

— Qu'est-ce que tu as dit ?

— Ils sont au centre. Du vaisseau-monde.

— Qui ?

— Ceux-qui-se-taisent.

— Explique-toi, Vulcain, ou je t'arracherai les mots de force !

Elle imagina que son expression solennelle cachait un sourire. La moquerie la mit en colère. Elle savait déjà qu'il était inutile de menacer un Vulcain de le faire souffrir.

— Ceux-qui-se-taisent sont au centre du vaisseau-monde », dit-il. « Et ils attendent. »

C'était une menace aussi directe que le sort dont elle l'avait menacé.

Koronin se mit à rire. Une menace, c'était un défi, et un défi, si on le relevait, pouvait être une victoire.

— Ils n'auront pas à attendre bien longtemps », dit-elle.

Le vaisseau-monde était peu peuplé, et ses habitants, des solitaires. Avant que quiconque ait porté attention à la demande d'Ecarlate d'aider à localiser le *Dionysos,* Sulu avait trouvé le vaisseau sur les senseurs. Le *Copernic* se dirigea en hâte vers cet endroit.

— Capitaine, regardez! » Sulu montra quelque chose.

Très haut au-dessus d'eux, planant sur ses ailes d'ébène, Athene s'ébattait avec l'un des êtres volants. L'être passa sous elle en la frôlant, relevant la pointe d'une aile. Elle tenta de la mordiller, par jeu. L'être volant l'esquiva et inversa le mouvement, revenant au-dessus d'elle. Elle essaya de le suivre, se tournant si rapidement qu'elle faillit décrocher. L'être volant s'aperçut de son manque d'expérience, arrêta ses acrobaties, et se mit à voler rapidement en droite ligne.

En-dessous, Stephen et Lindy étaient assis sur les traîneaux du yacht, regardant voler Athene. Comme la navette approchait, ils lui firent des signes. Lindy vint à la rencontre de Jim comme il ouvrait l'écoutille.

Ecarlate s'envola à la suite d'Athene et de l'autre être volant.

— Elle est incroyable, non, Jim? » dit Lindy. « Elle vole comme si elle avait fait ça toute sa vie ! » Elle lui prit les mains et se retourna, l'entraînant. « N'est-ce pas qu'elle est belle ?

— C'est vrai », dit Jim. « Mais est-ce que vous pouvez la faire redescendre ?

— Elle finira par revenir, Jim. Je détesterais la rappeler, elle s'amuse tellement...

— Nous devons retourner à l'*Entreprise.*

— Pourquoi ?

— Pourquoi ? Comment ça, pourquoi ? Lindy, vous

n'auriez même pas dû venir ici, pour commencer! Vous ne savez rien du tout de cet endroit, il est sur le point de se déplacer en territoire hostile, une renégate Klingonne a kidnappé le Commander Spock, ou l'a arrêté comme espion — et elle aurait pu vous faire la même chose!» Il se retrouva en train de hurler.

— M. Spock! Est-ce...? Je vais faire descendre Athene.

Elle mit ses mains en coupe autour de sa bouche et siffla. Athene vola plus haut et plus vite, tel un oiseau à la forme étrange. Ecarlate grimpait en spirale au-dessus d'elle.

Jim se dirigea vers Stephen, qui était appuyé contre son yacht, l'air arrogant.

— C'est une chose que vous vous mettiez vous-même en danger, Stephen », dit Jim. « Mais Lindy? Elle n'a aucune expérience hors planète — elle ne peut pas savoir dans quoi vous risquez de l'embarquer!

— Je l'ai embarquée dans l'aventure d'empêcher son cheval de devenir fou », dit Stephen. « Si j'avais gardé le contact audio avec l'*Entreprise,* j'aurais été obligé de vous écouter fulminer contre moi. Est-ce que vous n'êtes pas un peu jeune...

— Ce que je suis, c'est un peu fatigué de m'entendre dire que je suis un peu jeune! » dit Jim.

— ... un peu jeune pour être si rassis? » dit Stephen.

Jim faillit répliquer vertement, mais se contint.

— J'ai probablement mérité ça », dit-il, « mais pas cette fois-ci, Stephen, j'ai besoin de votre aide. L'*Entreprise* ne peut pas suivre le vaisseau-monde en territoire klingon. Il faut que Lindy sorte de là.

— Ce que fait Lindy est son affaire. Mais je reste. J'ai beaucoup de choses à apprendre des habitants du vaisseau-monde.

— Qu'est-ce que vous voulez dire ? Stephen, qu'est-ce que vous tramez ? Après ce qui est arrivé à Spock… ?

— Je suis… différent. Ça ne vous regarde pas. Vous pourrez peut-être persuader Lindy de revenir avec vous.

— Je ne peux pas encore repartir.

— Après tous vos sermons !

— Le Commander Spock s'est laissé capturer — kidnapper — je ne sais pas comment appeler ça. Je ne laisserai pas un de mes officiers être montré du doigt comme espion. » Au loin sur la plaine, Athene toucha terre assez longtemps pour que Lindy puisse sauter sur son dos. L'équirapace trotta, galopa, glissa. « Peut-être puis-je persuader Lindy de repartir par téléporteur…

— N'y pensez pas, sauf si vous pouvez aussi téléporter Athene.

Jim savait que Stephen avait raison. « Alors, c'est à vous de vous en charger. Je vous en prie, emmenez-la en sûreté. Nous n'avons pas le droit de la mettre en danger…

— Nous n'avons pas le droit de diriger sa vie ! » dit Stephen.

— Nous n'avons pas le temps de discuter ! L'*Entreprise* devra bientôt battre en retraite. Si Lindy reste en rade ici… Ecoutez, si vous voulez revenir après. Je ne peux pas vous en empêcher. Je vous donne ma parole de ne pas essayer.

— Et entre-temps, vous allez poursuivre un croiseur armé avec une navette — pour quoi faire ? La convaincre de libérer Spock, rien qu'en lui parlant ?

— Je n'en sais rien », admit Jim.

— Parfois », dit Stephen, « je pense que les Vulcains ont raison, après tout, les êtres humains sont vraiment fous ». Il hésita. « D'accord, allons-y. »

Jim tendit la main, oubliant que Stephen était un Vulcain, mais avant qu'il ait pu la retirer, celui-ci tendit aussitôt la main et serra celle de Jim.

Jim fit des signes avec les bras, appela Ecarlate en

criant, et se rua vers la navette. Ecarlate se posa et le suivit à bord. Aussitôt que l'écoutille se fut refermée, le *Copernic* décolla.

Athene ralentit, passa au petit galop, ses sabots touchant à peine le sol. Si Lindy l'effleurait du talon, elle suivrait le *Copernic* dans le ciel. A la place, Lindy lui signala de s'arrêter en changeant son poids de place. Athene écarta les ailes et s'arrêta en glissant en face de Stephen.

— Où Jim va-t-il ? » Lindy glissa du dos d'Athene. « Et que se passe-t-il au sujet de M. Spock ?

— Jim est parti sur ses traces.

— Pourquoi ne nous a-t-il pas attendus ?

— Parce que vous êtes censée retourner à bord de l'*Entreprise*.

— Du diable si j'y retourne ! » dit Lindy, en colère. « M. Spock est perdu, quelque part là-dedans. Allons les aider à le trouver. »

Athene monta bruyamment à bord, Stephen fit démarrer son vaisseau, et le *Dionysos* partit en grondant à la suite du *Copernic*.

Pendant un moment de calme au milieu du chaos, Lindy se retrouva sans rien à faire. Elle caressa le cou d'Athène, mais l'équirapace supportait bien le vol, et n'avait pas besoin d'être calmé. Lindy regarda Stephen. Il était totalement absorbé dans son vaisseau, et dans la navigation dans un environnement étranger. Sa fine chemise brillante était tendue sur ses épaules, et des mèches de ses fins cheveux blonds bouclaient sur son col. Ses pensées ne cessaient de retourner à ce que Jim lui avait dit dans le nœud à pesanteur nulle de l'arboretum de l'*Entreprise*, lorsqu'elle lui avait dit qu'elle espérait que Stephen lui retournerait ses sentiments. « Si ce n'est pas le cas, vous devrez faire attention de ne pas utiliser votre position contre lui. » Maintenant, elle devrait mettre à l'épreuve la vérité et la force de sa propre résolution, de ne pas laisser sa déception faire la

417

moindre différence. Elle serait obligée de prétendre n'avoir jamais fait d'avances, et n'avoir jamais été refusée, de prétendre qu'elle n'avait pas envie de le toucher, et de le sentir la toucher en retour.

Ça ne serait pas facile, de faire semblant de ne pas souffrir. Mais elle avait eu beaucoup d'entraînement pour ça, elle savait qu'elle pouvait le faire.

Mais ça ne serait pas facile.

Ecarlate regarda les traces laissées par les moteurs du *Quundar*. « Spock a persuadé Koronin de l'emmener au centre.

— Mais pourquoi ? » demanda Jim. « Comment Spock sait-il quoi que ce soit au sujet du centre du vaisseau-monde ? Vous avez dit que c'était un endroit sauvage...

— Spock l'a su de la même façon qu'il a su naviguer, et passer à travers la paroi du vaisseau-monde : il a une partie de mes connaissances, comme j'ai une partie des siennes.

— Qu'est-ce qu'il y a, là-bas ?

— J'ai peur pour lui, James. Il recherche Ceux-qui-se-taisent. » Ecarlate regardait sans les voir les formules de trajectoire qui défilaient sur l'écran.

— Je ne comprends pas ce que vous voulez dire !

— Lorsqu'on choisit l'existence de Celui-qui-se-tait, on se guérit soi-même... ou l'on meurt.

Jim fit la grimace. « Je doute que Koronin le laisse faire l'un ou l'autre.

A bord du *Quundar*, le pitoyable animal était recroquevillé. Il le caressa. Il avait peur de lui, et pourtant il désirait son réconfort. Il s'agrippait à lui, tout en tremblant de terreur. Il siffla doucement, essayant de le calmer. Comme c'était bizarre qu'il porte des vêtements si semblables aux siens, bien que le vêtement supérieur, qu'il avait perdu, ait été bleu alors que celui de l'animal était couleur or.

Une parcelle de savoir se glissa dans sa conscience : c'était étrange qu'un animal porte des vêtements. Mais c'était aussi inhabituel pour les gens d'en porter lorsqu'ils n'en avaient pas besoin pour se protéger de l'espace. Et de nouveau, il eut l'impression de regarder deux images incompatibles en même temps. Il essaya de les comprendre, mais finalement cessa, troublé et épuisé.

Il continua de caresser l'animal. Sachant la douleur que provoquait sa propre confusion, il aida l'animal à oublier la sienne.

— Vulcain — pourquoi pleures-tu ?

Il leva la tête. Il essaya de trouver une réponse à faire à l'être étrange, à la face nue et aux cheveux cuivrés, qui s'approchait de lui. Mais il n'était pas même certain que l'être s'adressât vraiment à lui. Il sentait les larmes sur son visage, il goûtait leur chaleur salée sur ses lèvres. Il savait que l'on pouvait pleurer, sans ressentir de peine — mais il savait aussi que l'on pouvait être incapable de pleurer, tout en ressentant une peine profonde. Avec un gémissement de désespoir, il pressa ses mains sur ses tempes, et essaya de comprendre ce qui lui était arrivé. Le petit animal tira sur son bras avec ses minuscules mains, et fit un bruit doux, chantant. Mais il n'en éprouva aucun réconfort. Il savait seulement qu'il lui fallait atteindre le centre.

— Ils attendent », dit-il.

Koronin jura. Si le Vulcain avait menti sur la présence des gouvernants à cet endroit, elle lui ferait regretter son mensonge. Il y avait d'autres moyens que la douleur pour l'affliger. La privation sensorielle pourrait être un bon départ...

Elle avait envie de jouer avec Starfleet — ou peut-être lui déplaisait-il de voir le primate si content avec son nouvel ami — mais c'était bien trop compliqué d'extraire Starfleet du champ de force emprisonnant le Vulcain. Elle haussa les épaules et tourna son attention vers le vaisseau. Le *Quundar* atteignit le centre du vaisseau-monde. Le terrain en dessous d'eux était un spectacle de destruction chaotique. Si le vaisseau-monde était fait de plaques, comme une vraie planète, alors les plaques se télescopaient ici, au centre. Elles s'écrasaient les unes sur les autres, se transformaient en abruptes chaînes de montagne, pour ensuite écraser les chaînes, travaillant avec une telle violence et une telle vitesse géologique que l'érosion n'avait jamais le temps d'adoucir les bords tranchants de la pierre brisée.

— Et maintenant, où, Vulcain ? » dit Koronin, soupçonneuse. « Quelle sorte de gouvernants choisiraient une terre aussi désolée pour palais ?

— Koronin ! » Le sergent attira son attention sur l'image dans le senseur. Un être volant montait en spirale dans un courant ascendant. « Tu as demandé que l'un d'eux soit capturé…

— Laisse-le aller », dit Koronin. « Il est inutile de donner aux dirigeants un avertissement sur notre puissance.

— Au sol », dit le Vulcain. « Ils attendent. »

Elle atterrit sur une plateforme rocheuse inclinée qui, en pesanteur normale, aurait été trop raide pour être utilisable. Son vaisseau se faufila entre les rochers escarpés, et se posa au sommet d'une falaise vertigineuse.

Koronin permit au Vulcain de marcher sur la pierre tiède.

Elle examina la terre désolée. « Il n'y a rien ici, Vulcain. Tu m'as menti.

— Je dois… les appeler », dit-il. Il respira l'air raréfié. Dans les montagnes, le ciel était très proche. Il fouilla du regard le paysage ravagé. Il montra un pic solitaire, un coin brisé de la plateforme sur laquelle ils se tenaient. Il était là, presque perpendiculaire au sol, au bord d'une falaise si haute que la rivière à sa base ressemblait à un cordon d'argent.

— Là.

Le vent éparpillait de petits cailloux aux pieds de Koronin. Son voile détaché voletait sur sa gorge. Elle ne faisait pas confiance au Vulcain, et elle se demandait s'il aurait la force d'escalader ce pic. Il n'avait pas l'air trop solide sur ses pieds.

— Si tu escalades des rochers pour appeler des fantômes, je n'ai rien à perdre », dit-elle. « Va. »

Il traversa la pierre grise et commença à grimper. Le sergent l'observa.

— Koronin, ces Vulcains, ils sont intelligents — il prépare une évasion...

— Et que va-t-il faire, se faire pousser des ailes ? Même les Vulcains ne sont pas intelligents à ce point.

Courant à quatre pattes, Starfleet la dépassa. Elle essaya de le rattraper, mais ses doigts ne firent qu'effleurer la manche de sa tunique. En colère, elle fit un pas dans sa direction, mais s'arrêta. Tout comme le Vulcain, Starfleet ne pouvait aller nulle part.

Le *Copernic* suivait la trace du *Quundar* à travers le vaisseau-monde et au-dessus des montagnes centrales.

— Lieutenant Uhura — voyez si vous pouvez contacter l'*Entreprise*.

Sans répondre, elle se pencha sur la console. Elle fredonnait une phrase étrange dans une interminable série de variations séquentielles. De temps en temps, Ecarlate se joignait à la mélodie, chantant en harmonie, ou en contrepoint, ou en un accompagnement qui n'avait pas de nom.

Jim aurait bien aimé qu'ils arrêtent.

— Pas de réponse, capitaine.

Scott a battu en retraite, pensa Jim. C'est bien. Au moins le vaisseau est en sécurité.

— Nous comblons la distance, capitaine », dit Sulu. « Le *Quundar* n'a pas été prévu pour naviguer dans l'atmosphère. Il est obligé de se déplacer avec précaution. » Puis les senseurs arrière montrèrent à Sulu quelque chose à quoi il ne s'attendait pas. « Capitaine Kirk...

— Un moment », dit le capitaine à Sulu. « Uhura — contacter le *Dionysos*. Demandez à Stephen de nous transmettre la position de l'*Entreprise* aussitôt qu'il sera sorti du vaisseau-monde.

— Oui, Monsieur », dit-elle, tout en fredonnant.

— Capitaine...

— Qu'est-ce qu'il y a, M. Sulu ?

— Le *Dionysos* est juste derrière nous.

— Quoi !

Enveloppée dans son manteau de fourrure, Koronin était assise sur ses talons et aiguisait la lame abîmée de son épée de duel. Le Vulcain peinait pour escalader le pilier de pierre presque vertical. Starfleet grimpait devant lui, puis revenait vers lui en trottinant, brillante tache dorée sur le gris environnant.

— Koronin, je pourrais le suivre... » dit le sergent.

— Lorsque je voudrai que tu fasses quelque chose, je te le dirai.

Il tomba dans un silence inquiet.

Koronin, elle aussi, était mal à l'aise, mais pas parce qu'elle craignait que le Vulcain ne s'échappe. Tout d'abord, il lui fut impossible d'identifier la raison de son malaise. Puis le grondement subsonique augmenta, parvint à un seuil perceptible. Elle eut l'impression de se retrouver à l'intérieur d'un immense tambour, dont le battement se répercutait contre elle.

Elle se leva et scruta le ciel.

La pulsation s'intensifia. Seule, la rareté de l'atmosphère empêchait les ondes de pression de se transformer en un violent vent de tempête.

Un croiseur de bataille apparut, venant d'au-delà des pics des lointaines montagnes. Au-dessus de lui, le réseau lumineux étincelait et se dissolvait, ornant le vaisseau d'éphémères et brillantes couleurs qui disparaissaient ensuite dans des traînées arc-en-ciel.

Les ondes de choc du champ anti-gravifique du croiseur pressèrent son manteau autour d'elle. Les vibrations se modifièrent comme le croiseur tournait, se dirigeant vers elle avec sa proue bulbeuse en avant.

Koronin alla à grands pas vers le *Quundar*. Le sergent regardait fixement le croiseur, hypnotisé.

— Viens ! Dépêche-toi ! » dit-elle.

— Il ne... il ne nous trouvera peut-être pas, si nous restons...

— Il nous trouvera, imbécile, s'il ne l'a pas déjà fait ! » Koronin fit tourner le sergent sur lui-même et le poussa vers le *Quundar*.

— Est-ce que tu veux être attrapé au sol, sans défense ?

Il commença à se diriger vers le vaisseau, puis s'arrêta, irrationnel.

— Le Vulcain !

— Oublie-le ! » Elle sauta dans le *Quundar* et démarra la séquence de décollage. L'écoutille se releva, et elle entendit le sergent monter maladroitement les escaliers. L'abruti ! Quel usage pensait-il qu'elle pouvait faire d'un otage vulcain ? Elle se voyait en train de dire au capitaine de la flotte : « Vous ne pouvez pas me tirer dessus parce que je tiens en otage un membre de la Fédération des Planètes. » La torpille l'attendrait avant même qu'elle ait eu le temps de l'entendre rire.

L'écoutille se referma. Koronin remarqua avec une

complète indifférence que le sergent avait réussi à entrer.

— A vos postes », hurla-t-elle.

Elle n'entendit aucune activité sur les fréquences d'émission, aucune coordination de formation d'attaque, seulement les craquements produits par un champ de brouillage. Peut-être n'y avait-il qu'un seul vaisseau, et peut-être qu'il n'avait pas encore trouvé le *Quundar* dans le chaos qu'était le centre du vaisseau-monde.

Le champ de brouillage s'évanouit brièvement, sur un unique canal.

— Koronin, rends-toi, abandonne le vaisseau, et je te laisserai la vie !

Elle se hâta de terminer les préparations d'envol. Elle ne croyait pas un mot de la doucereuse promesse. La vie ? Oui, sans le moindre doute — aussi longtemps que les oligarches pourraient s'arranger pour la garder en vie. Ils la feraient périr atome par atome. Elle préférait un éclair de flamme et le vide.

— Descendez-moi, si vous le pouvez », rétorqua-t-elle. « Ou bien êtes-vous aussi lâche que le misérable capitaine qui m'a donné ce vaisseau ?

Le *Quundar* décolla et accéléra à un taux dangereux. Les hublots courbes se mirent à luire sous la chaleur de la friction, et la structure gémit sous la pression d'un décollage à pleine puissance dans l'atmosphère. Le vaisseau plongea entre les mailles du réseau lumineux et gagna l'espace libre.

Dès qu'elle eut traversé le réseau lumineux, la vue du reste de la flotte pulvérisa son illusion de liberté.

Dans le vaisseau amiral, le directeur tira de force le capitaine loin de la console de commandement. Fou de rage, le capitaine essaya de se libérer et de compléter la séquence d'attaque.

— Vous ne tarderez pas à l'avoir, capitaine. Elle est encerclée. » Le directeur leva une main et la transforma lentement en poing. « Et vos ordres étaient de ne pas tirer !

— Elle m'a insulté !

Le directeur entendit dans le ton du capitaine de la flotte l'accusation de couardise.

— L'Impératrice n'a pas l'habitude de donner des récompenses pour la destruction de nos propres prototypes.

— La renégate mérite la mort ! » grogna le capitaine, essayant de justifier son manque de réflexion.

— Et elle l'aura », dit le directeur, savourant les mots. « Elle nous suppliera de mourir. Mais elle n'est pas encore prête pour ça. »

Lentement, pesamment, l'immense cuirassé s'éleva au-dessus du vaisseau-monde. Koronin était encerclée.

Presque directement en dessous, Sulu se battait pour garder stable le *Copernic,* malgré les pulsations antigravifiques. La navette plongeait et se cabrait comme un animal enragé, comme l'un des radeaux du Dr McCoy dans une tortueuse chute d'eau quadri-dimensionnelle.

Le martèlement cessa.

La navette alla de l'avant. La chute d'eau se transforma en une rivière limpide.

Au-dessus du *Copernic,* le réseau lumineux se reforma. Le cuirassé était passé au-dessus du *Copernic* et s'était évanoui aussi abruptement et de manière aussi étonnante que l'une des illusions de Lindy.

Il avait en vue un gibier plus important que le *Copernic* : le vaisseau de Koronin, s'enfuyant dans l'espace devant le cuirassé. Avec à son bord le Commander Spock.

Jim jura. L'Empire ferait une invraisemblable propagande autour de la capture d'un officier Vulcain de Starfleet. Ils commenceraient par lui arracher une confession. Jim doutait que même un Vulcain puisse tenir le coup contre leurs méthodes de persuasion. Et même si Jim trouvait difficile les relations avec le

Commander Spock, il ne souhaitait ce sort à aucune créature.

— James... » dit Ecarlate. « Spock a dû convaincre Koronin qu'elle servirait ses propres intérêts en l'amenant ici. Il cherche le ciel. Peut-être l'a-t-il persuadée de le laisser sortir...

— ... et elle a peut-être décollé sans lui ?

— C'est possible.

Koronin était sortie de derrière un haut pic déchiqueté. Le *Copernic* fit le tour de la montagne et arriva en vue de champs de rochers éboulés, brisés, de canyons, de falaises, un vaste paysage de décombres au milieu desquels le Commander Spock pouvait être perdu. Ils suivirent les traces du *Quundar* aussi loin que possible, mais l'inversion de courant due à son départ abrupt avait brouillé la piste vers son aire d'atterrissage.

Ecarlate ouvrit l'écoutille de la navette et plongea dans le ciel, afin d'agrandir leur aire de recherche.

— M. Sulu », dit Jim, « touchez terre, le temps que je sorte. Lieutenant Uhura, vous sentez-vous apte à effectuer une recherche au sol ?

— Certainement, Capitaine Kirk... pourquoi ne le serais-je pas ?

Il était troublé par son regard distant, par son obsession avec le langage des êtres volants. Mais elle ne semblait pas avoir de problèmes, physiquement.

— Venez avec moi. Il y a un million d'endroits où le Commander Spock pourrait être hors de vue, depuis le ciel.

— Vous ne pouvez pas fouiller un million d'endroits à pied, capitaine.

— J'en ai conscience, M. Sulu. » Il avait aussi conscience qu'il pouvait repartir, maintenant. Koronin serait bientôt au pouvoir du cuirassé. Si le Commander Spock était avec elle, il était perdu, et rien de ce que Jim pourrait faire n'épargnerait à la Fédération un odieux procès public. Si le Vulcain s'était enfui dans les terres désolées en dessous, il serait peut-être impossible de le retrouver. « J'en ai bien conscience », répéta Jim à Sulu. « Bon sang ! Je ne suis pas venu jusque-là pour laisser tomber ! Nous allons utiliser toutes nos ressources, pendant une heure. Après ça, nous n'aurons pas d'autre choix que de retourner à l'*Entreprise*. »

Le *Quundar* sortit du vaisseau-monde. La flotte cernait le croiseur. Il ne servirait de rien que le *Quundar* tentât de s'échapper dans l'hyperespace, car l'autre vaisseau, plus grand, pouvait aller plus vite que le *Quundar*. Le vaisseau de Koronin avait été conçu pour des conditions d'attaque : vitesse, agilité et accélération puissante en espace normal.

Elle fit une feinte en direction de l'un des croiseurs, le titillant, le mettant au défi de lui tirer dessus, et accélérant au dernier moment pour tenter de le dépasser. Ce vaisseau et un autre tissèrent un menaçant champ de force. Leurs actions indiquèrent avec certitude à Koronin que la flotte n'avait aucune intention de la détruire. Ils allaient la pourchasser, et la capturer ; il ne lui restait plus qu'une seule autre solution.

Le *Copernic* toucha terre, suivi de près par le *Dionysos*. Jim et Uhura quittèrent la navette. Sulu reprit l'air pour continuer la recherche de son côté.

Lindy conduisit Athene hors du *Dionysos*.

— Lindy, non — bon sang, je vous ai demandé de retourner à bord de l'*Entreprise*...

— Je vais rechercher M. Spock. Je ferai s'envoler Athene aussitôt que je le pourrai. L'orage gravifique l'a effrayée. » Sa voix vibrait d'inquiétude, tant pour Spock que pour l'équirapace. Du sang coulait d'une coupure sur une des jambes de devant d'Athene. Lindy s'agenouilla pour la panser.

Le *Dionysos* décolla de nouveau avant que Jim ait eu le temps de dire à Stephen ce qu'il pensait de lui.

Furieux, il dépassa à grands pas Lindy et Athene et regarda le paysage sans fin, les à-pics, et les affleurements abrupts…

La surface de granit de la face abrupte du pic était rugueuse et froide contre sa joue blessée. Au-dessus de lui, Starfleet s'accrochait au sommet du pic. Soupirant avec le vent, le primate lui tendit les mains, comme si sa minuscule force pouvait l'aider à franchir les derniers quelques mètres de pierre.

Il regarda vers le bas, et la hauteur le fit se sentir mieux. Le vent froid séchait la sueur et calmait les égratignures et les hématomes sur ses mains, ses bras, et son visage. Il essaya de comprendre les changements qu'il ressentait. C'était ainsi que les gens s'y prenaient pour traiter le chagrin et la douleur, depuis des temps immémoriaux, en venant dans cette région sauvage, et en se guérissant eux-mêmes dans la solitude et la liberté. D'autres souvenirs vagues le troublaient, suggérant des manières différentes mais il ne pouvait ni se les rappeler vraiment ni leur échapper.

Il se leva, et resta en équilibre précaire sur le sommet pointu du pic.

… et la haute et maigre silhouette du Commander Spock, très haut sur une cime de granit, les bras ouverts contre le vent comme s'il avait des ailes. Jim n'avait pas le temps de réfléchir ni d'expliquer ni même de penser.

— Lindy ! Attention ! » Il courut vers Athene. Il fit un faux pas avec sa jambe droite, et entendit l'articulation se tordre et céder, mais il la sentit à peine, de toute façon ça n'avait pas d'importance, un pas de plus et il sauta par-dessus l'arrière-train d'Athene sur son dos, et la fit avancer des talons et de la voix. Lindy sauta en arrière avec un cri de surprise. Athene se lança dans un galop maladroit. Elle aussi, elle boîtait légèrement d'un côté. Jim agrippa sa crinière. Ses ailes s'ouvrirent et se dressèrent, se mettant à battre. Elle s'éleva dans l'air. Ses plumes l'effleurèrent, des chevilles aux épaules. Il aurait aimé avoir déjà volé sur Athene, au lieu de l'avoir simplement montée. Il aurait aimé qu'Athene l'apprécie davantage. Et il aurait aimé qu'elle ait une bride.

Il se pencha pour tourner. Athene réagit en volant vers Spock. Le Vulcain avait l'air épuisé et troublé, et il avait l'air d'avoir atteint la limite de ses forces. Il vacilla.

Athene passa près de lui. Au moment où les jambes de Spock se dérobaient sous lui, Jim l'attrapa par un bras. Spock s'affala contre le flanc d'Athene. Le poids supplémentaire et le changement abrupt et maladroit la firent chanceler. Ses ailes eurent une hésitation, puis battirent avec plus de force comme elle luttait pour rester en vol.

Jim resta monté de justesse. Bien que Spock pesât peu, la basse pesanteur ne diminuait pas sa masse, son inertie. Jim n'avait pas de point d'appui. Il se pencha de côté, le bras tendu contre le flanc d'Athene, et il tira Spock vers lui. Il serra les jambes fermement contre les flancs d'Athene, et une vive douleur lui traversa le genou.

— Commander Spock ! Bon sang, aidez-moi un peu !

L'articulation des ailes d'Athene lui pressait les genoux à chaque battement vers le bas, et les rémiges rigides lui égratignaient le visage et le cou à chaque battement ascendant. Sa main, en sueur, glissa sur le poignet de Spock. Laborieusement, Athene tourna, traversant péniblement un canyon si profond que la rivière coulait au milieu des sphères de la paroi, au niveau le plus inférieur du vaisseau-monde.

Jim entendit le battement d'une seconde paire d'ailes. Mais, même si Ecarlate eût pu aider un autre être volant à transporter une personne handicapée, elle ne pouvait pas aider Athene.

Lentement, difficilement, les doigts du Vulcain se refermèrent autour du poignet de Jim. Il tendit l'autre main et agrippa le bras de Jim.

Jim le tira vers le haut, et le Vulcain grimpa sur le dos d'Athene.

Starfleet grimpa tant bien que mal, lui aussi, depuis la cheville de Spock où il s'était désespérément accroché.

Athene se posa, trébucha, reprit son équilibre, étendit toutes grandes ses ailes, et s'arrêta, tremblante. Comme elle retournait en boitant vers Lindy, Jim s'affala sur son garrot. Il avait du mal à croire qu'il était de nouveau revenu sur la terre ferme. Il avait l'impression d'avoir été en l'air pendant une heure, mais ça ne pouvait pas avoir duré plus d'une minute ou deux.

Lindy courut vers lui et aida Spock à descendre. Jim descendit, atterrissant sur sa bonne jambe, et s'appuya au flanc d'Athene pour essayer de reprendre son souffle.

— Jim, ça va ? Et M. Spock ?

— Je crois, oui. Lindy, je suis désolé, je n'ai pas vu d'autre solution... J'espère que je ne l'ai pas blessée...

Le bandage grossier sur le genou d'Athene était trempé de sang. Le voir donna à Jim l'impression que quelqu'un lui chatouillait l'intérieur de l'articulation avec l'une des plumes d'Athene. Il aurait préféré que ça soit simplement douloureux. Il serra les dents et raidit tous les muscles de sa jambe droite.

Son genou réagit en se pliant sous lui, et en le précipitant sans cérémonie sur le sol.

Jim se tenait debout avec précaution, le genou supporté par une atelle provisoire venant du kit de premiers secours du *Copernic*. Non loin de là, Athene mordillait l'épaule d'Ecarlate tandis que l'être volant l'apaisait, et que Lindy refaisait le pansement de la coupure sur la jambe de l'équirapace. Starfleet grimpa sur Sulu et s'accrocha à son épaule et à ses cheveux, criant en direction d'Ilya, qui fit le dos rond en se gonflant, et se mit à cracher et à gronder pendant que Sulu tentait de se débarrasser du primate. A l'intérieur du *Copernic,* Uhura essaya de contacter l'*Entreprise* à travers le champ de brouillage, tout en murmurant tout bas dans le langage d'Ecarlate.

Spock gisait sur le sol, inconscient. Stephen s'agenouilla près de lui, jeta un coup d'œil circulaire, et parvint à sourire. « Drôle d'équipage, non ?

— Filons d'ici », dit Jim. « Le *Dionysos* est plus rapide que le *Copernic* — ramenez Athene, Lindy et Spock à l'*Entreprise*. Je serai juste derrière vous. » Stephen calcula immédiatement que cette proposition ne marcherait pas. « Nous n'avons pas le temps », dit-il. « Même si l'*Entreprise* est encore là dehors, Spock n'a pas le temps.

— Je ne vais pas risquer la vie de tout le monde ici !

Stephen se jeta sur Jim, l'attrapa par sa tunique et le secoua avec fureur. Mais, dans la faible pesanteur, le mouvement les envoya tous les deux voltiger en l'air. Ils redescendirent enchevêtrés et rebondirent sur le sol. Athene s'ébroua, et s'éloigna d'eux.

— Qu'est-ce qu'il vous arrive, à vous deux ? » cria Lindy.

— Si je suis prêt à risquer ma vie, vous pourriez au moins coopérer ! » hurla Stephen à Jim. Il se releva. Il était en colère, vraiment en colère, mais la sensation glissa hors de sa portée, et s'évanouit.

Jim se leva. « Qu'est-ce que vous voulez dire, risquer votre vie ?

— Si je pratique une fusion mentale avec Spock pendant qu'il est dans cet état, je pourrai peut-être l'en faire sortir — ou bien nous finirons tous les deux dans le coma.

— Je ne peux pas autoriser...

— Vous n'avez rien à dire à ce sujet ! » Stephen ramassa Spock, et le transporta dans le *Copernic*.

Furieux, Jim le regarda partir. Ils ne pouvaient pas rester simplement assis là à découvert tandis que le vaisseau-monde dérivait de plus en plus loin dans l'espace klingon. Ils ne pouvaient pas rester simplement assis là à attendre que le croiseur de bataille klingon ait réglé son compte à Koronin et revienne pour s'occuper d'eux. Si l'Empire pouvait donner valeur de propagande à un officier de Starfleet capturé, que ne ferait-il pas avec quatre, dont l'un était un capitaine de récente notoriété.

— M. Sulu...

— Quoi ? » dit Sulu, distrait par le fait que Starfleet avait accroché ses mains et ses pieds à ses cheveux, ses oreilles et le col de sa tunique. « Je veux dire, oui, Monsieur ?

— Pouvez-vous piloter le *Dionysos* ?

Starfleet plaqua une main sur la bouche de Sulu, étouffant le son de ce que le lieutenant pouvait bien avoir dit, et que Jim soupçonnait n'avoir que peu à faire avec le vaisseau de Stephen. Sulu parvint à persuader Starfleet de rester drapé autour de son bras.

Jim était heureux que Starfleet ait adopté le lieutenant. Le primate lui donnait la chair de poule.

— Je peux piloter un yacht d'amiral, capitaine », dit Sulu.

— Bien.

Dans la cabine arrière du *Copernic*, Stephen coucha Spock sur une couchette faite de sièges dépliés.

Le visage de Spock, dans l'inconscience, semblait plus réel, plus vulnérable. Stephen remit les cheveux de Spock en place, dans leur habituelle netteté de cuir verni.

Le tranquille officier de Starfleet avait disparu. La joue meurtrie de Spock, son œil au beurre noir en formation, et ses cheveux remis en ordre lui donnaient l'apparence d'un petit garçon qui aurait désobéi à ses parents, lui ayant demandé de rester propre parce que des gens venaient, et qui aurait en fait joué avec les autres enfants et se serait fait frapper avec une balle de base-ball, mais qui serait en train de jouer les durs. Stephen essaya de sourire à cette image, mais la nécessité de focaliser son attention le ramena inexorablement dans un état d'esprit vulcain, non émotionnel.

— Stephen ?

Stephen leva les yeux, l'air interdit.

— Pouvez-vous l'aider ? » demanda Jim Kirk.

— J'essaierai », dit-il, d'un ton froid.

Le capitaine fronça les sourcils. « Est-ce que ça va ?

— Il y a très longtemps que je n'ai pas essayé une transe profonde. » Stephen se transforma. Il abandonna sa détermination désespérée de sentir en même temps que penser ; il devint impassible, froid et détaché. Il ne ressentait aucune appréhension devant le risque qu'il allait prendre.

La fusion mentale avec une intelligence endommagée est dangereuse. Seul ce dangereux procédé peut sauver Spock. Seul un Vulcain peut mettre en œuvre ce procédé. Je suis — toujours — un Vulcain. Donc, je dois faire la tentative. CQFD.

La progression, pour logique et rationnelle qu'elle fût, pouvait résulter en deux morts.

— Stephen... » dit Jim.

Stephen se détourna. Intellectuellement, il comprenait qu'un mot rassurant pourrait alléger les soucis du capitaine. Mais ce mot rassurant serait un mensonge. Un mensonge direct était inconcevable, le réconfort n'aurait aucun sens.

Pour Stephen, James Kirk cessa d'exister.

Spock s'affaiblissait. Il épuisait ses ressources mentales et physiques dans une tentative de réconciliation des souvenirs d'Ecarlate et des connaissances de sa propre existence studieuse. Stephen sentait les vrilles de confusion se nouant et se tordant, attirant Spock dans l'obscurité comme un filet plombé.

Stephen respira profondément et mit le bout des doigts sur les tempes de Spock, acceptant la douleur, le chagrin, et la confusion.

Il laissa son intellect sombrer à travers les couches successives de l'esprit de Spock. Stephen pensait que la capacité de fusion mentale de son peuple remontait au temps où il n'avait pas encore mis de côté toute dépendance par rapport aux émotions, et où les rapports émotionnels proches aidaient à assurer la survie sur une planète difficile. Son expérience de la fusion mentale l'avait aidé à comprendre, et à regretter, ce à quoi les Vulcains avaient renoncé.

Stephen rencontra les souvenirs que Spock avait perçus, les souvenirs d'Ecarlate. Leur puissance le sidéra. Ce n'était pas étonnant que Spock en soit resté étourdi et confus. Stephen se demanda si· lui-même aurait survécu au contact direct.

Les êtres volants vivaient pour savourer l'intensité des émotions. Ils avaient conçu et construit le vaisseau-monde sur la base d'une technologie dépassant de loin les connaissances électroniques et mécaniques de la Fédération. Si on l'examinait superficiellement, leur travail semblait mystérieusement ne faire appel à aucune technologie du tout.

Ils comprenaient leur monde si bien qu'ils y pensaient aussi souvent qu'ils pensaient à respirer. Ils n'avaient pas besoin d'y penser. Et ainsi, ils s'étaient libérés pour se concentrer sur une vie spirituelle. Stephen hésita, plein de crainte respectueuse à percevoir ne fût-ce qu'un pâle reflet de troisième main de la réalité d'Ecarlate. Philosophie et imagination, réminiscences et fantaisie, des générations d'histoires venues de ses ancêtres, des poètes du vaisseau-monde, de la physique et des mathématiques si ésotériques qu'elles en devenaient impossibles à distinguer de la philosophie et de la poésie ; et tout cela exprimé dans le langage des êtres volants, un langage dont pas un seul mot n'était traduisible (il n'utilisait pas du tout de mot), mais que Stephen avait l'impression de comprendre jusqu'au dernier atome de sa substance.

Stephen fit l'expérience de l'allégresse que ressentait Ecarlate à voler à travers les orages, de la douleur d'un éclair la frappant à l'aile, de la terreur d'une chute libre de mille mètres avant qu'elle ne parvienne à reprendre son vol grisant.

Enfin, au plus profond, Stephen sentit la puissance de l'amour et du chagrin qui avaient submergé Spock et l'avait inexorablement attiré vers le centre du monde, où les êtres volants venaient pour être silencieux et se guérir eux-mêmes, ou mourir.

Spock avait été très près de mourir.

Lorsque deux êtres volants choisissaient de s'aimer, leur amour englobait toutes les significations possibles de ce mot. Ecarlate et son compagnon s'aimaient de cette façon-là ; lorsqu'il mourut, l'amour d'Ecarlate se transforma en affliction.

Ecarlate surmonta la douleur et la solitude au cours de son long séjour dans le silence. Mais elle ne les oublia pas. L'idée d'essayer de les oublier ne lui serait même pas venue.

Pauvre Spock, pensa Stephen. les Vulcains disent qu'ils contrôlent toutes leurs émotions afin d'éliminer la colère et la violence, comme si la colère était la chose la plus difficile à conquérir. Mais c'était ridiculement simple comparé au chagrin, et à l'amour. Et Spock était venu en contact de plein fouet avec l'un et l'autre.

Stephen se laissa dériver encore plus profondément.

Quelque chose était allé de travers avec l'éducation que Stephen avait reçue : il avait totalement maîtrisé ses propres réponses émotionnelles. Et cependant, une fois qu'il les eût dissimulées si bien qu'il lui devint impossible de les retrouver, son désir de les connaître demeura.

Mais Spock, qui désirait parvenir au contrôle parfait, idéal, et qui réussissait presque tout le temps à en maintenir l'apparence était loin d'être aussi insensible que l'image qu'il présentait au monde.

Et Stephen l'envia amèrement.

Stephen sentit une présence silencieuse, qui l'observait.

Spock ? dit-il dans son esprit.

Je ne vous ai pas reconnu dans votre avatar Vulcain, dit Spock à Stephen, plus distinctement que s'ils étaient en train de parler face à face.

Stephen sentit une rapide étincelle de joie véritable. Tel un enfant frissonnant, il l'attrapa et essaya d'en faire une flamme.

L'étincelle disparut, et Stephen sut qu'il n'avait pas la capacité de provoquer son retour.

Savez-vous où vous êtes, Spock ? dit-il. Vous souvenez-vous de ce qui s'est passé ?

Oui, répondit Spock.

Venez avec moi. Revenez. Votre corps est en train de s'affaiblir.

Je ne peux pas, dit Spock.

Vous n'avez pas le choix !

J'ai le choix. Je choisis de vous renvoyer seul dans le monde.

Mais pourquoi ?

Spock hésita.

Ce que j'ai connu... répondit-il. Mais la pensée s'effilocha, incomplète.

Stephen comprit à quel point les grisantes émotions d'Ecarlate avaient perturbé Spock. Elles l'avaient conduit en ce lieu anonyme, et maintenant elles l'empêchaient de revenir.

S'il avait été en train de parler à Spock face à face, il aurait agi de manière extrêmement émotionnelle, il aurait crié après lui, il l'aurait persiflé... Mais ici, tout ce qu'il disait devait être vrai. Le lien qui existait entre eux ne permettait aucune tromperie.

Vous avez survécu une fois, dit Stephen. Vous pouvez sûrement survivre de nouveau.

Vous ne comprenez pas, dit Spock. Vous... ne pouvez pas.

Non, admit Stephen. Je ne peux pas. Mais j'aimerais comprendre.

Vous êtes un imbécile, dit Spock, épuisé et en colère. Vous l'avez toujours été. Vous étiez le meilleur d'entre nous, le plus prometteur de notre génération. Lorsque nous étions enfant, je vous admirais et vous plaçais au-dessus de tous les autres, tout en sachant que cette émotion était inconvenante, indigne d'un Vulcain. Par moment, je vous ai même envié. La discipline et le contrôle vous étaient si faciles ! Mais vous les avez rejetés.

Je les ai fuis, dit Stephen. Ils me poursuivent, et je ne peux pas leur échapper. Spock, lorsque nous étions enfants, je ne vous enviais pas...

Bien entendu. Vous n'aviez aucune émotion.

... mais je vous envie maintenant. J'ai progressé jusque-là.

Stephen, dit Spock, si vous réussissez dans cette quête, elle ne vous apportera que de la souffrance.

Même la souffrance serait préférable au vide, Spock — nous aurions pu nous aider l'un l'autre lorsque nous étions enfants, et nous ne l'avons pas fait. Maintenant il le faut. Venez avec moi. Nous pouvons revenir ensemble.

Le silence dura si longtemps que Stephen pensa que Spock s'était retiré à tout jamais.

Spock... ?

Très bien, dit Spock tranquillement.

Les dessins labyrinthiques des expériences d'Ecarlate se refermèrent autour de Stephen comme il cherchait à revenir. Fasciné, hypnotisé, il se plongea plus profondément en eux. Il savait que s'il se perdait dans le labyrinthe, s'il le laissait pénétrer son esprit, sa puissance lui permettait d'atteindre son propre centre, qui était depuis si longtemps hors d'atteinte, cadenassé.

A ce moment il sentit Spock dériver loin de lui. Il se rendit compte à quel point Spock s'était approché tout près de ses propres limites.

A regret, Stephen se retira des perceptions qu'il trouvait si tentantes. Il abandonna le chemin complexe pour reprendre celui de la simplicité.

Venez avec moi, Spock, dit-il.

La présence évanescente réagit, se projeta vers lui, accepta avec reconnaissance la force que Stephen offrait.

Les souvenirs et les perceptions s'affaiblirent, s'effacèrent, disparurent. Spock se coupa d'eux, s'en libéra, les mettant ainsi à tout jamais hors d'atteinte de Stephen.

En reprenant connaissance, Spock se redressa de la couchette dans la cabine arrière du *Copernic*. Il regarda calmement Stephen affalé sur l'un des sièges de passagers, recroquevillé sur lui-même comme s'il avait eu froid, et qu'il se soit endormi d'épuisement. Sa longue chevelure dorée, humide de sueur, bouclait sur son front et son cou.

Spock, lui aussi, se sentait épuisé. Il se souvenait de tout ce qui s'était passé depuis qu'il avait communiqué avec Ecarlate dans le hangar herbeux des navettes.

Il se souvenait de tout.

Il se souvenait du vent brûlant provoqué par le *Quundar* comme il accélérait en direction du ciel du vaisseau-monde ; il se souvenait des ondes gravifiques que le cuirassé klingon avait créées en se précipitant à sa poursuite.

Et surtout, il se souvenait de ce qui arriverait si le cuirassé ouvrait le feu et qu'une salve perdue atteignait le vaisseau-monde.

Il se dirigea en hâte vers l'avant.

— Capitaine Kirk...

— Spock ! Que s'est-il passé ? Et Stephen... ?

— Etes-vous en communication avec l'*Entreprise* ?

— Non, elle est hors de portée, ou les communications sont brouillées — et je ne veux même pas penser à l'éventualité que M. Scott ait engagé le vaisseau dans un combat...

— Il est peut-être déjà trop tard. Si Koronin a provoqué une attaque du cuirassé, si M. Scott livre bataille aux forces de l'Empire... Capitaine, une torpille du cuirassé, ou une salve de phaseur de l'*Entreprise,* pourraient chacune envoyer assez d'énergie pour dépasser le seuil de réaction du vaisseau-monde.

— Si quelqu'un est assez bête pour lancer des torpilles sur un vaisseau inconnu, il mérite bien que son propre vaisseau soit réduit en poussière », dit Jim d'un ton énervé et impatient. « Il vaudrait simplement mieux que ce ne soit pas Scott qui les lance. »

Spock regarda James Kirk avec une admiration réticente. Il savait que les êtres humains étaient plus émotionnels que les Vulcains ; et jamais auparavant il n'avait réalisé qu'ils pouvaient aussi être beaucoup plus froids.

— Votre équanimité est... impressionnante, capitaine. Même un Vulcain aurait du mal à envisager calmement une destruction de cette envergure.

— La perte d'un vaisseau et de son équipage est tragique, bien entendu », dit rapidement Jim, « Mais... »

Spock se rendit compte que le Capitaine Kirk n'avait pas compris l'énorme potentiel de destruction du vaisseau-monde.

— Capitaine, nous ne sommes pas en train de parler de la perte d'un seul vaisseau. Si une attaque violente provoque le dépassement du seuil de réaction du vaisseau-monde, l'univers se déplacera d'approximativement cent mille années-lumière. Un changement incontrôlé de l'état de l'univers résulterait en la destruction, par effet nova ou par effondrement, de toutes les étoiles sur le trajet du vaisseau-monde sur une distance d'environ cent années-lumière.

Le Capitaine Kirk et Uhura regardèrent fixement Spock, n'osant comprendre.

— Capitaine... Si les forces en présence ont livré bataille, il est vraisemblable que le vaisseau-monde est — que nous sommes — à une distance inimaginable de nos foyers. Il est vraisemblable que le vaisseau-monde a laissé la dévastation...

Jim lança le *Copernic* en avant à pleine accélération. Il le fit passer de force à travers le réseau lumineux, à travers les courants d'énergie. Il plongea dans l'espace, cherchant si c'étaient des cieux familiers, ou les constellations étrangères d'un univers se trouvant à cent mille années-lumière de distance.

La navette émergea du vaisseau-monde. Celui-ci n'avait pas changé de place, il dérivait toujours dans le territoire que se disputaient l'Empire et la Fédération. Mais au lieu d'un unique cuirassé, une flotte entière entourait le vaisseau-monde. Comme les vaisseaux se rapprochaient, le *Quundar* esquiva et feinta, raillant et excitant ses poursuivants, le *Copernic* se trouvait droit sur le trajet de la poursuite.

Les senseurs repérèrent l'*Entreprise*, qui se tenait juste au bord de l'espace de la Fédération, comme si elle se préparait à aller de l'avant.

— Bon travail, Scott ! » s'exclama Jim. « Continuez comme ça, ne perdez pas votre sang-froid, et surtout restez là. » Mais Scott ne pouvait pas l'entendre.

— Uhura, envoyez toute la puissance de transmission dans une seule fréquence d'identification. Nous devons absolument essayer de passer à travers le brouillage !

Elle chanta quelques mots à voix basse ; un instant après, il avait la fréquence qu'il avait demandée.

— James Kirk du vaisseau stellaire *Entreprise* appelle le capitaine de la flotte. *N'ouvrez pas le feu !* Je répète, n'ouvrez pas le feu. Le vaisseau-monde répond à l'attaque par l'attaque, et les conséquences sont inconcevables !

La flotte était si proche que Jim sentait que la transmission devait passer. Elle était si près qu'il avait presque l'impression qu'il serait capable de les appeler, et, violant toutes les lois de la physique, de faire parvenir le son à travers le vide de l'espace. Ils n'avaient pas encore tiré, mais Koronin continuait de se moquer d'eux et de les fuir. Si l'un des maîtres d'armes décidait qu'il importait peu, désormais, de la prendre vivante...

La flotte resserra son filet, se ramassant autour du *Quundar* et aussi du *Copernic*. Jim savait ce que Scott, à bord de l'*Entreprise*, devait être en train de penser.

Aurais-je le sang froid de ne rien faire dans ces conditions ? se demanda Jim. Il était incapable de répondre.

Brusquement, Koronin décéléra.

Le *Quundar* était immobile dans l'espace, attendant que le filet le prenne dans ses rêts.

Jim cessa de hurler ses avertissements et s'effondra dans le siège du pilote, trempé de sueur.

Le danger était passé.

Au commandement de Koronin, le *Quundar* décéléra et se mit à dériver, inerte dans l'espace. Elle regarda sa carte stellaire, dubitative. Si le Vulcain lui avait dit la vérité, elle pouvait faire accélérer le *Quundar* jusqu'à son extrême limite, et le diriger droit sur la paroi du vaisseau-monde. Si le Vulcain avait dit la vérité, le vaisseau-monde entraînerait l'univers suivant un vecteur transversal et se fraierait un chemin de destruction à travers l'espace-temps. Elle avait le choix : plonger dans l'un des côtés provoquerait une réaction en direction de

441

la Fédération ; le côté opposé détruirait le cœur de l'Empire Klingon, traçant un chemin long de cent années-lumière, marqué d'étoiles transformées en novae et de planètes carbonisées.

Elle commença à comprendre la satisfaction que pouvait provoquer une vengeance indirecte.

Elle caressa les commandes du *Quundar*.

A bord du *Copernic*, Jim vit l'étincelle de l'allumage des fusées. « Mon Dieu », dit-il. « Est-ce qu'elle préfère le suicide à la capture ?

— C'est très possible, capitaine », dit Spock.

Le *Quundar* se tourna lentement vers le vaisseau-monde.

— Elle est au courant », dit tout à coup Spock.

— Quoi ?

— *Elle est au courant,* capitaine ! Elle est au courant de l'ultime réaction du vaisseau-monde. Elle a l'intention de se suicider, et lorsqu'elle éperonnera le vaisseau-monde, elle emmènera avec elle la moitié de l'Empire Klingon !

Le *Quundar* se dirigea à toute allure vers le vaisseau-monde.

Jim ne douta pas un instant de la véracité de ce qu'affirmait Spock. Le *Quundar* allait dépasser la navette, s'écraser sur la paroi du vaisseau-monde, et forcer celui-ci à réagir. Jim, l'*Entreprise,* et la flotte klingonne, ne pourrait rien faire d'autre qu'être les témoins des débuts de la destruction absolue.

Les mains de Jim hésitèrent au-dessus des commandes. Il ne lui restait qu'un seul choix à faire. S'il ne faisait rien, il serait contraint de regarder, en relative sécurité, la réaction du vaisseau-monde détruire les étoiles et les planètes de centaines de systèmes solaires différents, habités par des gens pour qui il était l'ennemi. S'il agissait, il risquait la mort pour Uhura, Stephen, Spock et lui-même, contre la minuscule chance d'arrêter le *Quundar*.

L'image du sang, rubis et émeraude se mêlant, passa devant ses yeux.

Sa main tremblait. Il se maudit, et écrasa sa paume contre les commandes.

— Préparation à l'impact !

Il fit appel au moindre brin de puissance que la navette possédait.

La pesanteur disparut sous la tension. C'était Ghioghe de nouveau, la pesanteur nulle, la pénible accélération des moteurs, et la notion du temps comme suspendue.

Aux commandes du vaisseau de Stephen, Sulu vit le *Copernic* changer de trajectoire. Il coupa l'accélération et tourna le *Dionysos* en direction du vaisseau-monde, d'une main légère. Malgré son apparence délabrée, le vaisseau répondit instantanément, et avait encore de la puissance en réserve. Ce n'était pas un yacht hors service ordinaire !

Sulu jura entre ses dents. Koronin avait décidé de se suicider, et le Capitaine Kirk allait essayer de l'en empêcher. La navette n'avait pas une seule chance contre le croiseur de bataille klingon. La main de Sulu se dirigea vers une discrète rangée de boutons de commande : le *Dionysos* n'était pas aussi désarmé que Stephen l'avait prétendu.

Puis Sulu hésita. Certes, il pouvait vaporiser le *Quundar*. Mais le premier ordre, et le plus impératif, que James Kirk avait donné, avait été pour interdire l'usage des armes. Sulu croyait être assez fort pour désobéir à un ordre, s'il pensait que la cause était juste. Mais, ici et maintenant, James Kirk avait raison. Ouvrir le feu sur un vaisseau de l'Empire — même un vaisseau renégat — dans le territoire de l'Empire pouvait trop facilement être considéré comme un acte de guerre. Les ordres du Capitaine Kirk avait visé à maintenir la paix.

Sulu ne savait pas pourquoi le capitaine avait tourné le *Copernic* en direction du *Quundar*, pourquoi il avait décidé de sauver la vie de Koronin en risquant celle de chacun à bord de son propre vaisseau. Mais ce qu'il savait, c'est qu'en seulement quelques jours, James Kirk lui avait inspiré une vive et profonde confiance. Sulu n'avait que quelques secondes pour prendre sa décision, une décision qui pourrait signifier la mort de quatre personnes qu'il avait commencé à admirer, à respecter, et à aimer.

Il retira ses mains des commandes de feu du *Dionysos*.

Comme le *Quundar* et le *Copernic* se rapprochaient l'un de l'autre, et de la fin de leur danse violente et silencieuse, Sulu poussa un cri et fit tourner son vaisseau.

Le *Quundar* arriva à toute allure derrière le *Copernic*. Jim engagea les fusées directionnelles ventrales et força son vaisseau à se diriger vers celui de Koronin.

Les deux vaisseaux se touchèrent. Pendant un instant, le contact eut l'air presque délicat. Puis la coque transmit le grondement des moteurs du *Quundar*, et celui-ci râcla la surface dorsale du *Copernic* avec un hurlement de métal déchiré. Une douche étincelante de tessons d'alliages fondus vola au-dessus de sa proue. Jim eut un gémissement, en entendant et en ressentant les dommages causés à son petit vaisseau, et craignant que son action désespérée n'ait pas altéré de manière perceptible le trajet du *Quundar*. La section arrière du *Quundar* éperonna la poupe du *Copernic*, attrapant la navette et la tirant en direction du vaisseau-monde. Jim shunta la puissance motrice de la navette vers les fusées directionnelles. L'éclairage vacilla et s'éteignit. La seule lumière qui restait était désormais celle réfléchie par le réseau lumineux du vaisseau-monde.

La paroi du vaisseau-monde se précipita vers lui.

Avec un cri de rage et de désespoir, les poings fermés sur les commandes, Jim souhaita de toute ses forces que les vaisseaux entremêlés se détournent de la paroi.

Un des traîneaux du *Copernic* s'écrasa contre une des sphères de la paroi. Une fantastique explosion fit tomber en tournoyant la navette et le vaisseau de combat. L'impact envoya Jim s'écraser contre une cloison.

Le gémissement des moteurs du *Quundar* et le murmure des fusées directionnelles cessa, laissant le *Copernic* silencieux et sombre.

Chapitre XIII

Une fois la tension relâchée, le métal torturé grinça. L'air puait l'ozone, et l'oppressante chaleur de la friction et des moteurs surchauffés avait pénétré les boucliers. Les tournoiements d'un vaisseau qui tombait, hors de contrôle, désorientaient et donnaient un sentiment erratique de la pesanteur, qui semblait d'abord forte, puis inexistante. Jim sentit son corps pressé contre la cloison, puis dérivant, puis tiré à nouveau vers le bas, comme si la marée des souvenirs de Ghioghe était revenue pour l'emporter au loin.

Il essaya de ne pas ouvrir les yeux, pensant, si je ne me réveille pas, ça veut dire que ce n'est qu'un rêve, ça n'est pas arrivé, ça n'arrivera jamais, ça n'est pas en train de m'arriver encore. Il se laissa sombrer dans la tiédeur de l'oubli.

Un terrible cri de douleur se répercuta à travers l'obscurité qui l'entourait. Ne sachant pas ce qu'il avait entendu, ni qui il avait entendu, il se força à reprendre conscience.

Un éclair lumineux l'aveugla. Il cligna des yeux, essayant de reprendre contenance, et d'éclaircir sa vue. Tandis que le vaisseau tourbillonnait et que la pesanteur allait et venait, une unique source lumineuse éclairait l'intérieur à travers le hublot pendant quelques degrés à chaque tour. Dans cet éclairage stroboscopique, Jim rampa vers la source des cris.

Quelqu'un lui attrapa le bras. Tout son corps se glaça sous la peur viscérale du souvenir qui se rejouait dans sa mémoire : l'un des membres de son équipage, mourant, avait cherché de l'aide, avait trouvé sa main, et était mort.

— Etes-vous blessé ? Gary... ? Est-ce que quelqu'un est blessé ?

— Ce n'est qu'Ilya, il miaule, simplement.

La voix fit se dissoudre ses visions. C'était une voix appartenant à un autre temps, un autre lieu, une belle voix. Il n'arrivait pas tout à fait à la reconnaître. Il savait qu'elle signifiait qu'il ne se trouvait pas à Ghioghe, mais il savait qu'elle signifiait qu'il faisait partie d'un désastre encore pire.

— Le vaisseau-monde... » murmura-t-il.

— Tout va bien », dit Uhura. « Vous avez arrêté Koronin, et le vaisseau-monde est toujours là. »

Jim haleta, et son souffle était presque un sanglot. Il frissonna de soulagement, et laissa brusquement sa tension se relâcher. Uhura fit vers lui un geste de réconfort, de compréhension. A ce moment-là, la seule chose que Jim souhaitât était de s'effondrer entre ses bras et de la laisser apaiser ses cauchemars.

Mais James Kirk reprit son souffle et lui tourna brusquement le dos, embarrassé par son impulsion. S'il s'écroulait maintenant, comment pourrait-il encore avoir confiance en lui, comment pourrait-il encore être le capitaine ? Il agrippa le dos du siège de pilotage et serra les poings. Le bord lui entra dans les paumes. La pesanteur augmentait et baissait, et la lumière clignotait à chaque fois que le hublot faisait face au vaisseau-monde. Il fallait essayer les moteurs, ralentir le tournoiement, et reprendre le contrôle du vaisseau en train de tomber, et de lui-même. Mais il ne parvint pas à cesser de trembler. Sa vision s'obscurcit.

Derrière lui, Uhura chanta quelques notes, retombant dans le langage des êtres volants.

Le bourdonnement à haute fréquence d'un rayon tracteur emplit la cabine. Un autre rayon tracteur s'interposa. Les fréquences s'interpénétrèrent, créant des interférences, mais la chute vertigineuse se ralentit et finalement s'arrêta. Les systèmes d'alimentation du *Copernic* commencèrent à récupérer. Les lumières de secours brillèrent faiblement, et la pesanteur revint à cinquante pour cent de la normale.

Jim s'essuya les yeux d'un revers de bras, comme si le fait d'essuyer rapidement les larmes pouvait nier totalement leur existence. Il se redressa et fit de nouveau face à Uhura.

— Lieutenant Uhura, je...

Elle savait qu'elle aurait dû faire semblant de n'avoir pas vu le bref instant de douleur reflété dans ses yeux. Elle savait qu'elle l'avait embarrassé en étant témoin de son désarroi. Elle ne pouvait pas le réconforter, et elle ne pouvait pas l'aider. La seule chose qu'elle pouvait faire, c'était prétendre que les trente dernières secondes n'avaient pas existé.

— Oui, capitaine. Je... je vais contacter immédiatement l'*Entreprise*.

Spock entendit les voix du Capitaine Kirk et du Lieutenant Uhura, et sut qu'ils avaient survécu. L'action impulsive de James Kirk avait transformé l'écrasement suicidaire du *Quundar* en un coup oblique.

Spock se redressa dans la pesanteur erratique et alla vers la cabine arrière de la navette. Le chat des forêts avait battu en retraite dans un coin. Il hurlait de manière pitoyable, mais la force de ses cris indiquait qu'il était sain et sauf. Pour Stephen, Spock n'en était pas si sûr. L'impact l'avait envoyé rouler hors de la couche. Il gisait sur le sol, toujours recroquevillé sur lui-même, et frissonnant.

Les rayons tracteurs ralentirent et finirent par arrêter

le tournoiement du *Copernic*. Spock transporta Stephen sur la couchette pliante, et alla chercher une couverture dans un placard de stockage.

Lorsqu'il revint, Ilya était sorti de sa cachette. Il s'était enroulé dans le creux du coude de Stephen, ronronnant comme s'il voulait attirer l'attention de ses ennemis sur la menace qu'il représentait. Ilya cligna des yeux en direction de Spock, lentement, solennellement, et daigna lui permettre de s'approcher.

Tout en étalant la couverture sur Stephen, Spock contempla son frère de race. Les liens familiaux ténus qui existaient entre lui et Stephen pouvaient difficilement expliquer pourquoi celui-ci avait choisi de risquer sa vie. Aider Spock à échapper au puissant enchantement de l'esprit de l'être volant aurait très bien pu précipiter Stephen dans la même fugue complexe. Stephen avait décidé de risquer la mort afin de connaître une expérience émotionnelle.

Mais peut-être Stephen avait-il su tout le temps qu'il ne serait qu'effleuré par l'expérience qui avait submergé Spock. Ainsi qu'il l'avait fait dans son enfance, Spock envia l'équanimité sous-jacente de Stephen, cette équanimité qu'il essayait tellement de briser.

Spock se demanda s'il parviendrait jamais à comprendre Stephen, même au niveau le plus superficiel. Il en doutait.

Spock reconnut une réaction d'embarrassement pour avoir permis aux expériences d'Ecarlate de le submerger. Il aurait dû être plus fort. Avec du temps, il serait parvenu à contrôler les sensations et les connaissances étrangères, sans l'aide de Stephen. Il était sûr de ça. Presque sûr... A peu près sûr.

Spock se rendit compte qu'il ne portait rien d'autre, au-dessus de la ceinture, que les restes en lambeaux de son maillot de corps noir. Sa tunique d'uniforme avait été jetée négligemment sur l'un des sièges. Elle était poussiéreuse pour être tombée dans le tunnel de la paroi du vaisseau-monde, mais elle n'était pas abîmée. Il retira le maillot de corps déchiré, et endossa sa tunique d'uniforme.

— Commander Spock.

Spock se retourna. « Oui, capitaine.

— Est-ce que Stephen est blessé ?

— Non, capitaine. Il est endormi.

— Endormi ? Il n'a pas été blessé par... l'épreuve ?

— Comme je vous l'ai expliqué, Capitaine Kirk, il recherche les sensations, émotionnelles et physiques. Quoi qu'il ait expérimenté, il l'a cherché.

— Vous parlez bien froidement d'un homme qui vient de vous sauver la vie.

— Vous m'avez posé une question. J'y ai répondu.

— Vous semblez vous être sorti de tout ça sans une égratignure.

— Je n'ai souffert aucun dommage, ni physique, ni intellectuel. J'avais le contrôle de mes facultés lorsque je me suis décidé pour cette action. En conséquence, lors de mon retour sur l'*Entreprise,* je me présenterais à la Sécurité, en prévision du conseil de guerre.

Jim fronça les sourcils. « Du conseil de guerre ?

— Certainement, capitaine. » Spock se demanda si Kirk n'y avait réellement pas pensé jusque-là, si son esprit avait été si focalisé sur d'autres choses qu'il était nécessaire de l'informer des conséquences des actions de Spock.

— Vous n'avez pas d'autre alternative que de me faire passer en conseil de guerre.

— Il y a toujours des alternatives, Spock », dit doucement le Capitaine Kirk.

— Je ne suis pas d'accord. Parfois les circonstances imposent une seule possibilité d'action. Je crois que si vous examinez le problème logiquement, vous arriverez à la même conclusion. Bien que je doive avouer », dit Spock, de la curiosité dans la voix, « que je ne comprends pas par quelle progression logique de pensée vous avez bien pu passer pour agir comme vous l'avez fait.

— Quelle action en particulier mettez-vous en question, commander ? » dit Kirk sèchement.

Spock se demanda ce qui avait provoqué le soudain changement dans le ton de la voix du capitaine. « Votre décision de venir sur le vaisseau-monde. Votre poursuite du *Quundar*, Votre vol jusqu'au sommet rocheux.

— Je suis venu sur le vaisseau-monde pour récupérer Lindy. Ça n'avait rien à voir avec vous. Mais... vous vous êtes laissé capturer. L'Empire vous aurait soumis à la question, puis il vous aurait jugé pour espionnage ! N'avez-vous pas compris que vous vous compromettiez — et Starfleet, et toute la Fédération — en agissant de cette manière irrationnelle ?

— Je n'ai commis aucun acte irrationnel », dit Spock.

— Parce que vous n'appelez pas ça un acte irrationnel et impulsif, faire une fusion mentale avec une espèce étrangère totalement inconnue ?

— Certainement pas, capitaine. C'était évident que nous ne pourrions même pas commencer à communiquer avec les êtres volants si nous ne prenions pas une décision drastique. Et une fois cette décision prise, il est inutile de retarder sa mise en œuvre.

— Vous vous êtes mis en danger, et vous avez mis mon vaisseau en danger. » Il s'arrêta, et son expression se durcit. « Vous avez peut-être raison — et vous feriez peut-être mieux de vous préparer à accepter les conséquences de vos actions.

— Comme je vous l'ai déjà dit, j'y suis préparé. Mais vous aussi, vous vous êtes mis en danger avec vos actions. Certains pourraient penser que vous avez aussi risqué votre vaisseau. Capitaine, vous n'avez pas expliqué pourquoi vous m'avez empêché de tomber de la falaise.

Jim le regarda bizarrement. « Peut-être que je recherche les émotions fortes, comme Stephen. »

451

Il retourna à la cabine principale du *Copernic* et essaya d'arracher une réaction au tableau de commande de la navette, pendant qu'Uhura tentait de ressusciter les communications. Il l'entendait fredonner à voix basse tout en travaillant.

Les actes irrationnels! pensa Jim. Ma décision d'empêcher le Commander Spock de tomber de la falaise était différente — de nature différente — de sa décision de pratiquer la fusion mentale avec Ecarlate... n'est-ce pas? Le scintillement d'un rayon téléporteur illumina le tableau de commande du *Copernic*. Un noble Klingon se matérialisa dans la cabine principale de la navette et regarda d'un air menaçant Jim et Uhura.

Jim, ayant choisi de visiter le vaisseau-monde sans armes, n'était que trop conscient du désintégrateur attaché à la ceinture de saphir du noble.

— Qui êtes-vous? » dit Jim.

— Pourquoi l'avez-vous arrêtée? » dit le noble.

— Que voulez-vous dire?

Furieux, le noble avança à grands pas sur Jim, l'attrapa et le souleva du pont.

— Koronin vous maudit de l'avoir arrêtée! Le vaisseau-monde pouvait-il réellement faire ce qu'elle prétend? Pouvait-il détruire l'Empire Klingon?

— Oui », dit Jim. « Ou la Fédération des Planètes.

— Elle aurait détruit vos ennemis!

— Vous n'êtes pas mon ennemi », dit Jim.

— Nos gouvernements sont antagonistes...

— Nous ne sommes pas en guerre! Et même si nous étions en guerre, pensez-vous que je pourrais rester tranquillement à regarder mourir des millions d'innocents? » Jim agrippa le poignet du noble. « Lâchez-moi. »

Spock, en silhouette derrière le noble, s'approcha furtivement.

Le noble relâcha Jim, en murmurant quelque chose d'incompréhensible d'une voix mesquine.

— Tout est-il en ordre, capitaine ? » dit Spock.

Le directeur se retourna, surpris.

— Oui, M. Spock. » Jim remit sa tunique en place. Il s'adressa de nouveau au noble. « Aviez-vous autre chose à me demander ? »

Le directeur mis la main à sa ceinture. Jim se raidit, mais le directeur sortit un appareil de communication. Il parla dedans, puis le referma et le rangea.

— J'ai ordonné un armistice, capitaine », dit-il. J'ai autorisé votre vaisseau, ainsi que le vaisseau inconnu, à rester dans le domaine de notre révérée Impératrice.

— C'est... très aimable à vous », dit Jim.

Le noble se dématérialisa.

A bord du *Quundar* hors service, Koronin attendait, décontractée et préparée, son désintégrateur dans une main et son épée de sang dans l'autre. Elle avait envisagé de mettre les moteurs du *Quundar* en super-puissance et de les laisser dépasser le point critique, mais elle avait fini par décider que si elle devait mourir, elle le ferait en attaquant avec son épée de duel. S'il restait une chance de survivre, peut-être que le désinté-grateur lui serait utile, mais elle avait fortement l'impression que la prochaine, et dernière, arme qu'elle utiliserait serait l'épée.

La seule chose qu'elle désirait, c'était d'avoir l'occa-sion d'affronter le capitaine de la Fédération qui avait fait échouer ses plans. Elle pouvait toujours espérer que la flotte capturerait l'*Entreprise* et son équipage, et qu'un officier haut placé de l'Empire aurait du goût pour les sports sanglants.

Oui, elle pouvait toujours espérer !

Le *Quundar* gémit comme un animal pris au piège lorsque le rayon tracteur l'arracha à la navette. Le métal avait fondu avec la chaleur et la force de la collision.

Un rayon téléporteur pénétra le vaisseau.

453

Elle sourit : elle pouvait détruire un nombre illimité d'intrus avant qu'ils aient pu reprendre leurs esprits après la téléportation.

Une sphère de métal argenté apparut sur le pont, Konorin la regarda en fronçant les sourcils, soupçonneuse. Elle ne ressemblait à aucune bombe connue...

Elle éclata avec un bruit léger, emplissant le centre de commandement d'un brouillard gris. Koronin recula, mais trop tard.

Elle s'effondra, sans savoir si elle se réveillerait un jour.

Tandis que les rayons tracteurs de l'*Entreprise* ramenaient le *Copernic* vers ses foyers, Jim regarda vers l'extérieur, vers le vaisseau-monde, en train de dériver placidement dans l'espace.

— Il a l'air si paisible, et pourtant c'est la plus grande et la plus destructrice des armes jamais créées ! » dit-il.

— Au contraire, capitaine », dit le Commander Spock. « Ce n'est pas une arme du tout. »

Jim jeta un regard mauvais à l'officier scientifique. « C'est pourtant vous qui avez compris ce qui se passerait si quiconque l'attaquait !

— Mais le... » Spock émit un son trillé, musical et aigu, « le peuple volant n'a pas le concept de guerre ni celui d'armes. Dans des circonstances normales, ils font exister l'univers autour du vaisseau-monde en une configuration qui ne présente aucun danger, puis, lorsqu'ils désirent explorer une partie différente de l'espace, ils provoquent un déplacement de l'univers vers une autre configuration également sans danger. Ce n'est qu'en cas de stress non naturel — tel qu'une attaque, que les êtres volants n'auraient jamais pu imaginer, puisqu'ils n'ont jamais imaginé le concept de guerre — que le vaisseau-monde oblige l'univers à se mouvoir selon des vecteurs dangereux, en distordant le tissu même de l'espace.

— Ils ont réussi à vous faire parler, vous aussi, comme s'ils déplaçaient réellement l'univers et pas le vaisseau-monde !

— Mais c'est ce qu'ils font, capitaine, suivant leur cadre de référence et les lois de leur physique.

— Ça n'a aucun sens ! C'est ridicule de décider qu'un point arbitraire est immobile, et que les êtres volants déplacent l'univers.

— Et pourtant », dit Spock, « il se déplace.

— Mais c'est impossible !

— Vous oubliez un fait, capitaine.

— Lequel ?

— Leur système fonctionne.

Jim pensa à ce que le Commander Spock venait de dire. Tout à coup, tout ce qu'il avait pensé au sujet des êtres volants se rassembla dans son esprit, puis éclata en fragments comme la sphère de la paroi. Lorsque ses pensées se reformèrent, elles avaient pris une toute autre forme. Il se souvint de la façon dont les êtres volants avaient été fascinés par les instruments de l'*Entreprise;* il se souvint des parfaites acrobaties aériennes qu'Ombre-Lumière avait faites avec le *Copernic.* Il se souvint de Vert, lui disant : « Vous êtes très jeune. »

Il n'avait pas eu affaire à un groupe d'enfants, ou a des êtres tribaux contrôlés par quelque maître mystérieux. Il avait eu affaire à des êtres si hautement sophistiqués qu'ils avaient désormais à peine besoin de penser à leur technologie. Ils n'avaient pas été émerveillés par l'*Entreprise,* mais amusés, comme des adultes observant un jouet d'enfant intelligemment réalisé.

Le vaisseau amiral de la flotte tira le *Quundar* à l'intérieur, et l'*Entreprise* remorqua le *Copernic* jusque dans le hangar des navettes. Jim attendit impatiemment que la repressurisation fût terminée.

Uhura fredonna une phrase musicale. Spock la répéta, peut-être avec une inflection légèrement différente. Jim n'en était pas sûr. Uhura se remit à fredonner la phrase, puis s'arrêta au milieu.

— Je n'arriverai jamais à l'apprendre, n'est-ce pas, M. Spock? Pas tout, et pas réellement.

Spock hésita, comme si le Vulcain qui prétendait un désintérêt si total des sentiments de chacun était en train de chercher une façon gentille de répondre.

— Non », dit finalement Spock. « Aucun d'entre nous n'y arrivera. »

Elle réagit à peine, mais lorsqu'un instant plus tard elle se mit à fredonner de nouveau, elle s'arrêta abruptement.

Le signal de fin d'alerte retentit. Jim ouvrit l'écoutille de la navette et descendit avec raideur. L'herbe nouvelle s'était recroquevillée et était morte à cause de l'exposition au vide.

McCoy et le Commander Scott se hâtèrent de descendre l'escalier. Ecarlate et Lindy sortirent un moment après, dès que Lindy eut remis Athene en liberté dans le hangar repressurisé. Sulu aussi se tenait à côté. Starfleet s'était déplacé du bras de Sulu à sa jambe, mais il était toujours collé contre lui comme une moule au rocher.

— Jim! » McCoy attrapa la main de Jim, puis abandonna sa retenue et le serra dans ses bras.

Dès que Jim fut parvenu à se dégager de l'étreinte de McCoy, Lindy le serra aussi dans ses bras. « Ça, c'était un sacré numéro », dit-elle. « Si vous décidez jamais de changer de métier et de venir au spectacle, je mettrai un numéro aérien à l'affiche. »

Jim sourit et lui rendit son étreinte.

— Capitaine Kirk », dit Scott avec sincérité, « vous m'avez presque fait prendre une crise cardiaque! Et vous nous avez menés dans une sacrée danse, vous pouvez en être sûr! Ce n'est pas de tout repos de contrebalancer la vitesse angulaire avec rien d'autre qu'un rayon tracteur !

— Je le sais, M. Scott . » Il tendit la main à l'ingénieur. « Mais vous l'avez fait. Et vous avez permis à l'*Entreprise* de rester en dehors de tout combat, à un moment où tous vos instincts devaient réclamer d'en engager un. Vous avez à tout le moins empêché une guerre ! Vous avez de quoi être fier de vous, pour l'une et l'autre réussite !

— Je ne saurais dire laquelle des deux a été la plus difficile », dit Scott, mais il serra avec force la main de Jim.

— Mais ça en valait la peine. Je... vous suis très reconnaissant.

— Merci beaucoup, Capitaine Kirk.

— Spock. » Ecarlate entoura le Vulcain de ses ailes dans le geste de salut des êtres volants. « Vous êtes revenu de votre silence. Je vous remercie pour les dons que vous m'avez faits, et je regrette la douleur que je vous ai causée dans mon ignorance.

— Les Vulcains ne sont pas sensibles à la douleur », dit Spock.

Stephen entendit le commentaire de Spock et étouffa un rire. Spock l'ignora.

— Mon seul regret », dit Spock, « est que je suis incapable d'assimiler votre langage comme vous l'avez fait du mien. »

Ecarlate hocha la tête avec compréhension. « Si nos peuples se rencontrent de nouveau, vous serez plus vieux, et ce sera peut-être possible. » Elle effleura la joue d'Uhura de la pointe des ailes. « Ce sera peut-être possible », répéta-t-elle. « Vous êtes très jeunes. »

Ses ailes bruirent comme de la soie. Elle bondit dans les airs et glissa au-dessus du pont, Athene releva la tête et se mit à trotter après elle.

— Ecarlate ! » cria Lindy. « Je vous en prie, ne la taquinez pas !

— Elle a déjà pratiqué le vol, Lindy-magicienne »,
dit Ecarlate, planant à quelques mètres au-dessus de la
tête de Lindy. « Elle ne peut pas vivre à bord du
vaisseau-monde, elle doit donc apprendre à voler dans
un endroit plus petit. » L'être volant plana jusqu'à
l'autre côté du pont, très, très lentement, Athene rua,
bondit dans les airs et se mit à voler.

Jim regarda Athene s'entraîner à d'incertains atter-
rissages à côté de Lindy, jusqu'à ce que celle-ci bondisse sur son dos et qu'elles se mettent à planer
lentement, jouant au chat avec Ecarlate.

— M. Scott », dit Jim, « à quelle distance exacte de
l'espace de la Fédération se trouve l'*Entreprise* ?

— C'est difficile à dire, capitaine. Elle était toujours
dans l'espace de la Fédération quand le *Quundar* est
sorti à toute pompe du vaisseau-monde, et là, euh, j'ai
un tout petit peu désobéi à vos ordres dans le cas où
nous aurions à vous secourir, ce qui s'est passé.
Depuis, des dépêches arrivent comme des nuées de
moucherons, et il semble qu'un statut ambassadorial ait
été accordé à l'*Entreprise*. Où qu'elle soit, c'est un
territoire de la Fédération. Le directeur vous est très
reconnaissant.

Spock haussa un sourcil. « Fascinant.

— J'espère bien qu'il est reconnaissant », dit
McCoy. « Et reconnaissant envers vous aussi, M.
Spock, vu ce qui s'est passé. Si vous n'en aviez pas su
assez au sujet du vaisseau-monde, nous serions en ce
moment au milieu d'un fichu feu d'artifice !

— J'ai estimé que mes actions étaient nécessaires »,
dit Spock.

— Et vous avez eu raison », dit tout à coup Jim.

— Bien entendu », dit Spock.

— C'est vrai, commander. Je vous ai dit des choses
irréfléchies tout-à-l'heure. Et je suis tombé d'accord
avec vous au sujet du conseil de guerre. Mais j'avais
tort. Et vous aussi.

— Je vous demande pardon », dit M. Spock, ayant l'air — était-ce possible ? — grandement offensé.

— Non, Commander Spock, écoutez-moi. Il n'y aura pas de conseil de guerre. Si vous n'aviez pas eu le cran de pratiquer la fusion mentale avec Ecarlate...

— Prétendriez-vous que vous avez été courageux vous-même, lorsque vous avez arrêté Koronin ? » dit Spock. « Je ne pense pas. Il n'y a aucun courage à agir quand il n'y a aucun choix. »

Jim ne sut quoi répliquer.

— Pour ma part, en tout cas, je ne suis pas d'accord », dit McCoy. « Mais je préfèrerais ne pas être d'accord de manière civilisée.

— Vos manières me semblent parfaitement civilisées, docteur », dit Spock.

— Merci bien, M. Spock. Au fait, si vous venez à l'infirmerie, je pourrais faire quelque chose pour votre œil au beurre noir.

Spock se dirigea vers la passerelle, montant les marches du chemin de ronde trois par trois. McCoy grimpa à sa suite. Jim les suivit plus lentement, handicapé par l'attelle provisoire qui soutenait son genou. Scott se dirigea vers la navette et ouvrit le compartiment des moteurs.

— Maintenant que nous avons fini de nous féliciter les uns les autres... » Stephen bâilla de manière affectée.

Sulu le dépassa en allant vers le *Copernic* pour vérifier les dommages au systèmes de navigation.

Sur l'épaule de Stephen, Ilya se hérissa en direction de Starfleet, qui se recroquevilla et cacha son visage contre le genou de Sulu. « On dirait que vous avez fait l'acquisition d'un ami, M. Sulu », dit Stephen.

— Oh, j'espère bien que non », dit Sulu du fond du cœur.

Stephen sourit. « Comment vous en êtes-vous sorti avec le *Dionysos* ?

459

— Parfaitement bien, Monsieur », dit Sulu. « J'ai remarqué qu'il avait quelques attraits supplémentaires.

— Je suis heureux que quelqu'un ait remarqué quelque chose dans le coin... » dit Stephen.

Hazarstennaj, venant de la salle des machines pour travailler sur le *Copernic,* glissa le long de l'escalier. Elle s'arrêta à la vue de Stephen et d'Ilya. Ses moustaches se hérissèrent de désapprobation, mais elle se força à ne pas faire de commentaire, et rejoignit M. Scott. Elle entendit un bruit étrange, une sorte de pépiement joyeux, qu'il lui fut impossible d'identifier comme étant un son d'origine mécanique.

— Est-ce qu'il reste quelque chose des moteurs ? » dit-elle.

— Pas grand-chose », répondit Scott.

Hazarstennaj entendit de nouveau le pépiement. « M. Scott, quel est ce bruit ?

— Quoi ? Oh, c'est le nouvel animal favori de M. Sulu. Une créature écœurante...

La curiosité s'empara d'Hazarstennaj.

Elle regarda dans la cabine principale du *Copernic.* Sulu essayait de travailler, mais un intelligent petit animal ne cessait de se mettre dans son chemin. Il vit Hazard et trottina vers elle, pépiant d'amicale façon.

— Quelle créature adorable ! » dit-elle.

Sulu leva les yeux vers elle. « Vous plaisantez, non ?

— Vous ne l'aimez pas ?

— C'est une sacrée peste », dit-il.

— Je le trouve charmant », répondit-elle. Il se blottit contre elle, entortillant ses doigts dans la fourrure plus longue sur sa gorge. « Il doit être très mal à l'aise. Il ne faudrait jamais forcer les êtres à fourrure à porter des vêtements.

— Ce n'est pas moi qui ait eu cette idée », dit Sulu.

Hazard aida la créature à se débarrasser de la tunique et du pantalon. Elle était complètement recouverte de fourrure rose qui tournait au mauve sur le dos et les jambes. Elle se gratta le flanc d'un air content, et laissa Hazard remettre en place la douce fourrure.

— C'est mieux comme ça, mon petit, non ? » dit Hazard.

— Je crois qu'il est orphelin », dit Sulu. « Il s'est seulement accroché à moi parce qu'il a eu peur du chat de Stephen. Dites-moi, Hazard, on dirait qu'il vous apprécie beaucoup plus.

— C'est vrai », dit Hazard. « Il viendra avec moi, si cela lui plaît. »

Au vif plaisir d'Hazard, et au non moins vif soulagement de Sulu, Starfleet la suivit lorsqu'Hazard retourna vers les moteurs de la navette.

En traversant le pont des navettes pour retourner au *Dionysos,* Stephen regarda Lindy et Athene. Lindy accrocha son regard ; elle hésita, puis lui fit un bref signe de la main, mais elle ne fit pas tourner Athene dans sa direction ; elle ne lui dit rien du tout. Il aurait eu du mal à l'en blâmer.

Dans son vaisseau, Stephen vérifia les systèmes. Sulu les avait laissés correctement déconnectés et en bon état. Stephen se sentait très possessif vis-à-vis du *Dionysos;* l'officier navigateur était la seule autre personne qui l'ait piloté depuis qu'il l'avait acquis.

Stephen s'effondra sur le siège du pilote. Il se sentait fatigué jusqu'à la mœlle des os, épuisé, trop las même pour aller jusqu'à sa couchette à l'arrière. Ilya sauta sur ses genoux et s'installa, pétrissant la cuisse de Stephen avec ses grosses pattes de devant. Stephen le caressa.

— Il n'y a plus rien », dit-il doucement au chat des forêts. « Je peux presque m'en souvenir, mais ce ne sont que des ombres, des rêves... Elles glissent toutes au loin, et je ne les peux plus du tout les ressentir... » Il se sentait vide et déconnecté. Pour libérer Spock de la force des expériences d'Ecarlate, Stephen avait abandonné le peu de contact qu'il avait jamais eu avec ses propres émotions. Il posa les mains sur la large tête

461

d'Ilya. Le chat cligna des yeux. « On peut toujours redémarrer à zéro, n'est-ce pas ? »

L'action adéquate, pensa Stephen, serait un rire cynique. Mais je suis trop fatigué.

— Stephen ?

Il ouvrit péniblement les yeux. Uhura était debout dans l'entrée de l'écoutille.

— Ça va ? » demanda-t-elle.

— Je n'en sais rien », répondit-il.

— Stephen... » Elle s'arrêta, comme si elle ne savait pas quoi dire. « Il n'y a pas longtemps que le Capitaine Kirk est à bord de l'*Entreprise*. Il ne connaît pas M. Spock, et il ne sait pas grand-chose de la fusion mentale non plus. Il ne comprend pas ce que vous avez fait, à quel point c'était difficile, et dangereux. Je ne crois pas que le Dr McCoy s'en rende compte, non plus.

— La plupart des êtres humains ne s'en rendent pas compte », dit Stephen.

— Mais moi, si », dit Uhura. « Merci. M. Spock ne vous a pas remercié, ou il n'a pas pu...

— Ce n'est pas entièrement de sa faute s'il est comme ça », dit Stephen. « Je devrais y être habitué depuis le temps. »

Elle le toucha. Elle avait la main fraîche et forte. Il chercha en lui-même une réaction quelconque, mais n'en trouva aucune. Pas même du désespoir.

— Uhura... est-ce que vous resteriez ici quelques minutes ? Juste assise à côté de moi ?

— Bien sûr.

Il s'allongea de nouveau dans le siège du pilote. Uhura s'assit près de lui dans le siège du co-pilote, tenant toujours sa main. Elle aperçut l'épuisement inscrit sur son visage, et fut contente lorsqu'il plongea dans un sommeil profond et que son visage se détendit.

Uhura se leva, embrassa doucement Stephen sur la joue, et quitta le *Dionysos* pour retourner sur la passerelle.

Jim se demanda pourquoi il était surpris que la passerelle ait l'air si normal. Il avait l'impression d'avoir été parti pendant des mois, et que les choses auraient dû changer. Mais les moteurs de distorsion fonctionnaient à pleine capacité ; les communications étaient rétablies depuis que le champ de brouillage avait disparu. Spock s'installa au poste de l'officier scientifique. La Yeoman Rand travaillait aux systèmes environnementaux, et le Commander Cheung à la navigation. M. Sulu réapparut, libéré, nota Jim, de la présence encombrante de Starfleet, et quelques minutes plus tard le Lieutenant Uhura prit place aux communications.

Seul le schéma dans le coin de l'écran troublait Jim. Il montrait l'*Entreprise*, largement en dehors de l'espace de la Fédération, dérivant de plus en loin à chaque minute, tandis qu'elle suivait le vaisseau-monde. Mais l'écran montrait en bleu l'espace de la Fédération, et celui de l'Empire en vert. Un anneau bleu un peu flou entourait l'*Entreprise*.

— Capitaine Kirk — L'Amiral Noguchi sur la fréquence subspatiale.

— Merci », dit Jim, étant donné qu'il aurait eu du mal à refuser cet appel. Rends-toi de bonne grâce, se remémora-t-il. Il n'avait aucune idée de ce qu'il dirait à l'amiral, et il avait comme l'impression qu'il se porterait aussi bien s'il n'entendait jamais ce que l'amiral avait à lui dire.

— Hé bien, Jim », dit l'amiral. « Vous deviez arriver hier à la base stellaire 13.

— Je sais, Monsieur. Mais nous avons rencontré... » Il hésita, cherchant comment expliquer le vaisseau-monde. « Un premier contact, Monsieur. »

L'Amiral Noguchi rit sous cape. « C'est peu dire ! Vous avez toujours été doué pour rester en dessous de la vérité. Un premier contact, effectivement! Oui, j'ai vu les transmissions.

— Les transmissions, amiral? Nous n'avons pas eu le temps d'en envoyer — ni la possibilité.

— Les transmissions de la flotte.

— Oh.

— J'aurais parié », dit l'amiral, « qu'un vaisseau isolé de la Fédération rencontrant la flotte du comité de surveillance aurait été balayé hors de l'espace, ou capturé, et son commandant exposé comme espion. Savez-vous ce qu'ils veulent vous faire?

— Euh, non, Monsieur. » Jim n'avait pas pensé à ce qui pourrait arriver, en plus du procès. Et il se sentait une violente envie de n'avoir aucun besoin de connaître quelle était la peine que l'Empire infligeait pour espionnage.

— Ils veulent vous donner une médaille.

— Une médaille? C'est absurde!

— Peut-être. Mais...

— Je ne peux pas accepter une médaille de l'Empire Klingon!

— ... vous aller l'accepter, et de bonne grâce, Jim! Qui sait combien de temps ça va durer? Peut-être dix microsecondes seulement! Mais de toute façon, vous avez fait en sorte que les gouvernements se parlent au lieu d'échanger des insultes. De plus, s'il est vrai que le peuple du vaisseau-monde ne le fera pas revenir dans l'espace de la Fédération, quelqu'un doit nous représenter auprès d'eux. Nos scientifiques et nos diplomates n'arriveront pas avant au moins une semaine. Donc vous êtes l'ambassadeur ad hoc pour la frontière klingonne et le vaisseau-monde. Je compte sur vous, mon garçon.

— Je... ferai de mon mieux, amiral.

— Je le sais. Maintenant, et dans le futur. Nous aurons une longue conversation à ce sujet, et au sujet de votre prochaine mission, dès que vous serez de retour. »

Il sourit, tandis que Jim se creusait la tête pour trouver quoi répondre. « Au fait, Jim, dites à Lindy que le directeur du comité de surveillance a exprimé le souhait de voir sa troupe donner une représentation. Si elle est d'accord, occupez-vous d'organiser ça. Oh — il y a quelqu'un qui veut vous parler. »

Une autre image apparut sur l'écran.

— Gary !

— Tu vas avoir des ennuis, gamin », dit Gary Mitchell. « Je t'avais prévenu de ne pas quitter l'espace de la Fédération sans moi.

— Pour sûr », dit Jim. « Je ne le ferai plus, promis. » Il avait envie d'éclater de rire tant il était heureux de voir son ami sur pied, de savoir qu'il serait prêt lorsque l'amiral donnerait à Jim sa prochaine mission. Gary avait encore l'air maigre et épuisé, et il s'appuyait sur une canne, mais une canne incrustée d'ébène et terminée par un pommeau d'or flamboyant devait être, au moins en partie, pour la frime, pour attirer l'attention.

Est-ce que ça compte ? pensa Jim. Pas du tout. « Tu m'as manqué, Gary. Nous aurions eu besoin de toi. » Il ne ressentit même pas son habituelle irritation lorsque Gary l'appela " gamin ".

— C'est fichtrement vrai. Regarde-toi : pas plus tard sorti de l'hôpital que tu te retrouves de nouveau dans le plâtre.

Jim regarda son genou avec résignation. « Bones a déjà préparé la mixture de boue verte à mon intention.

— Je n'en doute pas. J'ai toujours su qu'il était sadique, au fond ! » Gary se mit à rire.

Il croit que je plaisante, pensa Jim. J'aimerais bien.

— Quand peux-tu sortir de là, Gary ? » demanda Jim.

— Pas tout de suite, gamin. Il faudra que tu te débrouilles tant bien que mal sans officier en second jusqu'à ce qu'ils me laissent sortir de la salle de torture.

Se souvenir que Gary ne pourrait pas être officier en

second atténua la joie de Jim. « Il faudra que je te parle... plus tard. » Il voulait parler à Gary des ordres de Noguchi ; il voulait adoucir le choc de la promesse non tenue à la fois pour lui-même et pour son ami. Mais en privé. Il était douloureusement conscient de la présence du Commander Spock juste derrière lui, et il faisait confiance à Gary pour comprendre l'allusion.

— Bientôt », dit Jim.

— Ouais, d'accord. » Gary fit un mouvement de la tête pour ramener en arrière ses épais cheveux noirs. « Plus tard. » Ses cheveux glissèrent immédiatement sur son front, de nouveau. « Bientôt. »

Gary devint silencieux. Même cette courte conversation l'avait fatigué.

— Je dois y aller », dit vivement Jim. « Une chose, seulement...

— Quoi ?

— Va te faire couper les cheveux.

— Oui, oui, capitaine gamin », dit Gary, souriant.

Gary laissa la transmission s'effacer.

Spock n'avait pas pu éviter d'entendre. Il savait à quel sujet serait la future conversation. Le Capitaine Kirk serait obligé d'expliquer que le Commander Mitchell ne pourrait pas, après tout, occuper le poste d'officier en second. Spock n'avait prêté que peu d'attention à la discussion que Kirk et Noguchi avaient eue à ce sujet, et jusqu'à présent il n'avait vu aucune raison de s'impliquer dedans. Mais maintenant il était le seul qui pouvait avoir une quelconque influence, et il sentait qu'il devait passer à l'action. Il demanda un dossier à l'ordinateur, la demande de transfert qu'il avait ébauchée et qu'il avait pensé retirer.

En l'attendant, il se rendit compte que le Dr McCoy était debout près de lui, les bras croisés, tapotant impatiemment des doigts.

— Vous avez dans les yeux cette fameuse lueur de ferveur médicale, Bones », dit le Capitaine Kirk.

— C'est vrai. Je vous veux à l'infirmerie, vous et Spock. Maintenant.

Spock leva un sourcil incrédule. « Pensez-vous que ce soit judicieux, docteur, que les deux officiers supérieurs quittent la passerelle en même temps ? »

McCoy le regarda avec une expression très bizarre.

Spock le regarda aussi avec le plus grand sérieux.

— Vous avez entièrement raison, Spock », dit McCoy après un long silence. « Ce serait une erreur, Jim, n'avez-vous pas dit un jour quelque chose au sujet de ne jamais demander à quelqu'un de votre équipage de faire quelque chose que vous-même ne feriez pas ?

— Je n'ai jamais dit ça », dit Jim. Mais, résigné, il se remit sur pied et boitilla sur les talons de McCoy.

Se demandant pourquoi McCoy avait réagi de manière si bizarre à son commentaire, Spock termina sa demande de transfert hors de l'*Entreprise*.

Dans l'infirmerie, McCoy examina rapidement Jim, mais concentra son attention sur son genou. Celui-ci avait l'air encore plus mal en point que Jim ne s'y était attendu. Dès qu'il fut libéré de l'attelle provisoire, il commença à le faire souffrir. Il avait un hématome important autour de la rotule.

— Je sais bien que vous avez déjà commencé la culture de boue verte », dit Jim.

— Quoi ? Mais non, pas du tout.

— J'ai pourtant vu la demande… !

— Oh, vous l'avez vue, n'est-ce pas ? Est-ce pour ça que vous avez évité cet examen ?

— C'est une excellente raison, non ?

— J'ai effectivement préparé une culture de gel de régénération. Mais ça n'avait rien à voir avec vous. Tout ce qui arrive n'a pas forcément à voir avec vous ! Et il m'arrive de me livrer à des recherches ici, savez-vous.

— Désolé, Bones.

— Pour sûr. Et si ça peut apaiser votre esprit : non, vous n'allez pas avoir à subir la régen de nouveau. La régen, c'est pour les trucs sérieux. Vous avez juste une mauvaise élongation musculaire et des meurtrissures. » McCoy sourit. « Pensez un peu à toutes les années d'études médicales qui se trouvent derrière ce diagnostic ! Laissez tomber les acrobaties de rodéo pendant quelque temps...

— Là, je ne discute pas.

— ... et remettez à plus tard les tournois d'escrime.

— Vous en avez entendu parler, n'est-ce pas ?

— Mes espions sont partout. » Il enferma le genou de Jim dans une genouillère électro-stimulante. « Tout le reste à l'air parfait. Un biofeedback de recyclage ne vous ferait pas de mal, juste par sécurité. La régen vous modifie, même si vous n'en avez pas conscience. Et vous avez visiblement négligé les exercices pour votre genou.

— J'ai été si occupé...

— Et je suis trop occupé pour vous harceler. Soyez un peu adulte, Jim ! Ou bien vous les faites, ou bien vous terminerez vraiment en régen. C'est compris, capitaine ?

— Compris, docteur.

— Parfait. Maintenant, à votre tour d'être l'officier supérieur de la passerelle, et envoyez-moi donc Spock ici.

Au moment où Spock dirigeait dans l'unité de communication du Capitaine Kirk sa demande de transfert, celui-ci revint de l'infirmerie.

— A votre tour, M. Spock.

— J'ai déjà subi mon examen médical obligatoire...

— Pas de discussion, Commander Spock !

— Très bien, Monsieur.

Spock savait que McCoy ne trouverait rien qui aille de travers.

— Vous êtes un homme chanceux, M. Spock », dit McCoy.

— Je ne crois pas à la chance, Dr McCoy.

468

— Vous devriez. Si Stephen n'avait pas été dans le coin...

— Sa présence démontre la fausseté de votre théorie concernant ma chance.

— Il y a quelque chose de terriblement personnel dans votre aversion pour lui, M. Spock. Qu'est-il donc ? L'anticonformiste de la famille ?

— Nous avons une... lointaine parenté.

— En tout cas », dit McCoy, « c'est réconfortant de savoir que même les familles vulcaines ont des parents dont elles ne parlent pas. Donc, Stephen est votre cousin excentrique, hein ?

— Cette explication suffira. Les liens de parenté vulcains sont complexes.

— Je crois pouvoir suivre l'explication », dit McCoy. « Servez-vous de mots courts.

— La fille de la sœur du père de mon père est la mère de Stephen. Nous sommes donc parents en ligne directe transversale de troisième niveau, au second degré. »

McCoy réfléchit en fronçant les sourcils à cette explication. « Donc vous êtes cousins.

— Si les Vulcains analysaient la parenté dans les mêmes termes que votre culture, notre lien familial tomberait dans cette catégorie.

— Pourquoi ne pas l'avoir dit tout de suite ?

— Je l'ai dit, docteur », répondit Spock, se demandant pourquoi les humains s'obstinaient dans leur esprit de contradiction.

Mais quelques instants plus tard, sur le chemin de retour vers la passerelle, il ne put s'empêcher de se souvenir de ce que McCoy avait dit au sujet de Stephen. Et, bien qu'il eût nettement préféré ne pas l'admettre, lui et Stephen avaient un point commun ; ils étaient tous deux des exilés.

Les vingt-quatre heures suivantes passèrent dans une tornade d'activité. Ecarlate, ayant entendu parler de la représentation prévue, exprima le souhait d'y assister, et suggéra que d'autres du vaisseau-monde pourraient s'y intéresser aussi. L'auditoire serait si important que ni l'*Entreprise,* ni aucun des vaisseaux de la flotte du directeur ne pourrait l'accueillir, Ecarlate trouva un amphithéâtre naturel à l'intérieur du vaisseau-monde. Lindy considéra que le site conviendrait, puisque la troupe apporterait ses propres décors et accessoires. De plus, sur le vaisseau-monde, à l'extérieur, Athene pourrait faire partie du spectacle. La seule chose qui inquiétait Lindy était la possibilité de pluie.

— Il ne pleuvra pas, Lindy-magicienne », dit Ecarlate.

— C'est facile à dire, et difficile d'être sûr !

— Non, j'en suis sûre.

— D'accord, on va le faire.

Et, à la surprise de Jim, ce fut aussi simple que ça.

Hikaru Sulu arriva à l'amphithéâtre du vaisseau-monde, portant des collants noirs et un pourpoint vermillon, son épée à la ceinture. C'était un superbe costume. Peut-être même parviendrait-il à le porter sur scène.

Il s'inquiétait au sujet de son texte. Il l'avait appris — mais il n'était pas sûr qu'il pourrait supporter de le réciter. Il se demanda s'il pourrait s'en tirer en débitant le texte non révisé, et en faisant semblant d'avoir été trop nerveux pour se souvenir de la version de M. Cockspur. Il aurait presque préféré jouer Horatio au lieu de Laerte, Horatio avait plusieurs discours encore après la mort de Hamlet. Si Hikaru ignorait les révisions en jouant Laerte, il serait obligé de les réciter devant Hamlet, lequel Hamlet lui ferait face avec une épée. Le duel pourrait alors devenir bien plus réel que l'on ne pouvait s'y attendre !

A tout le moins, Cockspur serait furieux, mais il était de toute façon furieux pour une chose ou une autre la plupart du temps.

— Euh... M. Sulu. » M. Cockspur s'approcha de lui. L'acteur était vêtu de velours noir. Jusqu'à cet instant, Hikaru n'avait pas su si Cockspur daignerait cesser sa grève et jouer.

— Je suis fin prêt, M. Cockspur.

— Je le vois. Mais il y a eu un changement de plans.

— Oh... Etes-vous de nouveau en grève ? » Lindy me laissera peut-être dire le monologue d'Hamlet, pensa Hikaru. Après tout, je l'ai appris, au cas où.

— Non, non. L'Amiral Noguchi m'a convaincu que je devais participer, pour le bien de la Fédération.

— Une autre scène, alors ? » demanda Hikaru, pas du tout certain qu'il pourrait supporter d'apprendre une autre partie du texte de M. Cockspur.

— Oui, exactement. La scène du duel a été annulée. Trop excitante, je pense, étant donné la, euh, propension martiale de nos invités.

— Je ne crois pas que ce serait excitant », dit Hikaru. « Et la catharsis ? Des incidents incitant à la pitié et à la peur, et qui permettent d'accomplir la catharsis de ces émotions.

— De quoi donc parlez-vous ?

— Je citais Aristote.

— Mais nous nous occupons de Shakespeare. C'est peut-être aussi bien que je fasse l'un des monologues d'Hamlet. Seul.

— Oh », dit Hikaru. Ses rêves sur le thème de " la doublure sauve le spectacle " s'évanouirent.

— C'est pour le bien de la représentation », dit Cockspur. « Le spectacle continue, et cette sorte de chose. »

Il s'éloigna.

— Qu'est-il arrivé à " un pour tous et tous pour un " ? » dit plaintivement Hikaru.

Non loin, Stephen vérifiait l'équilibre d'un nouvel équipement de jonglerie. Il s'était aperçu qu'en utilisant des objets très gros et lourds, ou bien en utilisant davantage d'objets et en les lançant plus haut, il pourrait tout de même faire un numéro correct malgré la faible pesanteur. Les torches se comportaient particulièrement bien dans la haute pression partielle d'oxygène. La première fois qu'il en avait allumé une, elle lui avait presque grillé les sourcils.

C'est aussi bien, pensa-t-il. Tu as besoin de quelque chose pour te permettre de rester debout.

Tzesnashstennaj, Hazard et Snarl arrivèrent, glissant les uns autour des autres comme s'ils avaient déjà commencé la puissante et érotique représentation de chasse. Ilya se hérissa. Les chasseurs s'arrêtèrent. Stephen rattrapa ses massues de jongleur et les posa, se demandant s'il serait obligé d'interrompre un combat de chats. Il ne comprenait pas pourquoi les chasseurs trouvaient Ilya aussi antipathique.

Avec un pépiement, Sterfleet jeta un coup d'œil de derrière l'épaule de Tzesnashstennaj.

— Stephen », dit Tzesnashstennaj, « Avez-vous rencontré mon nouvel animal favori ?

— De ci, de là », répondit Stephen.

— Est-ce qu'il n'est pas adorable ? » Tzesnashstennaj le gratta doucement sous le menton. Soupirant de plaisir, Starfleet se retourna sur le dos, les bras et les jambes écartés. « Tzesnashstennaj me l'a donné... en gage d'amour.

Hasard émit un son mi-grognement, mi-ronronnement. « Comme Tzesnashstennaj ne me laisse pas le kidnapper pour Starfleet, je suis obligée de lui donner Starfleet.

— Je crois qu'il n'aime pas le nom de Starfleet », dit Tzesnashstennaj. « Je vais peut-être changer son nom. Ses oreilles sont un peu pointues... que penseriez-vous du nom Vulcain ?

— Je pense que Starfleet serait le seul Vulcain mauve dans l'histoire de l'univers », dit Stephen.

Tzesnashstennaj hocha la tête. « C'est vrai. Il serait encore plus inhabituel qu'un Vulcain blond. Il faudra que j'attende qu'il trouve son propre nom. Mais je lui apprendrai à jongler ! Lindy le fera peut-être monter sur scène, et nous deviendrons riches et célèbres. Que pensez-vous de ça, Stephen ?

— Je pense qu'il n'y a de place que pour un seul jongleur dans un troupe de cirque », dit Stephen, qui se rendit compte qu'il serrait les dents d'irritation.

Snarl se mit à rire. « Je vous l'avais bien dit, non ? Il n'existe pas un Vulcain dans l'univers qui ait le sens de l'humour. »

Hurlant de rire, ils s'éloignèrent en bondissant, lisse et brillante masse de muscles et d'arrogance, Starfleet perché sur l'épaule de Tzesnashstennaj comme un jockey.

La fourrure d'Ilya se remit en place, et il s'assit pour se laver.

— Tu crois qu'on méritait ça ? » demanda Stephen à Ilya. « Moi, je ne crois pas qu'on méritait ça ! »

Roswind se hâta vers sa cabine pour se changer. Comme presque tout le reste de l'équipage de l'*Entreprise,* elle avait l'autorisation de se téléporter au vaisseau-monde et de voir la représentation. Il était temps qu'elle ait enfin son tour !

Elle ouvrit la porte.

Elle hurla.

De la boue verte recouvrait le sol, et l'odeur nauséabonde de gel de régénération en décomposition emplissait sa cabine.

Elle passa les heures suivantes à nettoyer les restes de sa " compagne de chambre " verte, tandis que toutes ses amies prenaient du bon temps au spectacle.

Roswind comprit qu'elle s'était fait avoir.

Dans les coulisses de fortune de l'amphithéâtre, Jim remit en place sa tunique de cérémonie pour la quatre-vingt-treizième fois, au moins, abandonna tout espoir de se sentir à l'aise dans ce vêtement, et sortit, sans but précis. Il tomba sur Lindy, qui avait l'air parfaitement à l'aise dans son costume argenté.

— C'est ridicule », dit Jim. « Ma place n'est pas sur cette scène.

— Bien sûr que si. » Elle redressa l'un des rubans triangulaires sur la poitrine de Jim. « Avez-vous laissé une place pour la nouvelle ? Allons, c'est de tradition que les héros viennent parler de leurs exploits sur une scène. »

Jim eut un gémissement.

Elle rit. « Vous vous en tirerez très bien. Je dois me dépêcher. Attendez un peu de voir mon entrée ! »

Elle disparut au milieu d'un brouhaha d'acteurs en train de s'échauffer entre les loges séparées par des rideaux. Jim continua de marcher, essayant d'avoir l'air calme. Près de là, Spock observait l'activité des coulisses. Il avait l'air parfaitement serein, et portait sa tunique de velours marron.

— Commander Spock.

Solennel, sans émotion, Spock regarda James Kirk approcher. « Oui, capitaine ?

— Que signifie la demande de transfert que j'ai trouvée ce matin sur mon bureau ?

Spock leva un sourcil. « J'ai cru que ce serait évident », dit-il.

— Vous avez cru de travers. Commander, je croyais que nous avions fait la paix.

Spock leva les yeux vers le ciel, où Ecarlate s'ébattait librement dans l'allégresse du vol. Spock se souvint des résonances de la douleur d'Ecarlate ; il se souvint de sa propre escalade désespérée vers le silence, ou la mort. Il aurait plongé en une lente chute vers le néant, sans le sauvetage impulsif et dangereux qu'avait accompli James Kirk. Et, malgré son imperturbabilité, Spock considérait que sa vie avait de la valeur, pour ses expériences passées et celles à venir.

— Effectivement, capitaine, nous avons fait la paix.

— Dans ce cas, pourquoi le transfert ?

— J'ai pensé, en vous observant au début, que je ne pourrais pas travailler avec vous. Vous êtes très différent de Christopher Pike. Vous êtes émotif, impétueux et obstiné. Mais je suis arrivé à comprendre que ces différences doivent être appréciées, et non méprisées. J'ai compris que travailler avec vous serait une expérience, certes difficile, mais enrichissante.

— Merci du compliment », dit sèchement Jim.

— On doit faire face aux difficultés si l'on souhaite apprendre », dit Spock.

— Rien de tout ceci n'explique pourquoi vous avez demandé un transfert.

— Je n'avais pensé qu'à moi, et à mon désir de rester à bord de l'*Entreprise* avec vous comme capitaine. Je n'avais pas réfléchi au fait de savoir si vous souhaitiez travailler avec moi. Si je démissionne de mon poste d'officier en second, vous pourrez promouvoir le Commander Mitchell.

— Pourquoi exactement avez-vous décidé de faire ce sacrifice ?

— Ce n'est un sacrifice que de mes souhaits personnels. Ce n'est que peu de chose à offrir contre le risque que vous avez pris au centre du vaisseau-monde. Les Vulcains ne comptabilisent pas les dettes. Nous préférons également ne pas en avoir.

— Vous ne me devez rien du tout, Spock. Au diable...

— Capitaine...

— A votre tour d'écouter. Il y a quelque jours, je

vous aurais probablement laissé accomplir votre geste noble. Je l'aurais probablement apprécié. Mais même si je me croyais capable de resquiller auprès de l'Amiral Noguchi la nomination de Gary comme officier en second — ce que je ne me crois pas capable de faire — je n'essaierais pas. J'ai appris une ou deux choses, aussi, ces quelques derniers jours. Leçon numéro un : l'Amiral Noguchi a raison.

— Je ne comprends pas.

— Un vaisseau stellaire a besoin de différences. Il a besoin de bons officiers — et Gary est l'un des meilleurs — mais il a aussi besoin de vérification et d'équilibre. Gary et moi, nous sommes très semblables... » Il s'interrompit, des souvenirs récents remontant à sa mémoire. « Je lui dois... la vie. Mais je dois faire ce qui est le mieux pour l'*Entreprise*. Et c'est de vous persuader de rester à bord comme officier en second.

— Mais, et le Commander Mitchell — votre ami ?

— Equilibrer l'amitié et les responsabilités ne sera pas facile. Et dire tout ça à Gary le sera encore moins. J'en entendrai parler pendant, oh, vingt bonnes années. C'est-à-dire pendant au moins quinze ans après qu'il aura obtenu son propre commandement. Vous obliger à quitter l'*Entreprise* en sa faveur lui ferait — et me ferait — plus de mal que de bien. Si vous refusez votre premier poste d'officier supérieur, vous ne vous ferez pas non plus très bien voir de Starfleet.

Spock se frotta le menton, réfléchissant. Le capitaine avait des arguments qui portaient ; on pouvait même dire qu'ils possédaient un élément de logique en eux.

— M. Spock, je vais déchirer les demandes de transfert que j'ai trouvées sur mon bureau aujourd'hui. J'espère que je n'en trouverai pas d'autres demain.

— Très bien, capitaine. Je vais réfléchir à ce que vous m'avez dit. Mais... vous avez reçu plus d'une demande de transfert ?

476

— J'en ai reçu deux, mais l'une d'elles était de M. Scott. Un malentendu. C'est tiré au clair.

— Je vois. » Spock voyait aussi M. Sulu, assis sur une malle d'équipement à quelques mètres de là. Bien qu'il ait l'air plutôt désolé, il avait dû décider que demeurer à bord de l'*Entreprise* n'était pas, après tout, le désastre qu'il avait d'abord cru.

— Commander Spock », dit James Kirk, « n'êtes-vous pas censé vous trouver dans l'auditoire, prêt à vous porter volontaire ?

— Oui, capitaine. Mais je souhaitais observer les préparatifs en coulisse.

Le Capitaine Kirk avait raison, cependant ; il était temps qu'il prenne place dans la salle. Kirk l'accompagna sur un sentier qui menait à l'intérieur de l'amphithéâtre.

— Grands Dieux », dit Jim, « je dois parler en face de tout ce monde.

— Un difficile auditoire », dit Spock.

Les gens de la Fédération, ceux du vaisseau-monde et les Klingons étaient assis tous ensemble sur les gradins de pierre naturels, formant un groupe agité d'au moins mille personnes. Mais cette agitation semblait être de nature amicale, et Jim espéra qu'elle resterait telle.

La zone de téléportation dévolue à la flotte de l'Empire frémit, et le directeur du comité de surveillance se matérialisa, accompagné de son entourage. Jim et le directeur étaient tombés d'accord sur l'interdiction de port d'armes sur le vaisseau-monde. Le directeur avait respecté le marché. Il avait amené des gardes du corps qui pourraient le protéger sans recourir à aucune arme. Chacun d'eux était presque de la taille de Newland Rift. Une mystérieuse silhouette voilée les accompagnait, ainsi qu'une seconde personne portant un voile défait drapé sur l'épaule.

— Capitaine... » dit Spock.

Les gardes du corps du directeur poussèrent Koronin

en avant. Elle avait des menottes aux mains. Elle résista, et ne se décida à avancer que lorsqu'elle comprit que sa résistance lui enlèverait ce qui lui restait de dignité. Jim grimaça. Peu importait ce que Koronin avait fait ou tenté de faire, il avait horreur de voir un être intelligent montré comme un fauve capturé.

Le directeur avança à grands pas vers Jim.

— J'espère que vous vous êtes préparé à cet honneur, capitaine », dit-il, lui montrant une boîte en cuir repoussé.

— Votre excellence, je proteste contre cette barbarie !

— Capitaine, de quoi parlez-vous ? De cette créature ? Que son sort ne vous trouble pas ! Vous montrerez votre récompense, et je montrerai la mienne.

— Ce que vous montrez est...

La main de Spock agrippa le bras de Jim, le retenant avec douceur.

— ... peu civilisé...

Les doigts de Spock se resserrèrent autour de son biceps.

— Capitaine ! » s'exclama le directeur avec une détresse simulée. « Nous avons convenu d'interdire les bagarres et les insultes entre nos subordonnés. J'ai cru de bonne fois que cette prohibition s'étendait à vous et moi. »

Jim se calma. Il ne pouvait absolument rien faire, s'il voulait sauvegarder la paix fragile qu'il avait aidé à créer, et s'il ne voulait pas mettre en danger tout son équipage.

— De plus », dit le directeur, « c'est la dernière fois que Koronin a l'occasion de goûter à la liberté. J'aurais pu la laisser en cellule. Elle n'a ni fenêtre, ni lumière. En fait, elle n'a rien du tout. Ma magnanimité en l'amenant ici ne fera aucun bien à ma réputation. »

Bouillant de colère, Jim regarda Koronin. Elle dut apercevoir la pitié dans ses yeux.

— Je te défie, brigand de la Fédération ! » lui hurla-t-elle. « Et si tu refuses mon défi, tu es un lâche !

— Tais-toi, traîtresse ! Pas d'insultes aujourd'hui. » Le directeur ricana et se dirigea vers sa place. Ses gardes du corps le suivirent, entraînant Kononin avec eux.

— Vous pouvez me lâcher maintenant », dit Jim.

Spock le libéra. Jim frotta la meurtrissure sur son bras.

— Je comprends vos objections, capitaine », dit Spock. « Peut-être encore mieux que vous ne croyez. Je ne peux excuser les actes de Koronin... mais ils n'étaient pas entièrement injustifiés. Elle avait des motifs à sa haine pour son propre peuple et pour nous-mêmes. Ses actions étaient motivées par un profond désir de vengeance.

— Qu'est-ce qu'un Vulcain peut bien savoir de la vengeance, Commander Spock ?

— Vous connaissez peu de chose de l'histoire Vulcaine », dit gravement Spock. « Notre aptitude à la vengeance est l'une des raisons fondamentales pour lesquelles nous avons choisi d'éliminer nos émotions. »

Dans l'auditoire, entourée par les thugs sans grâce du directeur, Koronin était assise toute droite sur le banc de pierre naturel. J'ai annexé ce monde, pensa-t-elle. Il m'appartient. Mais je n'aurai jamais la possibilité d'en faire don à l'Impératrice, et pour cela, d'une façon ou d'un autre je prendrai ma revanche.

La voix forte et basse de Newland Rift tonnait au-dessus de la foule.

— Invités, anciens et nouveaux amis, bienvenue ! Je vous présente — la Compagnie Classique de Cirque Hyperluminique !

L'auditoire attendit, silencieux et attentif. L'un des membres de la flotte leva les yeux, vit les êtres volants arriver vers eux en piqué, et poussa un cri d'alerte.

Koronin vit le directeur se raidir. Il craignait une attaque, un piège. Pour sa part, elle espérait que c'était ça ; elle attendait sa chance, et le chaos pourrait bien tourner à son avantage.

Loin au-dessus, les êtres volants grimpaient et plongeaient et se caressaient les uns les autres du bout de leurs ailes. Ils se découpaient sur le réseau lumineux qui les éclairait à la fois par-dessus et par les côtés.

L'auditoire haleta comme les êtres volants plongeaient vers la scène. Mais l'un d'eux n'était pas un être volant. C'était une créature à quatre pattes avec des ailes emplumées. Elle battit des ailes, plana, et se posa. Un être humain était assis sur son dos.

L'humain sauta sur la scène. Les gens de la Fédération se mirent à applaudir frénétiquement. Le personnel du directeur attendit silencieusement. Dès que quelque chose leur plairait, ils n'hésiteraient pas à pousser leur sauvage et bizarre hurlement d'approbation. Pour l'instant, ils étaient troublés, car ils ne savaient pas s'ils étaient censés apprécier la capacité de l'humain à rester en équilibre sur le dos de la créature à quatre pattes, ou sa capacité à dresser les créatures volantes, ou quoi. Ils n'avaient certes pas envie d'applaudir alors qu'ils venaient juste d'être effrayés.

Les êtres volants quittèrent la scène et s'assirent ou se perchèrent en différents endroits de l'amphithéâtre. La créature à quatre pattes décolla et s'envola. Son ombre menaçante passa et repassa.

— Honorables personnes », dit l'humaine vêtue d'argent. « Bienvenue. »

Elle présenta le directeur. Koronin espérait que l'humaine commettrait quelque humiliante bévue et déclencherait ainsi une rixe. Mais l'humaine ne pouvait pas révéler le nom du directeur, puisqu'elle l'ignorait, et pour autant que Koronin pouvait en juger, elle utilisa correctement tous les titres de celui-ci.

Le directeur la rejoignit sur scène.

— En tant que représentant de notre Impératrice révérée », dit-il, « je suis venu honorer un membre de la

Fédération qui a risqué sa vie pour contrecarrer les plans de la misérable traîtresse Koronin... »

Il continua ainsi pendant un certain temps. Koronin prit plaisir à lui sourire sans interruption tandis qu'il se répandait en injures contre elle. Jim Kirk souhaitait seulement que ça se termine. Finalement, le directeur cessa d'invectiver Koronin.

— J'honore le capitaine du vaisseau *Entreprise*.

Attendant avec nervosité que son nom soit appelé, Jim ne comprit pas tout de suite que c'était à son tour de se lever.

McCoy lui donna un petit coup dans les côtes. « Allez-y, Jim, ne jouez pas les rabat-joie. »

Jim se leva trop vite pour la faible pesanteur, et fit un bond qui l'amena à mi-chemin de la scène en un seul pas. Il rougit, reprit son équilibre et continua d'une façon plus digne.

Le directeur ouvrit le coffret de cuir, en sortit un collier, et le passa autour du cou de Jim. A une chaîne faite d'épais anneaux dorés pendait un médaillon criard, orné de pierres bleues et rouges. On aurait dit un bijou pour déguisement.

— Je vous nomme Garde de l'Impératrice.

Le directeur recula.

Jim fit face à l'auditoire.

Un hurlement inhumain emplit l'amphithéâtre, couvrant les applaudissements de l'équipage de l'*Entreprise*. Jim se raidit, pensant qu'après tout, le personnel de la flotte allait attaquer, malgré l'armistice. Mais ils se contentèrent de pousser des cris perçants. Il ne lui était pas venu à l'idée de demander comment l'on applaudissait dans l'Empire. Maintenant il le savait.

— Merci. » Pourrais-je m'en tenir à ça ? se demanda-t-il. Je crois que non. « Je suis très honoré par le geste du directeur dont je ne me sens pas digne, et je suis heureux que cette occasion nous ait permis de nous rapprocher dans l'amitié et la paix. Puisse l'amitié entre l'Empire, la Fédération, et le peuple du vaisseau-monde persister et devenir de plus en plus forte. »

Il parvint à quitter la scène et à se retrouver dans son siège. Il avait les mains moites de sueur, et se sentait très heureux que la poignée de mains ne fasse apparemment pas partie des coutumes de l'Empire.

McCoy se pencha vers lui pour examiner la médaille.

— C'est un sacré truc », dit-il.

— Ça ressemble à une broche que ma grand-tante Matilda avait l'habitude de mettre pour aller à l'église », murmura Jim à voix basse.

Ecarlate se pencha depuis l'endroit où elle était assise en tailleur, sur la rangée voisine de sièges.

— Elle est brillante », dit-elle, « mais si vous voliez, elle vous ferait redescendre ».

Les applaudissements et les cris cessèrent, et Amelinda revint sur scène.

— Et maintenant », dit-elle, « les divertissements pour nos héros ! »

Soulagé d'en avoir terminé avec sa participation aux événements de cette soirée, Jim s'installa à sa place pour profiter du numéro de Lindy.

Le directeur regarda le numéro de magie, son irritation croissant avec chacun des actes de sorcellerie. Il se demanda si les gens de la Fédération avaient planifié ceci pour l'insulter, ou s'ils s'attendaient à ce qu'il bondisse sur scène et essaie de purifier les lieux de la présence diabolique, ou s'ils pensaient réellement qu'il apprécierait un tel spectacle. Il décida de contrecarrer tous leurs plans. Il ne protesterait pas, pour l'instant ; il ne ferait pas non plus semblant d'approuver, ou, pire encore, d'y prendre plaisir.

Puisqu'il ne réagit pas, personne d'autre de la flotte ne réagit non plus. Koronin, cependant, regarda le numéro de magie, fascinée. Au contraire du directeur, dont le malaise l'amusait, elle savait que ce n'était là que du spectacle, des trucs. Les Rumaiy n'étaient pas superstitieux, en tout cas pas au sujet de présences diaboliques. De plus, elle avait été témoin sur Arcturus de tours de passe-passe, qu'un hors-la-loi vagabond de la Fédération pratiquait pour amuser les connaissances et escroquer les étrangers.

Mais Koronin n'avait jamais rien vu qui fût à la hauteur du numéro d'évasion d'Amelinda Lukarian. Son assistant l'entoura de chaînes, ferma les verrous électroniques, l'enferma dans une malle, recouvrit la malle de tissu, et laissa vingt-trois êtres volants se saisir des cordes attachées à la malle et la soulever au-dessus du sol. Lorsqu'ils la posèrent de nouveau au sol, la malle était vide, et Amelinda Lukarian sortit de derrière le rideau de scène en saluant. Koronin hurla d'approbation et aurait bien applaudi à la manière des gens de la Fédération, si ses mains n'avaient pas été entravées.

L'énigme de l'évasion d'Amelinda Lukarian intrigua tellement Koronin qu'elle fit à peine attention au reste de la représentation.

Et une idée germa dans son esprit.

A la fin du numéro de Lindy, les applaudissements des gens de la Fédération résonnaient faiblement dans l'immense amphithéâtre, car il y avait trois fois plus de personnel de la flotte que de la Fédération. Lindy sortit de scène, ébahie par la réaction de la foule. Elle n'était jamais nerveuse sur scène, mais après s'être débattue avec cet auditoire, elle dégoulinait de sueur. Tzesnashstennaj et le reste de la troupe de chasseurs glissèrent vers la scène.

— Là, ils m'ont cassée ! » dit-elle.

— Vous voulez dire que je fasse attention à ce qu'on ne me casse pas, moi aussi ? » Tzesnashstennaj bondit sur scène.

M. Spock revint de l'endroit où il aboutissait après le numéro de disparition.

— Ils m'ont tuée », dit Lindy. « Spock, est-ce que vous comprenez ce qu'il se passe ? Je n'ai pas pu être

483

mauvaise à ce point-là ! Les gens de l'*Entreprise* ont aimé ce numéro. Ou bien était-ce juste par politesse ?

— Je n'ai qu'une seule hypothèse à offrir », dit Spock. « Le directeur n'a pas semblé apprécier ce qu'il a vu.

— Mais personne n'a applaudi !

— Il n'a pas applaudi ; et donc ses subordonnés n'ont pas applaudi.

— Vous n'avez pas applaudi la première fois — et ça n'a empêché personne d'applaudir à bord de l'*Entreprise*.

— Lindy », dit Spock, « contrairement au directeur, je n'ai pas pouvoir de vie et de mort sur chacun à bord de mon vaisseau.

— Oh.

— Je pense que nous sommes impliqués dans un malentendu culturel. C'est dommage, mais il n'y a rien que nous puissions faire, excepté continuer.

— Oui. Le spectacle continue », dit Lindy.

Et il continua : de pire en pire, si c'était possible. Soit le directeur avait détesté le numéro de Lindy à tel point qu'il avait étendu son déplaisir à tout le reste, soit il détestait réellement tout.

Le moral, en coulisse, n'était pas excellent.

Dans la salle, Jim se pencha vers le directeur, et murmura :

— Est-ce que vous n'appréciez pas le spectacle ? »

Le directeur lui jeta un regard mauvais. « Votre civilisation, si on peut lui faire l'honneur de l'appeler ainsi, est en extrême déclin. »

Sur ce, il battit froid à Jim.

A l'entracte, Jim se rendit dans les coulisses. Lindy essayait de ne pas avoir l'air déprimé, mais elle n'y parvenait pas vraiment.

— Je suis juste venu pour... » Il s'interrompit. Offrir sa sympathie semblait peu diplomatique.

— Pour m'offrir une aide morale ? Merci, Jim... J'en ai bien besoin.

— Je crains d'avoir offensé le directeur avec mon discours », dit-il. En fait, il n'avait aucune idée de ce qui avait offensé le directeur, mais il était possible que cela ait été le discours. Et comme Jim ne gagnait pas sa vie en faisant des discours, alors que Lindy et sa troupe gagnaient la leur en donnant des représentations, il ne voyait aucun inconvénient à endosser la responsabilité.

— Vous croyez que c'est ça ? Pour de vrai ? » Elle rougit tout à coup. « Jim, ce n'est pas exactement ce que j'ai voulu dire... »

Il sourit. « Je sais. Ça n'a pas d'importance.

— Cette représentation va être une de celles dont on se souvient à tout jamais, et qu'on raconte à ses petits-enfants, et après ça semble drôle. » Elle sourit tristement. « Au moins cent ans après. »

Dehors, au bar provisoire, McCoy offrit au directeur une coupe argentée glacée.

— Essayez ça », dit-il. « C'est l'une des plus grandes réussites de la civilisation humaine. »

Le directeur vérifia le contenu avec un instrument ressemblant à un tricordeur.

— Ce n'est pas du poison », dit McCoy avec entrain. « Je suis un docteur, et il est interdit aux docteurs de prescrire du poison.

— Que c'est curieux », dit le directeur. « Comment ceci s'appelle-t-il ?

— C'est un whisky glacé à la menthe. Tenez, je suis en train d'en boire un moi-même. » Il prit une gorgée d'une autre coupe glacée.

Le directeur goûta. Le directeur réfléchit. « Buvable », dit-il.

— Ça vous fera pousser des poils sur la poitrine », dit McCoy.

Horrifié, le directeur jeta la coupe aux pieds de McCoy. De la glace pilée et des brins de menthe éclaboussèrent les bottes de McCoy. Le directeur retourna violemment à sa place.

— Au nom du ciel », dit McCoy.

Jim vit Ecarlate faisant le tour des coulisses. Il la rejoignit.

— Ecarlate », dit-il. « Est-ce que vous, vous appréciez le spectacle ? »

Ecarlate passa sa langue sur sa moustache sensorielle. « Il est charmant. Je le raconterai à mes petits-enfants. »

Jim sourit. « C'est ce qu'a dit Lindy. Mais peut-être que vos petits-enfants auront l'occasion de le voir, ou quelque chose du même genre, par eux-mêmes.

— Je ne le pense pas, James.

— Pourquoi ? Ecarlate...

Le signal retentit et ils furent séparés comme la foule retournait s'asseoir. Dans l'amphithéâtre, Hikaru Sulu était affalé, l'air abattu, sur le banc de pierre. Il savait qu'il aurait dû ôter son costume, mais il allait attendre que le spectacle soit fini, juste au cas où.

Le Capitaine Kirk s'arrêta près de lui et lui sourit. « M. Sulu, soit vous vous êtes trompé d'uniforme, soit vous êtes du mauvais côté de la scène.

— J'ai été annulé », dit Hikaru.

— C'est dommage », dit le capitaine. « Ou peut-être pas, après tout. »

En coulisses, Lindy réunit tout son courage et entra à gauche de la scène pour annoncer Stephen.

Lindy pensa qu'il avait accompli un boulot fantastique pour adapter son numéro à la faible pesanteur. Néanmoins, le directeur et ses gens regardèrent dans un silence stoïque. Ils ne se détendirent un peu que lorsque Stephen produisit les torches.

Ils espèrent sans doute qu'il va se griller les sourcils, pensa méchamment Lindy.

Si c'était le cas, Stephen les déçut. Il jongla avec neuf torches, les lançant en l'air l'une après l'autre jusqu'à ce qu'elles soient toutes en train de tournoyer au-dessus de lui, puis les rattrapa comme elles tombaient et les disposa en un éventail de feu en face de lui. Il les éteignit, les reposa, enleva le ruban bleu pour libérer sa chevelure, et salua. Bien que les gens de l'*Entreprise* applaudirent fort et longtemps, seuls quelques hurlements d'approbation émanèrent des gens du directeur.

— Et moi qui croyais que les Vulcains étaient difficiles à satisfaire », dit Stephen à Lindy après être sorti de scène.

Lindy hésita. Elle se rendait compte qu'elle avait volontairement évité Stephen, ce qui n'était pas très correct envers lui. Elle avait envie de le serrer dans ses bras mais se refusait à le mettre mal à l'aise.

— Votre numéro était fantastique », dit-elle.

— Je sais bien », dit-il. « Mais n'êtes-vous pas soulagée que nous ayions déjà à moitié terminé ? »

Lindy ne put s'empêcher de rire.

Philomena parvint à peine à terminer son numéro. Marcellin arriva sur scène. Son numéro rendait visible l'univers invisible qu'il créait ; sauf pour le directeur, pour qui cet univers demeurait tout simplement invisible.

Il ne restait plus que M. Cockspur — et Lindy en frissonna ; s'ils avaient détesté tous les autres numéros, ils allaient mettre Copckspur en pièces — et Newland Rift. Il fallait qu'ils l'apprécient, pensa Lindy. Comment pourraient-ils ne pas aimer son numéro ? Si Cockspur se débrouillait pour faire son numéro sans qu'on lui jette des tomates…

En parlant de lui, où diable était-il ? Il se montrait toujours au dernier moment. Peut-être ne savait-il même pas encore quel désastre ils avaient sur les bras ce soir-là.

Lindy jeta un coup d'œil circulaire, et vit Cockspur, debout à l'entrée de sa loge. Il était tout pâle.

— M. Cockspur, ça ne va pas ? C'est à vous !

Il battit des cils et frissonna.

— Je ne crois pas que je puisse jouer.

— Mais vous devez! » Elle avait du mal à croire qu'il se défilerait à cause d'un auditoire hostile. Il était pompeux et arrogant, mais il n'était pas trouillard. « Nous comptons sur vous! » J'ai vraiment dit ça! pensa-t-elle. Oui, je l'ai dit, et je le pense ; personne ne pourra dire que nous n'avons pas fait la représentation entière devant un auditoire quel qu'il soit, et même s'ils ne comprennent rien à ce que nous faisons. Même s'ils comprennent, et détestent tout ce qu'ils voient.

— C'est impossible... La douleur... ça me désole de vous laisser en plan, Amelinda. Peut-être... avec un peu de repos...

— Mais c'est à vous!

Il vacilla comme s'il allait s'évanouir. Newland, entouré du petit cercle ordonné des caniches, tendit une main massive et le retint.

— J'y vais », dit-il. « Ça vous donnera dix minutes. »

Newland entra sur scène. Sautant à plus d'un mètre de haut dans la faible pesanteur, les caniches le suivirent, semblables à de petites balles de fourrure montées sur échasses.

Lindy aida M. Cockspur à s'asseoir, puis attrapa la première personne qu'elle vit.

— Marcellin, pourriez-vous vérifier si Hikaru est toujours en costume? M. Cockspur... » Elle regarda Cockspur, qui avait titubé jusqu'à un banc. « M. Cockspur a des vapeurs. »

Dès qu'il s'aperçut du changement dans l'ordre des numéros, Sulu quitta sa place et se dirigea vers les coulisses. A mi-chemin, il rencontra Marcellin, encore maquillé, qui venait à sa recherche. Ils se sourirent. Marcellin fit une profonde révérence de courtisan lorsque Sulu le dépassa.

— Hikaru! » dit Lindy. « Est-ce que vous pouvez y

aller ? Vous connaissez le monologue ? Je sais que l'auditoire est épouvantable, mais...

— Oui, je peux y aller, oui, je connais le monologue — l'original, je veux dire — et je me fiche pas mal de l'auditoire », dit Hikaru. « C'est un sacré défi, non ? »

Tout à coup il s'aperçut que M. Cockspur se tenait juste derrière lui.

— J'ai récupéré », dit-il. Il dépassa Lindy et Hikaru et prit place dans la coulisse.

Muet, Hikaru le regarda partir.

— Ça alors, ce... ! » Lindy émit un son scandalisé. « Je n'en crois pas mes yeux ! Il voulait passer en dernier, et il... il... Oh, je pourrais le tuer ! Hikaru, je suis désolée. »

Hikaru soupira. « Prenons les choses du bon côté. L'auditoire vous rendra sûrement le service de le tuer à votre place. Quant à moi, je vais enfin découvrir si la culture des tomates est connue sur le vaisseau-monde. »

M. Cockspur se prépara dans les coulisses. Il ne se permit qu'un bref instant de plaisir à l'idée que Newland Rift ne semblait pas avoir eu son habituel succès. Cockspur ne pouvait s'empêcher d'admirer les spectateurs. Ils étaient l'ennemi, certes, mais un ennemi de valeur ; qui comprenait visiblement la différence entre l'art et la simple distraction.

Rift sortit de scène, une pyramide de caniches en équilibre sur chaque bras tendu. Hors de vue de l'auditoire, il fit descendre les chiens.

— Oy », dit-il. Les chiens se blottirent à ses pieds.

Après avoir été annoncé, M. Cockspur laissa s'écouler quelques intenses secondes avant de faire son entrée. Sur scène, il laissa son regard se perdre dans le lointain tandis que la tension montait.

Et puis il commença à déclamer le monologue le plus célèbre de Shakespeare.

— Dois-je me tuer, ou pas ? C'est ce que je me demande sans arrêt. Je ne peux pas décider si c'est mieux d'être misérable, ou bien de mettre un terme à tout ça. Si je dormais, je veux dire par là si je mourais, toute ma sensibilité douloureusement exacerbée cesserait. Ça serait vraiment merveilleux ! J'aimerais bien mourir. J'aimerais bien dormir. Mais si je rêve ? Là, c'est un vrai problème. C'est quelque chose qui nous empêcherait facilement de laisser tomber la vie. Qui choisirait de vieillir, de supporter des enquiquineurs prétentieux, d'écouter les ronchonnements ignorants de critiques illettrés, quand il peut terminer tout ça en se poignardant à l'aide d'une dague dans son alène nue ? Qui voudrait porter un seau d'eau, et encaisser tous ces grognements et cette transpiration, s'il n'avait pas peur de se retrouver droit en enfer ? Et si l'enfer, c'était qu'on soit obligé de vivre à nouveau la même chose, ou quelque chose d'encore pire, comme par exemple de voyager sans assurance dans l'univers inexploré ? Nous avons tous des consciences coupables, et même si nous pâlissons, et si nous tombons malades, et si nous tanguons et roulons, nous continuons à naviguer sur le courant de la vie, parce que, au bout du compte nous perdrons de toute façon.

Dans les coulisses, Hikaru mit une main devant ses yeux. Il n'avait pas encore entendu la version de M. Cockspur du monologue d'Hamlet. « Je n'arrive pas à y croire », gémit-il, embarrassé malgré lui pour M. Cockspur.

L'auditoire entier était plongé dans un silence intensément pénible.

Jim applaudit poliment, espérant que son équipage ferait de même.

Le directeur se leva d'un bond et se mit à hurler à pleine voix, frénétiquement. Oubliant toute dignité, il tournoya sur lui-même et hullula. Le personnel de la flotte suivit son exemple. L'amphithéâtre résonnait des cris et des hurlements et des piétinements de l'équipage du directeur. Les applaudissements continuèrent à plein volume pendant plusieurs minutes. Au début, même M. Cockspur eut l'air étonné ; puis il accepta l'hommage comme son dû. Il fit une rapide petite révérence à ses nouveaux admirateurs.

McCoy dit quelque chose, qui fut noyé par les hurlements.

— Quoi ? » hurla Jim.

— Ne sous-estimez jamais un whisky glacé à la menthe ! » hurla également McCoy.

M. Cockspur quitta la scène, la tête haute, toujours dans la peau du personnage. Il revint sur scène, plastronnant. L'auditoire le rappela une bonne douzaine de fois avant que les voix ne commencent à s'éteindre.

Le directeur mit un genou en terre devant Jim Kirk.

— Capitaine, j'implore votre pardon. Me l'accordez-vous ?

— Bien sûr », dit Jim. « Euh... pour quelle raison, exactement ?

— J'ai attaqué votre civilisation. J'ai été des plus injustes ! Il m'apparaît maintenant clairement que j'avais très mal compris votre culture. Je n'arrive toujours pas à comprendre la sorcellerie, mais vous me ferez peut-être l'honneur de m'expliquer plus tard pour quelle raison vous l'autorisez. Pour le moment, je serais bien incapable d'assimiler une discussion intellectuelle. Mon esprit est bouleversé par la sensibilité, la profondeur des sentiments, l'art exceptionnel ! Capitaine, pensez-vous... serait-ce possible... pourriez-vous faire en sorte de nous présenter ? » Vaincu par l'émotion, le directeur sauta, hurla et cria jusqu'à ce que M. Cockspur revînt et saluât une fois de plus.

Pendant les rappels, chaque artiste fut chaudement applaudi tant par l'équipage de l'*Entreprise* que par celui de la flotte, le directeur le premier. Il agissait comme s'il avait enfin vu la lumière, et espérait maintenant compenser l'indifférence qu'il avait montrée pendant deux heures. Lorsque le directeur et ses gens laissèrent enfin la troupe se retirer. Lindy se sentit soulagée mais troublée. Ses oreilles tintaient.

Je suppose que j'ai beaucoup à apprendre en ce qui concerne les auditoires extra-terrestres, pensa-t-elle.

Quelques instants plus tard, Jim arriva dans les coulisses flanqué du directeur, de son entourage et de la captive, Koronin. Le directeur se dirigea droit sur M. Cockspur. Il s'agenouilla devant l'acteur — à deux genoux, remarqua Jim.

— Monsieur ! Je suis confondu d'admiration ! Jamais une représentation ne m'a aussi profondément affecté !

Le directeur " confondu d'admiration " continua ainsi pendant quelques minutes. Tout d'abord, Cockspur fit de petits bruits modestes, mais succomba finalement à la tentation de faire remarquer les subtilités de sa performance, les mots particulièrement intelligents et appropriés qu'il avait choisis.

— Dites-moi si je me trompe », dit doucement Lindy à Jim, en observant l'échange entre l'acteur et le directeur, « ils ont détesté tout le monde, et ils ont aimé M. Cockspur ?

— Pour autant que je puisse en juger, c'est bien ça.

— Monsieur », dit le directeur, « condescendriez-vous à être présenté à la cour de l'Impératrice ? Elle est connue pour être un mécène. Sa plus grande joie est de récompenser les artistes qui lui ont plu. »

Lindy essaya de garder l'air sérieux.

— Je pense pouvoir trouver le temps », dit M. Cockspur.

— Directeur », dit Jim, « j'aimerais vous présenter Amelinda Lukarian, la responsable de la troupe et la magicienne. »

Lindy parvint à contrôler son rire. Elle tendit la main au directeur.

— Ne me touchez pas, sorcière !

— Quoi ? Sorcière ? » Lindy se remit de nouveau à

rire, puis cessa dès qu'elle comprit que le directeur était mortellement sérieux. « Je ne suis pas une sorcière ! Je suis une illusionniste ! Je vous l'ai bien dit au début de mon numéro.

— Quelle intelligence, dissimuler ainsi vos pouvoirs diaboliques en prétendant que c'est une imposture !

— Je suis une illusionniste, c'est tout !

— Je ne vous crois pas. Personne ne pourrait faire ce que vous avez fait sans le pouvoir des arcanes. Personne ne pourrait s'échapper d'une malle fermée et soulevée dans les airs, enchaîné à l'intérieur...

— C'était un tour.

— Vous mentez !

— Attendez un peu... !

Jim craignit que l'incident ne prenne des proportions alarmantes. Il s'immisça dans la conversation avant que d'autres insultes ne soient échangées. « Lindy, pourquoi ne montrez-vous pas au directeur comment vous avez réalisé l'une de vos illusions ? L'évasion de la malle, par exemple ?

— J'en ai eu pour des mois à la mettre au point ! Je ne vais pas la dévoiler. En plus, je n'en ai pas le droit.

— De toute évidence, un complot de sorcière », dit le directeur.

— Vous ne pouvez pas sérieusement croire à la sorcellerie ! Il faut être un sacré péquenaud pour...

Jim frémit. « Lindy !... euh, directeur, veuillez nous excuser un instant. »

Koronin, entourée par les gardes du corps du directeur, se réjouissait grandement de ce qui se passait. Une rixe entre les officiers supérieurs serait encore plus drôle qu'une rixe au sein de l'audience.

Jim prit Lindy à part et lui parla pendant plusieurs minutes, d'un air absorbé. Elle revint, jetant à la ronde des regards noirs.

— Je vais vous montrer comment je réalise l'un de

mes tours d'évasion », dit-elle au directeur. « Mais vous devez me jurer de ne jamais le révéler à personne.

— Si ce n'est pas de la sorcellerie, je promettrai. Sinon, je vous dénoncerai.

Lindy marmonna quelque chose d'indistinct. « Suivez-moi. »

Le directeur se tourna vers M. Cockspur. « Honorable Messire, veuillez m'excuser pour un moment. Lorsque je reviendrai, je vous délivrerai un visa pour notre territoire, et nous terminerons les préparatifs de votre visite. »

Lindy se dirigea vers sa cabine d'équipements. Les gardes du corps et Koronin suivirent le directeur.

Lindy s'arrêta. « Ce n'est pas une démonstration publique. J'ai dit que je vous montrerai, mais à vous seulement.

— Mes gardes du corps doivent m'accompagner », dit le directeur d'un ton parfaitement raisonnable, « et nous ne pouvons pas laisser la traîtresse sans surveillance. » Il réfléchit. « Si vous voulez, je peux lui mettre un bandeau sur les yeux. » Il tortilla le voile de Koronin et le tira sur ses yeux. Elle essaya de résister, mais les gardes l'en empêchèrent.

Lindy soupira bruyamment de frustration, et ouvrit le rideau. Lorsque Jim essaya d'entrer, elle l'arrêta.

— Oh-oh, Jim, vous restez dehors.

— Vous ne pouvez pas entrer seule avec eux là-dedans. Une supposition que le directeur se mette de nouveau en colère ? Qu'il décide qu'en fin de compte vous êtes vraiment une sorcière ?

— C'est ridicule. Et pas question que vous entriez. Il y a déjà quatre personnes de trop là-dedans.

— Je ne peux pas vous laisser y aller seule.

Cette fois-ci, elle se mit à lui jeter des regards noirs, à lui. « D'accord, si c'est comme ça que vous le sentez. » Elle regarda autour d'elle. « M. Spock ! » Il s'approcha. « Oui, Lindy ?

— Voulez-vous bien venir avec moi ? Jim pense que j'ai besoin d'un garde du corps.

— Hé, un moment ! » dit Jim. « Comment se fait-il que vous lui montriez, à lui, et pas à moi ?

— Parce qu'il sait déjà comment marche le tour.

Elle disparut dans la salle du matériel, Spock sur ses talons, et laissa retomber le rideau au nez de Jim.

Dehors, Jim bouillait. La démonstration semblait prendre beaucoup plus longtemps que le tour lui-même n'en prenait sur scène. Il avait tout juste décidé de débouler à l'intérieur et de s'assurer que tout allait bien lorsque le rideau s'ouvrit et qu'ils sortirent tous. Koronin leva ses mains entravées et retira le voile de ses yeux.

— Etes-vous convaincu ? » demanda Jim au directeur.

— Ce n'est pas une sorcière », dit celui-ci. « Le tour qu'elle m'a montré est un jeu d'enfant. J'aurais dû m'en apercevoir tout de suite, mais je m'attendais à des divertissements, pas à des tromperies. Eh bien, n'importe qui pourrait en faire autant ! »

Jim vit que Lindy était sur le point de piquer une crise, et même Spock leva un sourcil à ce commentaire.

— Maintenant que ceci est réglé », dit Jim avant que quiconque ait pu dire autre chose, « ne feriez-vous pas mieux de terminer vos arrangements avec M. Cockspur ?

— Excellente idée. » Il regarda Lindy. « Un jeu d'enfant », répéta-t-il. Il s'éloigna majestueusement, son entourage sur ses talons.

— Je savais qu'il allait dire ça ! » dit-elle. « M. Spock, je vous l'avais bien dit, non, ils disent tous ça ! » Elle se cacha le visage dans les mains, sa chevelure tombant devant elle comme un rideau. Ses épaules tremblaient.

— Lindy », dit doucement Jim, « allons, tout va bien. Il était obligé de sauver la face...

Elle s'enfuit dans la pièce du matériel.

Jim regarda le Commander Spock. « Vous croyez qu'elle va bien ?

— Je n'en ai pas la moindre idée, capitaine. Je n'ai qu'une expérience limitée au sujet des scènes émotionnelles.

C'est alors que Jim entendit des hurlements de rire provenant de la pièce du matériel. Il se mit à rire lui aussi, et suivit Lindy à l'intérieur. Tandis qu'un Commander Spock à l'expression perplexe les regardait, Jim et Lindy rirent jusqu'à ce que des larmes leur dégoulinent le long des joues.

Spock réfléchit aux différences et aux similitudes, et, ayant réfléchi, il se mit à la recherche de son cousin. Il trouva Stephen seul au milieu du chaos tandis que la troupe remballait.

— Stephen », dit Spock, utilisant le nom que son cousin avait choisi de porter.

Stephen leva les yeux de son matériel. « C'était une sacrée expérience, n'est-ce pas, Spock ? » dit-il. « Survivre à la représentation d'aujourd'hui au début de sa carrière, ça veut dire que plus aucun auditoire ne vous effraiera plus jamais.

— Je n'ai pas l'intention de faire carrière sur la scène », dit Spock.

— Je ne parlais pas de vous, mais de moi », dit Stephen.

— J'étais resté sous l'impression que vous étiez un acteur chevronné. Et, je suppose, Lindy aussi.

— J'ai dit que je savais jongler. Je n'ai jamais dit que j'avais l'expérience de la scène », dit Stephen avec aisance. « Maintenant j'ai l'expérience de la scène. »

Stephen lança à Spock une massue lestée. Spock l'attrapa au vol et la renvoya. Au moment où elle revint à Stephen, le Vulcain blond avait attrapé une autre massue et l'avait déjà envoyée à Spock, qui la rattrapa aussi. Stephen continua d'ajouter des objets : six massues, un long couteau à la lame épaisse, et une torche éteinte. Spock remarqua, comme le manche du couteau se carrait solidement dans sa paume, que l'arme paraissait peu maniable, mais qu'en fait elle était parfaitement équilibrée.

Les massues, le couteau et la torche volaient entre les deux Vulcains. C'était là un défi pour Spock, qui n'était pas habitué à jongler avec un partenaire. Il releva le défi et en augmenta la difficulté en faisant décrire à l'une des massues un arc élevé, éloigné du trajet régulier des autres instruments. Stephen rattrapa la massue, la remit dans le circuit régulier, et fit tournoyer la torche suivant le même arc élevé, dans l'autre sens. Spock n'eut pas le temps de réfléchir. Il leva les bras, espérant que ses mains se trouveraient là où il savait — où il sentait — que la torche parviendrait au terme de sa descente. Il la sentit se carrer fermement dans sa main.

Stephen se mit à rire. Spock se demanda si quelqu'un d'autre que lui pouvait entendre que le rire de son cousin sonnait légèrement creux. Il en doutait. Les êtres humains acceptaient généralement pour vrai ce qu'ils voyaient à la surface. Il leur était impossible de connaître, comme Spock l'avait connu, l'écho de la quête de Stephen, le moment de joie que celui-ci avait senti tourner au désespoir, et qu'il avait pour finir perdu à tout jamais.

— Nous faisons une équipe superbe », dit Stephen. « Vous devriez peut-être penser sérieusement à la scène. Vous n'avez jamais eu envie de vous enfuir pour vous joindre aux gens du cirque ?

— Jamais », dit Spock. Les massues tourbillonnaient et volaient entre eux, le claquement ferme du bois contre les paumes créant un rythme satisfaisant. « Stephen », dit Spock de nouveau, essayant de revenir au but premier de cette conversation.

— Si vous ne voulez pas être jongleur, vous pourriez faire un numéro psychique.

Spock tressaillit presque à l'idée d'ouvrir son esprit à des groupes différents d'êtres pris au hasard, non pas une seule fois, mais une ou deux fois chaque soir. « Je ne crois pas », dit-il. « Stephen, je souhaite vous parler sérieusement. »

Celui-ci soupira.

— J'ai agi durement envers vous dans le passé », dit Spock, « et je le ferai peut-être encore dans le futur, car je ne comprends réellement pas les choix de vie que vous avez faits. Mais… je vous suis reconnaissant pour le risque que vous avez couru pour moi. C'est une dette que j'ai envers vous.

Stephen le regarda entre les massues tournoyantes, d'un œil bleu glacé et ferme. « Je n'ai pas fait ça pour que vous me deviez quoi que ce soit », dit-il.

— Néanmoins, vous pourriez un jour avoir besoin d'une aide que même votre ingéniosité ne saura vous apporter. Je ne suis pas complètement sans ressources… » Spock laissa sa voix s'éteindre lorsqu'il se rendit compte que plusieurs membres de la troupe et de l'équipage avaient commencé de se rapprocher, attirés par leur numéro de jongleurs. Spock avait eu l'intention que cette conversation reste privée. « Quelles qu'aient été vos motivations, je vous suis reconnaissant de ce que vous avez fait », dit-il rapidement, espérant terminer la conversation avant que d'autres ne l'entendent.

— Vous connaissez mes motivations, Spock », dit Stephen, prononçant le nom de son cousin avec l'accent Vulcain. « Je recherche les émotions fortes. »

Comme la torche revenait dans sa main, il effleura le bouton d'allumage. Il lança la torche très haut, et elle s'enflamma d'un coup.

Spock rattrapa la torche enflammée aussi facilement qu'auparavant, mais en la renvoyant, il se rendit compte tout à coup que, bien qu'il sût comment garder indéfiniment dans les airs tous les instruments avec lesquels il jonglait, il n'avait pas la moindre idée de la méthode pour les arrêter tous, et terminer l'échange. Il jeta un coup d'œil à Stephen. Ses sourcils pâles relevés, et la lueur malicieuse dans ses yeux, montraient qu'il avait compris le problème de Spock et y trouvait un instant de très réel amusement.

Cette fois-ci, Spock fut incapable de lui en vouloir.

Uhura était assise dans sa cabine obscure, touchant les cordes de sa vieille harpe sans produire un air défini. Mais ses doigts ne cessaient de chercher les schémas musicaux des êtres volants. Elle posa la harpe et s'enfonça dans le silence.

Un chant tourbillonnait dans la tête d'Uhura. Elle aurait voulu pouvoir comprendre ces schémas, ou bien les oublier totalement. Elle savait pourtant qu'aucun de ces souhaits ne se réaliserait.

Tout d'abord, elle ne répondit pas lorsqu'on frappa à sa porte. Mais le bruit se répéta, deux fois encore, et vint faire intrusion dans le calme qu'Uhura recherchait.

Elle alluma les lumières. Comment pourrait-elle expliquer à l'un de ses camarades qu'elle était assise toute seule dans l'obscurité ? On la trouverait ridicule.

— Uhura ? » dit Janice Rand.

Uhura, qui avait été sur le point d'ouvrir la porte, hésita. Elle pouvait faire face à pratiquement n'importe qui, mais il lui restait à ce moment bien peu de ressort émotionnel, certainement trop peu pour pouvoir offrir à Janice les encouragements et l'aide dont elle avait tant besoin. Le citoyen de Saweoure sous la « protection » de qui Janice avait vécu lui avait ôté toute énergie en lui répétant sans cesse qu'elle était stupide et sans valeur, jusqu'à ce qu'elle commence à le croire. Janice ne se rendait pas compte de sa propre force, et ne pouvait donc y faire appel que dans des cas extrêmes. Un jour, avec du temps et de l'aide, elle réapprendrait à avoir confiance en elle.

— Uhura, je vous en prie, laissez-moi entrer. Je m'inquiète pour vous. Est-ce que tout va bien ? Est-ce que... est-ce que vous êtes en colère après moi ?

— Entrez », dit Uhura. La porte s'ouvrit. « Bien sûr que non, je ne suis pas en colère après vous, Janice. »

Celle-ci resta dans le couloir, l'observant.

— Entrez donc », dit Uhura. « J'étais en train de penser à quelque chose, je ne vous avais pas entendue frapper. »

Janice passa le seuil avec précaution. « Je ne vous ai pas vue à la représentation de Lindy.

— Je n'y suis pas allée.

— Vous êtes sûre que ça va ?

— Oui », dit-elle, espérant que Janice cesserait de lui poser la question. Si elle la lui posait de nouveau, Uhura lui dirait probablement la vérité. Et Janice n'avait sûrement pas besoin d'écouter quelqu'un d'autre lui raconter ses problèmes.

De plus, pensa Uhura, je ne peux guère m'attendre à ce qu'elle comprenne ma déception. C'est banal, comparé à ce à quoi elle a survécu.

— Pourquoi donc me cherchiez vous ? » demanda gentiment Uhura. Peut-être bien que c'est ce dont j'ai besoin, moi, d'écouter quelqu'un me parler de ses problèmes, pensa-t-elle. Ça m'aidera à remettre les choses en perspective.

— Je voulais vous dire », dit Janice, « que j'avais réfléchi que ce que vous m'avez dit. J'y ai beaucoup réfléchi. Et j'ai décidé que vous aviez raison.

— A quel sujet ?

— Au sujet de l'enquête. Et de mon témoignage.

— C'est merveilleux, Janice », dit Uhura avec sincérité. « Vous pouvez être fière de vous pour avoir pris cette décision. Elle demandait du courage. » Janice rougit. « Je ne crois pas que je sois très courageuse.

— Pourquoi avez-vous changé d'idée ?

— Grâce à vous. Non, ce n'est pas tout à fait ça »,
continua Janice en voyant l'expression d'Uhura. « Je ne
veux pas dire que je vais témoigner parce que vous
pensez que je devrais le faire. Je veux dire que je vais
témoigner parce que je crois que c'est la chose juste à
faire. Vous avez pris ma défense, alors même que vous
auriez pu avoir des ennuis. Personne, jamais, n'avait
pris ma défense. Sur Saweoure, personne ne prenait la
défense des gens comme moi, non plus, mais maintenant, je peux. Et je vais le faire. Je veux être aussi forte
que vous. Un jour. Je vais commencer par dire au
Capitaine Kirk tout ce que je vous ai dit. Partout ailleurs
où je suis passée, les gens se servaient de leur influence
pour se faciliter les choses, même si ça devait faire du
mal à quelqu'un d'autre. Mais le Capitaine Kirk est
différent. Il est comme vous. Il fait ce qu'il sait être
juste, même si ça risque de lui faire du mal, à lui.

— Vous êtes bien plus forte que vous ne le croyez,
Janice », dit Uhura.

— C'est drôle. J'ai peur... et en même temps je suis
heureuse. J'ai l'impression de pouvoir tout faire ! » Elle
ouvrit les bras comme pour enlacer l'univers entier. « Et
vous savez quoi ? » fit-elle d'une voix de conspirateur.

— Non, quoi donc ?

— Je vais me laisser pousser les cheveux. Et après je
me coifferai à la mode. Je n'avais pas le droit, sur
Saweoure. Mais maintenant, je peux. »

Uhura ne put s'empêcher de sourire.

Sur le vaisseau-monde, l'auditoire s'en alla, l'*Entreprise* téléporta à bord les décors et le matériel, et des
robots nettoyeurs et des volontaires terminèrent de
nettoyer l'amphithéâtre. Tandis que disparaissaient
dans le rayon téléporteur le dernier robot, le dernier
membre d'équipage, la dernière pile de détritus, Spock

pensa que tout ce qui restait du spectacle était le bruit des applaudissements, dont ses oreilles résonnaient encore.

Il parcourut à grands pas la zone des coulisses, essayant de retrouver le décodeur de Lindy. Elle avait été extrêmement bouleversée par la perte de ce matériel. Mais Spock ne trouva rien. Il grimpa les gradins de pierre de l'amphithéâtre.

Au sommet, James Kirk le rejoignit.

— C'est difficile de croire que quelque chose vient de se produire ici », dit-il.

Quelques êtres volants s'ébattaient haut dans le ciel. Spock sentit un regret momentané de ne pouvoir les rejoindre.

— Commander Spock, j'ai réfléchi au sujet du décodeur de Lindy... pensez-vous que M. Scott... euh... oublierait les règlements le temps de lui en fabriquer un autre ?

— C'est un appareil des plus illégaux, capitaine », dit Spock.

— Je le sais, commander.

Spock se rendit compte que le capitaine lui avait posé une question pratique, pas un problème d'éthique. « Je crois, capitaine », dit-il avec sincérité, « que dans la situation actuelle, M. Scott exécuterait n'importe quelle tâche que vous lui assigneriez. »

Ecarlate fit un piqué et atterrit près d'eux. Elle salua Spock par une traduction de son prénom dans son langage à elle. Sachant que sa maîtrise du langage des êtres volants était bien faible, Spock ne tenta pas de répondre de même.

— Je suis heureuse de vous revoir tous deux une dernière fois », dit Ecarlate en Standard.

— Une dernière fois ? Ecarlate, vous ne pouvez pas partir ! Tout a changé », dit le Capitaine Kirk. « L'*Entreprise* peut désormais rester près du vaisseau-monde. Nous avons tant de choses à apprendre...

— Non. C'est impossible. Nous ne vous avons fait aucun bien en venant ici. Nous vous avons incités à la violence, nous vous avons fait du mal par ignorance...

— La violence ! Vous avez aidé à instaurer la paix !

— Elle ne durera pas, James. Vous le savez. » Elle cligna des yeux. « Vous le voyez — n'est-ce pas ? — le schéma est déjà en train de se modifier. »

Le Capitaine Kirk frémit comme si elle l'avait frappé. « Elle durera un certain temps... » dit-il.

— Si l'univers reste tel qu'il est, votre paix durera moins longtemps qu'elle ne le pourrait. Le vaisseau-monde deviendra un sujet de dissention entre vos peuples. Ses possibilités sont trop alléchantes pour ceux qui résolvent leurs antagonismes par la violence.

— Koronin...

— Koronin n'est pas la seule de son espèce.

Jim Hésita. « Je sais », dit-il doucement, d'une voix pleine de regret.

— Où se trouve Uhura ? » dit Ecarlate.

— Elle est... retournée sur l'*Entreprise* », dit Jim, surpris par ce qui lui sembla un abrupt changement de sujet. Puisqu'Uhura elle-même ne pouvait pas expliquer pourquoi elle avait choisi de ne pas revoir les êtres volants, Jim ne pouvait guère l'expliquer à sa place. « Votre langage l'a intrigué, mais les difficultés...

— Je lui ai causé une grande souffrance », dit Ecarlate. « J'ai presque provoqué votre mort à tous les deux. Peut-être qu'un jour votre peuple sera prêt à nous rencontrer. Peut-être le peuple du vaisseau-monde sera-t-il un jour assez avisé pour être capable de vous rencontrer sans vous faire de mal. Mais... cela appartient au futur.

— Que voulez-vous dire par " un jour ? " Est-ce que je vous rencontrerai de nouveau ? Et Spock ?

— Non », dit Ecarlate. « Je ne serai plus, et vous ne serez plus. Les gens vivent, et ils meurent. Peut-être les enfants des enfants de nos enfants se salueront de nouveau.

— Je n'ai pas d'enfant », dit Jim amèrement.

Ecarlate ouvrit les ailes ; elle en enveloppa Jim, le réseau soyeux glissant sur ses épaules. « Vous êtes très jeune », dit-elle. Son autre aile se recourba autour de Spock sans le toucher. « Adieu, Spock.

— Adieu.

— Vous allez déplacer le vaisseau-monde », dit Jim, ne voulant pas y croire.

Elle secoua la tête, et il ressentit un bref éclair d'espoir, il l'avait peut-être mal comprise.

— Je ne contrôle pas le vaisseau-monde, James », dit-elle. « Je contrôle l'univers. »

Épilogue

Le vaisseau-monde étincelait, tel un distant joyau. L'*Entreprise* et la flotte du directeur se trouvaient chacune d'un côté, à bonne distance et hors d'atteinte du vortex qu'il allait créer. Depuis la passerelle de l'*Entreprise*, Jim le regardait, et regrettait son départ imminent. Lindy et le Dr McCoy attendaient avec lui, et même Spock s'arrêta dans ses travaux pour regarder l'écran. Uhura était absente, et Jim s'inquiétait pour elle.

L'image d'Ecarlate apparut sur l'écran.

— Je voulais vous dire adieu », dit-elle. « A vous tous. Vous ne serez pas oubliés.

— Vous ne changez pas d'avis ? » dit Jim.

— Non. C'est impossible.

— Je vous envie pour les choses que vous verrez, et les espaces que vous allez parcourir.

Ecarlate cligna des yeux et toucha de sa langue sa moustache sensorielle.

— Vous aussi, vous verrez des choses magnifiques, et vous parcourrez de vastes espaces. Qui sait ? Peut-être que la prochaine fois que nos peuples se rencontreront, ce sera vous qui serez venus nous trouver.

— Peut-être », dit Jim.

— Lindy-magicienne, j'espère que vous trouverez un ciel pour Athene.

— Moi aussi », dit Lindy. « Merci, Ecarlate... pour tout.

— Puissiez-vous voler avec l'éclair.

Les portes de l'ascenseur s'ouvrirent, et Janice Rand entra sur la passerelle ; à l'étonnement de Jim, le Lieutenant Uhura la suivait. Rand prit place à son poste, aux systèmes environnementaux, mais Uhura hésita, les yeux fixés sur le vaisseau-monde.

— Uhura, celle-qui-chante ! » dit Ecarlate.

— Je ne pouvais pas vous laisser partir sans vous revoir », dit Uhura. « Ça n'aurait pas été... bien. Ecarlate, je me souviendrai toute ma vie de ce que vous avez chanté pour moi.

— Je suis heureuse. J'avais craint...

— Je sais. Moi aussi. Mais avoir eu un aperçu de la beauté est mieux que de ne l'avoir jamais connue du tout », dit-elle d'une voix ferme.

— Puisse le vent vous porter, et vous bercer dans votre sommeil.

Les yeux d'Uhura étaient brillants, mais elle ne pleura pas.

En dernier, le regard d'Ecarlate se posa sur Spock.

Personne n'aurait pu s'en douter d'après ses réactions, mais il aurait souhaité que le peuple volant restât. Malgré le danger de sa communion avec Ecarlate, ses expériences et ses connaissances le passionnaient. Si la fusion mentale représentait toujours le même défi, il aurait cherché à renouveler l'expérience aussi assidûment que Stephen.

Ecarlate chanta son nom, puis lui parla en vulcain.

— Spock, vous êtes le point focal des récits que nous raconterons. Sans vous, les récits ne pourraient pas exister.

— Cette partie de l'univers ne rencontrera plus jamais le vaisseau-monde », dit Spock. « Je le sais. Le temps est trop court, l'univers trop vaste, et il y a tellement d'autres endroits à voir ! Mais je suis heureux que nous nous soyons rencontrés, et je suis heureux que vous ne nous oubliiez pas. Mon peuple ne vous oubliera pas non plus.

— Adieu, Spock.

Son image s'effaça. Le vaisseau-monde brilla, tel un essaim de lucioles, tel les torches tournoyantes de Stephen, tel une petite nova.

Puis il disparut.

Après quelques instants, Jim se remit à respirer. Il savait, certes, que le vaisseau-monde pouvait se déplacer en toute sécurité, mais il n'y avait pas réellement cru jusque-là. Il était parti, ne laissant derrière lui qu'une masse tournoyante de sphères de la paroi, éjectées et abandonnées parce qu'elles s'étaient solidifiées.

A l'intérieur du *Dionysos,* Stephen regarda le vaisseau-monde disparaître sur les larges écrans de son vaisseau. Il tenta de ressaisir la brillance des pensées et des émotions d'Ecarlate, de recréer ce qu'il avait expérimenté du monde des êtres volants. Mais tout s'était estompé. Un puissant courant l'avait entraîné de plus en plus loin du centre qu'il cherchait. Qu'il avait, pendant un bref instant, trouvé. Il l'avait senti. Il se demanda s'il le retrouverait jamais, si Lindy serait toujours désireuse de l'y aider.

Sur la passerelle de l'*Entreprise,* Uhura essayait de démêler une cacophonie de signaux.

— Capitaine, il y a une perturbation dans la flotte...

Un petit engin spatial, un canot de sauvetage ou un courrier, s'éloignait à toute allure de la flotte, en direction de l'*Entreprise.* Il parcourut une certaine distance avant que les croiseurs de bataille réagissent et ouvrent le feu sur lui.

— Relevez les boucliers ! Uhura, fréquence d'identification ! Directeur, qu'est-ce que ça signifie ?

Les croiseurs accélérèrent.

Le directeur apparut sur l'écran. Sa crête frontale était contractée et assombrie, et il était en rage.

— Koronin ! » hurla-t-il. « La traîtresse s'est enfuie !

— Ce n'est pas une raison pour tirer sur MON vaisseau ! » dit Jim.

— Pardonnez-moi, capitaine, je dois rattraper... » Son image disparut de l'écran avant qu'il ait fini de parler.

Le petit vaisseau évita les torpilles à photons, tourna dans la direction où le vaisseau-monde était parti, plongea droit entre les dangereuses perles, et fit éclater une des sphères avec son phaseur arrière. L'explosion déclencha une réaction en chaîne, une énorme émission d'énergie, de lumière et de poussière. Avec l'éclair résiduel que provoquait un vaisseau atteignant la vitesse de distorsion, le courrier s'évapora dans l'hyperespace.

— Ouah ! » s'exclama Lindy.

La flotte avança laborieusement. Le nuage de poussière tourbillonnant s'éclairait de vives couleurs à chaque fois qu'une des sphères restantes explosait. Au dernier moment, les vaisseaux de la flotte virèrent de bord, et entrèrent en espace de distorsion avec un angle anormal, produisant ainsi un heurt sauvage de spectres en interaction, un dessin alternant l'obscurité avec de brillantes lumières multicolores.

L'*Entreprise* se retrouva flottant seule dans l'espace.

Jim entendit quelqu'un rire. Il se retourna, chercha des yeux, et trouva finalement Lindy pliée en deux sur le pont juste derrière son siège.

— Lindy, que faites-vous donc ?

— Il est parti ?

— Qui ? Le directeur ? Oui.

Elle se releva, gloussant toujours. « Je ne voulais pas lui rire au nez.

— Et de quoi donc riez-vous ?

— Koronin. Je ne peux pas m'en empêcher, Jim, je sais que je devrais être contente qu'elle ait été arrêtée, et désolée qu'elle se soit enfuie — c'était une évasion digne d'Houdini ! — mais c'est exactement l'inverse. Et je sais comment elle s'est échappée.

— Comment ?

— C'est elle qui a pris mon décodeur.

— Quoi ? Comment ? Elle avait un bandeau sur les yeux.

Lindy fit une moue de dédain amusé. « Avec un morceau de tissu enroulé autour des yeux ? Ce n'est pas comme ça qu'on peut vraiment aveugler quelqu'un. » Elle mit les mains sur les yeux de Jim. « Maintenant, regardez le long de votre nez.

— Je vois ce que vous voulez dire », dit Jim. « Sans jeu de mot. Mais, si vous ne vouliez pas qu'elle sache comment vous faites votre tour d'évasion, pourquoi ne pas avoir prévenu le directeur au sujet du bandeau ?

— Parce que je lui montrais déjà un tour — pas question d'en montrer deux ! Koronin a dû escamoter le décodeur lorsque je l'ai posé, et s'en servir lorsqu'ils l'ont ramenée au vaisseau amiral... » Lindy siffla doucement d'admiration. « Pas mal du tout pour une novice.

— Je suppose... » dit Jim, « je suppose que le directeur la rattrapera de toute façon. » Comme Lindy, il ressentait un soupçon d'admiration pour la renégate qui avait été plus habile que le directeur et tous ses laquais.

— Je pense que sa recapture immédiate est peu probable », dit Spock. « Elle a volé un courrier, un engin prévu pour voyager à des vitesses de distorsion élevées. De plus, les sphères et leur destruction ont formé une barrière contre les vaisseaux de plus grande taille. Ils n'ont pas pu la suivre directement dans l'espace de distorsion. Avant qu'ils ne retrouvent sa trace, elle sera parvenue à s'enfuir. »

McCoy regarda l'officier scientifique d'un air ironique.

— M. Spock », dit-il, « vous avez l'air content qu'elle soit parvenue à s'enfuir.

— Je n'ai aucun sentiment du tout sur la situation », dit Spock. « Je faisais simplement l'analyse des événements.

— Je suppose que vous n'auriez eu aucun sentiment non plus si elle vous avait emmené avec elle dans l'Empire Klingon pour vous vendre comme espion au comité de surveillance.

— Je n'aurais pas plus ressenti de haine pour elle que de bonheur ou de gratitude en ce moment. J'espère simplement que, les circonstances eussent-elles été celles-là, j'aurais été aussi doué pour l'évasion que Koronin.

— Vous le seriez », dit Lindy. « Vous avez les dons d'un grand illusionniste.

— Je suis sûr que Lindy a raison, M. Spock », dit Jim. « Votre disparition sur scène était très convaincante.

— Merci, capitaine », dit Spock.

— Et moi, alors ? » dit McCoy d'un ton blessé. « Je faisais partie du numéro, n'oubliez pas. Spock devait simplement disparaître, alors que moi je devais apparaître. »

Jim, qui avait effectivement oublié que McCoy avait fait partie du numéro de la boîte magique, maintint un silence discret.

— C'est simplement parce que M. Spock a tellement de présence naturelle », dit Lindy, « ça fait beaucoup d'effet quand il disparaît. » Voyant l'expression vexée de McCoy, elle ajouta très vite, « Ça ne veut pas dire que vous n'êtes pas très bien, vous aussi... » Sa voix s'éteignit lorsqu'elle comprit qu'elle ne faisait que s'enferrer davantage.

— Je pense que ce que Mme Lukarian essaie de vous dire », dit Spock à McCoy avec son ingénuité habituelle, « c'est que vous êtes un médecin, pas un magicien. »

Achevé d'imprimer en décembre 1989
sur les presses de l'Imprimerie Bussière
à Saint-Amand-Montrond (Cher)

N° d'imprimeur : 9624.
Dépôt légal : décembre 1989
Imprimé en France